Henning Mankell

Die Rückkehr des Tanzlehrers

ROMAN

Aus dem Schwedischen
von Wolfgang Butt

Paul Zsolnay Verlag

Die Originalausgabe erschien erstmals 2000
unter dem Titel *Danslärarens återkomst*
bei Ordfront in Stockholm.

Vorbemerkung des Übersetzers

Der mit schwedischen Verhältnissen vertraute Leser wird in der vorliegenden Übersetzung das in Schweden durchgängig gebrauchte Du als Anredeform vermissen. Es wurde, soweit es sich nicht um ein kollegiales oder freundschaftliches Du handelt, durch das den deutschen Gepflogenheiten entsprechende Sie ersetzt, auch wenn damit ein Stück schwedischer Authentizität des Textes verlorengeht.

ISBN 3-552-05308-5
Sonderausgabe 2004

Satz: Filmsatz Schröter GmbH, München
Druck und Bindung: Ebner & Spiegel, Ulm
Printed in Germany

Prolog

DEUTSCHLAND

Dezember 1945

Die Maschine hob kurz nach zwei Uhr am Nachmittag des 12. Dezember 1945 vom Militärflugplatz in der Nähe von London ab. Ein feiner Regen fiel, und es war kühl. Hin und wieder zogen kräftige Böen vorüber und zerrten an dem Sack, der die Windrichtung anzeigte. Dann war es wieder still. Die Maschine war eine zweimotorige Bristol Blenheim, die schon die Schlacht um England im Herbst 1940 mitgemacht hatte. Sie war mehrmals von deutschen Jägern getroffen und zu Notlandungen gezwungen worden. Aber sie war jedesmal wieder repariert und erneut in den Kampf geschickt worden. Jetzt, da der Krieg vorüber war, wurde die Maschine hauptsächlich für Materialtransporte benutzt, um die englischen Truppen, die im besiegten und verwüsteten Deutschland stationiert waren, zu versorgen.

Doch heute hatte Mike Garbett, der Pilot, Bescheid bekommen, daß er am Nachmittag einen Passagier zu einem Ort namens Bückeburg fliegen sollte. Dort würde dieser abgeholt werden und erst am folgenden Abend nach England zurückkehren. Wer der Mann war oder mit welchem Auftrag er nach Deutschland flog, wurde Garbett von Major Perkins, seinem nächsten Vorgesetzten, nicht mitgeteilt. Garbett stellte auch keine Fragen. Obwohl der Krieg vorüber war, konnte man immer noch das Gefühl haben, daß er andauerte. Geheime Transporte waren an der Tagesordnung.

Nachdem er seinen Flugbefehl in Empfang genommen hatte, setzte sich Garbett zusammen mit seinem Kopiloten Peter Foster und dem Navigator Chris Wiffin in eine der Baracken. Auf dem Tisch hatten sie die Deutschlandkarten ausgerollt. Ihr Zielflugplatz lag ungefähr dreißig Kilometer von Hameln entfernt. Garbett war noch nie dort gewesen, aber Peter Foster kannte den Flugplatz. Weil die Umgebung eben war, würde der

Anflug keine Schwierigkeiten bereiten. Das einzige Problem war der Nebel. Wiffin verschwand, um mit den Meteorologen zu sprechen. Als er zurückkehrte, konnte er berichten, daß für den Nachmittag und Abend klares Wetter über dem Norden und der Mitte Deutschlands erwartet wurde. Sie machten ihren Flugplan, berechneten die Menge Benzin, die sie benötigen würden, und rollten dann die Karten zusammen.

»Wir sollen nur einen einzigen Passagier rüberfliegen«, sagte Garbett. »Wer der Mann ist, weiß ich nicht.«

Es wurden keine Fragen gestellt, und er erwartete auch keine. Seit drei Monaten flog er nun zusammen mit Foster und Wiffin. Sie gehörten zu denen, die überlebt hatten. Das vereinte sie. Viele Piloten der Royal Air Force waren im Krieg gefallen. Keiner von ihnen wußte, wie viele Freunde er verloren hatte. Sie empfanden keineswegs nur Erleichterung darüber, überlebt zu haben. Es war quälend, daran zu denken, daß ihnen das Leben vergönnt war, nach dem die Toten in der Erde riefen.

Kurz vor zwei Uhr fuhr ein geschlossener Wagen vor. Foster und Wiffin befanden sich bereits an Bord der Maschine und waren mit den letzten Startvorbereitungen beschäftigt. Garbett stand unten auf der rissigen Betonrollbahn und wartete. Er runzelte die Stirn, als er sah, daß ihr Passagier ein Zivilist war. Der Mann, der aus dem Fond des Wagens stieg, war untersetzt. In seinem Mund steckte eine kalte Zigarre. Aus dem Kofferraum des Wagens holte er einen kleinen schwarzen Koffer. Gleichzeitig traf Major Perkins in seinem Jeep ein. Der Mann, der nach Deutschland fliegen sollte, hatte den Hut tief in die Stirn gezogen. Garbett konnte seine Augen nicht sehen. Auf diffuse Weise fühlte er sich unwohl. Als Major Perkins die beiden einander vorstellte, murmelte der Passagier seinen Namen. Garbett verstand ihn nicht.

»Jetzt könnt ihr starten«, sagte Perkins.

»Sonst kein Gepäck?« fragte Garbett.

Der Mann schüttelte den Kopf.

»Es ist besser, während des Fluges nicht zu rauchen«, sagte Garbett. »Die Maschine ist alt, es könnte Lecks geben. Benzindämpfe bemerkt man meistens erst, wenn es zu spät ist.«

Der Mann antwortete nicht. Garbett half ihm an Bord. Im

Innern der Maschine gab es drei unbequeme Stahlstühle, ansonsten war sie leer. Der Mann setzte sich und stellte den Koffer zwischen die Beine. Garbett fragte sich, was für Schätze er wohl nach Deutschland fliegen sollte.

Nach dem Abheben flog Garbett eine Linkskurve, bis er sich auf dem Kurs befand, den Wiffin ihm genannt hatte. Dann richtete er die Maschine auf, und als sie die ihnen angewiesene Flughöhe erreicht hatten, überließ er Foster den Steuerknüppel. Garbett wandte sich zu ihrem Passagier um. Der Mann hatte den Mantelkragen hochgeschlagen und den Hut noch tiefer in die Stirn gezogen.

Garbett fragte sich, ob er schlief. Aber irgend etwas sagte ihm, daß der Mann hellwach war.

Die Landung auf dem Flugplatz von Bückeburg verlief ohne Probleme, obwohl es dunkel und die Landebahn nur schwach beleuchtet war. Ein Wagen lotste die Maschine an den Rand eines langgestreckten Hangars. Dort warteten schon mehrere Militärfahrzeuge. Garbett half dem Passagier aus der Maschine. Aber als er sich nach dem Koffer bückte, schüttelte der Mann den Kopf und nahm ihn selbst. Dann setzte er sich in einen der Wagen, und die Kolonne fuhr sofort los. Wiffin und Foster waren inzwischen aus der Maschine geklettert und sahen die Rücklichter verschwinden. Es war kalt, und sie fröstelten.

»Man wird ja schon neugierig«, bemerkte Wiffin.

»Besser nicht«, erwiderte Garbett.

Dann zeigte er auf einen Jeep, der sich ihrer Maschine näherte.

»Wir sollen in einer Unterkunft schlafen«, sagte er. »Ich nehme an, das ist der Wagen, der uns holt.«

Nachdem ihnen ihre Schlafplätze zugeteilt worden waren und sie zu Abend gegessen hatten, schlugen einige Mechaniker vom Bodenpersonal vor, in einem der Wirtshäuser der Stadt, das den Krieg unbeschadet überstanden hatte, zusammen ein Bier zu trinken. Wiffin und Foster nahmen das Angebot an, aber Garbett war zu müde und blieb in der Unterkunft. Er legte sich hin, konnte aber nicht einschlafen. Er lag da und grübelte darüber nach, wer wohl ihr Passagier war. Was war in dem Koffer, den kein anderer berühren durfte?

Garbett murmelte in der Dunkelheit vor sich hin. Der Passagier hatte einen Geheimauftrag. Garbetts einzige Aufgabe war, ihn am nächsten Tag zurückzufliegen. Das war alles.

Er schaute auf seine Armbanduhr. Es war schon Mitternacht. Er rückte sein Kissen zurecht, und als Wiffin und Foster gegen eins zurückkehrten, war er eingeschlafen.

*

Donald Davenport verließ das britische Gefängnis für deutsche Kriegsgefangene kurz nach dreiundzwanzig Uhr. Er war in einem Hotel untergebracht, das keine Kriegsschäden erlitten hatte und jetzt als Unterkunft für britische Offiziere diente, die in Hameln stationiert waren. Er merkte, daß er müde war. Er brauchte seinen Schlaf, wenn er seinen Auftrag am nächsten Tag fehlerfrei ausführen wollte.

Er machte sich Sorgen wegen des britischen Sergeanten MacManaman, der zu seinem Assistenten ausersehen war. Davenport arbeitete nicht gern mit unerfahrenen Helfern. Vieles konnte falsch laufen. Besonders wenn der Auftrag so umfassend war wie der, der sie erwartete.

Er lehnte eine letzte Tasse Tee ab und ging direkt in sein Zimmer. Dort setzte er sich an den Schreibtisch und sah die Notizen der Besprechung durch, die eine halbe Stunde nach seiner Ankunft begonnen hatte. Er fing mit dem maschinengeschriebenen Formular an, das er von einem jungen Major namens Stuckford bekommen hatte, der die Verantwortung für die ganze Aktion trug.

Er glättete das Papier, richtete die Schreibtischlampe aus und las die Namen. Kramer, Lehmann, Heider, Volkenrath, Grese … Insgesamt waren es zwölf Namen. Drei Frauen und neun Männer. Er studierte die Angaben über ihr Gewicht und ihre Größe und machte sich Notizen. Es dauerte lange, weil sein Berufsstolz von ihm forderte, daß er höchste Genauigkeit walten ließ. Erst gegen halb zwei legte er den Stift zur Seite.

Jetzt hatte er sich alles klargemacht. Er hatte seine Berechnungen durchgeführt und dreimal kontrolliert, daß er nichts übersehen hatte. Er stand auf, ging zum Bett und öffnete den Koffer. Obwohl er wußte, daß er nie etwas vergaß, kontrollierte er, ob alles an seinem Platz war. Er nahm ein sauberes Hemd heraus, schloß den Koffer und wusch sich dann mit dem kalten Wasser, das alles war, was das Hotel zu bieten hatte.

Er hatte nie Probleme einzuschlafen. Auch in dieser Nacht nicht.

Als um kurz nach fünf an seine Tür geklopft wurde, war er schon aufgestanden und fertig angezogen. Nach einem schnellen Frühstück fuhren sie durch die dunkle Ortschaft zum Gefängnis. Sergeant MacManaman war bereits da. Er war sehr blaß, und Davenport fragte sich, ob er wohl durchhalten würde. Aber Stuckford, der sich ihnen angeschlossen hatte und Davenports Besorgnis zu ahnen schien, nahm ihn beiseite und versicherte ihm, daß MacManaman zwar mitgenommen aussehe, aber bestimmt durchhalten würde.

Um elf Uhr waren alle Vorbereitungen abgeschlossen. Davenport hatte sich entschlossen, mit den Frauen anzufangen. Weil ihre Zellen in dem Korridor lagen, der dem Galgen am nächsten war, würden sie das Geräusch hören, das beim Öffnen der Falluke entstand. Das wollte er ihnen ersparen. Davenport kümmerte es nicht, welche Verbrechen die einzelnen Gefangenen begangen hatten. Es war lediglich seine eigene Anständigkeit, die von ihm verlangte, mit den Frauen zu beginnen.

Alle, die der Hinrichtung beiwohnen sollten, hatten ihre Plätze eingenommen. Davenport nickte Stuckford zu, der seinerseits einer der Wachen ein Zeichen gab. Es waren einzelne Kommandoworte zu hören, Schlüssel rasselten, eine Zellentür wurde geöffnet, Davenport wartete.

Die erste, die kam, war Irma Grese. Einen kurzen Augenblick schlich sich ein Gefühl der Verwunderung in Davenports kühles Herz. Wie konnte diese magere blonde Zweiundzwanzigjährige im Konzentrationslager Bergen-Belsen Gefangene zu Tode gepeitscht haben? Sie war kaum mehr als ein Kind.

Aber als ihr Todesurteil gefällt worden war, hatte niemand gezögert. Sie war ein Ungeheuer gewesen, und jetzt sollte sie sterben. Sie begegnete seinem Blick und sah dann zum Galgen auf. Die Wachen führten sie die Stufen hinauf. Davenport richtete ihre Beine so aus, daß sie genau über der Falluke waren. Während er ihr die Schlinge um den Hals legte, kontrollierte er gleichzeitig, daß MacManaman den Ledergürtel um ihre Beine richtig anzog. Als Davenport ihr die Kapuze über den Kopf zog, hörte er sie mit kaum vernehmbarer Stimme ein einziges Wort sagen.

»Schnell!«

MacManaman war einen Schritt zurückgetreten und Davenport streckte sich nach dem Hebel, mit dem er die Falluke betätigte. Die Frau fiel senkrecht nach unten, und Davenport wußte, daß er die Länge des Seils richtig berechnet hatte. Lang genug, daß der Nackenwirbel brach, aber nicht so lang, daß der Kopf vom Körper getrennt wurde. Zusammen mit MacManaman ging er unter das Gestell, auf dem der Galgen stand, und machte den Körper los, nachdem der britische Militärarzt Irma Greses Tod festgestellt hatte. Die Leiche wurde fortgeschafft. Davenport wußte, daß in der harten Erde des Gefängnishofes bereits Gräber ausgehoben waren. Er stieg wieder aufs Schafott und kontrollierte in seinen Papieren, welche Seillänge er der nächsten Frau zugedacht hatte. Als alles bereit war, nickte er Stuckford erneut zu, und kurz darauf stand Elisabeth Volkenrath mit auf den Rücken gebundenen Händen in der Tür. Sie war auf die gleiche Weise gekleidet wie Irma Grese. In ein graues Kleid, das ihr bis über die Knie reichte.

Drei Minuten später war auch sie tot.

Die Hinrichtung aller Personen nahm zwei Stunden und sieben Minuten in Anspruch. Davenport hatte mit zwei Stunden und fünfzehn Minuten gerechnet. MacManaman hatte seine Aufgabe zufriedenstellend ausgeführt. Alles war nach Plan verlaufen. Zwölf deutsche Kriegsverbrecher waren hingerichtet worden.

Davenport packte das Seil und die Lederriemen in den schwarzen Koffer und verabschiedete sich von Sergeant

MacManaman. »Trinken Sie ein Glas Cognac«, sagte er. »Sie waren ein guter Assistent.«

»Sie hatten es verdient«, erwiderte MacManaman kurz. »Ich brauche keinen Cognac.«

Davenport verließ das Gefängnis zusammen mit Major Stuckford. Er überlegte, ob es möglich wäre, schon früher als geplant nach England zurückzukehren. Er selbst hatte erst am Abend zurückfliegen wollen. Es hätte etwas Unvorhergesehenes eintreten können. Davenport war zwar Englands erfahrenster Henker, aber zwölf Hinrichtungen an einem Tag waren auch für ihn ungewöhnlich. Er entschied sich, den einmal gefaßten Plan nicht mehr zu ändern.

Stuckford nahm ihn mit in den Speisesaal des Hotels und bestellte Mittagessen. Sie saßen in einer abgetrennten Nische. Stuckford hatte eine Kriegsverletzung und zog das linke Bein nach. Davenport empfand Sympathie für ihn, vor allem, weil er keine unnötigen Fragen stellte. Es gab nichts, was Davenport so unangenehm berührte, als wenn Menschen ihn fragten, wie es gewesen sei, diesen oder jenen Verbrecher hinzurichten, der durch das, was die Zeitungen geschrieben hatten, bekannt geworden war.

Sie aßen und wechselten nur ein paar allgemeine Phrasen über das Wetter und ob man in England vielleicht mit einer Extrazuteilung von Tee oder Tabak zum bevorstehenden Weihnachtsfest rechnen konnte.

Erst hinterher, als sie Tee tranken, kommentierte Stuckford das Geschehen vom Vormittag. »Eins stimmt mich bedenklich«, sagte er. »Daß die Menschen vergessen, daß es ebensogut umgekehrt hätte sein können.«

Davenport war sich nicht sicher, ob er verstanden hatte, was Stuckford eigentlich meinte, aber er brauchte nicht zu fragen.

Stuckford erklärte es. »An Ihrer Stelle könnte auch ein deutscher Henker nach England fahren, um englische Kriegsverbrecher hinzurichten. Junge englische Mädchen, die in einem Konzentrationslager Menschen zu Tode gepeitscht hätten. Das Böse hätte uns ebensogut treffen können, wie es die Deutschen in Form von Hitler und dem Nationalsozialismus getroffen hat.«

Davenport sagte nichts. Er wartete auf die Fortsetzung.

»Kein Volk ist von Natur aus böse. Diesmal waren die Nazis eben Deutsche. Aber niemand kann mir erzählen, daß das, was hierzulande geschehen ist, nicht ebensogut in England hätte geschehen können. Oder in Frankreich. Oder in den USA.«

»Ich verstehe Ihren Gedankengang«, erwiderte Davenport. »Aber ob Sie recht haben oder nicht, vermag ich nicht zu beurteilen.«

Stuckford füllte ihre Teller noch einmal auf. »Wir richten die schlimmsten Verbrecher hin«, sagte er dann. »Die größten Kriegsverbrecher. Aber wir wissen auch, daß viele von ihnen davonkommen werden. Wie zum Beispiel Josef Lehmanns Bruder.«

Lehmann war der letzte gewesen, den Davenport an diesem Vormittag gehenkt hatte. Ein kleiner Mann, der vollkommen ruhig, beinah abwesend, dem Tod entgegengesehen hatte.

»Er hat einen äußerst brutalen Bruder«, fuhr Stuckford fort. »Aber dem ist es gelungen, unterzutauchen. Vielleicht hat er es geschafft, sich einer der nationalsozialistischen Seilschaften zu bedienen. Er kann sich mittlerweile in Argentinien oder Südafrika aufhalten, und da bekommen wir ihn nie zu fassen.«

Sie schwiegen. Draußen regnete es.

»Waldemar Lehmann ist ein unfaßbar sadistischer Mensch«, nahm Stuckford den Faden wieder auf. »Er war nicht nur den Gefangenen gegenüber vollkommen unbarmherzig, er fand auch ein mörderisches Vergnügen daran, seine Untergebenen in der Kunst, Menschen zu quälen, zu unterrichten. Ihn sollten wir genauso hängen wie seinen Bruder. Aber wir haben ihn nicht gefunden. Noch nicht.«

Um fünf Uhr kehrte Davenport zum Flugplatz zurück. Obwohl er einen dicken Wintermantel trug, fror er. Der Pilot stand neben der Maschine und erwartete ihn. Davenport fragte sich, was er wohl dachte. Dann setzte er sich in der kalten

Flugzeugkabine auf einen Stuhl und schlug den Mantelkragen hoch.

Garbett ließ die Motoren an. Die Maschine hob ab und verschwand in den Wolken.

Davenport hatte seinen Auftrag ausgeführt. Es hatte keine Probleme gegeben. Er galt nicht umsonst als Englands geschicktester Henker.

Das Flugzeug stampfte und krängte in den Luftlöchern. Davenport dachte an das, was Stuckford über diejenigen gesagt hatte, die davonkamen. Und er dachte an Lehmann, dem es ein Vergnügen gewesen war, Menschen in der Kunst zu unterweisen, anderen Menschen gegenüber immer grauenhaftere Arten von Brutalität anzuwenden.

Davenport zog den Mantel enger um sich. Die Luftlöcher lagen jetzt hinter ihnen. Die Maschine war auf dem Weg zurück nach England. Es war ein guter Tag gewesen. Keiner der Gefangenen hatte sich gesträubt, als man sie zum Galgen führte. Kein Kopf war vom Rumpf getrennt worden.

Davenport war zufrieden. Jetzt konnte er sich auf drei freie Tage freuen. Dann würde er in Manchester einen Mörder hinrichten.

Er saß auf dem harten Stuhl und schlief ein, obwohl unmittelbar neben ihm die Motoren dröhnten.

Mike Garbett fragte sich immer noch, wer wohl sein Passagier war.

Teil 1

HÄRJEDALEN

Oktober – November 1999

1

Nachts lag er wach, von Schemen umgeben. Es hatte angefangen, als er zweiundzwanzig Jahre alt war. Jetzt war er sechsundsiebzig. Seit vierundfünfzig Jahren verbrachte er seine Nächte schlaflos. Und immer waren die Schatten um ihn gewesen. Nur in Perioden, in denen er große Mengen starker Schlafmittel genommen hatte, war es ihm gelungen, nachts zu schlafen. Aber wenn er erwachte, wußte er, daß die Schemen dennoch dagewesen waren, auch wenn er nichts von ihnen gemerkt hatte.

Die Nacht, die gerade zu Ende ging, war keine Ausnahme gewesen. Er brauchte nicht darauf zu warten, daß die Schatten, oder die *Besucher*, wie er sie manchmal nannte, auftauchten. Sie erschienen ein paar Stunden nach Einbruch der Dunkelheit. Plötzlich waren sie ganz dicht bei ihm. Mit ihren stummen weißen Gesichtern. Nach all den Jahren hatte er sich an ihre Gegenwart gewöhnt. Aber er wußte, daß er ihnen nicht vertrauen durfte. Eines Tages würden sie nicht mehr schweigen. Was dann passieren würde, konnte er nicht sagen. Würden sie ihn angreifen? Ihn entlarven? Es war vorgekommen, daß er sie angeschrien hatte. Daß er um sich geschlagen hatte, um sie zu verjagen. Für einige Minuten war es ihm gelungen, sie auf Abstand zu halten. Doch sie waren zurückgekommen und bis zur Morgendämmerung geblieben. Erst da hatte er einschlafen können, wenn auch meistens nur für ein paar Stunden, denn er mußte einer Arbeit nachgehen.

Sein ganzes erwachsenes Leben hindurch war er müde gewesen. Wie er immer durchgehalten hatte, wußte er nicht. Wenn er auf sein Leben zurückblickte, sah er eine sich endlos hinziehende Reihe von Tagen, durch die er sich nur mühsam geschleppt hatte. Seine Erinnerungen hingen alle in irgendeiner Weise mit seiner Müdigkeit zusammen. Zuweilen dachte er an Fotos, die ihn zeigten. Er sah immer gleich verwüstet aus. Auch in der Zeit seiner beiden Ehen hatten die Schatten ihre Rache gefordert. Die Frauen waren seiner ständigen Ängste überdrüssig geworden. Und daß er stets schlafen wollte, wenn er nicht arbeiten mußte. Sie hatten es nicht mehr ertragen, daß er Nacht für Nacht wach gelegen und nie darauf geantwortet hatte, warum er nicht schlief wie normale Menschen. Schließlich hatten sie ihn verlassen, und er war wieder allein gewesen.

Er blickte auf seine Armbanduhr. Es war Viertel nach vier. Er ging in die Küche und goß sich aus der Thermoskanne Kaffee ein. Das Thermometer vor dem Fenster zeigte zwei Grad unter Null. Es war locker und würde bald abfallen, wenn er die Schrauben nicht auswechselte. Als er die Gardine berührte, bellte draußen im Dunkeln der Hund. Shaka war seine einzige Sicherheit. Den Namen des Elchhundes hatte er in einem Buch gefunden, an dessen Titel er sich nicht mehr erinnerte. Es ging darin um einen mächtigen Zuluhäuptling, und er meinte, daß der Name gut zu einem Wachhund paßte. Er war kurz und leicht zu rufen. Er nahm die Kaffeetasse mit ins Wohnzimmer und warf einen Blick auf das Fenster. Die dicken Gardinen waren dicht zusammengezogen. Er wußte, daß es so war, aber er mußte dennoch kontrollieren, daß alles seine Ordnung hatte.

Dann setzte er sich an den Tisch und betrachtete die Puzzleteile, die verstreut vor ihm lagen. Es war ein gutes Puzzle mit vielen Teilen, und es bedurfte großer Phantasie und Ausdauer, um es zu vollenden. Wenn er mit einem Puzzle fertig war, verbrannte er es und begann sofort mit einem neuen. Er achtete immer darauf, daß er einige Spiele auf Lager hatte. Er hatte oft gedacht, daß sein Verhältnis zu Puzzlespielen ungefähr dem eines Rauchers zu Zigaretten glich. Seit vielen Jahren war er Mitglied einer weltweiten Vereinigung, die die internationale Puzzlekultur hochhielt. Sie hatte ihren Sitz in Rom und er bekam jeden Monat ein Mitgliedsblatt, das über Hersteller informierte, die aufgehört hatten, und andere, die neu begannen. Schon Mitte der siebziger Jahre hatte er bemerkt, daß es schwerer wurde, richtig gute Puzzles zu bekommen. Solche, die mit der Hand ausgesägt worden waren. Maschinengestanzte mochte er nicht. Die Teile hatten keine Logik und kein Verhältnis zum Motiv. Sie mochten schwer zu lösen sein, aber die Schwierigkeit war mechanischer Art. Im Moment arbeitete er an einem Puzzle mit Rembrandts *Verschwörung der Bataver unter Claudius Civilis gegen die Römer*. Es bestand aus dreitausend Teilen. Ein Künstler in Rouen hatte es geschaffen. Vor einigen Jahren war er mit dem Wagen hinuntergefahren und hatte den Mann besucht, der dieses Puzzle hergestellt hatte. Sie waren sich darin einig, daß die besten Puzzles diejenigen waren, die nur schwache Lichtveränderungen aufwiesen, wie zum Beispiel Rembrandts Motiv. Sie stellten höchste Anforderungen an Ausdauer und Phantasie.

Er saß mit einem Teil in der Hand da, das zum Hintergrund des Bildes gehörte. Es dauerte fast zehn Minuten, bis er den Platz gefunden hatte, an dem es eingefügt werden mußte. Er schaute wieder auf die Uhr. Kurz nach halb fünf. Es würde noch mehrere Stunden dauern, bis es dämmern würde, die Schatten sich zurückzögen und er schlafen könnte.

Er dachte, daß das Leben trotz allem viel einfacher geworden war, seit er mit fünfundsechzig in Pension gegangen war. Jetzt brauchte er die Müdigkeit nicht mehr zu fürchten. Und daß er während der Arbeit einschlafen könnte. Die Schemen hätten ihn schon lange in Frieden lassen sollen. Er hatte seine Strafe abgegolten. Sie brauchten nicht länger über ihn zu wachen. Sein Leben war zerstört. Warum konnten sie ihn nicht in Ruhe lassen?

Er stand auf und ging zum CD-Spieler im Bücherregal. Er hatte ihn vor ein paar Monaten auf einer seiner seltenen Reisen nach Östersund gekauft. Er spielte die CD, die sich schon im Gerät befand und die er zu seiner Verwunderung zwischen der Popmusik in dem Laden entdeckt hatte, in dem er auch den CD-Spieler gekauft hatte. Argentinischer Tango. Echter Tango. Er drehte die Lautstärke höher. Der Elchhund draußen im Dunkeln hatte ein gutes Gehör und reagierte mit einem Bellen auf die Musik, verstummte aber gleich wieder. Er lauschte der Musik, während er langsam um den Tisch ging und das Puzzle betrachtete. Es lag noch viel Arbeit vor ihm. Er würde noch mindestens drei Nächte brauchen, bis das Puzzle fertig war und er es verbrennen konnte. Dann hatte er immer noch eine Reihe nicht ausgepackter Puzzles, die in ihren Kartons auf ihn warteten. In ein paar Tagen würde er außerdem zur Post in Sveg fahren und eine weitere Sendung des alten Meisters in Rouen abholen.

Er setzte sich auf die Couch und lauschte der Musik. Es war einer seiner großen Träume gewesen, einmal im Leben nach Argentinien zu fahren. Einige Monate in Buenos Aires zu verbringen und nachts Tango zu tanzen. Aber es war nie etwas daraus geworden. Immer hatte ihn etwas zögern lassen. Als er vor elf Jahren Västergötland verlassen hatte und in die Wälder Härjedalens hinaufgezogen war, hatte er sich vorgenommen, in jedem Jahr eine Reise zu machen. Er lebte einfach, und obwohl seine Pension nicht hoch war, würde er es sich leisten können. Aber es waren nur ein paar Reisen mit dem Wagen in Europa herausgekommen. Auf der Jagd nach neuen Puzzles.

Er würde nie nach Argentinien kommen. Er würde nie in Buenos Aires Tango tanzen.

Aber nichts hindert mich daran, hier zu tanzen, dachte er. Ich habe die Musik, und ich habe meine Partnerin.

Er erhob sich. Es war fünf Uhr. Noch war die Dämmerung fern. Die Zeit zum Tanzen war gekommen. Er ging ins Schlafzimmer und nahm den schwarzen Anzug aus dem Kleiderschrank. Er musterte ihn sorgfältig, bevor er ihn anzog. Ein kleiner Fleck auf dem Revers irritierte ihn. Er befeuchtete ein Taschentuch und entfernte ihn vorsichtig. Dann zog er sich um. Zum weißen Hemd wählte er an diesem Morgen eine rostbraune Krawatte.

Am wichtigsten waren die Schuhe. Er hatte mehrere Paar italienischer Tanzschuhe, zwischen denen er wählen konnte. Alle kostbar. Für einen Mann, der den Tanz ernst nahm, mußten die Schuhe perfekt sein.

Als er fertig war, stellte er sich vor den Spiegel auf der Innenseite der Kleiderschranktür. Er betrachtete sein Gesicht. Das Haar war grau und kurz geschnitten. Er war mager und dachte, daß er mehr essen sollte. Aber er war trotzdem zufrieden. Er sah wesentlich jünger aus als sechsundsiebzig.

Dann ging er ins Wohnzimmer zurück und blieb vor der Tür des Gästezimmers stehen. Sie war geschlossen. Er klopfte und stellte sich vor, es würde ihn jemand hereinbitten. Dann öffnete er die Tür und machte Licht. Im Bett lag seine Tanzpartnerin. Er wunderte sich immer, daß sie so lebendig aussah, obwohl sie nur eine Puppe war. Er zog ihr die Decke weg und hob sie hoch. Sie trug eine weiße Bluse und einen schwarzen Rock. Er hatte ihr den Namen Esmeralda gegeben. Auf dem Tisch neben dem Bett standen Parfümflaschen. Er stellte Esmeralda ab, wählte einen diskreten Duft von Dior und besprühte vorsichtig ihren Hals. Wenn er die Augen schloß, bestand kein Unterschied zwischen der Puppe und einem lebendigen Menschen.

Er eskortierte sie ins Wohnzimmer. Er hatte oft daran gedacht, sämtliche Möbel hinauszustellen, Lampen mit gedämpftem Licht an der Decke anzubringen und eine brennende Zigarre in einen Aschenbecher zu legen. Dann hätte er seinen eigenen argentinischen Tanzsalon. Aber dazu war es nie gekommen. Er hatte nur den freien Fußboden zwischen dem Tisch und dem Bücherregal, auf dem der CD-Spieler stand. Er schob seine Schuhe in die Bügel, die unter Esmeraldas Füßen angebracht waren.

Dann begann er zu tanzen. Wenn er sich mit Esmeralda drehte, kam es ihm so vor, als sei es ihm gelungen, alle Schemen aus dem Raum zu vertreiben. Er tanzte sehr leicht. Von allen Tänzen, die er über die Jahre hinweg gelernt hatte, lag ihm Tango am meisten. Es gab niemanden sonst, mit dem er so gut tanzen konnte wie mit Esmeralda. Einmal hatte es in Borås eine Frau gegeben, Rosemarie, die einen Hutladen unterhielt. Mit ihr hatte er Tango getanzt, und keine Frau hatte sich je so gut führen lassen. Eines Tages, gerade als er sich fertig gemacht hatte, um sich mit ihr in einem Tanzclub in Göteborg zu treffen, erfuhr er, daß sie bei einem Verkehrsunfall ums Leben gekommen war. Er hatte noch mit anderen Frauen getanzt. Aber erst nachdem er Esmeralda angefertigt hatte, gewann er das Gefühl zurück, das er mit Rosemarie gehabt hatte.

Die Idee hatte er vor vielen Jahren bekommen, als er in einer seiner schlaflosen Nächte durch Zufall im Fernsehen ein altes Musical gesehen hatte. Darin tanzte ein Mann, vielleicht war es Gene Kelly, mit einer Puppe. Er hatte die Szene fasziniert betrachtet und sich sofort entschlossen, eine eigene Puppe anzufertigen.

Das schwierigste war die Füllung gewesen. Er hatte alles ausprobiert und verschiedene Stoffe in das Futteral gestopft. Aber erst als er es mit Schaumgummi gefüllt hatte, fühlte es sich an, als hielte er einen lebendigen Menschen in seinen Armen. Er hatte sich dafür entschieden, ihr einen großen Busen und ein kräftiges Hinterteil zu geben. Seine beiden Frauen waren mager gewesen. Jetzt hatte er sich eine Frau gegeben, bei der man etwas in den Händen hielt. Wenn er mit ihr tanzte und den Duft des Parfüms wahrnahm, konnte es ihn erregen. Allerdings nicht mehr so häufig wie noch vor fünf oder sechs Jahren. Sein erotisches Verlangen ließ allmählich nach, und er dachte, daß er es eigentlich nicht vermißte.

Er tanzte über eine Stunde. Als er Esmeralda schließlich ins Gästezimmer brachte und ins Bett legte, war er durchgeschwitzt. Er zog sich aus, hängte den Anzug in den Kleiderschrank zurück und duschte. Bald würde die Morgendämmerung hereinbrechen, und er konnte sich hinlegen und schlafen. Wieder hatte er eine Nacht bezwungen.

Er zog den Morgenrock an und goß sich Kaffee ein. Das Thermometer zeigte immer noch zwei Grad unter Null. Er berührte die Gardine. Shaka bellte ein paarmal kurz auf. Er dachte an den Wald, der ihn umgab. Genau davon hatte er geträumt. Ein einsam gelegener Hof, modern, aber ohne Nachbarn. Ein Haus, das außerdem am Ende eines Weges lag. Schließlich war es ihm gelungen, das Gesuchte zu finden. Es war ein geräumiges Haus. Solide gebaut und mit einem großen Wohnzimmer, das seinem Bedürfnis nach einem Tanzboden entsprach. Der Verkäufer war ein pensionierter Jagdmeister, der nach Spanien gezogen war.

Er setzte sich an den Küchentisch und trank seinen Kaffee. Die Dämmerung brach an. Bald würde er sich ins Bett zwischen die Laken legen und schlafen. Die Schatten würden ihn in Ruhe lassen.

Shaka bellte einmal auf. Er lauschte. Das Bellen wiederholte sich. Dann wurde es still. Wahrscheinlich ein Tier. Ein Hase. Shaka bewegte sich frei in seinem Zwinger. Der Hund bewachte ihn.

Er wusch die Tasse ab und stellte sie neben den Herd. In sieben Stunden würde er sie wieder benutzen. Er fand es nicht gut, unnötig die Tasse zu wechseln. Er konnte dieselbe Tasse wochenlang benutzen. Dann ging er ins Schlafzimmer, zog den Morgenrock aus und kroch ins Bett. Es war noch nicht hell, aber er lag gern da und hörte Radio, während er auf die Dämmerung wartete. Wenn er das erste schwache Licht vor dem Haus ahnte, würde er das Radio abschalten, die Lampe ausmachen und sich zum Schlafen zurechtlegen.

Shaka begann wieder zu bellen. Er runzelte die Stirn. Horchte und zählte still bis dreißig. Shaka war ruhig. Was für ein Tier es auch gewesen sein mochte, jetzt war es verschwunden. Er machte das Radio an. Abwesend hörte er auf die Musik. Shaka schlug erneut an. Aber jetzt klang es anders. Er setzte sich hastig im Bett auf. Shaka bellte wütend. Das konnte nur bedeuten, daß ein Elch in der Nähe war. Oder ein Bär. Es wurden jedes Jahr Bären in der Gegend geschossen. Er selbst hatte jedoch nie einen gesehen. Shaka bellte weiter. Er stieg aus dem Bett und zog den Morgenrock an. Shaka verstummte. Er wartete, aber es blieb ruhig. Er zog den Morgenrock wieder aus und kroch zurück zwischen die Laken. Er schlief immer nackt. Die Lampe beim Radio brannte.

Plötzlich fuhr er hoch. Irgend etwas stimmte nicht. Etwas mit dem Hund. Er hielt den Atem an und lauschte. Alles war still. Er bekam Angst. Ihm war, als hätten sich die Schatten um ihn her verändert. Er stieg aus dem Bett. Da war etwas mit Shakas letztem Bellen. Es hatte nicht natürlich geendet. Sondern so, als sei es abgeschnitten worden. Er ging ins Wohnzimmer und zog eine der Gardinen vor dem Fenster zur Seite, das direkt zum Hundezwinger hinausging. Shaka bellte nicht, und er merkte, daß sein Herz schneller zu schlagen begann. Er ging zurück ins Schlafzimmer und zog sich eine Hose und einen Pullover an. Dann nahm er das Gewehr, das immer unter dem Bett lag. Eine Schrotflinte mit sechs Schuß im Magazin. Er ging hinaus in den Flur und stieg in ein Paar Stiefel. Die ganze Zeit über horchte er. Shaka war still. Er dachte, daß er sich etwas einbildete, daß alles in Ordnung war. Bald würde die Dämmerung einsetzen. Es waren die Schatten, die ihm Angst machten. Nichts anderes. Er schloß die drei Schlösser der Haustür auf und schob sie vorsichtig mit dem Fuß auf. Immer noch keine Reaktion von Shaka. Jetzt wußte er, daß etwas nicht stimmte. Er nahm eine Taschenlampe von einem Regal und leuchtete hinaus in die Dunkelheit. Shaka war nicht zu erkennen. Er ließ den Lichtkegel über den Waldrand gleiten, während er nach dem Hund rief. Er bekam keine Antwort. Hastig zog er die Tür zu. Schweißgebadet. Er entsicherte das Gewehr und öffnete wieder. Vorsichtig trat er hinaus auf die Treppe. Alles war still. Er ging zum Hundezwinger und blieb abrupt stehen. Shaka lag auf dem Boden. Die Augen waren offen, und das grauweiße Fell war blutig. Er wandte sich um und lief zurück zum Haus. Er schlug die Tür hinter sich zu. Etwas passierte. Er wußte nicht, was es war, aber jemand hatte Shaka getötet. Er machte alle Lampen im Haus an und setzte sich im Schlafzimmer auf das Bett. Er merkte, wie er zitterte.

Die Schemen hatten ihn getäuscht. Er hatte die Gefahr nicht rechtzeitig erkannt. Er war davon ausgegangen, daß die Schemen sich verändern würden. Daß sie es sein würden, die ihn angriffen. Aber er hatte sich getäuscht. Die Bedrohung kam von draußen. Die Schatten hatten ihm den Blick verstellt. Vierundfünfzig Jahre lang hatte er sich täuschen lassen. Er war der Meinung, davongekommen zu sein. Jetzt sah er ein, daß das ein Irrtum war. Die Bilder von damals, aus dem furchtbaren Jahr 1945, wallten in ihm auf. Er entkam ihnen nicht.

Er schüttelte den Kopf und dachte, daß er sich trotzdem nicht freiwillig ergeben würde. Er wußte nicht, wer sich dort draußen in der Dunkelheit aufhielt und seinen Hund getötet hatte. Aber Shaka hatte ihn noch warnen können. Er würde sich nicht freiwillig ergeben.

Er trat sich die Stiefel von den Füßen, zog sich ein Paar Strümpfe an und suchte die Turnschuhe unter dem Bett hervor. Die ganze Zeit horchte er auf Geräusche. Wo blieb die Dämmerung? Wenn es erst hell wurde, würden sie ihm nicht beikommen können. Er wischte sich seine schweißnassen Hände an der Bettdecke ab. Das Gewehr gab ihm Sicherheit. Er war ein guter Schütze. Er würde sich nicht überrumpeln lassen.

Im selben Augenblick stürzte das Haus zusammen. Zumindest kam es ihm so vor. Das Getöse war so gewaltig, daß er sich auf den Fußboden warf. Weil er den Finger am Abzug hatte, löste sich ein Schuß und traf den Spiegel in der Kleiderschranktür. Vorsichtig kroch er zur Zimmertür und blickte ins Wohnzimmer. Da begriff er, was passiert war. Jemand hatte durch das nach Süden gehende große Fenster geschossen oder eine Granate hineingeworfen. Das ganze Zimmer war mit Glassplittern übersät.

Mehr Zeit, darüber nachzudenken, hatte er nicht, bevor das Fenster auf der Nordseite zerschossen wurde. Er preßte sich auf den Fußboden. Sie kommen von allen Seiten, dachte er. Das Haus ist umstellt, und sie schießen die Fenster kaputt, um hereinzukommen. Er suchte verzweifelt nach einem Ausweg. Die Dämmerung, dachte er. Die kann mich retten. Wenn nur die verdammte Nacht endlich zu Ende wäre.

Dann zerschossen sie das Küchenfenster. Er lag auf dem Bauch auf dem Fußboden und hielt die Hände über den Kopf. Als es das nächste Mal knallte, wußte er, daß das Badezimmerfenster getroffen worden war. Er spürte, wie die kühle Luft durch die zerschossenen Fenster hereinströmte.

Es zischte. Neben ihm plumpste etwas auf den Boden. Als er den Kopf hob, sah er, daß es eine Tränengaspatrone war. Er wandte sich ab, aber es war zu spät. Der Rauch hatte bereits seine Augen und seine Lungen erreicht. Ohne etwas sehen zu können, hörte er, wie neue Tränengaspatronen durch die kaputten Fenster hereingeworfen wurden. Der Schmerz in den Augen war jetzt so stark, daß er es nicht mehr aushielt. Immer noch hatte er das Gewehr in den Händen. Es gab keine andere

Möglichkeit. Er mußte das Haus verlassen. Vielleicht war es trotz allem die Dunkelheit und nicht die Dämmerung, die ihn retten konnte. Er tastete sich zur Haustür vor. Der Husten riß in den Lungen. Er stieß die Tür auf und stürzte hinaus. Gleichzeitig schoß er. Er wußte, daß es ungefähr dreißig Meter bis zum Waldrand waren. Obwohl er nichts sehen konnte, lief er, so schnell er konnte. Die ganze Zeit wartete er darauf, daß der Todesschuß ihn treffen würde. Während des kurzen Laufs bis zum Waldrand gelang es ihm noch, zu denken, daß er getötet werden würde, ohne zu wissen, von wem. Er wußte, warum, aber nicht, von wem. Der Gedanke bereitete ihm ebenso große Schmerzen wie seine brennenden Augen.

Er prallte gegen einen Baumstamm und wäre fast gestürzt. Noch immer blind vom Tränengas, tastete er sich zwischen den Bäumen weiter. Zweige ritzten seine Gesichtshaut auf, aber er wußte, daß er nicht stehenbleiben durfte. Wer es auch war, dort hinter ihm, er würde ihn finden, wenn er nicht tiefer in den Wald hinein gelangte. Er stolperte über eine Unebenheit auf dem Boden und fiel. Als er sich aufrichten wollte, spürte er etwas im Nacken. Er wußte sofort, was es war. Jemand hatte den Fuß auf seinen Hinterkopf gestellt. Er erkannte, daß es vorbei war. Die Schatten hatten ihn besiegt. Sie hatten ihre dunklen Kleider ausgezogen und gezeigt, wer sie eigentlich waren.

Dennoch wollte er sehen, wer es war, der ihn töten würde. Er versuchte den Kopf zu drehen, aber der Fuß in seinem Nacken hinderte ihn daran.

Dann zog ihn jemand auf die Füße. Immer noch konnte er nichts sehen. Dennoch wurden ihm die Augen verbunden. Einen kurzen Moment lang spürte er den Atem der Person, die ihm die Binde am Hinterkopf verknotete. Er versuchte etwas zu sagen, aber als er den Mund öffnete, kamen keine Worte, nur ein weiterer Hustenanfall.

Danach schlossen sich zwei Hände hart um seine Kehle. Er versuchte, dagegen anzukämpfen. Doch es fehlte ihm die Kraft. Er spürte, wie das Leben aus ihm entwich.

Es sollte fast zwei Stunden dauern, bis er endlich tot war. Wie in einem Grenzland des Grauens, zwischen dem ungeheuren Schmerz und dem hoffnungslosen Willen zu überleben, wurde er in der Zeit zurückversetzt zu jenem Tag, an dem er dem Schicksal begegnet war, das ihn jetzt einholte. Er wurde umgestoßen und fiel auf den Boden. Jemand zog ihm Hose und Pullover aus. Er spürte die kalte Erde an seiner Haut. Dann trafen ihn die Peitschenhiebe und verwandelten alles in ein Inferno.

Wie viele Schläge er erhielt, wußte er nicht. Zwischendurch verlor er das Bewußtsein. Aber er wurde immer wieder mit kaltem Wasser übergossen und an die Oberfläche zurückgerissen. Anschließend fielen die Schläge weiter. Er hörte sich schreien, aber es gab niemanden, der ihm helfen konnte. Shaka lag tot in seinem Zwinger.

Das Letzte, was er mitbekam, war, wie er über den Hofplatz ins Haus geschleift und unter den Fußsohlen geschlagen wurde. Dann wurde alles um ihn her dunkel. Er lebte nicht mehr.

Er konnte nicht wissen, was am Ende mit ihm geschah. Daß er nackt hinaus an den Waldrand gezogen und dort liegengelassen wurde. Das Gesicht der kalten Erde zugedreht.

Da war die Dämmerung angebrochen.

Es war der 19. Oktober 1999. Einige Stunden später begann ein Regen zu fallen, der langsam, fast unmerklich in nassen Schnee überging.

2

Stefan Lindman war Polizeibeamter. Mindestens einmal jedes Jahr war er in Situationen geraten, in denen die Angst ihn gepackt hatte. Einmal war er von einem Psychopathen, der über hundert Kilo wog, zu Boden geworfen worden. Er hatte den Mann rittlings über sich gehabt und sich mit wachsender Verzweiflung dagegen zur Wehr gesetzt, daß die groben Hände des Mannes ihm den Kopf abrissen. Hätte nicht einer seiner Kollegen den Mann mit einem mächtigen Schlag an den Kopf außer Gefecht gesetzt, es wäre vorbei gewesen. Ein andermal war auf ihn geschossen worden, als er an eine Tür geklopft hatte, um einen Familienstreit zu schlichten. Der Schuß aus einer Mauser hatte sein Bein gestreift. Aber er hatte noch nie solche Angst gehabt wie heute, am 25. Oktober 1999, als er in seinem Bett lag und an die Decke starrte.

Er hatte in der Nacht fast nicht geschlafen. Dann und wann war er in einen leichten Schlummer gefallen, aus dem er aber, von Alpträumen geplagt, sofort wieder aufschreckte. Aus schierer Ohnmacht war er schließlich aufgestanden und hatte sich vor den Fernseher gesetzt und einen Sender gesucht, der einen Porno zeigte. Doch nach einer Weile hatte er den Fernseher angewidert ausgeschaltet und war wieder ins Bett gegangen.

Um sieben Uhr stand er auf. In der Nacht hatte er einen Plan entwickelt. Einen Plan, der zugleich eine Beschwörung war. Er würde nicht direkt den Hügel zum Krankenhaus hinaufgehen. Er würde die Zeit so einteilen, daß er nicht nur einen Umweg machen konnte, sondern auch noch die Möglichkeit hätte, zweimal um das Krankenhaus herumzugehen. Ununterbrochen würde er nach Zeichen dafür Ausschau halten, ob der Bescheid, den er vom Arzt bekommen sollte, positiv war.

Um sich eine letzte Kraftinjektion zu geben, würde er in der Cafeteria des Krankenhauses einen Kaffee trinken und sich zwingen, ruhig die Lokalzeitung durchzulesen.

Ohne darüber nachgedacht zu haben, zog er seinen besten Anzug an. Normalerweise, wenn er nicht die Uniform oder andere Arbeitskleidung trug, ging er in Jeans und Pullover. Aber jetzt hatte er das Gefühl, der Anzug sei notwendig. Während er die Krawatte band, betrachtete er sein Gesicht im Badezimmerspiegel. Es war ihm anzusehen, daß er seit Wochen nicht richtig geschlafen und kaum gegessen hatte. Seine Wangen waren eingefallen. Außerdem hätte er sich die Haare schneiden lassen sollen. Er konnte es nicht leiden, wenn seine Haare über die Ohren ragten.

Ihm gefiel das Gesicht überhaupt nicht, das er an diesem Morgen im Spiegel erblickte. Es war ein ungewöhnliches Gefühl. Er war eitel und betrachtete sich oft im Spiegel. Im Normalfall gefiel ihm sein Aussehen. Sein Spiegelbild versetzte ihn meistens in gute Laune. Aber an diesem Morgen war alles anders.

Nachdem er sich angezogen hatte, trank er eine Tasse Kaffee. Er deckte Brot und Aufschnitt, konnte aber nichts essen.

Er hatte um Viertel vor neun einen Termin beim Arzt bekommen. Jetzt war es sieben Uhr siebenundzwanzig. Also hatte er noch eine Stunde und achtzehn Minuten für seinen Spaziergang zum Krankenhaus.

Als er auf die Straße trat, bemerkte er den Nieselregen.

Stefan Lindman wohnte mitten in Borås. In der Alleegata. Vor drei Jahren hatte er in Sjömarken gewohnt, außerhalb der Stadt. Aber durch Zufall hatte er diese Dreizimmerwohnung angeboten bekommen und nicht gezögert, den Mietvertrag zu unterschreiben. Auf der anderen Straßenseite lag das Hotel *Vävaren*. Jetzt konnte er zu Fuß ins Polizeipräsidium gehen. Sogar zum Ryavallen konnte er zu Fuß gehen, wenn Elfsborg ein Heimspiel hatte. Neben seiner Arbeit galt dem Fußball sein größtes Interesse. Auch wenn er es niemandem erzählte, sammelte er immer noch Bilder und Zeitungsausschnitte über Elfsborg in einer Mappe. In seinen Tagträumen stellte er sich vor, er wäre Fußballprofi in Italien. Nicht Polizist. Die Träume waren ihm peinlich, aber es gelang ihm nicht, sie abzuschütteln.

Er stieg die Treppen zur Stengärdsgata hinauf und ging danach weiter Richtung Stadttheater und Gymnasium. Ein Polizeiwagen fuhr vorbei. Die Kollegen darin sahen ihn nicht. Die Angst schlug zu. Es war ihm, als sei er bereits fort. Bereits tot. Er zog die Jacke fester um sich. Nichts sprach eigentlich dafür, daß er einen positiven Bescheid erhalten würde. Er erhöhte sein Schrittempo. Die Regentropfen, die sein Gesicht streiften, erinnerten ihn ans Leben. Sein Leben. Das verstrich.

Er war siebenunddreißig Jahre alt. Seit er die Polizeihochschule verlassen hatte, arbeitete er in Borås, und genau das hatte er auch tun wollen. Er war in Kinna geboren und in einer Familie mit drei Kindern aufgewachsen. Der Vater hatte Gebrauchtwagen verkauft, und die Mutter arbeitete in einer Bäckerei. Stefan war das jüngste der Geschwister, fast ein Nachzügler. Seine beiden Schwestern waren sieben und neun Jahre älter.

Wenn Stefan an seine Kindheit zurückdachte, kam sie ihm seltsam ereignislos und langweilig vor. Ein Leben in Geborgenheit mit einem festen Rahmen. Sowohl seine Mutter als auch sein Vater verreisten nicht gern. Eine Fahrt nach Borås oder Varberg war für sie das höchste der Gefühle. Schon Göteborg war zu groß und zu weit und zu erschreckend. Seine Schwestern hatten gegen das Leben, das sie führten, aufbegehrt und das Elternhaus früh verlassen. Die eine war nach Stockholm gegangen, die andere nach Helsinki. Die Eltern empfanden das als Niederlage, und Stefan erkannte, daß von ihm geradezu verlangt wurde, in Kinna zu bleiben. Oder zumindest dorthin zurückzukehren, wenn er entschieden hatte, wie er sein Leben gestalten wollte. Als Teenager war er rastlos und unruhig gewesen und hatte überhaupt nicht gewußt, in welche Richtung er sich wenden sollte.

Dann lernte er durch Zufall einen jungen Mann kennen, der sein Leben als Motocrossfahrer verbrachte. Er wurde dessen Assistent und tingelte einige Jahre in Mittelschweden von Rennbahn zu Rennbahn. Schließlich hatte er es satt und kehrte nach Kinna zurück, wo ihn seine Eltern fast triumphierend empfingen. Der verlorene Sohn war heimgekehrt. Er sah ein, daß er überhaupt nicht wußte, wie oder womit er sein Leben verbringen wollte. Wiederum durch einen Zufall lernte er einen Polizisten aus Malmö kennen, der bei gemeinsamen Bekannten in Kinna zu Besuch war. Und in Stefan wurde ein Gedanke geboren. Vielleicht sollte er Polizist werden? Er dachte einige Tage darüber nach und entschloß sich dann, es zumindest zu versuchen.

Seine Eltern nahmen die Mitteilung mit beherrschter Sorge auf. Aber Stefan wies darauf hin, daß es auch in Kinna Polizisten gab. Er müßte nicht wegziehen.

Er fing sofort an, seinen Entschluß in die Tat umzusetzen. Als erstes drückte er wieder die Schulbank, um das Abitur nachzumachen. Weil er motiviert war, fiel es leichter, als er geglaubt hatte. Um sich seinen Lebensunterhalt zu verdienen, übernahm er dann und wann in Schulen Vertretungen als Hausmeister.

Zu seiner Verwunderung wurde er bereits beim ersten Versuch an der Polizeihochschule angenommen. Die Ausbildung bereitete ihm keine Probleme. Er zeichnete sich in keiner Weise besonders aus, gehörte aber doch zur besseren Hälfte seines Jahrgangs. Anschließend kehrte er in Uniform nach Kinna zurück und konnte berichten, daß er in Borås arbeiten würde, nur vierzig Kilometer entfernt.

In den ersten Jahren pendelte er zwischen Kinna und Borås. Aber als er sich in eines der Büromädchen im Polizeipräsidium verliebt hatte, zog er nach Borås. Sie wohnten drei Jahre zusammen. Dann erklärte sie eines Tages, sie habe einen Mann aus Trondheim getroffen und wolle dorthin ziehen.

Stefan trug es mit Fassung. Er sagte sich, daß ihre Beziehung bereits begonnen hatte, ihn zu langweilen. Worüber er jedoch viel nachgrübelte, war, wie sie einen anderen Mann hatte treffen und ein Verhältnis mit ihm beginnen können, ohne daß er etwas davon geahnt hatte.

Er war dreißig geworden, ohne es richtig bemerkt zu haben.

Dann starb sein Vater plötzlich an einem Herzinfarkt, und ein paar Monate später folgte ihm seine Mutter. Am Tag nach ihrer Beerdigung setzte er eine Kontaktanzeige in die *Borås Tidning*. Er erhielt vier Antworten und traf die Frauen der Reihe nach. Eine von ihnen war eine Polin, die schon seit vielen Jahren in Borås lebte. Sie hatte zwei erwachsene Kinder und arbeitete in der Cafeteria des Gymnasiums. Sie war fast zehn Jahre älter als er, aber der Unterschied war ihnen eigentlich nie aufgefallen. Zunächst verstand er nicht, warum er sich sofort in sie verliebte, von ihr gefesselt war. Dann sagte er sich, daß es daran lag, daß sie vollkommen normal war. Sie nahm das Leben ernst, aber ohne die Dinge unnötig zu komplizieren. Sie begannen eine Beziehung, und Stefan erlebte zum ersten Mal in seinem Leben, daß er fähig war, mehr für eine Frau zu empfinden als rein körperliche Begierde. Sie hieß Elena und wohnte in Norrby. Ein paar Nächte in der Woche pflegte er bei ihr zu schlafen.

Dort hatte er auch eines Morgens, als er im Badezimmer stand, den eigenartigen Knoten in der Zunge entdeckt.

Er unterbrach seine Gedanken. Das Krankenhaus lag vor ihm. Es nieselte immer noch. Die Uhr zeigte vier Minuten vor acht. Er ging am Krankenhaus vorbei und beschleunigte sein Tempo. Da er beschlossen hatte, zweimal um das Gelände zu gehen, wollte er es auch tun.

Um halb neun setzte er sich mit einer Tasse Kaffee und der Lokalzeitung in die Cafeteria. Aber er las nicht und ließ den Kaffee stehen.

Als er vor der Tür des Arztes stand, war seine Angst entsetzlich. Er klopfte und trat ein. Es war eine Ärztin. Er versuchte, in ihrem Gesicht zu lesen, was ihn erwartete: Todesurteil oder Begnadigung. Sie lächelte ihn an, aber das verwirrte ihn nur. War es Unsicherheit, Mitleid oder Erleichterung darüber, einem Menschen nicht mitteilen zu müssen, daß er Krebs hat?

Er nahm vor ihrem Schreibtisch Platz. Sie ordnete einige Papiere, die auf dem Tisch lagen.

Später sollte er denken, daß er dankbar dafür war, daß sie direkt zur Sache gekommen war.

»Leider hat es sich gezeigt, daß der Knoten, den Sie in der Zunge haben, bösartig ist.«

Er nickte und schluckte. Er hatte es die ganze Zeit gewußt.

Seit jenem Morgen in Elenas Wohnung in Norrby. Er hatte Krebs.

»Wir sehen keine Anzeichen von Metastasen. Weil wir es früh erkannt haben, können wir Sofortmaßnahmen ergreifen.«

»Was bedeutet das? Schneiden Sie mir die Zunge heraus?«

»Nein. In erster Linie kommt eine Strahlenbehandlung in Frage, und danach eine Operation.«

»Werde ich daran sterben?«

Er hatte seine Frage nicht vorbereitet. Sie war ihm entwichen, ohne daß er sie hätte aufhalten können.

»Krebs ist immer eine ernste Angelegenheit«, erwiderte die Ärztin. »Aber es gibt mittlerweile gute Behandlungsmethoden. Es ist lange her, daß eine Krebsdiagnose einem Todesurteil gleichkam.«

Über eine Stunde saß er bei der Ärztin. Als er das Zimmer verließ, war er durchgeschwitzt. Tief drinnen in seinem Magen gab es einen Punkt, der vollkommen kalt war. Einen Schmerz, der nicht brannte, der sich aber anfühlte wie die Fäuste des Psychopathen um seinen Hals. Er zwang sich, vollkommen ruhig zu bleiben. Jetzt würde er Kaffee trinken und die Lokalzeitung lesen. Dann würde er darüber nachdenken, ob er wohl sterben würde oder nicht.

Die Lokalzeitung war nicht mehr da. Statt dessen nahm er eine der Abendzeitungen. Der Knoten von Kälte war die ganze Zeit in ihm. Er trank Kaffee und blätterte in der Zeitung. Die Worte und Bilder hatte er im selben Augenblick vergessen, in dem er die Seite umblätterte. Dennoch nahm etwas seine Aufmerksamkeit gefangen. Ein Name. Unter einem Bild. Eine Überschrift, die von einem brutalen Mord berichtete. Er starrte das Bild und den Namen an. *Herbert Molin, 76 Jahre. Polizeibeamter a.D.*

Er schob die Zeitung hastig von sich und holte sich eine weitere Tasse Kaffee. Er wußte, daß sie zwei Kronen kostete, aber er bezahlte nicht. Er hatte Krebs und konnte sich gewisse Freiheiten herausnehmen. Ein Mann, der zur Theke geschlurft war, schenkte sich Kaffee ein. Er zitterte so stark, daß fast nichts in der Tasse landete. Stefan half ihm. Der Mann blickte ihn dankbar an.

Als er wieder an seinen Tisch kam, zog er die Zeitung zu sich heran. Er las, was dort stand, ohne wirklich zu verstehen, was es bedeutete.

Als er als junger Polizeianwärter ins Polizeipräsidium von Borås gekommen war, hatte man ihn dem ältesten und erfahrensten Kriminalbeamten vorgestellt. Herbert Molin. Ein paar Jahre lang arbeiteten sie zusammen in der Mordkommission, bis Molin in Pension ging. Stefan hatte später oft an ihn gedacht. Sein unruhiges Suchen nach Zusammenhängen und Spuren. Viele hatten hinter Molins Rücken schlecht von ihm gesprochen. Aber für Stefan war er eine wahre Wissensquelle. Molin predigte nicht zuletzt, daß die wichtigste und am meisten unterschätzte Ressource des guten Kriminalbeamten die Intuition sei. Stefan lernte mit zunehmender Erfahrung, daß Molin recht hatte.

Herbert Molin war ein Einzelgänger gewesen. Niemand, den Stefan kannte, hatte ihn je zu Hause in dem Einfamilienhaus besucht, das direkt gegenüber vom Gerichtsgebäude am Brämhultsväg lag. Einige Jahre nach seiner Pensionierung hörte Stefan zufällig, daß Molin die Stadt verlassen habe. Aber niemand wußte, wohin er gegangen war.

Stefan schob die Zeitung zur Seite.

Herbert Molin war also nach Härjedalen gezogen. Der Zeitung zufolge hatte er sich tief im Wald auf einem einsam gelegenen Hof niedergelassen. Dort war er brutal ermordet worden. Ein erkennbares Motiv gab es nicht. Auch keine Spuren des Täters. Der Mord war vor einigen Tagen verübt worden. Aber die Nervosität vor dem Arztbesuch hatte dazu geführt, daß Stefan sich von der Außenwelt abgeschottet hatte, so daß ihn die Nachricht nicht erreichte. Bis jetzt. In dieser abgegriffenen Abendzeitung.

Er erhob sich hastig. Gerade im Moment reichte ihm seine eigene Sterblichkeit. Er verließ das Krankenhaus. Immer noch fiel dichter Nieselregen. Er zog die Jacke dichter um sich und ging zum Zentrum hinunter.

Herbert Molin war tot.

Und er selbst hatte die Mitteilung erhalten, daß er jetzt zu der Kategorie von Menschen gehörte, deren Zeit vielleicht bald abgelaufen war. Er war siebenunddreißig Jahre alt und hatte nie besonders viel darüber nachgedacht. Aber jetzt kam es ihm plötzlich so vor, als sei er jeglicher Perspektive beraubt. Als habe er sich in einem Boot auf dem offenen Meer befunden und sei dann in eine enge Bucht geschleudert worden, wo er von hohen Felswänden umgeben war. Er blieb auf dem Bürgersteig stehen und holte tief Luft. Er hatte nicht nur Angst. Da war auch das Gefühl, betrogen zu werden. Von etwas, was sich unsichtbar und unbemerkt in seinen Körper geschlichen hatte und nun dabei war, ihn zu vernichten.

Ihm kam der Gedanke, wie lächerlich es war, den Leuten erklären müssen, ausgerechnet an der Zunge Krebs zu haben.

Menschen bekamen Krebs. Davon hörte man häufig. Aber an der Zunge?

Er ging weiter. Um Zeit zu gewinnen, beschloß er, den Kopf vollkommen leer zu lassen, bis er das Gymnasium erreicht hätte. Dort würde er entscheiden, was er tun wollte. Die Ärztin hatte ihm für den folgenden Tag einen Termin für weitere Probeentnahmen gegeben. Sie hatte ihn auch zunächst für einen Monat krankgeschrieben. In gut drei Wochen sollte die Behandlung beginnen.

Vor dem Eingang des Theaters standen ein paar Schauspieler in Kostümen und Perücken und wurden fotografiert. Sie waren jung und lachten laut. Stefan Lindman war noch nie in Borås im Theater gewesen. Er war überhaupt noch nie im Theater gewesen. Als er die Schauspieler lachen hörte, beschleunigte er seine Schritte.

Er ging in die Stadtbibliothek und setzte sich in den Lesesaal. Ein alter Mann blätterte in einer russischen Zeitung. Stefan hatte aufs Geratewohl eine Zeitschrift über Speedwayrennen herausgegriffen. Er benutzte sie, um sich dahinter zu verstecken. Er starrte das Bild eines Motorrads an, während er versuchte, einen Entschluß zu fassen.

Die Ärztin hatte gesagt, daß er nicht daran sterben würde. Jedenfalls nicht sofort.

Gleichzeitig war er sich der Gefahr bewußt, daß der Tumor wuchs und Metastasen bilden konnte. Es würde ein Zweikampf werden. Entweder würde er gewinnen oder verlieren. Die Möglichkeit eines Unentschiedens gab es nicht.

Er starrte auf das Motorrad und dachte, daß er zum erstenmal seit vielen Jahren seine Mutter vermißte. Mit ihr hätte er reden können. Jetzt hatte er niemanden. Der Gedanke, sich Elena anzuvertrauen, war ihm plötzlich fremd. Warum? Er verstand es nicht. Wenn es jemanden gab, mit dem er sprechen sollte und der ihm die Hilfe geben konnte, die er brauchte, dann war sie es. Dennoch konnte er sich nicht überwinden, sie anzurufen. Es war, als schäme er sich dafür, Krebs zu haben. Sie wußte ja nicht einmal, daß er ins Krankenhaus gehen würde.

Langsam blätterte er die Seiten mit den Motorrädern durch. Er blätterte sich zu einem Entschluß.

Nach einer halben Stunde wußte er, was er tun würde. Er würde mit seinem Chef sprechen, Polizeidirektor Olausson, der gerade von einer einwöchigen Elchjagd zurückgekommen war. Sagen, daß er krankgeschrieben war, aber nicht, weshalb. Nur daß er eine gründliche Untersuchung über sich ergehen lassen müßte, weil er Schmerzen habe. Sicher nichts Ernstes. Die ärztliche Bescheinigung konnte er selbst an die Personalabteilung schicken. Das würde ihm zumindest eine Woche verschaffen, bevor Olausson die eigentliche Ursache für seine Abwesenheit erführe.

Dann würde er nach Hause gehen, Elena anrufen und sagen, er wolle ein paar Tage verreisen. Vielleicht nach Helsinki, um seine Schwester zu besuchen. Das hatte er früher schon getan. Elena würde keinen Verdacht schöpfen. Dann würde er zum Systembolag gehen und ein paar Flaschen Wein kaufen. Am Abend und in der Nacht würde er alle anderen Entscheidungen treffen. Vor allem, ob er selbst daran glaubte, daß es ihm gelingen würde, einen Krebs zu bekämpfen, der sich als lebensbedrohlich erweisen könnte. Oder ob er von vornherein aufgeben sollte.

Er legte die Motorradzeitschrift wieder an ihren Platz, ging durch den Lesesaal und blieb an einem Regal mit medizinischen Nachschlagewerken stehen. Er zog ein Buch über Krebs heraus, aber er stellte es gleich wieder zurück.

Polizeidirektor Olausson war ein Mann, der lachend durchs Leben ging. Seine Tür stand stets offen. Es war zwölf Uhr, als Stefan in sein Zimmer trat. Olausson war dabei, ein Telefongespräch zu beenden, und Stefan wartete.

Olausson knallte den Hörer auf, zog ein Taschentuch hervor und schneuzte sich. »Ich sollte einen Vortrag halten«, sagte er und lachte. »Bei den Rotariern. Sie wollten, daß ich über die russische Mafia rede. Aber wir haben keine russische Mafia in Borås. Wir haben überhaupt keine Mafia. Also habe ich abgelehnt.«

Er nickte Stefan zu, sich zu setzen.

»Ich wollte nur sagen, daß ich krankgeschrieben bin.«

Olausson sah ihn erstaunt an. »Du bist doch nie krank.«

»Aber jetzt bin ich es. Ich habe Halsschmerzen. Ich bleibe einen Monat weg. Mindestens.«

Olausson lehnte sich im Stuhl zurück und faltete die Hände über dem Bauch. »Einen Monat krankgeschrieben? Wegen Halsschmerzen? Das kommt mir ein bißchen lang vor.«

»Der Arzt hat mich krankgeschrieben, nicht ich.«

Olausson nickte. »Im Herbst erkälten sich Polizisten«, philosophierte er nachdenklich. »Aber ich habe das Gefühl, daß Ganoven nie Grippe bekommen. Was glaubst du, woran das liegt?«

»Vielleicht haben sie ein besseres Immunsystem?«

»Gut möglich. Vielleicht sollten wir den Reichspolizeichef darüber informieren.«

Olausson konnte den Reichspolizeichef nicht leiden. Er konnte auch den Justizminister nicht leiden. Er konnte überhaupt keine Vorgesetzten leiden. Bei der Boråser Polizei war es ein Quell ständiger Erheiterung, daran zu erinnern, daß einmal, vor vielen Jahren, ein sozialdemokratischer Justizminister zu Besuch in der Stadt war, um das neue Gerichtsgebäude einzuweihen. Beim anschließenden Abendessen hatte er sich so betrunken, daß Olausson ihn in sein Hotelzimmer tragen mußte.

Stefan stand auf, blieb aber in der Tür stehen. »Ich habe heute morgen gelesen, daß Herbert Molin vor ein paar Tagen ermordet worden ist.«

Olausson sah ihn fragend an. »Molin? Ermordet?«

»In Härjedalen. Er hat offenbar dort gewohnt. Ich habe es in einer der Abendzeitungen gelesen.«

»In welcher?«

»Das weiß ich nicht mehr.«

Olausson erhob sich und begleitete ihn hinaus in den Flur. In der Anmeldung lagen die Abendzeitungen. Olausson blätterte sie durch und las, was dort stand.

»Ich würde gern wissen, was da passiert ist«, sagte Stefan.

»Ich finde das heraus. Ich rufe die Kollegen in Östersund an.«

Stefan verließ das Polizeipräsidium. Der Nieselregen schien kein Ende zu nehmen. Im Systembolag stand er für zwei Flaschen teuren italienischen Weins Schlange und ging dann nach Hause. Noch bevor er die Jacke auszog, öffnete er eine der Flaschen und goß sich ein Glas ein, das er in einem Zug leerte. Er trat sich die Schuhe von den Füßen und warf die Jacke über einen der Küchenstühle. Der Anrufbeantworter im Flur blinkte. Es war Elena, die fragte, ob er mit ihr zu Abend essen wolle. Er nahm das Glas und die Weinflasche mit ins Schlafzimmer. Der Verkehr von der Straße vor seinem Fenster erreichte ihn als ein schwaches Rauschen. Er streckte sich auf dem Bett aus. Die Weinflasche in der Hand. An der Decke war ein Schmutzfleck. Er hatte in der vergangenen Nacht wach gelegen und ihn angestarrt. Bei Tageslicht sah er anders aus. Nach einem weiteren Glas Wein drehte er sich auf die Seite und schlief fast sofort ein.

Als er erwachte, war es fast Mitternacht. Er hatte beinah elf Stunden geschlafen. Sein Hemd war schweißnaß. Er starrte ins Dunkel. Die Gardine ließ kein Licht von der Straße herein. Sein erster Gedanke war, daß er sterben sollte.

Dann beschloß er, dagegen anzukämpfen. Wenn alle Proben entnommen waren, hatte er drei Wochen, in denen er tun konnte, was er wollte. Die Zeit würde er dazu nutzen, alles über Krebs in Erfahrung zu bringen, was er konnte. Er würde sich darauf vorbereiten zu kämpfen.

Er stand auf, zog das Hemd aus und warf es in den Korb im Badezimmer. Dann stellte er sich ans Fenster, das auf die Alleegata hinausging. Vor der Garage des Hotels Vävaren standen ein paar betrunkene Männer und stritten sich. Die Straße glänzte vom Regen.

Plötzlich mußte er an Herbert Molin denken. Es war ein unklarer Gedanke, der in ihm nagte, seit er die Zeitung im Krankenhaus gelesen hatte. Jetzt wußte er, was es war.

Einmal hatten sie in den Wäldern nördlich von Borås einen entflohenen Mörder gesucht. Es war Herbst gewesen, wie jetzt. Stefan war mit Herbert Molin zusammen gegangen, aber im Wald hatten sie den Kontakt verloren. Als Stefan Molin schließlich wiederfand, war er so leise gewesen, daß Molin zusammenschrak und ihn mit einer ungeheuren Angst in den Augen anstarrte.

»Ich hatte nicht vor, dich zu erschrecken«, hatte Stefan gesagt.

Molin hatte genickt und dann mit den Schultern gezuckt. »Ich dachte, es sei jemand anders«, sagte er. Sonst nichts. Nur das. *Ich dachte, es sei jemand anders.*

Stefan blieb am Fenster stehen. Die betrunkenen Männer waren verschwunden. Er fuhr mit der Zungenspitze an den Zähnen des Oberkiefers entlang. In seiner Zunge lauerte der Tod. Und irgendwo gab es auch Herbert Molin. *Ich dachte, es sei jemand anders.*

Stefan verstand jetzt etwas, was er eigentlich immer gewußt hatte. Herbert Molin hatte Angst gehabt. In den Jahren ihrer Zusammenarbeit war die Angst sein ständiger Begleiter gewesen. Meistens war es Molin gelungen, sie zu verbergen, aber nicht immer.

Stefan runzelte die Stirn.

Herbert Molin war tief in den entlegenen norrländischen Wäldern ermordet worden, und er hatte immer Angst gehabt.

Die Frage war: Vor wem?

3

Giuseppe Larsson, aus Erfahrung klug geworden, nahm nie etwas für selbstverständlich. Er erwachte am Morgen des 26. Oktober vom Klingeln seines Reserveweckers. Der Hauptwecker auf dem Tisch am Bett war vier Minuten nach drei stehengeblieben. Nicht einmal auf einen Wecker konnte man sich verlassen. Deshalb hatte er auch immer zwei. Er stand auf und ließ das Rollo mit einem Knall hochschnappen. Gestern abend hatte der Meteorologe im Fernsehen vor leichtem Schneefall über Jämtland gewarnt, aber Giuseppe sah keinen Schnee. Der Himmel war dunkel, aber sternklar.

Giuseppe aß hastig das Frühstück, das seine Frau für ihn vorbereitet hatte. Ihre neunzehnjährige Tochter, die noch zu Hause wohnte, schlief noch. Sie arbeitete als Aushilfe im Krankenhaus und sollte am Abend eine Woche Nachtschicht anfangen. Kurz nach sieben stieg Giuseppe in seine Stiefel, zog die Mütze tief in die Stirn, streichelte seiner Frau die Wange und verließ das Haus. Er hatte jetzt eine Autofahrt von hundertneunzig Kilometern vor sich. In der vergangenen Woche hatte er die Reise hin und zurück mehrmals unternommen. Nur an einem Tag war er so müde gewesen, daß er es vorgezogen hatte, in einem Hotel in Sveg zu übernachten.

Jetzt sollte er wieder dorthin fahren. Unterwegs mußte er auf Elche achten, sich aber gleichzeitig auf eine Zusammenfassung der Mordermittlung konzentrieren, mit der er augenblicklich befaßt war. Er verließ Östersund, fuhr zunächst nach Svenstavik und stellte den Tempomat auf fünfundachtzig Stundenkilometer ein. Er konnte nicht davon ausgehen, daß er von sich aus unter neunzig bleiben würde. Fuhr er fünfundachtzig, würde er rechtzeitig zu der Verabredung mit der Spurensicherung eintreffen, die für zehn Uhr angesetzt war.

Die Dunkelheit draußen war kompakt. Der tiefe norrländische Winter nahte. Giuseppe, vor dreiundvierzig Jahren in Östersund geboren, verstand die Menschen nicht, die über die Dunkelheit und die Kälte klagten. Für ihn war das Winterhalbjahr eine Zeit, in der er zu fühlen meinte, wie sich eine große Ruhe über das Dasein legte. Dann und wann gab es natürlich jemanden, der im Winter durchdrehte und Selbstmord beging oder einen Angehörigen erschlug. Aber so war es immer gewesen. Daran konnte nicht einmal die Polizei etwas ändern.

Aber das, was in der Nähe von Sveg passiert war, gehörte nicht zu den normalen Vorkommnissen. Giuseppe ließ in Gedanken die Ereignisse noch einmal Revue passieren.

Der Notruf war am Spätnachmittag des 19. Oktober bei der Polizei in Östersund eingegangen. Das war jetzt sieben Tage her. Giuseppe wollte gerade das Polizeipräsidium verlassen, um zum Friseur zu gehen, als ihm jemand einen Telefonhörer in die Hand drückte. Die Frau am anderen Ende schrie. Um zu begreifen, was sie sagte, mußte er den Hörer ein Stück vom Ohr entfernt halten. Er hatte sofort zwei Dinge verstanden. Die Frau war furchtbar aufgeregt, aber sie war nüchtern. Er hatte sich an einen Tisch gesetzt und einen Kollegblock herangezogen. Nach ein paar Minuten war es ihm gelungen, die Notizen annähernd zu einem Bild dessen zu sortieren, was sie ihm zu erklären versuchte. Die Frau hieß Hanna Tunberg. Sie putzte zweimal im Monat bei einem Mann namens Herbert Molin, der dreißig Kilometer von Sveg entfernt auf einem Hof mit dem Namen Rätmyren lebte. Als sie an diesem Tag dorthin gekommen war, lag der Hund tot im Zwinger und alle Fensterscheiben des Hauses waren zerstört. Sie hatte nicht zu bleiben gewagt, weil sie annahm, daß der Mann, der dort wohnte, verrückt geworden sei. Sie war wieder nach Sveg gefahren und hatte ihren Mann geholt, der Rentner war. Zusammen waren sie zum Hof zurückgekehrt. Es war ungefähr vier Uhr nachmittags. Sie hatten schon zu diesem Zeitpunkt daran gedacht, die Polizei zu rufen, sich aber entschieden zu warten, bis sie sicher waren, was eigentlich vorgefallen war.

Ein Entschluß, den sie hinterher bitter bereut hatten. Der Mann war ins Haus gegangen und sofort wieder herausgekommen. Er hatte seiner Frau, die beim Auto wartete, zugerufen, daß da drinnen alles voller Blut sei. Dann hatte er etwas am Waldrand liegen sehen. Er war hingegangen. War zusammengezuckt. War zum Auto zurückgelaufen und hatte sich heftig übergeben. Als er sich etwas erholt hatte, fuhren sie auf direktem Weg zurück nach Sveg, und der Mann, der ein schwaches Herz hatte, legte sich auf die Couch. Hanna Tunberg rief bei der Polizei in Sveg an, und von dort wurde das Telefonat nach Östersund weitergeleitet. Giuseppe notierte den Namen und die Telefonnummer der Frau. Er hatte gleich noch einmal zurückgerufen, um sicher zu sein, daß die Nummer stimmte. Und daß er den Namen des Toten richtig verstanden hatte. Herbert Molin. Als er zum zweitenmal den Hörer aufgelegt hatte, ließ er den Gedanken ans Haareschneiden fallen.

Er war sogleich zu ihrem Einsatzchef Rundström gegangen, um ihm die Situation zu schildern. Zwanzig Minuten später war er in einem Polizeiwagen mit Blaulicht unterwegs nach Sveg. Gleichzeitig hatte sich die Spurensicherung darauf vorbereitet, ihm zu folgen.

Sie waren kurz nach halb sieben bei dem Hof angekommen. Es war bereits dunkel. An der Stelle, an der man von der Hauptstraße abbiegen mußte, hatte Hanna Tunberg in ihrem Wagen gewartet. Zusammen mit Kommissar Erik Johansson, der in Sveg arbeitete und gerade von einem Einsatz zurückgekehrt war: Ein Holzlaster war in der Nähe von Ytterhogdal umgestürzt. Giuseppe hatte in ihren Augen gelesen, daß sie am Fundort kein schöner Anblick erwartete. Zuerst waren sie zu der Stelle am Waldrand gegangen, die Hanna Tunberg ihnen beschrieben hatte. Sie mußten tief Luft holen, als sie den toten Körper mit den Taschenlampen anleuchteten. Giuseppe hatte sie verstanden. Er war der Meinung, das meiste gesehen zu haben, was es überhaupt zu sehen gab. Daß Selbstmörder sich mit Schrotflinten ins Gesicht geschossen hatten, war mehrfach vorgekommen. Aber der Anblick des Mannes, der dort auf dem Boden lag, war schlimmer als alles, was er bisher zu sehen gezwungen war. Eigentlich war es kein Mensch mehr, sondern eine blutige Masse. Das Gesicht war völlig zerstört, die Füße blutige Klumpen, der Rücken so zerfetzt, daß die Knochen hervortraten. Sie hatten sich dann mit Taschenlampen und gezogenen Waffen dem Haus genähert. Da wußten sie bereits, daß wirklich ein toter Elchhund im Hundezwinger lag. Als sie ins Haus kamen, mußten sie einsehen, daß Hanna Tunbergs Bericht dessen, was ihr Mann gesehen hatte, nicht übertrieben war. Der Fußboden war voller Blut und Glassplitter. Um der Spurensicherung nicht ins Handwerk zu pfuschen, waren sie an der Tür stehengeblieben. Hanna Tunberg saß die ganze Zeit im Wagen, die Hände ums Lenkrad gekrampft. Sie tat Giuseppe leid. Er wußte, daß das, was sie an diesem Tag erlebt hatte, sie nie wieder verlassen würde. Wie eine Angst oder ein ständig wiederkehrender Alptraum.

Giuseppe hatte Erik fortgeschickt, um an der Hauptstraße auf die Spurensicherung zu warten. Er hatte ihm ebenfalls den Auftrag erteilt, Hanna Tunbergs Aussage ordentlich aufzunehmen. Nicht zuletzt die Uhrzeiten waren wichtig.

Dann war Giuseppe allein und dachte, daß er hier mit etwas konfrontiert war, für das er eigentlich nicht die richtige Kompetenz besaß. Doch er wußte auch, daß es in dem ganzen jämtländischen Polizeidistrikt keinen anderen gab, der besser geeignet wäre als er, die Ermittlung zu führen. Er hatte sich entschlossen, noch am selben Tag mit dem Polizeipräsidenten darüber zu sprechen, daß sie wohl Leute vom Reichskriminalamt hinzuziehen müßten.

Er näherte sich Svenstavik. Noch immer war der Oktobermorgen dunkel. Sie waren in den Tagen, die seit dem Mord an dem Mann im Wald vergangen waren, einer Lösung nicht näher gekommen.

Es gab noch ein anderes großes Problem.

Es hatte sich gezeigt, daß es sich bei dem Toten um einen pensionierten Polizeibeamten handelte, der nach Härjedalen gezogen war, nachdem er ein langes Arbeitsleben als Kriminalpolizist in Borås verbracht hatte. Am Abend zuvor hatte

Giuseppe zu Hause auf seiner Fernsehcouch gesessen und Papiere durchgesehen, die per Fax aus Borås gekommen waren. Er verfügte jetzt über alle grundlegenden Angaben, die für die Beschreibung eines Menschen notwendig waren. Dennoch war es ihm, als starre er in eine Leere hinein. Es gab kein Motiv. Keine Spuren. Keine Zeugen. Es war, als hätte sich etwas unbegreiflich Böses aus dem Wald gelöst, sei mit voller Kraft auf Herbert Molin niedergefahren und anschließend spurlos verschwunden.

Er ließ Svenstavik hinter sich und fuhr weiter nach Sveg. Es dämmerte. Ein blauer Farbton über den bewaldeten Höhenzügen, die ihn umgaben. Er dachte an den vorläufigen Bericht, den der Gerichtsmediziner, der die Leiche obduziert hatte, ihm aus Umeå geschickt hatte. Es wurde darin zwar erklärt, wie die Verletzungen entstanden waren, aber Giuseppe fand keinerlei Hinweise für die Beantwortung der Frage, von wem oder aus welchem Grund dieser wahnwitzige Angriff ausgeführt worden war. Der Gerichtsmediziner war ausführlich auf die Gewalt eingegangen, der Molin ausgesetzt gewesen war. Die Verletzungen auf dem Rücken schienen von Peitschenhieben zu stammen. Weil die Haut auf dem Rücken vollständig zerfetzt gewesen war, hatten sie erst begriffen, was passiert war, als sie ein Bruchstück der Peitsche gefunden hatten. Der Gerichtsmediziner hatte bei einer Untersuchung unter dem Mikroskop feststellen können, daß die Peitsche aus Tierhaut bestand. Um welchen Hauttyp es sich handelte, konnte er jedoch nicht sagen. Sie stammte von einem Tier, das es in Schweden nicht gab. Die Verletzungen unter den Fußsohlen waren Molin höchstwahrscheinlich mit derselben Peitsche zugefügt worden. Dagegen war er nicht ins Gesicht geschlagen worden. Die Wunden rührten daher, daß er über den Boden geschleift worden war. Die Risse waren voller Erde. Am Hals hatte der Gerichtsmediziner schließlich kräftige blaue Male festgestellt, die darauf hindeuteten, daß jemand versucht hatte, Molin zu erwürgen. Versucht sollte wörtlich verstanden werden, stellte der Gerichtsmediziner in seinem Bericht fest. Molin war nämlich nicht erstickt. Auch die Reste des Tränengases, die sich in seinen Augen, im Hals und in den Lungen befanden, waren nicht die Todesursache. Man hatte Molin buchstäblich zu Tode gepeitscht.

Giuseppe fuhr an den Straßenrand und hielt an. Er stellte den Motor ab, stieg aus dem Wagen und wartete, bis ein LKW auf dem Weg nach Norden vorübergefahren war. Dann öffnete er den Hosenschlitz und pißte. Unter all den Dingen, die es einem möglich machten, das Leben zu genießen, war die Möglichkeit, an einem Straßenrand zu stehen und zu pissen, etwas vom Besten. Er setzte sich wieder hinters Steuer, startete aber noch nicht. Er versuchte aus der Distanz zu betrachten, was er bisher über Molins Tod wußte. Langsam ließ er alles, was er gesehen hatte und was in den verschiedenen Berichten stand, durch sein Gehirn wandern, um es in unterschiedlichen Schubfächern zu speichern.

Es war da etwas, was ihm wie eine Möglichkeit erschien.

Sie hatten keine Spur eines Motivs gefunden. Gleichzeitig war klar, daß Molin lang anhaltender und brutaler Gewalt ausgesetzt gewesen war.

Blinde Wut, dachte Giuseppe. Das war es. Und damit bestand auch die Möglichkeit, daß die Wut das eigentliche Motiv war. Wut und Rachsucht.

Noch etwas sprach dafür, daß er auf dem richtigen Weg sein konnte. Alles machte den Eindruck genauer Planung. Der Wachhund war gezielt getötet worden, man hatte ihm die Kehle durchgeschnitten. Der Täter war mit Peitschen und einem Tränengasgewehr ausgerüstet gewesen. Das deutete nicht auf Zufall hin. Alles war wohldurchdacht. Die Wut war in eine genaue Planung eingebettet.

Wut, dachte Giuseppe. Wut und Rachsucht. Ein Plan. Das hieß aber gleichzeitig, daß derjenige, der Molin ermordet hatte, den Hof schon zuvor besucht haben mußte. Vielleicht auch mehrmals. Jemand konnte bemerkt haben, daß sich unbekannte Menschen in der Nähe des Hofes aufhielten. Oder es war umgekehrt, und niemand hatte etwas gesehen. Dann bedeutete es, daß der oder die Mörder in Molins Bekanntenkreis zu suchen waren.

Aber Molin hatte keinen Bekanntenkreis gehabt. Das konnte Hanna Tunberg mit großer Entschiedenheit sagen. Herbert

Molin hatte mit niemandem verkehrt. Er war ein Einzelgänger gewesen.

Noch einmal ging er in Gedanken den Ablauf des Geschehens durch. Irgendwie festigte sich das Gefühl, daß der Täter allein gewesen war.

Mit ausgeklügelter und gut geplanter Grausamkeit war Herbert Molin getötet und nackt am Waldrand zurückgelassen worden.

Die Frage war nun, ob er »nur« ermordet worden war, oder ob es sich um eine regelrechte Hinrichtung gehandelt hatte.

Er mußte jetzt das Reichskriminalamt kontaktieren und Expertenhilfe anfordern. Es ging hier nicht um irgendeinen gewöhnlichen, banalen Scheißmord. Giuseppe war sich immer sicherer, daß er es mit einer gut geplanten Hinrichtung zu tun hatte.

Es war zwanzig Minuten vor zehn, als Giuseppe auf den Hof von Herbert Molins Haus einbog. Es war kein Polizeiwagen vor Ort, aber die Absperrbänder waren noch da. Giuseppe stieg aus. Wind war aufgekommen. Das Rauschen des Waldes lag wie ein dumpfer Ton über dem Herbstmorgen. Giuseppe stand vollkommen still und sah sich langsam um. Die Männer der Spurensicherung hatten genau an der Stelle, an der er angehalten hatte, eine Wagenspur entdeckt. Reifenabdrücke, die nicht zu Molins altem Volvo gehörten. Jedesmal, wenn Giuseppe an einen Tatort kam, versuchte er sich vorzustellen, was vor sich gegangen war. Wer war aus dem fremden Wagen gestiegen? Und wann? Es mußte in der Nacht gewesen sein. Der Gerichtsmediziner hatte den exakten Todeszeitpunkt noch nicht feststellen können. Er hatte jedoch in seinem vorläufigen Bericht anklingen lassen, daß die Mißhandlungen lange gedauert haben dürften. Wie viele Peitschenschläge Molin genau getroffen hatten, ließ sich nicht feststellen, aber er konnte mit Unterbrechungen viele Stunden lang geschlagen worden sein. Im Kopf ging Giuseppe aufs neue die Gedanken durch, die ihn schon während der Fahrt von Östersund beschäftigt hatten. Die Wut und die Rachsucht.

Der einsame Täter.
Alles gut geplant.
Kein Totschlag im Affekt.

Sein Handy klingelte. Er fuhr zusammen. Er hatte sich immer noch nicht daran gewöhnt, daß er auch tief im Wald erreichbar war.

Er nahm das Handy aus der Jackentasche und meldete sich. »Giuseppe.«

Schon oft hatte er seine Mutter dafür verflucht, daß sie ihn nach einem italienischen Schmalzsänger benannt hatte, den sie in ihrer Jugend an einem Sommerabend im Volkspark von Östersund gehört hatte. Während seiner Schulzeit war er ständig deswegen gehänselt worden, und jedesmal, wenn ihn jemand anrief und er seinen Namen nannte, entstand ein Zögern am anderen Ende der Leitung.

»Giuseppe Larsson?«

»Das bin ich.«

Er lauschte. Der Mann, der anrief, stellte sich als Stefan Lindman vor und war Polizist. Er rief aus Borås an.

Stefan Lindman erzählte, daß er mit Molin zusammengearbeitet habe und sich frage, was eigentlich passiert sei. Giuseppe bat, zurückrufen zu dürfen. Es war vorgekommen, daß Journalisten sich als Polizisten ausgegeben hatten, und dieses Risiko wollte er nicht eingehen. Stefan Lindman verstand. Giuseppe fand nichts zu schreiben und malte die Nummer mit der Schuhspitze in den Sand. Er wählte, und Lindman meldete sich. Es konnte natürlich immer noch ein Journalist sein. Genaugenommen hätte Giuseppe das Polizeipräsidium in Borås anrufen und fragen müssen, ob dort ein Polizist namens Stefan Lindman arbeitete. Die Wortwahl des Mannes und seine Art sich auszudrücken überzeugten ihn jedoch, und er versuchte auf Lindmans Fragen zu antworten. Aber es war schwer am Telefon. Außerdem war der Empfang schlecht. Aus der Entfernung hörte er, daß der Lieferwagen der Spurensicherung sich näherte.

»Ich habe deine Nummer«, sagte Giuseppe, »und du kannst mich später wieder über dieses Telefon oder im Polizeipräsidium in Östersund erreichen. Aber kannst du mir noch etwas sagen? Hat Herbert Molin sich jemals bedroht gefühlt? Alles kann wichtig sein. Unsere Ermittlung steht noch auf ziemlich schwachen Füßen. Keine Zeugen. Kein Motiv. Kein konkreter Anhaltspunkt. Die Kompaßnadel dreht sich.«

Er lauschte schweigend. Der Wagen der Spurensicherung fuhr auf den Hof. Giuseppe beendete das Gespräch und zog die Telefonnummer noch einmal deutlich nach.

Der Polizist aus Borås hatte etwas Wichtiges gesagt. Herbert Molin hatte Angst gehabt. Er hatte nie eine Erklärung für seine Angst gegeben, aber Lindman war seiner Sache sicher. Molin hatte eine ständige Angst mit sich herumgeschleppt.

Es waren zwei Männer von der Spurensicherung gekommen. Beide jung. Giuseppe arbeitete gern mit ihnen zusammen. Sie waren sehr energisch und gingen effektiv und sorgfältig vor. Sie betraten gemeinsam das Haus, in dem die beiden die Untersuchungen fortführen sollten. Giuseppe ging vorsichtig auf Zehenspitzen umher und betrachtete das Blut, das sich auf dem Fußboden und an den Wänden befand. Während die Kriminaltechniker ihre Overalls anzogen, versuchte Giuseppe, sich noch einmal in das, was eigentlich passiert war, hineinzuversetzen.

Der äußere Verlauf war ihm jetzt klar. Zuerst hatte der Täter den Hund getötet. Danach hatte er die Fenster zerstört und Tränengas ins Haus geschossen. Nicht die Tränengaspatronen hatten die Fensterscheiben zerschlagen. Auf dem Hofplatz hatten sie eine Reihe von Patronenhülsen gefunden, die aus einem Jagdgewehr abgegeben worden waren. Der Mann, der sich dort draußen befunden hatte, war methodisch vorgegangen. Als das Ganze begonnen hatte, schlief Herbert Molin wahrscheinlich noch. Zumindest lag er im Bett. Der Täter hatte ihn nackt an den Waldrand geschleift. Aber Molins Pullover und seine Hose waren blutverschmiert im Sand am Fuß der Treppe gefunden worden. Die große Menge Tränengaspatronenhülsen wies darauf hin, daß der stechende Rauch das ganze Haus erfüllt haben mußte. Molin war mit seiner Schrotflinte in der Hand auf den Hofplatz geflohen. Er hatte auch mehrere Schüsse abfeuern können, aber dann war er nicht weitergekommen. Das Gewehr hatte auf dem Boden gelegen. Giuseppe war klar, daß Herbert Molin praktisch blind gewesen sein mußte, als er auf den Hofplatz hinausgelaufen war. Er hatte außerdem nur unter großen Schwierigkeiten atmen können.

Herbert Molin war aus seinem Haus gejagt worden und wehrlos gewesen, als der Täter ihn ins Freie torkeln sah.

Giuseppe ging vorsichtig zu dem Raum neben dem Wohnzimmer. Dort befand sich das größte Rätsel. Ein Bett mit einer blutigen Puppe, so groß wie ein Mensch. Sie hatten zunächst gedacht, daß es sich um eine Art sexueller Attrappe handelte, die Molin sich in seiner Einsamkeit angeschafft hatte, aber die Puppe besaß keine Körperöffnungen. Die Bügel an den Füßen erklärten dann, daß es eine Tanzpuppe war. Die wichtigste Frage, die sie zu beantworten hatten, war jedoch, warum sie blutverschmiert war. War Molin in das Zimmer geflüchtet, bevor das Tränengas es ihm unmöglich machte, im Haus zu bleiben? Aber warum war die Puppe dann blutverschmiert? Giuseppe und die anderen Kriminalbeamten, die an den ersten sechs Tagen den Tatort untersucht hatten, waren noch nicht zu einer plausiblen Erklärung gekommen. Giuseppe hoffte, sich an diesem Tag der Lösung der Frage zu nähern, warum die Puppe Blutspuren aufwies. Da war etwas mit dieser Puppe, was ihn mit Unruhe erfüllte. Sie verbarg etwas.

Er verließ das Haus und ging hinaus auf den Hofplatz, um frische Luft zu schnappen. Sein Handy klingelte. Es war der Polizeipräsident von Östersund. Giuseppe berichtete wahrheitsgemäß, daß sie bei der Arbeit waren, daß aber der Tatort bisher nichts Neues ergeben hatte.

Hanna Tunberg saß in Östersund im Gespräch mit Arthur Nyman zusammen, einem Kriminalassistenten und Giuseppes engstem Mitarbeiter. Weiter wußte der Polizeipräsident mitzuteilen, daß Molins Tochter, die sich in Deutschland aufgehalten hatte, auf dem Rückweg nach Schweden war. Der Sohn, der als Steward auf einem Kreuzfahrtschiff in der Karibik arbeitete, war ebenfalls informiert worden.

Die erste Ehefrau, die Mutter der beiden Kinder, war vor einigen Jahren gestorben. Giuseppe hatte mehrere Stunden damit verbracht, diesen Todesfall zu überprüfen. Die Frau war eines natürlichen Todes gestorben. Außerdem waren Molin und seine erste Frau seit neunzehn Jahren geschieden. Die Lokalisierung der zweiten Ehefrau, mit der Molin während seiner letzten Jahre in Borås verheiratet gewesen war, hatte sich als schwieriger erwiesen.

Nach dem Gespräch ging Giuseppe zurück ins Haus. Er stellte sich direkt neben die Tür und betrachtete die Spuren eingetrockneten Blutes auf dem Fußboden. Dann tat er vorsichtig einige Schritte zur Seite und sah sie erneut an. Er runzelte die Stirn. Etwas an den Blutspuren begriff er nicht. Er nahm seinen Notizblock heraus, lieh sich von einem der Techniker einen Bleistift und machte eine Skizze. Alles in allem waren es neunzehn Fußabdrücke. Zehn von einem rechten Fuß, neun von einem linken.

Er ging wieder hinaus auf den Hofplatz. Eine Krähe flatterte davon. Giuseppe betrachtete seine Skizze. Holte dann eine Harke, die er in einem Nebengebäude gesehen hatte. Er glättete den Boden vor dem Haus. Betrachtete, was er getan hatte, und drückte dann seine Füße fest in den Sand. In der gleichen Reihenfolge, in der er die Blutspuren aufgezeichnet hatte. Er stellte sich daneben und betrachtete sein Werk. Ging eine Runde darum herum und betrachtete die Abdrücke von verschiedenen Seiten. Dann setzte er vorsichtig seine Füße hinein und bewegte sich langsam. Er wiederholte die Bewegungen schneller, mit leicht gebeugten Knien.

Da begriff er, was er vor sich hatte.

Einer der Techniker kam hinaus auf die Treppe und zündete sich eine Zigarette an. Er blickte auf die Spuren im Sand.

»Was machst du da?«

»Untersuche eine Theorie. Was siehst du?«

»Fußspuren im Sand. Eine Kopie dessen, was wir hier drinnen haben.«

»Mehr nicht?«

»Nein.«

Giuseppe nickte. Der zweite Techniker kam heraus. Er hielt eine Thermoskanne in der Hand.

»Lag da nicht eine CD im CD-Spieler?« fragte Giuseppe.

»Das stimmt«, erwiderte der Techniker mit der Thermoskanne.

»Was für Musik?«

Der Techniker gab seinem Kollegen die Thermoskanne und ging zurück ins Haus. Kurz darauf kam er zurück. »Argentinische Musik. Ein Orchester. Ich kann den Namen nicht aussprechen.«

Giuseppe drehte noch eine Runde um die Spuren im Sand. Die beiden Techniker rauchten und tranken Kaffee, während sie ihm zuguckten.

»Kann einer von euch Tango tanzen?« fragte er.

»Nicht so im Alltag. Wieso?«

Es war der Mann mit der Thermoskanne, der geantwortet hatte.

»Weil das, was wir hier vor uns haben, Tangoschritte sind. Solche, die man in der Jugend gelernt hat, wenn man in die Tanzschule ging. Die Lehrerin hat Schrittfolgen auf den Boden geklebt, an die man sich halten mußte. Und das hier ist Tango.«

Um seine These zu beweisen, begann Giuseppe einen Tango zu summen, dessen Namen er nicht kannte. Gleichzeitig bewegte er sich über den Sand. Die Schritte paßten.

»Dann sind es also Tangoschritte, da drinnen auf dem Fußboden. Jemand hat Molin herumgeschleppt und seine blutenden Füße auf den Fußboden gesetzt, als ob er eine Tanzstunde bekäme.«

Die Kriminaltechniker sahen ihn ungläubig an, räumten aber ein, daß es stimmen konnte. Zusammen gingen sie wieder ins Haus.

»Tango«, sagte Giuseppe. «Nichts anderes. Derjenige, der Molin getötet hat, hat ihn zu einem Tango aufgefordert.«

Schweigend betrachteten sie die Blutspuren auf dem Fußboden.

»Die Frage ist nur, wer?« fuhr Giuseppe fort, als er wieder das Wort ergriff. »Wer fordert einen toten Mann zum Tanz auf?«

4

Stefan Lindman hatte immer stärker das Gefühl, daß seinem Körper alles Blut entzogen wurde. Auch wenn die Laborantinnen ihn äußerst vorsichtig behandelten, war ihm, als würde ihn eine große Mattigkeit nicht mehr loslassen.

Wegen der Proben, die ihm entnommen werden mußten, hatte er täglich viele Stunden im Krankenhaus verbracht. Er hatte auch noch zweimal mit der Ärztin gesprochen. Jedesmal hatte er sich eine Menge Fragen zurechtgelegt, die er dann doch nicht stellte. Im Innersten wußte er, daß er nur Antwort auf eine Frage haben wollte. Würde er überleben oder nicht? Irgendwo hatte er gelesen, daß der Tod ein Schneider sei, der unsichtbar und schweigend für das letzte Hemd des Menschen Maß nahm. Er hatte das Gefühl, daß seine Stunden bereits gezählt waren, selbst wenn er jetzt überlebte.

Am vorigen Abend war er zu Elena in die Dalbogata gegangen. Er hatte sich nicht vorher angemeldet, was er sonst immer tat. Schon als er in der Tür stand, sah sie, daß etwas passiert war. Stefan hatte versucht zu entscheiden, ob er es ihr erzählen sollte oder nicht. Aber bis zu dem Moment, als er an der Tür klingelte, war er unsicher gewesen. Er hatte kaum seine Jacke aufgehängt, als sie ihn schon fragte, was los sei.

»Ich bin krank«, hatte er geantwortet.

»Krank?«

»Ich habe Krebs.«

Dann gab es keine Zurückhaltung mehr. Jetzt konnte er ihr genausogut alles erzählen. Er hatte das Bedürfnis, sich jemandem anzuvertrauen. Und außer Elena gab es niemanden. Sie hatten in dieser Nacht lange zusammengesessen, und sie war klug genug gewesen, nicht zu versuchen, ihn zu trösten. Was er brauchte, war Mut. Sie hatte ihm einen Spiegel geholt und gesagt, daß er darin einen lebendigen Menschen sehen könnte. Keinen toten. Und so müßte er auch denken. Er war die Nacht über geblieben und hatte noch lange wach gelegen, nachdem sie eingeschlafen war. Im Morgengrauen war er vorsichtig aufgestanden, um sie nicht zu wecken, und hatte die Wohnung leise verlassen.

Die Ärztin hatte gesagt, daß sie heute mit den Probeentnahmen fertig würde. Er hatte gefragt, ob er verreisen könne, vielleicht ins Ausland, bevor die Behandlung begänne. Sie hatte geantwortet, er könne tun, wozu er Lust habe.

Er ging nicht auf direktem Weg in die Alleegata, sondern machte einen Umweg um den Ramnasjö. Er kehrte erst um, als er schon fast in Druvefors war. Als er nach Hause kam, trank er eine Tasse Kaffee und hörte den Anrufbeantworter ab. Elena hatte sich Sorgen gemacht, als sie aufgewacht war und ihn nicht mehr angetroffen hatte.

Kurz nach zehn Uhr ging er in ein Reisebüro in der Västerlånggata. Er setzte sich auf eine Bank und blätterte verschiedene Kataloge durch. Er hatte sich schon fast für Mallorca entschieden, als ihm plötzlich Herbert Molin in den Sinn kam. Auf einmal wußte er, was er tun würde. Er würde nicht nach Mallorca fahren. Dort würde er nur herumlaufen, ohne jemanden zu kennen, und darüber nachgrübeln, was passiert war und was passieren würde. Fuhr er statt dessen nach Härjedalen, würde seine Isolation zwar nicht geringer sein, aber er würde sich mit etwas beschäftigen, was nichts mit ihm zu tun hatte. Was er genau machen würde, wußte er noch nicht. Er verließ das Reisebüro, ging in die Buchhandlung am Storatorg und kaufte eine Karte von Jämtland. Als er nach Hause kam, breitete er sie auf dem Küchentisch aus. Er glaubte, daß er in zwölf bis fünfzehn Stunden nach Härjedalen hinauffahren könnte. Wenn er müde war, würde er irgendwo unterwegs übernachten.

Am Nachmittag ging er noch einmal ins Krankenhaus, um die letzten Proben entnehmen zu lassen. Die Ärztin hatte ihm bereits einen Termin genannt, zu dem er zurückkommen und mit der Behandlung beginnen sollte. Er hatte ihn mit seiner üblichen krakeligen Schrift in seinem Kalender notiert, als gehe es um einen Urlaubstermin oder einen Geburtstag: *Freitag 19. November, 8 Uhr 15.*

Als er nach Hause kam, packte er seinen Koffer. Er schaltete im Fernsehen auf Videotext und sah, daß es in Östersund am folgenden Tag zwischen fünf und zehn Grad über Null sein würde. Er nahm an, daß es zwischen Östersund und Sveg keinen nennenswerten Unterschied gab. Bevor er ins Bett ging, nahm er sich vor, Elena zu erzählen, daß er verreisen wollte. Sie würde sich Sorgen machen, wenn er einfach so verschwände. Aber er schob es auf. Er würde sein Handy mitnehmen, und sie hatte die Nummer. Vielleicht wollte er, daß sie sich Sorgen machte? Als ob er sich an einer Unschuldigen dafür rächen wollte, daß er krank war.

Am folgenden Tag, Freitag, den 29. Oktober, war er früh aufgestanden und hatte Borås bereits vor acht Uhr verlassen. Vor der Abfahrt war er hinauf zu dem Haus am Brämhultsväg gefahren, in dem Herbert Molin gewohnt hatte. Zuweilen verheiratet, zuweilen allein. Aus diesem Haus war er weit nach Norden gezogen, als er in Pension gegangen war.

Stefan dachte an das Abschiedsfest zurück, das sie in der Kantine, ganz oben unter dem Dach des Polizeipräsidiums, für Molin gegeben hatten. Molin hatte nicht besonders viel getrunken. Er war vielleicht am nüchternsten von allen. Kriminalkommissar Nylund, der ein Jahr nach Molin pensioniert worden war, hatte eine Rede gehalten, aber Stefan erinnerte sich an kein einziges Wort. Das Fest war fade und hatte früh geendet. Molin hatte seine Kollegen nicht, wie es eigentlich üblich war, als Dank für das Fest, das sie für ihn ausgerichtet hatten, zu sich eingeladen. Er hatte das Polizeipräsidium verlassen und war ein paar Wochen später aus der Stadt fortgezogen.

Stefan dachte, daß er jetzt den gleichen Weg fuhr, den Molin gefahren war. Er folgte seinen Spuren, ohne etwas darüber zu wissen, warum Molin hinauf nach Norrland gezogen war.

Oder geflohen.

Am Abend kam Stefan nach Orsa. Er hielt an und aß ein fettriefendes Beefsteak in einem Fernfahrerrestaurant. Dann rollte er sich auf dem Rücksitz des Wagens zusammen. Er war sehr müde und schlief sofort ein. Die Pflaster in der Armbeuge juckten. In seinen Träumen lief er durch eine endlose Reihe von dunklen Zimmern.

Er erwachte schon vor der Morgendämmerung. Am ganzen Körper steif und mit hämmernden Kopfschmerzen. Nachdem er sich aus dem Wagen gequält hatte und auf dem Parkplatz stand und pißte, merkte er, daß sein Atem dampfte wie Rauch. Der Kies unter seinen Füßen knirschte. Er sagte sich, daß die Temperatur unter oder knapp oberhalb von null Grad liegen mußte. Am Abend zuvor hatte er Kaffee in die Thermoskanne gefüllt, die er mitgenommen hatte. Jetzt trank er, hinter dem Steuer sitzend, einen Becher. Ein Lastzug, der neben ihm gestanden hatte, startete plötzlich und verschwand in der Dunkelheit. Stefan schaltete das Autoradio ein und hörte die Frühnachrichten. Er merkte, daß er unruhig wurde. Tot zu sein würde auch bedeuten, nicht mehr Radio hören zu können.

Er legte die Thermoskanne auf den Rücksitz und ließ den Motor an. Er mußte noch ungefähr einhundert Kilometer bis Sveg fahren. Durch die langgestreckte Orsa Finnmark. Er rief sich in Erinnerung, daß er auf Elche gefaßt sein mußte, die die Straße überquerten. Es wurde langsam hell. Stefan dachte an Herbert Molin. Er versuchte alles durchzugehen, woran er sich erinnern konnte. Alle Gespräche, alle Begegnungen. Alle Zeiten, in denen nichts Besonderes passiert war. Was für Gewohnheiten hatte Molin gehabt? Hatte er überhaupt welche gehabt? Wann hatte er gelacht? Wann war er wütend geworden? Stefan merkte, daß er Schwierigkeiten hatte, sich zu erinnern. Das Bild von Herbert Molin war schwer greifbar. Genau wußte er nur, daß Herbert Molin Angst gehabt hatte.

Der Wald öffnete sich. Stefan überquerte den Ljusnan und erreichte Sveg. Der Ort war so klein, daß er ihn erst bemerkte, als er ihn schon fast durchfahren hatte. Er bog bei der Kirche nach links ab und entdeckte sogleich ein Hotel. Er hatte geglaubt, daß es nicht notwendig wäre, ein Zimmer zu reservieren, aber als er hineinkam, sagte das Mädchen in der Rezeption, er habe Glück. Sie hatten noch ein Zimmer frei, weil jemand abbestellt hatte.

»Wer wohnt denn in Sveg im Hotel?« fragte er erstaunt.

»Werksfahrer«, erwiderte das Mädchen. »Die machen hier oben Testfahrten mit neuen Autotypen. Und Computerspezialisten.«

»Computerspezialisten?«

»Ziemlich viele in letzter Zeit«, sagte das Mädchen. »Aufgrund der neuen Unternehmen, die sich hier niederlassen. Es gibt nicht genug Wohnungen. Die Kommune hat nun davon gesprochen, Baracken aufzustellen.«

Dann fragte sie ihn, wie lange er bleiben wolle.

»Eine Woche«, sagte er, »vielleicht länger. Wenn es geht.«

Sie blätterte in ihrem Gästebuch. »Es geht unter Vorbehalt«, sagte sie. »Wir sind fast die ganze Zeit ausgebucht.«

Stefan brachte seinen Koffer ins Zimmer und ging dann in den Speisesaal, in dem ein Frühstücksbüfett aufgebaut war. An den Tischen saßen junge Männer. Viele von ihnen in Anzügen, die an Fliegeroveralls erinnerten. Nachdem er gegessen hatte, ging er in sein Zimmer, zog sich aus, riß die Pflaster aus der Armbeuge und duschte. Dann kroch er zwischen die Laken. Was tue ich hier, fragte er sich. Ich hätte nach Mallorca fahren können. Anstatt am Strand entlangzulaufen und aufs blaue Meer hinauszusehen, bin ich von einer endlosen Zahl von Bäumen umgeben.

Als er erwachte, wußte er zuerst nicht, wo er war. Er blieb im Bett liegen und versuchte, einen Plan zu machen. Aber er konnte keinen machen, bevor er nicht den Ort gesehen hatte, an dem Herbert Molin ermordet worden war. Am einfachsten wäre es natürlich, mit dem Kollegen in Östersund, Giuseppe Larsson, zu sprechen. Aber aus irgendeinem Grund wollte Stefan den Ort sehen, ohne daß jemand davon wußte. Er konnte später mit Giuseppe sprechen. Vielleicht sogar einen Besuch in Östersund machen. Außerdem hatte er während der Autofahrt darüber nachgegrübelt, ob es nicht auch in Sveg Polizeibeamte gab. Oder kamen die Beamten aus Östersund wirklich hundertneunzig Kilometer hergefahren, um einen kleinen Einbruch zu untersuchen?

Schließlich stand er auf. Die Fragen häuften sich. Aber am wichtigsten war es, den Ort des Verbrechens aufzusuchen.

Er zog sich an und ging hinunter in die Rezeption. Das Mädchen, das ihn empfangen hatte, führte ein Telefongespräch. Stefan faltete seine Karte auseinander und wartete. Er hörte, daß sie mit einem Kind sprach. Sie sagte, daß sie bald abgelöst würde und nach Hause käme.

»Ist das Zimmer in Ordnung?« fragte sie, nachdem sie das Gespräch beendet hatte.

»Alles in Ordnung«, versicherte Stefan. »Aber ich habe eine Frage. Ich bin nicht hergekommen, um die Belastbarkeit von Autos zu testen. Auch nicht als Tourist, oder um zu fischen. Ich bin hier, weil ein guter Freund von mir in der vorigen Woche in dieser Gegend ermordet wurde.«

Sie war sofort ernst. »Sie meinen den, der draußen hinter Linsell gewohnt hat?« fragte sie. »Der Polizist gewesen ist?«

»Genau den.«

Er reichte ihr seinen Polizeiausweis und wies dann auf die Karte. »Können Sie mir zeigen, wo er gewohnt hat?«

Sie drehte die Karte zu sich herum und suchte mit dem Blick. Dann zeigte sie mit dem Finger. »Sie fahren nach Linsell«, sagte sie. »Dort biegen Sie Richtung Lofsdalen ab. Sie überqueren den Ljusnan und kommen dann zu einem Straßenschild, auf dem Linkvarnen steht. Daran fahren sie vorbei. Nach ungefähr zehn Kilometern liegt sein Haus auf der rechten Seite. Die Zufahrt ist hier nicht eingezeichnet.«

Sie sah ihn an. »Ich bin nicht besonders neugierig«, sagte sie. »Aber ich kenne viele, die hingefahren sind, um zu gucken. Wir hatten ein paar Polizisten aus Östersund hier, die bei uns übernachtet haben, und ich habe gehört, wie sie am Telefon jemandem den Weg beschrieben. Jemandem, der mit dem Hubschrauber kommen wollte.«

»Ich vermute, daß hier in der Gegend Morde nicht besonders häufig sind«, meinte Stefan.

»Ich habe nie von einem gehört. Und ich bin hier in Sveg geboren. Als es noch eine Entbindungsstation gab.«

Stefan versuchte, die Karte zusammenzufalten, aber es gelang ihm nicht.

»Ich helfe Ihnen«, sagte sie und nahm die Karte, glättete sie und faltete sie zusammen.

Als Stefan auf den Vorplatz des Hotels trat, hatte sich das Wetter sehr verändert. Jetzt war der Himmel hoch und klar. Die Wolkendecke der frühen Morgenstunden war verschwunden. Er sog die frische Luft in die Lungen.

Dann dachte er, daß er so gut wie tot war. Und er fragte sich, wer zu seiner Beerdigung kommen würde.

Um kurz nach zwei war er in Linsell. Zu seiner Verwunderung entdeckte er dort eine Konditorei, die damit warb, gleichzeitig ein Internetcafé zu sein. Im Ort gab es außerdem eine Tankstelle und einen Lebensmittelladen. Er bog nach links über die Brücke ab und fuhr weiter. Zwischen Sveg und Linsell hatte er drei entgegenkommende Autos gezählt. Er fuhr langsamer. Ungefähr zehn Kilometer, hatte sie gesagt. Nach sieben Kilometern entdeckte er eine fast unsichtbare Abfahrt zu einer Schotterpiste, die auf der rechten Seite im Wald verschwand. Er bog hinein und folgte dem holprigen Weg etwa einen halben Kilometer weit. Dann endete er. Ein paar selbstgemachte Schilder besagten, daß die Wege, die in verschiedene Richtungen abgingen, Scooterspuren für den Winterverkehr waren. Er wendete und fuhr zur Hauptstraße zurück. Nach einem weiteren Kilometer fand er die nächste Abfahrt. Sie war fast unpassierbar und endete nach zwei Kilometern bei einem Holzlagerplatz. Mehrmals war er mit dem Chassis über Steine geschrammt, die aus dem schlecht unterhaltenen Weg hinausragten.

Als er nach Dravagen kam, wurde ihm klar, daß er zu weit gefahren war. Er wendete. Jetzt kamen ihm ein Laster und zwei Personenwagen entgegen. Dann war die Straße wieder leer. Er fuhr sehr langsam, mit heruntergekurbeltem Seitenfenster. Dann und wann kehrte der Gedanke an die Krankheit zurück. Er fragte sich, was wohl passiert wäre, wenn er nach Mallorca gefahren wäre. Dort hätte es keinen Weg gegeben, nach dem er suchen mußte. Was hätte er statt dessen getan?

Tief in irgendeiner dunklen Bar gehockt und sich vollaufen lassen?

Schließlich entdeckte er den Weg. Er lag unmittelbar hinter einer Kurve. Sofort wußte Stefan, daß es der richtige war. Er bog ab und fuhr noch langsamer. Der Weg führte aufwärts und verlief in drei Kurven, die unmittelbar hintereinander lagen. Die Piste war eben und mit einer Lage von Schotter bedeckt. Nach etwa zwei Kilometern sah er die Gebäude zwischen den Bäumen. Er fuhr auf den Hofplatz und hielt. Die Absperrbänder der Polizei waren noch da, aber sonst schien alles verlassen. Er stieg aus.

Im Wald war es windstill. Er blickte sich um. Aus dem Haus am Brämhultsväg in Borås war Herbert Molin hierhergezogen. An einen Ort mitten im Wald. Und hierhin war jemand gekommen, um ihn zu töten. Stefan betrachtete das Haus. Die zerschossenen Fenster. Er ging zur Haustür und drückte dagegen. Sie war verschlossen. Er ging ums Haus herum. Alle Fenster waren zerstört. Wasser glitzerte zwischen den Bäumen. Er ging zum Nebengebäude und faßte die Tür an. Sie war offen. Im dunklen Inneren nahm er den Geruch von Kartoffeln wahr und registrierte eine Schubkarre und Gartengeräte. Er ging wieder hinaus.

Einsamkeit, dachte er. Hier ist Herbert Molin einsam gewesen. Das muß es gewesen sein, was er gesucht hat. Das hat er schon in seiner Zeit in Borås getan. Jetzt verstehe ich es. Er wollte allein sein. Das hat ihn hierhergetrieben.

Er fragte sich, wie Herbert Molin an dieses Haus gekommen war. Von wem hatte er es gekauft? Und warum gerade hier? Tief in den Wäldern von Härjedalen?

Er ging zu einem der Fenster an der Schmalseite. An der Hauswand stand ein Tretschlitten. Er stellte ihn so hin, daß er draufsteigen und das kaputte Fenster von der Innenseite öffnen konnte. Er wischte vorsichtig Glassplitter fort und kletterte dann ins Haus. Es riecht immer irgendwie speziell, wenn Polizisten dagewesen sind, dachte er. Alle Berufsgruppen hinterlassen Geruchsspuren. Das gilt auch für uns.

Er befand sich in einem kleinen Schlafzimmer. Das Bett war gemacht. Es waren Flecken von eingetrocknetem Blut darauf.

Auch wenn die technische Untersuchung des Tatorts bereits abgeschlossen war, wollte er nichts anfassen. Er wollte exakt das gleiche sehen wie die Spurensicherer. Wo sie aufgehört hatten, würde er anfangen.

Aber womit wollte er anfangen? Was glaubte er eigentlich entdecken zu können? Er redete sich ein, daß er sich als Privatperson in Herbert Molins Haus befand. Nicht als Polizeibeamter oder privater Ermittler. Lediglich als ein Mensch, der Krebs hatte und der an etwas anderes denken wollte als an seine Krankheit.

Er ging ins Wohnzimmer. Die Möbel waren umgestürzt. An den Wänden und auf dem Fußboden waren Blutflecken. Erst jetzt wurde ihm vollends bewußt, wie grauenhaft Herbert Molins Tod gewesen sein mußte. Er war nicht niedergestochen oder erschossen worden und liegengeblieben, wo er getroffen worden war. Er war einem brutalen Angriff ausgesetzt gewesen. Alles deutete darauf hin, daß er gejagt worden war und sich gewehrt hatte.

Stefan ging vorsichtig durchs Zimmer. Blieb beim CD-Spieler, der offenstand, stehen. Es war keine CD eingelegt, aber daneben lag eine geöffnete Hülle. Argentinischer Tango. Stefan ging weiter. Herbert Molin hat ohne unnötigen Kram gelebt, dachte er. Keine Bilder, keine Vasen. Auch keine Fotos von seiner Familie.

Ihm kam ein Gedanke. Er ging zurück ins Schlafzimmer und öffnete den Kleiderschrank. Unter den Sachen, die dort hingen, fand er keine Uniform. Also hatte Molin sich ihrer entledigt. Es war ansonsten üblich, daß pensionierte Polizeibeamte ihre Uniformen aufbewahrten.

Er ging zurück ins Wohnzimmer und von dort in die Küche. Die ganze Zeit versuchte er, sich Herbert Molin an seiner Seite vorzustellen. Ein einsamer Mann von über fünfundsiebzig Jahren, der am Morgen aufsteht, Essen macht, den Tag vergehen läßt.

Menschen tun immer etwas, dachte er. Das muß auch für Herbert Molin gegolten haben. Kein Mensch sitzt ausschließlich reglos auf einem Stuhl. Selbst der passivste Mensch *tut* etwas. Aber was hatte Herbert Molin getan? Wozu hatte er seine Tage genutzt? Stefan kehrte ins Wohnzimmer zurück und beugte sich zum Fußboden hinunter. Vor ihm, direkt neben einer der blutigen Fußspuren, lag ein Puzzleteil. Über den gesamten Fußboden verstreut lagen Puzzleteile. Stefan erhob sich und merkte, wie es durch seinen Rücken zuckte. Die Krankheit, dachte er. Oder konnte es nur daran gelegen haben, daß er während der Nacht im Auto unbequem gelegen hatte? Er wartete, bis der Schmerz vorüber war.

Dann trat er an das große Bücherregal, auf dem der CD-Spieler stand. Er beugte sich erneut hinunter und öffnete einen Schrank. Er war voller Schachteln, die er zunächst für Spiele hielt. Als er die oberste Schachtel herausnahm, entdeckte er, daß sie Puzzleteile enthielt. Er betrachtete die Abbildung auf dem Karton. Es war ein Gemälde von einem Künstler namens Matisse darauf. Hatte er den Namen schon einmal gehört? Er wußte es nicht genau. Das Motiv war ein großer Garten. Im Hintergrund des Bildes waren zwei Frauen in weißen Kleidern zu erkennen. Stefan betrachtete die anderen Schachteln. Auf fast allen waren Kunstwerke abgebildet. Es waren große Puzzles, mit vielen Teilen. Er öffnete den Schrank daneben. Auch der war voller Puzzles. Alle noch ungeöffnet. Er richtete sich vorsichtig auf. Stets gewärtig, der Schmerz im Rücken könnte wiederkommen. Herbert Molin hat einen Teil seiner Zeit mit Puzzles verbracht, dachte er. Das war erstaunlich. Aber vielleicht nicht seltsamer, als sinnlose Zeitungsausschnitte über Elfsborgs Fußballclub zu sammeln.

Er blickte sich im Raum um. Es war so still, daß er seinen Puls in den Ohren pochen hörte. Er dachte, daß er Kontakt mit dem Polizeibeamten in Östersund aufnehmen müßte. Dem mit dem ungewöhnlichen Vornamen. Vielleicht sollte er hinfahren und am Montag mit ihm reden? Aber er hatte nichts mit der Mordermittlung zu tun. Das würde er von vornherein klarstellen. Er war nicht nach Härjedalen gekommen, um eigene Nachforschungen darüber anzustellen, wer Herbert Molin getötet haben konnte. Mit größter Wahrscheinlichkeit gab es eine einfache Erklärung für den Mord. Das Motiv für ein Gewaltverbrechen war fast immer eine Frage von Geld oder Rache. Außerdem war oftmals Alkohol im Spiel. Der Täter stammte häufig aus dem Kreis nahestehender Familienmitglieder und Freunde.

Vielleicht hatten Giuseppe und seine Kollegen bereits ein Motiv eingekreist und dem Staatsanwalt einen Verdächtigen präsentiert? Es sprach nichts dagegen.

Stefan schaute sich noch einmal um. Fragte sich, was der Raum über das, was sich hier abgespielt hatte, erzählen konnte. Aber er fand keine Antwort. Dann überlegte er, was die blutigen Fußspuren auf dem Fußboden bedeuten mochten. Sie bildeten ein Muster. Was ihn erstaunte, war ihre Deutlichkeit. Als seien sie bewußt hinterlassen worden. Nicht Spuren eines Streits oder eines Todeskampfes. Er überlegte, was für Schlußfolgerungen die Spurensicherung und Giuseppe daraus gezogen haben mochten.

Dann trat er an das große zerschossene Fenster.

Er fuhr zusammen.

Draußen auf dem Hofplatz stand ein Mann. Er hatte ein Gewehr in der Hand. Er stand vollkommen unbeweglich und starrte zum Fenster hinauf.

5

Stefan blieb keine Zeit dafür, Angst zu haben. Als er den Mann mit dem Gewehr in der Hand draußen auf dem Hofplatz entdeckt hatte, trat er einen Schritt zurück und duckte sich neben dem Fenster. Fast unmittelbar darauf hörte er, wie ein Schlüssel ins Schloß gesteckt wurde. Wenn der Gedanke, daß es der Täter sein konnte, durch Stefans Kopf gewirbelt war, so verschwand er nun sofort. Der Mann, der Herbert Molin getötet hatte, würde wohl kaum einen Haustürschlüssel haben.

Die Wohnzimmertür wurde aufgestoßen. Der Mann blieb in der Türöffnung stehen. Er hielt die Waffe seitlich am Körper. Stefan sah, daß es eine Schrotflinte war.

»Hier sollte niemand sein«, sagte der Mann. »Und trotzdem ist jemand hier.«

Er sprach langsam und deutlich. Aber er sprach nicht wie das Mädchen in der Hotelrezeption. Er hatte einen anderen Dialekt, den Stefan jedoch nicht einordnen konnte.

»Ich kannte den Toten«, sagte er.

Der Mann nickte. »Ich glaube Ihnen«, meinte er. »Die Frage ist nur, wer Sie sind.«

»Herbert Molin und ich haben einige Jahre zusammen gearbeitet. Er war Polizist, ich bin es noch immer.«

»Das ist ungefähr das einzige, was ich von Herbert weiß«, sagte der Mann. »Daß er Polizist gewesen ist.«

»Wer sind Sie?«

Der Mann machte Stefan ein Zeichen, mit ihm hinauszugehen. Er nickte zu dem leeren Hundezwinger hinüber.

»Eigentlich glaube ich, daß ich Shaka besser gekannt habe«, sagte er. »Besser als Herbert. Ihn hat keiner gekannt.«

Stefan betrachtete den Hundezwinger und dann den Mann an seiner Seite. Er hatte eine Glatze, war um die Sechzig, mager und mit Zimmermannshosen und einer Jacke bekleidet. An den Füßen trug er Gummistiefel. Er wandte den Blick vom Hundezwinger ab und sah Stefan an.

»Sie wollen wissen, wer ich bin?« fragte er. »Warum ich einen Schlüssel habe und das Gewehr?«

Stefan nickte.

»Hier oben sind die Abstände groß. Ich nehme an, daß Ihnen auf dem Weg hierher nicht besonders viele andere Wagen begegnet sind. Und nicht eben viele Menschen. Auch wenn ich zehn Kilometer von hier entfernt wohne, kann man wohl sagen, daß ich einer von Herberts nächsten Nachbarn bin.«

»Und was machen Sie beruflich?«

Der Mann lächelte. »Man pflegt die Leute zuerst zu fragen, wie sie heißen«, sagte er. »Dann erst fragt man sie nach ihrer Arbeit.«

»Ich heiße Stefan. Stefan Lindman. Ich bin Polizist in Borås. Dort, wo auch Herbert gearbeitet hat.«

»Abraham Andersson. Aber hier werde ich meist Dunkärr genannt, weil ich auf einem Hof wohne, der Dunkärret heißt.«

»Sind Sie Landwirt?«

Der Mann lachte und spuckte auf den Boden. »Nein«, antwortete er. »Keine Landwirtschaft, kein Wald. Ja doch, Wald. Aber nicht, um Bäume zu fällen. Ich spiele Geige. Zwanzig Jahre habe ich in einem Sinfonieorchester in Helsingborg gespielt. Dann eines Tages hatte ich plötzlich genug und bin hierhergezogen. Manchmal spiele ich noch. Hauptsächlich, um die Finger geschmeidig zu halten. Alte Geiger können Probleme mit den Gelenken bekommen, wenn sie zu abrupt aufhören. So sind Herbert und ich uns begegnet.«

»Wie meinen Sie das?«

»Manchmal nehme ich meine Geige mit hinaus in den Wald. Stelle mich zwischen die Bäume, wo sie ganz dicht stehen. Da hat die Geige einen besonderen Klang. Oder ich steige auf einen Berg oder spiele an einem See. Der Klang ist jedesmal anders. Nach all den Jahren in einem Konzertsaal kommt es mir vor, als hielte ich ein neues Instrument in den Händen.«

Er wies mit dem Arm hinunter zum See, der zwischen den Bäumen zu erkennen war. »Dort unten habe ich gestanden und gespielt. Ich glaube, es war der zweite Satz aus Mendelssohns Violinkonzert. Da ist Herbert mit dem Hund gekommen. Er hat gefragt, was zum Teufel hier los wäre. Ich kann ihn verstehen. Wer rechnet schon damit, mitten im Wald einen Alten mit einer Geige zu treffen. Er ist wütend gewesen, weil ich mich auf seinem Grund und Boden befunden hatte. Aber dann sind wir Freunde geworden, oder wie man es nun nennen soll.«

»Was meinen Sie damit?«

»Daß niemand wirklich Herberts Freund werden konnte.«

»Warum nicht?«

»Er hat dieses Haus gekauft, um seinen Frieden zu haben. Aber ganz kann man ja doch nicht darauf verzichten, mit anderen Menschen zu verkehren. Nach ein, zwei Jahren erwähnte er, daß ein Reserveschlüssel im Schuppen hinge. Warum, weiß ich selber nicht.«

»Sie haben sich also manchmal verabredet?«

»Nein, aber er hat mich unten am See spielen lassen. Um genau zu sein, habe ich nie einen Fuß in dieses Haus gesetzt. Und er ist auch nie bei mir zu Hause gewesen.«

»Ist denn nie jemand zu Besuch gekommen?«

Die Reaktion des Mannes war beinahe nicht wahrzunehmen. Stefan bemerkte trotzdem, daß er zögerte, bevor er antwortete.

»Nicht, soweit ich weiß.«

Also ist jemand zu Besuch gekommen, dachte Stefan.

»Sie sind mit anderen Worten ebenfalls Rentner«, sagte er statt dessen. »Und Sie haben sich auf die gleiche Weise wie Herbert in den Wald zurückgezogen.«

Der Mann lachte erneut. »Nicht doch«, sagte er. »Ich bin weder Rentner, noch habe ich mich in den Wald zurückgezogen. Ich schreibe ein wenig für ein paar Tanzkapellen.«

»Tanzkapellen?«

»Dann und wann ein Lied. So Herz und Schmerz. Das meiste ist der reine Mist. Aber ich habe recht häufig in den Hitlisten gestanden. Allerdings nicht als Abraham Andersson. Ich benutze ein Pseudonym.«

»Und wie heißen Sie da?«

»Siv Nilsson.«

»Ein Frauenname?«

»Ich hatte in der Realschule eine Klassenkameradin, in die ich verliebt war. Sie hieß Siv Nilsson. Ich dachte, es könnte eine schöne Liebeserklärung sein.«

Stefan fragte sich, ob Abraham Andersson scherzte. Aber er beschloß zu glauben, daß das, was er hörte, der Wahrheit entsprach. Er betrachtete die Finger des Mannes. Sie waren lang und schmal. Er konnte sehr wohl Geiger sein.

»Man kann sich wirklich fragen, was passiert ist«, sagte Andersson plötzlich. »Wer hierhergekommen ist und Herbert umgebracht hat. Bis gestern ist die Polizei hiergewesen. Sie haben Menschen mit Hubschraubern hergebracht, die Hunde mit sich geführt haben. Die Polizisten sind von Hof zu Hof gegangen und haben Fragen gestellt. Aber niemand weiß etwas.«

»Niemand?«

»Niemand. Herbert Molin ist irgendwoher gekommen und wollte seine Ruhe haben. Aber jemand hatte etwas dagegen. Und jetzt ist er tot.«

»Wann haben Sie ihn zuletzt getroffen?«

»Sie stellen die gleichen Fragen wie die Polizei.«

»Ich bin Polizist.«

Andersson blickte ihn forschend an. »Aber Sie arbeiten in Borås. Und also können Sie mit dem Fall hier nichts zu tun haben.«

»Ich habe Herbert gekannt, und ich habe Ferien.«

Andersson nickte. Stefan war überzeugt davon, daß er ihm nicht glaubte.

»Ich bin eine Woche im Monat unterwegs. Dann fahre ich hinunter nach Helsingborg und treffe meine Frau. Es ist schon eigenartig, daß es passiert ist, als ich nicht hiergewesen bin.«

»Warum?«

»Weil ich nie an den gleichen Tagen wegfahre. Es kann von einem Sonntag bis einschließlich Samstag sein. Und ebensogut von einem Mittwoch bis zum darauffolgenden Dienstag. Nie an den gleichen Tagen. Und gerade dann, wenn ich weg bin, passiert es.«

Stefan dachte nach. »Sie meinen also, jemand hätte die Gelegenheit Ihrer Abwesenheit genutzt?«

»Ich meine gar nichts. Ich sage nur, daß es eigenartig ist. Ich bin wohl der einzige, der sich hier im näheren Umkreis bewegt. Außer Herbert.«

»Was ist eigentlich Ihrer Meinung nach geschehen?«

»Ich weiß es nicht. Und jetzt gehe ich.«

Stefan folgte ihm zum Auto, das am Fuße des Hügels geparkt war. Auf dem Rücksitz sah er einen Geigenkasten.

»Wo ist das, wo Sie wohnen?« fragte er. »Dunkärret?«

»Gleich diesseits von Glöte. Sie fahren den Weg einfach weiter. Sechs Kilometer ungefähr. Das Schild zeigt nach links. Dunkärret 2.«

Andersson setzte sich hinters Steuer. »Man sollte den Kerl fassen, der das hier getan hat«, sagte er. »Herbert ist komisch gewesen, aber friedlich. Es muß ein Verrückter gewesen sein, der ihn getötet hat.«

Stefan blickte dem Wagen nach. Er blieb stehen, bis das Motorgeräusch nicht mehr zu hören war. Er dachte, daß Geräusche im Wald lange wahrzunehmen waren. Dann kehrte er zum Haus zurück und ging weiter auf dem Pfad, der zum See hinunterführte. Die ganze Zeit dachte er daran, was Abraham Andersson gesagt hatte. Daß Herbert Molin mit niemandem verkehrt hatte. Trotzdem war offenbar jemand zu Besuch gekommen. Obwohl Andersson nicht hatte sagen wollen, wer. Stefan dachte auch daran, daß es Andersson beunruhigt hatte, daß der Mord zu einem Zeitpunkt geschehen war, als er nicht in der Nähe gewesen war. Wenn man Dunkärret als »in der Nähe« bezeichnen konnte. Stefan blieb auf dem Pfad stehen und dachte nach. Das konnte nur eins bedeuten. Abraham Andersson vermutete, daß derjenige, der Herbert Molin getötet hatte, wußte, daß Andersson fort sein würde. Und das wiederum konnte nur zwei Dinge bedeuten. Entweder stammte der Täter hier aus der Gegend, oder er hatte Herbert über längere Zeit hinweg beobachtet. Mindestens einen, vielleicht mehrere Monate.

Er kam hinunter zum See, der größer war, als er geglaubt hatte. Das Wasser war braun und die Oberfläche nur schwach gekräuselt. Stefan ging in die Hocke und hielt eine Hand ins Wasser. Es war kalt. Er stand auf und sah plötzlich das Krankenhaus in Borås vor sich. Es war schon einige Stunden her, seit er zuletzt daran gedacht hatte, was ihm bevorstand. Er setzte sich auf einen Stein und blickte über den See. Auf der anderen Seite wogten die bewaldeten Höhenzüge, und in der Entfernung konnte er eine Motorsäge hören. Ich habe hier nichts zu suchen, dachte er. Vielleicht hatte Herbert Molin einen Grund dafür, sich hier oben in den Wäldern und im Schweigen zu verstecken. Aber ich habe keinen. Im Gegenteil. Ich sollte mich vorbereiten auf das, was mich erwartet. Meine Ärztin hat mir große Heilungschancen eingeräumt. Ich bin noch jung, und ich bin stark.

Er stand auf und ging am Ufer entlang. Als er sich umdrehte, war das Haus nicht mehr zu sehen. Er ging an dem steinigen Strand weiter und stieß nach einer Weile auf ein verrottetes Ruderboot, das auf den Strand gezogen dalag. In den Resten des Bootes war ein Ameisenhaufen. Er ging weiter, ohne zu wissen, wohin er wollte. Als er zu einer Lichtung zwischen den Bäumen kam, setzte er sich wieder hin. Diesmal auf einen umgestürzten Baumstamm. Der Boden war zertreten. Am Stamm konnte er Einkerbungen sehen, die mit einem Messer gemacht worden sein mußten. Vielleicht ist Herbert öfter hergekommen, dachte er abwesend. Zwischen all seinen Puzzles. Vielleicht hat er den Hund mitgenommen. Wie hieß er noch gleich? Shaka? Komischer Name für einen Hund.

Sein Kopf war vollkommen leer. Plötzlich sah er nur noch einen Weg vor sich. Den langen Weg, den er von Borås hierhergefahren war.

Dann störte etwas das Bild. Etwas, was er hätte merken müssen. Er erkannte, was es war. Eben erst hatte er gedacht, daß Herbert vielleicht mit dem Hund hierher zu gehen pflegte.

Es kann auch jemand anders gewesen sein, dachte er jetzt. Jemand anders, der hier gesessen hat. Stefan begann sich umzuschauen, aufmerksam diesmal. Die Stelle war gesäubert worden. Jemand hatte den Boden geglättet und Erde und Stöcke zwischen die Büsche geworfen. Er erhob sich und ging dann mitten auf der ebenen Fläche in die Hocke. Sie war nicht groß.

Kaum mehr als zwanzig Quadratmeter, aber gegen Einblick von außen gut geschützt. Die Wurzeln umgestürzter Bäume und einige große Felsblöcke machten es fast unmöglich, hierher zu gelangen, wenn man nicht am Wasser entlangging. Er untersuchte den Boden. Wenn er die Augen leicht zusammenkniff, meinte er, im Moos einen schwachen Rand erkennen zu können. Ein Viereck. Er fühlte mit den Fingern an den Ecken des Vierecks. Dort waren Löcher. Er stand auf. Ein Zelt, dachte er. Wenn ich mich nicht vollkommen irre, hat hier ein Zelt gestanden. Wie lange, kann ich nicht sagen. Auch nicht, wann es aufgeschlagen oder abgebaut worden ist. Aber es muß in diesem Jahr gewesen sein. Der Schnee hätte sonst alle Spuren beseitigt.

Er blickte sich um. Langsam, als ob jeder Eindruck entscheidend sein könnte. In seinem Kopf nagte der Gedanke, daß das, was er gerade tat, sinnlos war. Andererseits gab es nichts anderes, womit er sich hätte ablenken können.

Er entdeckte keine Überreste eines Feuers, aber das hatte nichts zu bedeuten. Heutzutage benutzte man Campingkocher, wenn man in den Wald ging. Er untersuchte den Boden um den Baumstamm ein weiteres Mal, ohne etwas zu finden.

Dann kehrte er zum Wasser zurück. Direkt am Ufer lag ein großer Stein. Er setzte sich darauf. Schaute ins Wasser hinab und dann auf die Rückseite des Steins. Er tastete mit den Fingern, und das Moos löste sich. Als er es zur Seite kratzte, lagen dort Reste von Zigarettenkippen. Das Papier war braun. Auch wenn alles durchweicht war, waren noch Tabakreste übrig. Er grub weiter. Überall lagen Zigarettenkippen. Auf dem Stein hatte jemand gesessen und viel geraucht. Stefan fand eine Kippe, deren Papier verfärbt war, an der aber trotzdem noch etwas Weißes zu erkennen war. Er nahm sie vorsichtig auf und suchte in seinen Taschen nach etwas, in das er sie stecken konnte. Als einziges fand er eine Quittung. *Krankenhauscafeteria Borås*. Er legte die Zigarettenkippe vorsichtig darauf und faltete sie zu einem kleinen Päckchen zusammen. Er suchte weiter und malte sich aus, was er getan hätte, wenn er hier ein Zelt aufgeschlagen hätte. Man braucht eine Toilette, dachte er. Über die eine Seite des größten Felsblocks konnte man in den Wald hineingelangen. Das Moos schien an der Kante des Felsblocks abgeschabt zu sein. Er untersuchte den Boden davor genau. Nichts. Dann ging er in den Wald hinein. Meter für Meter. Er dachte an die Polizeihunde, von denen Andersson gesprochen hatte. Wenn sie keine Witterung aufgenommen hatten, lag das daran, daß sie kaum so weit entfernt gesucht hatten wie hier an diesem Zeltplatz. Entweder nahmen sie eine Spur auf oder nicht.

Er blieb stehen. Vor ihm, unmittelbar neben einem Kiefernstamm, lagen menschliche Exkremente. Exkremente und Toilettenpapier. Sein Herz schlug schneller. Jetzt wußte er, daß er recht hatte. Jemand hatte hier unten am See gezeltet.

Dennoch fehlte ihm das Wichtigste. Etwas, was den Zelter mit Herbert Molin in Verbindung brachte. Er ging zurück zu dem Platz, an dem das Zelt gestanden hatte. Eigentlich müßte er jetzt den Weg zur Hauptstraße suchen oder einen Seitenweg, in dem der Zelter seinen Wagen geparkt haben konnte.

Stefan erkannte sofort die Schwäche seiner Argumentation. Wenn der Zeltplatz ein sorgfältig organisiertes Versteck gewesen war, paßte es schlecht dazu, daß ein Wagen in der Nähe der Hauptstraße gestanden haben sollte. Aber welche Alternativen gab es? Ein Motorrad oder ein Fahrrad waren leichter zu verstecken. Vielleicht hatte auch jemand den Zelter hergebracht.

Stefan blickte auf den See hinaus. Es gab natürlich noch eine Möglichkeit. Der Zelter konnte über den See gekommen sein. Dann war nur die Frage, wo sich das Boot befand.

Giuseppe, dachte er. Ich muß mit ihm reden. Es besteht kein Grund, hier heimlich private Nachforschungen anzustellen. Das sollen die Polizisten von Jämtland und Härjedalen erledigen.

Er setzte sich wieder auf den Kiefernstamm. Es war kühler geworden. Die Sonne ging unter. Etwas flatterte zwischen den Bäumen auf. Als er sich in die Richtung drehte, aus der ihn das Geräusch erreicht hatte, war der Vogel verschwunden. Er stand auf und ging zurück. Um Herbert Molins Haus lastete dumpfes Schweigen. Er merkte, wie er fror. Die Kälte der Ereignisse, die sich hier abgespielt hatten, drang ihm in die Knochen.

Er fuhr zurück in Richtung Sveg. In Linsell hielt er bei Ica an und kaufte eine Lokalzeitung, *Härjedalen,* die jeden Donnerstag, soweit es kein Feiertag war, herauskam. Der Mann an der Kasse nickte freundlich. Stefan bemerkte, daß er neugierig war.

»Im Herbst kommen nicht viele Fremde hierher«, sagte der Mann.

Auf seinem Namensschild war zu lesen, daß er Torbjörn Lundell hieß. Stefan konnte ihm genausogut die Wahrheit sagen. »Ich habe Herbert Molin gekannt. Wir waren Freunde. Wir haben zusammen gearbeitet, bevor er in Pension gegangen ist.«

Lundell betrachtete ihn forschend. »Polizei«, sagte er. »Schaffen unsere eigenen Polizisten das nicht?«

»Ich habe nichts mit der Ermittlung zu tun.«

»Aber Sie sind trotzdem hergekommen. Den ganzen Weg von … ist es Halland?«

»Västergötland. Ich habe Urlaub. Hat Herbert erzählt, daß er aus Borås gekommen ist?«

Lundell schüttelte den Kopf. »Das haben die Polizisten gesagt. Aber er hat hier eingekauft. Alle zwei Wochen. Immer donnerstags. Hat nie ein Wort zuviel gesagt, immer die gleichen Sachen gekauft. Mit dem Kaffee war er allerdings eigen. Den mußte ich extra für ihn bestellen. Französischen Kaffee.«

»Wann haben Sie ihn zuletzt gesehen?«

»Donnerstag in der Woche vor seinem Tod.«

»Haben Sie etwas Auffälliges an ihm bemerkt?«

»Ich weiß nicht, was Sie meinen?«

»War er anders?«

»Er war wie immer. Hat kein Wort mehr gesagt als unbedingt nötig.«

Stefan überlegte. Er hätte nicht einfach so in seine Berufsrolle verfallen dürfen. Jetzt würde sich das Gerücht verbreiten, daß ein Polizist von weit her zu Besuch gekommen war und neugierige Fragen stellte. Dennoch gab es eine Frage, die zu stellen er nicht lassen konnte. »Haben Sie in der letzten Zeit keine anderen Kunden gehabt? Die sonst nicht herkommen?«

»Das haben die aus Östersund auch gefragt. Und ein Polizist aus Sveg. Ich habe ihnen gesagt, wie es war. Abgesehen von ein paar Norwegern und einem belgischen Beerenpflücker in der vorigen Woche sind keine Leute hiergewesen, die ich nicht kenne.«

Stefan bedankte sich, verließ den Laden und fuhr weiter. Es war dunkel geworden. Er merkte, daß er Hunger hatte.

Auf eine seiner Fragen hatte er immerhin eine Antwort erhalten. Es gab Polizisten in Sveg. Auch wenn die Ermittlung von Östersund aus geleitet wurde.

Kurz vor Glissjöberg lief plötzlich ein Elch über die Fahrbahn. Die Scheinwerfer erfaßten ihn, und Stefan konnte gerade noch bremsen. Der Elch verschwand auf der anderen Seite der Straße zwischen den Bäumen. Stefan wartete ab, ob noch weitere Tiere folgten, aber die Fahrbahn lag verlassen vor ihm.

In Sveg parkte er vor dem Hotel. In der Rezeption saßen einige Männer in Overalls und unterhielten sich. Er ging hinauf in sein Zimmer und setzte sich aufs Bett. Sofort kehrten die Gedanken an seine Krankheit zurück. Er sah sich in einem Bett liegen. Überall an seinem Körper und im Gesicht waren Schläuche befestigt. Elena saß auf einem Stuhl neben dem Bett und weinte.

Er erhob sich heftig und schlug mit der Faust hart gegen die Wand. Fast im selben Moment klopfte jemand an seine Tür.

Es war einer der Testfahrer. »Wolltest du was?« fragte er.

»Was sollte ich wollen?«

»Du hast an die Wand geklopft.«

»Das muß von draußen gekommen sein.«

Stefan schlug dem Testfahrer die Tür vor der Nase zu. Jetzt habe ich mir in Härjedalen meinen ersten Feind gemacht, dachte er. Dabei sollte ich mir mehr denn je Freunde schaffen.

Der Gedanke hallte in seinem Innern nach. Warum hatte er so wenig Freunde? Warum zog er nicht mit Elena zusammen und begann das Leben, das er eigentlich führen wollte? Warum lebte er so, daß er verlassen war, wenn er von einer schweren Krankheit heimgesucht wurde? Er fand keine Antwort.

Er dachte einen Moment daran, Elena anzurufen, entschied sich jedoch dafür, zuerst zu essen. Im Speisesaal wählte er einen

Tisch an einem der Fenster. Er war der einzige Gast. Aus der Kneipe war ein Fernseher zu hören. Zu seiner Verwunderung hatte sich das Mädchen aus der Rezeption jetzt umgezogen und servierte. Er bestellte ein Beefsteak und Bier. Während er aß, blätterte er die Zeitung durch, die er in Linsell gekauft hatte. Die Todesanzeigen las er besonders aufmerksam und versuchte, sich seine eigene vorzustellen. Nach dem Essen trank er Kaffee und starrte hinaus in die Dunkelheit.

Dann ging er in die Rezeption und war unentschlossen, ob er einen Spaziergang machen oder wieder auf sein Zimmer gehen sollte. Er entschied sich für letzteres. Oben angekommen, setzte er sich aufs Bett und rief Elena an. Sie nahm sofort ab. Stefan hatte das Gefühl, daß sie dagesessen und darauf gewartet hatte, daß er sich meldete.

»Wo bist du?«

»In Sveg.«

»Und wie ist es?« fragte sie vorsichtig.

»Einsam und kalt.«

»Ich verstehe nicht, weshalb du dahin gefahren bist.«

»Ich auch nicht.«

»Dann komm nach Hause.«

»Wenn ich könnte, würde ich heute abend noch kommen. Aber es dauert ein paar Tage.«

»Kannst du nicht wenigstens sagen, daß du mich vermißt?«

»Du weißt doch, daß ich das tue.«

Er gab ihr die Nummer des Hotels, und sie beendeten das Gespräch. Keiner von ihnen telefonierte gern. Ihre Gespräche waren meist kurz. Trotzdem hatte Stefan das Gefühl, daß sie sich unmittelbar neben ihm befand.

Er war müde. Der Tag war lang gewesen. Er schnürte seine Schuhe auf und trat sie sich, auf dem Bett sitzend, von den Füßen. Dann legte er sich hin und blickte zur Decke. Ich muß mich entscheiden, was ich hier will, dachte er. Ich bin hergefahren, um zu verstehen, was passiert ist. Um zu verstehen, warum Herbert Molin ständig Angst hatte. Jetzt habe ich den Ort gesehen, an dem der Mord verübt worden ist. Und ich habe einen Zeltplatz gefunden, der ein Versteck gewesen sein kann. Er überlegte, wie es weitergehen sollte. Das vernünftigste wäre, nach Östersund hinaufzufahren und Giuseppe Larsson zu treffen. Aber danach? Was würde er danach tun?

Wieder dachte er, daß die Reise sinnlos war. Er hätte statt dessen nach Mallorca fliegen sollen. Die Polizei in Jämtland würde ihre Arbeit schon tun. Eines Tages würde er erfahren, was passiert war. Irgendwo gab es einen Täter, der darauf wartete, gefaßt zu werden.

Er legte sich auf die Seite und betrachtete den schwarzen Bildschirm des Fernsehers. Von der Straße her hörte er ein paar Jugendliche lachen. Hatte er im Verlauf des Tages gelacht? Er suchte in seiner Erinnerung, ohne auch nur ein einziges Lächeln zu finden. Im Moment bin ich nicht der, der ich sonst bin, dachte er. Ein Mann, der viel lacht. Im Moment bin ich ein Mann mit einem Tumor an der Zunge, der Angst vor der Zukunft hat.

Dann schaute er auf seine Schuhe. Etwas saß unter einem von ihnen. Eingeklemmt in eine Ritze des Profils der Gummisohle. Ein Stein vom Schotterweg, dachte er. Er streckte sich nach dem Schuh, um den Stein herauszupulen.

Es war kein Stein, sondern ein Stück von einem Puzzleteil. Er setzte sich im Bett auf und drehte die Lampe zu sich. Das beschädigte Puzzleteil war weich und von der Erde verfärbt. Er war sich sicher, daß er im Innern des Hauses nicht auf ein Puzzleteil getreten war. Es konnte vor dem Haus gelegen haben. Dennoch sagte ihm seine Intuition etwas anderes. Das Puzzleteil hatte sich unter seiner Sohle festgesetzt, als er an der Stelle, an der das Zelt gestanden hatte, umhergegangen war.

Der Mann, der Herbert Molin ermordet hatte, hatte sich längere oder kürzere Zeit in einem Zelt am See aufgehalten.

6

Die Entdeckung des beschädigten Puzzleteils ließ seine Lebensgeister wieder erwachen. Er setzte sich an den Tisch. Auf einem Block begann er, sich Notizen über die Ereignisse des Tages zu machen. Sie nahmen die Form eines Briefes an. Zunächst wußte er nicht, an wen er den Brief richtete. Dann wurde ihm klar, daß er an die Ärztin schrieb, die ihn am Morgen des 19. November in Borås erwartete. Warum er ihr diesen Brief schrieb, konnte er nicht sagen. Weil er sonst niemanden hatte? Oder weil Elena nicht begreifen würde, wovon er redete? Ganz oben auf das Blatt schrieb er *Herbert Molins Angst* und unterstrich die Worte kräftig. Dann notierte er Punkt für Punkt die Beobachtungen, die er im Haus, um das Haus herum und auf dem Platz, an dem das Zelt gestanden hatte, gemacht hatte. Als er fertig war, versuchte er, Schlußfolgerungen zu ziehen. Aber nichts schien ihm sicher zu sein, außer daß der Mord an Molin gut geplant worden war.

Es war zehn Uhr. Er zögerte, entschied sich aber doch dafür, Giuseppe zu Hause anzurufen und zu sagen, daß er am nächsten Tag nach Östersund kommen würde. Er suchte die Nummer im Telefonbuch. Es gab viele, die Larsson hießen. Aber nur einen, der Giuseppe hieß und Polizist war. Seine Frau nahm ab. Stefan erklärte, wer er war. Die Frau hörte sich freundlich an. Sie sagte, Giuseppe sei draußen in der Garage und beschäftige sich mit seinem Hobby. Während er wartete, fragte sich Stefan, was für ein Hobby das sein mochte. Und warum hatte er selbst keins? Außer Fußball. Bevor es ihm gelang, eine Antwort zu finden, kam Giuseppe an den Apparat.

»Stefan Lindman«, sagte Stefan. »Aus Borås. Ich hoffe, ich rufe nicht zu spät an?«

»Fast. In einer halben Stunde hätte ich geschlafen. Wo bist du?«

»In Sveg.«

»Also ganz in der Nähe«, Giuseppe lachte in den Hörer. »Für uns sind hundertneunzig Kilometer nicht weit. Wohin kommst du, wenn du von Borås aus hundertneunzig Kilometer in eine Richtung fährst?«

»Fast bis nach Malmö.«

»Ja, da kann man mal sehen.«

»Ich hatte vor, morgen nach Östersund zu fahren.«

»Du bist willkommen. Ich bin schon frühmorgens dort. Das Polizeipräsidium liegt auf der Rückseite von Glesbygdsverket. Die Stadt ist klein, du wirst dich leicht zurechtfinden. Wann wolltest du kommen?«

»Ich richte mich nach dir. Wann du Zeit hast.«

»Elf Uhr paßt mir gut. Um neun haben wir ein Treffen unserer niedlichen kleinen Mordkommission.«

»Habt ihr schon einen Verdächtigen?«

»Nichts haben wir«, erwiderte Giuseppe munter. »Aber wir werden den Fall schon aufklären. Morgen wollen wir darüber beraten, ob wir Hilfe aus Stockholm anfordern. Zumindest jemanden, der uns ein Täterprofil erstellen kann, damit wir wissen, was für ein Bursche das ist, nach dem wir suchen. Könnte interessant sein. Mit so etwas haben wir uns hier bisher nicht beschäftigt.«

»Die sind clever«, sagte Stefan. »Wir haben dann und wann ihre Hilfe in Anspruch genommen.«

»Dann erwarte ich dich also um elf.«

Nach dem Telefonat ging er hinaus. Der Testfahrer im Raum nebenan schnarchte. Stefan stieg so leise er konnte die Treppe ins Erdgeschoß hinunter. Der Zimmerschlüssel paßte auch für die Außentür. In der Rezeption war das Licht gelöscht. Die Tür zum Speisesaal war geschlossen. Es war halb elf. Als er hinauskam, merkte er, wie windig es geworden war. Er zog die Jacke fest um sich und begann die verlassenen Straßen entlangzulaufen. Er kam zum Bahnhof, der dunkel und verschlossen war. Nachdem er eine Anschlagtafel gelesen hatte, war ihm klar, daß keine Züge mehr durch Sveg fuhren. Die Inlandbahn, dachte er. So hieß die Strecke früher. Jetzt liegen hier nur noch die Gleise. Er setzte seine nächtliche Wanderung fort. Kam an einem Park mit Schaukeln und Tennisplätzen vorbei und gelangte schließlich zur Kirche. Die Tür war verschlossen. Er ging weiter. Direkt gegenüber der Schule stand die Statue eines Holzfällers. Im Schein der Straßenlampe versuchte Stefan den Gesichtsausdruck des Holzfällers zu deuten. Aber das Gesicht blieb stumm. Bisher war ihm kein einziger Mensch begegnet. Er ging weiter und kam zu einer Tankstelle, an der noch eine Würstchenbude geöffnet war. Nachdem er gegessen hatte, ging er zurück zum Hotel. Er lag eine Weile im Bett und sah bei heruntergedrehtem Ton fern. Das Schnarchen des Testfahrers war durch die dünne Wand zu hören.

Es war fast halb fünf, als er endlich einschlief.

Um sieben Uhr stand er wieder auf. In seinem Kopf rotierten müde Gedanken. Im Speisesaal, der voller morgenfrischer Testfahrer war, suchte er sich einen Platz, wo er allein sitzen konnte. Das Mädchen aus der Rezeption war wieder Kellnerin.

»Haben Sie gut geschlafen?« fragte sie.

»Ja, danke«, erwiderte er und hätte gern gewußt, ob sie ihm glaubte.

Als er in Östersund ankam, fing es an zu regnen. Er irrte in der Stadt umher, bis er zu dem dunklen Gebäude kam, das ein rotes Schild zierte: *Glesbygdsverket.* Er fragte sich, womit sich eine solche Behörde wohl beschäftigte. Erleichterte sie die Stillegung der schwedischen Provinz?

Er fand einen Parkplatz in einer Querstraße und blieb im Wagen sitzen. Es waren noch fünfundvierzig Minuten, bis er Giuseppe treffen konnte. Er ließ die Rückenlehne herunter und schloß die Augen. Ich habe den Tod im Körper, dachte er. Ich sollte das ernst nehmen. Aber es gelingt mir nicht. Man kann den Tod nicht ernst nehmen. Zumindest nicht den eigenen. Daß Herbert Molin tot ist, kann ich verstehen. Ich habe die Spuren seines Todeskampfes gesehen. Aber mein eigener Tod? Den kann ich mir nicht vorstellen. Der ist wie der Elch, der vor Glissjöberg über die Straße gelaufen ist. Ich bin mir nicht sicher, ob es ihn wirklich gegeben hat oder ob ich ihn mir nur eingebildet habe.

Exakt um elf Uhr trat Stefan durch die Eingangstür des Polizeipräsidiums. Zu seiner Überraschung sah die Frau, die in der Anmeldung saß, einer der Frauen in der Anmeldung in Borås ähnlich. Er fragte sich flüchtig, ob Empfangsdamen bei der Polizei, laut Beschluß der Reichspolizeibehörde, ein bestimmtes Aussehen haben mußten.

Er erklärte ihr, wer er war.

»Giuseppe hat Sie angekündigt«, sagte sie und zeigte auf den am nächsten gelegenen Korridor. »Da drinnen sitzt er. Das zweite Zimmer links.«

Stefan blieb vor der Tür mit Giuseppe Larssons Namen stehen und klopfte an.

Der Mann, der öffnete, war groß und sehr kräftig. Er hatte eine Lesebrille in die Stirn geschoben.

»Du bist pünktlich«, sagte er, zog ihn fast ins Zimmer hinein und schloß die Tür.

Stefan setzte sich auf den Besucherstuhl. Er kannte die Möbel aus dem Polizeipräsidium in Borås. Es ist nicht nur so, daß *wir* Uniformen tragen, dachte er. Auch unsere Arbeitsplätze sind uniformiert.

Giuseppe hatte sich in seinen Stuhl gesetzt und die Hände über dem Bauch gefaltet. »Bist du schon einmal hier oben gewesen?« fragte er.

»Noch nie. Als Kind war ich einmal in Uppsala. Aber weiter nördlich nicht.«

»Uppsala liegt ja in Südschweden. Hier in Östersund hast du das halbe Schweden nördlich von dir. Früher war es noch weit bis Stockholm. Aber jetzt nicht mehr. Mit dem Flugzeug kommt man innerhalb kürzester Zeit an jeden beliebigen Ort des Landes. In wenigen Jahrzehnten hat sich Schweden von einem großen in ein kleines Land verwandelt.«

Stefan wies auf die Karte, die an der Wand hing.

»Wie groß ist euer Polizeibezirk?«

»Es reicht. Und mehr als das.«

»Wie viele Polizisten seid ihr eigentlich in Härjedalen?«

Giuseppe dachte nach. »Fünf, sechs Mann in Sveg. Ein paar in Hede und ein paar verstreute, zum Beispiel in Funäsdalen. Vielleicht insgesamt fünfzehn Mann. Es hängt davon ab, wie viele arbeiten.«

Sie wurden von einem Klopfen an der Tür unterbrochen. Die Tür ging auf, bevor Giuseppe reagieren konnte. Der Mann in der Türöffnung war Giuseppes direktes Gegenstück. Er war klein und sehr mager.

»Ich fand, Nisse sollte dabeisein«, sagte Giuseppe. »Wir leiten die Ermittlung.«

Stefan stand auf und grüßte. Der Mann, der eingetreten war, war zugeknöpft und ernst. Er sprach sehr leise, und Stefan konnte nur mit Mühe verstehen, daß sein Nachname Rundström lautete. Giuseppe schien von seiner Anwesenheit beeinflußt zu werden. Er richtete sich im Stuhl auf, und sein Lächeln verschwand. Stefan merkte, daß sich die Stimmung verändert hatte.

»Ich denke, wir sollten uns ein bißchen unterhalten«, begann Giuseppe vorsichtig. »Über dieses und jenes.«

Rundström hatte sich nicht gesetzt, obwohl es noch einen freien Platz gab. Er lehnte sich gegen den Türpfosten und vermied es, Stefan in die Augen zu sehen.

»Wir sind heute morgen von einem Mann angerufen worden«, sagte er. »Einem Mann, der uns mitteilen wollte, daß ein Polizist aus Borås in der Gegend um Linsell Nachforschungen anstellt. Er war empört und fragte, ob die eigene Polizei die Ermittlung aus den Händen gegeben habe.«

Bevor er fortfuhr, machte er eine Pause und betrachtete seine Hände. »Er war wirklich empört«, wiederholte er. »Und man kann wohl sagen, daß wir es auch waren.«

Stefan war der Schweiß ausgebrochen. »Ich kann mir zwei Möglichkeiten denken«, erwiderte er. »Entweder heißt der Mann, der euch angerufen hat, Abraham Andersson und wohnt auf einem Hof namens Dunkärret. Oder es ist der Ica-Händler aus Linsell.«

»Es war wohl eher Lundell«, meinte Rundström. »Aber wir mögen es nicht, wenn Polizisten aus fernen Ländern herkommen und sich in unsere Untersuchungen einmischen.«

Stefan wurde wütend. »Ich betreibe keine eigenmächtigen Nachforschungen«, stellte er fest. »Ich habe mit Giuseppe gesprochen. Ich habe erzählt, daß ich einige Jahre mit Molin zusammengearbeitet habe. Momentan habe ich Ferien und bin hierher gekommen. Daß ich zum Tatort gefahren bin, ist sicherlich nicht sonderlich verwunderlich.«

»Es schafft Verwirrung«, entgegnete Rundström mit seiner kaum hörbaren Stimme.

»Ich habe eine Lokalzeitung gekauft«, sagte Stefan und verbarg nicht länger, daß er verärgert war. »Ich habe mich vorgestellt und gefragt, ob Molin häufiger in dem Laden eingekauft hat.«

Rundström holte ein Papier hervor, das er hinter seinem Rücken verborgen gehalten hatte.

»Du hast schon noch ein paar andere Dinge gefragt«, erklärte er. »Lundell hat sich aufgeschrieben, worüber ihr gesprochen habt. Er hat es mir am Telefon vorgelesen.«

Das ist absurd, dachte Stefan und sah Giuseppe an. Aber der hatte den Blick niedergeschlagen und starrte auf seinen Bauch.

Zum erstenmal sah ihm Rundström offen in die Augen. »Was willst du eigentlich genau wissen?« fragte er.

»Wer meinen Kollegen Herbert Molin getötet hat.«

»Das wollen wir auch. Wir haben der Ermittlung höchste Priorität eingeräumt. Es ist lange her, seit wir eine so breit zusammengesetzte Ermittlungsgruppe organisiert haben. Obwohl es hier auch früher schon grobe Gewaltverbrechen gegeben hat. Wir sind also nicht völlig unbeleckt.«

Stefan bemerkte, daß Rundström nicht versuchte, seinen Widerwillen angesichts seiner Anwesenheit zu verbergen. Er bemerkte auch, daß Giuseppe von Rundströms Art unangenehm berührt war.

»Ich stelle eure Arbeit doch nicht in Frage.«

»Hast du irgendwelche Informationen, die für die Ermittlung von Bedeutung sein können?«

»Nein«, erwiderte Stefan, der Rundström nicht von dem Zeltplatz erzählen wollte, bevor er seine Entdeckung mit Giuseppe diskutiert hatte. »Ich habe keine Informationen. Ich habe

Herbert Molin nicht gut genug gekannt, um mich näher zu seinem Leben äußern zu können. Weder in Borås noch hier. Es gibt sicher andere, denen das besser gelingt. Ich werde außerdem bald wieder wegfahren.«

Rundström nickte. »Hat Umeå schon von sich hören lassen?«

Giuseppe schüttelte den Kopf. »Bisher nicht.«

Rundström nickte Stefan zu und ging hinaus.

Giuseppe hob in einer lahmen Geste den Arm. »Rundström kann manchmal ein bißchen vierschrötig sein. Er meint es nicht so.«

»Er hat ja recht damit, daß ich nicht herkommen und mich einmischen sollte.«

Giuseppe lehnte sich im Stuhl zurück und betrachtete ihn forschend. »Tust du das? Dich einmischen?«

»Höchstens in dem Sinne, daß man manchmal nicht umhin kann, über verschiedene Dinge zu stolpern.«

Giuseppe schaute auf die Uhr. »Wie lange wolltest du in Östersund bleiben? Über Nacht?«

»Ich habe mich noch nicht entschieden.«

»Dann bleib über Nacht. Ich arbeite heute abend. Komm irgendwann nach sieben. Dann ist es hoffentlich ruhig im Haus. Ich muß bei der Kriminalwache einspringen, weil so viele Kollegen krank sind. Du kannst hier drinnen bei mir sitzen.«

Giuseppe zeigte auf ein paar Aktenordner, die hinter ihm in einem Regal standen. »Du kannst das Material durchsehen. Dann können wir uns unterhalten.«

»Und Rundström?«

»Der wohnt in Brunflo. Heute abend ist er garantiert nicht hier. Es wird niemand Fragen stellen.«

Giuseppe erhob sich. Stefan verstand, daß das Gespräch vorüber war.

»Das alte Theater ist zu einem Hotel umgebaut worden. Ein gutes Hotel. Die haben jetzt im Oktober bestimmt Zimmer frei.«

Stefan machte seine Jacke zu. »Umeå?« fragte er.

»Wir schicken unsere Toten dahin.«

»Ich dachte, es wäre Uppsala oder Stockholm.«

Giuseppe lächelte. »Du befindest dich in Östersund. Da liegt Umeå näher.«

Giuseppe folgte ihm hinaus in die Anmeldung. Stefan bemerkte, daß er einen Fuß leicht nachzog.

Giuseppe sah seinen Blick. »Ich bin im Badezimmer ausgerutscht. Nichts Schlimmes.«

Giuseppe öffnete die Tür und begleitete ihn hinaus auf die Straße. »Es liegt Schnee in der Luft«, sagte er und sah prüfend zum Himmel hinauf.

»Herbert Molin muß sein Haus von jemandem gekauft haben«, meinte Stefan. »Privat oder über einen Makler.«

»Das haben wir schon untersucht«, erwiderte Giuseppe. »Molin hat das Haus über einen freien Makler erstanden. Nicht über *Svensk Fastighetsförmedling* oder den Immobilienservice der Sparkassen. Der *Glesbygdsmäklare*. Er heißt Hans Marklund und betreibt seine eigene Firma.«

»Und was hat er gesagt?«

»Bisher noch nichts. Er war im Urlaub. In Spanien. Scheint da unten ein Haus zu haben. Er steht für morgen auf meiner Liste.«

»Er ist also zurückgekommen?«

»Gestern.«

Giuseppe überlegte. »Ich kann den Kollegen Bescheid geben, daß ich das Gespräch übernehme. Was wiederum bedeutet, daß dich nichts daran hindert, heute mit ihm zu reden.«

Er lachte. »Rundström ist manchmal ein wenig kantig«, wiederholte er. »Und wer ist das verflucht noch mal nicht? Aber er ist gut.«

»Hans Marklund?«

»Er hat sein Büro zu Hause in seiner Villa in Krokom. Fahr nach Norden. In Krokom siehst du das Schild *Glesbygdsmäklaren*. Ruf mich hier um Viertel nach sieben an. Dann hole ich dich ab.«

Giuseppe ging zurück ins Präsidium. Rundströms Haltung hatte Stefan geärgert, ihm aber gleichzeitig neue Energie gegeben. Außerdem wollte Giuseppe ihm helfen. Er würde ihn das bisher vorhandene Ermittlungsmaterial durchsehen lassen. Stefan ahnte, daß sich Giuseppe damit der Gefahr aussetzte, Ärger zu bekommen. Auch wenn es formal kaum als Unkorrektheit angesehen werden konnte, einem Kollegen aus einem anderen Polizeidistrikt Einblick in Ermittlungsunterlagen zu gewähren.

Stefan fand ohne Schwierigkeiten zu dem von Giuseppe empfohlenen Hotel. Er bekam ein Zimmer dicht unter dem Dachfirst. Nachdem er seinen Koffer hinaufgebracht hatte, ging er zurück zum Wagen. Er rief das Hotel in Sveg an und sprach mit dem Mädchen in der Rezeption.

»Keiner nimmt Ihnen das Zimmer weg«, sagte sie.

»Ich komme morgen zurück nach Sveg.«

»Wenn Sie kommen, kommen Sie.«

Stefan fuhr aus Östersund hinaus. Es waren nur zwei Kilometer bis Krokom, wo er das Maklerbüro sofort fand. Es lag in einem gelben Haus mit einem großen Garten. Ein Mann ging über den Rasen und schob eine Laubschleuder. Als er Stefan bemerkte, stellte er den Motor ab. Der Mann war braungebrannt und in Stefans Alter. Er wirkte durchtrainiert. Auf einem Handgelenk hatte er eine Tätowierung.

»Suchen Sie ein Haus?« fragte er.

»Nicht direkt. Sind Sie Hans Marklund?«

»Ja, der bin ich.«

Dann wurde er ernst. »Kommen Sie vom Finanzamt?«

»Auch nicht. Giuseppe Larsson hat mir erzählt, daß ich Sie hier finden könnte.«

Hans Marklund runzelte die Stirn. Dann fiel ihm ein, wer Giuseppe war. »Ach, der Polizist. Ich komme gerade aus Italien. Da heißen viele Giuseppe. Hier in Östersund gibt es nur einen. Sind Sie auch bei der Polizei?«

Stefan zögerte. »Ja«, sagte er dann, »ich bin auch Polizist. Sie haben einmal ein Haus an einen Mann namens Herbert Molin verkauft. Und wie Sie wissen, ist er jetzt tot.«

»Gehen wir hinein«, schlug Hans Marklund vor. »Man hat mich in Spanien angerufen und gesagt, daß er ermordet worden ist. Ich war der Meinung, die Polizei würde sich erst morgen melden.«

Eines der Zimmer im Souterrain war als Büro eingerichtet.

An den Wänden hingen Karten und Farbfotos von verschiedenen Häusern, die zum Verkauf standen. Stefan sah, daß die Preise hier bedeutend niedriger waren als in Borås.

»Ich bin allein hier. Meine Frau und meine Kinder bleiben noch eine Woche in Spanien. Wir besitzen ein kleines Haus in Marbella. Ich habe es von meinen Eltern geerbt. Die Kinder haben Herbstferien oder wie das heißt.«

Hans Marklund holte Kaffee, und sie setzten sich an einen Tisch, auf dem verschiedene Informationsordner lagen.

»Ich hatte im letzten Jahr eine Menge Probleme mit dem Finanzamt«, erklärte Marklund entschuldigend. »Deswegen habe ich gefragt. Weil die Kommune finanziell so schlecht gestellt ist, müssen sie wohl jede Krone eintreiben, die sie bekommen können.«

»Sie haben vor ungefähr elf Jahren ein Haus an Herbert Molin verkauft«, wiederholte Stefan. »Ich habe in Borås mit ihm zusammengearbeitet. Er ist in Pension gegangen und hierhergezogen. Und jetzt ist er tot.«

»Was ist denn passiert?«

»Er ist ermordet worden.«

»Warum? Von wem?«

»Das wissen wir noch nicht.«

Hans Marklund schüttelte den Kopf. »Das klingt nicht gut. Ich dachte immer, daß wir hier oben in einer einigermaßen friedlichen Gegend leben. Aber vielleicht gibt es so etwas gar nicht mehr.«

»Vielleicht nicht. Was wissen Sie noch von damals, vor elf Jahren?«

Marklund erhob sich und verschwand in einem angrenzenden Zimmer. Er kam mit einem Aktenordner zurück. Er fand schnell, wonach er suchte.

»Am 18. März 1988«, sagte er. »Da wurde das Geschäft hier in meinem Büro abgeschlossen. Der Verkäufer war ein alter Jagdmeister. Der Kaufpreis belief sich auf 198 000 Kronen. Keine Hypotheken. Das Haus wurde mit einem Postwechsel bezahlt.«

»Und was fällt Ihnen sonst noch zu Herbert Molin ein?«

Die Antwort überraschte Stefan.

»Nichts. Ich habe ihn nie getroffen.«

Stefan sah ihn fragend an. »Das verstehe ich nicht.«

»Es ist ganz einfach. Es war jemand anders, der das Geschäft für ihn abgeschlossen hat. Der mit mir Kontakt aufgenommen, sich verschiedene Häuser angesehen und sich zum Schluß für das Haus bei Linsell entschieden hat. Soweit ich weiß, ist Molin nie hiergewesen.«

»Und wer war diese Kontaktperson?«

»Eine Frau namens Elsa Berggren. Mit einer Adresse in Sveg.«

Hans Marklund drehte den Ordner und schob ihn zu Stefan hinüber. »Hier sehen Sie die Vollmacht. Sie war berechtigt, zu entscheiden und das Geschäft für Molin abzuschließen.«

Stefan betrachtete die Unterschrift. Er erinnerte sich aus Borås an sie. Es war wirklich Herbert Molin, der mit seinem Namen unterschrieben hatte. Stefan schob den Ordner zu Marklund zurück. »Sie haben Herbert Molin also nie getroffen?«

»Ich habe nicht einmal mit ihm telefoniert.«

»Und wie sind Sie mit dieser Frau in Kontakt gekommen?«

»Wie üblich. Sie hat mich angerufen.«

Hans Marklund blätterte im Ordner. »Hier sind Adresse und Telefonnummer«, sagte er dann. »Vermutlich bringt es mehr, mit ihr zu sprechen als mit mir. Das werde ich auch Giuseppe Larsson sagen. Übrigens bin ich gespannt, ob es mir gelingen wird, ihn nicht zu fragen, woher er seinen Namen hat. Oder wissen Sie es?«

»Nein.«

Hans Marklund schlug den Ordner zu.

»Ist es nicht ein bißchen ungewöhnlich, daß Sie jemanden, mit dem Sie ein Geschäft abschließen, gar nicht persönlich kennenlernen?«

»Eigentlich nicht. Ich verkaufe eine Reihe Anteile an Ferienhäusern oben im Fjäll an Deutsche und Holländer. Die haben ebenfalls andere, die die Geschäfte für sie erledigen.«

Stefan nickte. »Es war also nichts Ungewöhnliches an der ganzen Transaktion?«

»Nichts.«

Hans Marklund begleitete ihn zum Gartentor. »Vielleicht doch«, sagte er, als Stefan durchs Gartentor gegangen war.

»Vielleicht was?«

»Ich erinnere mich, daß Elsa Berggren einmal gesagt hat, ihr Klient wolle sich nicht an eine der großen Maklerfirmen wenden. Jetzt fällt mir ein, daß ich das komisch fand.«

»Warum?«

»Wenn man von auswärts kommt und ein Haus sucht, wendet man sich im allgemeinen nicht gerade an eine kleine Vermittlung.«

»Und wie interpretieren Sie das?«

Hans Marklund lächelte. »Ich interpretiere gar nichts. Ich sage nur, daß ich mich daran erinnere.«

Stefan fuhr nach Östersund zurück. Nach ungefähr zehn Kilometern bog er auf einen Forstweg ein und stellte den Motor ab.

Wer auch immer Elsa Berggren sein mochte – sie hatte von Herbert Molin den Rat bekommen, die großen Maklerbüros zu meiden.

Warum?

Stefan konnte sich nur eine einzige Antwort vorstellen.

Herbert Molin hatte sein Haus so unauffällig wie möglich kaufen wollen.

Der Eindruck, den er von Anfang an gehabt hatte, war richtig gewesen. Das Haus, in dem Herbert Molin in den letzten Jahren seines Lebens gelebt hatte, war nicht nur ein Haus.

Sondern ein Versteck.

7

An diesem Abend unternahm Stefan eine Wanderung durch Herbert Molins Leben. Zwischen den Zeilen all der Aufzeichnungen und Berichte, Stellungnahmen und Technikerprotokolle, die schon in Giuseppe Larssons Ordnern gesammelt waren, obwohl die Ermittlung noch nicht besonders lange dauerte, zeichnete sich ein Bild Herbert Molins ab, das er nicht von früher kannte. Er entdeckte Umstände, die bewirkten, daß er nachdenklich wurde und zuweilen staunte. Der Mann, mit dem zusammen er gearbeitet hatte, erwies sich als ein vollkommen anderer. Ein völlig Fremder.

Dann und wann im Laufe des Abends kam Giuseppe zu ihm herein. Sie unterhielten sich kaum, tranken nur Kaffee und wechselten ein paar Worte darüber, wie ein Abend in der Kriminalwache von Östersund aussah. Die ersten Stunden waren ruhig. Aber um kurz nach neun mußte Giuseppe ausrücken, um einen Einbruch in Häggenås aufzunehmen. Er war noch nicht zurück, als Stefan das Ende des letzten Ordners erreichte.

Was hatte er eigentlich gefunden?

Eine Karte, dachte er. Eine Karte mit großen weißen Flekken. Einen Menschen mit einer Geschichte, die hier und da eigenartige Lücken aufwies. Einen Menschen, der zuweilen vom Wege abgewichen und verschwunden war, um dann unerwartet wieder aufzutauchen. Herbert Molin war ein Mann, dessen Geschichte schwer zu fassen und teilweise sehr schwer zu verfolgen war. Dann und wann hatte Stefan sich Notizen gemacht. Als er den letzten Aktenordner zuklappte und zur Seite legte, sah er auf seinen Notizblock und faßte in Gedanken zusammen, was er an Neuem erfahren hatte.

Am meisten überraschte Stefan, daß Herbert Molin einmal ganz anders geheißen hatte. In den Auszügen der Finanzbehörde, die die Polizei von Östersund angefordert hatte, zeigte sich, daß Herbert Molin unter einem anderen Namen geboren war. Am 10. März 1923 war er in Kalmar im Krankenhaus zur Welt gekommen und auf den Namen August Gustaf Herbert getauft worden. Der Nachname seiner Eltern, des Rittmeisters Axel und seiner Frau Marianne und somit auch sein eigener, war Mattson-Herzén. Dieser Name war im Juni 1951 verschwunden, als er vom Patent- und Registerwerk einen Namenswechsel zu Molin bewilligt bekommen hatte. Gleichzeitig hatte er den ersten Vornamen gewechselt. Von August zu Herbert.

Stefan blieb lange sitzen und starrte auf die Namen. Zwei Fragen drängten sich ihm auf. Zwei Fragen, die ihm entscheidend vorkamen.

Warum hatte Mattson-Herzén seinen Nachnamen geändert und gleichzeitig einen anderen seiner Vornamen als Rufnamen gewählt? Und warum hatte er den Namen Molin angenommen? Einen Nachnamen, der vermutlich ebenso häufig vorkam wie Mattson. Die meisten Menschen änderten ihre Nachnamen, um einen Namen zu erhalten, den sie entweder allein trugen oder der zumindest nicht zu verwechseln war.

Stefan hatte sich auf seinem Notizblock Herbert Molins Biographie notiert. 1951 war August Mattson-Herzén 28 Jahre alt gewesen. Er war zu der Zeit Berufssoldat, Leutnant beim Infanterieregiment in Boden. Dann mußte etwas passiert sein, hatte Stefan gedacht, während er langsam weiter in Herbert Molins Geschichte vorangeschritten war. Die frühen fünfziger Jahre waren wichtig gewesen in seinem Leben. Viele bedeutende Veränderungen waren geschehen. 1951 hatte er seinen Namen geändert. Im folgenden Jahr, im März 1952, hatte er um seine Entlassung aus dem Militär gebeten. Er hatte gute Zeugnisse bekommen. Aber nirgendwo hatte Stefan eine Auskunft darüber finden können, womit sich Herbert Molin anschließend seinen Lebensunterhalt verdiente. Dagegen hatte er erfahren, daß Molin noch im selben Jahr eine Ehe einging. In den Jahren 1953 und 1955 waren seine Kinder zur Welt gekommen. Zunächst ein Sohn, Herman, und dann eine Tochter, Veronica. Er war mit seiner Frau Jeanette aus Boden fortgezogen, und es gab Informationen darüber, daß er, als er 1952 den Umzug von Boden beantragte, eine neue Wohnadresse in Solna bei Stockholm angegeben hatte: Råsundavägen 132. Erst fünf Jahre später, im Oktober 1957, war er wieder beruflich in Erscheinung getreten. Da hatte er eine Stelle im Landespolizeiamt in Alingsås angenommen. Von dort war er später nach Borås versetzt und, nach der Verstaatlichung des Polizeiwesens in den sechziger Jahren, Polizeibeamter geworden. 1980 hatte sich seine Frau von ihm scheiden lassen. Im Jahr darauf hatte er zum zweitenmal geheiratet, und zwar Kristina Cedergren. Eine Ehe, die ebenfalls einige Jahre später geschieden wurde, 1986.

Stefan studierte seine Notizen. Es ging aus dem Ermittlungsmaterial nicht hervor, womit Herbert Molin zwischen März 1952 und Oktober 1957 seinen Lebensunterhalt verdient hatte. Es war eine relativ lange Zeit, gut fünf Jahre. Und er hatte außerdem kurz zuvor seinen Namen geändert. Warum?

Als Giuseppe von seinem Einsatz in Häggenås zurückkam und sein Büro betrat, stand Stefan am Fenster und blickte auf die verlassene Straße hinaus. Giuseppe berichtete wortkarg von dem Einbruch. Eigentlich eine Lappalie. Eine aufgebrochene Garage und zwei verschwundene Motorsägen.

»Die kriegen wir«, sagte er. »Wir haben da ein paar Brüder in Järpen, die sich mit so was abgeben. Die kriegen wir. Und wie kommst du voran? Was hast du in unseren Ordnern gefunden?«

»Es ist sehr merkwürdig«, antwortete Stefan. »Ich sehe einen Mann vor mir, den ich zu kennen glaubte. Aber er war ganz anders.«

»Inwiefern?«

»Zum Beispiel die Namensänderung. Warum hat er das getan? Und diese merkwürdige Lücke in seinem Leben zwischen 1952 und 1957.«

»Ich habe mich auch gefragt, was es mit der Namensänderung auf sich hat«, erwiderte Giuseppe, »aber wir sind in der

Ermittlung noch nicht ganz so weit gekommen, wenn du verstehst, was ich meine.«

Stefan verstand. Mordermittlungen folgten meistens gewissen Schemata. Zunächst herrschte immer die Hoffnung, den Täter in einem frühen Stadium zu identifizieren. Wenn dies mißlang, begann das oft langwierige und schwierige Sammeln und anschließende Bearbeiten von Informationen.

Giuseppe gähnte. »Es war ein langer Tag«, sagte er. »Ich muß schlafen. Morgen wird es auch nicht besser. Wann hattest du vor, zurück nach Västergötland zu fahren?«

»Ich weiß es noch nicht.«

Giuseppe gähnte erneut. »Ich hatte dich so verstanden, daß du etwas erzählen wolltest. Ich habe es dir angesehen, als Rundström hier hereinkam. Die Frage ist, ob es bis morgen Zeit hat.«

»Es hat Zeit.«

»Du hast also keinen Täter vorzuweisen?«

»Nein.«

Giuseppe stand auf. »Ich komme morgen ins Hotel. Vielleicht können wir zusammen frühstücken. Halb acht?«

Stefan nickte. Giuseppe stellte die Ordner zurück und machte die Schreibtischlampe aus. Sie gingen gemeinsam durch die unbeleuchtete Anmeldung. In einem hinteren Raum saß ein einsamer Polizist, der Notrufe entgegennahm.

»Es geht immer ums Motiv«, sagte Giuseppe, als sie auf die Straße hinauskamen. »Jemand wollte Herbert Molin ermorden. Er war ein bewußt ausgesuchtes Opfer. Jemand sah in ihm ein Motiv, um einen Mord zu begehen.«

Dann gähnte er wieder.

»Aber darüber können wir morgen reden.«

Giuseppe ging zu seinem Wagen, den er ein Stück weiter die Straße hinunter geparkt hatte. Stefan winkte ihm zu, als er davonfuhr. Dann ging er die Straße hinauf und wandte sich nach links. Die Stadt war verlassen.

Er fror.

Und er dachte an seine Krankheit.

Um halb acht, als Stefan in den Speisesaal hinunterkam, saß Giuseppe bereits da und erwartete ihn. Er hatte einen Ecktisch gewählt, an dem sie ungestört waren. Während sie aßen, berichtete Stefan von seiner Begegnung mit Abraham Andersson und von der Wanderung am See, die zu der Entdeckung des Zeltplatzes geführt hatte. Als er soweit gekommen war, schob Giuseppe sein zur Hälfte gegessenes Omelett zur Seite und hörte aufmerksam zu. Stefan nahm das kleine Päckchen mit den Tabakresten und dem Puzzleteil aus der Tasche.

»Ich nehme an, daß die Hunde so weit entfernt gar nicht gesucht haben«, endete er. »Die Frage ist, ob es sich nicht lohnen könnte, noch einmal eine Hundestreife hinzuschicken.«

»Es gab nichts, wonach die Hunde hätten suchen können«, erzählte Giuseppe. »Am Tag nachdem wir ihn gefunden hatten, wurden drei Hunde mit dem Hubschrauber hinuntergebracht. Aber die haben keine Spur gefunden.«

Er beugte sich zu seiner Aktentasche, die auf dem Fußboden stand, und zog eine Fotokopie der Karte heraus, die die Umgebung von Herbert Molins Haus zeigte. Stefan nahm einen Zahnstocher und suchte den Ort, an dem der Zeltplatz sein mußte. Giuseppe setzte seine Lesebrille auf und studierte die Karte.

»Hier sind ein paar Scooter-Loipen markiert«, sagte er. »Aber es gibt keinen Fahrweg, der zu dieser Stelle führt. Derjenige, der dort sein Lager aufgeschlagen hat, muß mindestens zwei Kilometer durch schwieriges Gelände gegangen sein. Wenn er nicht die Auffahrt zu Molins Haus benutzt hat. Aber das ist ziemlich unwahrscheinlich.«

»Und was ist mit dem See?«

Giuseppe nickte. »Das ist möglich. Auf der anderen Seite gibt es ein paar Forstwege, die Wendeplätze unmittelbar am Seeufer haben. Mit einem Gummiboot oder einem Kanu könnte man hinüberpaddeln.«

Er studierte die Karte noch ein paar Minuten. Stefan wartete.

»Du kannst recht haben«, meinte Giuseppe schließlich und schob die Karte zur Seite.

»Ich habe keine Nachforschungen angestellt. Ich bin nur zufällig zu der Stelle gekommen.«

»Es ist selten Zufall, wenn Polizisten auf etwas stoßen. Du kannst nach etwas gesucht haben, ohne es dir bewußt zu machen«, sagte Giuseppe und ging dazu über, sich die Tabakreste und das Puzzleteil anzusehen. »Ich nehme das für die Spurensicherung mit«, fuhr er fort. »Dein Fundort muß natürlich genau untersucht werden.«

»Und was wird Rundström dazu sagen?«

Giuseppe lächelte. »Es spricht doch nichts dagegen, daß ich es war, der diesen Zeltplatz gefunden hat.«

Sie gingen beide und holten sich eine weitere Tasse Kaffee.

Stefan merkte, daß Giuseppe immer noch den Fuß nachzog.

»Und was hat der Makler gesagt?«

Stefan berichtete.

Wieder hörte Giuseppe aufmerksam zu. »Elsa Berggren?«

»Ich habe ihre Adresse und Telefonnummer.«

Giuseppe blinzelte ihm zu. »Hast du mit ihr gesprochen?«

»Nein.«

»Vielleicht ist es das beste, wenn du mich das machen läßt.«

»Natürlich.«

»Du hast wichtige Beobachtungen gemacht«, sagte Giuseppe. »Aber Rundström hat schon recht damit, daß wir diesen Fall selbst in der Hand behalten müssen. Ich wollte dir die Möglichkeit geben zu sehen, was wir bisher erreicht haben. Aber weiter kann ich dich nicht einbeziehen.«

»Damit habe ich auch nicht gerechnet.«

Giuseppe leerte langsam seine Kaffeetasse. »Warum bist du eigentlich nach Sveg gekommen?« fragte er, als er die Tasse abgestellt hatte.

»Ich bin krankgeschrieben. Ich hatte nichts zu tun. Und immerhin habe ich Herbert Molin ziemlich gut gekannt.«

»Zumindest hast du es geglaubt.«

Stefan sagte sich, daß er den Mann, der ihm gegenübersaß, überhaupt nicht kannte. Trotzdem verspürte er das große Bedürfnis, von seiner Krankheit zu erzählen. Es war, als könne er es plötzlich nicht mehr aushalten, sein Elend allein zu tragen.

»Ich bin aus Borås weggefahren, weil ich krank bin«, sagte er. »Ich habe Krebs und warte darauf, mit der Behandlung beginnen zu können. Ich hatte die Wahl zwischen Mallorca und Sveg. Ich habe mich für Sveg entschieden, weil ich mich gefragt habe, was Herbert Molin passiert ist. Jetzt frage ich mich, ob es die richtige Entscheidung war.«

Giuseppe nickte. Sie saßen ein paar Minuten schweigend da.

»Die Menschen wollen immer wissen, woher ich meinen Namen habe«, sagte Giuseppe. »Du hast nicht gefragt. Weil du an etwas anderes gedacht hast. Ich habe schon überlegt, was es war. Willst du darüber reden?«

»Ich weiß es nicht. Eigentlich nicht. Aber ich wollte, daß du es weißt.«

»Dann frage ich auch nicht.«

Giuseppe beugte sich wieder zu seiner Tasche hinunter und holte einen Notizblock hervor. Er blätterte bis zu der Seite, die er suchte, und drehte den Block dann zu Stefan hin. Die Seite enthielt eine Skizze von Fußspuren, die ein Muster bildeten. Stefan erkannte sofort, daß sie die Blutspuren in Molins Haus darstellten. Er war am Abend zuvor durch Fotos, die sich in Giuseppes Ordnern befanden, daran erinnert worden. Gleichzeitig fiel ihm ein, daß er Giuseppe nicht erzählt hatte, daß er im Innern des Hauses gewesen war. Es wäre nur dumm, wenn er es verschweigen würde. Abraham Andersson hatte ihn gesehen und würde sicher noch einmal von der Polizei vernommen werden.

Er sagte es, wie es war.

Giuseppe schien sich überhaupt nicht zu wundern und wandte sich wieder dem Block zu. »Dies hier stellt die Grundschritte des faszinierenden Tanzes Tango dar.«

Stefan blickte ihn fragend an. »Tango?«

»Daran besteht kein Zweifel. Aber es bedeutet, daß jemand Molins Körper herumgeschleppt und bewußt blutige Fußabdrücke hinterlassen hat. Ich nehme an, du hast den vorläufigen Bericht des Gerichtsmediziners gelesen. Der Rücken von

Riemen zerfleischt, die von der Haut eines bis auf weiteres unbestimmten Tieres stammen. Die Fußsohlen auf dieselbe Weise zerfetzt.«

Stefan hatte den Bericht des Gerichtsmediziners mit großem Widerwillen gelesen. Die Bilder waren entsetzlich.

»Man kann sich fragen, was das soll«, fuhr Giuseppe fort. »Wer schleppt ihn auf dem Fußboden herum? Warum? Und für wen sind diese blutigen Abdrücke eigentlich bestimmt?«

»Es kann natürlich ein Gruß an die Polizei sein.«

»Richtig. Aber die Frage bleibt, warum?«

»Hast du an die Möglichkeit gedacht, daß sie fotografiert oder gefilmt worden sind?«

Giuseppe steckte den Notizblock in die Tasche. »Das führt wieder zu der Schlußfolgerung, daß dies hier nicht irgendein gewöhnlicher kleiner Scheißmord ist. Hier sind andere Kräfte am Werk.«

»Ein Wahnsinniger?«

»Ein Sadist.«

»Was war das eigentlich, was mit Molin gemacht worden ist? Folter?«

Giuseppe nickte. »Anders kann man es kaum nennen. Und das bereitet mir Sorgen.«

Giuseppe machte die Tasche zu. »Hat Herbert Molin in seinen Jahren in Borås Tango getanzt?«

»Meines Wissens nicht.«

»Wir werden es früher oder später erfahren.«

Irgendwo im Speisesaal begann ein Kind zu schreien. Stefan blickte sich um.

»Dies hier war das Theaterfoyer«, sagte Giuseppe. »Dort hinter der Bar lag der eigentliche Salon.«

»Wir hatten in Borås auch einmal ein altes, schönes Holztheater«, erzählte Stefan. »Aber das hat man nicht zu einem Hotel umgebaut, das hat man abgerissen. Damals haben sich viele drüber empört.«

Das Kind schrie weiter. Stefan begleitete Giuseppe hinaus in die Rezeption.

»Du solltest vielleicht doch nach Mallorca fliegen«, meinte

Giuseppe. »Ich kann dich über das, was hier passiert, auf dem laufenden halten.«

Stefan antwortete nicht. Giuseppe hatte recht. Es gab keinen Grund für ihn, noch länger in Härjedalen zu bleiben.

Sie trennten sich draußen auf der Straße.

Stefan ging in sein Zimmer hinauf, holte seinen Koffer, bezahlte und verließ Östersund. Auf den geraden Strecken hinunter nach Svenstavik fuhr er viel zu schnell. Dann verlangsamte er das Tempo. Er versuchte einen Entschluß zu fassen. Wenn er sofort nach Borås zurückkehrte, hätte er immer noch Zeit, in den Süden zu fliegen. Nach Mallorca oder sonstwohin. Zwei Wochen könnte er fortbleiben. In Sveg zu bleiben würde seine Unruhe nur verstärken. Außerdem hatte er Giuseppe versprochen, sich nicht weiter in die Mordermittlung einzumischen. Giuseppe hatte ihm das Ermittlungsmaterial zugänglich gemacht. Jetzt konnte er nicht länger unter den Absperrbändern hindurchkriechen. Die Polizei in Östersund würde das Motiv für Herbert Molins Tod herausfinden. Sie waren es, die den Täter ausfindig machen sollten.

Der Entschluß ergab sich ganz von selbst. Er würde am nächsten Tag nach Borås zurückfahren. Der Ausflug nach Sveg war zu Ende.

Er fuhr weiterhin langsam. Die Tachonadel zeigte etwas über sechzig Stundenkilometer an. Immer wieder wurde er von Fahrern überholt, die fragend zu ihm hinüberblickten. Seine Gedanken kreisten um das, was er am Abend zuvor in Giuseppes Ordnern gelesen hatte. Die eigentliche Ermittlung schien sorgfältig und effektiv durchgeführt zu werden. Als der Notruf bei der Polizei eingegangen war, hatte der wachhabende Kriminalbeamte ordnungsgemäß reagiert. Die ersten Polizisten waren schnell vor Ort gewesen, und die Absperrung war vorschriftsmäßig vorgenommen worden. Drei Hundestreifen waren mit dem Hubschrauber aus Östersund geholt worden, und die Arbeit der Spurensicherung schien ebenfalls gründlich ausgeführt worden zu sein. Daß es Stefan gewesen war, der den Zeltplatz gefunden hatte, war reiner Zufall. Früher oder später hätte einer der Polizisten die gleiche Entdeckung gemacht. Die Vernehmung Hanna Tunbergs hatte das Bild Herbert Molins als eines Einzelgängers bestätigt. Aus der noch nicht abgeschlossenen Befragung der Nachbarn hatten sie eine eindeutige Schlußfolgerung gezogen. Niemand hatte verdächtige Bewegungen von Fahrzeugen oder Menschen in der Umgebung bemerkt. Torbjörn Lundell, der Mann aus dem Ica-Laden in Linsell, hatte nichts davon bemerkt, daß Herbert Molin besorgt gewesen war oder seine Gewohnheiten geändert hatte.

Alles war wie immer, dachte Stefan.

Aber in dieses unbewegliche Bild ist jemand hereingekommen, vermutlich über einen See paddelnd, der sein Zelt aufgeschlagen hat und dann zum Angriff auf den pensionierten Polizeibeamten übergegangen ist. Er hat den Hund getötet und Tränengas verwendet. Dann hat er den toten oder sterbenden Mann auf dem Fußboden herumgeschleppt und bewußt ausgewählte Fußabdrücke hinterlassen. Die Grundschritte des Tangos. Anschließend ist er wieder über den See davongepaddelt, und das Schweigen ist in den Wald zurückgekehrt.

Stefan meinte plötzlich, zwei vorläufige Schlußfolgerungen ziehen zu können. Die eine, daß sein früherer Gedanke richtig war: Es war die Angst, die Herbert Molin in sein Versteck im Wald geführt hatte.

Die zweite Schlußfolgerung ergab sich danach von selbst. Jemandem war es gelungen, ihn in seinem Versteck aufzuspüren.

Aber warum?

Anfang der fünfziger Jahre ist etwas passiert, dachte er. Herbert Molin verläßt das Militär und verschwindet hinter seinem neuen Namen. Er heiratet und bekommt zwei Kinder. Dennoch gibt es eine Lücke in bezug auf die Arbeit, mit der Herbert Molin seinen Lebensunterhalt verdient, bis er 1957 im Landespolizeiamt in Alingsås anfängt. Konnten ihn Ereignisse, die fast fünfzig Jahre in der Vergangenheit lagen, jetzt eingeholt haben?

Weiter kam Stefan nicht. Seine Gedanken endeten hier. In Ytterhogdal hielt er an und tankte, bevor er weiter nach Sveg fuhr und den Wagen vor dem Hotel abstellte. Ein Mann saß in der Rezeption, den er vorher noch nicht gesehen hatte, aber er nickte ihm freundlich zu und reichte ihm den Schlüssel. Stefan ging in sein Zimmer hinauf, zog die Schuhe aus und streckte sich aufs Bett. Aus dem Raum nebenan war ein Staubsauger zu hören. Er setzte sich auf. Warum fuhr er nicht schon heute? Er würde es nicht bis zurück nach Borås schaffen, aber er könnte irgendwo unterwegs übernachten. Dann legte er sich wieder hin. Er würde nicht die nötige Energie aufbringen, eine Reise nach Mallorca zu organisieren. Der Gedanke, in seine Wohnung in der Alleegata zurückzukehren, bedrückte ihn. Dort würde er nur unruhig herumsitzen und daran denken, was ihn erwartete.

Unfähig, einen Entschluß zu fassen, blieb er auf dem Bett liegen. Der Staubsauger verstummte. Als es ein Uhr geworden war, entschied er sich, zu Mittag zu essen, obwohl er keinen Hunger hatte. Irgendwo mußte es auch eine Bibliothek geben. Er würde sich hineinsetzen und alles lesen, was er über Strahlenbehandlung und ihre Auswirkungen finden konnte. Die Ärztin hatte es ihm zwar erklärt, aber er hatte das Gefühl, alles wieder vergessen zu haben. Hatte er vielleicht überhaupt nicht zugehört? Oder sich nicht klarmachen können, was es bedeutete?

Er zog sich die Schuhe wieder an und beschloß, das Hemd zu wechseln. Er klappte den Deckel des Koffers zurück, der auf einem wackeligen kleinen Tisch neben der Badezimmertür lag. Als er die Hand nach dem Hemd ausstreckte, das zusammengefaltet ganz oben lag, hielt er plötzlich mitten in der Bewegung inne. Zuerst wußte er nicht genau, was ihn gestoppt hatte, aber etwas war anders. Er dachte, er bilde es sich nur ein, wußte aber gleichzeitig, daß es nicht stimmte. Von seiner Mutter hatte er gelernt, wie man einen Koffer packte. Er konnte seine Hemden so zusammenlegen, daß sie nicht zerknitterten, und er hatte es zu einer pedantischen Gewohnheit werden lassen, immer genau zu überlegen, wie er packen mußte.

Er dachte noch einmal, daß er sich etwas einbildete. Dann erkannte er, daß jemand den Inhalt seines Koffers durcheinandergebracht hatte. Nicht viel, aber genug, daß er es merkte.

Langsam ging er den Inhalt durch. Es fehlte nichts.

Doch er war sicher. Während er in Östersund gewesen war, hatte jemand seinen Koffer durchsucht.

Es konnte ein neugieriges und diebisches Zimmermädchen gewesen sein.

Aber daran glaubte er nicht.

Jemand war in seinem Zimmer gewesen und hatte seinen Koffer durchsucht.

8

Wütend ging Stefan hinunter in die Rezeption. Aber als ihn das Mädchen, das jetzt zurückgekommen war, anlächelte, wurde er unsicher. Es mußte das Zimmermädchen gewesen sein. Sie war versehentlich an den Koffer gestoßen, so daß er auf den Boden gefallen war. Alles andere war Einbildung. Es war ja auch nichts weggekommen. Er nickte nur, legte den Schlüssel auf den Tresen und ging hinaus. Auf der Treppe blieb er stehen und fragte sich, was er jetzt tun sollte. Es war, als habe er die Fähigkeit verloren, auch nur die einfachsten Entscheidungen zu treffen. Er schob die Zunge an den Zähnen entlang. Der Knoten war noch da. Ich habe den Tod im Mund, dachte er. Wenn ich das hier überlebe, verspreche ich, immer meine Zunge zu hüten. Er schüttelte den Kopf über seine idiotischen Gedanken und beschloß gleichzeitig, nachzusehen, wo Elsa Berggren wohnte. Zwar hatte er Giuseppe versprochen, nicht mit ihr zu reden, aber er konnte dennoch eine Weile damit verbringen, ihre Wohnung ausfindig zu machen. Er ging zurück in die Rezeption. Das Mädchen hinter dem Tresen telefonierte, und er studierte einen Stadtplan, der an der Wand hing. Er fand die Straße auf der anderen Seite des Flusses, in einem Ortsteil namens Ulvkälla. Es gab eine zweite Brücke, eine alte Eisenbahnbrücke, die er benutzen konnte, um hinüberzugelangen.

Er verließ das Hotel. Eine schwere Wolkendecke hing über Sveg. Er überquerte die Straße, blieb vor dem Fenster der Lokalzeitung stehen und las, was dort über den Mord an Herbert Molin stand. Nachdem er hundert Meter dem Fjällväg gefolgt war, kam er zu einem Eisenbahnübergang und wandte sich nach links. Die Brücke vor ihm hatte eingespannte Gewölbe. Er blieb in der Mitte stehen und sah in das braune Wasser hinunter. Dann ging er weiter. Elsa Berggrens Haus lag auf der linken Seite. Es war ein weißes Holzhaus in einem gepflegten Garten. Das Tor der Garage neben dem Haus war offen, aber es stand kein Wagen darin. Im Vorübergehen betrachtete er das Haus und meinte eine schwache Bewegung an einer Gardine im Untergeschoß wahrzunehmen. Er ging weiter. Ein Mann stand auf der Straße und starrte zum Himmel hinauf.

Er wandte den Kopf und nickte Stefan zu. »Gibt es Schnee?« fragte er.

Stefan mochte den Dialekt. Er hatte etwas Freundliches, fast Unschuldiges an sich.

»Vielleicht«, antwortete Stefan. »Aber ist Oktober nicht ein bißchen früh?«

Der Mann schüttelte den Kopf. »Hier kann es schon im September schneien«, sagte er. »Oder im Juni.«

Der Mann war alt. Sein Gesicht war zerfurcht, und er war schlecht rasiert.

»Suchen Sie jemanden?« fragte er, ohne seine Neugier zu verbergen.

»Ich bin nur auf Besuch hier und mache einen Spaziergang.«

Stefan entschied sich rasch. Er hatte Giuseppe versprochen, nicht mit Elsa Berggren zu reden, aber hatte nicht versprochen, auch nicht über sie zu reden.

»Ein schönes Haus«, meinte er und zeigte auf das weiße Haus, an dem er gerade vorbeigegangen war.

Der Mann nickte. »Elsas Haus ist immer gut in Schuß. Der Garten auch. Kennen Sie sie?«

»Nein.«

Der Mann sah ihn an, als warte er auf eine Fortsetzung. »Ich heiße Björn Wigren«, sagte er dann. »Die längste Reise, die ich in meinem Leben unternommen habe, war einmal nach Hede. Heutzutage reisen alle Menschen, aber ich nicht. Als Kind habe ich auf der anderen Seite des Flusses gewohnt. Doch dann bin ich hierhergezogen. Obwohl man wieder zurückziehen muß, über den Fluß. Auf den Friedhof.«

»Ich heiße Stefan. Stefan Lindman.«

»Und Sie sind hier auf Besuch?«

»Ja.«

»Haben Sie Verwandte hier?«

»Nein. Eigentlich bin ich nur auf der Durchreise.«

»Und jetzt machen Sie einen Spaziergang?«

»Ja.«

Das Gespräch verebbte. Wigrens Neugier war freundlich, ganz und gar nicht aufdringlich. Stefan versuchte sich etwas einfallen zu lassen, um das Gespräch auf Elsa Berggren zu bringen.

»Ich wohne jetzt seit 1959 in meinem Haus«, sagte der Mann plötzlich. »Aber ich habe es noch nie erlebt, daß ein Fremder hier einen Spaziergang gemacht hat. Zumindest nicht im Oktober.«

»Einmal ist immer das erste Mal.«

»Sie können Kaffee bekommen«, bot Wigren an. »Wenn Sie wollen. Meine Frau ist tot, und die Kinder wohnen woanders.«

»Ja, ein Kaffee könnte jetzt guttun.«

Sie gingen durch die Gartenpforte. Hatte Björn Wigren vielleicht draußen auf der Straße gestanden, um jemanden hereinzulocken, mit dem er seine Einsamkeit teilen konnte?

Das Haus, das sie betraten, war zu ebener Erde gebaut worden. Im Flur hing die Zigeunerfrau mit der entblößten Brust. Im Wohnzimmer der alte Fischer. Es gab auch ein paar Jagdtrophäen, unter anderem ein Elchgeweih. Stefan zählte vierzehn Enden und fragte sich, ob das viel war oder wenig. Auf dem Küchentisch standen eine Thermoskanne und ein Teller mit Hefegebäck, das mit einem Handtuch abgedeckt war.

Wigren stellte eine zweite Tasse auf den Tisch und bat Stefan, sich zu setzen. »Wir müssen nicht reden«, sagte er überraschend. »Man kann auch mit einem Unbekannten Kaffee trinken und schweigen.«

Sie tranken Kaffee und aßen jeder eine Zimtschnecke. Die Uhr an der Küchenwand schlug die Viertelstunde. Stefan fragte sich im stillen, was die Menschen zusammen gemacht hatten, bevor der Kaffee ins Land gekommen war.

»Sie sind also Rentner?« fragte Stefan und merkte selbst, wie einfallslos das klang.

»Ich habe dreißig Jahre lang im Wald gearbeitet«, antwortete Björn Wigren. »Manchmal denke ich, daß es eine vollkommen unbegreifliche Schinderei gewesen ist. Die Holzfäller waren die Sklaven der Waldgesellschaften. Ich glaube, die meisten Menschen verstehen gar nicht, was für ein Geschenk des Himmels die Erfindung der Motorsäge ist. Dann habe ich es im Rücken bekommen und aufgehört. In den letzten Jahren habe ich beim Straßenbauamt gearbeitet. Ob ich da irgendwie nützlich gewesen bin, kann ich nicht sagen. Meistens habe ich an einer Maschine gestanden und Schlittschuhe für Schulkinder geschliffen. Aber eine sinnvolle Sache habe ich in diesen Jahren immerhin getan. Ich habe Englisch gelernt. Habe abends dagesessen und gepaukt. Mit Büchern und Kassetten. Oft bin ich nahe daran gewesen, aufzugeben. Aber ich war fest entschlossen, es zu schaffen. Dann bin ich in Pension gegangen, und zwei Tage nach meinem letzten Arbeitstag ist meine Frau gestorben. Als ich am Morgen aufgewacht bin, war sie schon kalt. Das ist jetzt siebzehn Jahre her. Ich bin im August zweiundachtzig geworden.«

Stefan runzelte die Stirn. Es fiel ihm schwer zu glauben, daß Björn Wigren über achtzig sein sollte.

»Ich lüge nicht«, versicherte Wigren, der seine Verwunderung offenbar bemerkt hatte. »Ich bin zweiundachtzig Jahre alt und bei so guter Gesundheit, daß ich damit rechnen kann, neunzig zu werden. Oder noch älter. Wenn das denn zu irgend etwas nutze ist.«

»Ich habe Krebs«, sagte Stefan. »Ich weiß nicht einmal, ob ich vierzig werde.«

Die Worte kamen aus dem Nichts. Wigren hob die Augenbrauen. »Es kommt mir ungewöhnlich vor, daß ein Mensch einem anderen Menschen, den er gar nicht kennt, sagt, daß er Krebs hat.«

»Ich weiß auch nicht, warum ich es gesagt habe.«

Björn Wigren schob den Teller mit Gebäck zu Stefan hinüber.

»Sie haben es wohl gesagt, weil Sie es sagen mußten. Wenn Sie reden wollen, dann höre ich zu.«

»Lieber nicht.«

»Dann tun wir es auch nicht. Wenn Sie schweigen wollen, ist es gut, wenn Sie reden wollen, ist es auch gut.«

Stefan fiel plötzlich ein, wie er das Gespräch auf Elsa Berggren lenken konnte. »Wenn man hier in der Gegend ein Haus kaufen wollte, so eines wie das Nachbarhaus, was würde das kosten?«

»Elsas Haus? In dieser Gegend sind Häuser billig. Ich lese manchmal die Immobilienseiten. Nicht in den Zeitungen, im Internet. Ich habe gedacht, es wäre doch gelacht, wenn ich nicht lernen sollte, damit umzugehen. Es ist zwar nicht so schnell gegangen, aber Zeit habe ich ja genug. Ich habe eine Tochter in Gävle, die bei der Gemeinde arbeitet. Sie ist mit einem Computer hergekommen und hat es mir beigebracht. Jetzt chatte ich mit einem Alten, der sechsundneunzig ist. Er heißt Jim, wohnt in Kanada und hat auch im Wald gearbeitet. Das ist alles da in diesem Computer. Wir sind gerade dabei, einen Chatroom aufzumachen, in dem alte Holzfäller miteinander quatschen können. Was sind denn Ihre Lieblingsseiten im Web?«

»Ich weiß überhaupt nichts darüber. Ich habe nicht mal einen Computer.«

Der Mann auf der anderen Seite des Tisches sah plötzlich bedrückt aus. »Den sollten Sie sich aber anschaffen. Besonders wenn Sie krank sind. Es gibt viele Leute da draußen in der Welt, die Krebs haben. Das habe ich gesehen. Ich habe einmal nach Knochenkrebs gesucht, was das Schlimmste ist, was ich mir vorstellen kann. Ich habe zweihundertfünfzigtausend Treffer bekommen.«

Er unterbrach sich. »Ich sollte nicht über Krebs sprechen.«

»Das macht nichts. Außerdem habe ich keinen Knochenkrebs. Zumindest weiß ich nichts davon.«

»Ja, ich habe nicht daran gedacht.«

Stefan kehrte zur Frage nach den Hauspreisen zurück. »Ein Haus wie das von Elsa, was würde das kosten?«

»So um die dreihunderttausend. Kaum mehr. Aber ich glaube nicht, daß Elsa daran denkt, zu verkaufen.«

»Wohnt sie allein?«

»Sie war nie verheiratet. Sie kann manchmal ein bißchen

spitz sein. Nachdem meine Frau gestorben war, habe ich manchmal daran gedacht, daß ich vielleicht versuchen sollte, es auf Elsa anzulegen. Aber sie wollte nicht.«

»Wie alt ist sie denn?«

»Dreiundsiebzig, glaube ich.«

Also ungefähr so alt wie Herbert Molin, dachte Stefan.

»Hat sie immer hier gewohnt?«

»Als wir anfingen zu bauen, ist sie schon dagewesen. Das war Ende der fünfziger Jahre. Also hat sie ihr Haus seit mindestens vierzig Jahren.«

»Und was hat sie gearbeitet?«

»Sie behauptet, daß sie Lehrerin gewesen ist, bevor sie hierhergezogen ist. Aber darüber habe ich so meine eigenen Gedanken.«

»Warum?«

»Wer geht denn mit Anfang Dreißig in Pension, wenn ihm nichts fehlt?«

»Von irgend etwas muß sie aber doch gelebt haben.«

»Sie hat damals von ihren Eltern geerbt, als sie hergezogen ist. Sagt sie.«

Stefan versuchte nachzudenken. »Sie ist also nicht hier geboren? Sie ist von woanders hergekommen?«

»Ich glaube aus Schonen. Eslöv? Liegt das da unten am Ende von Schweden?«

»Ja, das stimmt. Und von dort ist sie hierhergezogen. Warum gerade hierher? Hatte sie hier Verwandte?«

Björn Wigren betrachtete ihn amüsiert. »Sie reden wie ein Polizist. Man könnte fast glauben, daß dies ein Verhör ist.«

»Ich bin genauso neugierig wie alle anderen. Man fragt sich doch, warum jemand von Schonen hier heraufzieht. Wenn er nicht heiraten will oder seinen Traumjob gefunden hat«, erwiderte Stefan und sah ein, daß er eine große Dummheit beging, indem er nicht ehrlich sagte, was los war.

»Das haben meine Frau und ich uns damals auch überlegt. Aber man fragt ja nicht unnötig. Elsa war nett und hilfsbereit. Sie hat hin und wieder für meine Frau auf die Kinder aufgepaßt. Doch warum sie hergekommen ist, weiß ich nicht. Sie hat hier keine Verwandten.«

Björn Wigren verstummte abrupt. Stefan wartete. Er ahnte, daß eine Fortsetzung folgen würde.

»Es ist schon komisch«, bemerkte Wigren, als er das Schweigen brach. »Ich bin jetzt seit vierzig Jahren Elsas Nachbar, eine ganze Generation, und ich weiß nicht, warum sie das Haus hier in Ulvkälla gekauft hat. Und noch etwas ist eigenartig.«

»Was denn?«

»In diesen ganzen Jahren habe ich nicht einmal meinen Fuß in ihr Haus gesetzt. Ebensowenig meine Frau. Oder die Kinder. Ich kenne niemanden, der jemals bei ihr im Haus gewesen wäre. Und wenn das nicht sonderbar ist, dann weiß ich es auch nicht.«

Stefan nickte langsam. Es gibt in Elsa Berggrens Leben etwas, was an Herbert Molin erinnert, dachte er. Beide kommen von irgendwoher und leben ihr Leben in Einsamkeit. Die Frage ist, ob das, was ich von Herbert Molin glaube, nämlich daß er sich vor etwas versteckt hat, auch für Elsa Berggren gilt. Sie war es, die das Haus für ihn gekauft hat. Aber warum? Unter welchen Umständen haben sie sich kennengelernt? Gibt es noch andere Gemeinsamkeiten?

Die nächste Frage ergab sich wie von selbst. »Bekommt sie denn nie Besuch?«

»Nie.«

»Das ist nicht normal.«

»Das ist es vielleicht wirklich nicht. Aber es hat niemand von uns jemals einen Menschen in ihr Haus gehen sehen. Auch nicht herauskommen.«

Stefan beschloß, daß Gespräch zu beenden. Er blickte auf die Uhr. »Ich glaube, ich muß jetzt aufbrechen«, sagte er. »Vielen Dank für den Kaffee.«

Sie standen auf und verließen die Küche. Wigren wies auf den Vierzehnender an der Wand im Wohnzimmer. »Den habe ich geschossen, als ich noch zu einer Jagdgesellschaft in der Gegend von Lillhärdal gehörte.«

»War der groß?«

Björn Wigren lachte auf. »Der größte, den ich je gesehen habe. Sonst würde er auch kaum dort an der Wand hängen.

Wenn ich sterbe, landet er auf dem Müll. Keines meiner Kinder will ihn haben.«

Björn Wigren begleitete ihn hinaus. »Zur Nacht hin kann es Schnee geben«, meinte er, nachdem er einen Blick auf den Himmel geworfen hatte.

Dann sah er Stefan an.

»Ich weiß nicht, warum Sie all das über Elsa wissen wollten, und ich werde auch nicht danach fragen. Aber vielleicht kommen Sie eines Tages wieder hier in meine Küche und erzählen es mir.«

Stefan nickte. Er hatte recht daran getan, Björn Wigren nicht zu unterschätzen.

»Viel Glück mit Ihrem Krebs«, wünschte ihm der Mann zum Abschied. »Ich meine, viel Glück damit, daß Sie gesund werden.«

Stefan ging denselben Weg zurück, den er gekommen war. Es stand immer noch kein Wagen auf Elsa Berggrens Grundstück. Die Garage war leer. Er warf einen Blick auf die Fenster. Die Gardinen bewegten sich nicht. Als er auf die Brücke hinauskam, blieb er stehen und blickte ins Wasser. Seine Angst vor der Krankheit kam und ging in Wellen. Er konnte die Gedanken an das, was ihn erwartete, nicht länger wegschieben. In der Randzone des Mordes an Herbert Molin umherzustreifen war eine Therapie mit begrenzter Wirkung.

Er ging weiter Richtung Zentrum und suchte die Bibliothek, die im Bürgerhaus untergebracht war. Im Foyer stand ein ausgestopfter Bär und starrte ihn an. Er bekam plötzlich Lust, sich auf den Bären zu stürzen und seine Kräfte mit ihm zu messen. Der Gedanke ließ ihn auflachen. Ein Mann mit Papieren in den Händen, der an ihm vorbeikam, sah ihn neugierig an.

Stefan ging in die Bibliothek und suchte die medizinische Abteilung. Doch als er sich mit einem Buch über verschiedene Krebserkrankungen an einen Tisch gesetzt hatte, vermochte er es nicht aufzuschlagen. Es ist zu früh, dachte er. Noch einen Tag, aber nicht mehr, dann werde ich die Situation in Angriff nehmen und sie nicht länger unter meinen sinnlosen Nachforschungen nach den Ursachen von Herbert Molins Tod begraben. Er stellte das Buch zurück.

Als er aus dem Bürgerhaus hinauskam, war er unentschlossen. Ärgerlich machte er sich auf den Rückweg zum Hotel. Unterwegs wollte er beim Systembolag haltmachen. Die Ärztin hatte ihm keine Beschränkungen auferlegt. Sicherlich war das Trinken nicht gerade eine Hilfe, aber das war ihm jetzt egal. Er kaufte zwei Flaschen Wein und wählte wie gewöhnlich eine italienische Sorte. Als er wieder auf die Straße hinaustrat, klingelte sein Handy. Er stellte die Tüte ab und meldete sich.

Es war Elena. »Ich wollte nur wissen, warum du nicht anrufst.«

Stefan hatte sofort ein schlechtes Gewissen. Er hörte an ihrer Stimme, wie traurig und verletzt sie war. »Es geht mir nicht gut«, sagte er entschuldigend.

»Bist du immer noch in Sveg?«

»Wo sollte ich sonst sein?«

»Was machst du da eigentlich?«

»Das weiß ich selbst nicht. Vielleicht warte ich darauf, zu Herbert Molins Beerdigung zu gehen.«

»Möchtest du, daß ich komme? Ich kann mir freinehmen.«

Beinah hätte er ja gesagt. Er wollte, daß sie kam. »Nein«, sagte er statt dessen. »Ich glaube, es ist am besten für mich, wenn ich allein bin.«

Sie fragte nicht noch einmal. Das Gespräch ging noch eine Weile hin und her, ohne daß etwas gesagt wurde. Hinterher fragte er sich, warum er nicht ehrlich gewesen war. Warum hatte er Elena nicht gesagt, daß sie ihm fehlte? Daß es ihm überhaupt nicht guttat, allein zu sein? Es kam ihm vor, als verstehe er sich immer weniger. Und alles nur wegen eines verdammten Knubbels im Mund.

Er hob die Tüte mit den Weinflaschen auf und ging zum Hotel. Das Mädchen in der Rezeption goß Blumen.

»Haben Sie alles, was Sie brauchen?« fragte sie.

»Alles in Ordnung«, antwortete er.

Sie reichte ihm seinen Schlüssel, ohne die Gießkanne abzusetzen. »Stellen Sie sich vor, daß es schon anfängt, grau zu werden«, sagte sie. »Im Oktober. Und das Schlimmste liegt noch vor uns. Der ganze beschissene, eklige Winter.«

Sie wandte sich wieder ihren Blumen zu. Stefan ging auf sein Zimmer. Sein Koffer war so, wie er ihn verlassen hatte. Er stellte die Tüte auf den Tisch. Es war ein paar Minuten nach drei. Es ist zu früh, dachte er. Ich kann mich nicht hinsetzen und mitten am Tag Wein trinken.

Er stand unbeweglich da und schaute zum Fenster hinaus. Dann faßte er einen Entschluß. Er hatte noch Zeit, bis zum See hinauszufahren, wo er die Spuren des Zeltplatzes gefunden hatte. Doch diesmal würde er auf die andere Seite fahren. Zu den Forstwegen, von denen Giuseppe gesprochen hatte. Er rechnete nicht damit, etwas zu finden. Aber die Zeit würde wenigstens vergehen.

Er brauchte eine gute Stunde, um den richtigen Weg zu einem der Forstwege zu finden. Auf der Karte las er, daß der See Stångvattnet hieß. Er war langgestreckt. An seiner breitesten Stelle endete der Forstweg direkt am Seeufer auf einem Wendeplatz. Stefan stieg aus dem Wagen und ging zum Wasser hinunter. Die Dämmerung hatte eingesetzt. Er stand still und lauschte. Es war nichts zu hören außer dem schwachen Rauschen der Bäume. Er versuchte, sich daran zu erinnern, ob er in dem Ermittlungsmaterial aus Östersund etwas darüber gelesen hatte, wie das Wetter an dem Tag gewesen war, an dem Herbert Molin ermordet wurde. Aber er hatte nichts darüber gelesen. Er dachte, daß man die Geräusche der Schüsse auch bei starkem Gegenwind über den See hatte hören müssen.

Aber was sprach eigentlich dafür, daß sich jemand am Tag des Mordes hier befunden hatte?

Nichts. Absolut nichts.

Er blieb am Ufer stehen, bis es dunkel wurde. Ab und an fuhren Windstöße über das Wasser. Dann war es wieder still. Er dachte, daß er sich eigentlich noch nie in seinem Leben allein in einem Wald aufgehalten hatte. Abgesehen von damals, als er mit Molin den entflohenen Mörder gesucht und die Angst seines Kollegen bemerkt hatte.

Warum ist Herbert Molin hierhergezogen, fragte er sich erneut. Weil er einen Zufluchtsort haben wollte? Eine Höhle, in die er sich verkriechen konnte? Oder steckt etwas anderes dahinter?

Er dachte an das, was Björn Wigren gesagt hatte. Daß Elsa Berggren nie Besuch bekam. Das bedeutete ja nicht, daß sie ihrerseits nie jemanden besuchte.

Zwei Dinge hätte er Björn Wigren fragen sollen, wenn er daran gedacht hätte.

Pflegte Elsa Berggren abends auszugehen? Tanzte sie gern?

Wenn man im richtigen Augenblick die richtigen Fragen stellte, konnte man viele Antworten auf einmal erhalten.

Ihm fiel plötzlich ein, daß es Molin gewesen war, der ihn diese einfache Polizeiwahrheit gelehrt hatte.

Es raschelte hinter ihm. Er zuckte zusammen. Dann war es wieder still. Ein Zweig, den der Wind geknickt hat, dachte er. Oder ein Tier.

Plötzlich vermochte er nicht mehr an Herbert Molin oder Elsa Berggren zu denken. Es war sinnlos. Von morgen an würde er seine Kräfte darauf konzentrieren, zu verstehen, was mit ihm selbst geschah. Er würde Härjedalen verlassen. Er hatte hier nichts zu suchen. Giuseppe Larsson würde es gelingen, das Gewebe zu durchdringen und sich zu einem Motiv und einem Täter durchzuarbeiten. Er selbst würde seine Energie darauf verwenden, sich auf die Strahlenbehandlung vorzubereiten.

Er blieb noch eine Weile in der Dunkelheit stehen. Die Bäume umgaben ihn wie schützende Soldaten. Das schwarze Wasser war der Wallgraben. Einen Augenblick lang fühlte er sich unverwundbar.

Nach der Rückkehr nach Sveg ruhte er sich eine Stunde in seinem Zimmer aus, trank ein paar Glas Wein und ging um sieben Uhr hinunter in den Speisesaal. Die Testfahrer waren verschwunden. Das Mädchen aus der Rezeption hatte wieder die Servierschürze umgebunden. Sie spielt alle Rollen, dachte er. Vielleicht trägt sich das Hotel nur so.

Er setzte sich an denselben Tisch wie an den vergangenen Abenden. Als er die Speisekarte las, stellte er zu seiner Enttäuschung fest, daß sie unverändert war. Er schloß die Augen und ließ den Zeigefinger in der begrenzten Spalte mit Hauptgerichten wählen. Es wurde wieder Elchhacksteak. Als er anfing zu essen, hörte er, wie hinter ihm jemand den Speisesaal betrat. Er wandte den Kopf um und sah eine Frau auf seinen Tisch zukommen. Sie blieb stehen und sah ihn an. Stefan registrierte als erstes, daß sie sehr schön war.

»Ich möchte nicht stören«, sagte sie, »aber ich habe von einem Polizeibeamten in Östersund erfahren, daß einer der alten Arbeitskollegen meines Vaters hier ist.«

Zunächst begriff Stefan nicht. Dann wurde ihm bewußt, was sie gesagt hatte.

Die Frau, die vor ihm stand, war Herbert Molins Tochter.

9

Hinterher sollte Stefan denken, daß Veronica Molin eine der schönsten Frauen war, die er je getroffen hatte. Bevor sie sich setzen konnte, bevor er auch nur seinen Namen hatte sagen können, hatte er sie mit den Augen ausgezogen und sie sich nackt vorgestellt. Gleichzeitig war er in Gedanken zu dem Ermittlungsmaterial in Giuseppes Büro zurückgekehrt. Er hatte sich bis zu der Seite vorgeblättert, auf der stand, daß Herbert Molin 1955 eine Tochter bekommen hatte, die auf den Namen Veronica getauft worden war. Die Frau, die vor ihm stand und schwach nach einem diskreten Parfum duftete, war also vierundvierzig Jahre alt, sieben Jahre älter als er selbst. Wenn er es nicht gewußt hätte, würde er sie auf sein Alter geschätzt haben.

Dann stellte er sich vor, reichte ihr die Hand und sprach ihr sein Beileid aus.

»Danke.«

Ihre Stimme war auf eigenartige Weise klanglos. Sie paßte nicht zu ihrem Aussehen.

Sie gleicht jemandem, dachte er. Einem dieser Menschen, die immer in den Zeitungen und im Fernsehen vorkommen. Aber er kam nicht darauf, wer es war.

Er bat sie, sich zu setzen. Das Mädchen aus der Rezeption trat an den Tisch. »Jetzt brauchen Sie vielleicht nicht allein zu essen«, sagte sie zu Stefan.

Er war drauf und dran, sie zu bitten, sich zur Hölle zu scheren, aber es gelang ihm, sich zu beherrschen.

»Wenn Sie lieber allein sein möchten, lasse ich Sie in Ruhe«, sagte Veronica Molin.

Er bemerkte, daß sie einen Ehering trug. Einen kurzen Augenblick lang war er niedergeschlagen. Das Gefühl war absurd und heftig und ging schnell vorbei. »Überhaupt nicht«, antwortete er.

Sie hob die Augenbrauen. »Überhaupt nicht, was?«

»Ich möchte nicht allein hier sitzen.«

Sie nahm Platz, griff zur Speisekarte und legte sie fast sofort wieder hin. »Kann ich einen Salat bekommen?« fragte sie. »Und ein Omelett?«

»Selbstverständlich«, sagte das Mädchen aus der Rezeption.

Stefan schoß plötzlich der Gedanke durch den Kopf, daß sie vielleicht auch das Essen kochte.

Veronica Molin bestellte Mineralwasser. Stefan kramte noch immer in seinem Gedächtnis, an wen sie ihn erinnerte.

»Es war ein Mißverständnis«, erzählte sie. »Ich nahm an, daß ich die Polizisten hier in Sveg treffen sollte. Aber sie meinten Östersund. Ich fahre morgen hin.«

»Woher kommen Sie?«

»Aus Köln. Ich habe die Todesnachricht dort erhalten.«

»Sie wohnen also in Deutschland?«

Sie schüttelte den Kopf. »In Barcelona. Oder Boston. Es kommt darauf an. Aber jetzt bin ich in Köln gewesen. Es war sonderbar und erschreckend. Ich hatte gerade das Hotel betreten. Dom Hotel hieß es, glaube ich. Es lag unmittelbar neben dem großen Dom. Die Glocken begannen zu läuten, als das Telefon klingelte und ein Mann weit weg mir mitteilte, mein Vater sei ermordet worden. Dann fragte er, ob ich mit einem Pastor sprechen wollte. Heute morgen bin ich nach Stockholm geflogen und anschließend hierher. Aber es hätte wohl Östersund sein sollen.«

Sie verstummte, als ihr Mineralwasser gebracht wurde. In der Bar lachte jemand. Laut und grell. Es hörte sich an, als ob ein Mensch versuchte, einen Hund nachzumachen, dachte Stefan.

Dann kam er darauf, wem sie ähnelte. Einer Schauspielerin aus einer der Soaps im Fernsehen, die nie ein Ende zu nehmen schienen. In seiner Erinnerung suchte er nach ihrem Namen, konnte ihn aber nicht finden.

Veronica Molin war ernst und angespannt. Stefan fragte sich schnell, wie er selbst reagieren würde, wenn er sich irgendwo in einem Hotel aufhielte und ihm telefonisch mitgeteilt würde, daß sein Vater ermordet worden sei.

»Ich kann nur bedauern, was geschehen ist«, sagte er. »Ein vollkommen sinnloser Mord.«

»Sind nicht alle Morde sinnlos?«

»Natürlich. Aber nicht alle bleiben ohne Motiv, so daß man sie trotz allem verstehen kann.«

Sie nickte. »Niemand kann irgendeinen Grund gehabt haben, meinen Vater zu ermorden. Er hatte keine Feinde, er war nicht reich.«

Aber er hatte Angst, dachte Stefan. Und diese Angst war vielleicht der Ausgangspunkt für das, was passiert ist.

Ihr Essen kam. Stefan hatte das unbestimmte Gefühl, der Frau ihm gegenüber unterlegen zu sein. Sie hatte eine Sicherheit, die ihm fehlte.

»Ich habe es so verstanden, daß Sie einmal mit ihm zusammen gearbeitet haben?«

»In Borås. Ich bin dort als frischgebackener junger Polizist hingekommen. Ihr Vater hat mir geholfen, mich zurechtzufinden. Er hat eine Lücke hinterlassen, als er in Pension ging.«

Es hört sich an, als seien wir enge Freunde gewesen, dachte er rasch. Das stimmte nicht. Wir sind nie Freunde gewesen. Wir waren Kollegen. »Ich habe mich natürlich gefragt, warum er hierher nach Härjedalen ziehen wollte«, sagte er nach einer Weile.

Sie durchschaute ihn sofort. »Ich glaube nicht, daß er irgend jemandem erzählt hat, wohin er ziehen wollte.«

»Vielleicht erinnere ich mich nicht genau, aber ich bin natürlich neugierig. Warum ist er denn hierhergezogen?«

»Weil er seine Ruhe haben wollte. Mein Vater war ein Eigenbrötler. Das bin ich auch.«

Was sagt man nach einer solchen Äußerung, dachte Stefan. Sie hat nicht nur eine Antwort gegeben, sie hat auch das Gespräch beendet. Warum setzt sie sich an meinen Tisch, wenn sie nicht mit mir reden will?

Er merkte, daß er wütend wurde. »Ich habe nichts mit der Ermittlung zu tun«, sagte er. »Ich bin hergefahren, weil ich Urlaub habe.«

Sie legte die Gabel hin und sah ihn an. »Und um was zu tun?«

»Um zur Beerdigung zu gehen. Falls sie hier stattfindet, und wenn die Gerichtsmediziner die Leiche freigeben.«

Sie glaubte ihm nicht. Das konnte er sehen. Es vermehrte seinen Zorn. »Hatten Sie oft Kontakt zu ihm?«

»Sehr selten. Ich arbeite als Beraterin für eine Computerfirma mit Kunden in der ganzen Welt. Ich bin ständig unterwegs. Ich habe ein paarmal im Jahr eine Ansichtskarte geschickt, vielleicht zu Weihnachten angerufen, aber mehr auch nicht.«

»Das hört sich nicht so an, als hätten sie sich besonders gut verstanden.«

Er sah sie unverwandt an. Auch wenn er sie immer noch sehr schön fand, strahlte sie doch Kühle und Distanz aus.

»Was für ein Verhältnis mein Vater und ich hatten, geht sonst wohl niemand etwas an. Er wollte seine Ruhe haben, das habe ich respektiert. Und er respektierte, daß ich genauso bin.«

»Sie haben auch einen Bruder.«

Ihre Antwort war offenherzig und bestimmt. »Wir vermeiden es, miteinander zu sprechen, wenn es nicht absolut notwendig ist. Die beste Art, unsere Beziehung zu beschreiben, ist zu sagen, daß wir uns an der Grenze offener Feindschaft bewegen. Warum das so ist, geht niemand etwas an. Ich habe Kontakt zu einem Beerdigungsinstitut aufgenommen, das sich um alles kümmern wird. Mein Vater wird hier in Sveg begraben.«

Das Gespräch stockte.

Stefan fuhr sich mit der Zunge über die Zähne. Der Knoten war noch da.

Nach dem Essen tranken sie Kaffee. Sie fragte, ob es ihn stören würde, wenn sie rauchte. Als er verneinte, zündete sie sich eine Zigarette an und blies ein paar Rauchringe zur Decke hinauf.

Dann sah sie ihn plötzlich an. »Warum sind Sie eigentlich wirklich hergekommen?«

Stefan sagte ihr einen Teil der Wahrheit. »Ich bin krankgeschrieben. Ich hatte nichts anderes zu tun. Mein Besuch hier bedeutet nichts.«

»Der Polizeibeamte in Östersund sagte, daß Sie sich für die Ermittlung eingesetzt hätten.«

»Man ist immer empört, wenn ein Kollege ermordet wird. Ich habe mit einigen Menschen gesprochen. Das ist alles.«

»Mit wem zum Beispiel?«

»In erster Linie mit dem Polizeibeamten, den Sie morgen in Östersund treffen werden. Giuseppe Larsson. Außerdem mit Abraham Andersson.«

»Wer ist das?«

»Herberts nächster Nachbar. Auch wenn er ziemlich weit entfernt wohnt.«

»Hatte er irgend etwas zu erzählen?«

»Nein. Aber wenn überhaupt jemand irgendwelche Beobachtungen gemacht haben kann, dann müßte er das sein. Sie können ja mit ihm sprechen, wenn Sie wollen.«

Sie machte die Zigarette aus und zerdrückte den Stummel, als sei es ein Insekt.

»Ihr Vater hat einmal seinen Namen geändert«, sagte Stefan langsam. »Von Mattson-Herzén in Molin. Das war ein paar Jahre vor Ihrer Geburt. Fast zeitgleich hat er seinen Abschied beim Militär genommen und ist nach Stockholm gezogen. Als Sie zwei Jahre alt waren, ging die Reise weiter nach Alingsås. Sie werden sich kaum an etwas von dem erinnern, was in Stockholm geschehen ist. Ein zweijähriges Kind hat keine bewußten Erinnerungen. Aber eins frage ich mich. Was hat er dort gemacht?«

»Er hatte ein Musikgeschäft.«

Sie sah, daß er verblüfft war.

»Ich erinnere mich, wie Sie sagen, an nichts von all dem. Ich habe später davon gehört. Er hat den Versuch unternommen, ein Geschäft zu führen und in Solna eins eröffnet. Die ersten Jahre ging alles gut. Doch dann hat er einen weiteren Laden in Sollentuna aufgemacht, und von da an ging alles ziemlich schnell den Bach runter. Meine ersten Erinnerungen stammen aus Alingsås. Wir haben in einem alten Haus außerhalb der Stadt gewohnt, das im Winter nie richtig warm zu kriegen war.«

Sie machte eine Pause und zündete eine neue Zigarette an. »Jetzt würde ich gern wissen, warum Sie das interessiert.«

»Ihr Vater ist tot. Da werden alle Fragen wichtig.«

»Meinen Sie, es hat ihn jemand getötet, weil er einmal ein Musikgeschäft gehabt hat?«

Stefan antwortete nicht. Statt dessen ging er zur nächsten Frage über. »Warum hat er seinen Namen geändert?«

»Ich weiß es nicht.«

»Warum ändert man seinen Namen von Herzén in Molin?«

»Ich weiß es nicht.«

Plötzlich hatte Stefan das Gefühl, daß er vorsichtig sein mußte. Woher die Eingebung kam, konnte er nicht sagen, aber das Gefühl war da. Er stellte Fragen, und sie antwortete. Gleichzeitig lief etwas völlig anderes ab.

Veronica Molin war dabei, herauszufinden, wieviel er eigentlich über ihren Vater wußte.

Er hob die Kaffeekanne und fragte, ob er ihr nachschenken dürfe. Sie lehnte ab.

»Als wir zusammen gearbeitet haben, hatte ich das Gefühl, daß ihr Vater unruhig war. Daß er Angst hatte. Ich kann mich noch gut daran erinnern, obwohl zehn Jahre vergangen sind, seit wir uns das letzte Mal gesehen haben.«

Sie runzelte die Stirn. »Wovor sollte er Angst gehabt haben?«

»Ich weiß es nicht. Ich frage Sie.«

Sie schüttelte den Kopf. »Mein Vater war kein Mensch, der Angst hatte. Im Gegenteil. Er war mutig.«

»Auf welche Weise?«

»Er hatte nie Angst, einzugreifen. Er hatte keine Angst, zu sagen, was er dachte.«

Ihr Handy klingelte.

Das Gespräch wurde in einer fremden Sprache geführt. Stefan war sich nicht sicher, ob auf Spanisch oder Französisch. Als sie geendet hatte, rief sie das Mädchen aus der Rezeption zu sich und bat um die Rechnung.

»Sind Sie draußen beim Haus gewesen?« fragte Stefan.

Sie sah ihn lange an, bevor sie antwortete. »Ich habe meinen Vater in guter Erinnerung. Wir standen einander nie besonders nahe, aber ich habe lange genug gelebt, um zu wissen, wie es Kindern im Verhältnis mit ihren Eltern ergehen kann. Ich will das Bild, das ich von ihm habe, nicht dadurch zerstören, daß ich mir den Ort ansehe, an dem er ermordet wurde.«

Stefan verstand. Zumindest glaubte er, es zu tun.

»Ihr Vater muß gern getanzt haben«, sagte er.

»Wie kommen Sie darauf?«

Ihre Verwunderung wirkte echt.

»Das hat jemand gesagt«, antwortete Stefan ausweichend.

Das Mädchen aus der Rezeption kam mit zwei Rechnungen. Stefan versuchte, beide zu nehmen, aber sie zog ihre zu sich heran. »Ich bezahle lieber für mich selbst.«

Das Mädchen verschwand, um Wechselgeld zu holen.

»Was macht eine Beraterin in der Computerbranche?« fragte Stefan.

Sie lächelte, ohne zu antworten.

Sie trennten sich in der Rezeption. Sie wohnte im Untergeschoß.

»Wie kommen Sie nach Östersund?« fragte er.

»Sveg ist zwar nicht groß«, erwiderte sie, »aber es war trotzdem möglich, einen Wagen zu mieten. Vielen Dank für die Gesellschaft.«

Er sah ihr nach, als sie ging. Ihre Kleidung wirkte sehr teuer. Das Gespräch mit Veronica Molin hatte ihm etwas von seiner Energie zurückgegeben. Er fragte sich, wie er sie nutzen sollte. Ironisch dachte er, daß das Nachtleben in Sveg wahrscheinlich vor allem durch Nichtvorhandensein glänzte.

Stefan entschied sich für einen Spaziergang. Was Björn Wigren ihm erzählt hatte, beschäftigte ihn. Zwischen Elsa Berggren und Herbert Molin bestand eine Verbindung, über die er mehr erfahren wollte.

Die Gardine hatte sich bewegt, da war er sicher.

Er holte seine Jacke und verließ das Hotel.

Es war kühl geworden.

Er ging den gleichen Weg wie schon einmal an diesem Tag. Blieb auf der Brücke stehen. Hörte, wie das Wasser unter ihm strömte. Er traf einen Mann, der mit seinem Hund Gassi ging. Es war, wie draußen auf See in einer schwarzen Nacht einem Schiff ohne Positionslichter zu begegnen. Als er zu dem Haus kam, stellte er sich in den Schatten außerhalb des Lichtkreises der Straßenlaterne. Jetzt stand ein Wagen auf dem Grundstück. Aber es war zu dunkel, um das Fabrikat zu erkennen. Im Obergeschoß brannte hinter einer geschlossenen Gardine Licht. Er blieb unbeweglich stehen. Worauf er wartete, wußte er nicht.

Der Mann, der sich näherte, bewegte sich sehr leise.

Er hatte lange dagestanden und Stefan beobachtet, bis er fand, genug gesehen zu haben. Er kam schräg von hinten und hielt sich die ganze Zeit im Dunkeln. Erst als er nur noch wenige Meter entfernt war, fuhr Stefan zusammen.

Erik Johansson war gut fünfzig Jahre alt und durchtrainiert. Er hielt die Hände an den Seiten und nahm den Blick nicht von dem Fremden.

»Hallo«, sagte er. »Ich frage mich, was Sie hier tun.«

Angst durchfuhr Stefan. Der Mann war so leise nähergekommen, daß er ihn erst im letzten Augenblick gehört hatte.

»Und wer sind Sie?«

»Erik Johansson. Ich bin Polizist. Und ich frage mich, was Sie hier tun.«

»Ich betrachte ein Haus«, erwiderte Stefan. »Ich befinde mich auf einer öffentlichen Straße. Ich bin nüchtern. Ich mache keinen Lärm. Ich stehe nicht einmal da und pisse. Ist es verboten, stehenzubleiben und schöne Häuser anzuschauen?«

»Keineswegs. Aber die Frau, die dort wohnt, ist ein bißchen nervös geworden und hat mich angerufen. Ich dachte, ich schaue mal vorbei und erkundige mich, was Sie hier tun. Die Leute sind es nicht gewohnt, daß jemand auf der Straße steht und starrt. Jedenfalls nicht abends.«

Stefan holte seine Brieftasche heraus und zeigte seinen Polizeiausweis. Er hatte sich ein paar Meter bewegt, so daß sie ins Licht der Straßenlaterne gekommen waren.

Erik Johansson nickte. »Ach du bist das«, sagte er, als kenne er Stefan von früher her, komme aber erst jetzt wieder darauf.

»Stefan Lindman.«

Erik Johansson kratzte sich an der Stirn. Stefan sah, daß er nur ein dünnes Unterhemd unter der Jacke trug.

»Sieht ja ganz danach aus, als wären wir Kollegen. Giuseppe

erwähnte, daß du hier bist. Aber ich konnte ja nicht wissen, daß du hier stehst und Elsas Haus anstarrst.«

»Sie hat damals für Herbert Molin das Haus gekauft«, sagte Stefan. »Aber das hast du sicher schon gewußt.«

»Hm, das habe ich überhaupt nicht gewußt.«

»Ich habe es von einem Makler erfahren, den ich in Krokom besucht habe. Ich dachte, Giuseppe hätte es dir erzählt.«

»Er hat nur erklärt, warum du hier zu Besuch bist und daß du mit Herbert Molin zusammengearbeitet hast. Er hat auf jeden Fall nicht erwähnt, daß du Elsa überwachst.«

»Ich überwache niemanden«, entgegnete Stefan. »Ich mache einen Spaziergang. Ich weiß auch nicht, warum ich hier stehengeblieben bin.«

Er sah ein, daß die Antwort idiotisch war. Er hatte ziemlich lange an derselben Stelle gestanden.

»Wir sollten besser gehen«, meinte Erik Johansson. »Sonst fängt Elsa noch an, sich ihr Teil zu denken.«

Erik Johansson hatte seinen Wagen in einer Seitenstraße geparkt. Es war kein blau-weißer Polizeiwagen, sondern ein Toyota mit einem Hundegitter vor dem Laderaum.

»Du hast also einen Spaziergang gemacht«, nahm Johansson den Faden wieder auf, »und bist zufällig vor Elsas Haus gelandet.«

»Ja.«

Erik Johansson sah bekümmert aus. Er überlegte, bevor er sagte: »Vielleicht wäre es besser, Giuseppe nichts zu erzählen. Er würde sich sonst Sorgen machen. Ich glaube nicht, daß die in Östersund begeistert davon sind, daß du hier Leute überwachst.«

»Aber ich überwache niemanden!«

»Nein, nein. Das hast du schon gesagt. Aber es ist schon ein bißchen eigenartig, daß du hier stehst und Elsas Haus anstarrst. Auch wenn sie diejenige war, die für Molin das Haus gekauft hat.«

»Kennst du sie?«

»Sie ist immer hier gewesen. Freundlich und nett. Interessiert sich für Kinder.«

»Wie meinst du das?«

»Sie hatte eine Tanzschule unten im Folkets Hus. Die Jugendlichen haben da tanzen gelernt. Aber ich weiß nicht, ob sie das jetzt noch macht.«

Stefan nickte, aber er stellte keine Fragen.

»Wohnst du im Hotel? Dann fahre ich dich hin.«

»Ich gehe lieber zu Fuß«, sagte Stefan. »Aber vielen Dank für das Angebot. Habt ihr hier in Sveg keine Polizeistation? Ich habe keine gesehen.«

»Wir sitzen im Gemeindehaus.«

Stefan überlegte. »Kann ich morgen mal reinschauen? Nur um zu sehen, wie ihr es so habt. Und um ein bißchen zu reden.«

»Na klar.«

Erik Johansson öffnete die Wagentür. »Dann rufe ich Elsa wohl am besten an und sage ihr, daß alles in Ordnung ist.«

Er setzte sich in den Wagen, sagte »hej«, und zog die Tür zu. Stefan wartete, bis der Wagen verschwunden war, bevor er davonging.

Zum viertenmal an diesem Tag blieb er auf der Brücke stehen. Der Zusammenhang, dachte er. Es geht nicht nur darum, daß Herbert Molin und Elsa Berggren einander gekannt haben. Da ist mehr. Aber was?

Er ging langsam weiter, wartete darauf, daß die Gedanken ineinandergriffen. Herbert Molin hatte Elsa Berggren beauftragt, ein Haus für ihn zu suchen. Sie kannten sich von früher. Vielleicht war Herbert Molin nach Härjedalen gezogen, um in ihrer Nähe zu sein?

Am Ende der Brücke hielt er erneut inne. Ihm war plötzlich ein Gedanke gekommen. Er hätte schon früher darauf kommen sollen. Elsa Berggren hatte ihn auf der Straße entdeckt, obwohl er außerhalb des Lichts der Straßenlaterne geblieben war. Das konnte nur eins bedeuten. Sie beobachtete die Straße. Sie erwartete oder fürchtete, daß jemand kommen würde.

Er war sich sicher. Zufällig hatte sie ihn bestimmt nicht entdeckt.

Er ging weiter. Schneller jetzt. Dachte, daß auch Elsa Berggrens und Herbert Molins gemeinsames Interesse am Tanz kein Zufall war.

Als er ins Hotel zurückkam, war die Rezeption bereits geschlossen. Er ging die Treppe hinauf und fragte sich, ob Veronica Molin schon schlief. Falls sie noch Molin hieß.

Er schloß seine Zimmertür auf und machte Licht. Auf dem Fußboden, unter der Tür hindurchgeschoben, lag eine Mitteilung. Er hob den Zettel auf und las.

Bitte Giuseppe Larsson in Östersund anrufen. Dringend.

10

Giuseppe war selbst am Apparat.

»Ich konnte deine Handynummer nicht finden«, sagte er. »Sie muß im Büro geblieben sein. Deshalb habe ich das Hotel angerufen. Aber sie sagten, du bist unterwegs.«

Stefan fragte sich, ob Erik Johansson trotz allem angerufen und von ihrer Begegnung berichtet hatte. »Ich war spazieren. Viel anderes kann man hier ja nicht tun.«

Giuseppe lachte. »Ist da nicht manchmal Kino im Folkets Hus?«

»Ich wollte mich bewegen, nicht in einem Kinosessel sitzen.«

Stefan hörte Giuseppe mit jemandem sprechen. Dann wurde ein Fernseher leiser gestellt.

»Ich dachte, ich könnte dich mit etwas unterhalten, was heute aus Umeå gekommen ist. Ein Papier. Unterzeichnet von Doktor Hollander. Man kann sich natürlich fragen, wieso er davon nichts in seinem vorläufigen Bericht erwähnt hat, aber die Gerichtsmediziner gehen ihre eigenen Wege. Hast du etwas Zeit?«

»Mehr als genug.«

»Er schreibt, er hätte drei alte Schußwunden gefunden.«

»Was meint er denn damit?«

»Ganz einfach, daß auf Herbert Molin geschossen und daß er getroffen worden ist. Hast du davon gewußt?«

»Nein.«

»Und zwar nicht ein Schuß, sondern drei. Und Doktor Hollander erlaubt sich eine Abweichung vom strikten Protokoll. Er ist der Ansicht, Molin habe sagenhaftes Glück gehabt, überhaupt am Leben geblieben zu sein. Er benutzt tatsächlich das Wort ›sagenhaft‹. Zwei Schüsse haben Molin unmittelbar unterhalb des Herzens in die Brust getroffen, der dritte in den linken Arm. Aus der Narbenbildung und anderem, was ich nicht begreife, zieht Hollander den Schluß, daß es in Herbert Molins Jugend gewesen sein muß. Er kann nicht genau sagen, ob er die Schußverletzungen zur gleichen Zeit erlitten hat, aber das ist wohl am wahrscheinlichsten.«

Giuseppe begann plötzlich zu niesen. Stefan wartete.

»Ich vertrage keinen Rotwein«, sagte Giuseppe entschuldigend, »aber heute abend konnte ich der Versuchung nicht widerstehen. Das rächt sich.«

»Im Ermittlungsmaterial hat aber nichts von irgendwelchen Schußverletzungen gestanden.«

»Nein, das ist richtig. Aber ich habe in Borås angerufen und mit einem freundlichen Mann geredet, der die meiste Zeit gelacht hat.«

»Polizeidirektor Olausson?«

»Genau der. Ich habe nicht erwähnt, daß du hier bist. Ich habe nur gefragt, ob er wüßte, daß einmal auf Herbert Molin geschossen worden sei. Das hat er verneint, und daraus kann man einen sehr einfachen Schluß ziehen.«

»Daß es vor seiner Zeit als Polizist war?«

»Noch früher. Bevor er Landgendarm wurde. Als die Landpolizeiämter verschwanden, übernahm die Polizei ihre Archive und Personalakten. Es hätte sich also in seiner Akte finden müssen, als das Polizeiwesen verstaatlicht und Herbert Molin zu einem königlichen Beamten wurde.«

»Dann ist es während seiner Zeit beim Militär passiert.«

»Ungefähr so denke ich auch. Aber es dauert lange, die Militärarchive zu durchforsten. Wir sollten uns schon jetzt die Frage stellen, was geschehen sein kann, wenn es sich zeigen sollte, daß er auch in seiner Zeit beim Militär nicht verletzt worden ist.«

»Würde es das Bild verändern?« fragte Stefan.

»Alles verändert das Bild. Genaugenommen haben wir noch gar kein Bild. Einen Täter werden wir auf absehbare Zeit nicht finden. Meine Erfahrung sagt mir, daß dies lange dauern wird, weil tief gegraben werden muß. Was sagt dir deine?«

»Daß du wohl recht hast.«

Giuseppe nieste. Stefan wartete.

»Ich dachte mir, du würdest das wissen wollen«, sagte Giuseppe, als er wieder sprechen konnte. »Morgen werde ich übrigens Molins Tochter treffen.«

»Sie wohnt hier im Hotel.«

»Ich habe geahnt, daß ihr euch treffen würdet. Welchen Eindruck macht sie auf dich?«

»Reserviert. Aber sie ist sehr schön.«

»Dann kann ich mich ja auf etwas freuen. Hast du mit ihr gesprochen?«

»Wir haben zusammen zu Abend gegessen. Sie hat etwas gesagt, was ich jedenfalls nicht gewußt habe. Über diese verschwundenen Jahre Mitte der Fünfziger. Sie behauptet, Herbert Molin habe zwei Musikgeschäfte in Stockholm geführt, sei aber in Konkurs gegangen.«

»Ich nehme an, sie hat keinen Grund, so etwas zu erfinden.«

»Kaum. Du triffst sie ja morgen.«

»Ich werde sie auf jeden Fall nach den Schußverletzungen fragen. Hast du dich entschieden, wie lange du bleibst?«

»Vielleicht morgen noch, dann fahre ich. Aber ich melde mich.«

»Tu das.«

Sie beendeten das Gespräch. Stefan ließ sich schwer aufs Bett fallen. Er merkte, daß er müde war. Ohne auch nur die Schuhe auszuziehen, streckte er sich aus und schlief ein.

Er erwachte mit einem Ruck und sah auf die Armbanduhr. Viertel vor fünf. Er hatte geträumt. Jemand hatte ihn gejagt. Dann war er plötzlich von einer Meute Hunde umgeben gewesen, die an seinen Kleidern gezerrt und große Stücke aus seinem Körper herausgerissen hatten. Irgendwo war auch sein Vater gewesen. Und Elena. Er ging ins Badezimmer und wusch sich das Gesicht. Der Traum ist leicht zu deuten, dachte er. Die Krankheit, die ich mit mir herumschleppe, die Zellen, die sich unkontrolliert vermehren, sind wie eine Meute wilder Hunde, die in meinem Innern herumjagen. Er zog sich aus und kroch zwischen die Laken, konnte aber nicht mehr einschlafen.

Morgens, vor der Dämmerung, fühlte er sich immer am verletzlichsten. Er dachte, daß er siebenunddreißig Jahre alt war. Ein Polizeibeamter, der versuchte, ein anständiges Leben zu führen. Nichts Besonderes. Ein Leben in den Bahnen des Gewöhnlichen. Aber was war eigentlich gewöhnlich? Er näherte sich rasch den mittleren Jahren und hatte noch nicht einmal Kinder. Und jetzt sollte er gegen eine Krankheit angehen, die vielleicht stärker sein würde als er.

Um sechs Uhr stand er auf. Frühstück gab es erst ab halb sieben. Er suchte frische Wäsche aus seinem Koffer, dachte, daß er sich rasieren sollte, ließ es aber bleiben. Um halb sieben war er unten in der Rezeption. Die Türen zum Speisesaal waren angelehnt. Als er hineinschaute, entdeckte er zu seiner Verwunderung, daß das Mädchen, das zwischen den Rollen der Empfangsdame und der Bedienung im Speisesaal hin und her wechselte, auf einem Stuhl saß und sich mit einer Serviette die Augen trocknete. Er zog sich hastig zurück. Dann schaute er noch einmal. Offenbar hatte sie geweint. Er ging die halbe Treppe, die zum Speisesaal hinunterführte, wieder hinauf und wartete.

Die Türen wurden aufgezogen. Das Mädchen lächelte. »Sie sind aber früh auf«, sagte sie.

Er betrat den Speisesaal. Während er seinen Tisch aufsuchte, fragte er sich, warum sie wohl geweint hatte. Aber es ging ihn nichts an. Jeder hat sein eigenes Elend, dachte er. Seine Hundemeute, gegen die er zu kämpfen hat.

Sobald er vor seinem Frühstück saß, faßte er einen Entschluß. Er würde noch einmal zu Herbert Molins Haus fahren. Nicht weil er glaubte, noch etwas Neues entdecken zu können. Sondern um im Kopf noch einmal durchzugehen, was er inzwischen wußte. Und das, was er nicht wußte. Dann würde er alles dem Schicksal überlassen. Er würde nicht in Sveg bleiben und auf die Beerdigung warten. Gerade jetzt mochte er sich so etwas am allerwenigsten aussetzen. Er würde nach Borås zurückkehren, seine Koffer neu packen und hoffen, eine Last-Minute-Reise nach Mallorca zu ergattern.

Ich brauche einen Plan, dachte er, während er aß. Ohne

einen Plan schaffe ich es nicht, alles zu bewältigen, was auf mich zukommt.

Um Viertel nach sieben verließ er das Hotel. Veronica Molin hatte sich nicht gezeigt. Als er seinen Schlüssel abgab, lächelte das Mädchen in der Rezeption nicht, wie sie es sonst zu tun pflegte. Es muß etwas passiert sein, dachte er. Aber sie wird wohl kaum die Mitteilung erhalten haben, daß sie Krebs hat.

Er fuhr nach Westen. Durch den Herbst und das Schweigen. Dann und wann trafen Regentropfen die Windschutzscheibe. Im Autoradio kamen die Nachrichten. Die Börsenkurse in New York waren gefallen oder gestiegen. Was von beiden, hörte er nicht. Als er durch Linsell fuhr, sah er ein paar Kinder mit Rucksäcken, die an der Straße standen und auf den Schulbus warteten. Auf den Dächern der Wohnhäuser waren Parabolantennen. Er erinnerte sich an seine eigene Jugend in Kinna. Plötzlich war ihm die Vergangenheit ganz nahe. Er sah auf die Fahrbahn und dachte an all die trostlosen Reisen durch Mittelschweden, die er in seiner Zeit als Gehilfe des Motocrossfahrers unternommen hatte, der fast nie einen Lauf gewonnen hatte. Er war so tief in Gedanken, daß er an der Abzweigung nach Rätmyren vorbeifuhr. Er wendete und parkte an derselben Stelle wie neulich.

Es war jemand dagewesen. Es waren neue Wagenspuren auf dem Boden. Vielleicht hatte Veronica Molin es sich anders überlegt? Er stieg aus und zog die kühle Luft tief in die Lungen. Ein böiger Wind rauschte in den Baumwipfeln. So sieht Schweden aus, dachte er. Bäume, Wind, Kälte. Schotter und Moos. Ein einsamer Mensch tief in einem Wald.

Er ging langsam um das Haus herum und überdachte noch einmal alles, was er bis jetzt über die Umstände von Herbert Molins Tod wußte. Er erstellte im Kopf eine Liste. Da war in erster Linie der Zeltplatz. Spuren eines Lagers. Jemand war vielleicht mit einem Ruderboot gekommen und auch wieder verschwunden. Dann Giuseppes Informationen über die Schußverletzungen. Stefan blieb stehen. Was hatte Giuseppe gesagt? Zwei Einschüsse unmittelbar unter dem Herzen und einer im linken Arm? Herbert Molin war also von vorn getroffen worden. Drei Schüsse. Er versuchte sich vorzustellen, was passiert sein konnte, doch ohne Erfolg.

Elsa Berggren. Ein Schatten hinter einer Gardine. Wenn seine Vermutungen richtig waren, war sie auf der Hut. Aber wovor? Erik Johansson hatte sie als freundliche Frau beschrieben, die eine Tanzschule für Kinder geleitet hatte. Es gab einen Zusammenhang. Tanz. Aber was bedeutete das? Bedeutete es überhaupt etwas?

Er wanderte weiter. Fragte sich, warum die Polizei die kaputten Fenster nicht besser abgedichtet hatte. Zerrissene Plastikfolien wehten in den gähnenden Löchern.

Veronica Molin hatte gestern plötzlich vor ihm gestanden. Eine schöne Frau, die die Nachricht vom Tod ihres Vaters in einem Hotel in Köln erhalten hatte, wo sie auf ihre Reise durch die Welt Station gemacht hatte.

Stefan war jetzt einmal um das Haus herumgekommen. Dachte an damals zurück, als er zusammen mit Herbert Molin den entflohenen Mörder aus der Anstalt Tidaholm gesucht hatte. Molins Angst. *Ich dachte, es wäre jemand anders.* Stefan hielt erneut inne. Wenn Herbert Molin nicht einem Wahnsinnigen zum Opfer gefallen war, mußte dies ein entscheidender Ausgangspunkt sein. Die Angst. Die Flucht hier herauf in die Wälder Härjedalens. Ein Versteck am Ende einer Abzweigung, die auch er nur unter Schwierigkeiten gefunden hatte.

Weiter kam er nicht. Molins Tod war ein Rätsel. Es war ihm vielleicht gelungen, ein paar lose Enden zu entdecken. Doch das Innere war immer noch ein Vakuum. Er ging zum Wagen zurück. Der Wind hatte zugenommen. Gerade als er die Autotür öffnen wollte, bekam er das Gefühl, beobachtet zu werden. Er drehte sich rasch um. Niemand im Wald. Der Hundezwinger lag verlassen. Die zerrissenen Plastikfolien schlugen gegen die Fensterbretter. Er setzte sich ins Auto und fuhr davon und dachte, daß er nie wieder zurückkehren würde.

Er parkte vor dem Gemeindehaus und ging hinein. Der Bär stand immer noch da und starrte ihn an. Er suchte das Büro der Polizei und traf in der Tür auf Erik Johansson, der auf dem Weg hinaus war.

»Ich wollte gerade mit den Leuten aus der Bibliothek Kaffee trinken«, sagte Erik. »Aber das kann warten. Ich habe Neuigkeiten für dich.«

Sie gingen in sein Büro. Stefan setzte sich auf den Besucherstuhl. Erik Johansson hatte die triste Einrichtung mit einer Teufelsmaske an der Wand aufgelockert.

»Die habe ich mal in New Orleans gekauft. Ich war betrunken und habe sicher viel zuviel dafür bezahlt. Ich dachte, sie könnte hier hängen. Als Erinnerung an all die bösen Mächte, die der Polizei das Leben schwermachen.

»Bist du hier heute allein?« fragte Stefan.

»Ja«, antwortete Erik Johansson heiter. »Wir sollten eigentlich zu viert oder fünft sein. Aber die Leute sind entweder krankgeschrieben, oder sie haben Fortbildungsurlaub oder bekommen Kinder. Und Vertretungen gibt es ja nicht.«

»Geht das denn?«

»Überhaupt nicht. Aber die Leute, die hier über Tag anrufen, brauchen sich wenigstens nicht mit einem Anrufbeantworter herumzuärgern.«

»Und abends rufen sie dich privat an? So wie Elsa Berggren?«

»Richtig. Das ist eine provisorische Notrufnummer, die viele hier in der Stadt kennen«, antwortete Erik Johansson.

»Stadt?«

»Ich nenne Sveg eine Stadt. Auf diese Weise wird es ein bißchen größer.«

Das Telefon klingelte. Stefan betrachtete die Maske und fragte sich, was es wohl für Neuigkeiten waren, die Johansson ihm angekündigt hatte. Das Telefongespräch drehte sich um jemanden, der einen Traktorreifen auf einer Straße gefunden hatte. Erik Johansson schien ein Mann mit großer Geduld zu sein. Schließlich legte er auf.

»Elsa Berggren hat heute morgen angerufen. Ich habe versucht, dich im Hotel zu erreichen.«

»Und was wollte sie?«

»Dich zum Kaffee einladen.«

»Das klingt komisch.«

»Nicht komischer, als dazustehen und ihr Haus anzustarren.«

Erik Johansson erhob sich. »Sie ist jetzt zu Hause«, sagte er. »Fahr sofort hin. Sie wollte nachher Besorgungen machen. Und komm gern wieder her und erzähl mir, ob sie dir etwas Interessantes gesagt hat. Aber nicht heute nachmittag oder heute abend. Da muß ich nach Funäsdalen. Ich habe dort eine dienstliche Angelegenheit zu erledigen und spiele anschließend mit ein paar Kumpels Poker. Obwohl wir mitten in einer Mordermittlung stecken, muß man versuchen, möglichst normal zu leben.«

Erik Johansson verschwand zu seinem wartenden Kaffee. Stefan ging hinaus und schaute den Bären an.

Dann fuhr er nach Ulvkälla und parkte vor dem weißen Haus. Als er den Wagen wendete, sah er Björn Wigren draußen auf der Straße stehen und nach jemandem Ausschau halten, den er mit einer Tasse Kaffee in die Küche locken konnte.

Sie öffnete die Tür, bevor er geklingelt hatte. Stefan wußte nicht, was er erwartet hatte. Kaum die gutgekleidete Dame, die vor ihm stand. Sie hatte schwarzgefärbte lange Haare und war um die Augen stark geschminkt.

»Ich dachte, es wäre ebensogut, herzukommen«, sagte sie, »als dort draußen auf der Straße zu stehen.«

Stefan betrat den Flur. Jetzt war er weiter gekommen als Björn Wigren in vierzig Jahren. Sie führte ihn in das Wohnzimmer, das nach hinten und zum Garten hinausging. In der Entfernung konnte Stefan die bewaldeten Hügel sehen, die sich zur Orsafinnmark hin erhoben.

Der Raum war kostspielig eingerichtet. Im Gegensatz zu Björn Wigren gab es keine Zigeunerfrauen mit entblößten Brüsten an den Wänden. Statt dessen hingen dort Ölgemälde, und Stefan dachte, daß Elsa Berggren einen guten Geschmack hatte. Sie entschuldigte sich und verschwand in der Küche. Er setzte sich aufs Sofa und wartete.

Dann stand er auf. In einem Bücherregal sah er eine Reihe eingerahmter Fotos. Eines der Bilder zeigte zwei Mädchen auf einer Parkbank. Wahrscheinlich vor Jahrzehnten aufgenommen. Im Hintergrund war ein Haus zu sehen, an dem ein Schild hing. Stefan beugte sich vor, um zu lesen, was dort stand. Es schien nicht Schwedisch zu sein. Aber das Schild war zu verschwommen, um es wirklich zu erkennen. Dann hörte er sie mit einem Tablett klappern. Er setzte sich wieder aufs Sofa. Sie deckte auf und schenkte ihm Kaffee ein.

»Ein Mann steht da und starrt mein Haus an«, sagte sie. »Ich wundere mich natürlich. Und gleichzeitig werde ich unruhig. Nach dem, was Herbert passiert ist, ist hier nichts mehr wie vorher.«

»Ich will Ihnen erklären, warum ich dort gestanden habe«, sagte Stefan. »Herbert Molin war mein Kollege. Ich bin auch Polizist.«

»Erik hat es mir erzählt.«

»Ich bin krankgeschrieben worden und hatte Zeit. Deswegen bin ich hergefahren. Zufällig habe ich mit Hans Marklund gesprochen, dem Makler in Krokom. Er hat mir erzählt, daß Sie das Haus für Herbert gekauft haben.«

»Herbert hatte mich darum gebeten. Er hatte kurz vor seiner Pensionierung angerufen. Er wollte, daß ich ihm helfe.«

»Sie kannten sich also?«

Sie sah ihn abweisend an. »Wie hätte er mich sonst um Hilfe bitten sollen?«

»Ich versuche zu verstehen, was für ein Mensch er war. Ich habe eingesehen, daß der Mann, mit dem zusammen ich gearbeitet habe, nicht der war, für den ich ihn gehalten habe.«

»Auf welche Weise?«

»Auf viele Weisen.«

Sie stand aus dem Sessel auf und richtete eine Gardine vor einem der Fenster. »Ich kannte Herberts erste Frau«, sagte sie. »Wir waren Schulfreundinnen. Und so lernte ich auch Herbert kennen. Das war, als er in Stockholm lebte. Dann, als sie sich trennten, verlor ich den Kontakt zu ihr, aber nicht zu ihm.«

Sie ging zu ihrem Sessel zurück. »Das war alles. Jetzt ist er tot. Und ich trauere um ihn.«

»Wußten Sie, daß seine Tochter Veronica hier ist?«

Sie schüttelte den Kopf. »Das wußte ich nicht. Aber ich rechne nicht damit, daß sie mich besucht. Ich habe Herbert gekannt, nicht seine Kinder.«

»Ist er hierhergezogen, weil Sie hier wohnten?«

Sie blickte ihm starr in die Augen. »Das ging nur ihn und mich etwas an. Und jetzt geht es nur noch mich an.«

»Selbstverständlich.«

Stefan trank seinen Kaffee. Die Geschichte von der ersten Frau klang glaubwürdig. Dennoch spürte er, daß etwas von dem, was sie erzählte, nicht stimmte. Etwas, was er eigentlich erkennen müßte.

Er stellte die Tasse ab. Sie war blau und hatte einen Goldrand. »Können Sie sich denken, wer ihn getötet hat?«

»Nein. Und Sie?«

Stefan schüttelte den Kopf.

»Ein alter Mann, der in Frieden leben will«, fuhr sie fort. »Wer sollte ihn töten wollen?«

Stefan sah auf seine Hände hinunter. »Es muß jemanden gegeben haben, der es wollte«, sagte er vorsichtig.

Dann dachte er, daß er eigentlich nur noch eine Frage stellen mußte. »Ich finde es ein bißchen eigenartig, daß Sie nicht mit der Polizei in Östersund gesprochen haben. Mit denen, die die Ermittlung durchführen.«

»Ich habe darauf gewartet, daß sie sich bei mir melden.«

Plötzlich war sich Stefan sicher. Die Frau ihm gegenüber sagte nicht die Wahrheit. Aber er konnte nicht genau benennen, was es war.

»Es wundert mich, daß Herbert hierhergezogen ist«, sagte Stefan. »Warum wählt man einen so einsamen Ort zum Leben?«

»Hier ist es nicht einsam«, entgegnete Elsa Berggren. »Wenn man will, gibt es viel zu tun. Heute abend gehe ich zum Beispiel in ein Konzert. Ein Organist aus Sundsvall spielt in der Kirche.«

»Ich habe von Erik Johansson gehört, daß Sie eine Tanzschule betreiben?«

»Kinder sollen tanzen lernen. Wenn kein anderer es ihnen

beibringt, dann tue ich es. Aber ich weiß nicht, ob ich es noch lange durchhalte.«

Stefan entschied sich, nicht auf das Tanzinteresse von Herbert Molin zu sprechen zu kommen. Er hatte keine Fragen mehr. Es war Giuseppe, der sie stellen sollte. Niemand sonst.

Irgendwo klingelte ein Telefon. Sie entschuldigte sich und verließ den Raum. Stefan erhob sich. Wählte schnell zwischen der Balkontür und einem Fenster. Löste zwei Haken des Fensters und schob es soweit wie möglich auf, ohne daß der Spalt zu sehen war. Dann setzte er sich wieder. Nach ein paar Minuten kehrte sie zurück.

»Ich möchte Sie nicht länger stören«, sagte Stefan und stand auf. »Vielen Dank für den Kaffee. Man bekommt selten so starken Kaffee.«

»Warum muß immer alles schwach sein?« fragte sie. »Alles ist heutzutage schwach. Nicht nur der Kaffee. Auch die Menschen sind es.«

Stefan hatte seine Jacke in den Flur gehängt. Während er sie anzog, suchte er nach Anzeichen dafür, daß es in dem Haus eine Alarmanlage gab. Aber er fand keine.

Während er zurück ins Hotel fuhr, dachte er darüber nach, was Elsa Berggren über schwachen Kaffee und schwache Menschen gesagt hatte.

Das Mädchen in der Rezeption schien froher zu sein. An der Anschlagtafel hing ein gelber Zettel, aus dem hervorging, daß am gleichen Abend um halb acht in der Kirche ein Orgelkonzert beginnen sollte. Das ganze Programm bestand aus Musik von Johann Sebastian Bach.

Um kurz nach sieben ging Stefan zur Kirche. Er stellte sich etwas abseits an die Friedhofsmauer und wartete. Er hörte, wie sich der Organist einspielte. Als es fünf vor halb acht geworden war, trat er einen Schritt tiefer ins Dunkel zurück. Elsa Berggren erschien und verschwand in der Kirche.

Stefan eilte zum Hotel und setzte sich in den Wagen. Er fuhr über den Fluß und parkte auf einem unbebauten Grundstück neben der Brückenauffahrt. Dann näherte er sich Elsa Berggrens Haus. Er rechnete damit, daß das Konzert mindestens eine Stunde dauern würde. Er schaute auf die Uhr. Neunzehn Minuten vor acht. An der Rückseite des Hauses führte ein schmaler Pfad entlang. Er hatte keine Taschenlampe, und so tastete er sich vorsichtig im Dunkeln voran. In dem Zimmer, in dem er am Vormittag Kaffee getrunken hatte, brannte Licht. Als er den Zaun erreichte, blieb er stehen und lauschte. Dann sprang er hinüber und lief geduckt zur Hauswand. Er stellte sich vorsichtig auf Zehenspitzen und fühlte an der Unterseite des Fensters. Elsa Berggren hatte nicht entdeckt, daß er die Haken gelöst hatte. Er öffnete es vorsichtig, schwang sich hinauf, ohne an die Blumenvase zu stoßen, die auf dem Fensterbrett stand.

Er dachte, daß er sich jetzt auf die gleiche Weise Zutritt zu Elsa Berggrens Haus verschafft hatte, wie ein paar Tage zuvor zu Herbert Molins.

Mit einem Taschentuch wischte er die Unterseite seiner Schuhe ab. Es war Viertel vor acht. Er blickte sich im Zimmer um. Wonach er suchte, wußte er nicht. Vielleicht nach einem Zeichen dafür, daß er recht hatte. Daß Elsa Berggren nicht die Wahrheit gesagt hatte. Er wußte aus Erfahrung, daß ein unwahres Wort durch einen Gegenstand entlarvt werden konnte. Er verließ das Wohnzimmer, warf einen Blick in die Küche und ging weiter zu einem Raum, der ein Arbeitszimmer zu sein schien. Hier werde ich meine Suche beenden, dachte er. Zuerst wollte er das Obergeschoß sehen. Er lief die Treppe hinauf. Das erste Zimmer schien ein Gästezimmer zu sein. Er ging weiter bis zu Elsa Berggrens Schlafzimmer. Sie schlief in einem breiten Doppelbett. Der Fußboden war mit Teppichboden ausgelegt. Er warf einen Blick in ihr Badezimmer. Flaschen und Döschen standen in ordentlichen Reihen auf einem Regal vor dem Spiegel.

Er wollte gerade in das Arbeitszimmer im Erdgeschoß zurückkehren, als er sich entschied, einer Eingebung folgend, die Doppeltür des Kleiderschranks zu öffnen. Dort hingen zahlreiche Kleidungsstücke. Er strich mit den Händen darüber. Sie schienen von hoher Qualität zu sein.

Tief im Schrank hing etwas, was seinen Blick gefangennahm.

Er schob ein paar Kleider zur Seite, um besser sehen zu können.

Eine Uniform.

Es dauerte ein paar Sekunden, bis er erkannte, was es war. Dann wurde ihm klar, daß es sich um eine deutsche Militäruniform handelte.

Auf einem Regal darüber lag eine Uniformmütze.

Er nahm sie herunter und sah den Totenkopf.

In dem Schrank hing eine SS-Uniform.

11

Stefan machte sich nicht mehr die Mühe, Elsa Berggrens Arbeitszimmer zu durchsuchen. Er verließ das Haus in Ulvkälla auf dem gleichen Weg, auf dem er gekommen war, und schob das Fenster sorgfältig zu. Als er zum Auto zurückhastete, fiel schwerer Schneeregen. Er fuhr auf direktem Weg zurück ins Hotel, goß sich ein Glas Wein ein und versuchte zu entscheiden, ob er Giuseppe Larsson noch am selben Abend anrufen sollte. Aber er zögerte. Er hatte versprochen, keinen Kontakt zu Elsa Berggren aufzunehmen. Jetzt hatte er nicht nur mit ihr gesprochen, sondern war auch in ihr Haus eingedrungen. Über so etwas spricht man nicht am Telefon, dachte er. Giuseppe wird es wohl verstehen, aber dazu müssen wir einander gegenübersitzen und Zeit haben.

Er stellte den Fernseher an und zappte durch die Kanäle. Blieb an einem alten Western in blassen Farben hängen. Ein Mann mit einem Gewehr kroch zwischen Felsblöcken umher und versuchte, anderen Männern zu entkommen, die auf ihren Pferden heranritten. Stefan drehte den Ton leiser und suchte nach seinem Notizblock. Dann erstellte er eine Zusammenfassung dessen, was passiert war, seit er nach Sveg gekommen war. Was wußte er, was er zuvor nicht gewußt hatte? Er versuchte eine vorläufige Annahme über die Ursache für Herbert Molins Tod. Er tat so, als ob er sich eine fertig geschriebene Geschichte erzählen würde.

Irgendwann wird ein Mann namens Herbert Molin von drei Schüssen getroffen. Er überlebt.

Der Mann betreibt ein Musikgeschäft. Dann wird er Polizist.

Er hat ein besonderes Verhältnis zum Tanzen. Vielleicht ist der Tanz seine geheime Leidenschaft? Wie für andere Menschen das Sammeln von Pilzen. Oder das Forellenfischen in norwegischen Flüssen.

In seinem Leben gibt es eine Frau, die Elsa Berggren heißt. Als Herbert Molin pensioniert wird, bittet er sie, ein entlegenes Haus tief in den Wäldern von Härjedalen zu kaufen. Nicht weit von dem Ort entfernt, an dem sie selbst wohnt. Er besucht sie jedoch nie. Dafür gibt es den besten Zeugen, den man sich denken kann. Einen neugierigen Nachbarn. In Elsa Berggrens Kleiderschrank, in der hintersten Ecke, hängt eine deutsche SS-Uniform.

Vielleicht ist jemand über einen See mit dunklem Wasser gepaddelt und hat in der Nähe von Herbert Molins Haus sein Lager aufgeschlagen, um ihm anschließend das Leben zu nehmen.

In Stefans Kopf endete die Erzählung an genau diesem Punkt. Bei einem Mann, der über einen See davonpaddelt und spurlos verschwindet.

Aber es gab auch andere Pfosten, die in den Zaun eingefügt werden mußten, der die Erzählung ausmachte. Die blutigen Fußspuren, die die Grundschritte des Tangos darstellten. Herbert Molins Angst. Und die Tatsache, daß er einmal seinen Namen geändert hatte. Eine Verschlechterung, dachte Stefan. Es gibt wahrlich nicht viele in Schweden, die Mattson-Herzén heißen, wohl aber Molin. Er dachte, daß es nur eine Erklärung dafür geben konnte. Auch die Namensänderung war ein Versteck. Herbert Molin hatte seine Spuren verwischt. Aber was für Spuren? Und warum? Wenn es so gewesen wäre, daß Mattson-Herzén ihm zu lang und umständlich gewesen war, hätte er sich ja einfach Mattson nennen können.

Stefan las noch einmal durch, was er geschrieben hatte. Er schlug die Seite um und notierte zwei Jahreszahlen. *Geboren 1923, gestorben 1999.* Dann kehrte er zu den Notizen zurück, die er sich an dem Abend gemacht hatte, als er in Giuseppe Larssons Zimmer gesessen hatte. 1941, als Molin achtzehn Jahre alt war, hatte er seinen Militärdienst absolviert. Er ist bei der Küstenwache gewesen. Stefans Notizen waren nicht vollständig, aber er erinnerte sich, daß Herbert Molin irgendwo draußen in den Schären von Östergötland auf einer kleinen

Insel gelegen und eine der Fahrwasserrinnen beobachtet hatte. Stefan nahm an, daß er bis zum Kriegsende bei der Küstenwache geblieben und dort auch Offizier geworden war. Sieben Jahre später war er aufgebrochen. Hatte einen Versuch als Geschäftsinhaber unternommen und war anschließend bei einem Landespolizeiamt und der daraus hervorgehenden staatlichen Polizei angestellt gewesen.

Aus einer Militärfamilie, hatte Stefan sich notiert. Der Vater war Rittmeister in Kalmar, die Mutter Hausfrau. Herbert Molin hatte sich also zunächst nicht allzuweit von der Familientradition entfernt. Er hatte eine Karriere als Offizier versucht, sie aber plötzlich abgebrochen und war vom eingeschlagenen Weg abgewichen.

Stefan legte den Notizblock zur Seite und füllte sein Weinglas nach. Der Mann, der irgendwo in der Nähe von Hollywood zwischen den Felsblöcken herumgekrochen war, war jetzt von den Männern zu Pferde gefangengenommen worden. Sie waren im Begriff, ihn aufzuhängen. Den Mann, dem die Schlinge bereits um den Hals lag, schien sein Schicksal auf merkwürdige Weise unberührt zu lassen. Die Farben waren immer noch sehr blaß.

Wenn die Ereignisse um Herbert Molins Tod verfilmt worden wären, dachte Stefan, dann müßte jetzt dringend etwas passieren. Sonst würde das Publikum ermüden. Auch Polizisten können ermüden. Aber das bedeutet nicht, daß man die Suche nach einer Erklärung und dem Täter aufgibt.

Er griff wieder nach seinem Notizblock. Gleichzeitig gelang es dem Mann im Film, auf vollkommen unwahrscheinliche Art und Weise zu fliehen. Stefan versuchte ein paar denkbare Vermutungen aufzustellen. Die naheliegendste war, daß Molin trotz allem einem Wahnsinnigen zum Opfer gefallen war. Woher dieser gekommen und warum er mit Zelt und Tränengas ausgerüstet gewesen war, blieb allerdings im dunkeln. Die Theorie von einem Wahnsinnigen war schlecht, mußte aber genannt werden.

Die zweite betraf den unklaren Zusammenhang zwischen dem Mord an Herbert Molin und etwas, was im Vergangenen verborgen lag. Wie Veronica Molin erwähnt hatte, besaß Herbert Molin kein Vermögen. Geld konnte demnach kaum das Motiv gewesen sein, ihn zu töten. Auch wenn dies für seine Tochter das einzig denkbare Motiv überhaupt war, jemanden zu ermorden. Aber Polizisten haben Feinde, dachte Stefan. Heutzutage ist es üblicher als früher, daß Polizisten Morddrohungen erhalten. Daß Bomben unter Fahrzeugen von Staatsanwälten deponiert oder Brände mit Todesfolge gelegt werden. Ein durch und durch rachsüchtiger Mensch kann vermutlich unbegrenzt lange warten, um seine Rache auszuüben. Das würde bedeuten, daß ein langwieriges und geduldiges Graben in den Archiven erforderlich sein würde.

Es gab noch eine dritte Möglichkeit. Etwas, was mit Elsa Berggren zusammenhing. Hatte die Uniform in ihrem Kleiderschrank etwas mit Herbert Molin zu tun? Oder gab es in Elsa Berggrens Vergangenheit etwas, was mit der Hitlerzeit in Deutschland verknüpft werden konnte?

Stefan rechnete nach. Björn Wigren zufolge waren Elsa Berggren und Herbert Molin ungefähr gleich alt. Wenn er 1923 geboren war, konnte Elsa Berggren ein paar Jahre später geboren sein. Vielleicht 1924 oder 25. Sie war also fünfzehn Jahre alt, als der Krieg ausbrach, und einundzwanzig, als er endete. Stefan schüttelte den Kopf. Das paßte nicht. Aber Elsa Berggren hat einen Vater gehabt, dachte er, und vielleicht einen älteren Bruder. Er machte sich Notizen. Elsa Berggren lebt allein, bezieht ein Einkommen aus unbekannter Quelle, ist auf der Hut. Er machte wieder eine Notiz. Herbert und Elsa. Ihrer eigenen Aussage nach kennt sie Herbert seit seiner ersten Ehe. Als sie davon erzählte, hatte er den Eindruck gehabt, daß sie nicht die Wahrheit sagte. Aber er konnte sich irren.

Weiter kam er nicht. Er legte den Notizblock zur Seite. Am folgenden Tag würde er mit Giuseppe sprechen. Er würde nach Östersund hinauffahren. Wenn das getan wäre, würde er nach Borås zurückkehren. Während er sich auszog, überlegte er, ob er Elena vorschlagen sollte, sich eine Woche freizunehmen, um mit ihm in den Süden zu fahren. Aber er war sich nicht sicher, ob es ihm nicht zuviel würde. Es war nicht leicht, zu entscheiden, ob er Gesellschaft haben oder allein sein wollte.

Er ging ins Badezimmer, machte den Mund auf und streckte

die Zunge heraus. Der Knoten war nicht zu sehen, aber er war da. Er betrachtete sein Gesicht und stellte fest, daß er blaß war. Dann setzte er sich in Gedanken die Uniformmütze auf, die er auf der Ablage in Elsa Berggrens Kleiderschrank gefunden hatte. Versuchte sich an die Rangbezeichnungen zu erinnern, die es in der SS gegeben hatte. Rottenführer Lindman. Unterscharführer Lindman.

Er nahm die unsichtbare Mütze vom Kopf und wusch sich das Gesicht. Als er das Badezimmer verließ, ging der Western seinem Ende entgegen. Der Mann, der noch vor kurzem eine Schlinge um den Hals hatte, saß zusammen mit einer vollbusigen Frau an einem Eßtisch in einem Blockhaus. Stefan nahm die Fernbedienung und schaltete den Fernseher aus.

Dann rief er Elena an. Sie meldete sich fast sofort.

»Ich fahre morgen hier ab. Vielleicht schaffe ich es, schon morgen abend bis nach Hause.«

»Fahr nur nicht zu schnell.«

»Ich wollte es nur sagen. Ich bin müde. Wir reden weiter, wenn ich nach Hause gekommen bin.«

»Wie geht es?«

»Womit?«

»Dir selbst.«

Er sagte, daß er darüber im Moment nicht sprechen wolle, und Elena verstand ihn.

Er trank noch ein Glas Wein, bevor er ins Bett ging. Vor dem Fenster fiel der nasse Schnee weiter auf den bereits weißen Boden.

Einen Besuch habe ich noch zu machen, dachte er, bevor er einschlief. Einen Menschen will ich noch treffen, bevor ich mit Giuseppe rede und all dies hinter mir lasse.

Kurz vor der Morgendämmerung erwachte er mit starken Schmerzen in der Backe. Außerdem hatte er Fieber. Er lag unbeweglich im Dunkeln und versuchte die Schmerzen wegzudenken. Aber es war unmöglich. Als er aufstand, fuhr der Schmerz durch seinen Körper. Er suchte nach einer Packung Kopfschmerztabletten und löste zwei Stück in einem Glas Wasser. Fragte sich, ob er in der Nacht komisch gelegen hatte. Aber er wußte, daß der Schmerz von innen kam. Die Ärztin hatte ihn gewarnt. Es könnten plötzlich Schmerzen auftreten. Er leerte das Glas und legte sich wieder hin, um darauf zu warten, daß die Schmerzen nachließen. Aber es wurde nicht besser. Es wurde sieben Uhr, ohne daß er sich aufraffen konnte, hinunterzugehen und zu frühstücken.

Eine Stunde später hielt er es nicht mehr aus. Er suchte die Telefonnummer des Krankenhauses in Borås und hatte Glück. Seine Ärztin meldete sich direkt, nachdem er verbunden worden war. Er berichtete von seinen Schmerzen. Sie versprach, ihm ein Rezept auszustellen und es telefonisch an die Apotheke in Sveg durchzugeben. Wenn die Schmerzen nicht nachließen, sollte er sich noch einmal melden. Stefan legte sich wieder ins Bett. Die Ärztin hatte versprochen, sich sofort darum zu kümmern. Er nahm sich vor, es noch eine Stunde auszuhalten. Dann würde er zur Apotheke hinunterfahren, die er am Ortseingang gesehen hatte. Er lag unbeweglich. Das einzige, was er tun konnte, war, sich auf den Schmerz zu konzentrieren. Um neun Uhr stand er auf, zog sich mit Mühe an und ging die Treppe hinunter. Das Mädchen in der Rezeption grüßte. Er legte den Schlüssel auf den Tresen und nickte.

In der Apotheke bekam er seine Tabletten und nahm die erste Dosis schon dort. Dann kehrte er ins Hotel zurück. Das Mädchen gab ihm seinen Schlüssel.

»Geht es Ihnen nicht gut?« fragte sie.

»Nein«, antwortete er. »Ich habe starke Schmerzen. Aber das wird vorbeigehen.«

»Sie haben nicht gefrühstückt. Wollen Sie etwas auf Ihr Zimmer gebracht bekommen?«

»Nur Kaffee. Und ein paar zusätzliche Kissen.«

Er wartete, bis sie mit einem Tablett und den Kissen hereingekommen war.

»Rufen Sie an, wenn Sie etwas brauchen.«

»Gestern waren Sie traurig«, meinte er. »Ich hoffe, daß es Ihnen jetzt bessergeht.«

Sie schien über seine Bemerkung nicht verwundert zu sein. »Ja, ich habe gemerkt, daß Sie dort in der Tür standen«, sagte sie. »Es war nur eine vorübergehende Schwäche, sonst nichts.«

Sie verließ das Zimmer. Stefan legte sich aufs Bett und fragte sich, was eine »vorübergehende Schwäche« bedeutete. Er mußte auch daran denken, daß er nicht wußte, wie sie hieß. Er nahm noch eine Tablette.

Nach einer Weile begannen die Schmerzen nachzulassen. Er las auf der Schachtel, was sie ihm verschrieben hatte. »Doleron«. Die Verpackung hatte ein rotes Warndreieck. Er spürte, daß er schläfrig wurde. Aber er dachte auch, daß es kaum eine größere Freude im Leben gab, als wenn ein starker Schmerz nachließ.

Er nickte ein und träumte wieder von der Meute wilder Hunde. Erst gegen nachmittag bemerkte er, daß die Schmerzen ganz verschwunden waren. Nicht nur gedämpft durch die Tabletten. Obwohl er den ganzen Tag lang nichts gegessen hatte, fühlte er sich nicht hungrig. Kurz nach vier klingelte sein Handy. Es war Erik Johansson.

»Wie ist es gelaufen?« fragte Stefan.

»Was?«

»Beim Pokern in Funäsdalen.«

Erik Johansson lachte. »Ich habe neunzehn Kronen gewonnen. In vier Stunden. Aber ich dachte, du wolltest von dir hören lassen.«

»Ich bin krank.«

»Ernsthaft?«

»Nur leichte Schmerzen. Ich habe Elsa Berggren getroffen.«

»Und hatte sie dir etwas zu erzählen?«

»Eigentlich nicht. Aber sie hat behauptet, Herbert Molin schon seit langem zu kennen.«

»Hat sie irgendwelche Ideen, warum er ermordet worden ist?«

»Für sie ist es völlig unbegreiflich.«

»Das habe ich mir gedacht. Kommst du morgen vorbei? Ich habe vergessen zu fragen, wie lange du bleibst.«

»Ich fahre morgen. Aber ich komme.«

»Gegen neun würde mir gut passen.«

Stefan schaltete sein Handy aus.

Er zog sich an und ging hinunter in die Rezeption. Legte den

Schlüssel auf den Tresen und öffnete die Hoteltür. Der Schnee war verschwunden. Er machte einen Spaziergang durch die Ortschaft. Ging in Agardhs Farbenhandel und kaufte Einmal-Rasierer.

Am Abend zuvor hatte er sich vorgenommen, einen Besuch bei Abraham Andersson zu machen. Jetzt fragte er sich, ob er dem gewachsen wäre. Es war dunkel. Ob er hinfinden würde? Aber Abraham hatte gesagt, daß es einen Wegweiser nach Dunkärret gab. Er ging zurück zum Hotel und setzte sich in den Wagen. Ich fahre, dachte er. Morgen früh schaue ich kurz bei Erik Johansson vorbei. Anschließend fahre ich nach Östersund und rede mit Giuseppe Larsson. Dann mache ich mich auf den Weg nach Hause. In der Nacht bin ich wieder in Borås.

Bevor er Sveg verließ, hielt er an einer Tankstelle und tankte. Als er bezahlen wollte, sah er ein Gestell mit Taschenlampen neben der Kasse. Er kaufte eine und legte sie ins Handschuhfach.

Dann fuhr er in Richtung Linsell. Seine Aufmerksamkeit war die ganze Zeit darauf gerichtet, ob die Schmerzen wiederkamen. Aber im Moment ließen sie ihn in Ruhe. Er fuhr langsam und hielt nach Anzeichen von Tieren an den Straßenrändern Ausschau. Als er die Abzweigung zu Herbert Molins Haus erreichte, verringerte er die Geschwindigkeit noch mehr. Einen kurzen Augenblick überlegte er, ob er hineinfahren sollte. Aber er hatte dort nichts zu tun. Er fuhr weiter und fragte sich, was für Pläne Veronica Molin und ihr Bruder mit dem Haus haben mochten. Wer würde ein Haus kaufen wollen, in dem ein Mann brutal getötet worden war? Der Mord würde in der Gegend noch lange lebendig bleiben.

Er fuhr an Dravagen vorüber und von dort in Richtung Glöte. Dann sah er das Schild »Dunkärret 2«. Der Weg war schmal und holperig. Nach ungefähr einem Kilometer teilte er sich. Stefan hielt sich links, weil der andere Weg fast unbenutzt zu sein schien. Nach einem weiteren Kilometer war er am Ziel. Abraham Andersson hatte ein eigenes Schild mit dem Namen »Dunkärr« aufgestellt. Im Haus brannte Licht. Stefan stellte den Motor ab und stieg aus. Ein Hund bellte. Stefan ging einen kleinen Hügel hinauf. Das Haus lag erhöht. Umgeben von Dunkelheit. Er fragte sich, was Menschen dazu trieb, sich in einer derartigen Einsamkeit anzusiedeln. Was konnte ein Mensch daran finden? Mehr als ein Versteck? Er konnte jetzt den Hund sehen. Er lief an einer Kette hin und her, die zwischen einem Baum und der Hauswand gespannt war. Am Baum hatte er seine Hütte. Es war ein Elchhund. Die gleiche Rasse wie Herbert Molins Hund. Stefan fragte sich plötzlich, wer den toten Hund begraben hatte. Die Polizei? Er ging die Treppe zur Tür hinauf und klopfte an. Der Hund bellte wieder. Nach einer Weile klopfte er ein zweites Mal. Diesmal fester. Er drückte die Klinke herunter. Die Tür war unverschlossen. Er öffnete und rief ins Haus. Vielleicht ging Abraham Andersson früh ins Bett? Stefan schaute auf die Uhr. Viertel nach acht. Das war zu früh. Er trat in den Flur und rief erneut.

Plötzlich war er auf der Hut. Was ihn dazu veranlaßte, wußte er nicht. Dennoch hatte er das Gefühl, daß nicht alles so war, wie es sein sollte. Er ging in die Küche. Eine leere Kaffeetasse stand auf dem Tisch, daneben lag ein Programm des Sinfonieorchesters Helsingborg. Er rief noch einmal, bekam aber keine Antwort. Nach der Küche ging er ins Wohnzimmer. Neben dem Fernseher stand ein Notenständer. Auf einer Couch lag eine Geige. Er runzelte die Stirn. Dann ging er die Treppe hinauf ins Obergeschoß, ohne eine Spur von Abraham Andersson zu finden. Das Gefühl war stärker geworden. Etwas stimmte hier nicht.

Stefan ging wieder auf den Hof hinaus und rief auch dort. Der Hund bellte und lief an der Leine hin und her. Stefan trat näher. Der Hund verstummte und wedelte mit dem Schwanz. Vorsichtig streichelte er ihn. Nicht gerade ein toller Wachhund, dachte er. Dann ging er zurück zum Wagen und holte die vorhin gekaufte Taschenlampe. Er leuchtete den Hof ab. Er hatte jetzt eindeutig das Gefühl, daß etwas passiert war. Abraham Anderssons Wagen stand an einem Nebengebäude. Stefan stellte fest, daß er unverschlossen war. Als er auf den Fahrersitz schaute, sah er, daß der Schlüssel steckte. Der Hund bellte ein paarmal kurz. Dann verstummte er wieder. Der Wind rauschte in der Dunkelheit. Stefan horchte. Dann rief er. Der

Hund antwortete mit einem Bellen. Stefan ging zurück zum Haus. In der Küche befühlte er den Herd, aber die Herdplatten waren kalt. Ein Telefon klingelte. Stefan fuhr zusammen. Das Telefon stand auf einem Tisch im Wohnzimmer. Er nahm den Hörer ab. Jemand wollte ein Fax senden. Er drückte auf den Startknopf und legte den Hörer wieder auf. Nach einem Augenblick wurde das Papier herausgeschoben. Es war ein handgeschriebener Gruß von einer Frau namens Katharina, daß die Monteverdi-Noten angekommen seien.

Stefan trat wieder auf die Treppe hinaus. Jetzt war er sicher, daß etwas passiert war.

Der Hund, dachte er, der weiß es.

Dann ging er zurück ins Haus und ergriff eine Leine, die an der Wand hing.

Der Hund zerrte an seiner Kette, als er auf ihn zutrat, stand aber vollkommen still, als er ihn anleinte. Er machte ihn von der Kette los. Der Hund zerrte sofort heftig in Richtung Wald hinter dem Haus. Stefan leuchtete mit der Taschenlampe. Der Hund zog ihn zu einem Pfad, der zwischen die Kiefern führte. Stefan versuchte ihn zurückzuhalten. Ich sollte das nicht tun, dachte er. Nicht, wenn hier ein Wahnsinniger durch die Gegend läuft.

Plötzlich bog der Hund vom Pfad ab. Stefan folgte ihm notgedrungen. Das Gelände war unwegsam, und er stolperte im niedrigen Gestrüpp. Der Hund zog die ganze Zeit weiter.

Dann blieb er stehen, hob eine Vorderpfote und witterte. Die Taschenlampe leuchtete zwischen die Bäume.

Der Hund setzte die Pfote nieder. Stefan zog an der Leine. Der Hund sträubte sich.

Die Leine war lang genug, so daß Stefan sie um einen Baumstamm binden konnte.

Der Hund starrte angespannt auf ein paar große Felsblöcke, die fast von einem dichten Tannengehölz verborgen waren. Stefan ging zu den Bäumen und darum herum. Es gab eine Öffnung, die zu den Felsen führte.

Dann blieb er wie angewurzelt stehen.

Zuerst war ihm nicht klar, was er da sah. Etwas Weißes leuchtete zwischen den Bäumen. Dann erkannte er zu seinem Entsetzen, daß es Abraham Andersson war. Er war nackt an einen Baum gefesselt. Der Brustkorb war mit Blut bedeckt. Die Augen waren offen und starrten ihn an.

Aber der Blick war genauso tot wie Abraham Andersson selbst.

Teil 2

DER MANN AUS BUENOS AIRES

Oktober – November 1999

12

Als Aaron Silberstein erwachte, wußte er nicht, wer er war. Zwischen dem Traum und der Wirklichkeit lag eine Nebelbank, die er durchdringen mußte, um zu erfahren, ob er in diesem Augenblick Aaron Silberstein oder Fernando Hereira war. In seinen Träumen wechselten sich beide Namen häufig ab. Jedes Erwachen bedeutete einen Augenblick großer Verwirrung. Und dieser Morgen machte keine Ausnahme. Er zog den Arm aus dem Schlafsack und schaute auf die Uhr. Ein paar Minuten nach neun. Er horchte. Draußen war es still. Am Abend zuvor war er, kurz nachdem er durch eine Stadt namens Falköping gefahren war, von der Hauptstraße abgebogen. Dann war er durch eine kleine Ortschaft namens Gudhem gekommen und hatte den Feldweg gesehen, der in den Wald führte.

Dort erwachte er jetzt mit dem Gefühl, daß er sich aus seinen Träumen losreißen müßte. Es regnete. Nicht stark oder anhaltend, sondern spärlich tröpfelnd, hin und wieder fielen dicke Tropfen auf das Zeltdach. Um die Wärme zu halten, zog er den Arm wieder in den Schlafsack. Jeden Morgen war er von der gleichen Sehnsucht nach Wärme erfüllt. Schweden war ein kaltes Land. Das hatte er im Laufe seines langen Aufenthaltes gelernt. Aber bald würde es vorüber sein. Heute würde er nach Malmö fahren. Dort würde er das Auto stehenlassen, sich des Zeltes entledigen und eine Nacht im Hotel verbringen. Früh am nächsten Tag würde er nach Kopenhagen hinüberfahren, um sich am Nachmittag in eine Maschine zu setzen, die ihn über Frankfurt und Sao Paulo zurück nach Buenos Aires bringen würde.

Er räkelte sich im Schlafsack und schloß die Augen. Noch brauchte er nicht aufzustehen. Sein Mund war trocken, und er hatte Kopfschmerzen. Gestern abend bin ich über die Grenze gegangen, dachte er. Ich habe zu viel getrunken. Mehr als ich zum Einschlafen gebraucht hätte.

Die Versuchung war groß, den Rucksack zu öffnen und eine der Flaschen herauszuholen. Aber er durfte nicht riskieren, in eine Polizeikontrolle zu geraten. Bevor er aus Argentinien abgereist war, hatte er die schwedische Botschaft in Buenos Aires besucht, um sich nach den Verkehrsbestimmungen in Schweden zu erkundigen. Ihm war klargeworden, daß es beim Fahren mit Alkohol im Blut so gut wie keine Toleranz gab. Das hatte ihn gewundert, weil er einmal einen Zeitungsartikel darüber gelesen hatte, daß die Schweden viel tranken und häufig betrunken auftraten. Aber es gelang ihm, dem Bedürfnis nach Alkohol zu widerstehen. Er wollte auf keinen Fall nach Alkohol riechen, falls die Polizei ihn anhielt.

Das Licht sickerte durch den Zeltstoff. Er dachte an den Traum, den er in der Nacht gehabt hatte. Darin war er wieder Aaron Silberstein gewesen. Er war noch ein Kind, und sein Vater Lukas war noch in seiner Nähe. Sein Vater war Tanzlehrer und empfing seine Schüler zu Hause in ihrer Wohnung in Berlin. Er wußte, daß es in dem letzten, entsetzlichen Jahr gewesen sein mußte, weil sich der Vater im Traum den Schnurrbart abrasiert hatte. Er hatte es ein paar Monate vorher getan. Ein paar Monate bevor die Katastrophe eingetreten war. Sie hatten in dem einzigen Zimmer gesessen, in dem die Fensterscheiben noch nicht zerbrochen waren. Nur Aaron und sein Vater. Die anderen in der Familie waren verschwunden. Und sie hatten gewartet. Sie hatten geschwiegen und gewartet. Sonst nichts.

Noch nach fünfundfünfzig Jahren dachte er, daß seine ganze Kindheit ein einziges langgezogenes Warten gewesen war. Warten und Schrecken. All das Grauenhafte, das Furchtbare, das draußen auf den Straßen passiert war, wenn nachts der Fliegeralarm losging und sie hinunter in den Keller stürzten, hatte eigentlich keine Spuren bei ihm hinterlassen. Es war dieses Warten, das sein Leben bestimmt hatte.

Er kroch aus dem Schlafsack. Suchte eine Kopfschmerztablette und die Wasserflasche. Er sah auf seine Hände. Sie zitterten. Er nahm die Tablette in den Mund und spülte sie hinunter. Dann krabbelte er aus dem Zelt und pinkelte. Der Boden war feucht und kalt unter seinen nackten Füßen. In vierundzwanzig Stunden bin ich weg hier, dachte er. Fort von dieser Kälte, den langen Nächten. Er kroch wieder ins Zelt. Tief in den Schlafsack. Zog ihn bis zum Kinn zu. Die Versuchung, einen Schluck aus einer seiner Schnapsflaschen zu nehmen, war die ganze Zeit lebendig. Aber er würde warten. Er war bis hierhin gekommen und hatte nicht die Absicht, unnötige Risiken einzugehen.

Der Regen draußen nahm plötzlich zu. Es ist gegangen, wie es gehen mußte, sagte er sich. Ich habe über fünfzig Jahre lang auf diesen Augenblick gewartet. Ich hatte fast, aber nur fast, die Hoffnung aufgegeben, die Erklärung und die Lösung dafür zu finden, was mein Leben zerstört hat. Dann ist etwas eingetreten, was ich nie erwartet hätte. Durch einen vollkommen unbegreiflichen Zufall hat ein Mensch meinen Weg gekreuzt, der mir ein wichtiges Puzzleteil dazu geben konnte, was eigentlich geschehen war. Ein Zusammentreffen, das unmöglich hätte sein sollen.

Er nahm sich vor, den Friedhof, auf dem Höllner lag, zu besuchen und Blumen auf sein Grab zu legen, sobald er wieder in Buenos Aires wäre. Ohne ihn hätte er seinen Auftrag nie ausführen können. Irgendwo gab es doch eine mystische, vielleicht göttliche Gerechtigkeit, die dafür gesorgt hatte, daß er Höllner vor dessen Tod getroffen und von ihm Antworten auf seine Fragen erhalten hatte. Die Erkenntnis dessen, was damals geschehen war, hatte ihm einen Schock versetzt. Nie zuvor in seinem Leben hatte er so viel getrunken wie in der Zeit unmittelbar nach ihrem Zusammentreffen. Aber dann, als Höllner bereits tot war, hatte er sich gezwungen, wieder nüchtern zu werden. Das Trinken zu reduzieren. Er hatte seine Arbeit wieder aufgenommen und einen Plan geschmiedet.

Und nun war alles vorbei.

Während der Regen aufs Zelt prasselte, ging er in Gedanken noch einmal das Geschehene durch.

Er hatte Höllner im La Cabaña kennengelernt. Das Restaurant hatte an jenem Abend besonders viele Gäste. Filip Monteiro, der alte Kellner mit dem Emailleauge, hatte ihn gefragt, ob es ihm recht wäre, wenn noch jemand an seinen Tisch käme. Dann hatte Höllner ihm gegenüber Platz genommen. Er war schon damals von dem Magenkrebs gezeichnet gewesen, der ihn später töten sollte.

Das war jetzt über zwei Jahre her.

Sie hatten natürlich sogleich feststellen können, daß sie beide aus Deutschland eingewandert waren. Sie hatten den gleichen Akzent. Er war darauf gefaßt gewesen, daß Höllner der großen Gruppe Deutscher angehörte, die über gut organisierte Seilschaften nach Argentinien gekommen war. Es gab genug Nazis, die das zusammengestürzte tausendjährige Reich unbehelligt hatten verlassen können. Aaron hatte seinen richtigen Namen zunächst nicht genannt. Höllner hätte sehr wohl einer von denen sein können, die mit falschen Papieren illegal eingereist waren. Von irgendeinem der U-Boote an Land gesetzt, die im Frühjahr 1945 vor der argentinischen Küste gekreuzt waren. Er hätte von einer der Nazigruppen, die von Schweden, Norwegen und Dänemark aus operierten, unterstützt worden sein können. Oder er konnte später gekommen sein, als Juan Perón seine Arme ausgebreitet und deutsche Einwanderer aufgenommen hatte, ohne jemals irgendwelche Fragen nach ihrer Vergangenheit zu stellen. Aaron wußte, daß Argentinien voller untergetauchter Nazis war. Kriegsverbrecher, die in Angst davor lebten, gefaßt zu werden. Menschen, die niemals Abbitte geleistet hatten. Bei denen zu Hause immer noch eine Hitlerbüste auf einem Ehrenplatz stand.

Aber Höllner gehörte nicht dazu. Er hatte vom Krieg als von der Katastrophe gesprochen, die er gewesen war. Aaron hatte bald verstanden, daß Höllners Vater zwar ein hoher Nazi gewesen, Höllner selbst aber einer der vielen Einwanderer war, die ganz einfach in Argentinien eine bessere Zukunft zu finden hofften als im verwüsteten Europa.

Sie hatten an jenem Abend im La Cabaña den Tisch geteilt. Aaron erinnerte sich noch, daß sie das gleiche Gericht bestellt hatten. Eine Fleischspeise, die im La Cabaña besser zubereitet wurde als irgendwo sonst. Hinterher waren sie gemeinsam durch die Stadt gegangen, denn sie hatten den gleichen Weg nach Hause. Er selbst wohnte in der Avenida Corrientes und Höllner ein paar Blöcke weiter. Sie hatten verabredet, sich wieder zu treffen. Höllner hatte erzählt, daß er Witwer war. Seine Kinder waren nach Europa zurückgekehrt. Er hatte bis vor kurzem eine Druckerei besessen, die er aber mittlerweile verkauft hatte. Aaron hatte ihn eingeladen, in die Werkstatt zu kommen, in der er Möbel restaurierte. Höllner hatte angenommen, und dann war es ihm zur Gewohnheit geworden, Aaron vormittags zu besuchen. Er war nie müde geworden zuzusehen, wie Aaron geschickt einen alten Stuhl neu bezog, den irgendein reicher Repräsentant der argentinischen Oberklasse ihm gebracht hatte. Dann und wann waren sie in den Hof gegangen und hatten Kaffee getrunken und geraucht.

Wie ältere Menschen es zu tun pflegen, hatten sie ihr Leben verglichen. Bei einer dieser Gelegenheiten hatte Höllner in einem Nebensatz gefragt, ob Aaron möglicherweise mit einem gewissen Jakob Silberstein in Berlin verwandt wäre, der den Judendeportationen der dreißiger Jahre und anschließend jeder Form von Verfolgung während der Kriegsjahre entkommen war, weil er der einzige war, der Hermann Göring eine zufriedenstellende Massage gegen die ständigen Rückenschmerzen hatte geben können. Es war, als habe ihn die Geschichte mit einem einzigen Schlag eingeholt. Jakob Silberstein sei sein Onkel gewesen, hatte er geantwortet. Durch den Schutz, den Jakob genossen hatte, war es auch seinem Bruder Lukas, Aarons Vater, gelungen, den Deportationen zu entgehen. Höllner hatte ihn fragend angeschaut und dann erklärt, er habe Jakob Silberstein selbst einmal getroffen, weil auch sein eigener Vater von ihm massiert worden sei.

An diesem Tag hatte Aaron seine Werkstatt geschlossen und ein Schild mit der Mitteilung an die Tür gehängt, daß er nicht vor dem nächsten Tag zurück wäre. Dann war er mit Höllner in dessen Wohnung gegangen, die in einem heruntergekommenen Mietshaus in der Nähe des Hafens lag. Eine kleine Wohnung, die zum Hinterhof hinausging. Aaron konnte sich an den starken Lavendelduft in der Wohnung erinnern, und an all die schlechten Aquarelle der Pampas, die Höllners Frau gemalt hatte. Sie saßen bis tief in die Nacht da und sprachen über das sonderbare Ereignis, daß sich ihre Lebenswege in einer so weit zurückliegenden Zeit in Berlin gekreuzt hatten. Höllner war drei Jahre jünger als Aaron, 1945 war er erst neun gewesen. Aber er konnte sich sehr wohl an den Mann erinnern, der einmal in der Woche mit dem Wagen geholt wurde, um seinen Vater zu massieren. Er erinnerte sich auch daran, daß etwas Sonderbares darin lag, etwas Merkwürdiges und vielleicht Gefährliches, daß ein Jude, dessen Namen er damals nicht wußte, immer noch in Berlin war. Daß es ein Mann gewesen sein mußte, der unter dem Schutz Hermann Görings gelebt hatte, des gefürchteten Reichsmarschalls. Als er seine Erinnerungsbilder von Jakob Silbersteins Aussehen beschrieben hatte und seine Art, sich zu bewegen, wußte Aaron, daß kein Mißverständnis vorliegen konnte.

Höllner hatte viel von einem Ohr geredet, Jakob Silbersteins linkem Ohr, das entstellt war, seit er sich als Kind an einer kaputten Fensterscheibe geschnitten hatte. Aaron merkte, daß er zu schwitzen begann, als Höllner das Ohr beschrieb, an das auch er sich gut erinnerte. Es bestand nicht der geringste Zweifel, und Aaron war so gerührt, daß er Höllner umarmte. Er erinnerte sich an alles, als habe es sich erst gestern ereignet.

Aaron schaute auf die Uhr. Viertel nach zehn. In Gedanken wechselte er die Identität. Jetzt war er Fernando Hereira. Als Hereira war er in Schweden eingereist. Er war argentinischer Staatsangehöriger, der in Schweden Urlaub machte. Sonst nichts. Auf gar keinen Fall Aaron Silberstein, der im Frühjahr 1953 nach Buenos Aires gekommen und seitdem nicht mehr nach Europa zurückgekehrt war.

Er zog sich an, baute das Zelt ab und fuhr zurück zur Hauptstraße. Kurz vor Varberg hielt er an und aß zu Mittag. Seine Kopfschmerzen waren verschwunden. In zwei Stunden wäre er in Malmö. Die Mietwagenfirma lag neben dem Bahnhof. Dort hatte er vor vierzig Tagen das Auto abgeholt, und dorthin würde er es auch zurückbringen. In der Nähe würde er sicher ein Hotel finden. Außerdem mußte er Zelt und Schlafsack loswerden. Den Campingkocher, die Töpfe und Teller hatte er schon irgendwo in Dalarna auf einem Rastplatz in einen Mülleimer geworfen. Das Besteck hatte er in einem Fluß entsorgt, an dem er entlanggefahren war. Nun würde er nach einem geeigneten Ort Ausschau halten, um den Rest loszuwerden, bevor er nach Malmö kam. Ein Stück nördlich von Helsingborg fand er, wonach er gesucht hatte.

Einen Container hinter einer Tankstelle, an der er zum letztenmal tankte. Er vergrub das Zelt und den Schlafsack unter leeren Kartons und Plastikbehältern. Dann nahm er eine Plastiktüte, die ganz oben im Rucksack gelegen hatte. Darin befand sich ein blutiges Hemd. Obwohl er einen Overall getragen hatte, war es Herbert Molin gelungen, sein Hemd zu verschmieren. Wie das passieren konnte, war ihm immer noch ein Rätsel. Ebenso wie die Frage, warum er nicht auch das Hemd verbrannt hatte, als er den Overall vernichtete.

Doch im Innersten wußte er die Antwort. Er hatte das Hemd behalten, um es ansehen und sich selbst davon überzeugen zu können, daß das Geschehene kein Traum war. Jetzt brauchte er es nicht mehr. Die Zeit für Erinnerungen war vorbei. Er vergrub die Plastiktüte so tief wie möglich im Container. Gleichzeitig tauchte der Gedanke an Höllner wieder auf. Den bleichen und vom Tod gezeichneten Mann, den er im La Cabaña getroffen hatte. Ohne ihn würde er jetzt nicht hier stehen und die letzten physischen Spuren einer Reise nach Schweden vernichten, auf der er einen Menschen ums Leben gebracht und einen letzten grausigen Gruß an die grauenhafte Vergangenheit geschickt hatte, indem er eine Reihe von Blutspuren auf einem Holzfußboden hinter sich zurückließ.

Von jetzt an wären die Spuren nur noch in seinem Herzen.

Er ging zum Wagen zurück und setzte sich hinter das Lenkrad, ohne jedoch den Motor anzulassen. Eine Frage ließ ihm keine Ruhe. Sie nagte seit jener Nacht in seinem Bewußtsein, als er Herbert Molins Haus angegriffen hatte. Es drehte sich um eine unerwartete Entdeckung, die ihn selbst betraf.

Auf dem Weg nach Schweden hatte er Angst gehabt. Während der ganzen langen Flugreise hatte er sich gefragt, wie er es schaffen würde, den Auftrag auszuführen, den er sich selbst gestellt hatte. Nie zuvor in seinem Leben hatte er auch nur annäherungsweise einem anderen Menschen Schaden zugefügt. Er haßte Gewalt. Der Gedanke, geschlagen zu werden, hatte ihn erschreckt. Und doch war er unterwegs zu einem anderen Kontinent, um vorsätzlich einen Menschen zu töten. Einen Mann, dem er sechs- oder siebenmal begegnet war, als er zwölf Jahre alt gewesen war.

Doch dann hatte sich gezeigt, daß es überhaupt nicht schwer war.

Das war es, was er nicht verstehen konnte. Es erschreckte ihn und zwang ihn dazu, sich in all das zurückzuversetzen, was vor über fünfzig Jahren geschehen war. Die eigentliche Entstehung der Tat, die er jetzt ausgeführt hatte.

Warum war es so leicht gewesen? Es sollte das Schwerste sein, dessen ein Mensch überhaupt fähig war.

Der Gedanke bedrückte ihn.

Er wollte, daß es schwer war, Herbert Molin ums Leben zu bringen. Er hatte geglaubt, daß er im entscheidenden Augenblick schwanken und hinterher von großem Entsetzen gepackt werden würde. Aber sein Gewissen hatte geschwiegen.

Er saß lange im Wagen und versuchte zu verstehen. Schließlich, als sich sein Bedürfnis nach Schnaps allzu stark in Erinnerung brachte, ließ er den Motor an und verließ die Tankstelle.

Zur Rechten konnte er nach einer Weile eine große Brücke sehen, die sich über das Wasser zwischen Schweden und Dänemark erstreckte. Er fuhr nach Malmö hinein und fand ohne Schwierigkeiten zu der Mietwagenfirma. Als er die Rechnung bezahlte, wunderte er sich, wie hoch sie war. Doch er sagte nichts. Er bezahlte mit Bargeld, obwohl er bei der Anmietung des Wagens seine Kreditkartennummer angegeben hatte. Er hoffte, daß die Unterlagen, die festhielten, daß Fernando Hereira in Schweden einen Wagen gemietet hatte, nun tief in irgendeinem Archiv verschwinden würden.

Als er wieder auf die Straße trat, wehte ein kalter Wind vom Meer herüber, aber es regnete nicht mehr. Er ging ins Stadtzentrum und blieb vor einem Hotel in einer Seitenstraße stehen, die von dem ersten Platz wegführte, auf den er gekommen war. Sobald er ins Zimmer gekommen war, zog er sich aus und stellte sich unter die Dusche. Während der Zeit im Wald hatte er sich einmal in der Woche gezwungen, in den eiskalten See zu steigen, um sich zu waschen. Aber erst jetzt, als er in Malmö unter der Dusche stand, war es ihm, als befreie er sich von dem Schmutz, der sich an ihm festgesetzt hatte.

Hinterher saß er in ein Badetuch gewickelt auf dem Bett und öffnete die letzte Flasche Cognac, die er noch im Rucksack hatte. Das war die größte Befreiung. Er setzte die Flasche an den Mund, nahm drei große Schlucke und spürte, wie die Wärme sich im Körper ausbreitete. Heute abend brauchte er sich keine anderen Grenzen zu setzen, als daß er es am nächsten Tag zum Flugplatz schaffen mußte.

Er streckte sich auf dem Bett aus. Die Gedanken trieben leichter, seit er den Cognac im Blut hatte. Was geschehen war, hatte schon angefangen, zu Erinnerung zu werden. Jetzt sehnte er sich danach, in seine Werkstatt zurückzukommen. Die enge Werkstatt auf der Rückseite des Hauses an der Avenida Corrientes. Dies war die Kathedrale, in die er jeden Morgen ging. Natürlich gab es auch noch seine Familie. Die Kinder waren mittlerweile erwachsen. Dolores war nach Montevideo gezogen und würde bald seinen ersten Enkel zur Welt bringen. Rahel studierte noch und wollte Ärztin werden. Markus, der unruhige Sucher, träumte davon, Dichter zu werden, und hielt sich zur Zeit damit über Wasser, für die Reporter eines gesellschaftskritischen Programms im argentinischen Fernsehen Recherchen durchzuführen. Aaron liebte seine Frau Maria und seine Kinder. Trotzdem war die Werkstatt der eigentliche Mittelpunkt seines Lebens. Jetzt würde er bald zurück sein. Herbert Molin war tot. Vielleicht würden ihn endlich all die Ereignisse, die ihn seit 1945 verfolgt hatten, in Frieden lassen.

Er blieb eine Weile liegen. Dann und wann streckte er den Arm nach der Cognacflasche aus. Mit jedem Schluck trank er schweigend auf Höllner. Ohne ihn wäre dies alles nicht geschehen. Ohne Höllner wäre er nie der Wahrheit auf die Spur gekommen, wer seinen Vater getötet hatte. Er stand auf, nahm den Rucksack und kippte ihn aus. Der gesamte Inhalt landete auf dem Fußboden. Er bückte sich und hob das Tagebuch auf, das er in den dreiundvierzig Tagen, die er in Schweden verbracht hatte, geführt hatte. Eine Seite für jeden Tag. Dennoch befand er sich schon auf Seite fünfundvierzig. Er hatte im Flugzeug, das ihn nach Frankfurt und von dort nach Kopenhagen gebracht hatte, zu schreiben begonnen. Er ging zurück zum Bett, machte die Leselampe an und blätterte das Buch langsam durch. Hier stand die ganze Geschichte. Er hatte sie aufgeschrieben, um sie einmal seinen Kindern zu geben. Aber sie sollten sie erst lesen, wenn er tot war. Es war die Geschichte seiner Familie, die er niedergeschrieben hatte. Er hatte versucht zu erklären, warum er tun mußte, was er getan hatte. Was er seiner Frau als eine Reise nach Europa beschrieben hatte, um ein paar Möbeltischler zu besuchen und von ihnen etwas zu lernen, was er noch nicht konnte, war in Wirklichkeit etwas ganz anderes. Eine Reise zurück in seine Vergangenheit. Im Tagebuch hatte er dies als eine Tür beschrieben, die geschlossen werden mußte. Jetzt, als er dalag und das Buch durchblätterte, kamen ihm plötzlich Zweifel. Seine Kinder würden vielleicht nicht verstehen, warum ihr Vater die lange Reise gemacht hatte, um einen alten Mann zu ermorden, der allein in einem Wald lebte.

Er ließ das Buch auf den Fußboden fallen und nahm noch einen Schluck Cognac. Es war der letzte, bevor er sich ankleiden würde, um auszugehen und etwas zu essen. Zum Essen würde er sowieso wieder Wein trinken. Was noch in der Flasche war, würde er für die Nacht und den Morgen brauchen.

Er spürte, daß er betrunken war. Wäre er in Buenos Aires, würde Maria ihn schweigend und vorwurfsvoll ansehen. Aber hier brauchte er sich nicht darum zu kümmern. Am nächsten Tag würde er nach Hause fahren. Dieser Abend gehörte nur ihm und seinen Gedanken.

Um halb sieben stand er auf, zog sich an und verließ das Hotel. Der harte und kalte Wind packte ihn, als er auf die Straße hinaustrat. Eigentlich wollte er einen Spaziergang machen, aber das Wetter ließ ihn die Lust verlieren. Er schaute sich um. Ein

Stück die Straße hinunter schaukelte ein Restaurantschild im Wind. Er ging dorthin, aber als er das Lokal betrat, zögerte er. Ein Fernseher in einer Ecke zeigte Eishockey und war sehr laut gestellt. An einem Tisch davor saßen ein paar Männer, tranken Bier und verfolgten das Spiel. Er ahnte, daß das Essen in diesem Lokal nicht besonders gut wäre, wollte aber nicht wieder in die Kälte hinaus. Er setzte sich an einen freien Tisch. Am Tisch neben ihm saß ein einsamer Mann und starrte auf sein fast leeres Bierglas. Die Kellnerin kam mit einer Karte, und er bestellte ein Beefsteak mit Sauce béarnaise und Pommes frites. Dazu eine Flasche Wein. Er trank nie etwas anderes als Rotwein und Cognac. Nie Bier. Nie irgend etwas anderes.

»*I hear that you speak English*«, sagte der Mann mit dem Bierglas plötzlich.

Aaron nickte. Er hoffte inständig, daß der Mann neben ihm kein Gespräch beginnen würde. Er wollte seine Ruhe haben und sich seinen eigenen Gedanken hingeben.

»Where do you come from?« fuhr der Mann fort.

»*Argentina*«, antwortete Aaron.

Der Mann sah ihn mit glänzenden Augen an. »*Entonces, debe hablar Español, Senor?*«

Seine Aussprache war nahezu perfekt. Aaron blickte ihn erstaunt an.

»Ich bin zur See gefahren«, erklärte der Mann, immer noch auf Spanisch. »Ich habe ein paar Jahre in Südamerika gelebt. Das ist jetzt lange her. Aber wenn man eine Sprache ordentlich gelernt hat, dann vergißt man sie so schnell nicht wieder.«

Aaron nickte.

»Aber ich sehe, daß Sie Ihre Ruhe haben wollen«, sagte der Mann. »Das paßt mir ausgezeichnet. Das will ich auch.«

Er bestellte noch ein Bier. Aaron probierte den Wein. Er hatte die Hausmarke bestellt, was er nicht hätte tun sollen. Aber er konnte seine Bestellung nun nicht mehr ändern. Das einzige, was ihn wirklich interessierte, war sowieso, daß sein Rausch nicht schwächer wurde. Ein Gebrüll erfüllte das Lokal. In dem Eishockeyspiel war etwas passiert. Blaugelbe Spieler umarmten sich. Das Essen kam. Zu seiner Verwunderung schmeckte es gut. Er bestellte mehr Wein. In ihm herrschte jetzt völlige Ruhe. Die Anspannung war einer großen und befreienden Leere gewichen.

Herbert Molin war tot. Er, Aaron, hatte seinen Auftrag ausgeführt.

Er hatte seine Mahlzeit gerade beendet, als sein Blick zufällig auf den Bildschirm fiel. Offenbar war Pause im Spiel. Eine Frau las die Nachrichten. Beinah wäre ihm das Weinglas aus der Hand gefallen, als plötzlich Herbert Molins Gesicht erschien. Was die Frau sagte, verstand er nicht. Er saß vollkommen still und spürte sein Herz schlagen. Einen kurzen Augenblick dachte er, daß sein eigenes Gesicht ebenfalls auf dem Bildschirm erscheinen würde.

Aber es war nicht sein Gesicht, sondern das eines anderen alten Mannes. Ein Gesicht, das er wiedererkannte.

Er wandte sich hastig zu dem Mann neben ihm um, der ganz in Gedanken versunken war.

»Was sagen sie in den Nachrichten?« fragte er.

Der Mann blickte zum Fernseher und hörte zu. »Es sind zwei Männer ermordet worden«, sagte er. »Erst einer, und dann noch einer. Irgendwo oben in Norrland. Einer war Polizist, der andere spielte Geige. Man nimmt an, daß es derselbe Täter war.«

Das Bild im Fernseher verschwand. Jetzt wußte er, daß er sich nicht geirrt hatte. Zuerst war es Herbert Molin gewesen, dann der Mann, den er einmal gesehen hatte, als dieser Molin besuchte.

Er war ebenfalls ermordet worden.

Aaron stellte das Glas ab und versuchte nachzudenken. *Derselbe Täter.* Das stimmte nicht. Er hatte Herbert Molin getötet, aber nicht den anderen Mann.

Er saß vollkommen starr da.

Das Eishockeyspiel wurde fortgesetzt.

Er begriff nicht, was passiert war.

13

Die Nacht vom dritten auf den vierten November 1999 war eine der längsten, die Stefan Lindman je erlebt hatte. Als endlich mit einem schwachen Licht über den bewaldeten Höhenrücken die Morgendämmerung anbrach, kam es ihm vor, als befinde er sich in einem Vakuum, in dem die Schwerkraft aufgehoben war. Er hatte schon lange aufgehört zu denken. Alles, was um ihn herum vorging, war wie ein sonderbarer Alptraum. Ein Alptraum, der begonnen hatte, als er um den Felsblock herumgegangen und Abraham Anderssons Leiche an einen Baum gefesselt gesehen hatte. Jetzt, als es endlich hell zu werden begann, hatte er keine klare Vorstellung mehr, was in der Nacht geschehen war.

Er hatte sich überwunden und war zu der Leiche gegangen, um zu untersuchen, ob der Puls noch zu spüren war. Obwohl er wußte, daß er endgültig aufgehört hatte zu schlagen. Abraham Anderssons Körper war noch warm. Die Leichenstarre hatte noch nicht eingesetzt. Das konnte bedeuten, daß der Mann, der ihn erschossen hatte, noch in der Nähe war. Daran, daß der im Seil hängende Mann erschossen worden war, bestand kein Zweifel. Im Schein der Taschenlampe hatte Stefan die Schußwunde unmittelbar oberhalb des Herzens sehen können. Es fehlte nicht viel, und er wäre in Ohnmacht gefallen, er war kurz davor, sich zu übergeben. Das Einschußloch war sehr groß. Andersson war aus nächster Nähe mit einer Schrotflinte hingerichtet worden.

Plötzlich heulte der Hund an der Stelle, an der Stefan ihn angebunden hatte. Stefans erster Gedanke war, daß der Hund die Witterung des Täters aufgenommen hatte. Stefan war zum Haus zurückgelaufen, und die hervorstehenden Zweige hatten ihm das Gesicht zerkratzt. Irgendwo auf dem Weg hatte er sein Handy aus der Brusttasche des Hemds verloren. Er hatte den Hund mit ins Haus gezerrt und den Notruf gewählt. Dem Mann, der sich in Östersund meldete, war der Ernst der Lage sofort klar. Stefan hatte Giuseppe Larssons Namen genannt, und danach stellte der Mann am anderen Ende der Leitung keine unnötigen Fragen. Er wollte wissen, ob Stefan ein Handy bei sich habe, und er hatte geantwortet, er habe es verloren. Der Mann in Östersund versprach, seine Nummer zu wählen, um ihm zu helfen, es im Dunkeln zu finden. Aber jetzt, wo es allmählich hell wurde, war das Telefon immer noch verschwunden. Er hatte zu keiner Zeit irgendwelche Signale gehört.

Was war dann passiert? Stefan hatte ununterbrochen das Gefühl, daß der Täter sehr nahe war. Er war geduckt zu seinem Wagen gelaufen und hatte beim Zurücksetzen eine Mülltonne angefahren, als er wenden wollte, um zur Hauptstraße zu gelangen und auf die ersten Polizeiwagen zu warten. Der Mann in Östersund hatte gesagt, es wären Leute aus Sveg.

Der erste, der kam, war Erik Johansson. Er hatte einen Kollegen bei sich, der Sune Hodell hieß. Stefan hatte sie zu der Leiche geführt, und sowohl Erik Johansson als auch der Kollege waren entsetzt zurückgewichen. Dann hatte sich die Zeit in Erwartung der Morgendämmerung dahingeschleppt. Sie richteten ihr Hauptquartier in Abraham Anderssons Haus ein. Erik Johansson stand ununterbrochen in telefonischem Kontakt mit Östersund. Irgendwann suchte er Stefan auf, der sich auf das Sofa im Wohnzimmer gelegt hatte, weil er plötzlich Nasenbluten bekommen hatte, und sagte, Giuseppe Larsson sei jetzt auf dem Weg. Die Wagen aus Jämtland waren kurz nach Mitternacht eingetroffen, und wenig später auch der Arzt, den Erik Johansson unter großen Schwierigkeiten in einer Jagdhütte nördlich von Funäsdalen aufgestöbert hatte. Er hatte Kollegen in Helsingland und Dalarna aufgescheucht und sie über das Geschehene informiert. Irgendwann im Laufe der Nacht hatte Stefan auch gehört, wie er mit der Polizei im norwegischen Röros gesprochen hatte. Die Männer der Spurensicherung hatten einen Scheinwerfer in der unwegsamen Waldpartie aufgebaut. Aber die Ermittlung konnte vor Anbruch des Tages nicht vorangebracht werden.

Gegen vier Uhr morgens waren Giuseppe und Stefan allein in der Küche.

»Rundström kommt, sobald es hell wird«, sagte Giuseppe. »Er und drei Hundeführer. Wir holen sie mit dem Hubschrauber her. Das ist am einfachsten. Er wird sich natürlich fragen, was du hier getan hast. Und ich muß ihm eine gute Antwort geben.«

»Nicht du«, erwiderte Stefan, »ich muß ihm eine gute Antwort geben.«

»Und welche?«

Stefan überlegte, bevor er antwortete. »Ich weiß es nicht. Vielleicht wollte ich einfach hören, ob ihm noch etwas zu Herbert Molin eingefallen war.«

»Und du landest mitten in einem Mord? Rundström wird verstehen, was du sagst, aber er wird es trotzdem eigenartig finden.«

»Ich reise ab.«

Giuseppe nickte. »Aber nicht bevor wir das, was hier passiert ist, ordentlich durchgesprochen haben.«

Länger war ihr nächtliches Gespräch nicht gewesen. Dann war einer von Giuseppes Kollegen gekommen und hatte ihm mitgeteilt, daß die Polizei in Helsingborg Abraham Anderssons Frau die Todesnachricht überbracht hatte. Giuseppe war verschwunden, um mit jemandem zu reden. Vielleicht mit der Frau. Über eins der vielen Handys, die unablässig klingelten. Stefan hatte sich gefragt, wie man eigentlich vor dem Mobilfunkzeitalter Verbrechensermittlung betrieben hatte. Er hatte sich in dieser Nacht überhaupt gefragt, welche Mechanismen in Kraft traten, wenn eine Mordermittlung in Gang kam. Es gab die Routine, die befolgt wurde, und an der niemand zu zweifeln brauchte. Aber jenseits dieser Routine, was geschah da? Stefan meinte zu sehen, was sich in Giuseppes Kopf abspielte, und er versuchte ebenfalls, klare Gedanken zu fassen. Aber er war von dem Bild wie gelähmt, das die ganze Zeit hinter seiner Stirn saß. Abraham Andersson in dem Seil am Baum. Das große Einschußloch. Ein oder zwei Schüsse aus einer Schrotflinte, aus nächster Nähe abgefeuert.

Abraham Andersson war hingerichtet worden. Von irgendwo war ungesehen ein Exekutionskommando im Dunkeln aufgetaucht, hatte sein Strafgericht abgehalten, das Urteil vollstreckt und war dann ebenso ungesehen wieder verschwunden.

Auch das hier ist kein gewöhnlicher kleiner Scheißmord, dachte Stefan in dieser Nacht mehrfach. Aber wenn es das nicht ist, was ist es dann? Zwischen Herbert Molin und Abraham Andersson muß ein Zusammenhang bestehen. Sie bilden die Basis in einem Dreieck. In der Spitze, die fehlt, gibt es jemanden, der im Dunkeln auftaucht. Nicht nur einmal, sondern zweimal. Und zwei ältere Männer tötet, die allem Anschein nach nichts gemeinsam haben.

Hier waren ihm sämtliche Türen vor der Nase zugeschlagen. Aber dies ist der Kern der Mordermittlung, dachte er. Es entsteht ein unerklärlicher Zusammenhang zwischen zwei Menschen. Eine Verbindung, die so tiefgehend ist, daß jemand sich vornimmt, beide zu töten. Darüber denkt Giuseppe nach, während er versucht, die routinemäßigen Arbeiten durchzuführen und auf die Morgendämmerung zu warten, die nicht kommt. Er versucht zu sehen, was unter den Steinen verborgen liegt.

Stefan hatte sich während der Nacht in Giuseppes Nähe gehalten. Er war ihm gefolgt, als sie zwischen dem eigentlichen Tatort und dem Haus hin und her geeilt waren, und hatte sich darüber gewundert, mit welcher Leichtigkeit Giuseppe zu Werke gegangen war. Trotz des entsetzlichen Bildes eines Mannes, der erschossen an einem Baum hing, hatte er gehört, wie Giuseppe ein paarmal in der Nacht gelacht hatte. Es lag nicht die Spur von Roheit oder Zynismus darin. Nur dieses befreiende Lachen, das ihm half, alle Widrigkeiten zu ertragen.

Nun war es Morgen geworden, und ein Hubschrauber landete auf dem Rasen hinter dem Haus. Rundström und drei Hundeführer mit eifrigen Schäferhunden, die an den Leinen zerrten, sprangen heraus. Der Hubschrauber hob sofort wieder ab und verschwand.

Mit dem frühen Morgenlicht gewannen alle Beschäftigungen, die während der Nacht so langsam vonstatten gegangen waren, einen ganz anderen Charakter. Selbst wenn die Polizisten, die seit ihrem Eintreffen ununterbrochen gearbeitet hatten, müde und ihre Gesichter ebenso grau wie der Tagesanbruch waren, erhöhten sie nun das Tempo. Nachdem er Rundström eine kurze Zusammenfassung gegeben hatte, versammelte Giuseppe die Hundeführer um eine Karte und organisierte die Suche. Dann verschwanden sie zu dem Platz, an dem man gerade angefangen hatte, den Körper des Toten vom Baum zu lösen.

Der vorangehende Hund fand Stefans Handy. Jemand war im Laufe der Nacht daraufgetreten und hatte den Akku zerstört. Stefan steckte es in die Tasche und fragte sich plötzlich, wer es erben würde, wenn er den Krebs, den er in sich trug, nicht überlebte.

Nach einer Stunde stummer und verbissener Arbeit versammelte Rundström alle Polizisten zu einer Besprechung im Haus. Mittlerweile waren zwei weitere Autos aus Östersund mit zusätzlicher Ausrüstung für die Spurensicherung eingetroffen. Der Hubschrauber war zurückgekehrt, und man hatte Abraham Anderssons Leiche abtransportiert. Von Östersund aus sollte sie mit dem Wagen zur gerichtsmedizinischen Untersuchung nach Umeå gebracht werden.

Unmittelbar vor der Besprechung war Rundström zu Stefan gekommen, der in seinem Wagen saß, und hatte ihn gebeten, daran teilzunehmen. Noch hatte er keine Fragen gestellt, warum es Stefan gewesen war, der Abraham Andersson gefunden hatte.

Die Polizisten, die zusammengedrängt in der geräumigen Küche standen, waren erschöpft und durchgefroren. Giuseppe lehnte an der Wand und riß sich Haare aus einem Nasenloch. Stefan dachte, daß er älter aussah als dreiundvierzig. Sein Gesicht war eingefallen, die Augenlider waren schwer. Manchmal konnte er den Eindruck erwecken, vollkommen abwesend zu sein. Aber Stefan glaubte eher, daß er sich tief in einem Wirrwarr von Fragestellungen über das Geschehen befand. Seine Konzentration wies nach innen. Stefan ahnte, daß er eine Antwort auf die Frage suchte, die Polizisten sich immer wieder stellen: Was ist es, das ich nicht sehe?

Rundström begann damit, daß er über die Straßensperren

sprach. Sie waren auf allen größeren Zufahrtsstraßen errichtet worden. Bevor die Polizei in Särna vor Ort gewesen war, hatten sie einen Bericht über ein Auto erhalten, das mit hoher Geschwindigkeit nach Süden in Richtung Idre gefahren war. Die Beobachtung war wichtig. Rundström bat Erik Johansson, mit den Kollegen in Dalarna zu sprechen.

Dann wandte er sich an Stefan. »Ich weiß nicht, ob alle hier dich kennen«, sagte er. »Wir haben einen Kollegen aus Borås unter uns, der früher einmal mit Herbert Molin zusammengearbeitet hat. Ich glaube, es ist das einfachste, wenn du selbst erzählst, wie du Abraham Andersson gefunden hast.«

Stefan erzählte, was passiert war, nachdem er Sveg verlassen und nach Dunkärret hinaufgefahren war. Als er geendet hatte, stellte Rundström ein paar Fragen. Vor allem wollte er die verschiedenen Zeitpunkte wissen. Stefan hatte Geistesgegenwart und Routine genug besessen, sich die Uhrzeiten zu merken. Von seiner Ankunft auf dem Hof ebenso wie vom Zeitpunkt der Entdeckung der Leiche.

Die Besprechung war sehr kurz. Die Spurensicherung wollte so schnell wie möglich weiterarbeiten, weil der Wetterbericht für die zweite Tageshälfte Schneeregen vorausgesagt hatte. Stefan begleitete Giuseppe hinaus auf den Hof.

»Hier stimmt was nicht«, sagte Giuseppe nach kurzem Schweigen. »Du hast angedeutet, daß die Ursache für Herbert Molins Tod irgendwo in seiner Vergangenheit liegen könnte. Für mich klingt das plausibel. Aber wie sollen wir uns hierzu verhalten? Abraham Andersson war kein Polizeibeamter. Er hat in einem Sinfonieorchester Geige gespielt. Es ist unwahrscheinlich, daß Herbert Molin und er einander gekannt haben, bevor sie sich in dieser gottverlassenen Gegend niederließen. Und hier erleidet die Theorie über Herbert Molins Tod Schiffbruch.«

»Das muß erst untersucht werden. Herbert Molin und Abraham Andersson können etwas gemeinsam gehabt haben, wovon wir nichts wissen.«

Giuseppe schüttelte den Kopf. »Natürlich werden wir es untersuchen. Aber ich glaube trotzdem nicht daran.«

Dann lachte er auf. »Polizisten sollen nicht glauben, ich weiß.

Aber trotzdem ist es das, was wir tun. Vom ersten Augenblick an einem Tatort beginnen wir damit, Schlußfolgerungen zu ziehen. Wir knüpfen Netze, ohne sicher zu sein, wie groß die Maschen sein sollen. Auf welchen Fisch wir es abgesehen haben. Oder auch nur, in was für einem Wasser wir es auswerfen wollen. Im Meer oder in einem Bergsee. In einem Fluß oder einem Tümpel im Wald.«

Stefan hatte Probleme, Giuseppes Bildersprache nachzuvollziehen, aber es hörte sich mitreißend an.

Einer der Hundeführer kam aus dem Wald zurück. Stefan konnte dem Hund ansehen, daß er sich wirklich angestrengt hatte.

»Nichts«, sagte der Hundeführer. »Außerdem glaube ich, daß Stamp krank ist.«

»Wieso? Was hat er denn?«

»Er kotzt sein Fressen aus. Möglicherweise hat er irgendeine Entzündung.«

Giuseppe nickte. Der Hundeführer ging weiter. Stefan blickte den Elchhund an, der unbeweglich an seiner Leine stand und in die Richtung starrte, aus der die Stimmen der Spurensicherung zu hören waren.

»Was ist hier in den Wäldern eigentlich los?« sagte Giuseppe plötzlich. »Mir gefällt das nicht. Es ist wie ein Schatten, der sich in der Dämmerung bewegt. Man weiß nicht, ob es Einbildung oder Wirklichkeit ist.«

»Was für ein Schatten denn?«

»Einer, den wir hier oben nicht gewohnt sind. Herbert Molin ist Opfer eines gutgeplanten Überfalls geworden. Abraham Andersson ist hingerichtet worden. Ich verstehe das nicht.«

Ihr Gespräch wurde von Erik Johansson unterbrochen, der über den Hof zu ihnen rannte. »Das Auto in der Nähe von Särna können wir abschreiben. Das war ein Mann, der es eilig hatte, seine Frau in die Entbindungsklinik zu fahren.«

Giuseppe murmelte etwas Undeutliches. Erik Johansson kehrte ins Haus zurück.

»Was glaubst du?« erkundigte sich Giuseppe. »Was ist eigentlich passiert?«

»Ich würde denselben Ausdruck benutzen. Eine Hinrichtung. Wozu macht man sich sonst die Mühe, einen Mann in den Wald zu bringen, ihn an einem Baum festzuzurren und ihn dann zu erschießen?«

»Wenn es denn in der Reihenfolge stattgefunden hat. Aber das ist auch mein Gedanke«, erwiderte Giuseppe. »Warum macht man sich die Mühe? Es besteht eine Ähnlichkeit mit dem Mord an Herbert Molin. Warum macht man sich die Mühe, blutige Tangoschritte auf dem Fußboden zu hinterlassen?«

Er gab die Antwort selbst. »Um etwas mitzuteilen. Die Frage ist nur, wem. Wir haben das schon früher erlebt. Der Täter sendet einen Gruß. Aber an wen? An uns? Oder an jemand anders? Und warum tut er es, oder warum tun sie es? Wir wissen immer noch nicht, ob es sich um mehr als einen Täter handelt.«

Giuseppe sah zum wolkenverhangenen Himmel auf. »Haben wir es mit einem Wahnsinnigen zu tun? Ist das hier das Ende, oder kommt noch mehr?«

Sie kehrten ins Haus zurück. Rundström redete am Telefon. Die Techniker hatten begonnen, Abraham Anderssons Haus zu untersuchen. Stefan hatte das Gefühl, im Weg zu sein.

Rundström beendete das Gespräch und wies auf Stefan. »Wir sollten ein paar Worte wechseln«, sagte er. »Draußen.«

Sie gingen auf die Rückseite des Hauses. Die Wolken, die über den Himmel zogen, wurden immer dunkler.

»Wie lange hast du vor noch zu bleiben?« fragte Rundström.

»Ich wollte heute fahren. Aber jetzt gehe ich davon aus, daß es erst morgen sein wird.«

Rundström sah ihn forschend an. »Ich habe das Gefühl, daß du mir etwas nicht erzählst. Habe ich recht?«

Stefan schüttelte den Kopf.

»Hat dich nichts mit Molin verbunden, wovon du uns erzählen solltest?«

»Nichts.«

Rundström trat gegen einen Stein auf dem Boden. »Es ist vielleicht das beste, wenn du uns die Ermittlung ab jetzt allein durchführen läßt. Das beste, dich nicht einzumischen.«

»Ich habe nicht die geringste Absicht, mich in eure Arbeit einzumischen.«

Stefan merkte, daß er wütend wurde. Rundström verpackte seine Worte in einer Art zerstreuter Freundlichkeit. Es irritierte Stefan, daß er nicht offen redete.

»Dann sagen wir das«, meinte Rundström. »Es ist übrigens gut, daß du zufällig hergekommen bist. So hat er nicht zu lange dort hängen müssen.«

Rundström wandte sich ab und ging seiner Wege. Stefan sah Giuseppe an einem der Fenster und winkte ihm zu, herauszukommen.

Sie trennten sich bei Stefans Wagen.

»Du fährst also?«

»Morgen.«

»Ich melde mich später noch bei dir.«

»Ruf im Hotel an. Mein Handy ist kaputt.«

Stefan fuhr los. Aber schon nach wenigen Kilometern fühlte er sich schläfrig. Er bog in einen Waldweg ein, stellte den Motor ab und ließ die Rückenlehne seines Sitzes herunter.

Als er erwachte, war er von weißen Wänden umgeben. Es hatte zu schneien begonnen, und der Schnee bedeckte schon die Fenster. Er saß und hielt den Atem an. Kann so der Tod sein, fragte er sich. Ein weißer Raum, in den ein schwaches Licht sickert? Er stellte seine Rückenlehne wieder gerade. Er fühlte sich steif, und sein Körper schmerzte. Er hatte etwas geträumt. Aber er wußte nicht mehr genau, was. Vielleicht etwas von Abraham Anderssons Hund? Hatte der nicht plötzlich an einem seiner Beine geknabbert? Er schüttelte sich. Was auch immer er geträumt hatte, er wollte sich lieber nicht daran erinnern. Er schaute auf die Uhr. Viertel nach elf. Er hatte über zwei Stunden geschlafen. Er öffnete die Tür und stieg aus, um zu pissen. Der Boden war weiß, aber es hatte schon wieder aufgehört zu schneien. Die Bäume standen reglos. Kein Wind, dachte er. Nichts. Wenn ich mich hier herstelle und mich nicht bewege, wäre ich bald in einen Baum verwandelt.

Er fuhr wieder auf die Hauptstraße. Er würde nach Sveg fahren, etwas essen und dann darauf warten, daß Giuseppe von sich hören ließ. Sonst nichts. Er würde ihm von seinem Besuch bei Elsa Berggren erzählen. Von der Naziuniform in der hintersten Ecke ihres Kleiderschranks. In der Nacht hatte es keine Gelegenheit gegeben, darüber zu sprechen. Aber er würde Sveg nicht verlassen, bevor er Giuseppe nicht alles mitgeteilt hatte, was diesem bei seiner Arbeit helfen konnte.

Er näherte sich der Abzweigung zu Herbert Molins Haus. Er hatte nicht geplant, hier anzuhalten. Dennoch bremste er so heftig, daß der Wagen auf der nassen Fahrbahn ins Schleudern geriet. Ein letzter Besuch, dachte er. Ein letzter kurzer Besuch, das ist alles. Er folgte dem Weg bis zum Haus und stieg aus. Auf dem Boden waren Tierspuren. Ein Hase, vermutete er. Er versuchte, sich das Muster der blutigen Schritte in Erinnerung zu rufen, und trat sie in den weißen Schnee. Versuchte, Herbert Molin und seine Puppe vor sich zu sehen. Ein Mann und eine Puppe tanzten Tango im Schnee. Irgendwo am Waldrand saß ein argentinisches Orchester und spielte. Welche Instrumente gehörten eigentlich zu einem Tangoorchester? Gitarre, Geige, Baß? Vielleicht eine Harmonika? Er wußte es nicht. Es war auch nicht wichtig. Herbert Molin tanzte mit dem Tod, ohne es zu wissen. Er ahnte nur, daß er dort draußen im Wald auf ihn wartete. Schon als ich ihn gekannt habe, oder zumindest zu kennen glaubte, war er sich der Bewegungen im Schatten bewußt gewesen. Ein älterer Polizist, der sich nie in irgendeiner Weise hervortat. Der sich aber die Zeit nahm, mit mir zu reden, als ich jung und neu war und nichts darüber wußte, wie es ist, wenn man von einem Besoffenen vollgekotzt wird. Wenn einem eine betrunkene Frau ins Gesicht spuckt. Wenn ein ausgerasteter Psychopath einen umbringen will.

Stefan stand da und betrachtete das Haus. Es sah anders aus, jetzt, wo der Boden weiß war.

Dann fiel sein Blick auf den Schuppen. Als er den Tatort zum erstenmal besucht hatte, war er nicht hineingegangen. Damals hatte ihn das Wohnhaus interessiert. Er ging hinüber und öffnete die Tür. Es war ein einziger Raum mit einem betonierten Fußboden. Er machte das Licht an. An einer der Wände war Holz gestapelt. Auf der gegenüberliegenden Seite standen ein Regal mit Werkzeug und ein Blechschrank. Stefan öffnete den Schrank und dachte, daß dort vielleicht eine Uniform hinge. Aber es waren nur ein schmutziger Overall und ein Paar Gummistiefel darin. Er machte die Blechtür wieder zu und sah sich im Raum um. Was erzählt er, fragte er sich. Der Holzstapel sagt wohl nicht mehr, als daß Herbert Molin gewußt hat, wie man einen perfekten Holzstapel aufschichtet. Er trat an das Regal. Und was erzählte das Werkzeug? Keine unerwartete Geschichte.

Stefan dachte an seine Kindheit und daran, daß sein Vater in Kinna einen Werkzeugschuppen hatte. Da sah es genauso aus. Herbert Molin hatte sich genau das angeschafft, was er brauchte, um kleinere Reparaturen am Haus und am Wagen auszuführen. Es gab nichts, was nicht ins Bild paßte. Kein Detail, das Stefans Aufmerksamkeit auf sich zog und begann, eine unerwartete Geschichte zu erzählen. Er sah sich weiter um.

In einer Ecke standen Ski und Skistöcke. Stefan nahm einen der Ski und trug ihn zur Tür. Die Bindung war ausgeleiert. Herbert Molin hatte die Ski also benutzt. Vielleicht war er bei schönem Wetter über den See gelaufen, wenn er zugefroren war. Weil es ihm Spaß gemacht hatte? Oder weil er sich Bewegung verschaffen wollte? War er damit zum Eisangeln losgezogen?

Er stellte den Ski zurück. Hier war etwas Unerwartetes. Noch ein Paar Ski, kürzer. Damenski vielleicht. Plötzlich konnte Stefan zwei Menschen vor sich sehen, die über den zugefrorenen See glitten. In funkelnd klarem Winterwetter. Herbert Molin und Elsa Berggren. Worüber redete man beim Skilaufen? Oder vielleicht redete man nicht? Stefan wußte es nicht. Nur als Kind war er Ski gelaufen. Er ließ den Blick wieder durch den Schuppen wandern. In einer Ecke lagen ein kaputter Tretschlitten, ein paar Drahtrollen und eine Anzahl Dachziegel.

Etwas nahm seine Aufmerksamkeit gefangen. Er schärfte den Blick. Nach etwa einer Minute erkannte er, was es war. Die Dachziegel waren in Unordnung. Hier stimmte das Muster nicht. Herbert Molin hatte sein Holz mit unglaublicher Akkuratesse aufgestapelt. Das galt auch für das Werkzeug.

Es herrschte Ordnung. Aber nicht bei den Dachziegeln. Da herrschte Unordnung. Oder zumindest eine andere Art von Ordnung, dachte Stefan. Er beugte sich nieder und begann, sie zur Seite zu räumen, eine nach der anderen.

Darunter fand er eine Platte aus Metall, die in den Boden eingelassen war. Eine Luke. Sie war verschlossen. Stefan richtete sich auf und holte einen Kuhfuß, den er im Werkzeugregal gesehen hatte. Es gelang ihm, die Brechstange in den Spalt zwischen Fußboden und Lukenkante zu stecken. Er mußte seine ganze Kraft aufwenden, um sie hochzustemmen. Plötzlich gab sie nach und Stefan fiel vornüber. Er schlug mit der Stirn gegen die Wand. Als er sich mit der Hand über den Kopf fuhr, wurde sie blutig. Unter der Werkzeugbank stand eine Kiste mit Putzwolle. Er wischte sich mit einer Handvoll davon die Stirn ab und hielt den Lumpen an die Wunde gedrückt, bis es aufhörte zu bluten.

Dann beugte er sich vor und schaute in das Loch hinein.

Dort lag ein Paket.

Als Stefan es hochhob, sah er, daß es in einen alten schwarzen Regenmantel eingeschlagen war. Herbert Molin war ihm plötzlich sehr nahe. Im Fußboden hatte er etwas versteckt, was niemand außer ihm sehen sollte. Stefan legte das Paket auf das Werkzeugregal, bat Herbert Molin insgeheim um Vergebung und schob dann das Werkzeug beiseite. Das Paket war mit einer groben Schnur zugebunden. Stefan pulte den Knoten auf und faltete den Regenmantel auseinander.

Vor ihm lagen drei Gegenstände. Ein schwarzes Notizbuch, einige Briefe, die mit einem roten Band umwickelt waren, und ein Umschlag. Er öffnete als erstes den Umschlag. Er enthielt Fotos. Stefan wunderte sich nicht über das, was er darauf sah. Er hatte es seit seinem Besuch bei Elsa Berggren geahnt. Im Innersten hatte er es gewußt, und jetzt bekam er die Bestätigung.

Es waren drei Fotos, alle schwarzweiß. Das erste zeigte vier junge Männer, die sich an den Schultern umfaßt hielten. Sie lachten direkt in die Kamera. Einer von ihnen war Herbert Molin, der damals noch Mattson-Herzén geheißen hatte. Der Hintergrund war verschwommen, es konnte aber eine Hauswand sein. Das zweite zeigte Molin allein. Es war in einem Atelier aufgenommen, dessen Name auf der Unterkante des Bildes eingestanzt war. Auf dem dritten stand Herbert Molin neben einem Motorrad mit Seitenwagen. Er hielt eine Waffe in der Hand. Er lachte auch auf diesem Bild in die Kamera.

Stefan legte die Fotos nebeneinander.

Eins war auf allen dreien gleich.

Herbert Molins Kleidung. Seine Uniform.

Die gleiche wie die, die in Elsa Berggrens Kleiderschrank hing.

14

Es gab eine Geschichte über Schottland.

Sie befand sich ungefähr in der Mitte des Tagebuchs. Wie eine unerwartete Parenthese eingeschoben in den Lebensbericht, den Herbert Molin geschrieben hatte.

Im Mai 1972 macht Herbert Molin zwei Wochen Urlaub. Mit dem Schiff fährt er von Göteborg nach Immingham an der englischen Ostküste. Er reist mit dem Zug weiter und kommt am Spätnachmittag des 11. Mai in Glasgow an. Dort steigt er in Smiths Hotel ab, das seiner Beschreibung nach in der Nähe einiger Museen und der Universität liegt. Aber er besucht keine Museen. Am folgenden Tag mietet er einen Wagen und fährt nach Norden. Im Tagebuch notiert er Orte wie Kinross, Dunkeld und Spean Bridge. Er fährt an diesem Tag noch bis nach Drumnadrochit an der Westseite des Loch Ness, wo er übernachtet. Mit Seeungeheuern hat er allerdings wenig im Sinn.

Früh am Morgen des 13. Mai macht er sich wieder auf den Weg und erreicht am Nachmittag sein Ziel, die Stadt Dornoch, die auf einer Landspitze an der Ostküste der schottischen Highlands liegt. Er steigt in einem Hotel unten am Hafen ab, dem Rosedale Hotel, und stellt fest, daß »die Luft hier anders ist als in Västergötland«. Was sie anders macht, schreibt er nicht. Jetzt ist er in Dornoch. Es ist Mitte Mai 1972, und bisher hat er nicht zu erkennen gegeben, warum er hierhergefahren ist. Nichts, außer daß er »M« treffen wird. Und er trifft »M« bereits am selben Abend. »Langer Spaziergang mit M durch die Stadt« schreibt er. »Starker Wind, aber kein Regen.« In den folgenden sieben Tagen notiert er stets dasselbe. »Langer Spaziergang mit M durch die Stadt.« Sonst nichts. Das einzige, was er bemerkenswert findet, ist, daß das Wetter ständig wechselt. Es scheint in Dornoch stets windig zu sein, aber manchmal »gießt es in Strömen«, manchmal sieht es »bedrohlich« aus. Ein einziges Mal, Donnerstag, den 18. Mai, »scheint die Sonne«, und es ist »ziemlich warm«. Ob er denselben Mietwagen fährt oder ob er den ersten zurückgegeben und danach für die Rückreise einen neuen gemietet hat, geht aus seinen Aufzeichnungen nicht hervor. Dagegen seine Verwunderung, als er im Rosedale Hotel die Rechnung bezahlen will und »es nicht mehr kostete«. Einige Tage später, nach einem vierundzwanzigstündigen unfreiwilligen Aufenthalt in Immingham, weil »eine Fähre Maschinenschaden hat«, kehrt er nach Göteborg und Borås zurück. Am 26. Mai ist er wieder im Dienst.

Die Geschichte über Schottland liegt dort wie eine verblüffende Ausnahme mitten im Tagebuch. Einem Tagebuch, das mit großen zeitlichen Unterbrechungen geführt worden ist. Manchmal waren Jahre zwischen den Anlässen vergangen, bei denen Herbert Molin zur Feder gegriffen hatte.

Die Reise nach Schottland und in die Stadt Dornoch macht Molin, um eine Person zu treffen, die »M« heißt. Sie gehen spazieren. Immer abends. Wer »M« ist, worüber sie sprechen, wird nicht erwähnt. Sie gehen spazieren. Sonst nichts.

Nur einmal, am Mittwoch, den 17. Mai, hat sich Herbert Molin einen seiner äußerst seltenen persönlichen Kommentare erlaubt. »Erwache an diesem Morgen ausgeschlafen. Sehe ein, daß ich diese Reise schon längst hätte machen sollen.« Das ist alles. »Erwache an diesem Morgen ausgeschlafen.« Es ist ein Kommentar, der auf vielerlei Weise entscheidend sein kann, denn große Teile des Tagebuchs handeln von Molins Schlafschwierigkeiten. Aber in Dornoch ist er ausgeschlafen aufgewacht. Und er hat eingesehen, daß er die Reise schon vor langer Zeit hätte machen sollen.

Es war schon Nachmittag geworden, als Stefan diese Stelle erreichte. Als er das Paket gefunden hatte, war sein erster Gedanke gewesen, das Tagebuch mit ins Hotel zu nehmen. Dann hatte er sich plötzlich anders entschieden und war zum zweitenmal durch das Fenster in Herbert Molins Haus gestiegen. Er hatte die Puzzleteile auf dem Wohnzimmertisch beiseite geschoben und das Tagebuch vor sich hingelegt. Er hatte es hier, in dem zerstörten Haus, lesen wollen, in dem sich Herbert Molin noch immer irgendwie in seiner Nähe befand. Neben das Tagebuch hatte er die drei Fotos gelegt. Bevor er das Tagebuch öffnete, hatte er das rote Band gelöst, das die Briefe zusammenhielt. Es waren neun. Molin hatte sie selbst an seine Eltern in Kalmar geschrieben. Die Briefe waren vom Oktober 1942 bis April 1945 datiert. Alle waren in Deutschland aufgegeben. Stefan beschloß, mit den Briefen zu warten. Zuerst wollte er das Tagebuch durchgehen.

Der erste Eintrag stammt vom 3. Juni 1942 in Oslo. Herbert Molin schreibt, daß er das Tagebuch in einem Buch- und Papierwarenladen in der Stortingsgate in Oslo gekauft habe, um darin von nun an »wichtige Ereignisse meines Lebens festzuhalten«. Er ist westlich von Idre im nördlichen Dalarna über die Grenze gegangen. Auf einem Weg, der durch Flötningen führt. Er ist ihm von einem Leutnant »W« in Stockholm empfohlen worden, »der dafür sorgt, daß diejenigen, die als Freiwillige in den Dienst der Deutschen treten wollen, in den Bergen den richtigen Weg finden«. Wie er von der Grenze nach Oslo gelangt ist, bleibt unklar.

Stefan hatte schon hier innegehalten und nachgedacht. 1942 war Herbert Molin neunzehn Jahre alt. Zu diesem Zeitpunkt hieß er noch August Mattson-Herzén. Das Tagebuch hatte er zu führen begonnen, als er sich bereits mitten in einem entscheidenden Lebensabschnitt befand. Er ist neunzehn Jahre alt und hat beschlossen, als Freiwilliger der deutschen Wehrmacht beizutreten. Er will für Hitler kämpfen. Er hat Kalmar verlassen und einen Leutnant »W« in Stockholm kennengelernt, der mit der Anwerbung der Freiwilligen zu tun hat. Aber zieht Molin gegen oder mit dem Wissen und Willen seiner Eltern in den Krieg? Was sind seine Motive? Will er gegen den Bolschewismus kämpfen? Oder ist er nur auf ein Abenteuer aus? Das wird nicht klar. Nur daß er jetzt neunzehn Jahre ist und sich in Oslo aufhält.

Stefan las weiter. Am 4. Juni hat Herbert Molin nur das Datum geschrieben und eine Zeile begonnen, die er dann wieder durchgestrichen hat. Danach kein Eintrag bis zum

28. Juni. Da hat er in Großbuchstaben und mit dicker Schrift notiert, daß er »angenommen worden« ist. Und daß er schon am 2. Juli nach Deutschland transportiert werden soll. Die Buchstaben strahlen Triumph aus. Er ist von der deutschen Wehrmacht angenommen worden! Dann schreibt er, daß er Eis gegessen habe und über die Karl-Johan-Gata gegangen sei. Er hat schöne Mädchen gesehen, die »mich verlegen machen, wenn ich einmal einen ihrer Blicke auffange«. Es ist der erste persönliche Kommentar. Er hat Eis gegessen und Mädchen angesehen, und er ist verlegen geworden.

Die nächste Eintragung war schwer zu lesen. Nach einer Weile erkannte Stefan, warum. Herbert Molin schreibt in einem Zug, der rüttelt und schüttelt. Er ist auf dem Weg nach Deutschland. Er schreibt, daß er gespannt ist, aber voller Zuversicht. Und daß er nicht völlig allein ist. In seiner Gesellschaft befindet sich ein weiterer Schwede, der als Freiwilliger der Waffen-SS beigetreten ist. Anders Nilsson aus Lycksele. »Nilsson redet nicht viel. Das paßt mir gut, weil ich selbst ziemlich schweigsam bin.« Außerdem sind noch ein paar Norweger dabei, aber deren Namen aufzuschreiben findet er nicht der Mühe wert.

Der Rest der Seite ist bis auf einen großen braunen Fleck leer. Stefan meinte Molin vor sich zu sehen, wie er Kaffee über das Tagebuch kleckerte und es dann in den Rucksack steckte, um es nicht völlig zu versauen.

Die nächste Eintragung stammt aus Österreich. Es ist bereits Oktober. »12. Oktober 1942. Klagenfurt. Ich schließe gerade meine Ausbildung bei der Waffen-SS ab. Ich werde einer von Hitlers Elitesoldaten und habe mir vorgenommen, erfolgreich zu sein. Habe einen Brief geschrieben, den Erngren mit nach Schweden nimmt, weil er krank geworden ist und seinen Abschied bekommen hat.«

Stefan zog das Bündel mit den Briefen zu sich heran. Der oberste war am 11. Oktober in Klagenfurt geschrieben. Stefan konnte sehen, daß er mit derselben Feder geschrieben war, die Molin im Tagebuch verwendet. Ein Füller, der dann und wann geschmiert und große Kleckse hinterlassen hat. Stefan stand auf, trat an das zerschossene Fenster und las. Ein Vogel flatterte zwischen den Ästen auf.

Liebe Mutter, lieber Vater!
Ich nehme an, daß Ihr Euch vielleicht Sorgen macht, weil ich nicht früher geschrieben habe. Aber Vater, der ja selbst Soldat ist, weiß sicher, daß es nicht immer leicht ist, Zeit oder Ort zu finden, sich mit Briefpapier und Füller hinzusetzen. Ich will Euch nur grüßen, liebe Eltern, und Euch sagen, daß es mir gutgeht. Aus Norwegen bin ich über Deutschland nach Frankreich gekommen, wo der erste Teil der Ausbildung stattgefunden hat. Jetzt bin ich in Österreich, um zu lernen, richtig mit Waffen umzugehen. Wir sind hier viele Schweden. Außerdem Norweger, Dänen, Holländer und drei Männer aus Belgien. Die Disziplin ist hart, und nicht alle kommen damit zurecht. Aber ich habe mich bisher gut gehalten und bin von einem Hauptmann Stirnholz, der einen Teil der Ausbildung hier unter sich hat, gelobt worden. Die Deutsche Wehrmacht und besonders die Waffen-SS, der ich jetzt angehöre, müssen die besten Soldaten der Welt haben. Ich muß zugeben, daß wir jetzt alle ungeduldig darauf warten, hinauszukommen und von Nutzen zu sein. Das Essen ist meistens gut, aber nicht immer. Doch ich klage nicht. Wann ich nach Schweden kommen kann, weiß ich nicht. Urlaub wird erst bewilligt, wenn man eine bestimmte Zeit aktiv gewesen ist. Ich sehne mich natürlich nach Euch, beiße aber die Zähne zusammen und tue meine Pflicht. Denn es ist eine große Sache, für das neue Europa und gegen den Bolschewismus zu kämpfen.

Es grüßt Euch
Euer Sohn August

Das Papier war spröde und vergilbt. Stefan hielt es gegen das Licht. Das Wasserzeichen, der deutsche Adler, trat deutlich hervor. Er blieb am Fenster stehen. Herbert Molin verläßt Schweden, geht heimlich über die Grenze nach Norwegen und läßt sich von der Waffen-SS anwerben. Im Brief an die Eltern wird das Motiv klar. Herbert Molin ist kein Abenteurer. Er schließt sich der deutschen Wehrmacht, dem Nationalsozialismus an, um bei der Entstehung eines neuen Europas mitzuwirken, dessen Voraussetzung die Zerschlagung des Bolschewismus ist.

Herbert Molin ist schon im Alter von neunzehn Jahren ein überzeugter Nazi.

Stefan wandte sich wieder dem Tagebuch zu. Anfang Januar 1943 befindet sich Molin an der Ostfront, tief im Innern Rußlands. Der ursprüngliche Optimismus ist Zweifeln gewichen, geht dann in Verzweiflung über und endet schließlich in Angst. Stefan hielt bei ein paar Sätzen inne, die am Ende des Winters niedergeschrieben wurden:

»14. März. Ort unbekannt. Rußland. Die Kälte immer noch sehr stark. Jede Nacht Angst, daß ein Körperteil erfriert. Strömberg gestern von Granatsplitter getötet. Hyttler ist desertiert. Wenn sie ihn kriegen, wird er erschossen oder gehängt. Wir haben uns eingegraben und warten auf die Gegenoffensive. Ich habe Angst. Das einzige, was mich aufrecht hält, ist der Gedanke daran, nach Berlin zu kommen und Tanzstunden zu nehmen. Frage mich, ob ich jemals hinkommen werde.«

Er tanzt, dachte Stefan. Er liegt irgendwo eingegraben und überlebt dadurch, daß er davon träumt, auf einem Parkett dahinzugleiten. Stefan sah auf die drei Fotos. Herbert Molin lächelt. Keine Spur von Angst. Ein richtiges Salonlöwenlächeln. Die Angst liegt hinter den Bildern. Fotografien, die nie aufgenommen wurden. Oder er hat es vorgezogen, die Bilder, auf denen die Angst sichtbar wird, nicht zu behalten, um sich nicht daran erinnern zu müssen.

Herbert Molins Leben kann in der Mitte durchtrennt werden, dachte Stefan weiter. Es gibt eine Wasserscheide. Eine entscheidende Wasserscheide. Vor der Angst und nach der Angst. Im Winter 1943, als er versucht, an der Ostfront zu überleben, kriecht sie in ihm hoch. Da ist er zwanzig Jahre alt. Möglicherweise habe ich diese Angst dort im Wald bei Borås entdeckt. Die gleiche Angst, vierzig Jahre später.

Stefan las langsam weiter. Es begann zu dämmern. Durch

die zerschossenen Fenster zog die Kälte in den Raum. Er nahm das Buch mit in die Küche, schloß die Tür, verhängte das kaputte Fenster mit einer Wolldecke, die er aus dem Schlafzimmer holte, und las weiter.

Im April notiert Herbert Molin zum erstenmal, daß er nach Hause fahren will. Er hat Angst zu sterben. Die Soldaten befinden sich auf einem trostlosen und schwierigen Rückzug. Nicht nur aus einem unmöglichen Krieg, sondern auch weg von einer zusammengebrochenen Ideologie. Die Umstände sind widrig. Dann und wann spricht er von den Toten, die ihn umgeben. Den zerschossenen Körperteilen. Den augenlosen Gesichtern. Den durchschnittenen Kehlen. Er sucht die ganze Zeit nach einer Möglichkeit zu entkommen, aber er findet keine Lösung. Dagegen erkennt er, was keine Lösung ist. Später im Frühjahr wird er eines Tages herauskommandiert, um an einer Hinrichtung teilzunehmen. Sie sollen zwei Belgier und einen Norweger erschießen, die desertiert waren, aber wieder eingefangen wurden. Es ist eine der längsten Eintragungen.

»19. Mai 1943. Rußland, oder möglicherweise polnisches Territorium. Wurde von Hauptmann Emmers einem Hinrichtungskommando zugeteilt. Zwei Belgier und der Norweger Lauritzen sollten als Deserteure erschossen werden. Sie wurden in einen Graben gestellt, wir standen auf der Straße. Schwer, nach unten zu schießen. Lauritzen weinte, versuchte, im Schlamm wegzukriechen. Hauptmann Emmers befahl uns, ihn an einen Telefonmast zu binden. Die Belgier schwiegen. Lauritzen schrie. Ich zielte direkt aufs Herz. Sie waren Deserteure. Es gilt das Kriegsrecht. Wer will sterben? Hinterher bekamen wir jeder ein Glas Cognac. In Kalmar ist jetzt Frühling. Wenn ich die Augen schließe, kann ich das Meer sehen. Ob ich noch einmal nach Hause komme?«

Stefan merkte, wie Herbert Molins Angst ihm aus den Texten entgegenkam. Er erschießt Deserteure, er ist der Meinung, daß es ein gerechtes Urteil ist, er bekommt Cognac, und er träumt von der Ostsee. Mitten in all dem kriecht die Angst umher. Dringt in sein Gehirn ein und läßt ihm keine Ruhe. Stefan versuchte, sich vorzustellen, was es bedeutete, in einem

Schützengraben irgendwo an der Ostfront zu liegen. Die Hölle, dachte er. In weniger als einem Jahr ist die naive Begeisterung in Entsetzen übergegangen. Jetzt steht nichts mehr von dem neuen Europa da, jetzt geht es nur noch ums Überleben. Und darum, vielleicht eines Tages nach Kalmar zurückzukommen.

Aber es dauert bis zum Frühjahr 1945. Aus Rußland ist Herbert Molin nach Deutschland zurückgekehrt. Er ist verwundet. Unter dem 19. Oktober 1944 findet Stefan die Erklärung für die Schußverletzungen, die der Gerichtsmediziner in Umeå gefunden hatte. Was genau geschehen ist, wird nicht klar. Aber irgendwann im August 1944 wird Herbert Molin angeschossen. Er überlebt offenbar wie durch ein Wunder. Aber in den Eintragungen kommt keine Dankbarkeit zum Ausdruck. Stefan merkte, daß jetzt etwas anderes mit Herbert Molin vor sich ging. Es war nicht mehr nur die Angst, die den Inhalt des Tagebuchs dominierte. Jetzt schlich sich noch ein anderes Gefühl ein.

Herbert Molin beginnt zu hassen. Er drückt Zorn aus über das, was geschieht, und er spricht davon, daß es notwendig ist, Schonungslosigkeit zu zeigen und ohne zu zögern Strafen zu verhängen. Obwohl er einsieht, daß der Krieg verloren ist, behält er den Glauben daran, daß der Vorsatz gut war. Das Ziel richtig. Hitler hat vielleicht nicht gehalten, was er versprochen hat. Doch er hat nicht in dem Maße versagt wie all die anderen, die nicht verstanden haben, daß der Krieg ein heiliger Kreuzzug gegen die Bolschewiken war. Es sind diese Menschen, die Herbert Molin im Laufe des Jahres 1944 zu hassen beginnt. In einem der Briefe, die er an seine Eltern in Kalmar schreibt, wird das sehr deutlich. Der Brief trägt das Datum Januar 1945 und hat wie gewöhnlich keinen Absender. Offenbar hat Molin gerade einen Brief von seinen Eltern bekommen, die sich Sorgen um ihn machen. Stefan fragte sich, warum Herbert Molin die Briefe, die er erhielt, nicht aufgehoben hat. Sondern nur die, die er selbst geschrieben hat. Vielleicht konnte die Erklärung die sein, daß seine eigenen Briefe eine Ergänzung zum Tagebuch waren. Dort sprach seine eigene Stimme. Seine eigene Hand führte die Feder.

Liebe Mutter, lieber Vater!
Entschuldigt, daß ich jetzt erst schreibe, aber wir hatten immerzu Truppenbewegungen und befinden uns jetzt nicht allzuweit von Berlin entfernt. Ihr braucht Euch keine Sorgen zu machen. Der Krieg ist nun einmal Leiden und Aufopferung. Aber ich komme ziemlich gut durch und habe bisher Glück gehabt. Auch wenn ich schon viele von meinen früheren Kameraden habe sterben sehen, lasse ich den Mut nicht sinken. Aber ich wundere mich darüber, daß nicht viel mehr junge schwedische Männer, auch ältere, sich den deutschen Fahnen anschließen. Begreift man in der Heimat nicht, was passiert? Hat man nicht erkannt, daß der Russe sich alles unterwerfen wird, wenn wir uns nicht zur Wehr setzen? Nun will ich Euch nicht länger mit meinen Überlegungen und meinem Zorn ermüden, aber ich glaube sicher, daß Ihr, liebe Eltern, mich versteht. Ihr habt mir nicht widersprochen, als ich damals losgezogen bin, und Du, Vater, hast gesagt, Du hättest das gleiche getan, wenn Du jünger wärst und nicht den Schaden im Bein hättest. Jetzt muß ich schließen, aber nun wißt Ihr, daß ich noch am Leben bin und weiterkämpfe. Oft träume ich von Kalmar. Wie geht es Karin und Nils? Wie geht es Tante Annas Rosenzucht? Ich denke in einsamen Stunden über vieles nach, aber sie sind nicht sehr häufig.

Euer Sohn
August Mattson-Herzén
Inzwischen zum Unterscharführer befördert

Herbert Molins Motiv wurde jetzt immer klarer. Er war von seinen Eltern darin bestärkt worden, für Hitler gegen den Bolschewismus zu kämpfen. Als er sich nach Norwegen begeben hatte, war er kein Abenteurer gewesen. Er hatte sich selbst einen Auftrag erteilt. Gegen Ende des Jahres 1944, vielleicht im Zusammenhang mit seiner Verwundung, wird er befördert. Was war ein Unterscharführer? Was war die schwedische Entsprechung? Gab es überhaupt eine Entsprechung?

Stefan las weiter. Herbert Molin schrieb seine Eintragungen seltener und kürzer. Gegen Kriegsende ist er noch in Deutschland. In der Endphase des Krieges, als die Straßenkämpfe wüten, befindet er sich in Berlin. Er erzählt, wie er zum erstenmal einen russischen Panzer aus nächster Nähe sieht. Er notiert, daß er bei verschiedenen Gelegenheiten nahe daran ist, in »die Klauen der Russen zu fallen, und dann gnade mir Gott«. Es kommen keine schwedischen Namen mehr vor. Auch keine norwegischen oder dänischen. Er ist jetzt der einzige Schwede unter deutschen Kameraden. Die letzte Tagebucheintragung stammt vom 30. April.

»30. April. Ich kämpfe jetzt darum, lebend aus dieser Hölle herauszukommen. Der Krieg ist verloren. Habe meine Uniform gegen Kleider getauscht, die ich einem toten deutschen Zivilisten ausgezogen habe. Es ist das gleiche, wie zu desertieren. Aber jetzt befindet sich sowieso alles in Auflösung. Ich werde versuchen, heute nacht über eine Brücke zu kommen. Dann muß ich sehen, wie es weitergeht.«

Damit endet das Kriegstagebuch. Was danach passiert, bleibt unklar. Aber Herbert Molin hat überlebt, und es ist ihm gelungen, nach Schweden zurückzukehren. Erst ein Jahr später nimmt er sein Tagebuch wieder hervor. Da hält er sich in Kalmar auf. Seine Mutter ist am 8. April 1946 gestorben. Am Tag ihres Begräbnisses schreibt er: »Ich werde Mutter vermissen. Sie war ein guter Mensch. Das Begräbnis schön. Vater kämpfte mit den Tränen, aber hielt sich gut. Denke ständig an den Krieg. Die Granaten heulen in meinen Ohren. Auch wenn ich in der Jolle sitze und im Kalmarsund segle.«

Stefan las weiter. Die Eintragungen wurden immer seltener, immer kürzer. Herbert Molin schreibt, daß er heiratet, daß er Kinder bekommt. Aber nicht, daß er den Namen wechselt. Das Musikgeschäft in Stockholm wird nicht erwähnt. Eines Tages, im Juli 1955, beginnt er, anscheinend ganz unmotiviert, ein Gedicht zu schreiben. Er streicht die Worte durch, jedoch nicht so gut, daß man sie nicht mehr lesen könnte.

Morgensonn' über dem Kalmarsund
Ich höre die Vögel zwitschern
Es singt ein Vogel im grünen Grund

Vielleicht hat er kein Wort gefunden, das sich auf zwitschern reimt, dachte Stefan. »Glitzern« hätte in etwa gepaßt. Er nahm einen Kugelschreiber aus der Tasche und schrieb auf einen Notizblock, der auf der Spülbank lag, »während die Wellen glitzern«. Es wäre ein sehr schlechtes Gedicht geworden. Herbert Molin hatte vielleicht genug Verstand, seine poetische Begrenzung zu erkennen.

Stefan las weiter. Herbert Molin zieht nach Alingsås, dann nach Borås. Ungefähr zehn Tage in Schottland geben ihm Anlaß zu einer unerwarteten Schreibfreude. Um etwas Vergleichbares zu finden, muß Stefan zu der ersten Zeit in Deutschland zurückgehen, als Molins Optimismus noch ungebrochen ist.

Nach der Reise nach Schottland geht alles wieder seinen gewohnten Gang. Herbert Molin greift selten zur Feder. Er notiert lediglich einzelne Ereignisse, ohne irgendwelche persönlichen Kommentare anzufügen.

Stefan verschärfte seine Aufmerksamkeit, als er ans Ende des Tagebuches kam. Davor hat Herbert Molin noch seinen letzten Arbeitstag im Polizeipräsidium erwähnt und seinen Umzug nach Härjedalen.

Eine Notiz weckte Stefans Neugier.

»12. März 1993. Gratulationskarte vom alten Wetterstedt, dem Porträtmaler, zu meinem Geburtstag.«

Am 2. Mai 1999 macht er die letzte Eintragung.

»2. Mai 1999. Plus sieben Grad.

Mein Puzzlemeister Castro in Barcelona ist tot. Brief von seiner Frau. Ich verstehe jetzt, daß er es in den letzten Jahren sehr schwer hatte. Eine unheilbare Nierenkrankheit.«

Das ist alles. Das Tagebuch ist bei weitem nicht vollgeschrieben. Das Buch, das Herbert Molin in einem Buch- und Papiergeschäft in Oslo im Juni 1942 gekauft hat, begleitete ihn durch die Jahre, blieb aber ein Fragment. Falls ein Tagebuch denn jemals abgeschlossen werden kann. Als er es zu schreiben beginnt, ist er ein junger Mann, überzeugter Nazi, auf dem Weg von Norwegen nach Deutschland und in den Krieg. Er ißt Eis und wird verlegen, wenn junge norwegische Mädchen ihm in die Augen blicken. Siebenundfünfzig Jahre später schreibt er von einem Puzzlemeister in Barcelona, der gestorben ist. Ein halbes Jahr später ist er selbst tot.

Stefan klappte das Buch zu. Draußen vor dem zerstörten Fenster war es jetzt fast ganz dunkel geworden. Liegt die Lösung im Tagebuch, oder liegt sie außerhalb, fragte er sich. Das kann ich nicht sagen. Ich weiß nicht, was er ausgelassen hat, nur, was er geschrieben hat. Aber ich weiß jetzt etwas über Herbert Molin, was ich vorher nicht gewußt habe. Er ist Nazi gewesen. Er hat im Zweiten Weltkrieg auf der Seite Hitlers gekämpft. Außerdem hat er eine Reise nach Schottland gemacht und viele und lange Spaziergänge mit jemandem unternommen, den er »M« nennt.

Stefan packte die Briefe, die Fotos und das Tagebuch wieder in den Regenmantel. Er verließ das Haus auf dem gleichen Weg, auf dem er gekommen war. Durchs Fenster. Gerade als er seine Wagentür öffnen wollte, blieb er stehen. Plötzlich hatte ihn ein vages Gefühl von Trauer über Herbert Molins Leben befallen. Aber er dachte auch, daß die Trauer mit seinem eigenen Leben zusammenhing. Er war siebenunddreißig Jahre alt, kinderlos, und er trug eine Krankheit in sich, die ihn, noch bevor er die Vierzig erreicht hatte, ins Grab bringen konnte.

Er fuhr zurück nach Sveg. Es waren nur wenige Autos auf der Straße. Kurz hinter Linsell wurde er von einem Polizeiwagen überholt, der ebenfalls in Richtung Sveg fuhr. Dann von einem weiteren. Die Ereignisse der vergangenen Nacht kamen ihm merkwürdig entlegen und unwirklich vor. Dennoch war es weniger als vierundzwanzig Stunden her, seit er die grauenhafte Entdeckung gemacht hatte. Herbert Molin hatte Abraham Andersson in seinem Tagebuch nicht erwähnt. Auch Elsa Berggren nicht, und seine beiden Frauen und die Kinder nur kurz und sachlich. Ohne jeden persönlichen Kommentar.

Als er ins Hotel kam, war die Rezeption verlassen. Er beugte sich über die Theke und nahm seinen Schlüssel. In seinem Zimmer untersuchte er als erstes seinen Koffer. Niemand hatte ihn angerührt. Er begann mehr und mehr zu glauben, daß er sich etwas eingebildet hatte.

Kurz nach sieben ging er hinunter in den Speisesaal. Giuseppe hatte noch nicht angerufen. Das Mädchen, das durch die Schwingtür kam, lächelte, als sie an seinen Tisch trat.

»Ich habe gesehen, daß Sie den Schlüssel genommen haben«, sagte sie.

Dann wurde sie plötzlich ernst. »Ich habe gehört, daß noch etwas passiert ist«, fuhr sie fort. »Daß wieder ein alter Mann ermordet worden ist. Draußen in Glöte.«

Stefan nickte.

»Das ist ja schrecklich. Was geht hier eigentlich vor?« Sie schüttelte resigniert den Kopf, wartete nicht auf eine Antwort und reichte ihm die Speisekarte. »Sie ist neu«, sagte sie, »aber die Kalbskoteletts kann ich nicht empfehlen.«

Stefan wählte Elchfilet mit Sauce béarnaise und Salzkartoffeln. Er war gerade fertig, als das Mädchen aus der Küche kam und sagte, er werde am Telefon verlangt. Er ging die Treppe zur Rezeption hinauf.

Es war Giuseppe. »Ich bleibe über Nacht. Ich wohne im Hotel.«

»Wie geht es?«

»Wir haben nichts Greifbares, woran wir uns halten könnten.«

»Und die Hunde?«

»Finden nichts. Ich rechne damit, in ungefähr einer Stunde dazusein. Leistest du mir beim Essen Gesellschaft?«

Stefan versprach es.

Etwas kann ich ihm trotzdem geben, dachte er, als das Gespräch beendet war. Welches Verhältnis Herbert Molin und Abraham Andersson zueinander hatten, kann ich nicht sagen. Aber ich kann Giuseppe immerhin eine Tür aufstoßen.

Bei Elsa Berggren hängt eine Naziuniform im hintersten Winkel des Kleiderschranks.

Und Herbert Molin hat vor der Umwelt ein Zeugnis über seine Vergangenheit sorgfältig verborgen.

Es besteht die Möglichkeit, dachte Stefan, daß die Uniform

in Elsa Berggrens Schrank Herbert Molin gehört hat. Auch wenn er einmal seine Uniform gegen Zivilkleidung eingetauscht hat, um sich aus dem brennenden Berlin zu retten.

15

Als Giuseppe ins Hotel kam, war er müde. Dennoch mußte er lachen, als er sich an den Tisch setzte. Das Restaurant sollte bald schließen. Das Mädchen, das zwischen Rezeption und Speisesaal pendelte, deckte schon die Tische für das Frühstück am folgenden Tag. Außer Stefan und Giuseppe war nur ein weiterer Gast im Speisesaal. Ein Mann, der an einem der Tische an der Wand saß. Stefan nahm an, daß es einer der Testfahrer war, auch wenn er den Eindruck erweckte, als sei er zu alt, um in unwegsamem Gelände Auto zu fahren.

»Als ich jünger war, bin ich öfter ins Restaurant gegangen«, sagte Giuseppe als Erklärung, warum er gelacht hatte.

»Jetzt kommt es nur noch vor, wenn ich irgendwo übernachten muß. Wenn ich ein Gewaltverbrechen oder etwas ähnlich Unangenehmes aufzuklären habe.«

Während des Essens erzählte Giuseppe, was sich im Laufe des Tages ereignet hatte. Was er sagte, ließ sich mit einem einzigen Wort zusammenfassen: »Nichts.«

»Wir treten auf der Stelle«, schloß er. »Wir finden keine Spuren. Niemand hat irgendwelche Beobachtungen gemacht. Obwohl wir bereits mit vier oder fünf Personen gesprochen haben, die im Laufe des Abends auf der Straße vorbeigefahren sind. Rundström und ich fragen uns jetzt, ob nicht doch ein Zusammenhang zwischen Abraham Anderssons und Herbert Molins Tod besteht. Doch wenn es keinen gibt? Was ist es dann?«

Nach dem Essen bestellte Guiseppe Tee. Stefan entschied sich für Kaffee. Dann erzählte er von seinem Besuch bei Elsa Berggren. Von seinem Einbruch bei ihr und davon, wie er das Tagebuch in Herbert Molins Schuppen gefunden hatte. Er schob die Kaffeetasse zur Seite und legte die Briefe, die Fotos und das Tagebuch vor Giuseppe auf den Tisch.

»Jetzt bist du zu weit gegangen«, sagte Giuseppe verärgert. »Ich dachte, wir wären uns einig gewesen, daß du nicht mehr auf eigene Faust ermittelst!«

»Ich kann nur sagen, daß es mir leid tut.«

»Stell dir nur vor, was passiert wäre, wenn Elsa Berggren dich entdeckt hätte!«

Stefan hatte keine Antwort.

»Das geschieht nicht noch einmal«, sagte Giuseppe nach einer Weile. »Es wird das beste sein, Rundström nichts von deinem abendlichen Besuch zu erzählen. Er reagiert bei solchen Dingen ein bißchen empfindlich. Es soll nach Möglichkeit alles nach Vorschrift gehen. Und wie du schon gemerkt hast, ist er nicht gerade begeistert davon, daß jemand von außerhalb in seinen Ermittlungen herumtrampelt. Ich sage ›seine‹ Ermittlungen, weil er die Unart hat, schwere Gewaltverbrechen als seine persönliche Angelegenheit zu betrachten.«

»Was ist, wenn Erik Johansson ihm etwas von meinen früheren Besuchen erzählt? Obwohl er behauptet hat, daß er es für sich behalten würde?«

Giuseppe schüttelte den Kopf. »Erik Johansson ist von Rundström nicht unbedingt angetan«, erwiderte er. »Man darf die Tatsache nicht unterschätzen, daß es sowohl Spannungen zwischen einzelnen Personen als auch zwischen benachbarten Landschaften geben kann. In Härjedalen hört man zum Beispiel sehr ungern, man sei der kleine Bruder des großen Jämtland. Solche Probleme existieren auch zwischen Polizisten.«

Er goß sich aus der Teekanne nach und schaute auf die Fotos. »Das ist eine sonderbare Geschichte, die du da erzählt hast«, meinte er. »Herbert Molin ist also organisierter Nazi gewesen und hat für Hitler gekämpft. Unterscharführer. Was heißt das? Hatte er mit der Gestapo zu tun? Den Konzentrationslagern? Was stand noch über dem Eingang von Auschwitz? Arbeit macht frei.«

»Ich weiß nicht viel über den Nationalsozialismus«, antwortete Stefan, »aber ich nehme an, daß man nicht laut darüber spricht, wenn man zu Hitlers Gefolgschaft gehört hat. Herbert Molin hat seinen Namen geändert. Jetzt haben wir vielleicht die Erklärung dafür. Er hat seine Spuren verwischt.«

Giuseppe hatte die Rechnung verlangt und bezahlt. Jetzt nahm er einen Stift und schrieb auf die Rückseite *Herbert Molin*. »Ich kann besser denken, wenn ich schreibe«, erklärte er. »August Mattson-Herzén verwandelt sich in Herbert Molin. Du hast von seiner Angst gesprochen. Man kann es also so verstehen, daß er Angst davor hatte, von seiner Vergangenheit eingeholt zu werden. Hast du mit seiner Tochter gesprochen?«

»Veronica Molin hat mit keinem Wort erwähnt, daß ihr Vater Nazi war. Aber ich habe auch nicht danach gefragt.«

»Ich nehme an, es ist wie mit Menschen, die ein Verbrechen begangen haben. Man spricht in der Familie nicht gern davon.«

»Das denke ich auch. Man muß sich nun natürlich fragen, ob Abraham Andersson eine ähnliche Vergangenheit hatte.«

»Wir müssen abwarten, was wir noch in seinem Haus finden«, sagte Giuseppe und schrieb *Abraham Andersson*.

Die Techniker würden sich ein paar Stunden ausruhen, aber dann würden sie die Nacht durcharbeiten.

Giuseppe zog einen Pfeil mit zwei Spitzen zwischen den beiden Namen Abraham Andersson und Herbert Molin. Dann zeichnete er neben den Namen von Andersson ein Hakenkreuz und dazu ein Fragezeichen.

»Wir werden natürlich morgen damit anfangen, ausgiebig mit Elsa Berggren zu reden«, beschloß er, während er ihren Namen aufschrieb und Pfeile zu den beiden anderen zog.

Dann knüllte er die Rechnung zusammen und legte sie in den Aschenbecher.

»Wir?«

»Wir können ja sagen, daß du als mein Privatassistent mitgehst. Ganz ohne Befugnisse.«

Giuseppe lachte, wurde aber sofort wieder ernst. »Wir haben zwei schreckliche Gewaltverbrechen aufzuklären«, sagte er. »Ich kümmere mich nicht um Rundström. Oder darum, ob formal alles seinen richtigen Gang geht. Ich möchte, daß du mitkommst. Zwei Personen hören mehr als eine.«

Sie verließen den Speisesaal. Der einsame Mann saß noch an seinem Tisch. Sie trennten sich in der Rezeption und verabredeten, sich am nächsten Morgen um halb acht zu treffen.

In dieser Nacht schlief Stefan fest. Als er erwachte, hatte er von seinem Vater geträumt. Sie waren in einem Wald gewesen und hatten einander gesucht. Als Stefan ihn schließlich fand, hatte er im Traum eine unendliche Erleichterung und Freude gespürt.

Giuseppe dagegen hatte schlecht geschlafen. Er war schon um vier Uhr aufgestanden und hatte, als er Stefan in der Rezeption entgegenkam, bereits einen Besuch am Tatort absolviert.

Das Resultat war immer noch dasselbe. Nichts. Sie hatten keinerlei Spuren desjenigen gefunden, der Abraham Andersson getötet hatte und der vielleicht auch Herbert Molins Mörder war.

Beim Verlassen des Hotels wandte Giuseppe sich dem Mädchen in der Rezeption zu und fragte, ob sie zufällig seine Rechnung vom vergangenen Abend aufgehoben hätte. Erst als er im Bett gelegen hatte, war ihm aufgegangen, daß er sie brauchen würde, um seine Reisekostenabrechnung zu erstellen. Aber sie hatte sie nicht gesehen.

»Habe ich sie nicht auf dem Tisch liegenlassen?« fragte Giuseppe.

»Du hast sie zusammengeknüllt und in den Aschenbecher gelegt«, erwiderte Stefan.

Giuseppe zuckte mit den Schultern. Sie beschlossen, zu Fuß zu Elsa Berggrens Haus zu gehen. Es war windstill, und die Wolkendecke war aufgerissen. Es war immer noch dunkel, als sie zur Brücke gingen, um nach Ulvkälla hinüberzukommen.

Giuseppe zeigte auf das weiße Gerichtsgebäude. »Vor ein paar Jahren hatten wir hier einen ziemlich berüchtigten Prozeß mit rassistischen Vorzeichen. Es ging um einen schweren Überfall. Zwei der Verurteilten hatten sich als Neonazis bezeichnet. Ich erinnere mich nicht mehr an den Namen ihrer Organisation. ›Schweden soll schwedisch bleiben‹, vielleicht. Gibt es die eigentlich noch?«

»Heute nennen sie sich VAM«, antwortete Stefan zögernd.

»Und was bedeutet das?«

»Weißer arischer Widerstand.«

Giuseppe schüttelte den Kopf. »Ekelhaft«, sagte er. »Man sollte meinen, daß der Nationalsozialismus ein für allemal begraben wäre, aber offenbar lebt er weiter. Auch wenn es heute eher kahlgeschorene Rotzlöffel sind, die auf den Straßen herumlaufen.«

Sie überquerten die Brücke.

»Als ich Kind war, sind hier noch Züge gefahren«, erzählte Giuseppe. »Die Inlandsbahn. Von Östersund fuhr man nach Sveg und dann nach Orsa. Dort mußte man umsteigen. Oder war es in Mora? Als ich klein war, bin ich einmal dort mit einer Tante langgefahren. Jetzt fährt der Zug nur noch im Sommer. Der italienische Sänger, den meine Mutter im Volkspark gesehen hat, ist auch mit dem Zug gekommen. Von wegen Flugzeuge oder Limousinen. Sie ist auch dabeigewesen, als sie ihm am Bahnhof hinterherwinkten. Sie hat noch ein Bild davon. Ein bißchen verschwommen und verwackelt. Mit einer gewöhnlichen Box aufgenommen. Aber sie hütet das Bild wie eine Kostbarkeit. Sie muß in den Typen ziemlich verknallt gewesen sein.«

Sie waren bei Elsa Berggrens Haus angekommen.

»Hast du uns angemeldet?« fragte Stefan.

»Ich dachte, wir überraschen sie.«

Sie gingen durchs Gartentor. Giuseppe klingelte. Sie öffnete sofort, als habe sie sie erwartet.

»Ich bin Giuseppe Larsson. Kriminalbeamter aus Östersund. Stefan Lindman kennen Sie ja bereits. Wir müssen Ihnen ein paar Fragen stellen. Es geht um die Mordermittlung im Fall Herbert Molin. Sie kannten ihn doch?«

Wir, dachte Stefan. Ich werde keine Fragen stellen. Er blickte Giuseppe an, der ihm zuzwinkerte, als sie in den Flur traten.

»Das muß aber wichtig sein, wenn Sie so früh am Morgen kommen.«

»Ganz richtig«, sagte Giuseppe. »Wo dürfen wir uns setzen? Es wird wohl eine Weile dauern.«

Stefan merkte, daß Giuseppe einen unerwartet brüsken Ton anschlug. Er fragte sich, wie er selbst wohl auftreten würde, wenn er die Fragen zu stellen hätte.

Sie gingen ins Wohnzimmer. Elsa Berggren bot ihnen keinen Kaffee an.

Giuseppe erwies sich als ein Mann, der ohne Umschweife zur Sache kam. »In einem Ihrer Kleiderschränke hängt eine Naziuniform«, begann er.

Elsa Berggren erstarrte. Dann schaute sie Stefan an. Ihre Augen waren kalt. Stefan merkte, daß sie ihn sofort im Verdacht hatte, ohne zu begreifen, wie er in ihr Schlafzimmer gekommen sein konnte.

»Ich weiß nicht, ob es verboten ist, eine Naziuniform zu besitzen«, fuhr Giuseppe fort. »Vermutlich ist es nur verboten, öffentlich darin aufzutreten. Würden Sie sie bitte holen?«

»Woher wissen Sie, daß eine Uniform in meinem Kleiderschrank hängt?«

»Darauf werde ich nicht antworten. Aber Sie sollen wissen, daß die Uniform in zwei laufenden Mordermittlungen von Interesse ist.«

Sie sah erstaunt aus. Stefan fand, daß ihr Gesichtsausdruck echt wirkte. Er sagte sich, daß sie nichts von dem Mord bei Glöte wußte. Das wunderte ihn. Obwohl bereits zwei Tage vergangen waren, wußte sie noch nichts davon. Sie wird nicht ferngesehen oder Radio gehört haben, dachte er. Solche Leute gibt es. Auch wenn es wenige sind.

»Wer ist denn außer Herbert Molin noch ermordet worden?«

»Abraham Andersson. Sagt Ihnen der Name etwas?«

Sie nickte. »Er wohnte nicht weit von Herbert entfernt. Was ist denn mit ihm passiert?«

»Vorläufig sage ich nur, daß er ermordet wurde.«

Sie stand auf und verließ das Zimmer.

»Besser gleich zur Sache kommen«, sagte Giuseppe leise. »Daß Abraham Andersson getötet worden ist, hat sie nicht gewußt.«

»Aber die Nachricht ist doch schon lange draußen.«

»Ich glaube kaum, daß sie lügt.«

Sie kehrte mit der Uniform und der Mütze zurück. Legte beides auf das Sofa. Giuseppe beugte sich vor und betrachtete die Sachen.

»Wem gehört die Uniform?«

»Mir.«

»Aber Sie werden sie doch kaum getragen haben?«

»Ich glaube nicht, daß ich auf diese Frage antworten muß. Schon deswegen nicht, weil sie idiotisch ist.«

»Wir können Sie auch zu einer ganz anderen Art von Verhör nach Östersund bestellen. Es ist Ihre Entscheidung.«

Sie überlegte, bevor sie antwortete. »Sie hat meinem Vater gehört. Karl-Evert Berggren. Er ist seit vielen Jahren tot.«

»Er hat also im Zweiten Weltkrieg auf Hitlers Seite gekämpft?«

»Er war Mitglied des Freiwilligenkorps *Svenska Kompaniet*. Er hat zwei Tapferkeitsmedaillen verliehen bekommen. Wenn Sie wollen, kann ich sie Ihnen zeigen.«

Giuseppe schüttelte den Kopf. »Das ist nicht nötig. Ich gehe davon aus, daß Sie wissen, daß Herbert Molin einmal Nazi gewesen ist und als Freiwilliger in der Waffen-SS gedient hat.«

Sie richtete sich in ihrem Stuhl auf, fragte aber nicht, woher sie das wußten. »Nicht ›einmal gewesen ist‹. Herbert war bei seinem Tod genauso überzeugter Nationalsozialist wie in seiner Jugend. Mein Vater und er haben Seite an Seite gekämpft. Auch wenn mein Vater viel älter war, sind sie ihr ganzes Leben hindurch gute Freunde gewesen.«

»Und Sie selbst?«

»Über seine politischen Ansichten braucht man keine Auskunft zu geben.«

»Wenn es um die Mitgliedschaft in einer Gruppe geht, die mit Verbrechen wie Volksverhetzung zu tun hat, dann schon.«

»Ich bin in keiner Gruppe Mitglied«, antwortete sie empört. »Welche sollte das auch sein? Dieser mit rasierten Köpfen auf der Straße herumlaufende Abschaum, der den Hitlergruß in den Dreck zieht?«

»Lassen Sie mich die Frage anders stellen. Haben Sie die gleiche politische Auffassung, wie Herbert Molin sie gehabt hat?«

Ihre Antwort kam ohne Zögern. »Natürlich habe ich das. Ich bin in einer rassebewußten Familie aufgewachsen. Mein Vater war 1933 Gründungsmitglied der nationalsozialistischen Arbeiterpartei. Sven Olof Lindholm, unser Führer, war oft in meinem Elternhaus zu Besuch. Wir wohnten damals in Stockholm. Ich erinnere mich noch immer daran, wie meine Mutter mich mitnahm, wenn die Frauen des nationalsozialistischen Frauenbundes *Kristina Gyllenstierna* durch Östermalm marschierten. Ich mache seit meinem zehnten Lebensjahr den Hitlergruß. Meine Eltern sahen, was los war. Der Judenimport. Der Verfall. Die moralische Auflösung. Die Bedrohung durch den Kommunismus. Nichts hat sich geändert. Heutzutage wird Schweden durch die unkontrollierte Einwanderung von innen heraus zerfressen. Allein der Gedanke, daß auf schwedischem Boden Moscheen gebaut werden, bereitet mir Übelkeit. Schweden ist eine Gesellschaft, die verrottet. Und niemand tut etwas dagegen.«

Sie war dermaßen empört, daß sie zu zittern begann. Stefan fragte sich unangenehm berührt, woher ihr Haß kommen mochte.

»Das sind nicht eben angenehme Ansichten«, sagte Giuseppe.

»Ich stehe für jedes Wort ein. Schweden ist eine Gesellschaft, die kaum noch existiert. Man kann denjenigen gegenüber nichts anderes als Haß empfinden, die das haben geschehen lassen.«

»Es war also kein Zufall, daß Herbert Molin hierhergezogen ist?«

»Natürlich nicht. In den schweren Zeiten, die herrschen, haben wir, die wir die alten Ideale am Leben erhalten, die Pflicht, einander zu helfen.«

»Es gibt also doch eine Organisation?«

»Nein. Aber wir wissen, wer die richtigen Freunde sind.«

»Sie halten es geheim?«

Sie schnaubte vor Verachtung. »Eine vaterländische Gesinnung zu haben ist heutzutage ja fast strafbar. Wenn wir in Frieden leben wollen, müssen wir unsere Ansichten verbergen.«

»Aber nun hat jemand Herbert Molin aufgespürt und ihn getötet.«

»Warum sollte das mit seiner patriotischen Haltung in Zusammenhang stehen?«

»Das haben Sie selbst gesagt. Sie sind gezwungen, mit ihren wahnsinnigen Ideen im Verborgenen zu leben.«

»Es muß einen anderen Grund dafür geben, daß er ermordet worden ist.«

»Welchen zum Beispiel?«

»So gut habe ich ihn nicht gekannt.«

»Aber Sie werden sich doch Gedanken gemacht haben.«

»Natürlich. Es ist mir unbegreiflich.«

»Ist in der letzten Zeit etwas passiert? Hat er sich anders verhalten?«

»Ich habe ihn nur einmal in der Woche besucht. Er war wie immer.«

»Er hat nicht gesagt, daß ihn etwas beunruhigte?«

»Nein.«

Giuseppe verstummte. Stefan hatte den Eindruck, daß Elsa Berggren die Wahrheit sagte. Sie hatte bei Herbert Molin keine Veränderung bemerkt.

»Was ist denn mit Abraham Andersson passiert?« fragte sie.

»Er ist erschossen worden. Es hat den Anschein, als sei es eine Art Hinrichtung gewesen. Gehörte er auch zu Ihrer Gruppe, die keine Gruppe ist?«

»Nein. Herbert hat manchmal mit ihm geredet. Aber er hat nie über Politik diskutiert. Er war sehr vorsichtig. Er hatte wenig wirkliche Freunde.«

»Haben Sie eine Ahnung, wer Abraham Andersson getötet haben könnte?«

»Ich kannte ihn nicht.«

»Können Sie mir sagen, wer Herbert Molin am nächsten gestanden hat?«

»Ich nehme an, ich. Und seine Kinder. Zumindest die Tochter. Das Verhältnis zu seinem Sohn war abgebrochen.«

»Von wem aus?«

»Das weiß ich nicht.«

»Und sonst? Haben Sie ihn einmal von jemandem namens Wetterstedt reden hören?«

Sie zögerte, bevor sie antwortete. Giuseppe und Stefan wechselten einen schnellen Blick. Es war offensichtlich, daß sie sich wunderte, den Namen Wetterstedt zu hören.

»Er hat manchmal von einer Person dieses Namens in Kalmar gesprochen. Herbert ist dort geboren und aufgewachsen. Wetterstedt ist wohl mit einem früheren Justizminister verwandt gewesen. Dem, der vor ein paar Jahren ebenfalls ermordet wurde. Ich glaube, er ist Porträtmaler. Aber ich bin mir nicht sicher.«

Giuseppe hatte einen Notizblock hervorgezogen und notierte, was sie sagte. »Und sonst niemand?«

»Nein. Herbert war keiner, der unnötige Worte machte.«

Giuseppe sah Stefan an. »Eine Frage«, sagte er dann. »Pflegten Sie mit Herbert Molin eine Sohle aufs Parkett zu legen, wenn Sie ihn besuchten?«

»Wie meinen Sie das?«

»Ich möchte wissen, ob Sie häufiger mit ihm getanzt haben.«

Zum drittenmal im Laufe des Gesprächs sah sie ehrlich verwirrt aus. »Allerdings. Das habe ich.«

»Tango?«

»Nicht nur, aber oft. Auch die alten Gesellschaftstänze, die Technik und ein Minimum an Verfeinerung erfordern, sind im Verschwinden begriffen. Wie tanzt man denn heute? Wie die Affen!«

»Sie wissen natürlich, daß Herbert Molin eine Tanzpuppe hatte?«

»Er war ein passionierter Tänzer. Er tanzte sehr gut. Er hat oft geübt, und dafür brauchte er die Puppe. Er hatte einmal davon geträumt, Tänzer zu werden. Aber er tat seine Pflicht, als die Fahnen ihn riefen.«

Wie altmodisch und hochtrabend sie redet, dachte Stefan. Als versuche sie, die Zeit zu beschwören, sich zurückzudrehen in die dreißiger und vierziger Jahre.

»Ich nehme an, es haben nur wenige gewußt, daß Herbert Molin gern tanzte?«

»Er hatte nicht viele Freunde. Wie oft soll ich das noch wiederholen.«

Giuseppe strich sich über die Nase, während er die nächste Frage formulierte. »Hat er sich immer schon für das Tanzen interessiert?«

»Ich glaube, sein Interesse wurde während des Krieges geweckt. Oder kurz davor.«

»Warum glauben Sie das?«

»Er hat es einmal gesagt.«

»Was hat er gesagt?«

»Genau das, was ich gerade gesagt habe. Der Krieg war hart, aber manchmal hatte er Urlaub. Die deutsche Wehrmacht hat sich sehr gut um ihre Soldaten gekümmert. Wenn die Möglichkeit bestand, bekamen sie Urlaub, und alles wurde bezahlt.«

»Hat er häufig vom Krieg gesprochen?«

»Nein. Aber mein Vater hat es getan. Einmal hatten sie eine Woche gleichzeitig frei. Da sind sie nach Berlin gefahren. Mein Vater hat erzählt, daß Herbert jeden Abend ausgehen und tanzen wollte. Ich glaube, es ist so gewesen, daß Herbert immer sofort zum Tanzen nach Berlin gefahren ist, sobald er die Front verlassen konnte.«

Giuseppe schwieg eine Weile, bevor er weiterging. »Haben Sie noch etwas zu sagen, was uns, Ihrer Meinung nach, helfen könnte?«

»Nein. Aber ich will, daß Sie den Mörder fassen. Auch wenn er nicht spürbar bestraft werden wird. In Schweden schützt man die Verbrecher, nicht die Opfer. Es wird natürlich breitgetreten werden, daß Herbert seinen Idealen treu geblieben ist. Herbert wird verurteilt werden, obwohl er von uns gegangen ist. Aber ich will trotzdem, daß Sie denjenigen, der ihn getötet hat, finden. Ich will wissen, wer es war.«

»Dann haben wir vorläufig keine weiteren Fragen. Doch Sie werden sicher noch zu anderen Vernehmungen gerufen werden.«

»Stehe ich unter irgendeinem Verdacht?«

»Nein.«

»Dürfte ich dann erfahren, woher Sie gewußt haben, daß in meinem Kleiderschrank eine Uniform hängt?«

»Ein andermal«, sagte Giuseppe und stand auf.

Sie ging mit ihnen hinaus in den Flur.

»Ich muß schon sagen, Ihre Ansichten grenzen ans Unerträgliche«, sagte Giuseppe, als er durch die Haustür getreten war.

»Für Schweden gibt es keine Rettung mehr«, antwortete sie. »Als ich jung war, konnte man Polizisten treffen, die politisch bewußt waren und unsere Ideale hochhielten. Aber damit ist es wohl vorbei.«

Sie schloß die Tür. Giuseppe hatte es eilig, sich von ihrem Haus zu entfernen. »Wirklich eine entsetzliche Person«, sagte er, als sie zum Gartentor gekommen waren. »Ich hätte ihr am liebsten eine Ohrfeige gegeben.«

»Es gibt bestimmt mehr Menschen, die ihre Auffassungen teilen, als man glaubt«, erwiderte Stefan.

Sie gingen schweigend zum Hotel zurück. Plötzlich blieb Giuseppe stehen. »Was hat sie eigentlich über Herbert Molin gesagt?«

»Daß er sein Leben lang Nazi gewesen ist.«

»Und das bedeutet?«

Stefan schüttelte den Kopf.

»Sie hat also gesagt«, wiederholte Giuseppe, »daß Herbert Molin bis zu seinem Tod ein Mensch mit entsetzlichen Ansichten war. Ich habe sein Tagebuch nicht im Detail gelesen, aber du hast es. Man kann sich nun fragen, was er eigentlich in Deutschland getan hat. Und man kann sich fragen, ob es nicht viele Menschen gegeben haben kann, die ihm den Tod gewünscht haben.«

»Trotzdem habe ich meine Zweifel«, antwortete Stefan. »Der Zweite Weltkrieg ist vor vierundfünfzig Jahren zu Ende gegangen. Das wäre eine lange Wartezeit.«

Giuseppe war nicht überzeugt. »Vielleicht«, sagte er nur. »Vielleicht.«

Sie gingen weiter. Als sie das Gerichtsgebäude hinter sich gelassen hatten, blieb Stefan stehen. »Was passiert, wenn man das Ganze umdreht? Bisher gehen wir davon aus, daß alles mit Herbert Molin begann, weil er als erster getötet wurde. Doch was geschieht, wenn es umgekehrt ist? Wenn wir uns eigentlich auf Abraham Andersson konzentrieren sollten?«

»Nicht wir«, erwiderte Giuseppe, »ich. Ich halte natürlich auch diese Möglichkeit offen, aber sie ist kaum wahrscheinlich. Abraham Andersson ist aus ganz anderen Gründen hierhergezogen als Herbert Molin. Er hat sich nicht versteckt. Aus dem wenigen, was wir bisher über ihn wissen, geht hervor, daß er mit seinen Nachbarn in Kontakt stand und eine ganz andere Persönlichkeit war.«

Sie kehrten zum Hotel zurück. Stefan merkte, wie sehr ihn Giuseppes plötzliche Betonung, daß er und die örtliche Polizei die Ermittlung in der Hand hielten, irritiert hatte. Er selbst stand wieder außerhalb. Es war ihm klar, daß diese Irritation gänzlich unangebracht war, aber das Gefühl war trotzdem vorhanden.

»Was tust du jetzt?« fragte Giuseppe.

Stefan zuckte mit den Schultern. »Ich reise ab.«

Giuseppe zögerte. »Und wie geht es dir?«

»Ich hatte neulich einen schlimmen Tag. Aber jetzt geht es wieder.«

»Ich versuche mir vorzustellen, wie das ist, aber ich kann es nicht.«

Sie standen an der Außentreppe des Hotels. Stefan betrachtete einen Spatzen, der auf einem Regenwurm herumhackte. Ich kann es mir selbst nicht vorstellen, dachte er. Ich glaube immer noch, daß das Ganze ein Alptraum ist. Daß ich mich nicht am neunzehnten November in Borås im Krankenhaus einfinden muß, um eine Strahlenbehandlung zu beginnen.

»Bevor du fährst, möchte ich dich bitten, daß du mir diesen Zeltplatz zeigst.«

Stefan dachte, daß er Sveg so schnell wie möglich verlassen wollte, aber er konnte kaum nein sagen. »Und wann?« fragte er.

»Sofort.«

Sie setzten sich in Giuseppes Wagen und fuhren in Richtung Linsell.

»In diesem Teil des Landes sind die Wälder endlos«, sagte Giuseppe plötzlich und brach das Schweigen, das im Wagen herrschte. »Wenn man hier stehenbleibt und zehn Meter direkt zwischen die Bäume geht, befindet man sich in einer anderen Welt. Aber das weißt du vielleicht längst.«

»Ich habe es ausprobiert.«

»Ein Mensch wie Herbert Molin hat es mit seinen Erinnerungen im Wald vielleicht leichter. Niemand stört ihn. Die

Zeit steht still, wenn man so will. Er kann da draußen im Wald den Hitlergruß gemacht haben und die Wege entlangmarschiert sein. Es lag keine Uniform an dem Platz, an dem du das Tagebuch gefunden hast?«

»Er hat geschrieben, daß er desertiert ist. Während Berlin um ihn herum in Flammen stand, hat er die Uniform gegen Zivilkleidung getauscht, die er einer Leiche ausgezogen hat. Wenn ich das Tagebuch richtig verstanden habe, ist er am gleichen Tag fahnenflüchtig geworden, an dem Hitler sich im Bunker das Leben nimmt. Aber man kann wohl annehmen, daß Molin nichts davon gewußt hat.«

»Ich glaube, man hat die Nachricht von Hitlers Selbstmord ein paar Tage zurückgehalten«, antwortete Giuseppe zögernd. »Dann hat jemand im Radio eine Rede gehalten und verkündet, daß der Führer auf seinem Posten gefallen ist. Aber es ist möglich, daß ich mich nicht richtig erinnere.«

Sie bogen in den Seitenweg ein, der zu Herbert Molins Haus führte. Reste von Absperrband hatten sich in den Zweigen der Bäume verfangen.

»Wir sollten vielleicht besser hinter uns aufräumen«, sagte Giuseppe mißmutig. »Schließlich haben wir das Haus jetzt der Tochter überlassen. Hast du sie gesehen?«

»Nicht, seit wir uns im Hotel unterhalten haben.«

»Eine sehr resolute Frau«, meinte Giuseppe. »Ich frage mich wirklich, ob sie die Geschichte ihres Vaters kennt. Das ist auf jeden Fall ein Punkt, über den ich mit ihr sprechen werde.«

»Sie sollte sie wohl kennen.«

»Sie schämt sich wahrscheinlich. Wer würde das nicht tun, wenn er einen Nazi zum Vater hätte?«

Sie stiegen aus. Standen unbeweglich und lauschten dem Rauschen der Bäume. Dann ging Stefan voraus. Den Pfad zum See hinunter. Den gewellten Strand entlang. Zum Zeltplatz.

Als sie ankamen, wußte er, daß jemand dagewesen war. Er blieb abrupt stehen.

Giuseppe sah ihn fragend an. »Was ist?«

»Ich glaube, daß nach mir jemand hiergewesen ist.«

»Wieso? Ist etwas verändert?«

»Ich weiß es nicht.«

Stefan betrachtete den Zeltplatz. Äußerlich wirkte alles, wie es beim letztenmal gewesen war. Dennoch war er sicher, daß nach ihm jemand hergekommen war. Etwas war anders. Giuseppe wartete. Stefan ging durch die Öffnung zwischen den Bäumen, kreiste den Zeltplatz mit den Blicken ein. Er drehte noch eine Runde. Da sah er, was es war. Er hatte auf dem umgestürzten Baumstamm gesessen und sich umgesehen. Dabei hatte er einen abgebrochenen Tannenzweig in den Händen gehalten. Als er aufgestanden war, hatte er ihn vor seinen Füßen auf den Boden fallen lassen. Jetzt lag der Zweig woanders. Weiter entfernt. Am Pfad, der zum See hinunter führte.

»Es ist tatsächlich jemand hiergewesen«, sagte Stefan. »Jemand, der hier auf dem Baumstamm gesessen hat.«

Er wies auf den Zweig und erzählte, was es damit auf sich hatte.

»Kann man von einem Zweig Fingerabdrücke nehmen?« fragte er.

»Sehr gut möglich«, antwortete Giuseppe und holte eine Plastiktüte aus der Tasche. »Man kann es auf jeden Fall versuchen. Bist du dir sicher?«

Stefan nickte. Er erinnerte sich daran, wohin er den Zweig gelegt hatte. Jetzt lag er woanders. Er konnte jemanden dort auf dem Baumstamm sitzen sehen. Sich nach dem Zweig vorbeugen und ihn dann fallen lassen. Genau, wie er selbst es getan hatte.

»Dann rufen wir doch eine Hundestreife her«, meinte Giuseppe und holte sein Handy aus der Tasche.

Stefan sah in den Wald. Plötzlich hatte er das Gefühl, daß jemand in ihrer unmittelbaren Nähe war. Jemand, der sie beobachtete.

Gleichzeitig dachte er, daß er sich an etwas erinnern müßte. Etwas, was mit Giuseppe zu tun hatte. Er suchte im Kopf danach, ohne die Erinnerung greifen zu können.

Giuseppe horchte ins Telefon, stellte ein paar Fragen, forderte eine Hundestreife an und beendete das Gespräch.

»Merkwürdig«, sagte er.

»Was ist merkwürdig?«

»Abraham Anderssons Hund ist weg.«

»Wie, weg?«

Giuseppe schüttelte den Kopf. »Weg. Er ist ganz einfach verschwunden. Obwohl es dort von Polizisten nur so wimmelt.«

Sie sahen einander fragend an. Ein Vogel flog von einem Zweig auf und verschwand auf den See hinaus. Schweigend folgten sie ihm mit den Blicken, bis er nicht mehr zu sehen war.

16

Aaron Silberstein lag auf einem Felsvorsprung, von dem aus er einen guten Blick auf Abraham Anderssons Haus hatte. Er richtete sein Fernglas auf den Hof, der unter ihm lag. Er zählte drei Streifenwagen, zwei Kastenwagen und drei Privatautos. Dann und wann kam jemand in einem Overall aus dem Wald. Ihm wurde klar, daß Abraham Andersson dort ermordet worden war. Der Einsicht entzogen. Aber noch konnte er nicht dorthin. Er würde es im Laufe der Nacht versuchen.

Er ließ das Glas über den Hofplatz gleiten. Ein Hund von der gleichen Rasse wie der, den er bei Herbert Molin hatte töten müssen, stand an eine Kette gebunden da, die zwischen dem Haus und einem Baum verlief. Plötzlich kam ihm der Gedanke, daß es vielleicht zwei Hunde aus dem gleichen Wurf waren oder daß sie zumindest der gleichen Abstammung waren. Der Gedanke an den Hund, dem er die Kehle durchgeschnitten hatte, bereitete ihm Übelkeit. Er senkte das Fernglas, legte sich auf den Rücken und atmete ein paarmal tief durch. Es duftete nach feuchtem Moos. Über seinem Kopf zogen die Wolken vorüber.

Ich bin wahnsinnig, dachte er. Ich hätte jetzt in Buenos Aires sein sollen, nicht in dieser schwedischen Einöde. Maria hätte sich gefreut, wenn ich zurückgekommen wäre. Vielleicht hätten wir sogar miteinander geschlafen. Wie auch immer, ich hätte eine gute Nacht verbracht und am Morgen meine Werkstatt wieder geöffnet. Don Antonio hat sicher mit wachsender Verärgerung anzurufen versucht und sich gewundert, warum der Stuhl, den er vor drei Monaten bei mir abgegeben hat, immer noch nicht fertig ist.

Hätte er bloß nicht zufällig neben einem schwedischen Seemann in einem Restaurant in Malmö gesessen. Einem Seemann, der auch noch Spanisch sprechen und verstehen konnte. Und wäre nur der verdammte Fernseher nicht angewesen und hätte ihm das Gesicht eines toten alten Mannes gezeigt. Dann hätte er nicht erleben müssen, wie seine Pläne allesamt über den Haufen geworfen wurden. Dann könnte er sich jetzt auf einen Abend im La Cabaña freuen.

Vor allem hätte er sich nicht daran erinnern müssen, was geschehen war.

Er hatte gehofft, daß es endlich vorbei wäre, was ihn sein ganzes Leben hindurch verfolgt hatte. Die Jahre, die er noch vor sich hatte, sollten so werden, wie er sie sich erträumt hatte. Geprägt von großer Ruhe.

In einem einzigen Augenblick, durch ein einziges Bild hatte sich alles verändert.

Er hatte das Restaurant und den schwedischen Seemann verlassen. Als er in sein Hotelzimmer gekommen war, hatte er sich auf die Bettkante gesetzt und war dort sitzen geblieben, bis er einen Entschluß gefaßt hatte. Im Morgengrauen hatte er ein Taxi zum Flughafen genommen, der zwanzig Kilometer stadtauswärts lag. Eine freundliche Frau war ihm behilflich gewesen, ein Flugticket nach Östersund zu kaufen. Dort hatte ein Mietwagen auf ihn gewartet. Er war in die Stadt gefahren und hatte noch einmal ein Zelt und einen Schlafsack, Kochutensilien, warme Kleidung und eine Taschenlampe gekauft. Danach hatte er Wein und Cognac für eine Woche besorgt. In der Buchhandlung, die an einem schräg abfallenden Marktplatz lag, hatte er schließlich eine Karte erstanden. Denn auch die Karte hatte er weggeworfen. Ebenso wie die Töpfe, den Campingkocher, das Zelt und den Schlafsack. Es ist, als würde sich der Alptraum wiederholen, dachte er. In Dantes Hölle gibt es eine Stufe, auf der die Menschen dadurch gepeinigt werden, daß sich alles wiederholt. Er versuchte sich daran zu erinnern, welche Sünden diese Menschen begangen hatten, aber es fiel ihm nicht ein.

Anschließend war er aus der Stadt hinausgefahren, hatte an einer Tankstelle gehalten und sämtliche Lokalzeitungen gekauft. Er hatte sich hinters Steuer gesetzt und alles betrachtet, was über den Toten geschrieben worden war. In beiden Zeitungen war es die Hauptnachricht gewesen. Er hatte die Worte nicht verstanden, aber hinter Abraham Andersson hatte ein Name gestanden. Glöte. Er vermutete, daß es der Ort war, in dem Andersson gewohnt hatte und wohin er ihm einmal gefolgt war. Es wurde noch ein anderer Name mehrfach wiederholt. Dunkärret. Aber das hatte er nicht auf der Karte gefunden. Er war aus dem Wagen gestiegen und hatte die unhandliche Karte auf der Motorhaube ausgebreitet und einen Plan zu machen versucht. Er wollte nicht zu nahe herankommen. Es bestand das Risiko, daß die Polizei Straßensperren errichtet hatte.

Auf Umwegen war er zu einem Ort namens Idre gelangt. Er dachte, daß er nun weit genug von Anderssons Haus entfernt war. Wenn er das Zelt gut versteckte, würde niemand etwas anderes vermuten, als daß er ein Tourist wäre, der Schweden im Herbst besuchte.

Er war sehr müde gewesen, als er ans Ziel gelangt war und sein Zelt am Ende eines Forstwegs aufgeschlagen hatte, auf dem er sich sicher fühlte. Er hatte den Platz verlassen, nachdem er das Zelt mit Zweigen und Reisig bedeckt hatte, das er mühsam zusammengesammelt hatte. Dann war er nach Norden in Richtung Sörvattnet gefahren, war hinter Linsell abgebogen und hatte ohne Probleme zu der Abzweigung gefunden, an der ein Schild mit dem Namen Dunkärret 2 gestanden hatte. Er war jedoch nicht in den Weg eingebogen, sondern weiter nach Sveg gefahren.

Kurz vor der Abzweigung zu Molins Haus war ihm ein Streifenwagen entgegengekommen. Ungefähr einen Kilometer nach der Abzweigung war er auf einem fast vollständig überwachsenen Waldweg zwischen die Bäume gefahren. In den drei Wochen, die er sich in Herbert Molins Nähe aufgehalten hatte, war ihm das Terrain vertraut geworden. Er war sich wie ein Tier vorgekommen, das mehrere Ausgänge aus seinem Bau gräbt.

Er hatte den Wagen abgestellt und war einem Pfad gefolgt, den er früher schon gegangen war. Auch wenn er nicht geglaubt hatte, daß Herbert Molins Haus bewacht würde, war er häufig stehengeblieben und hatte gehorcht. Schließlich war er so nahe herangekommen, daß er das Haus zwischen den Bäumen erkennen konnte. Er hatte zwanzig Minuten gewartet. Dann war er zum Haus und zu der Stelle gegangen, an der er Herbert Molins Leiche zurückgelassen hatte. Der Boden war zertrampelt. Fetzen von rot-weißem Absperrband hingen in den Bäumen. Er hatte sich gefragt, ob der Mann, den er getötet hatte, schon begraben worden war. Vielleicht waren die Gerichtsmediziner noch mit der Untersuchung der Leiche beschäftigt. Hatten sie herausgefunden, daß die Spuren auf dem Rücken von einer Ochsenpeitsche stammten, wie sie die Viehtreiber in den Pampas benutzten? Er war zum Haus gegangen und hatte sich auf die Zehenspitzen gestellt, so daß er ins Wohnzimmer blicken konnte. Die Blutspuren auf dem Fußboden waren eingetrocknet, aber immer noch sichtbar. Die Frau, die manchmal gekommen war, um bei Herbert Molin zu putzen, hatte kein letztes Mal saubergemacht.

Er hatte das Haus verlassen und war auf seinem alten Weg zum See hinuntergegangen. Von dort aus war er in jener Nacht gekommen, nachdem er lange genug gewartet hatte. Die andere Frau, die Molin zu besuchen und mit ihm zu tanzen pflegte, war am Tag zuvor dagewesen. Er hatte gedacht, daß sie, wenn sie ihren Gewohnheiten treu bliebe, erst in einer Woche wiederkehren würde. Außerdem war der andere Mann, Abraham Andersson, vorbeigekommen. Er war ihm bis zu seinem Haus gefolgt und hatte im Schutz der Bäume gesehen, wie er die Fensterläden verriegelt und den Schuppen verschlossen hatte. Alle Zeichen hatten darauf schließen lassen, daß er wegfahren wollte. Aaron konnte sich noch gut daran erinnern, wie es war, als er beschloß, daß die Zeit gekommen war. Es hatte an jenem Tag geregnet. Am Abend hatten sich die Wolken plötzlich verzogen, und er war zum See hinuntergegangen und in dem kalten Wasser geschwommen. Er hatte den Kopf völlig frei haben wollen, wenn er seinen Entschluß faßte. Hinterher hatte er im Schlafsack zusammengekauert dagesessen, damit die Wärme in seinen Körper zurückkehrte. Alle Waffen, die ihm bei seinem Einbruch auf dem Weg nach Härjedalen in die Hände gefallen waren, lagen vor ihm auf einem Plastiktuch.

Dann war die Zeit gekommen. Er war von einem seltsamen

Zweifel erfaßt worden. Es war, als hätte er so lange gewartet, daß er nicht mehr wußte, was passieren sollte, wenn das Warten vorüber war. In Gedanken war er schon so viele Male zu den aufwühlenden Ereignissen des letzten Kriegsjahres zurückgekehrt, als sein ganzes Leben zusammengestürzt war, um nie wieder vollständig aufgebaut werden zu können. Er hatte oft an sich selbst als an ein Schiff gedacht, dessen Mast gebrochen und dessen Segel zerfetzt waren. So war sein Leben gewesen, und nichts von dem, was er zu tun beabsichtigte, würde ernsthaft etwas daran ändern. Er hatte sein ganzes Leben mit dem Gedanken an Rache verbracht, und manchmal hatte er dieses Gefühl mehr gehaßt als den Mann, gegen den sich sein Haß richtete. Aber auch wenn er es gewollt hätte, wäre es jetzt zu spät. Er konnte nicht unverrichteter Dinge nach Buenos Aires zurückkehren. Er hatte sich an jenem Abend entschlossen, nachdem er in dem dunklen See geschwommen war. In jener Nacht hatte er zugeschlagen und war dem Plan gefolgt, den er vorher gemacht hatte. Herbert Molin hatte zu keiner Zeit begreifen können, was über ihn gekommen war.

Er war der unebenen Uferkante gefolgt. Die ganze Zeit hatte er gelauscht. Aber da war nichts, außer dem Rauschen des Windes in den Bäumen, die ihn umgaben.

Als er zu der Stelle kam, an der sein Zelt gestanden hatte, dachte er, daß die Gewalt ihn nicht verändert hatte. Er war ein freundlicher Mann geblieben, dem es schwerfiel, Leiden zu ertragen. Daß er unter irgendwelchen anderen Umständen Gewalt gegen einen Menschen ausüben würde, war undenkbar. Was er Herbert Molin angetan hatte, war im gleichen Augenblick verschwunden, in dem er den entkleideten Leichnam am Waldrand zurückgelassen hatte.

Die Gewalt hat mich nicht vergiftet, dachte er. Der ganze Haß, der sich in all den Jahren in mir aufgestaut hat, hat mich betäubt. Ich bin es gewesen, der Herbert Molins Haut zu Fetzen gepeitscht hat, und ich war es doch wieder nicht.

Er setzte sich auf den umgestürzten Baumstamm und drehte einen Tannenzweig in den Händen. Hatte der Haß ihn jetzt verlassen? Würde er seinen Frieden haben in den Jahren, die ihm noch blieben? Er wußte es nicht, aber er hoffte es zumindest. Er hatte sich sogar vorgenommen, in der kleinen Kirche, an der er auf dem Weg zu seiner Werkstatt täglich vorüberkam, eine Kerze für Herbert Molin anzuzünden. Vielleicht würde er sogar auf Herbert Molin trinken können? Jetzt, da er tot war?

Er blieb im Wald, bis es zu dämmern begann. Der Gedanke von vorhin, als er dort sein Zelt aufgeschlagen hatte, war wiedergekehrt. Der Wald war eine Kathedrale. Die Bäume hohe Säulen, die ein unsichtbares Dach trugen. Auch wenn er fror, war er von einer großen Ruhe erfüllt. Wenn er ein Handtuch mitgehabt hätte, wäre er in das kalte Wasser gestiegen und hinausgeschwommen, bis er keinen Grund mehr unter den Füßen gehabt hätte.

Bei Einbruch der Dämmerung kehrte er zu seinem Wagen zurück und fuhr weiter nach Sveg. Dort war etwas Sonderbares passiert, als er im Speisesaal eines Hotels zu Abend aß. An einem der benachbarten Tische saßen zwei Männer, die über Herbert Molin und Abraham Andersson sprachen. Zuerst glaubte er, daß es Einbildung wäre. Er verstand kein Schwedisch, aber die Namen hatten sich ständig wiederholt. Nach einer Weile war er in die Rezeption gegangen, und weil dort niemand war, hatte er im Gästebuch sehen können, daß sich zwei der Hotelgäste als »Kriminalinspektoren« eingetragen hatten. Er war in den Speisesaal zurückgekehrt. Keiner der beiden hatte ihn beachtet. Er lauschte gespannt und konnte noch weitere Namen aufschnappen. Unter anderem den Namen Elsa Berggren. Dann sah er, wie einer der Polizisten etwas auf die Rückseite seiner Rechnung schrieb. Als sie gingen, hatte der Mann das Papier zusammengeknüllt und in den Aschenbecher gelegt. Er selbst wartete, bis die Bedienung in die Küche hinausgegangen war. Dann nahm er das Papier an sich und verließ in aller Eile das Hotel. Er fuhr zu einem abgelegenen Parkplatz in der Nähe. Im Licht der Taschenlampe versuchte er zu entziffern, was auf der Rückseite der Rechnung stand. Das wichtigste war der Name der Frau. Elsa Berggren. Zwischen den drei Namen Herbert Molin, Abraham Andersson und Elsa

Berggren waren Pfeile gezogen, die ein Dreieck bildeten. Neben Anderssons Name war ein Hakenkreuz. Dahinter ein großes Fragezeichen.

Schließlich war er nach Linsell gefahren, und von da weiter nach Glöte. Er hatte das Auto hinter ein paar Holzstapeln abgestellt und damit begonnen, einen Weg durch den Wald zu einer Stelle in der Nähe von Abraham Anderssons Haus zu suchen. Er war auf die Anhöhe hinaufgeklettert, auf der er sich jetzt befand. Er konnte nicht sagen, was er zu entdecken hoffte. Aber er wußte, daß er sich in unmittelbarer Nähe des Geschehens befinden mußte, wenn er überhaupt eine Antwort auf die Frage finden wollte, die er sich stellte: Wer hat Abraham Andersson getötet? Trug er indirekt die Schuld daran, weil er Herbert Molin getötet hatte? Bevor er nach Buenos Aires zurückkehren konnte, mußte er darüber Klarheit gewinnen. Sonst würden ihn der Gedanke und die Unruhe für den Rest seines Lebens verfolgen. Dann wäre es, als hätte Herbert Molin das letzte Wort gehabt. Der Auftrag, sich von allem Haß zu befreien, würde mit voller Kraft auf ihn zurückfallen.

Durch das Fernglas betrachtete er die Polizisten, die zwischen dem Waldpfad und dem Haus hin und her gingen. Natürlich nahmen sie an, daß es ein und dieselbe Person war, die Herbert Molin und Abraham Andersson getötet hatte.

Es gibt nur zwei Menschen, die wissen, daß das nicht stimmt, dachte er. Der eine bin ich selbst, der andere ist Abraham Anderssons Mörder. Sie suchen eine Person, wo sie eigentlich zwei suchen sollten.

Er verstand jetzt, warum er zurückgekehrt war. Warum er nicht weiter nach Kopenhagen gefahren war und sich ins Flugzeug nach Buenos Aires gesetzt hatte. Er war zurückgekehrt, um klarzustellen, daß nicht er Abraham Andersson getötet hatte. Die Polizisten, die er durch das Fernglas sehen konnte, befanden sich auf einer Spur, die sie in die Irre führen würde. Natürlich konnte er nicht mit Bestimmtheit sagen, was die Männer, die sich dort unten am Waldrand bewegten, für Gedanken und Vorstellungen in ihren Köpfen hatten. Aber es gibt immer eine Logik, dachte er. Ohne es zu wissen, vermute ich, daß schwere Gewaltverbrechen hier in den Wäldern nicht besonders häufig sind. Hier leben die Menschen in großer Einsamkeit. Sie reden nicht viel und scheinen in Frieden miteinander umzugehen. Auf die gleiche Art und Weise, wie Herbert Molin und Abraham Andersson in gegenseitigem Einvernehmen gelebt zu haben scheinen. Jetzt sind sie beide tot. Molin habe ich selbst getötet. Aber Abraham Andersson, den zufälligen Nachbarn? Wer hat den getötet? Und warum?

Er setzte das Fernglas ab und rieb sich die Augen. Dann streckte er sich im feuchten Moos aus. Der Rücken tat ihm weh. Die Wolken segelten über ihm dahin. Dort unten wurde ein Motor angelassen, und er hörte, wie ein Wagen zurücksetzte, wendete und davonfuhr.

Noch einmal ging er in Gedanken das Geschehene durch. Konnte es einen Zusammenhang zwischen Herbert Molin und Abraham Andersson geben, den zu entdecken ihm nicht gelungen war? Es gab viele Fragen. War es vielleicht kein Zufall gewesen, daß Molin sich entschieden hatte, in der Nähe von Andersson zu wohnen? Wer von ihnen war zuerst dagewesen? Stammte Andersson aus der Gegend? Hatte auch er ein Versteck im Wald gesucht? Hatte auch er einmal für Hitler gekämpft? War auch er ein Mensch gewesen, der widerwärtige Handlungen begangen hatte und seiner Strafe entkommen war? Der Gedanke erschien ihm unwahrscheinlich, aber unmöglich war er nicht.

Er hörte einen Wagen näherkommen und setzte sich auf. Durch das Fernglas konnte er einen Mann aus einem Personenwagen aussteigen sehen. Er versuchte das Fernglas ruhig zu halten. Er kannte den Mann. Es war der Polizist, der im Restaurant gesessen und etwas auf die Rückseite der Rechnung geschrieben hatte. Soweit war es also richtig gewesen. Er hatte mit beiden Ermittlungen zu tun.

Es war ein komisches Gefühl, einen Polizisten, der einen jagte, durch ein Fernglas zu betrachten. Die Lust zu fliehen überkam ihn. Er hatte Herbert Molin getötet. Für dieses Verbrechen konnten sie ihn verhaften und verurteilen. Doch sein Wunsch zu erfahren, was Abraham Andersson zugestoßen war, siegte über seinen Fluchtimpuls. War er indirekt dafür verantwortlich? Er konnte das Land nicht verlassen, bevor er es nicht wußte. Was war das Motiv? Wer war der Täter? Warum war es überhaupt geschehen? Er senkte das Fernglas und befühlte mit einer Hand seinen Nacken, der allmählich steif wurde. Er dachte, daß es eine seltsame Situation war. Er konnte einfach nicht die Schuld für das auf sich nehmen, was Abraham Andersson passiert war. Wer auch immer ihn getötet haben mochte, sein Motiv hatte nichts mit ihm, Aaron, zu tun. Wäre er nur in ein anderes Restaurant gegangen, wäre dort nur kein Fernseher gewesen und dazu noch ein Seemann, der zufällig Spanisch sprach, er wäre jetzt zu Hause in Buenos Aires. Hätte nicht den langen Rückweg an den Ort eines Verbrechens unternommen, der an den Ort eines anderen Verbrechens grenzte, das er selbst begangen hatte. Er hob das Fernglas wieder und folgte dem Mann, der zu dem Hund ging und ihm den Kopf streichelte. Dann verschwand er in den Wald.

Aaron hielt das Fernglas auf den Hund gerichtet. Plötzlich begann ein Gedanke in seinem Kopf Gestalt zu gewinnen. Er nahm das Fernglas von den Augen und legte sich wieder auf den Rücken. Ich muß ihnen sagen, daß sie auf der falschen Spur sind, dachte er. Aber das kann ich nur, indem ich mich zeige. Ich darf ihnen nicht erzählen, wer ich bin. Auch nicht, daß ich es gewesen bin, der Herbert Molin getötet hat, oder warum. Ich muß versuchen ihnen zu sagen, daß es jemand anders gewesen ist, der Abraham Andersson getötet hat. Meine einzige Möglichkeit besteht darin, die Maschinerie zu stören. Ein Unsicherheitsmoment in bezug darauf zu schaffen, was eigentlich passiert ist.

Der Hund kann mir helfen.

Er stand auf, lockerte seine steif gewordenen Muskeln und ging dann in den Wald. Obwohl er immer in Großstädten gelebt hatte, war sein Orientierungssinn ausgezeichnet, und er hatte keine Probleme, sich in der Natur zurechtzufinden. Er brauchte weniger als eine Stunde, um zu seinem Wagen zu gelangen. Er hatte Essen und ein paar Flaschen Wasser mitgenommen. Der Gedanke an ein Glas Wein oder Cognac lockte ihn, aber er wußte, daß er standhaft bleiben mußte. Er hatte eine Aufgabe. Er durfte die Lösung nicht dadurch gefährden, daß er sich betrank. Er aß und rollte sich dann auf der Rückbank des

Wagens zusammen. Er konnte sich einige Stunden ausruhen, bevor er zurückkehren mußte, wenn er um Mitternacht da sein wollte. Um sicher zu sein, zur richtigen Zeit zu erwachen, aktivierte er die Weckfunktion seiner Armbanduhr.

Als er die Augen schloß, war er sofort zu Hause in Buenos Aires. In seinen Gedanken stand er vor der Wahl, sich in das Bett zu legen, in dem Maria bereits schlief, oder auf die Matratze, die ganz hinten in seiner Werkstatt lag. Er entschied sich für die zweite Möglichkeit. Die Geräusche, die ihn umgaben, kamen nicht mehr von den Bäumen. Jetzt war es der Straßenlärm von Buenos Aires, den er wahrnahm.

Als er erwachte, hatte er etwas geträumt, woran er sich nicht unmittelbar erinnern konnte. Gleichzeitig piepte die Uhr an seinem Arm. Er schaltete den Weckmechanismus aus und stieg aus dem Wagen. Dann öffnete er den Kofferraum, nahm die neue Taschenlampe heraus und machte sich auf den Weg zur Anhöhe.

Das letzte Stück wurde er vom Licht der Scheinwerfer geleitet, die den Wald um den Tatort erleuchteten. Die Lichtstrahlen, die zwischen den Bäumen in die Höhe schossen, erinnerten ihn an den Krieg. Es gehörte zu seinen frühesten Erinnerungen, daß er vorsichtig, wenn niemand in der Nähe war und ihn sehen konnte, durch einen Spalt am Verdunklungsrollo geschaut und die deutsche Luftabwehr nach feindlichen Flugzeugen hatte suchen sehen, die in den Nächten über Berlin gekreist waren. Er hatte immer große Angst gehabt, daß eine Bombe gerade ihr Haus träfe und seine Eltern und Geschwister töten würde. Er selbst überlebte immer. Aber das hatte seine Angst nur noch verstärkt. Was sollte aus ihm werden, wenn es seine Eltern und Geschwister nicht mehr gab?

Er verwarf seine Gedanken, schirmte die Taschenlampe ab und suchte in dem gedämpften Licht nach dem Fernglas, das er in eine Plastiktüte gesteckt hatte, damit es gegen Feuchtigkeit geschützt war. Er setzte sich im Moos zurecht, lehnte den Rücken gegen einen Baumstamm und sah durch das Fernglas zum Haus hinunter. Alle Fenster im Untergeschoß waren erleuchtet. Dann und wann ging die Tür auf, und jemand kam heraus oder ging hinein. Es standen nur zwei Wagen auf dem Hofplatz. Kurz nachdem er gekommen war, stiegen zwei Männer in einen von ihnen und fuhren davon. Da hatte auch jemand einen Teil des Lichts draußen im Wald gelöscht. Er ließ das Fernglas weiterwandern, bis er fand, wonach er suchte. Der Hund saß unbeweglich am äußersten Rand des Lichts, das aus einem der Fenster fiel. Jemand hatte ihm Fressen hingestellt.

Er sah auf die Uhr. Halb elf. Um diese Zeit sollte er auf dem Heimweg vom La Cabaña sein, wo er sich mit einem Kunden hätte treffen wollen. Das war zumindest das, was Maria glaubte. Er zog eine Grimasse bei dem Gedanken. Jetzt, wo er alles mit Abstand betrachtete, quälte es ihn, daß er Maria so oft belog. Er traf sich mit keinem Kunden im La Cabaña, oder in irgendeinem anderen Restaurant. Er wagte es nicht, ihr die Wahrheit zu sagen. Daß er nicht mit ihr zusammen essen, nicht auf ihre Fragen antworten, nicht ihre Stimme hören wollte. Mein ganzes Leben hat sich allmählich verengt und ist zu einem Pfad geworden, der aus Lügen besteht, dachte er. Auch das ist ein Preis, den ich bezahlt habe. Die Frage ist nur, ob ich Maria gegenüber ehrlicher sein kann, jetzt, nachdem ich Herbert Molin getötet habe. Ich liebe Maria. Aber ich weiß gleichzeitig, daß ich eigentlich lieber allein bin. Es ist ein Riß in mir zwischen dem, was ich tue, und dem, was ich will. Er besteht seit der Katastrophe damals in Berlin.

Das Leben hat sich verengt.

Was bleibt noch, außer einzusehen, daß das meiste schon verloren ist und nicht wiederkommt?

Die Zeit verging langsam. Dann und wann segelte eine einsame Schneeflocke vom Himmel. Er hielt den Atem an und wartete. Schneefall konnte er jetzt am wenigsten gebrauchen. Er würde es ihm unmöglich machen, seinen Plan durchzuführen. Aber es fielen nur diese vereinzelten Flocken.

Um kurz nach elf trat einer der Polizisten auf die Treppe und pißte. Er pfiff nach dem Hund, aber der reagierte nicht. Als er fertig gepißt hatte, kam ein anderer Mann mit einer Zigarette in der Hand heraus. In diesem Augenblick wurde Aaron bewußt, daß nur noch zwei Polizisten da waren. Zwei Männer, die Wache hielten.

Er wartete. Es war still im Haus. Manchmal glaubte er, das Geräusch eines Fernsehers oder vielleicht eines Radios zu hören, aber er war sich nicht sicher. Er leuchtete auf den Boden und kontrollierte, daß er nichts vergessen hatte. Dann ging er vorsichtig auf der Rückseite des Hügels hinab. Eigentlich sollte er endlich tun, was er sich vorgenommen hatte, aber er konnte dem Gedanken nicht widerstehen, die Stelle zu sehen, an der Abraham Andersson getötet worden war. Es konnte sein, daß dort jemand Wache hielt. Jemand, den er übersehen hatte. Das war ein Risiko. Aber er wußte, daß er es eingehen mußte.

Als er an den Waldrand hinuntergekommen war, schaltete er die Taschenlampe aus. Er bewegte sich sehr vorsichtig, tastete sich mit den Füßen voran und war die ganze Zeit darauf gefaßt, daß der Hund anschlagen würde. Auf der anderen Seite des Hofplatzes verschwand er wieder im Wald. Jetzt konnte er das Scheinwerferlicht ausnutzen, das zwischen den Bäumen leuchtete.

Es war keine Wache da. Es war überhaupt nichts da. Nur ein einsamer Baum, an dem die Polizei verschiedene Zeichen angebracht hatte. Er wagte sich bis zum Baum vor und untersuchte den Stamm. Ungefähr in Brusthöhe war ein Teil der Rinde zerfetzt. Er runzelte die Stirn. Hatte Abraham Andersson an einem Baum gestanden, als er ermordet worden war? Dann mußte ihn jemand festgebunden haben. Und dann wäre der Mord eine Hinrichtung gewesen. Plötzlich brach ihm der kalte Schweiß aus. Er wandte sich um, aber niemand war da. Ich hatte es auf Herbert Molin abgesehen, dachte er. Dann ist jemand im Dunkeln hinter Abraham Andersson aufgetaucht, und jetzt habe ich das Gefühl, daß auch hinter mir jemand steht. Er glitt aus dem Licht und machte sich unsichtbar. Versuchte nachzudenken. Hatte er ein Spiel zwischen verschiedenen Kräften in Gang gesetzt, die er nicht kontrollieren konnte? Hatte er sich in etwas hineinbegeben, von dem er nichts geahnt hatte, als er endlich beschloß, seine Rache zu vollziehen? Er wußte es nicht. Die Fragen und die Angst wirbelten durch seinen Kopf. Während einiger Minuten war er nahe daran, das gleiche zu tun, was Herbert Molin getan hatte. Zu fliehen, zu verschwinden, sich zu verstecken und das, was geschehen war, zu vergessen. Nicht in einem Wald, sondern in Buenos Aires. Er hätte nicht zurückkommen sollen. Aber jetzt war es zu spät. Er würde nicht umkehren, bevor er nicht Klarheit darüber gewonnen hatte, was mit Abraham Andersson passiert war. Es ist Herbert Molins Rache an mir, dachte er, und der Gedanke machte ihn wütend. Wenn es möglich gewesen wäre, hätte er nicht gezögert, ihn ein zweites Mal zu töten.

Dann zwang er sich zur Ruhe. Er holte ein paarmal tief Luft und dachte an Wellen, die gegen einen Strand schlugen. Nach einer Weile sah er auf die Uhr. Viertel nach eins. Es wurde Zeit. Er kehrte zum Hofplatz zurück. Jetzt hörte er aus dem Innern des Hauses Musik und ein paar Stimmen, die ein gedämpftes Gespräch führten. Vermutlich lief das Radio, und zwei müde Polizisten hielten sich dadurch wach, daß sie miteinander redeten. Er näherte sich vorsichtig dem Hund und rief ihn mit verhaltener Stimme. Der Hund knurrte leise, wedelte aber gleichzeitig mit dem Schwanz. Der Mann vermied es, sich in den Lichtschein zu stellen, der aus dem Fenster fiel. Der Hund kam zu ihm in den Schatten. Er streichelte ihn. Der Hund sah unruhig aus, wedelte aber weiter.

Da löste er die Hundeleine von der Kette und nahm das Tier mit.

In der Dunkelheit hinterließen sie keine Spuren.

17

Stefan hatte schon zahllose Male gesehen, wie ein Polizist auf eine unerwartete Nachricht reagierte. Er griff als erstes zum Telefon. Giuseppe aber hatte bereits ein Handy in der Hand, und es war auch nicht nötig, jemanden anzurufen.

Stefan und Giuseppe sahen ein, daß sie auf das Verschwinden des Hundes reagieren mußten. Es konnte zu einem Durchbruch in der Ermittlung führen. Es konnte aber auch, was wesentlich wahrscheinlicher war, eine Nebenspur sein.

»Ist es nicht denkbar, daß er einfach weggelaufen ist?« fragte Stefan.

»Es sieht nicht so aus.«

»Könnte ihn jemand gestohlen haben?«

Giuseppe schüttelte zweifelnd den Kopf. »Direkt vor der Nase von so vielen Polizisten? Daran kann ich nicht glauben.«

»Aber es ist doch ebensowenig vorstellbar, daß der Täter zurückgekehrt ist, um den Hund zu holen.«

»Wenn wir es nicht mit einem Wahnsinnigen zu tun haben. Und da können wir keineswegs sicher sein.«

Sie erwogen schweigend die verschiedenen Möglichkeiten.

»Wir müssen abwarten«, sagte Giuseppe schließlich. »Wir dürfen uns nicht auf diese Sache mit dem Hund versteifen. Außerdem taucht er sicher wieder auf. Hunde haben das so an sich.«

Giuseppe steckte sein Handy in die Jackentasche und ging zu Molins Haus zurück. Stefan blieb stehen. Es war schon viele Stunden her, seit er zuletzt an seine Krankheit gedacht hatte. Seit er die schleichende Angst davor gespürt hatte, daß die Schmerzen zurückkommen würden. Als er Giuseppe seines Weges gehen sah, kam es ihm plötzlich vor, als würde er allein gelassen.

Einmal, als er sehr klein gewesen war, hatte er sich zusammen mit seinem Vater auf Ryavallen in Borås ein Fußballspiel angesehen. Es war ein Spiel der ersten Liga. Auf unklare Weise wichtig, vielleicht entscheidend für die Meisterschaft. Und er hatte mitgedurft. Er hatte gewußt, daß die gegnerische Mannschaft der IFK Göteborg sein würde. Sein Vater hatte gesagt: »Ein Sieg muß her.« Immer wieder auf der Autofahrt zwischen Kinna und Borås hatte er den Satz wiederholt: »Ein Sieg muß her.« Als sie den Wagen vor dem Stadion geparkt hatten, kaufte sein Vater ihm einen gelb-schwarzen Schal. Stefan hatte manchmal gedacht, daß der Schal und nicht das Spiel an sich sein Interesse für Fußball geweckt hatte. Das Menschengewimmel hatte ihm angst gemacht, und er hatte krampfhaft die Hand seines Vaters festgehalten, als sie auf einen der Eingänge zusteuerten. Im Gedränge hatte er sich ganz darauf konzentriert, die Hand des Vaters festzuhalten. Es war der Unterschied zwischen Leben und Tod. Wenn er die Hand seines Vaters losgelassen hätte, wäre er inmitten all der erwartungsvollen Menschen, die ins Stadion drängten, hoffnungslos verloren gewesen. Und gerade da, unmittelbar vor dem Drehkreuz, hatte er zu seinem Vater hinaufgeschaut und ein fremdes Gesicht entdeckt. Auch die Hand war fremd, als er nachgesehen hatte. Er hatte, ohne es zu merken, seinen Vater für ein paar Sekunden losgelassen und dann eine falsche Hand ergriffen. Seine Panik war total gewesen. Er hatte angefangen zu heulen, und Menschen hatten sich umgedreht, um zu sehen, was passiert war. Der fremde Mann, der nicht bemerkt zu haben schien, daß ein Junge mit gelb-schwarzem Schal seine Hand ergriffen hatte, zog sie heftig an sich, als habe Stefan sie ihm stehlen wollen. Im gleichen Augenblick war sein Vater wieder neben ihm gewesen. Die Panik war vergangen, und sie hatten sich durch das Drehkreuz gedrängt. Sie hatten Sitzplätze. Hoch oben auf einer der Längsseiten, von wo man einen guten Überblick hatte und die blau-weißen und gelb-schwarzen Spieler um den hellbraunen Ball kämpfen sah. Wie das Spiel ausgegangen war, wußte er nicht mehr. Vermutlich hatte der IFK Göteborg gewonnen, weil sein Vater auf der Rückfahrt nach Kinna sehr schweigsam gewesen war.

Aber was Stefan nie vergessen hatte, war der kurze Augenblick, als er die Hand seines Vaters verloren hatte und vollkommen verlassen gewesen war.

Er erinnerte sich an dieses Erlebnis, als er Giuseppe vor sich in den Wald gehen sah.

Giuseppe drehte sich um. »Fährst du nicht mit?«

Stefan zog die Jacke enger um sich und eilte ihm nach. »Ich dachte du wolltest allein fahren. Wegen Rundström.«

»Denk doch nicht an Rundström. Solange du hier bist, bist du mein persönlicher Assistent.«

Sie ließen Rätmyren hinter sich. Giuseppe fuhr schnell.

Als sie nach Dunkärret kamen, begann Giuseppe sofort, sich mit einem der Polizisten zu streiten. Es war ein Mann in den Fünfzigern, klein und sehr mager. Er hieß Näsblom.

Stefan entnahm dem Gespräch, daß er einer der in Hede stationierten Polizisten war. Als Giuseppe keine vernünftige Antwort auf die Frage nach dem Zeitpunkt erhalten konnte, zu dem der Hund verschwunden war, fuhr er aus der Haut. Niemand schien etwas mit Sicherheit sagen zu können.

»Gestern abend haben wir ihm was zu fressen gegeben«, berichtete Näsblom. »Ich habe selbst Hunde und habe ihm was von zu Hause mitgebracht.«

»Das kannst du natürlich erstattet bekommen, wenn du eine Kostenrechnung schreibst«, sagte Giuseppe boshaft. »Aber wann ist der Hund verschwunden?«

»Das muß danach gewesen sein.«

»Ja, das kann ich mir denken. Aber wann habt ihr gemerkt, daß er weg ist?«

»Unmittelbar bevor ich dich angerufen habe.«

Giuseppe sah auf die Uhr. »Du hast dem Hund gestern abend zu fressen gegeben. Wann war das?«

»Gegen sieben.«

»Jetzt ist es halb zwei am Nachmittag. Gibt man Hunden nicht auch morgens zu fressen?«

»Da war ich nicht hier. Ich bin heute morgen nach Hause gefahren und eben erst wiedergekommen.«

»Aber du mußt doch gemerkt haben, ob der Hund hier war, als du gefahren bist.«

»Na, das habe ich wohl nicht.«

»Und du willst selber Hunde haben?«

Näsblom betrachtete die leere Leine. »Klar hätte ich es merken sollen«, sagte er. »Aber ich habe es nicht getan. Vielleicht habe ich angenommen, daß er in seiner Hütte liegt.«

Giuseppe schüttelte resigniert den Kopf. »Was ist wohl leichter zu entdecken?« fragte er verärgert. »Ein Hund, der verschwunden ist, oder ein Hund, der nicht verschwunden ist?«

Er wandte sich an Stefan. »Was glaubst du?«

»Wenn ein Hund da ist, wo er sein soll, denkt man vielleicht nicht an ihn. Aber wenn er weg ist, sollte man es merken.«

»So denke ich auch. Und was sagst du?«

Die letzte Frage war an Näsblom gerichtet.

»Ich weiß es nicht. Aber ich glaube schon, daß der Hund heute morgen weg war.«

»Aber du bist dir nicht sicher?«

»Nein.«

»Du hast natürlich mit deinen Kollegen geredet. Keiner hat ihn verschwinden sehen, keiner hat irgendwas gehört.«

»Keiner hat etwas gemerkt.«

Sie gingen zu der Kette hinüber.

»Wieso bist du so sicher, daß er sich nicht losgerissen hat?«

»Ich habe mir seine Kette angesehen, als ich ihn gefüttert habe. Es war ein sehr solides Halsband und eine sehr solide Kette. Der Hund kann sich unmöglich aus eigener Kraft losgemacht haben.«

Giuseppe betrachtete die Kette nachdenklich. »Gestern abend um sieben war es dunkel. Wie konntest du da etwas sehen?«

Näsblom deutete auf den leeren Futternapf. »Es kam Licht aus dem Küchenfenster. Ich konnte alles ganz genau erkennen.«

Giuseppe nickte und wandte Näsblom demonstrativ den Rücken zu. »Was hältst du von dem Ganzen?« fragte er Stefan.

»Jemand muß im Laufe der Nacht hergekommen sein und den Hund mitgenommen haben.«

»Und weiter?«

»Ich verstehe nicht viel von Hunden. Aber wenn er nicht gebellt hat, muß es jemand gewesen sein, den er kannte. Zumindest wenn es ein Wachhund ist.«

Giuseppe nickte abwesend. Er stand da und betrachtete den Wald, der das Haus umgab. »Es muß wichtig gewesen sein«, sagte er nach einer Weile. »Jemand kommt im Schutz der Dunkelheit hierher und holt den Hund. Hier ist ein Mord begangen worden. Hier sind Polizisten, und es ist abgesperrt. Trotzdem kommt jemand hierher und nimmt den Hund mit. Es gibt zwei Fragen, die ich gern so schnell wie möglich beantwortet haben würde.«

»Wer und warum?«

Giuseppe nickte. »Mir gefällt die Sache nicht«, sagte er. »Wer, außer dem Täter, kann den Hund geholt haben? Abraham Anderssons Familie lebt in Helsingborg. Seine Frau steht unter Schock und hat mitteilen lassen, daß sie nicht herkommen wird. Wenn eines von Anderssons Kindern hiergewesen wäre, hätten wir es wissen müssen. Außerdem hätten sie den Hund nicht mitten in der Nacht geholt. Wenn es kein Verrückter oder ein krankhafter Tierfreund gewesen ist, oder jemand, der davon lebt, Hunde zu stehlen, muß es der Täter gewesen sein. Was bedeutet, daß er noch hier in der Gegend ist. Er ist hiergeblieben, nachdem er Herbert Molin getötet hat, und er ist auch nicht weggefahren, nachdem er Abraham Andersson umgebracht hat. Daraus kann man viele Schlüsse ziehen.«

»Er könnte auch zurückgekommen sein«, sagte Stefan.

Giuseppe sah ihn fragend an. »Warum sollte er zurückgekommen sein? Weil er vergessen hatte, daß er noch eine Person umbringen wollte? Oder weil er den Hund vergessen hatte? Das paßt nicht. Der Mann, mit dem wir es zu tun haben, wenn es denn ein Mann ist, und wenn er allein handelt, der plant genau, was er tut.«

Stefan sah ein, daß Giuseppe richtig argumentierte. Dennoch war da etwas, was in ihm nagte.

»Woran denkst du?«

»Ich weiß es nicht.«

»Man weiß immer, woran man denkt. Manchmal ist man nur zu faul, sich über seine eigenen Gedanken Rechenschaft abzulegen.«

»Trotz allem wissen wir nicht, ob es ein und dieselbe Person gewesen ist, die Molin und Andersson getötet hat«, sagte Stefan. »Wir glauben es, aber wir wissen es nicht.«

»Es widerspricht nicht nur dem gesunden Menschenverstand, sondern auch all meiner Erfahrung, daß zwei solche Ereignisse fast gleichzeitig und am selben Ort eintreffen, ohne daß ein gemeinsamer Täter und ein gemeinsames Motiv vorliegen.«

»Da stimme ich dir zu. Dennoch geschieht manchmal das Unerwartete.«

»Früher oder später wissen wir es«, sagte Giuseppe. »Wir werden tief im Leben dieser Männer graben. Irgendwo werden wir etwas finden, was sie verbindet.«

Während des Gesprächs war Näsblom im Haus verschwunden. Jetzt kam er zurück und näherte sich vorsichtig. Stefan merkte, daß er großen Respekt vor Giuseppe Larsson hatte.

»Ich wollte vorschlagen, einen meiner eigenen Hunde zu holen und ihn suchen zu lassen.«

»Ist es ein Polizeihund?«

»Es ist ein Jagdhund. Ein Mischling. Vielleicht kann er eine Spur aufnehmen.«

»Sollten wir nicht lieber einen unserer Hunde aus Östersund herbringen lassen?«

»Sie sagen nein.«

Giuseppe starrte Näsblom verwirrt an. »Wer sagt nein?«

»Rundström. Er findet es unnötig. Der Scheißhund ist einfach weggelaufen, hat er gesagt.«

»Fahr du und hol deine Töle«, sagte Giuseppe. »Das ist eine gute Idee. Aber du hättest sofort darauf kommen sollen, als du gesehen hast, daß der Hund verschwunden ist.«

Der Hund, den Näsblom holte, nahm sofort Witterung auf. Von der Kette, die zwischen der Hauswand und dem Baum verlief, zog er mit aller Kraft zum Wald. Näsblom hinterher.

Giuseppe sprach mit einem der Polizisten, dessen Namen Stefan nicht kannte, über die Befragung der Bewohner in der Gegend. Er sagte sich, daß es Zeit für ihn war, abzufahren. Die Reise nach Härjedalen war vorüber. Er hatte in der Krankenhauscafeteria eine Zeitung aufgeschlagen und ein Foto von Herbert Molin entdeckt. Jetzt war er eine Woche in Sveg gewesen. Immer noch wußten weder er noch jemand anders, wer Herbert Molin und wahrscheinlich auch Abraham Andersson getötet hatte. Vielleicht hatte Giuseppe recht damit, daß es eine Verbindung zwischen den beiden Verbrechen gab. Stefan war skeptisch. Dagegen wußte er jetzt, daß Herbert Molin an der deutschen Ostfront gekämpft hatte. Daß er vermutlich bis an sein Lebensende überzeugter Nazi geblieben war. Und daß es eine Frau, Elsa Berggren, gewesen war, die seine Ansichten geteilt und ihm geholfen hatte, das Haus im Wald zu finden.

Herbert Molin war auf der Flucht gewesen. Er hatte seinen Dienst in Borås verlassen und sich in einem Bau verkrochen, in dem ihn schließlich jemand aufgespürt hatte. Stefan war überzeugt davon, daß Herbert Molin sich dessen bewußt gewesen war, daß jemand nach ihm suchte.

Irgend etwas ist während des Krieges in Deutschland passiert, dachte er. Irgend etwas, wovon nichts im Tagebuch steht. Oder es ist so geschrieben worden, daß ich es nicht entschlüsseln kann. Es gibt da auch diese Reise nach Schottland und die langen Spaziergänge mit »M«. Irgendwie hängt das vielleicht alles mit dem zusammen, was damals in Deutschland geschehen ist. Aber jetzt verlasse ich Sveg. Giuseppe Larsson ist ein Mann mit großer Erfahrung. Ein tüchtiger Kriminalbeamter. Eines Tages werden er und seine Kollegen den Fall lösen.

Werde ich überhaupt lange genug leben, um die Antwort zu erfahren? fragte er sich plötzlich. Er konnte die Gedanken daran nicht länger von sich schieben. Die Behandlung, die in zwei Wochen beginnen sollte, würde nicht ausreichen. Die Ärztin hatte gesagt, daß sie Zellgifte einsetzen würden, wenn die Bestrahlungen und die Operation nicht den gewünschten Effekt erzielten. Es gab auch noch viele andere medizinische Möglichkeiten, zu denen sie greifen konnten. An Krebs zu erkranken war nicht mehr gleichbedeutend mit einem Todesurteil. Aber es war auch nicht selbstverständlich, daß man geheilt wurde. In einem Jahr konnte er tot sein. Das mußte er begreifen, wie unerträglich der Gedanke auch sein mochte.

Die Angst schlug wieder ihre Klauen in ihn. Wenn er gekonnt hätte, wäre er vor sich davongelaufen.

Giuseppe trat zu ihm.

»Ich fahre jetzt«, sagte Stefan.

Giuseppe sah ihn forschend an. »Du bist mir eine große Hilfe gewesen«, sagte er, »und ich frage mich natürlich, wie es dir geht.«

Stefan zuckte mit den Schultern, ohne etwas zu sagen.

Giuseppe streckte ihm die Hand hin. »Willst du, daß ich von mir hören lasse und dir erzähle, wie es weitergeht?« fragte er.

Stefan dachte nach, bevor er antwortete. Was wollte er eigentlich, außer gesund werden? »Es ist besser, wenn ich mich melde«, antwortete er. »Ich weiß nicht, wie es mir geht, wenn die Behandlung beginnt.«

Sie schüttelten sich die Hände. Stefan dachte, daß Giuseppe Larsson ein Mann war, den er mochte, obwohl er eigentlich nichts über ihn wußte.

Dann fiel ihm plötzlich ein, daß sein Wagen noch in Sveg stand.

»Ich würde dich natürlich zum Hotel fahren«, sagte Giuseppe, »aber ich möchte noch eine Weile hierbleiben und auf Näsblom warten. Ich werde Persson bitten, daß er dich fährt.«

Der Beamte namens Persson war ein schweigsamer Mann. Stefan sah durch die Windschutzscheibe auf die Bäume und dachte, daß er Veronica Molin noch einmal hätte treffen wollen. Er hätte ihr Fragen über das, was er im Tagebuch ihres Vaters gelesen hatte, stellen wollen. Was wußte sie über die Vergangenheit ihres Vaters? Wo war ihr Bruder? Warum war er nicht aufgetaucht?

Persson setzte ihn vor dem Hotel ab. Das Mädchen in der Rezeption lächelte, als er eintrat.

»Ich reise jetzt ab.«

»Es kann aber zum Abend hin kalt werden«, sagte sie. »Kalt und vielleicht auch glatt.«

»Ich werde vorsichtig fahren.«

Er ging auf sein Zimmer, packte seine Sachen zusammen und verließ den Raum. Als er die Tür zuschlug, hatte er schon vergessen, wie das Zimmer aussah. Er bezahlte seine Rechnung, ohne sie zu kontrollieren.

»Kommen Sie gern einmal wieder«, sagte sie, als er bezahlt hatte. »Wie wird es gehen? Werden sie den Mörder fassen?«

»Das wollen wir hoffen.«

Stefan verließ das Hotel. Es war kalt. Er stellte den Koffer in den Wagen und wollte sich gerade hinters Steuer setzen, als er Veronica Molin durch die Hoteltür treten sah. Sie kam auf ihn zu.

»Ich habe gehört, Sie wollen abreisen?«

»Von wem?«

»Von dem Mädchen in der Rezeption.«

»Heißt das, daß Sie nach mir gefragt haben?«

»Ja.«

»Warum?«

»Ich möchte selbstverständlich wissen, wie es mit der Ermittlung aussieht.«

»Danach sollten Sie nicht mich fragen.«

»Giuseppe Larsson meinte das aber. Ich habe gerade mit ihm telefoniert. Er sagte, daß Sie vielleicht noch da wären. Und ich habe Glück.«

Stefan schlug die Wagentür zu und ging mit ihr zurück ins Hotel. Sie setzten sich in den Speisesaal, der gerade leer war.

»Giuseppe Larsson sagte, daß Sie ein Tagebuch gefunden haben. Stimmt das?«

»Das ist richtig«, antwortete Stefan. »Ich habe darin geblättert. Wenn es freigegeben wird, gehört es natürlich Ihnen und Ihrem Bruder. Im Moment ist es noch wichtig für die Ermittlung.«

»Ich wußte gar nicht, daß mein Vater Tagebuch geschrieben hat. Es erstaunt mich.«

»Warum?«

»Er war kein Mensch, der etwas schrieb, wenn es nicht nötig war.«

»Viele Menschen schreiben heimlich Tagebuch. Vermutlich hat es irgendwann in seinem Leben jeder mal getan.«

Er betrachtete sie, während sie ein Päckchen Zigaretten hervorholte.

Sie zündete sich eine an und sah ihm in die Augen. »Giuseppe Larsson sagte, daß die Polizei noch keine eindeutige Spur verfolgt. Aber alles spricht dafür, daß derselbe Mann, der meinen Vater getötet hat, auch den anderen umgebracht hat.«

»Den Sie nicht kannten?«

Sie sah ihn erstaunt an. »Warum sollte ich ihn gekannt haben? Sie vergessen, daß ich selbst meinen Vater kaum gekannt habe.«

Stefan dachte, daß er ebensogut direkt zur Sache kommen konnte. Die Fragen stellen, die er bereits formuliert hatte. »Wissen Sie, daß Ihr Vater Nazi gewesen ist?«

Er konnte nicht erkennen, ob die Frage sie überraschte.

»Was meinen Sie damit?«

»Kann man damit so viel Verschiedenes meinen? Im Tagebuch habe ich von einem jungen Mann aus Kalmar gelesen, der 1942 über die Grenze nach Norwegen gegangen ist, um sich als Freiwilliger bei der deutschen Wehrmacht zu melden. Er hat bis zum Ende des Krieges im Frühjahr 1945 für Hitler gekämpft. Dann ist er nach Schweden zurückgekehrt. Er hat geheiratet und Kinder bekommen. Zuerst Ihren Bruder, dann Sie. Er hat seinen Namen geändert, sich scheiden lassen, zum zweitenmal geheiratet und sich wieder scheiden lassen. Aber die ganze Zeit ist er überzeugter Nazi geblieben. Wenn ich mich nicht irre, bis zu seinem letzten Atemzug.«

»Und das hat er im Tagebuch geschrieben?«

»Es waren auch ein paar Briefe dabei. Und Fotos. Ihr Vater in deutscher Uniform.«

Sie schüttelte den Kopf. »Das kommt für mich vollkommen überraschend.«

»Hat er nie über den Krieg geredet?«

»Nie.«

»Auch nicht über seine politischen Ansichten?«

»Ich wußte nicht einmal, daß er welche hat. In meinem Elternhaus wurde nicht über Politik geredet.«

»Man kann seine Ansichten doch auch durchscheinen lassen, wenn man nicht direkt über politische Fragen spricht.«

»Wie denn?«

»Man kann sein Menschenbild auf mancherlei Weise verraten.«

Sie überlegte und schüttelte dann den Kopf. »Ich kann mich aus meiner Kindheit erinnern, daß er einmal gesagt hat, er interessiere sich nicht für Politik. Daß seine Ansichten extrem gewesen sind, wußte ich nicht. Er hat sie gut verborgen. Wenn es denn stimmt, was Sie sagen.«

»In dem Tagebuch steht alles sehr deutlich.«

»Handelt es nur davon? Hat er nichts über seine Familie geschrieben?«

»Sehr wenig.«

»Das erstaunt mich eigentlich nicht. Ich bin mit dem Gefühl aufgewachsen, daß wir Kinder unserem Vater immer nur im Weg waren. Er hat sich nie ernsthaft um uns gekümmert. Er hat nur so getan.«

»Ihr Vater hatte übrigens eine Frau hier in Sveg. Ob sie seine Geliebte gewesen ist, weiß ich nicht. Ich habe keine Ahnung, was Menschen so tun, wenn sie über siebzig sind.«

»Eine Frau? Hier in Sveg?«

Er bereute, es gesagt zu haben. Es war eine Information, die sie von Giuseppe hätte bekommen sollen, nicht von ihm. Aber jetzt war es zu spät.

»Sie heißt Elsa Berggren und wohnt auf der Südseite des Flusses. Sie war es, die Ihrem Vater das Haus vermittelt hat. Sie teilte seine politischen Ansichten. Wenn man denn nationalsozialistische Ansichten als politisch bezeichnen kann.«

»Wie sollte man sie denn sonst bezeichnen?«

»Kriminell.«

Plötzlich hatte er das Gefühl, daß sie den Hintergrund seiner Fragen verstand.

»Glauben Sie, daß die Ansichten meines Vaters etwas mit seinem Tod zu tun haben?«

»Ich glaube gar nichts. Aber die Polizei muß alle denkbaren Möglichkeiten berücksichtigen.«

Sie zündete sich eine weitere Zigarette an. Stefan bemerkte, daß ihre Hände zitterten. »Ich verstehe nicht, warum mir das niemand erzählt hat«, sagte sie. »Sowohl, daß mein Vater Nazi gewesen ist, als auch das von dieser Frau.«

»Früher oder später hätte man Sie selbstverständlich darüber informiert. Eine Mordermittlung ist langwierig. Jetzt gibt es zwei Tote, deren Mörder gefunden werden müssen. Und einen verschwundenen Hund.«

»Ich dachte, der Hund wäre tot.«

»Das war der Hund Ihres Vaters. Aber jetzt ist Abraham Anderssons Hund verschwunden.«

Sie schüttelte sich, als friere sie. »Ich will hier weg«, sagte sie, »jetzt noch mehr als zuvor. Irgendwann werde ich dieses Tagebuch lesen. Aber zuerst werde ich dafür sorgen, daß mein Vater begraben wird. Dann werde ich fahren. Ich werde gezwungen sein zu akzeptieren, daß der Vater, der nur vorgegeben hat, sich etwas aus mir zu machen, außerdem noch Nazi war.«

»Was wird mit dem Haus geschehen?«

»Ich habe mit einem Makler gesprochen. Wenn die Hinterlassenschaft aufgenommen ist, wird es verkauft. Wenn es denn jemand haben will.«

»Sind Sie dagewesen?«

Sie nickte. »Ich bin trotz allem hingefahren. Es war schlimmer, als ich es mir vorgestellt hatte. Vor allem diese entsetzlichen Blutspuren.«

Das Gespräch versiegte. Stefan sah auf die Uhr. Er sollte jetzt losfahren, bevor es zu spät wurde.

»Es ist schade, daß Sie abreisen.«

»Warum?«

»Ich bin es nicht gewohnt, allein in einem kleinen Hotel in der Pampa zu sitzen. Ich frage mich, wie es wäre, hier zu leben.«

»Ihr Vater hat genau das gewählt.«

Sie ging mit ihm hinaus in die Rezeption. »Danke, daß Sie sich die Zeit genommen haben«, sagte sie.

Bevor er abfuhr, rief er Giuseppe an, um zu hören, ob sie den Hund gefunden hatten. Aber die Spur hatte auf einem Schotterweg geendet, nachdem Näsblom mit dem aufgeregten Hund über eine halbe Stunde durch den Wald gelaufen war.

»Jemand hat ihn in einen Wagen verfrachtet, der dort gewartet hat«, sagte Giuseppe. »Die Frage ist nur, wer es war, und wohin sie gefahren sind.«

Stefan fuhr nach Süden, über den Fluß und in den Wald. Hin und wieder bremste er, wenn er merkte, daß er zu schnell wurde. Sein Kopf war leer. Der einzige Gedanke, der ihm dann und wann in den Sinn kam, war, was mit Abraham Anderssons Hund passiert sein mochte.

Kurz nach Mitternacht hielt er bei einem Imbißstand in Mora, der gerade geschlossen wurde. Nachdem er gegessen hatte, war er zu müde, um weiterzufahren. Er fuhr den Wagen an den Rand des Parkplatzes und rollte sich auf dem Rücksitz zusammen. Als er wach wurde, sah er auf seiner Armbanduhr, daß es drei Uhr war. Er ging in die Dunkelheit hinaus und pißte. Dann fuhr er weiter durch die Nacht. Nach ein paar Stunden hielt er erneut an, um zu schlafen.

Als er erwachte, war es neun. Er drehte ein paar Runden um den Wagen, um sich die Beine zu vertreten. Am Abend würde er wieder in Borås sein. Wenn er nach Jönköping gekommen wäre, würde er Elena anrufen und sie überraschen. Gut eine Stunde später würde er vor ihrem Haus stehen. Doch als er Örebro passiert hatte, fuhr er wieder von der Straße ab. Er war jetzt klar im Kopf und fing an, sein Gespräch mit Veronica Molin vom vergangenen Abend noch einmal zu überdenken. Plötzlich war er sich sicher, daß sie nicht die Wahrheit gesagt hatte.

Es ging um diese Sache mit ihrem Vater. Ob sie gewußt hatte oder nicht, daß er Nazi gewesen war. Sie hatte die Überraschte nur gespielt. Sie hatte es gewußt, aber versucht, es zu verbergen. Wieso er sicher war, daß sie nicht die Wahrheit gesagt hatte, wußte er nicht. Es gab noch eine weitere Frage, auf die er keine Antwort wußte. Kannte sie Elsa Berggren, obwohl sie es verneint hatte?

Stefan stieg aus. Ich habe hiermit nichts zu tun, dachte er. Ich habe meine Krankheit, und der werde ich mich widmen. Ich werde nach Borås zurückkehren und mir eingestehen, daß mir Elena in diesen Tagen gefehlt hat. Wenn ich Lust dazu habe, werde ich Giuseppe anrufen und fragen, wie es steht. Mehr nicht.

Dann beschloß er unvermittelt, nach Kalmar zu fahren, wo Herbert Molin unter dem Namen Mattson-Herzén geboren worden war. Wo alles angefangen hatte. In einer Familie, die Hitler und dem Nationalsozialismus gehuldigt hatte.

In Kalmar würde er auch einen Mann namens Wetterstedt finden. Einen Porträtmaler, der Herbert Molin gekannt hatte.

Stefan holte eine zerfledderte Landkarte aus dem Kofferraum. Es ist verrückt, dachte er, während er überlegte, welchen Weg er nach Kalmar nehmen sollte. Ich will nach Borås.

Aber er wußte, daß er nicht loslassen konnte. Er wollte wissen, was mit Herbert Molin geschehen war. Und mit Abraham Andersson. Vielleicht auch, was sich hinter dem Verschwinden des Hundes verbarg.

Am Abend kam er nach Kalmar. Es war der fünfte November. In vierzehn Tagen sollte seine Strahlenbehandlung beginnen.

Zwanzig Kilometer nördlich von Västervik hatte es angefangen zu regnen. Das Wasser glänzte im Scheinwerferlicht, als er in die Stadt fuhr und nach einem Zimmer Ausschau hielt.

18

Früh am nächsten Tag ging er zum Wasser hinunter. Im Morgennebel über dem Sund waren die Umrisse der Brücke nach Öland hinüber zu erkennen. Er ging bis zum Strand, blieb stehen und schaute auf das nur schwach bewegte Wasser. Die lange Autofahrt steckte ihm noch in den Gliedern. Zweimal hatte er geträumt, daß ihm große Lastwagen entgegenkamen. Er hatte auszuweichen versucht, doch zu spät, und er war aus dem Traum herauskatapultiert worden.

Das Hotel lag im Stadtzentrum. Durch die dünne Wand hatte er lange einer Frau zugehört, die offensichtlich telefonierte. Nach einer Stunde hatte er an die Wand geklopft, und sofort hatte das Gespräch aufgehört. Bevor er einschlief, lag er da und starrte an die Decke und fragte sich, warum er eigentlich hergekommen war. Wollte er vielleicht nur so lange wie möglich vermeiden, nach Borås zurückzukehren? War er der Gesellschaft Elenas müde geworden, ohne daß er wagte, es sich selbst einzugestehen? Er wußte es nicht. Aber er zweifelte daran, daß die Reise nach Kalmar ausschließlich auf Neugier in bezug auf Herbert Molins Vergangenheit beruhte.

Die Wälder Härjedalens lagen schon in weiter Ferne. Jetzt gab es nur noch ihn selbst, die Krankheit und dreizehn Tage, bis er sich zu seiner Behandlung einfinden sollte. Sonst nichts. Stefan Lindmans dreizehn Tage im November, dachte er. Wie werde ich sie in zehn oder zwanzig Jahren sehen, falls ich so lange leben sollte? Er versuchte nicht, die Frage zu beantworten, sondern wanderte wieder der Stadt zu, ließ das Wasser und den Nebel hinter sich. Er ging in ein Café, holte sich eine Tasse Kaffee und lieh sich ein Telefonbuch.

Es gab nur eine Person namens Wetterstedt in Kalmar. Emil Wetterstedt, Künstler. Er wohnte in der Lagmansgata. Stefan schlug die Seite mit dem Stadtplan auf und fand die Straße sofort im Stadtzentrum, nur einige Straßen von dem Café entfernt. Er holte sein Handy hervor, doch plötzlich fiel ihm ein, daß es kaputt war. Könnte er nur eine neue Batterie bekommen, würde es wieder funktionieren. Ich kann einfach hingehen und klingeln, dachte er. Aber was soll ich sagen? Daß ich ein Freund von Herbert Molin war? Das wäre eine Lüge, wir sind nie Freunde gewesen. Wir haben auf derselben Polizeistation gearbeitet, im selben Polizeidistrikt, und einmal haben wir zusammen einen Mörder gesucht. Das war alles. Dann und wann hat er mir gute Ratschläge gegeben. Doch ob sie wirklich so gut waren, wie es mir jetzt erscheint, kann ich nicht sagen. Ich kann aber auch kaum hingehen und behaupten, ich hätte gern ein Porträt von mir in Auftrag gegeben. Man kann wohl annehmen, daß Emil Wetterstedt ein alter Mann ist. Genauso alt wie Herbert Molin. Ein alter Mann, der sich nichts mehr aus der Welt macht.

Er trank den Kaffee in kleinen Schlucken. Als er seine Ideen eine nach der anderen verworfen hatte, blieb nur noch eins übrig. An Emil Wetterstedts Tür zu klingeln und zu sagen, daß er Polizist sei und gern mit ihm über Herbert Molin sprechen wolle. Was dann geschehen würde, hing ganz von Wetterstedts Reaktion ab.

Er trank den Kaffee aus und verließ das Café. Die Luft war anders als in Härjedalen. Dort war sie trocken und leicht gewesen, während die Luft, die er jetzt in die Lungen zog, feucht war. Die Geschäfte hatten noch geschlossen, aber als er zu Emil Wetterstedts Adresse ging, sah er einen Laden, in dem Mobiltelefone verkauft wurden. Er fragte sich abwesend, ob alte Porträtmaler vielleicht morgens lange schliefen?

Das Haus in der Lagmansgata hatte drei Geschosse. Eine graue Fassade, ohne Balkons. Die Haustür war nicht verschlossen. Am Namensschild sah er, daß Emil Wetterstedt im obersten Stockwerk wohnte. Einen Aufzug gab es nicht. Der alte Mann muß kräftige Beine haben, dachte er. Irgendwo schlug eine Tür zu. Es hallte im ganzen Treppenhaus wider. Als er die drei Treppen hinaufgekommen war, merkte er, daß er atemlos war.

Es erstaunte ihn, daß seine normalerweise so gute Kondition vollkommen verschwunden zu sein schien.

Er drückte auf den Klingelknopf und zählte stumm bis zwanzig. Dann drückte er noch einmal. Er konnte im Innern der Wohnung kein Läuten hören. Er klingelte ein drittes Mal. Es wurde immer noch nicht geöffnet. Er klopfte, wartete und schlug schließlich mit der Faust gegen die Tür. Die Tür hinter ihm wurde geöffnet. Ein älterer Mann im Morgenrock schaute heraus.

»Ich suche Herrn Wetterstedt«, sagte Stefan. »Aber vielleicht ist er nicht zu Hause?«

»Er verbringt den Herbst immer in seinem Sommerhaus. Er macht dort Ferien.«

Der Mann in der Tür betrachtete Stefan mit erhabener Verachtung. Als sei es das Natürlichste auf der Welt, daß man im November Ferien machte. Und daß man als Pensionär immer noch einer Arbeit nachging, die es einem erlaubte, Urlaub zu machen.

»Wo liegt sein Sommerhaus?«

»Wer sind Sie denn, wenn ich fragen darf? Wir wissen gern, wer hier im Haus ein und aus geht. Wollen Sie ein Porträt bestellen?«

»Ich möchte ihn in einer wichtigen Angelegenheit sprechen.«

Der Mann betrachtete Stefan mißtrauisch. »Emil hat sein Sommerhaus im Süden von Öland. Wenn man an Alvaret vorbeigefahren ist, erscheint ein Schild, auf dem *Lavendel* steht, und ein anderes, das darauf hinweist, daß es sich um Privatgelände handelt. Dort wohnt er.«

»Heißt es so? Lavendel?«

»Emil spricht von einer blauen Farbschattierung, die zu Lavendel hin tendiert. Es ist ihm zufolge das schönste Blau, das existiert. Unmöglich für einen Maler, den Ton zu treffen. Darin ist die Natur der einzige Meister.«

»Ich danke Ihnen für Ihre Hilfe.«

»Bitte sehr. Keine Ursache.«

Stefan hielt im Weggehen inne. »Eins noch. Wie alt ist Emil Wetterstedt?«

»Achtundachtzig. Aber er ist sehr vital.«

Der Mann schloß die Tür. Stefan ging langsam die Treppe hinunter. Also habe ich einen Grund, über die Brücke zu fahren, dachte er. In den Nebel hinein. Auch ich befinde mich auf einer Art unfreiwilliger Urlaubsreise, ohne anderes Ziel, als die Zeit bis zum neunzehnten November hinter mich zu bringen.

Er ging den gleichen Weg zurück, auf dem er gekommen war. Das Geschäft, in dem es Mobiltelefone gab, wurde gerade geöffnet. Ein junger Mann gähnte uninteressiert und suchte eine passende Batterie heraus. Schon während Stefan bezahlte, klingelte das Handy, um ihm zu signalisieren, daß er Nachrichten auf seiner Mailbox hatte. Bevor er Kalmar verließ, hörte er sie ab. Dreimal hatte Elena angerufen. Sie klang jedesmal resignierter und wurde immer wortkarger. Dann war eine Nachricht von seinem Zahnarzt da, der ihn daran erinnerte, daß es Zeit für die jährliche Kontrolle wurde. Das war alles. Giuseppe hatte nicht angerufen. Er hatte auch nicht damit gerechnet, aber vielleicht doch darauf gehofft. Von seinen Arbeitskollegen hatte sich ebenfalls keiner gemeldet. Aber auch damit hatte er nicht gerechnet. Er war praktisch ein Mensch ohne Freunde.

Er legte das Handy auf den Beifahrersitz, verließ den Parkplatz und begann, die Auffahrt zur Brücke zu suchen. Als er hinüberfuhr, lag der Nebel immer noch dicht über dem Wasser. Vielleicht ist es so, wenn man stirbt, dachte er. Früher hatte man die Vorstellung, daß ein Fährmann kommt und einen über den Fluß des Todes rudert. Heute muß man vielleicht eine Brücke überqueren. Direkt hinein in den Nebel, und danach nichts mehr.

Er erreichte Öland, bog nach rechts ab, passierte die Einfahrt eines Tierparks und fuhr weiter Richtung Süden. Er fuhr langsam. Es kamen ihm nur wenige Wagen entgegen. Um ihn her keine Landschaft, nur dieser Nebel. Irgendwo hielt er auf einem Parkplatz und stieg aus dem Wagen. In einiger Entfernung hörte er ein Nebelhorn und vielleicht auch das Schlagen von Wellen. Sonst war es still. Es war, als habe sich der Nebel in seinen Kopf geschlichen und sich wie eine Decke über sein

Bewußtsein gelegt. Er hielt eine Hand vor sich hoch. Sie war sehr weiß.

Er fuhr weiter und wäre beinah an dem Schild mit der Aufschrift *Lavendel 2* vorbeigefahren. Es erinnerte ihn an ein anderes Schild, nach dem er neulich gesucht hatte, *Dunkärret 2*. Schweden ist ein Land, in dem die Menschen zwei Kilometer von der Hauptstraße entfernt leben, dachte er.

Die Schotterpiste, auf die er einbog, war voller Schlaglöcher und schien nur wenig benutzt zu werden. Sie war schnurgerade und verschwand im Nebel. Der Weg endete an einem geschlossenen Tor. Es standen ein alter Volvo 44 und ein Motorrad dort. Stefan stellte den Motor ab und stieg aus. Das Motorrad war eine Harley Davidson. Seit Stefan damals mit dem Motocrossfahrer durch die Gegend gezogen war, kannte er sich mit Motorrädern aus. Dies hier war keine von Harley Davidsons Standardmaschinen. Es war eine Sonderanfertigung. Eine wertvolle, teure Maschine. Aber fuhr ein Achtundachtzigjähriger wirklich noch Motorrad? Dann mußte er tatsächlich in sehr guter körperlicher Verfassung sein.

Stefan öffnete das Tor und folgte dem Weg. Immer noch sah er kein Haus, aber plötzlich kam ihm jemand entgegen. Eine Person, die sich aus dem Nebel löste. Es war ein junger Mann mit kurzgeschnittenen Haaren, ordentlich mit einer Lederjacke und einem hellblauen Hemd bekleidet, das am Hals offenstand. Stefan sah, daß er durchtrainiert war.

»Was tun Sie hier?«

Die Stimme klang schrill, fast schreiend.

»Ich suche Emil Wetterstedt.«

»Warum?«

»Ich will mit ihm sprechen.«

»Wer sind Sie? Wie kommen Sie darauf, daß er mit Ihnen sprechen will?«

Stefan ärgerte sich über das Verhör, dem er sich unterziehen mußte. »Ich möchte mit Emil Wetterstedt sprechen. Außerdem kann ich Ihnen sagen, daß ich Polizist bin.«

Der Junge starrte ihn an. Er hatte Kaugummi im Mund. Seine Kiefer mahlten. »Warten Sie hier«, sagte er. »Gehen Sie nirgendwo hin.«

Der Junge wurde wieder vom Nebel verschluckt. Stefan folgte ihm langsam. Nach ein paar Metern tauchte ein Haus aus dem Nebel auf. Der Junge verschwand durch die Tür. Das Haus war weiß. Ein gekalktes längliches Haus mit einem Seitenflügel an einem der Giebel. Stefan wartete. Er fragte sich, wie wohl die Landschaft aussah. Wie nah oder wie weit entfernt das Meer war.

Die Tür öffnete sich wieder, und der Junge trat zu ihm hinaus. »Ich habe Ihnen gesagt, daß Sie warten sollen«, schrie er mit seiner schrillen Stimme.

»Es geht nicht immer alles so, wie man gern möchte«, antwortete Stefan. »Empfängt er mich oder nicht?«

Der Junge nickte ihm zu, ihm zu folgen. Im Haus roch es nach Farbe. Es brannte Licht. Stefan mußte den Kopf einziehen, als er durch die Tür trat. Der Junge führte ihn in ein Zimmer auf der Rückseite des Hauses, in dem die eine Längswand aus einem einzigen großen Fenster bestand.

Emil Wetterstedt saß in einer Ecke in einem Sessel. Er hatte eine Wolldecke über den Knien, auf einem Tisch neben ihm lagen ein Bücherstapel und eine Brille. Der Junge stellte sich hinter den Sessel. Der alte Mann hatte dünnes, weißes Haar, sein Gesicht war zerfurcht. Aber der Blick, den er auf Stefan richtete, war vollkommen klar.

»Ich mag es nicht, während meines Urlaubs gestört zu werden«, sagte er.

Seine Stimme war das genaue Gegenteil von der schrillen Stimme des Jungen. Wetterstedt sprach sehr tief.

»Ich werde mich kurz fassen.«

»Ich nehme keine Aufträge mehr für Porträts entgegen. Ihr Gesicht könnte mich im übrigen nie inspirieren. Es ist viel zu rund. Ich ziehe längliche Gesichter vor.«

»Ich bin nicht hergekommen, um ein Porträt von Ihnen malen zu lassen.«

Emil Wetterstedt änderte seine Sitzposition. Die Wolldecke über seinen Beinen rutschte herunter. Sofort war der Junge da und legte sie wieder zurecht.

»Weshalb sind Sie dann gekommen?«

»Ich heiße Stefan Lindman und bin Kriminalbeamter. Ich

habe einige Jahre lang mit Herbert Molin in Borås zusammengearbeitet. Ich bin nicht sicher, ob Sie wissen, daß er tot ist?«

»Ich bin darüber informiert worden, daß er ermordet wurde. Weiß man schon, von wem?«

»Nein.«

Emil Wetterstedt winkte zu einem freien Stuhl hin. Der Junge zog ihn widerwillig für Stefan heran.

»Von wem haben Sie die Information über Herbert Molins Tod erhalten?«

»Ist das wichtig?«

»Nein.«

»Ist das hier ein Verhör?«

»Nein, nur ein Gespräch.«

»Ich bin zu alt für Gespräche. Ich habe damit aufgehört, als ich sechzig wurde. Ich spreche nicht, und ich höre nicht darauf, was andere Menschen sagen. Mit Ausnahme meines Arztes und einer geringen Anzahl junger Menschen.«

Er lächelte und nickte dem Jungen zu, der neben seinem Sessel Wache stand. Stefan war auf einmal sonderbar zumute. Wer war dieser Junge? Der Diener des alten Mannes?

»Sie sind hierher gekommen, weil Sie mit mir über Herbert Molin sprechen wollen. Aber was wollen Sie eigentlich wissen? Und was ist eigentlich passiert? Herbert ermordet?«

Stefan beschloß schnell, alle Umwege zu vermeiden. Für Wetterstedt konnte es kaum von Bedeutung sein, wenn er wußte, daß Stefan eigentlich nichts mit der Mordermittlung zu tun hatte. »Uns fehlen noch direkte Anhaltspunkte. Sowohl das Motiv als auch den Täter betreffend«, sagte er. »Das bedeutet, daß wir in die Tiefe gehen müssen. Wer war Herbert Molin? Läßt sich das Motiv in seiner Vergangenheit finden? Das sind die Fragen, die wir uns selbst und anderen stellen. Menschen, die ihn gekannt haben.«

Emil Wetterstedt saß schweigend da. Der Junge betrachtete Stefan weiterhin mit unverhohlenem Widerwillen.

»Eigentlich habe ich Herberts Vater gekannt. Ich war jünger als er, aber älter als Herbert.«

»Axel Mattson-Herzén war Rittmeister?«

»Ein feiner alter Titel, der in der Familie vererbt wurde. Einer seiner Vorfahren hat bei Narva gekämpft. Die Schweden haben die Schlacht zwar gewonnen, aber der Vorfahr ist gefallen. Es gab eine Familientradition um dieses Ereignis. Jedes Jahr feierte man den Jahrestag der Schlacht bei Narva. Ich erinnere mich an eine große Büste von Karl dem Zwölften auf einem Tisch. Es standen immer Blumen in einer Vase daneben. Daran kann ich mich noch erinnern.«

»Sie waren nicht miteinander verwandt?«

»Nein, aber ich hatte einen Bruder, mit dem es ebenfalls ein böses Ende genommen hat.«

»Der Justizminister?«

»Genau. Ich habe immer versucht, ihm davon abzuraten, sich mit Politik zu befassen. Besonders deswegen, weil seine Ansichten vollkommen abwegig waren.«

»Er war Sozialdemokrat.«

Wetterstedt sah Stefan starr in die Augen. »Ich sagte doch, daß seine Ansichten vollkommen abwegig waren. Sie wissen vielleicht, daß er von einem Verrückten getötet wurde. Man fand die Leiche unter einem Boot, irgendwo an einem Strand unten in der Nähe von Ystad. Ich habe ihn nie besucht. Wir hatten in den letzten zwanzig Jahren seines Lebens keinen Kontakt miteinander.«

»Und es stand keine andere Büste dort auf dem Tisch? Neben der von Karl dem Zwölften?«

»Wer hätte neben ihm stehen können?«

»Hitler.«

Der Junge fuhr zusammen. Er faßte sich sofort wieder, aber Stefan war es nicht entgangen.

Wetterstedt dagegen blieb vollkommen ruhig. »Worauf wollen Sie eigentlich hinaus?«

»Herbert Molin hat im Zweiten Weltkrieg als Freiwilliger auf der Seite von Hitler gekämpft. Es ist uns zur Kenntnis gekommen, daß seine Familie aus überzeugten Nazis bestand. Stimmt das?«

»Natürlich stimmt das.«

Wetterstedts Antwort kam ohne jedes Zögern. »Ich bin auch überzeugter Nazi«, fuhr er fort. »Wir brauchen uns nicht zu verstellen oder uns etwas vorzuspielen, Herr Polizist. Wieviel wissen Sie über meine Vergangenheit?«

»Nichts, außer daß Sie Porträtmaler waren und daß Sie Kontakt zu Herbert Molin hatten.«

»Ich hatte große Zuneigung zu ihm. Er hat während des Krieges enormen Mut bewiesen. Damals haben alle vernünftigen Menschen auf Hitlers Seite gestanden. Wir hatten die Wahl: mit anzusehen, wie der Kommunismus siegreich voranschritt, oder Widerstand zu leisten. Wir hatten eine Regierung, auf die nur teilweise Verlaß war. Es war alles vorbereitet.«

»Vorbereitet wofür?«

»Eine deutsche Invasion.«

Die Antwort kam von dem Jungen. Stefan sah ihn fragend an.

»Es ist dennoch nicht alles vergebens gewesen«, fuhr Wetterstedt fort. »Ich werde bald mein letztes Porträt gemalt haben und fort sein. Aber es existiert eine junge Generation, die den Zustand in Schweden, in Europa, in der Welt mit Vernunft betrachtet. Man kann sich darüber freuen, daß Osteuropa gefallen ist. Ein erbärmlicher Anblick, aber erfreulich. Dagegen ist der Zustand in Schweden schlimmer als je zuvor. Zerfall, wohin man auch sieht. Keine Disziplin. Landesgrenzen existieren nicht mehr. Jeder, der will, egal mit welchem Motiv, kann jederzeit, wo und wie er möchte, ins Land. Ich bezweifle, daß der schwedische Nationalcharakter noch zu retten ist. Es ist vermutlich schon zu spät. Aber dennoch ist es das, was man versuchen muß zu tun.«

Wetterstedt hielt inne und sah Stefan mit einem Lächeln an. »Wie Sie sehen, stehe ich für meine Ansichten ein. Ich habe sie nie bereut und nie versucht, sie zu leugnen. Natürlich habe ich erlebt, daß Menschen mir den Gruß verweigert oder mich sogar angespuckt haben. Aber das sind unbedeutende Menschen gewesen. Solche wie mein Bruder. Und ich habe nie Probleme damit gehabt, Porträtaufträge zu bekommen. Eher im Gegenteil.«

»Was meinen Sie damit?«

»Daß es immer Menschen in diesem Land gegeben hat, die

mich respektiert haben, weil ich mich zu meinen Ansichten bekannt habe. Menschen, die dachten wie wir, es aber aus verschiedenen Gründen vorzogen, ihre Ansichten nicht öffentlich bekanntzugeben. Manchmal habe ich sie verstehen können. Manchmal war es nur Feigheit. Aber ihre Porträts habe ich gemalt.«

Wetterstedt machte Zeichen, daß er aus dem Sessel aufstehen wollte. Der Junge half ihm auf und reichte ihm einen Stock. Stefan fragte sich, wie Wetterstedt die Treppen des Hauses in Kalmar bewältigte.

»Ich möchte Ihnen etwas zeigen.«

Sie kamen in einen Flur mit Steinfliesen. Wetterstedt blieb plötzlich stehen und sah Stefan an. »Haben Sie gesagt, Sie heißen Lindman?«

»Stefan Lindman.«

»Wenn ich mich nicht sehr irre, sprechen Sie eine Form von Dialekt aus Västergötland.«

»Ich bin in Kinna, in der Nähe von Borås, geboren worden.«

Wetterstedt nickte nachdenklich und ging weiter. »Kinna habe ich nie besucht«, sagte er. »Durch Borås bin ich durchgefahren. Aber am wohlsten fühle ich mich hier auf Öland oder in Kalmar. Ich habe nie begriffen, warum die Menschen so viel reisen müssen.«

Wetterstedt stieß den Stock auf den Fußboden. Stefan dachte, daß er erst vor ein paar Tagen einen anderen alten Mann mit dem gleichen Widerwillen über das Reisen hatte sprechen hören. Björn Wigren. Sie gingen weiter und kamen in ein Zimmer, in dem keinerlei Möbel standen. An einer der Wände hing ein Wandteppich. Wetterstedt zog ihn mit seinem Stock zur Seite. Dahinter hingen drei Ölgemälde in vergoldeten ovalen Rahmen. Das mittlere stellte Hitler im Halbprofil dar. Links davon hing ein Porträt von Göring, rechts davon das einer Frau.

»Hier sehen Sie meine Götter«, sagte Wetterstedt. »Das Porträt von Hitler habe ich 1944 gemalt, als alle, sogar seine Generäle, angefangen hatten, ihm den Rücken zuzukehren. Es ist das einzige Porträt, das ich ausschließlich nach Fotografien gemalt habe.«

»Göring haben Sie also getroffen?«

»Sowohl in Schweden als auch in Berlin. In der Zeit zwischen den Kriegen war er ein paar Jahre mit einer Schwedin verheiratet, die Karin hieß. Ich habe ihn damals getroffen. Im Mai 1941 meldete sich die deutsche Botschaft in Stockholm bei mir. Göring wollte ein Porträt von sich malen lassen, und er wollte es von mir. Das war eine große Ehre. Ich hatte Karin gemalt, und er war mit dem Ergebnis zufrieden. Ich bin nach Berlin gefahren und habe sein Porträt gemalt. Er war sehr freundlich. Bei einer Gelegenheit hätte ich auch Hitler auf einem Empfang begegnen sollen, aber es kam etwas dazwischen. Das ist der größte Kummer meines Lebens. Ich bin so nah daran gewesen. Aber es ist nie dazu gekommen, daß ich seine Hand drücken konnte.«

»Und wer ist die Frau?«

»Meine Ehefrau. Theresa. Ich habe ihr Porträt in dem Jahr gemalt, in dem wir geheiratet haben, 1943. Wenn Sie ganz genau hinsehen, entdecken sie meine Liebe zu ihr in dem Bild. Die habe ich eingemalt. Wir hatten zehn gemeinsame Jahre. Dann ist sie an einer Herzmuskelentzündung gestorben. Wenn sie heutzutage daran erkrankt wäre, hätte sie überlebt.«

Wetterstedt nickte dem Jungen zu, der den Vorhang wieder zuzog.

Sie kehrten ins Atelier zurück.

»Jetzt wissen Sie, wer ich bin«, sagte Wetterstedt, als er sich in den Sessel gesetzt hatte und die Wolldecke wieder über seinen Beinen lag. Der Junge hatte seinen Posten neben ihm eingenommen.

»Sie müssen doch reagiert haben, als Sie erfuhren, daß Herbert Molin gestorben war. Ein pensionierter Polizeibeamter. Ermordet in den Wäldern Härjedalens. Sie müssen sich gefragt haben, was passiert war.«

»Ich habe gedacht, daß es ein Wahnsinniger gewesen ist. Einer von all diesen Kriminellen, die über unsere Grenzen hereinkommen und Verbrechen begehen, für die sie noch nicht einmal bestraft werden.«

Stefan begann der Kopf zu brummen von den Ansichten, die Wetterstedt zum Ausdruck brachte.

»Es war kein Wahnsinniger. Der Mord ist sorgfältig geplant worden.«

»Dann weiß ich es nicht.«

Die Antwort kam rasch und bestimmt. Ein bißchen zu schnell, dachte Stefan. Ein bißchen zu schnell und ein bißchen zu bestimmt. Er ging vorsichtig weiter. »Irgend etwas kann passiert sein. Es kann weit zurückliegen. Vielleicht hat er während des Krieges irgend etwas Besonderes mitgemacht.«

»Und was sollte das gewesen sein?«

»Das frage ich mich auch.«

»Herbert Molin ist Soldat gewesen, nichts anderes. Er hätte es mir erzählt, wenn etwas Besonderes passiert wäre. Aber das hat er nicht getan.«

»Haben Sie sich oft getroffen?«

»In den letzten dreißig Jahren haben wir uns überhaupt nicht getroffen. Wir standen in Briefkontakt. Er schrieb Briefe, und ich antwortete mit Postkarten. Ich habe Briefe nie gemocht. Weder welche zu bekommen noch welche zu schreiben.«

»Hat er einmal geäußert, daß er Angst hatte?«

Wetterstedt trommelte irritiert mit seinen schmalen Fingern auf die Sessellehne. »Natürlich hatte er Angst. Die gleiche Angst wie ich, angesichts dessen, was mit diesem Land geschieht.«

»Und er hat vor nichts anderem Angst gehabt? Etwas, was ihn persönlich betraf?«

»Was hätte das sein sollen? Er hat es vorgezogen, seine politische Identität zu verbergen, und ich konnte ihn verstehen. Aber ich glaube nicht, daß er Angst hatte, entlarvt zu werden. Daß Papiere in falschen Händen landen könnten.«

Der Junge hustete, und Wetterstedt verstummte augenblicklich. Jetzt hat er zuviel gesagt, dachte Stefan. Der Junge hält ihn unter Aufsicht.

»Was für Papiere denn?« fragte Stefan.

Wetterstedt schüttelte unwillig den Kopf. »Es gibt so viel Papier auf dieser Welt«, antwortete er ausweichend.

Stefan wartete auf eine Fortsetzung, die nicht kam.

Wetterstedt trommelte ungeduldig auf die Lehne. »Ich bin

ein alter Mann. Gespräche sind mir eine Last. Ich lebe in einem endlosen Dämmerland. Ich warte auf nichts mehr. Ich möchte, daß Sie mich jetzt in Ruhe lassen.«

Der Junge neben dem Sessel lächelte boshaft. Stefan dachte, daß die meisten seiner Fragen unbeantwortet bleiben würden. Die Audienz, die Wetterstedt bewilligt hatte, war beendet.

»Magnus bringt Sie hinaus«, sagte Wetterstedt. »Sie brauchen mir nicht die Hand zu geben. Ich fürchte Bakterien mehr als Menschen.«

Der Junge, der Magnus hieß, öffnete die Haustür. Der dichte Nebel lag immer noch schwer über der Landschaft.

»Wie weit ist es bis zum Meer?« fragte Stefan, als sie zum Wagen gingen.

»Darauf brauche ich wohl nicht zu antworten, oder?«

Stefan blieb stehen. Die Wut kochte in ihm hoch. »Ich habe mir die schwedischen Naziwelpen immer mit glattrasiertem Schädel und Springerstiefeln vorgestellt. Jetzt wird mir klar, daß sie auch ganz anders aussehen können. Wie du zum Beispiel.«

Der Junge lachte. »Emil hat mir beigebracht, Provokationen standzuhalten.«

»Was bildest du dir eigentlich ein? Daß der Nationalsozialismus in Schweden eine Zukunft hat? Wollt ihr alle Einwanderer rausschmeißen? Dann könnt ihr ein paar Millionen Schweden über die Grenze jagen. Der Nationalsozialismus ist tot. Er ist mit Hitler untergegangen. Was treibst du da? Wäschst einem alten Mann den Arsch. Einem Mann, der die zweifelhafte Ehre hatte, Hermann Göring die Hand zu schütteln. Was, glaubst du, kann der dir beibringen?«

Sie hatten die Wagen und das Motorrad erreicht. Stefan war in seiner Wut der Schweiß ausgebrochen. »Was, glaubst du, kann der dir beibringen?« wiederholte er.

»Zum Beispiel nicht dieselben Fehler zu begehen, die sie begangen haben. Nicht den Mut zu verlieren. Fahren Sie jetzt los.«

Stefan wendete den Wagen und fuhr davon. Im Rückspiegel konnte er sehen, daß der Junge dastand und ihm nachsah. Er fuhr langsam zur Brücke zurück und dachte an das, was

Wetterstedt gesagt hatte. Der alte Mann konnte als politischer Wirrkopf abgetan werden. Seine Ansichten waren nicht mehr gefährlich. Sie waren nur vage Erinnerungen an eine entsetzliche Zeit, die schon weit zurücklag. Er war ein alter Mann, der nie hatte verstehen wollen. Ebensowenig wie Herbert Molin und Elsa Berggren. Der Junge, der Magnus hieß, bedeutete dagegen etwas anderes. Er glaubte in vollem Ernst, daß der Nationalsozialismus immer noch lebendig war.

Stefan kam an die Brückenauffahrt. Als er hinauffahren wollte, klingelte sein Handy.

Er fuhr an den Straßenrand, schaltete die Warnblinkanlage ein und meldete sich.

»Giuseppe hier. Bist du schon in Borås?«

Stefan überlegte, ob er ihm von seinem Treffen mit Emil Wetterstedt erzählen sollte, entschied sich jedoch, bis auf weiteres nichts zu sagen.«

»Ich bin fast zu Hause. Das Wetter war so schlecht.«

»Ich rufe dich an, um dir zu erzählen, daß wir den Hund gefunden haben.«

»Wo denn?«

»An einer Stelle, die wir uns nicht hatten vorstellen können.«

»Wo?«

»Rate mal.«

Stefan versuchte zu denken, aber er hatte keine Ahnung. »Ich weiß es nicht.«

»In Herbert Molins Hundezwinger.«

»War er auch tot?«

»Höchst lebendig, aber ausgehungert.«

Giuseppe lachte fröhlich am anderen Ende der Leitung. »Erst holt jemand mitten in der Nacht Abraham Anderssons Hund, ohne daß unsere Polizisten etwas bemerken. Und dann bringt diese unbekannte Person den Hund in Molins Hundezwinger, aber ohne ihn anzuleinen. Was hältst du davon?«

»Daß es jemanden in eurer unmittelbaren Nähe gibt, der etwas erzählen möchte.«

»Genau. Die Frage ist nur, was. Der Hund ist eine Art Flaschenpost, die in den Wäldern umhertreibt. Eine Mitteilung, die was besagen soll? Und wem? Überleg mal, und laß dann von dir hören. Ich fahre jetzt zurück nach Östersund.«

»Das klingt alles sehr merkwürdig.«

»Das *ist* sehr merkwürdig. Und erschreckend. Ich bin davon überzeugt, daß sich hinter dem, was hier geschehen ist, etwas verbirgt, was wir uns absolut nicht vorstellen können.«

»Meinst du, es ist derselbe Täter?«

»Bestimmt. Melde dich. Und fahr vorsichtig.«

Es knisterte im Telefon, dann war es tot. Stefan lauschte dem Ticken der Warnblinkanlage. Ein Wagen fuhr vorüber, dann ein weiterer. Ich fahre jetzt nach Hause, dachte er. Emil Wetterstedt hat nichts Neues beigetragen. Dagegen hat er bestätigt, was ich schon wußte. Herbert Molin ist ein Nazi gewesen, der nie auf andere Gedanken gekommen ist. Einer von den Unverbesserlichen.

Mit dem festen Vorsatz, jetzt nach Borås zurückzukehren, fuhr er auf die Brücke. Doch schon bevor er das Brückenende auf der Festlandseite erreichte, hatte er sich anders entschieden.

19

Er träumte, daß er durch den Wald auf Herbert Molins Haus zuging. Es wehte ein kräftiger Wind, so daß er sich kaum aufrecht halten konnte. Er hielt eine Axt in der Hand und fürchtete sich vor etwas, was hinter ihm war. Als er ankam, blieb er beim Hundezwinger stehen. Der starke Wind war plötzlich verschwunden, als habe jemand in seinem Traum ein Tonband durchgeschnitten. Im Zwinger waren zwei Hunde, die sich wütend gegen den Zaun warfen.

Er fuhr zusammen und wurde aus dem Traum herausgeschleudert. Aber es waren nicht die Hunde, die den Zaun durchbrochen hatten, sondern eine Frau, die vor ihm stand und ihm auf die Schulter tippte. »Wir wollen nicht, daß die Leute hier sitzen und schlafen«, sagte sie streng. »Dies hier ist eine Bibliothek und kein Ort zum Aufwärmen.«

»Entschuldigung.«

Stefan blickte sich verschlafen im Lesesaal um. Ein älterer Mann mit aufgedrehten Schnurrbartenden saß in der Nähe und las *Punch*. Er sah aus wie die Karikatur eines britischen Gentleman. Er betrachtete Stefan mißbilligend. Stefan zog das Buch, über dem er eingeschlafen war, zu sich heran und blickte auf die Uhr. Viertel nach sechs. Wie lange hatte er geschlafen? Vielleicht zehn Minuten, kaum mehr. Er schüttelte den Kopf, verdrängte die Hunde aus seinem Bewußtsein und beugte sich wieder über das Buch.

Auf der Brücke hatte er einen Entschluß gefaßt. Er würde einen nächtlichen Besuch in Emil Wetterstedts Wohnung machen. Aber noch einmal im Hotel zu übernachten brachte er nicht über sich. Er würde warten, bis es Nacht wurde. Dann würde er sich Zutritt zu der Wohnung verschaffen.

Bis dahin konnte er nichts anderes tun als warten.

Er hatte den Wagen in einiger Entfernung von der Lagmansgata geparkt, war dann zu einer Eisenwarenhandlung gegangen, wo er einen Schraubenzieher und das kleinste Brecheisen gekauft hatte, das er finden konnte. In einem Herrenbekleidungsgeschäft hatte er ein Paar billige Handschuhe ausgesucht.

Dann war er in der Stadt umhergeirrt, bis er Hunger bekam. Er hatte in einer Pizzeria gegessen und die Lokalzeitung *Barometer* gelesen. Nachdem er zwei Tassen Kaffee getrunken hatte, überlegte er, ob er zum Wagen zurückgehen sollte, um ein paar Stunden zu schlafen. Da war er darauf gekommen, daß er die Stadtbibliothek aufsuchen könnte. Er hatte sich zur Bibliothek durchgefragt und unter den Büchern in der Abteilung für Geschichte gefunden, was er suchte. Einerseits ein dickes Werk über die Geschichte des deutschen Nationalsozialismus, andererseits eine kleinere Schrift über die Hitlerzeit in Schweden. Den dicken Band hatte er bald zur Seite gelegt.

Aber das dünnere Buch hatte nach kurzer Zeit sein Interesse geweckt. Die Geschichte wurde sehr anschaulich erzählt. Nachdem er etwa eine Stunde gelesen hatte, wurde ihm etwas klar, was er früher nie verstanden hatte. Was Emil Wetterstedt gesagt hatte und vielleicht auch Elsa Berggren: Der Nationalsozialismus war im Schweden der dreißiger Jahre und bis 1943 oder 44 sehr viel verbreiteter gewesen, als den meisten heutzutage bewußt war. Es hatte mehrere nationalsozialistische Parteien gegeben, die untereinander zerstritten waren. Hinter den paradierenden Männern und Frauen hatte sich eine graue Masse anonymer Menschen befunden, die Hitler verherrlicht und nichts sehnlicher gewünscht hatten als eine deutsche Invasion und ein nationalsozialistisches Regime. Er fand in dem Text verblüffende Informationen über die Nachgiebigkeit der schwedischen Regierung gegenüber den Deutschen. Darüber, daß die schwedischen Eisenerzexporte es der deutschen Rüstungsindustrie ermöglicht hatten, Hitlers ständigen Forderungen nach immer mehr Panzern und anderem Kriegsgerät nachzukommen. Er fragte sich, warum er von diesen Tatsachen nichts gehört hatte, als er in die Schule gegangen war. Woran er sich vage aus dem Geschichtsunterricht erinnern konnte, war ein ganz anderes Bild: Ein Schweden, dem es durch Klugheit und vorsichtiges Taktieren gelungen war, sich aus dem Krieg herauszuhalten. Die Regierung des Landes hatte eine strikte Neutralität verfolgt, die das Land davor gerettet hatte, von der deutschen Wehrmacht zermalmt zu werden. Von größeren Mengen einheimischer Nazis hatte er in seiner Schulzeit nie etwas gehört. Jetzt stieß er auf ganz andere Informationen, die die Handlungen Herbert Molins erklärten. Seine Freude, als er über die Grenze nach Norwegen gekommen war und darauf gewartet hatte, nach Deutschland transportiert zu werden. Stefan konnte sie alle vor sich sehen. Herbert Molin, seinen Vater, seine Mutter und Emil Wetterstedt. In der grauen Masse, die sich irgendwo zwischen den Zeilen im Text verbarg. Oder in den verwischten Hintergründen auf den Bildern von den Straßenaufzügen der schwedischen Nazis.

Als er so weit gekommen war, mußte er eingeschlafen sein und angefangen haben, von den wütenden Hunden zu träumen.

Der Mann mit der *Punch* stand auf und verließ den Raum. Zwei Mädchen steckten die Köpfe zusammen und tuschelten und kicherten. Stefan vermutete, daß sie aus einem Land des Nahen Ostens kamen. Er dachte an das, was er gelesen hatte. Wie die Studenten in Uppsala dagegen protestiert hatten, daß jüdische Ärzte vor den Verfolgungen in Deutschland Asyl in Schweden erhielten. Die Einreise war ihnen verweigert worden.

Er stand auf und ging die Treppe zur Ausleihe hinunter. Die Frau, die ihn geweckt hatte, war nicht zu sehen. Er suchte nach einer Toilette. Dort wusch er sich das Gesicht und kehrte dann in den Lesesaal zurück. Die beiden tuschelnden Mädchen waren verschwunden. Auf dem Tisch, an dem sie gesessen hatten, lag eine Zeitung. Er ging hin, um nachzusehen, was sie gelesen hatten. Es war eine Zeitung mit arabischen Schriftzeichen. Sie hatten einen schwachen Duft von Parfum hinterlassen. Er dachte an Elena. Daß er sie anrufen sollte. Dann setzte er sich wieder, um das letzte Kapitel zu lesen. »Der Nationalsozialismus in Schweden nach dem Krieg«. Er las von Sekten und verschiedenen mehr oder weniger plumpen Versuchen, eine schwedische Nazipartei zu organisieren, die politische Bedeutung erlangen konnte. Hinter all diesen Splittergruppen und lokalen Organisationen, die kamen und gingen, den Namen wechselten und einander symbolisch die Augen auskratzten, ahnte er immer noch die graue Masse, die sich irgendwo an einer verschwommenen Peripherie befand. Sie hatte nichts mit den Möchtegern-Nazis gemein, die ihre Köpfe kahl schoren. Es waren nicht sie, die Banküberfälle ausführten, Polizisten ermordeten oder unschuldige Immigranten überfielen. Er begriff, daß es eine eindeutige Grenze zwischen ihnen und jenen anderen gab, die auf den Straßen lärmten und Karl den Zwölften verehrten. Er schob das Buch von sich und fragte sich, wo in diesem Bild der Junge einzuordnen war, der Emil Wetterstedt versorgte. Gab es trotz allem eine Organisation, von der niemand etwas wußte? In der Menschen wie Herbert Molin, Elsa Berggren und Emil Wetterstedt ihre Ansichten propagieren konnten? Einen geheimen Raum, in den eine neue Generation, der der Junge neben Wetterstedts Sessel angehörte, eingelassen wurde? Er dachte an das, was Wetterstedt gesagt hatte. Daß »Papiere in falschen Händen landen« konnten. Der Junge hatte reagiert, und Wetterstedt war sofort verstummt.

Er stellte die Bücher wieder an ihren Platz. Als er die Bibliothek verließ, war es dunkel. Er ging zu seinem Wagen, setzte sich hinein und rief Elena an. Jetzt konnte er nicht länger warten. Sie schien froh darüber, seine Stimme zu hören, aber auch abwartend.

»Wo bist du?« fragte sie.

»Unterwegs.«

»Und warum dauert es so lange?«

»Ich hatte Probleme mit dem Auto.«

»Was war denn?«

»Irgendwas mit dem Getriebe. Aber morgen komme ich.«

»Warum klingst du so gereizt?«

»Ich bin müde.«

»Wie geht es dir eigentlich?«

»Darüber möchte ich jetzt nicht sprechen. Ich wollte nur sagen, daß ich unterwegs bin.«

»Du mußt dir doch denken können, daß ich mir Sorgen mache.«

»Ich komme morgen nach Borås. Das verspreche ich dir.«

»Kannst du mir nicht sagen, warum du so gereizt bist?«

»Ich habe doch schon gesagt, daß ich müde bin.«

»Fahr bloß nicht zu schnell.«

»Das tue ich nie.«

»Das tust du immer!«

Das Gespräch wurde unterbrochen. Stefan seufzte, rief aber nicht wieder an, sondern schaltete das Telefon aus: Die Uhr in seinem Wagen zeigte fünf Minuten vor halb acht. Vor Mitternacht würde er es nicht wagen, bei Wetterstedt einzubrechen. Ich sollte nach Hause fahren, dachte er. Was passiert, wenn sie mich erwischen? Ich werde entlassen und mache mich unmöglich. Kein Staatsanwalt wird für einen Polizisten Verständnis aufbringen, der Einbrüche begeht. Ich bringe nicht nur mich selbst in Schwierigkeiten, ich bringe auch jeden einzelnen Kollegen in Verlegenheit. Giuseppe wird glauben, daß er einen Wahnsinnigen zu Besuch hatte. Und Olausson in Borås wird in seinem ganzen Leben nicht mehr lachen.

Er fragte sich, ob er möglicherweise ertappt werden wollte.

Ob es eine selbstzerstörerische Reaktion war. Er hatte Krebs und somit nichts zu verlieren.

War es das? Er wußte es nicht. Er zog die Jacke dichter um sich und schloß die Augen.

Als er erwachte, war es halb neun. Er hatte nicht wieder von den Hunden geträumt. Noch einmal versuchte er, sich davon zu überzeugen, daß er Kalmar so schnell wie möglich verlassen sollte. Doch vergebens.

In den Fenstern in der Lagmansgata erloschen die letzten Lichter. Stefan stand im Schatten unter einem Baum und schaute zur Hausfassade hinauf. Es war windig geworden, und es hatte angefangen zu regnen. Er ging hastig über die Straße und faßte den Haustürgriff an. Zu seiner Verwunderung war die Haustür noch unverschlossen. Er glitt in das dunkle Treppenhaus und horchte. Die Werkzeuge hatte er in der Tasche. Er machte die Taschenlampe an und ging hinauf in die oberste Etage. Er leuchtete die Tür von Wetterstedts Wohnung an. Er hatte sich richtig erinnert. Als er am Vormittag dort gewesen war und gewartet hatte, daß ihm geöffnet wurde, hatte er sich die Schlösser angesehen. Es waren zwei, aber keins von beiden war ein Sicherheitsschloß. Das erstaunte ihn. Sollte ein Mann wie Wetterstedt nicht größtmögliche Sicherheit anstreben? Im schlimmsten Fall gab es eine Alarmanlage, aber das Risiko mußte er eingehen.

Er öffnete den Briefschlitz und lauschte. Er konnte nicht mit völliger Sicherheit davon ausgehen, daß sich niemand in der Wohnung befand. Aber alles war still. Er holte das Brecheisen hervor. Die Taschenlampe war so klein, daß er sie zwischen den Zähnen halten konnte. Er wußte, daß er das Brecheisen nur einmal ansetzen konnte. Bekam er die Tür damit nicht auf, mußte er verschwinden. Schon in seiner Anfangszeit als Polizist hatte er sich das Elementarwissen angeeignet, das Einbrecher verwendeten. Einmal brechen, wenn möglich nicht öfter. Ein einziges unerwartetes Geräusch erregte meistens keine Aufmerksamkeit. Doch wenn man mehr als einmal brechen mußte, bestand die Gefahr, daß jemand etwas hörte und Verdacht schöpfte. Er ging in die Hocke, legte das Brecheisen auf den Fußboden und schob den Schraubenzieher so weit wie möglich hinein. Als er auf Widerstand stieß, begann er zu stemmen. Die Tür gab nach. Er preßte den Schraubenzieher tiefer hinein und zog ihn dann so hoch er konnte, bis er unterhalb des unteren Schlosses festgekeilt war. Er beugte sich nach dem Brecheisen, drückte es zwischen den beiden Schlössern hinter die Tür und preßte das Bein gegen den Schraubenzieher, um den Spalt weiter zu verbreitern. Vor Anstrengung war ihm bereits der Schweiß ausgebrochen. Er war noch nicht zufrieden. Wenn er jetzt stemmte, war die Gefahr groß, daß nur der Türrahmen splitterte und die Schlösser nicht aufgingen. Er drückte stärker gegen den Schraubenzieher, und es gelang ihm, das Brecheisen ein bißchen tiefer zwischen Tür und Rahmen zu schieben. Dann holte er Luft, bevor er noch einmal das Brecheisen befühlte. Weiter konnte er es nicht hineinschieben.

Er wischte sich die Stirn ab. Dann stemmte er mit aller Kraft und drückte gleichzeitig ein Bein gegen den Schraubenzieher. Die Tür ging auf. Außer einem Knacken und dem Fallen des Schraubenziehers, der auf seinem Fuß gelandet war, hatte er kein Geräusch gemacht. Er knipste die Taschenlampe aus und horchte ins Dunkel, bereit, fortzulaufen. Nichts passierte. Er öffnete vorsichtig die Tür und zog sie hinter sich zu. In der Wohnung roch es dumpf. Der Geruch erinnerte ihn vage an das Haus seiner Großmutter in der Nähe von Värnamo, in dem er als Kind ein paarmal gewesen war. Der Geruch von alten Möbeln. Er leuchtete mit der Taschenlampe und vermied es, den Lichtstrahl auf die Fenster zu richten. Er hatte keinen Plan, wußte nicht, wonach er suchte. Wäre er ein gewöhnlicher Einbrecher, hätte er kein Problem gehabt. Dann hätte er nach Wertgegenständen gesucht und mögliche Verstecke aufgespürt. Er untersuchte einen Zeitungsstapel, der auf einem Tisch lag. Nichts deutete darauf hin, daß Wetterstedt eine Zeitung abonniert hatte, die von einem frühmorgendlichen Zeitungsboten gebracht wurde.

Er ging leise durch die Wohnung. Sie war nicht groß. Drei Zimmer. Im Gegensatz zu dem spartanisch eingerichteten Sommerhaus war Wetterstedts Stadtwohnung mit Möbeln überladen. Stefan warf einen Blick ins Schlafzimmer und ging dann weiter zum Wohnzimmer, das offensichtlich auch als Atelier diente. Dort stand eine leere Staffelei. An einer der Wände befand sich eine Kredenz. Er zog eine Schublade heraus. Alte Brillen, Kartenspiele, Zeitungsausschnitte. »Porträtmaler Emil Wetterstedt fünfzig Jahre alt.« Das Bild war vergilbt. Aber er erkannte Wetterstedts klare Augen, die offen auf den Fotografen gerichtet waren. Der Text war respektvoll. *»Der national wie international bekannte Porträtmaler, der seine Heimatstadt Kalmar nie verlassen hat, obwohl er zahlreiche Möglichkeiten hatte, sich andernorts zu etablieren … Gerüchte berichteten von Angeboten, daß unser Künstler sich unter reichen und vornehmen Kunden an der Riviera niederlassen sollte.«* Er legte den Zeitungsausschnitt zurück und dachte, daß er außergewöhnlich schlecht geschrieben war. Was hatte Wetterstedt gesagt? Daß er keine Lust hatte, Briefe zu schreiben? Nur kurzgefaßte Mitteilungen, die auf einer Ansichtskarte Platz hatten? Vielleicht hatte er selbst den Artikel formuliert und es so schlecht gemacht, weil er es nicht gewohnt war, zu schreiben. Stefan ging die anderen Schubläden durch. Immer noch wußte er nicht, wonach er suchte. Er verließ das Wohnzimmer und ging in das letzte Zimmer, ein Arbeitszimmer. Er trat an den Schreibtisch. Die Gardinen waren vorgezogen. Er nahm seine Jacke und hängte sie über die Schreibtischlampe, bevor er sie anmachte.

Auf dem Tisch lagen zwei Papierstapel. Er blätterte den ersten durch. Er bestand aus Rechnungen und Broschüren aus der Toskana und der Provence. Stefan fragte sich, ob Wetterstedt trotz seiner Behauptung des Gegenteils gern reiste. Er legte den Stapel zurück und zog den zweiten zu sich heran. Er bestand zum größten Teil aus Kreuzworträtseln, die aus Zeitungen herausgerissen worden waren. Alle waren ausgefüllt, nirgendwo sah er Streichungen oder Änderungen. Er dachte noch einmal an das, was Wetterstedt gesagt hatte. Daß er kein schreibender Mensch war. Aber Wörter hatte er parat.

Ganz unten in dem Stapel lag ein geöffneter Umschlag. Er enthielt eine Einladung mit einem Schrifttyp, der an Runen denken ließ. Es war eine Erinnerung. »Am dreißigsten November treffen wir uns wie üblich um dreizehn Uhr im großen Saal. Nach dem Essen, dem Austausch von Erinnerungen und musikalischen Beiträgen hören wir einen Vortrag unseres Kameraden Captain Akan Forbes, der über seine Jahre im Kampf für ein weißes Südrhodesien berichten wird. Anschließend Jahreshauptversammlung.« Die Einladung war mit »oberster Zeremonienmeister« unterzeichnet. Stefan betrachtete den Umschlag. Der Brief war in Hässleholm abgestempelt. Er zog die Schreibtischlampe näher heran und las den Text noch einmal. Worum ging es eigentlich bei dieser Einladung? Wo lag dieser große Saal? Stefan steckte die Karte wieder in den Umschlag und legte den Stapel zurück.

Dann begann er, die Schubläden durchzugehen, die unverschlossen waren. Die ganze Zeit horchte er auf Geräusche. In der untersten Schublade, auf der linken Seite des Schreibtischs, lag eine braune Mappe. Sie füllte die ganze Schublade aus. Als

Stefan sie herausgenommen und auf den Tisch gelegt hatte, sah er das eingestanzte Hakenkreuz im Leder. Er öffnete den Deckel vorsichtig. Der Rücken war beschädigt und brüchig geworden. In der Mappe steckte ein dickes Bündel maschinengeschriebener Papiere. Stefan sah, daß es Kopien waren, keine Originale. Das Papier war dünn. Der Text war auf einer Maschine geschrieben worden, deren A und E aus der Reihe getanzt waren und etwas über den anderen Buchstaben lagen.

Er konnte sehen, daß es sich um eine Art Bericht handelte. Ganz oben auf der ersten Seite stand in einer säuberlichen Handschrift: »Kameraden, von uns Gegangene und Tote, die ihren übernommenen Pflichten nachkommen.« Mehr nicht. Darunter folgten in alphabetischer Reihenfolge lange Reihen mit Namen. Vor jedem Namen eine Nummer. Stefan schlug vorsichtig die nächste Seite um. Immer noch nichts außer einer langen Liste von Namen. Er überflog sie. Es waren schwedische Namen. Er blätterte weiter.

Unter dem Buchstaben D, nach Karl-Evert Danielsson, hatte dieselbe Hand, die auf der ersten Seite die Notiz gemacht hatte, geschrieben: »Verstorben. Dreißig Jahresbeiträge gespendet.« Jahresbeiträge wofür, dachte Stefan. Diese Organisation hat keinen Namen. Hier sind nur die Namen ihrer Mitglieder. Er konnte sehen, daß viele gestorben waren. An manchen Stellen war handschriftlich notiert, daß eine Spende für den Jahresbeitrag erfolgt war. An anderen, daß »aus der Hinterlassenschaft bezahlt wird«, oder »wird von nicht genanntem Sohn oder Tochter bezahlt«. Er blätterte zurück zum Buchstaben B. Da war sie. Elsa Berggren. Er sprang weiter bis zum Buchstaben M. Herbert Molin. Jetzt begann er noch einmal von vorne. Der Buchstabe A. Es war kein Abraham Andersson dabei. Er blätterte weiter bis zum Ende. Der letzte Name war Öxe, Hans, mit der Nummer 1430.

Stefan schlug die Mappe vorsichtig zu und legte sie zurück in die Schublade. Waren dies die Papiere, von denen Wetterstedt gesprochen hatte? Eine nationalsozialistische Kameradschaft oder eine politische Organisation? Er versuchte zu verstehen, was er da eigentlich gefunden hatte. Jemand sollte das hier sehen, dachte er. Es müßte öffentlich gemacht werden.

Aber ich kann die Mappe nicht mitnehmen, weil ich hier eingebrochen bin. Er machte die Schreibtischlampe aus und blieb im Dunkeln sitzen. Die Luft war schwer von dem Unbehagen, das er empfand. Es waren nicht alte Teppiche oder Stoffe, die rochen, es waren die Namenlisten. All diese Lebenden und Toten, die ihren Jahresbeitrag zahlten. Sei es, daß sie selbst bezahlten, sei es, daß aus ihrer Hinterlassenschaft gezahlt wurde. Daß Söhne oder Töchter an etwas bezahlten, was nicht einmal einen Namen hatte. Eintausendvierhundertdreißig Personen, und die, die noch lebten, bekannten sich weiterhin zu Ansichten, die längst unschädlich gemacht und verschwunden sein sollten. Doch so war es nicht. Als Erinnerung daran, daß alles noch lebendig war, hatte ein junger Mann neben Wetterstedt gestanden.

Stefan blieb im Dunkeln sitzen und dachte, daß er sofort verschwinden sollte. Doch etwas hielt ihn zurück. Schließlich nahm er die abgegriffene Mappe noch einmal aus der Schublade, öffnete sie und suchte nach dem Buchstaben L. Ganz unten auf einer Seite stand der Name »Lennartsson, David. Jahresbeitrag wird von der Ehefrau gezahlt.« Er blätterte um.

Es war, als habe ihn ein Schlag getroffen, dachte er hinterher, als er im Wagen saß und Richtung Borås fuhr, viel zu schnell durch die Dunkelheit. Er war gänzlich unvorbereitet gewesen. Es war, als habe sich jemand von hinten an ihn herangeschlichen. Es war kein Zweifel möglich. Es war der Name seines Vaters, der dort stand. »Evert Lindman. Verstorben. Hat fünfundzwanzig Jahresbeiträge gespendet.« Es stand auch ein Datum dabei. Der Todestag seines Vaters vor sieben Jahren. Und da war noch etwas, was alle Zweifel ausgelöscht hatte. Er konnte sich ganz klar daran erinnern, wie er mit einem der Freunde seines Vaters, der Anwalt war, zusammengesessen hatte und die Hinterlassenschaft durchgegangen war. Im Testament, das der Vater ein paar Jahre vor seinem Tod aufgesetzt hatte, ging es auch um eine Spende. Es war keine große Summe, aber dennoch auffallend. Fünfzehntausend Kronen hatte er einer Vereinigung vermacht, die sich Stiftung für das Wohl Schwedens nannte. Es war eine Postgironummer angegeben, aber kein

Name und keine Adresse. Stefan hatte sich über diese Spende gewundert und gefragt, was das für eine Stiftung sei. Der Anwalt hatte ihm geantwortet, sein Vater wäre in diesem Punkt sehr entschieden gewesen, daran könne kein Zweifel bestehen. Und Stefan hatte in der Trauer über den Verlust seines Vaters nicht weiter darüber nachgedacht.

Heute, in Emil Wetterstedts ungelüfteter Wohnung, hatte ihn diese Spende eingeholt. Er konnte die Augen nicht vor den Tatsachen verschließen. Sein Vater war Nazi gewesen. Einer von denen, die es verborgen hatten. Nicht offen über ihre politische Auffassung gesprochen hatten. Es war vollkommen unbegreiflich, aber trotzdem wahr. Stefan verstand jetzt, warum Wetterstedt nach seinem Namen gefragt hatte und woher er komme. Er hatte etwas gewußt, was Stefan nicht gewußt hatte. Daß sein eigener Vater zu den Menschen gehört hatte, die Wetterstedt am meisten schätzte. Stefans Vater war wie Herbert Molin gewesen. Wie Elsa Berggren.

Er schloß die Schreibtischschublade, schob die Lampe zurück und merkte, daß seine Hände zitterten. Dann sah er sich sorgfältig um und verließ das Zimmer. Es war Viertel vor zwei geworden. Er hatte es nun eilig, von hier fortzukommen. Fort von dem, was sich in Wetterstedts Schreibtisch verbarg. Er hielt inne und horchte im Flur. Dann öffnete er vorsichtig die Tür und zog sie, so fest er konnte, hinter sich zu.

Im selben Augenblick ging die Haustür. Jemand war entweder hereingekommen oder hinausgegangen. Er stand vollkommen reglos in der Dunkelheit. Hielt den Atem an. Lauschte. Aber es waren keine Schritte auf der Treppe zu hören. Jemand kann dort unten im Dunkeln stehen, dachte er. Dann lauschte er weiter. Gleichzeitig vergewisserte er sich, ob er alles bei sich hatte. Die Taschenlampe, den Schraubenzieher, das Brecheisen. Nichts fehlte. Er ging ein Stockwerk tiefer. Vorsichtig. Auf Zehenspitzen. Auf einmal war ihm, als ob der Wahnsinn des gesamten Unternehmens ihm hohnlachend ins Gesicht feixte. Er hatte nicht nur einen sinnlosen Einbruch begangen, er hatte auch ein Geheimnis aufgedeckt, von dem er am liebsten keinerlei Kenntnis hätte.

Er hielt inne und horchte und machte dann das Licht im

Treppenhaus an. Alles blieb still. Er ging hinunter zur Haustür. Als er hinaustrat, blickte er sich um, aber die Straße war leer. Er ging an der Hauswand entlang bis zu ihrem Ende und überquerte dann schräg die Straße. Als er zu seinem Auto kam, sah er sich noch einmal um, ohne jemanden entdecken zu können, der ihm gefolgt war. Dennoch war er sich sicher. Er hatte sich nichts eingebildet. Jemand hatte das Haus in dem Moment verlassen, als er vorsichtig die aufgebrochene Tür hinter sich zugezogen hatte.

Er ließ den Motor an und fuhr rückwärts aus der Parklücke.

Er sah den Mann im Schatten nicht, der sich seine Autonummer notierte.

Er verließ Kalmar in nördlicher Richtung und fuhr nach Västervik. Dort gab es ein Café, das die Nacht über geöffnet hatte. Ein einsamer Lastzug stand auf dem Parkplatz. In der Raststätte saß der Fahrer, den Kopf an die Wand gelehnt, und schlief mit offenem Mund. Hier weckt dich keiner, dachte Stefan. Ein Nachtcafé ist keine Bibliothek.

Die Frau hinter der Theke lächelte ihm entgegen. Sie trug ein Namensschild, auf dem *Erika* stand. Er nahm eine Tasse Kaffee.

»Sind Sie LKW-Fahrer?« fragte sie.

»Eigentlich nicht.«

»Berufsfahrer brauchen nachts für den Kaffee nicht zu zahlen.«

»Dann sollte ich vielleicht den Job wechseln«, sagte er.

Sie schüttelte den Kopf, als er bezahlen wollte. Er sah sie an und dachte, daß sie ein schönes Gesicht hatte. Trotz des scharfen Lichts von der Neonröhre an der Decke.

Als er sich hinsetzte, merkte er, wie müde er war. Immer noch war die Entdeckung, die er in Wetterstedts Schreibtischschublade gemacht hatte, nicht einfach zu schlucken. Das mußte später kommen, nicht jetzt.

Er trank den Kaffee aus, nahm keine zweite Tasse und fuhr weiter in Richtung Norden. Dann bog er nach Westen ab, fuhr über Jönköping und war um neun Uhr in Borås. Zweimal hatte er angehalten und eine Weile geschlafen. Tief und traumlos.

Beide Male war er davon wach geworden, daß ihm Lastzüge mit voll aufgeblendeten Scheinwerfern ins Gesicht geleuchtet hatten.

Er zog sich aus und legte sich der Länge nach aufs Bett. Ich bin davongekommen, dachte er. Niemand kann beweisen, daß ich es war, der in Wetterstedts Wohnung eingebrochen ist. Niemand hat mich gesehen.

Bevor er einschlief, versuchte er auszurechnen, wie viele Tage er fortgewesen war, aber die Rechnung ging nicht auf. Nichts ging auf. Er schloß die Augen und dachte an die Frau, die nichts für den Kaffee hatte nehmen wollen. Daß sie Erika hieß, hatte er schon vergessen.

20

Irgendwo an der Strecke hatte er das Werkzeug fortgeworfen. Aber als er nach einigen Stunden unruhigen Schlafs erwachte, begann er zu zweifeln. Als erstes durchsuchte er seine Kleidung. Das Werkzeug war fort. Irgendwo in der Nähe von Jönköping hatte er in den dunkelsten und kältesten Nachtstunden angehalten, um eine Weile zu schlafen. Bevor er den Rastplatz verließ, hatte er das Brecheisen und den Schraubenzieher unter dem Moos vergraben. Er erinnerte sich genau daran, was er getan hatte. Dennoch zweifelte er. Es war, als könne er keiner Sache mehr wirklich sicher sein.

Er stand am Fenster und schaute auf die Alleegata hinunter. In der Wohnung unter sich hörte er die alte Frau Håkansson Klavier spielen. Das wiederholte sich jeden Tag, außer sonntags. Zwischen Viertel nach elf und Viertel nach zwölf spielte sie auf ihrem Klavier. Immer das gleiche Stück. Ein übers andere Mal. Im Polizeipräsidium gab es einen Kriminalinspektor, der sich für klassische Musik interessierte. Einmal hatte Stefan versucht, ihm das Klavierstück vorzusummen, und er hatte sofort gesagt, es wäre Chopin. Später hatte sich Stefan eine Platte mit genau dieser Mazurka gekauft. Eine Zeitlang, wenn er nachts gearbeitet hatte und tagsüber schlief, hatte er versucht, die Platte zur gleichen Zeit aufzulegen, in der Frau Håkansson zu spielen begann. Aber es war ihm nie ganz gelungen, die beiden Versionen zur Übereinstimmung zu bringen.

Jetzt spielte sie wieder. In meiner chaotischen Welt ist sie das einzig Feste und Unveränderliche, dachte er. Er schaute auf die Straße hinaus. Seine Disziplin, die er früher immer als selbstverständlich angesehen hatte, existierte nicht mehr. Es war ein wahnsinniges Unternehmen gewesen, in Wetterstedts Wohnung einzubrechen. Auch wenn er keine Spuren hinterlassen hatte. Auch wenn er außer einer Erkenntnis, auf die er am liebsten verzichtet hätte, nichts mitgenommen hatte.

Er frühstückte und sammelte seine schmutzige Wäsche zusammen, um sie mit zu Elena zu nehmen. Es gab in seinem eigenen Keller zwar eine Waschküche, aber er benutzte sie fast nie. Dann holte er ein Fotoalbum aus einem Sekretär und setzte sich damit auf das Sofa im Wohnzimmer. Es war seine Mutter gewesen, die die Bilder eingeklebt und ihm das Album zu seinem einundzwanzigsten Geburtstag geschenkt hatte. Aus seinen frühesten Jahren konnte er sich an eine altmodische Box erinnern. Dann hatte sein Vater neue Kameras gekauft, und die letzten Fotografien waren mit einer Minolta-Systemkamera aufgenommen worden. Immer hatte der Vater fotografiert, nie die Mutter. Doch der Vater hatte sooft wie möglich einen Selbstauslöser benutzt. Stefan sah die Bilder an. Die Mutter auf der linken Seite, der Vater auf der rechten. Das Gesicht des Vaters wirkte immer angestrengt, weil er gerade noch vor der Belichtung ins Bild gelaufen war. Viele Male war es mißlungen. Stefan erinnerte sich besonders an eine Gelegenheit, als sie nur noch ein Bild auf dem Film hatten und der Vater auf seinem hastigen Weg von der Kamera gestürzt war. Stefan blätterte weiter. Seine Schwestern. Immer nebeneinander. Und die Mutter, die direkt in die Kamera starrte.

Was wissen meine Schwestern über Vaters Ansichten, dachte er. Vermutlich nichts. Was hat Mutter gewußt? War sie der gleichen Überzeugung gewesen?

Er ging das Album langsam durch. Bild für Bild.

1969 ist er sieben Jahre alt. Der erste Schultag. Die Farben fingen an zu verblassen, aber er erinnerte sich daran, wie stolz er auf seine neue dunkelblaue Jacke gewesen war.

1971 ist er neun Jahre alt. Es ist Sommer. Sie sind nach Varberg gefahren und haben auf Getterön ein kleines Haus gemietet. Badehandtücher zwischen den Klippen. Ein Transistorradio. Er kann sich sogar an die Musik erinnern, die spielte, als das Bild aufgenommen wurde. »Sail along silvery moon.« Er erinnert sich daran, weil sein Vater den Namen, direkt bevor er auf den Selbstauslöser drückte, gesagt hatte.

Es war ein Idyll dort zwischen den Klippen. Vater, Mutter, er selbst und die beiden Schwestern im Teenageralter. Gleißende Sonne. Scharfe Schatten. Verblichene Farben.

Das Bild zeigt nur die Oberfläche, dachte er. Darunter gibt es etwas völlig anderes. Ich habe einen Vater, der ein Doppelleben geführt hat. Vielleicht ist er nachts, wenn der Rest der Familie geschlafen hat, hinaus auf die Klippen gegangen und hat den rechten Arm zum Hitlergruß gestreckt? Vielleicht hat es auf Getterön andere Menschen in anderen Hütten gegeben, die er besucht und mit denen er Gespräche über das Vierte Reich geführt hat, das, wie er gehofft haben muß, früher oder später kommen würde.

In den sechziger und siebziger Jahren, als Stefan aufwuchs, war nie vom Nationalsozialismus die Rede gewesen. Er konnte sich vage daran erinnern, daß Schulkameraden einer mißliebigen Person »Judenschwein« nachgerufen hatten. An den Toilettenwänden in der Schule waren Hakenkreuze eingeritzt gewesen, und die Hausmeister waren wütend hingegangen und hatten geschrubbt. Aber daß die nationalsozialistische Bewegung lebendig gewesen sein sollte und nicht ein Stück abgeschlossener Geschichte, daran konnte er sich ganz und gar nicht erinnern.

Langsam weckten die Bilder die Erinnerungen zum Leben. Das Album bestand aus Trittsteinen, auf denen er hinüberhüpfen konnte. Dazwischen lagen Erinnerungen, die nicht fotografiert worden waren und die jetzt in sein Bewußtsein zurückkehrten.

Er muß damals zwölf Jahre alt gewesen sein. Er hat lange auf ein neues Fahrrad gewartet. Sein Vater ist nicht geizig, aber es hat gedauert, ihn davon zu überzeugen, daß das alte nicht mehr gut genug ist. Schließlich gibt der Vater nach, und sie fahren nach Borås. Im Laden müssen sie warten, bis sie an der Reihe sind. Ein anderer Mann möchte ebenfalls ein Fahrrad für seinen Sohn kaufen. Der Mann spricht schlecht Schwedisch. Es dauert, bis das Geschäft abgeschlossen ist und der Mann und der Junge mit dem neuen Fahrrad verschwinden. Der Ladeninhaber ist im Alter seines Vaters. Jetzt beschwert der Vater sich darüber, daß es so lange gedauert hat.

»Jugoslawen. Es werden immer mehr.«

»Was wollen die hier?« sagt der Vater. »Sie sollten nach Hause geschickt werden. Sie haben hier in Schweden nichts verloren. Reicht es nicht schon mit all den Finnen, die wir hier haben? Von den Zigeunern ganz zu schweigen. Die sollten ausgerottet werden.«

Stefan erinnerte sich wortwörtlich. Es war keine nachträgliche Konstruktion. Genauso hatte der Vater sich ausgedrückt. Der Verkäufer hatte nicht geantwortet. »Die sollten ausgerottet werden.« Vielleicht hatte er gelächelt, oder er hatte genickt, aber er hatte nichts gesagt. Vor allem hatte er keinen Widerspruch erhoben. Dann hatten sie das Fahrrad gekauft, es auf dem Dach befestigt und waren nach Kinna zurückgekehrt. Seine Erinnerung war jetzt ganz deutlich. Wie war seine eigene Reaktion gewesen? Er war von dem neuen Fahrrad voll in Anspruch genommen. Er konnte sich noch an die Gerüche im Laden erinnern. Gummi und Öl. Etwas kam dennoch aus der Tiefe seiner Erinnerung herauf. Er hatte trotz allem reagiert. Nicht darauf, daß sein Vater der Meinung gewesen war, Zigeuner sollten ausgerottet und Jugoslawen zurückgeschickt werden. Sondern auf die Tatsache, daß sein Vater überhaupt einer Meinung Ausdruck verliehen hatte, was ungewöhnlich war. Einer politischen Meinung.

In seiner Jugend war nie über etwas anderes diskutiert worden als über harmlose Themen. Was es zum Abendessen geben würde, ob der Rasen geschnitten werden mußte, welche Farbe das neue Wachstuch in der Küche haben sollte.

Aber eine Ausnahme hatte es gegeben. Die Musik. Darüber konnte diskutiert werden. Sein Vater hörte ausschließlich alte Jazzmusik. Stefan konnte sich noch an die Namen einiger der Musiker erinnern, für die sein Vater ihn vergeblich zu begeistern versucht hatte. Joe »King« Oliver, der Kornettist, der die große Inspirationsquelle für Louis Armstrong gewesen war. Er hatte mit einem Taschentuch über den Fingern gespielt, damit andere Trompeter nicht sehen konnten, wie er es anstellte, seine hochkomplizierten Soli zu spielen. Dann der Klarinettist Johnny Dodds. Und vor allem der große Bix Beiderbecke. Immer wieder mußte er die verkratzten alten Aufnahmen anhören. Und er hatte so getan, als gefielen sie ihm. Als wäre er so begeistert, wie der Vater es sich wünschte. Das machte es leichter, ein neues Eishockeyspiel zu bekommen oder irgend etwas anderes, was er hatte haben wollen. Aber eigentlich hörte er am liebsten dieselbe Musik wie seine Schwestern. Oft die Beatles, aber hauptsächlich die Rolling Stones. Der Vater hatte die Töchter, was ihren Musikgeschmack anging, als verloren betrachtet. Aber Stefan war möglicherweise noch zu retten.

In jüngeren Jahren hatte sein Vater die Musik, die er liebte, selbst gespielt. An der Wohnzimmerwand hing ein Banjo. Es war immer wieder vorgekommen, daß er es herunternahm und eine Weile spielte. Akkorde, selten etwas anderes. Es war ein Levin-Banjo mit langem Hals. Ein kostbares Stück, wie der Vater erklärte. Aus den zwanziger Jahren. Es existierte auch eine Fotografie vom Vater, auf der man ihn in einer Gruppe spielen sah, die Bourbon Street Band hieß. Sie bestand aus Trommeln, Baß, Trompete, Klarinette, Posaune und dem Vater mit dem Banjo.

Sie hatten zu Hause also über Musik diskutiert. Nie über etwas anderes, das gefährlich gewesen wäre und dem Vater Anlaß zu seltenen, aber überaus heftigen Wutanfällen hätte geben können. Stefans Kindheit und Jugend war von der ständigen Angst vor den unberechenbaren Wutanfällen des Vaters geprägt.

Doch als sie nach Borås gefahren waren, um ein Fahrrad zu kaufen, hatte der Vater eine Ansicht zum Ausdruck gebracht, die nicht davon handelte, wie verwerflich es war, die gräßliche Popmusik zu hören. Es ging um Menschen und ihre Existenz. »Die sollten ausgerottet werden.« Die Erinnerung wuchs in seinem Bewußtsein, als er sich das Ereignis zu vergegenwärtigen suchte.

Das Erlebnis hatte auch einen Epilog.

Er sitzt vorn neben seinem Vater. Im Seitenspiegel kann er den Fahrradlenker sehen, der über das Wagendach hinausragt.

»Warum sollten Zigeuner ausgerottet werden?« fragt er.

»Das sind Menschen, die nichts taugen«, antwortet der

Vater. »Sie sind minderwertig. Sie sind nicht wie wir. Wenn wir unser Land nicht sauberhalten, wird alles verfallen.«

Er erinnerte sich deutlich an diese Worte. Aber es gab auch eine Erinnerung der eigentlichen Erinnerung. Er hatte eine Unruhe über das gespürt, was der Vater gesagt hatte. Nicht wegen des Schicksals, das Zigeuner erwartete, wenn sie nicht schlau genug waren, das Land zu verlassen. Die Unruhe betraf ihn selbst. Wenn sein Vater recht hatte, würde er dasselbe denken müssen. Daß Zigeuner ausgerottet werden müßten.

Danach erlosch das Erinnerungsbild. Vom Rest der Autofahrt war nichts übriggeblieben. Erst als sie nach Hause gekommen waren und seine Mutter auf den Hof trat, um das neue Fahrrad zu bewundern, setzte seine Erinnerung wieder ein.

Das Telefon klingelte. Er fuhr zusammen, legte das Album zur Seite und nahm ab.

»Olausson hier. Wie geht es dir?«

Er hatte mit Elena gerechnet. Sofort war er auf der Hut. »Ich weiß nicht, wie es mir geht. Ich warte ab.«

»Kannst du mal vorbeikommen? Meinst du, das schaffst du?«

»Worum geht es denn?«

»Eine Kleinigkeit. Wann kannst du hiersein?«

»In fünf Minuten.«

»Dann sagen wir in einer halben Stunde. Komm direkt zu mir hoch.«

Stefan legte den Hörer auf. Olausson hatte nicht gelacht. Kalmar hat mich schon eingeholt, dachte er. Die aufgebrochene Tür. Polizisten in Kalmar, die Fragen stellen. Ein anderer Polizist, ein Kollege aus Borås, ist auf unerwarteten Besuch gekommen. *Weiß er etwas über den Einbruch? Wir rufen die Kollegen in Borås an und fragen mal nach.*

So mußte es sein. Es war gegen zwei Uhr. Die Polizei in Kalmar hatte Zeit gehabt, die Wohnung zu untersuchen und mit Wetterstedt zu sprechen. Er merkte, wie ihm der Schweiß ausbrach. Er war sich sicher, daß ihn niemand mit dem Einbruch in Verbindung bringen konnte. Aber er müßte bei Olausson sitzen, ohne etwas über den Inhalt in der braunen Ledermappe, die er in der Schreibtischschublade gefunden hatte, sagen zu können.

Das Telefon klingelte erneut. Diesmal war es Elena. »Ich dachte, du wolltest herkommen?«

»Ich habe noch ein paar Angelegenheiten zu erledigen. Dann komme ich.«

»Was denn für Angelegenheiten?«

Er hätte beinahe den Hörer auf die Gabel geworfen. »Ich muß kurz ins Büro. Wir reden später miteinander. Bis dann.«

Im Moment konnte er keine Fragen ertragen. Es würde schwer genug werden, vor Olausson zu sitzen und etwas zusammenzulügen, was wie die Wahrheit klang.

Er stellte sich ans Fenster und wiederholte seinen erfundenen Zeitplan vom vergangenen Tag. Dann nahm er seine Jacke und ging hinauf ins Präsidium.

Er blieb stehen und begrüßte die Mädchen in der Anmeldung. Keine fragte, wie es ihm ging. Das überzeugte ihn davon, daß mittlerweile alle im Präsidium wußten, daß er Krebs hatte. Corneliusson, der Wachhabende, kam auch heraus und begrüßte ihn. Keine Fragen, kein Krebs, nichts. Stefan nahm den Aufzug hinauf zu Olaussons Büro. Die Tür stand halb offen. Er klopfte. Olausson rief. Jedesmal wenn Stefan zu ihm hineinkam, war er gespannt zu sehen, welcher Schlips ihm wohl begegnen würde. Olausson war dafür bekannt, Schlipse mit seltsamen Motiven oder Farbkombinationen zu tragen. Heute war er jedoch ganz unverfänglich dunkelblau. Stefan setzte sich.

Olausson bekam einen Lachanfall. »Heute morgen haben wir einen Einbrecher geschnappt. Ich glaube, das ist der größte Dummkopf, dem ich je begegnet bin. Du kennst doch das Radiogeschäft auf der Österlånggata, direkt vor Södra Torget? Er ist auf der Rückseite eingedrungen. Dann ist er ins Schwitzen gekommen und hat seine Jacke ausgezogen. Als er anschließend verduftet ist, hat er die Jacke liegenlassen, und darin die Brieftasche mit Führerschein und Visitenkarten. Der Kerl hat eigene Visitenkarten gedruckt. Nennt sich Berater. Wir brauchten nichts weiter zu tun, als zu ihm nach Hause zu fahren und ihn zu holen. Er schlief. Er hatte die Jacke vollkommen vergessen.«

Olausson verstummte. Stefan machte sich bereit. Er dachte, es wäre am besten, wenn er selbst die Initiative ergreifen würde. »Was wolltest du von mir?«

Olausson nahm ein paar Faxpapiere auf, die auf seinem Schreibtisch lagen.

»Nur eine Bagatelle. Das hier ist am Vormittag von den Kollegen aus Kalmar gekommen.«

»Ich bin dagewesen, falls du dich fragst.«

»Ja, genau das. Du hast offenbar einen Mann namens Wetterstedt auf Öland besucht. Der Name kommt mir übrigens bekannt vor.«

»Er hatte einen Bruder, der Justizminister war. Er ist vor ein paar Jahren in Schonen ermordet worden.«

»Ach ja, richtig, du hast recht. Was ist denn damals passiert?«

»Ein Junge hatte die Tat begangen. Vor ein paar Jahren habe ich in der Zeitung gelesen, daß er sich das Leben genommen hat.«

Olausson nickte nachdenklich.

»Ist etwas passiert?« fragte Stefan.

»Offenbar ist heute nacht in Wetterstedts Wohnung in Kalmar eingebrochen worden, und einer der Nachbarn hat behauptet, daß du im Laufe des Tages dort gewesen bist. Seine Beschreibung von dir stimmt ziemlich gut mit der überein, die Wetterstedt abgegeben hat.«

»Ich bin am Morgen dort gewesen, um nach ihm zu fragen. Ein Alter öffnete eine Tür und erzählte, Wetterstedt sei in seinem Sommerhaus auf Öland.«

Olausson ließ die Papiere zurück auf den Tisch fallen. »Nun, das habe ich mir auch gedacht.«

»Was hast du dir auch gedacht?«

»Daß es eine Erklärung gibt.«

Stefan fuhr fort, das Gespräch zu lenken. »Für was denn? Glaubt jemand, ich hätte diesen Einbruch begangen? Ich habe Wetterstedt doch auf Öland erreicht.«

»Es sind nur Fragen, nichts anderes.«

Stefan dachte, daß er die Initiative behalten mußte, sonst würde Olausson anfangen, sich zu wundern.

»War das alles?«

»Im großen und ganzen ja.«

»Stehe ich unter irgendeinem Verdacht?«

»Nein, überhaupt nicht. Du hast also nach Wetterstedt gesucht, und er war nicht zu Hause?«

»Ich nahm an, die Klingel wäre kaputt. Deshalb habe ich an die Tür geklopft. Außerdem dachte ich, daß Wetterstedt vielleicht schlecht hört. Er ist ja weit über achtzig. Der Nachbar muß das Klopfen gehört haben.«

»Und dann bist du nach Öland gefahren?«

»Ja.«

»Und anschließend nach Hause?«

»Nicht direkt. Ich habe die Stadt erst am Abend verlassen. Ich habe ein paar Stunden in der Bibliothek gesessen. Dann habe ich in der Nähe von Jönköping angehalten und geschlafen.«

Olausson nickte.

»Wenn ich vorgehabt hätte, abends zurückzukommen, um einzubrechen, hätte ich doch wohl kaum an die Tür geklopft, um auf mich aufmerksam zu machen.«

»Natürlich nicht.«

Olausson begann seinen Rückzug. Stefan spürte, daß es ihm gelungen war, das Gespräch in die gewünschte Richtung zu lenken. Dennoch war er besorgt. Jemand konnte seinen Wagen gesehen haben. Und dann war da diese Geschichte mit der Haustür, die im gleichen Augenblick geöffnet wurde, als er die Wohnung verlassen hatte.

»Selbstverständlich glaubt keiner, daß du einen Einbruch begangen hast. Wir wollen den Kollegen nur so schnell wie möglich auf ihre Fragen antworten.«

»Jetzt habe ich geantwortet.«

»Du hast keine Beobachtungen gemacht, die für sie von Wert sein könnten?«

»Was stellst du dir vor?«

Olausson ließ erneut ein kurzes Lachen hören. »Das weiß ich doch nicht.«

»Ich auch nicht.«

Stefan sah, daß Olausson ihm glaubte. Er wunderte sich darüber, wie leicht es war, zu lügen. Er dachte, daß jetzt die Zeit gekommen war, dem Gespräch eine neue Richtung zu geben. »Ich hoffe, bei Wetterstedt ist nichts Wertvolles gestohlen worden?«

Olausson nahm eine der Faxseiten auf. »Den Angaben hier zufolge ist überhaupt nichts gestohlen worden. Was merkwürdig ist, weil sich laut Wetterstedts Aussage einige wertvolle Kunstwerke in der Wohnung befinden.«

»Junkies sind mit den Preisen auf dem Kunstmarkt meistens nicht sonderlich vertraut. Oder welche Künstler bei Hehlern und Sammlern gerade gefragt sind.«

Olausson las weiter. »Es soll auch eine Menge Schmuck und Bargeld in der Wohnung sein. Etwas, was normale Einbrecher interessiert. Aber es ist nichts verschwunden.«

»Vielleicht wurden die Einbrecher gestört?«

»Wenn es denn mehrere waren. Die Vorgehensweise läßt auf eine erfahrene Person schließen, keinen Amateur.«

Olausson lehnte sich zurück. »Ich rufe Kalmar an und sage ihnen, daß ich mit dir gesprochen habe. Keine Beobachtungen, sage ich. Nichts, was ihnen helfen könnte.«

»Ich kann natürlich nicht beweisen, daß ich die Stadt verlassen habe, wie ich es gesagt habe.«

»Warum solltest du etwas beweisen müssen?«

Olausson erhob sich und öffnete das Fenster einen Spaltbreit. Erst jetzt merkte Stefan, wie stickig es im Zimmer war.

»Im gesamten Präsidium ist die Ventilation ausgefallen«, klagte Olausson. »Die Leute bekommen allergische Ausschläge. Unten im Zellentrakt klagen sie über Kopfschmerzen. Aber niemand tut etwas, weil kein Geld da ist.«

Olausson setzte sich wieder. Stefan fiel auf, daß er allmählich dick wurde. Sein Bauch quoll über den Hosenbund.

»Ich bin noch nie in Kalmar gewesen«, sagte Olausson, »und auch nicht auf Öland. Aber es soll schön sein, habe ich gehört.«

»Ich hätte dich angerufen, wenn du dich nicht gemeldet hättest. Es gibt noch einen Grund, warum ich Wetterstedt aufgesucht habe. Einen Grund, der mit Herbert Molin zu tun hat.«

»Und welchen?«

»Herbert Molin ist überzeugter Nazi gewesen.«

Olausson blickte ihn fragend an. »Nazi?«

»Lange bevor er Polizist geworden ist, als er noch jung war, hat er als Freiwilliger auf der Seite von Hitler im Zweiten Weltkrieg gekämpft. Er hat sich bis Kriegsende in Deutschland aufgehalten. Und er hat seine Ansichten nie geändert. Wetterstedt hat ihn als jungen Mann gekannt, und sie sind all die Jahre in Kontakt geblieben. Wetterstedt ist ein richtig unangenehmer Mensch.«

»Bist du nach Kalmar gefahren, um mit ihm über Herbert zu reden?«

»Das dürfte doch kaum verboten sein.«

»Nein, aber es ist verständlich, daß ich mich wundere.«

»Hast du etwas von Herbert Molins Vergangenheit gewußt? Oder von seinen Ansichten?«

»Nichts. Es kommt für mich vollkommen überraschend.«

Olausson beugte sich über den Schreibtisch vor. »Hat das hier etwas mit dem Mord an ihm zu tun?«

»Vielleicht.«

»Und der andere Mann, der ebenfalls dort oben getötet worden ist, dieser Geiger?«

»Es gibt keinen eindeutigen Zusammenhang. Zumindest gab es keinen, als ich abgereist bin. Aber Herbert Molin ist nach Härjedalen gezogen, weil er dort eine Frau kannte. Auch die ist Nazi. Sie hat ihm geholfen, das Haus zu kaufen. Sie heißt Elsa Berggren.«

Olausson schüttelte den Kopf. Der Name sagte ihm nichts. Stefan dachte, daß Kalmar nun abgehakt war. Wenn Olausson trotz allem den Verdacht gehabt hätte, daß Stefan den Einbruch bei Wetterstedt begangen hatte, dann war der Gedanke jetzt verschwunden.

»Das klingt alles ziemlich merkwürdig.«

»Ganz deiner Meinung. Doch wir können nicht daran zweifeln, daß viele Jahre lang ein Nazi hier bei der Polizei in Borås gearbeitet hat.«

»Egal was für Ansichten er hatte, er war ein guter Polizist.«

Olausson erhob sich als Zeichen dafür, daß das Gespräch

beendet war. Er begleitete Stefan zum Aufzug. »Wie geht es dir eigentlich?«

»Am neunzehnten muß ich wieder ins Krankenhaus. Dann sehen wir weiter.«

Die Aufzugtür glitt auf.

»Ich werde mit Kalmar reden«, sagte Olausson.

Stefan betrat den Aufzug. »Dann hast du vielleicht auch nicht gewußt, daß Herbert Molin ein leidenschaftlicher Tänzer war?«

»Nein. Was hat er getanzt?«

»Am liebsten Tango.«

»Es ist offensichtlich, daß ich vieles von Herbert Molin nicht wußte.«

»Geht uns das nicht allen so? Daß wir eigentlich nicht mehr wissen als das, was uns an der Oberfläche begegnet?«

Die Tür glitt zu. Olausson konnte keine Antwort mehr geben. Stefan verließ das Polizeipräsidium. Als er auf die Straße trat, war er plötzlich unsicher, was er jetzt tun sollte. Kalmar würde kein Problem sein, wenn sich nicht zeigen sollte, daß ihn trotz allem jemand in der Nacht gesehen hatte. Aber das war kaum wahrscheinlich.

Er blieb stehen, ohne sich entscheiden zu können, was er weiter tun wollte. Es machte ihn aus irgendeinem Grund wütend, und er fluchte laut vor sich hin. Eine Frau, die an ihm vorbeiging, tat einen Schritt zur Seite.

Stefan ging zurück in seine Wohnung und wechselte das Hemd. Er betrachtete sein Gesicht im Spiegel. Als er ein Kind war, hatten alle gesagt, er gliche seiner Mutter. Aber je älter er wurde, desto deutlicher wurde es, daß sein Gesicht an das des Vaters erinnerte. Jemand weiß es, dachte er. Jemand muß mir etwas über meinen Vater und seine politischen Ansichten erzählen können. Ich muß mit meinen Schwestern reden. Und es gibt noch eine Person, die es wissen muß. Der engste Freund meines Vaters. Der Anwalt, der sein Testament aufgesetzt hat. Stefan wurde plötzlich klar, daß er nicht einmal wußte, ob der Anwalt noch am Leben war. Hans Jacobi hieß er. Vielleicht war es ein jüdischer Name. Aber Jacobi war blond, groß und kräftig, Tennisspieler, erinnerte sich Stefan. Er suchte das Telefonbuch hervor und schlug es unter dem Namen auf. Dort stand er noch. Rechtsanwaltskanzlei Jacobi & Brandell.

Er wählte die Nummer. Eine Frauenstimme meldete sich mit dem Namen der Kanzlei.

»Ich möchte Anwalt Jacobi sprechen.«

»Wie ist bitte Ihr Name?«

»Mein Name ist Stefan Lindman.«

»Herr Jacobi ist pensioniert.«

»Er war ein guter Freund meines Vaters.«

»Daran erinnere ich mich, aber Herr Jacobi ist alt. Er hat vor mehr als fünf Jahren aufgehört.«

»Ich rufe vor allen Dingen an, um zu hören, ob er noch lebt.«

»Er ist krank.«

»Wohnt er noch in Kinna?«

»Er wird von seiner Tochter in deren Haus in der Nähe von Varberg gepflegt.«

»Ich würde gern Kontakt zu ihm aufnehmen.«

»Ich kann Ihnen weder seine Adresse noch seine Telefonnummer geben. Herr Jacobi hat darum gebeten, nicht gestört zu werden. Als Herr Jacobi hier aufgehört hat, ist er ordnungsgemäß ausgeschieden.«

»Was bedeutet das?«

»Daß er alle Arbeit seinen jüngeren Kollegen überlassen hat. Vor allem seinem Neffen Lennart Jacobi, der jetzt Teilhaber der Firma ist.«

Stefan bedankte sich und legte auf. Es würde nicht schwer sein, die Adresse in Varberg zu finden, aber plötzlich wurde er unsicher. Sollte er wirklich einen alten, kranken Mann mit Fragen über die Vergangenheit belästigen? Er konnte sich nicht entscheiden und schob es auf den nächsten Tag. Gerade jetzt erwartete ihn etwas anderes. Etwas Wichtigeres.

Kurz nach sieben Uhr parkte er den Wagen vor dem Haus in Norrby, in dem Elena wohnte. Er schaute zu ihren Fenstern hinauf.

Ohne Elena bin ich jetzt überhaupt nichts, dachte er.

21

Etwas hatte Aaron Silberstein im Verlauf der Nacht unruhig gemacht. Einmal war er davon aufgewacht, daß der Hund vor dem Zelt winselte. Er hatte ihn angezischt, und der Hund war sofort verstummt. Dann war er wieder eingeschlafen und hatte vom La Cabaña und Höllner geträumt. Als er erneut wach wurde, war es immer noch dunkel. Er lag reglos da und lauschte. Die Uhr, die er an einer der Zeltstangen aufgehängt hatte, zeigte Viertel vor fünf. Er versuchte sich zu verdeutlichen, was ihn unruhig gemacht hatte. War es aus ihm selbst heraus gekommen, oder war es etwas dort draußen in der kalten Herbstnacht gewesen? Obwohl es bis zum Morgengrauen noch lange dauern würde, konnte er nicht länger im Schlafsack liegenbleiben. Das Dunkel vor seinem Zelt war von Fragen erfullt.

Wenn es dahin kommen sollte, daß er vor Gericht gestellt würde, müßte er für den Mord an Herbert Molin verurteilt werden. Er hatte nicht die Absicht abzustreiten, was er getan hatte. Wäre alles nach Plan verlaufen, und wäre er wie beabsichtigt nach Buenos Aires zurückgekehrt, hätte die Polizei keine Chance, ihn je zu fassen. Der Mord an Herbert Molin würde in den Archiven der schwedischen Polizei versinken und niemals aufgeklärt werden.

Er hatte mehrmals, vor allem in der langen Zeit, die er im Zelt am See verbracht und darauf gewartet hatte, daß die Zeit reif wäre, erwogen, vielleicht ein Geständnis niederzuschreiben und einen Anwalt zu bitten, es nach seinem Tod an die schwedische Polizei zu schicken. Er konnte eine Erklärung hinterlassen, warum er Herbert Molin töten mußte. Es würde eine Erklärung sein, die bis ins Jahr 1945 zurückreichte und das, was geschehen war, einfach und klar darstellte. Aber wenn sie ihn jetzt faßten, würde man ihn auch eines Verbrechens bezichtigen, das er nicht begangen hatte. Des Mordes an Herbert Molins Nachbarn.

Er kroch aus dem Schlafsack und baute in der Dunkelheit das Zelt ab. Der Hund zerrte an der Leine und wedelte mit dem Schwanz. Mit der Taschenlampe leuchtete er die Stelle ab, an der das Zelt gestanden hatte, um sicher zu sein, daß er keine Spuren hinterließ. Dann fuhr er mit dem Hund auf dem Rücksitz davon. In einem Ort namens Sörvattnet kam er an eine Kreuzung. Er hielt an, machte Licht und breitete die Karte aus. Am liebsten würde er nach Süden fahren, die ganze Dunkelheit hinter sich zurücklassen, irgendwo anhalten, Maria anrufen und sagen, daß er jetzt auf dem Heimweg sei. Aber er wußte, daß er es nicht tun konnte. Sein Dasein würde unmöglich werden, wenn er nicht herauszufinden versuchte, was Abraham Andersson geschehen war. Er bog nach Osten ab und folgte der Straße nach Rätmyren. Er fuhr auf einen der Forstwege, den er von früher her kannte, und stellte den Wagen ab. Dann näherte er sich vorsichtig Herbert Molins Haus. Der Hund an seiner Seite war ruhig. Als er sicher war, daß das Haus verlassen war, ließ er den Hund in den Zwinger, schloß das Gitter, hängte die Leine an den Zaun und kehrte in den Wald zurück. Jetzt hat die Polizei etwas, worüber sie nachdenken kann, dachte er, während er den Weg zurück zu seinem Wagen suchte.

Dann setzte er seine Reise fort. Es war immer noch dunkel. Der Boden knirschte unter den Reifen, als er auf eine Schotterpiste einbog, um wieder auf die Karte zu schauen. Es war nicht weit bis zur norwegischen Grenze. Doch dahin war er nicht unterwegs. Er fuhr weiter nach Norden, passierte Funäsdalen, bog auf einen kleineren Weg ein und fuhr aufs Geratewohl weiter. Der Weg führte steil bergauf. Vielleicht war er jetzt zwischen den Bergen. Wenn er die Karte richtig gelesen hatte, konnte das stimmen. Er hielt an, stellte den Motor ab und wartete auf die Morgendämmerung.

Als das Licht langsam durch die Dunkelheit sickerte, fuhr er weiter. Der Baumbestand wurde lichter. Die ganze Zeit ging der Weg steil bergauf, und er sah einzelne Hütten, die hinter Felsblöcken und Büschen eingezwängt im Verborgenen lagen.

Ihm wurde klar, daß er sich mitten in einer Art Ferienhausgelände befand. Er fuhr, so weit er konnte. Nirgendwo sah er ein Licht. An einer Stelle war der Weg mit einem Gitter versperrt. Er stieg aus, öffnete es und fuhr weiter, nachdem er es hinter sich wieder geschlossen hatte. Ihm war klar, daß er im Begriff war, in eine Falle zu fahren. Wenn sie hinter ihm herkamen, wäre er gefangen. Aber es war ihm gleichgültig. Jetzt wollte er nur bis ans Ende des Weges gelangen. Dort würde er eine Entscheidung treffen müssen.

Schließlich ging es nicht mehr weiter. Der Weg war zu Ende. Er stieg aus und sog die kühle Luft in die Lungen. Das Licht war grau. Er blickte sich um. Bergspitzen, weit entfernt ein Tal, dahinter weitere Berge. Zwischen den Bäumen verlief ein Pfad. Er folgte ihm. Nach ein paar hundert Metern kam er zu einem alten Holzhaus. Er stand unbeweglich da und betrachtete es. Er konnte sehen, daß lange niemand auf diesem Pfad gegangen war. Er trat zu dem Haus und starrte durch ein Fenster. Die Haustür war verschlossen. Er versuchte sich vorzustellen, wo er einen Schlüssel hinterlegen würde, wenn das Haus ihm gehörte. Unterhalb eines der flachen Steine, die einen Teil der Treppe zur Haustür ausmachten, stand ein zersprungener Blumentopf. Er bückte sich und hob ihn an. Kein Schlüssel. Dann fühlte er mit den Fingern unter dem Stein. Dort war der Schlüssel, an einem Band, das an einem Brett befestigt war. Er schloß auf.

Im Haus war lange nicht gelüftet worden. Es gab ein großes Zimmer, zwei kleinere Schlafzimmer und eine Küche. Die Möbel waren aus hellem Holz. Er strich mit der Hand über die Rückenlehne eines Stuhls und dachte, daß er gern einige dieser hellen Holzmöbel in seiner dunklen Wohnung in Buenos Aires hätte. An den Wänden hingen Tücher mit gestickten Texten, die er nicht verstand. Er ging in die Küche. Das Haus hatte Strom. Und es gab sogar ein Telefon. Er nahm den Hörer ab und lauschte auf das Signal. In der Küche stand eine große Gefriertruhe, die er öffnete. Sie war gefüllt. Er versuchte zu verstehen, was das bedeuten konnte. War das Haus nur vorübergehend nicht bewohnt? Er wußte es nicht. Er nahm ein paar Pakete mit tiefgefrorenen Hamburgern heraus und legte sie auf den Küchentisch. Dann drehte er an einem Hahn über der Spüle, und es kam Wasser.

Er setzte sich ans Telefon und wählte die lange Nummer zu Maria in Buenos Aires. Die Zeitverschiebung hatte er nie ganz durchschaut. Am anderen Ende klingelte es. Er fragte sich abwesend, wer einmal die Telefonrechnung mit diesem Auslandsgespräch von seinem Haus in den Bergen bekommen würde.

Maria nahm ab. Wie gewöhnlich klang sie ungeduldig, als habe er sie bei etwas Wichtigem gestört. Ihre Tage wurden durch routinemäßige Arbeiten wie Putzen und Kochen strukturiert. Wenn sie freie Zeit hatte, wurde sie rastlos, und dann legte sie eine komplizierte Patience. Er hatte vergeblich versucht zu verstehen, worauf sie hinauslief. Er hatte auch das Gefühl, daß sie schummelte. Nicht, damit die Patience aufging, sondern damit sie so lange wie möglich dauerte.

»Ich bin es«, sagte er. »Kannst du mich hören?«

Sie redete laut und schnell, wie immer, wenn sie nervös war.

Ich bin zu lange weg gewesen, dachte er. Sie fängt an zu glauben, daß ich sie verlassen habe. Daß ich nie wiederkommen werde.

»Wo bist du?« fragte sie.

»Immer noch in Europa.«

»Wo?«

Er dachte an die Karte, die er studiert hatte, als er im Wagen gesessen und versucht hatte, einen Entschluß zu fassen. »Norwegen.«

»Was tust du da?«

»Ich sehe mir Möbel an. Ich komme bald nach Hause.«

»Don Batista hat nach dir gefragt. Er ist empört. Er sagt, daß du ihm versprochen hättest, ein altes Sofa zu restaurieren, das er seiner Tochter im Dezember zur Hochzeit schenken will.«

»Sag ihm, daß es rechtzeitig fertig wird. Ist sonst noch etwas passiert?«

»Was sollte passiert sein? Eine Revolution?«

»Ich weiß es nicht. Ich frage nur.«

»Juan ist tot.«

»Wer?«

»Juan, der alte Hausmeister.«

Sie sprach jetzt langsamer, aber immer noch zu laut. Als glaube sie, es sei nötig, weil Norwegen ein Land in weiter Ferne war. Er ahnte, daß sie es auf einer Karte nicht einmal zeigen könnte. Er dachte auch, daß sie ihm nie so nahe war, wie wenn sie von jemandem sprach, der nicht mehr lebte. Daß Juan, der alte Hausmeister, gestorben war, kam für ihn nicht überraschend. Nach einem Schlaganfall vor ein paar Jahren war er nur noch im Hof herumgeschlurft und hatte die Arbeit betrachtet, die getan werden mußte, die er aber nicht mehr bewältigen konnte.

»Wann wird er beerdigt?«

»Er ist schon beerdigt. Ich habe von dir und mir Blumen aufs Grab gelegt.«

»Danke.«

Es wurde still. Es rauschte und knisterte in der Leitung.

»Maria«, sagte er, »ich komme bald nach Hause. Ich habe Sehnsucht nach dir. Ich bin dir nicht untreu. Diese Reise ist sehr wichtig gewesen. Es ist, als ob ich in einem Traum unterwegs bin. Als ob ich eigentlich immer noch in Buenos Aires wäre. Die Reise war notwendig, weil ich etwas sehen mußte, was ich zuvor nicht gesehen habe. Nicht nur die fremden Möbel in ihren hellen Farben, sondern auch mich selbst. Ich beginne alt zu werden, Maria. Ein Mann in meinem Alter sollte eine Reise nur in eigener Gesellschaft unternehmen. Um zu entdecken, wer er eigentlich ist. Ich werde ein anderer Mensch sein, wenn ich zurückkomme.«

»Wieso denn ein anderer Mensch«, fragte sie besorgt.

Er wußte, daß Maria sich immer Sorgen machte, er könne sich verändern. Er bereute sofort, was er gesagt hatte.

»Zum Besseren«, sagte er. »Ich werde von nun an zu Hause essen. Ich werde dich nur noch sehr selten allein lassen und ins La Cabaña gehen.«

Sie glaubte ihm nicht, denn sie wurde wieder still.

»Ich habe einen Mann getötet«, sagte er. »Einen Mann, der vor langer Zeit, als ich noch in Deutschland lebte, ein schreckliches Verbrechen begangen hat.«

Warum sagte er das? Er wußte es nicht. Ein Geständnis über eine Telefonleitung von einer Hütte in den Bergen in der schwedischen Landschaft Härjedalen zu einer engen und feuchten Wohnung im Zentrum von Buenos Aires. Ein Geständnis gegenüber jemandem, der nicht verstehen konnte, was er meinte. Der sich noch weniger vorstellen konnte, daß er einem anderen Menschen Gewalt angetan hatte. Er dachte, daß er es einfach nicht mehr aushielte, wenn er sein Geheimnis nicht mit jemandem teilen konnte. Auch wenn es nur mit Maria war, die nicht einmal verstand, was er sagte.

»Wann kommst du nach Hause?« fragte sie erneut.

»Bald.«

»Die Miete ist wieder erhöht worden.«

»Denk an mich, wenn du betest.«

»Weil die Miete erhöht worden ist?«

»Kümmere dich nicht um die Miete. Denk nur an mich. Jeden Morgen und jeden Abend.«

»Denkst du an mich, wenn du betest?«

»Ich bete nicht, Maria, das weißt du doch. Bei uns zu Hause bist du diejenige, die das übernommen hat. Ich muß jetzt auflegen, aber ich rufe dich wieder an.«

»Wann?«

»Das weiß ich nicht. Bis bald, Maria.«

Er legte den Hörer auf und dachte, daß er hätte sagen müssen, daß er sie liebte, auch wenn er es nicht tat. Es war trotz allem sie, die sich immer in seiner Nähe befand. Es war sie, die seine Hand halten würde, wenn er einmal starb. Er fragte sich, ob ihr klargeworden war, was er gesagt hatte. Daß er einen Menschen getötet hatte.

Er stand auf und trat an eines der niedrigen Fenster. Draußen war es jetzt hell. Er sah die Berge, und er konnte auch Maria vor sich sehen, wie sie in dem roten Plüschsessel neben dem kleinen Tisch saß, auf dem das Telefon stand.

Er sehnte sich nach Hause.

Dann kochte er Kaffee und öffnete die Haustür, um zu lüften. Wenn jemand den Pfad entlangkäme, wußte er, was er sagen würde. Er hatte Herbert Molin ermordet, aber nicht den anderen Mann. Doch es würde niemand den Pfad entlangkommen. Das hatte er beschlossen. Er war hier allein. Er konnte diese niedrige Blockhütte in sein Hauptquartier verwandeln, während er versuchte, sich darüber klarzuwerden, was eigentlich dort in dem Wald passiert war, als Abraham Andersson getötet wurde.

Auf einem Regal stand eine gerahmte Fotografie. Zwei Kinder saßen vor dem Haus auf der Treppe, unter der er den Schlüssel gefunden hatte. Sie lachten in die Kamera. Er nahm das Foto in die Hand und drehte es um. Die Jahreszahl war schwach zu erkennen: 1998. Außerdem stand da »Stockholm«. Er suchte das Haus methodisch nach Spuren des Besitzers ab und fand schließlich eine Rechnung von einem Elektrogeschäft in Sveg, die auf einen Mann namens Frostengren mit einer Stockholmer Adresse ausgestellt war. Das überzeugte ihn davon, daß er damit rechnen konnte, unbehelligt zu bleiben. Das Haus lag sehr einsam, und der November war sicher kein Monat für Wanderer oder Skiläufer. Das einzige, woran er denken mußte, war, aufzupassen, wenn er auf die Hauptstraße einbog. Und er würde jedesmal, wenn er fuhr oder zurückkam, Ausschau halten, ob eines der Häuser, die er passiert hatte, Zeichen aufwies, nicht mehr verbarrikadiert zu sein.

Den Rest des Tages blieb er im Haus. Er schlief viel, traumlos, und erwachte, ohne beunruhigt zu sein. Er trank Kaffee, briet Hamburger, ging dann und wann hinaus, um die Berge zu betrachten. Gegen zwei Uhr am Nachmittag begann es zu regnen. Er machte die Lampe über dem Tisch im großen Zimmer an und setzte sich an das Fenster, um darüber nachzudenken, wie er weiterkommen würde.

Es gab einen selbstverständlichen und vollkommen eindeutigen Ausgangspunkt. Aaron Silberstein, oder Fernando Hereira, wie er sich zur Zeit nannte, hatte einen Mord begangen. Wäre er gläubig wie Maria, hätte ihn das zu einer der schlimmsten Höllenstrafen verurteilt. Aber er war nicht gläubig. Für ihn gab es keine Götter außer denen, die er zuweilen in schwachen Augenblicken, und nur dann, wenn er sie brauchte, selbst erschuf. Götter waren etwas für die Armen und die Schwachen. Er selbst war weder arm noch schwach. Er hatte sich schon als Kind mit einem dicken Panzer umgeben müssen, der im Laufe der Jahre zu einem Teil seiner Persönlichkeit geworden war. Ob er in Argentinien in erster Linie Jude oder ein deutscher Immigrant war, wußte er nicht. Weder die jüdische Religion und die damit verbundenen Traditionen noch die jüdische Gemeinschaft hatten ihm in seinem Leben je geholfen.

Ende der sechziger Jahre war er einmal nach Jerusalem gereist. Es war ein Jahr nach dem ersten großen Krieg gegen Ägypten, und es war alles andere als eine Pilgerfahrt gewesen. Er hatte die Reise aus Neugierde unternommen, vielleicht auch als Buße für seinen Vater, weil er seinen Mörder noch immer nicht gefunden hatte. Im selben Hotel in Jerusalem hatte damals ein alter Jude aus Chicago gewohnt. Rechtgläubig und orthodox. Er hatte ein paarmal im Frühstückssaal mit ihm zusammengesessen. Isak Sadler war ein freundlicher Mann gewesen. Mit einem schwermütigen Lächeln, das nicht verbarg, daß er immer noch verwundert war, das Konzentrationslager überlebt zu haben. Als die Befreiung in Gestalt der amerikanischen Soldaten schließlich eingetroffen war, war er so ausgemergelt, als er da in einer der Todesbaracken lag, daß er seine letzten Kräfte hatte mobilisieren müssen, um ihnen zu erklären, daß er nicht begraben werden durfte. Er lebte noch. Und er hatte es danach als Selbstverständlichkeit angesehen, nach Amerika zu fahren und den Rest seines Lebens dort zu verbringen. Eines Morgens hatten sie beim Frühstück über Eichmann gesprochen, und sie hatten von Rache geredet. Für Aaron war es eine Zeit des Niedergangs gewesen. Er hatte gegen Ende der sechziger Jahre resigniert und gedacht, daß er den Mann, der seinen Vater getötet hatte, nie aufspüren würde.

Doch das Gespräch mit Isak Sadler hatte ihn von neuem »inspiriert«. Genau dieses Wort hatte er in seinen Gedanken benutzt. Inspiriert, um weiter nach dem Mörder seines Vaters zu suchen. Isak Sadler hatte der festen Überzeugung Ausdruck verliehen, daß die Hinrichtung Eichmanns rechtmäßig war. Die Jagd auf die deutschen Nazis mußte weitergehen, solange noch Grund zur Annahme bestand, daß einer von denen, die die fürchterlichen Verbrechen begangen hatten, am Leben war.

Nach der Rückkehr aus Jerusalem hatte ihn sein jüdischer Ursprung ebensowenig interessiert wie zuvor. Aber er hatte die Suche wieder aufgenommen und Hilfe von Simon Wiesenthal in Wien erhalten, ohne daß es ihn weitergebracht hätte. Es sollte noch einige Zeit dauern, bis ihm plötzlich Höllner über den Weg laufen und ihm den fehlenden Schlüssel geben würde. Aber das wußte er damals noch nicht.

Er stand in der Hütte eines Mannes namens Frostengren und schaute über das Tal und die Berge. Es war ihm gelungen, die Nadel im Heuhaufen zu finden. Und er hatte nicht gezögert, als der Moment schließlich gekommen war. Herbert Molin war tot. Soweit war alles planmäßig verlaufen. Aber dann war da dieser andere Mann im Wald gewesen. Er war neben seinem eigenen Haus ermordet worden.

Es gab Ähnlichkeiten zwischen den beiden Todesfällen, als habe der Mörder Abraham Anderssons das, was Aaron mit Herbert Molin getan hatte, imitiert. Zwei einsame, alte Männer, die allein lebten. Beide mit Hunden. Beide waren außerhalb ihres Hauses getötet worden. Doch das Wichtigste waren die Unterschiede. Was die Polizisten sahen, konnte er nicht wissen, aber er entdeckte diese Unterschiede, weil er nichts mit Anderssons Tod zu tun hatte.

Aaron blickte hinaus auf die Berge. Nebelbänke lagen über dem Tal. In seinen Gedanken war er jetzt einer Entscheidung sehr nahe gekommen, das spürte er. Derjenige, der Andersson getötet hatte, wollte, daß es so aussah, als sei derselbe Täter zweimal am Werk gewesen, um die Schuld auf einen anderen zu schieben. Aber wer konnte so genau wissen, wie der Mord an Molin vor sich gegangen war? Aaron wußte nicht, was in den Zeitungen gestanden hatte. Er hatte keine Ahnung, was die Polizei auf ihren Pressekonferenzen, die doch sicher abgehalten worden waren, gesagt hatte. Wer wußte davon?

Es gab noch ein weiteres großes »Warum«, auf das er eine Antwort suchte. Derjenige, der Abraham Andersson getötet hatte, mußte ein Motiv gehabt haben. Eine Feder ist gespannt worden, dachte er. Als Herbert Molin stirbt, wird ein Mechanismus ausgelöst, der bewirkt, daß auch Abraham Andersson sterben muß. Warum? Und durch wen?

Den ganzen Tag über näherte er sich diesen Fragen von verschiedenen Seiten. Er machte sich mehrfach etwas zu essen. Nicht weil er besonders hungrig war, sondern um seine Nervosität zu dämpfen. Er konnte die Unruhe darüber nicht abschütteln, auf irgendeine Weise an dem, was Abraham Andersson geschehen war, mitschuldig zu sein. Hatte es ein gemeinsames Geheimnis zwischen den beiden Männern gegeben? Und bestand die Gefahr, daß Andersson, wenn Molin starb, dieses Geheimnis enthüllte? So mußte es gewesen sein. Etwas, von dem er nichts gewußt hatte. Herbert Molins Tod bedeutete eine plötzliche Gefahr für jemanden, und Abraham Andersson mußte sterben, damit das Geheimnis nicht enthüllt wurde.

Er öffnete die Tür und trat vor das Haus. Es roch nach nassem Moos. Wolken zogen tief über seinem Kopf dahin. Wolken machen keine Geräusche, dachte er. Eine vollkommen lautlose Bewegung. Er ging langsam um die Blockhütte herum. Zuerst einmal, dann ein zweites Mal.

Es gab eine weitere Person, die sich in der Gegend gezeigt hatte, in der Herbert Molin und Abraham Andersson ihr Leben verbracht hatten. Eine Frau. Dreimal hatte er sie durch den Wald kommen sehen, um Herbert Molin zu besuchen. Er war ihnen gefolgt, als sie auf verschiedenen Waldwegen spazieren gegangen waren. Einmal, bei ihrem zweiten Besuch, waren sie in die Nähe des Sees gegangen, und er hatte gefürchtet, sie würden seinen Zeltplatz entdecken. Aber gerade vor der letzten Biegung hatten sie kehrtgemacht, und er hatte aufatmen können. Er war ihnen durch den Wald gefolgt wie ein Pfadfinder oder wie einer der Indianer, über die er als Kind in Edward S. Ellis' Büchern gelesen hatte. Dann und wann hatten sie miteinander gesprochen. Gelegentlich hatten sie auch gelacht.

Nach dem Spaziergang waren sie ins Haus gegangen, und als Aaron sich auf der Rückseite herangeschlichen hatte, konnte er Musik durch die Wand hören. Beim erstenmal hatte er seinen Ohren nicht getraut, als da jemand Spanisch sang. Argentinisches Spanisch mit diesem charakteristischen Tonfall, der in keinem anderen spanischsprechenden Land üblich war. Nach der Musik, die häufig zwischen einer halben und einer Stunde gedauert hatte, war es still gewesen. Er hatte sich gefragt, ob sie sich liebten, aber er hatte es nie genau herausbekommen. Falls es so gewesen war, war es immer in Stille geschehen. Kein Stöhnen, keine Bettgeräusche waren je durch die Wände gedrungen. Molin hatte sie anschließend zu der Stelle begleitet, an der ihr Wagen stand. Sie hatten sich die Hand geschüttelt, nie einander umarmt. Dann war sie auf die Hauptstraße eingebogen und in Richtung Osten verschwunden.

Er hatte sich Gedanken über diese Frau gemacht. Jetzt vermutete er, daß sie Elsa Berggren hieß. Dieser Name hatte zusammen mit Herbert Molins und Abraham Anderssons auf der Rückseite der Rechnung gestanden, die der Polizeibeamte zusammengeknüllt in den Aschenbecher gelegt hatte. Was es bedeutete, verstand er immer noch nicht. War Elsa Berggren auch eine alte Nazi, die sich hier in die Wälder Härjedalens zurückgezogen hatte?

Er blickte über die Berge und versuchte eine Möglichkeit zu formulieren. Ein Dreieck, in dem Herbert Molin, Elsa Berggren und Abraham Andersson die drei Spitzen ausmachten. Ob Elsa Berggren auch Abraham Andersson gekannt hatte, wußte er nicht. Er hatte nie beobachtet, daß sie sich getroffen hatten. Andersson und Elsa Berggren waren Nebenfiguren in dem Drama gewesen, das zum Abschluß zu bringen er in die Wälder heraufgekommen war. Mehr nicht.

Er ging noch einmal um das Haus. In der Ferne meinte er ein Flugzeug zu hören. Dann war es wieder still. Nur der Wind war zu hören, der an den Berghängen entlangstrich.

Es gibt keine andere Erklärung, dachte er. Zwischen diesen dreien muß es eine Gemeinsamkeit gegeben haben. Ein Geheimnis. Genau wie es der Polizist auf seine Rechnung geschrieben hat. Weil Herbert Molin tot ist, muß auch Abraham Andersson sterben. Und jetzt ist nur noch die Frau da, Elsa Berggren. Sie ist diejenige, die den unsichtbaren Schlüssel um den Hals trägt.

Er kehrte wieder ins Haus zurück. Aus der Gefriertruhe hatte er ein weiteres Paket Hamburger herausgeholt, das jetzt auf der Spüle auftaute. Er mußte Kontakt mit Elsa Berggren aufnehmen, um zu erfahren, was geschehen war.

Im Verlauf des Abends entwickelte er einen Plan. Er hatte die Gardinen vorgezogen und die Tischlampe auf den Fußboden gestellt, damit kein Licht ins Dunkel nach draußen drang, das ihn umgab. Er blieb bis Mitternacht am Tisch sitzen. Da wußte er, was er tun würde. Er sah ein, daß er ein Risiko einging, aber er hatte keine Wahl. Bevor er zu Bett ging, rief er eine Telefonnummer in Buenos Aires an. Der Mann, der sich meldete, hatte es eilig. Im Hintergrund war das Geräusch von vielen Menschen zu hören.

»La Cabaña«, rief der Mann. »Hallo?«

Aaron legte auf. Das Restaurant existierte noch. Bald würde er durch die Tür hereinkommen und sich an seinen Stammplatz setzen. Rechts, direkt neben dem Fenster, das auf die Seitenstraße der Avenida Corrientes hinausging.

Neben dem Telefon lag ein Telefonbuch, in dem er Elsa Berggrens Nummer und Adresse fand. Auf dem Stadtplan im Telefonbuch sah er, daß es eine Straße südlich des Flusses war, und er stieß einen Seufzer der Erleichterung darüber aus, nicht die Wälder nach ihr absuchen zu müssen. Aber das Risiko, daß ihn jemand sehen würde, war natürlich größer. Er schrieb die Adresse auf ein Stück Papier und legte das Telefonbuch zurück.

In dieser Nacht schlief er unruhig. Als er aufwachte, fühlte er sich völlig kraftlos. Er blieb den ganzen Tag im Bett liegen und stand nur ein paarmal auf, um etwas zu essen.

Er blieb noch drei Tage in Frostengrens Haus, bevor er merkte, daß seine Kräfte allmählich zurückkehrten. Am Morgen des vierten Tages räumte er das Haus auf, blieb aber bis zum späten Nachmittag, bevor er abschloß und den Schlüssel zurück unter den Treppenstein legte. Als er zum Wagen kam, schlug er die Karte auf. Auch wenn es unwahrscheinlich war, daß die Polizei Straßensperren errichtet hatte, zog er es vor, nicht auf direktem Weg nach Sveg zu fahren.

Statt dessen fuhr er in nördlicher Richtung nach Vålådalen. In Mittådalen bog er nach Hede ab und erreichte Sveg, als es bereits dunkel geworden war. Er parkte am Ortseingang, wo es Geschäfte und Tankstellen und auch eine Übersichtskarte von Sveg gab. Er suchte Elsa Berggrens Adresse auf der anderen Seite des Flusses. Sie wohnte in einem weißen Haus, das von einem großen Garten umgeben war. In einem Fenster im Untergeschoß war Licht. Er sah sich um, und als er genügend gesehen hatte, kehrte er zum Wagen zurück.

Er hatte immer noch viele Stunden Wartezeit vor sich. In einem Laden suchte er eine gestrickte Mütze und stellte sich dann in die Schlange, die am längsten war und an deren Ende die Kassiererin gestreßt wirkte. Er bezahlte mit passendem Geld, und als er den Laden verließ, war er sich sicher, daß sie sich nicht daran erinnern würde, wie er ausgesehen hatte oder wie er angezogen war. Im Wagen dröselte er die Maschen der Mütze mit Hilfe eines Messers auf, das er aus Frostengrens Haus mitgenommen hatte.

Um acht Uhr ließ der Verkehr spürbar nach. Er fuhr über die Brücke und bog auf einen Parkplatz ein, auf dem sein Wagen von der Straße nicht zu sehen war. Dann wartete er weiter. Um sich die Zeit zu vertreiben, bezog er im Kopf das Sofa neu, das Don Batista seiner Tochter zur Hochzeit schenken wollte.

Gegen Mitternacht machte er sich auf den Weg.

Aus dem Kofferraum nahm er eine kleine Axt, die er ebenfalls aus dem Haus mitgenommen hatte.

Er wartete, bis ein Lastwagen vorübergefahren war.

Dann lief er über die Straße und verschwand auf dem Pfad, der am Fluß entlangführte.

22

Um zwei Uhr in der Nacht verließ Stefan voller Wut Elenas Wohnung. Aber sein Zorn war bereits verflogen, bevor er auf die Straße hinaustrat. Dennoch konnte er sich nicht dazu überwinden zurückzugehen. Er setzte sich in den Wagen und fuhr in die Stadt, doch die Alleegata vermied er. Er wollte noch nicht nach Hause. Er fuhr zur Gustav-Adolf-Kirche hinaus und stellte den Motor ab. Um ihn her war es menschenleer und dunkel.

Was war eigentlich passiert? Elena hatte ihn voller Freude empfangen. Sie hatten in der Küche gesessen und zusammen eine Flasche Wein getrunken. Er hatte ihr von seiner Reise erzählt, von den plötzlichen Schmerzen, die ihn in Sveg befallen hatten. Von Herbert Molin, Abraham Andersson und Emil Wetterstedt hatte er nicht mehr als nötig gesprochen. Elena wollte wissen, wie es *ihm* ging. Sie war voller Fürsorge, und ihre Augen verrieten, wie beunruhigt sie war. Sie saßen lange auf, aber als er fragte, ob sie müde sei, hatte sie den Kopf geschüttelt. Nein, sie wollte ihm weiter zuhören.

»Ein Mensch muß nicht immer schlafen«, sagte sie. »Nicht, wenn etwas anderes wichtiger ist.«

Nach einer Weile waren sie dennoch aufgestanden, um schlafen zu gehen. Da hatte sie ganz nebenbei, als sie die Gläser abwusch, gefragt, ob er sie nicht trotz allem etwas öfter hätte anrufen können. Wußte er nicht, welche Sorgen sie sich machte?

»Du weißt doch, daß ich keine Telefone mag. Das haben wir doch schon hundertmal besprochen.«

»Aber nichts hindert dich daran, anzurufen, kurz hallo zu sagen und wieder aufzulegen.«

»Jetzt machst du mich wirklich wütend. Du bedrängst mich.«

»Ich frage nur, warum du so selten angerufen hast.«

Da hatte er seine Jacke vom Haken gerissen und war gegangen, und schon auf der Treppe bereute er es.

Er dachte, daß er eigentlich nicht Auto fahren sollte. Wenn er in eine Verkehrskontrolle geriete und blasen müßte, wäre er dran. Ich fliehe, dachte er. Die ganze Zeit bin ich auf der Flucht vor dem neunzehnten November. Ich irre in den Wäldern Härjedalens umher. Ich breche in eine Wohnung in Kalmar ein. Ich fahre betrunken Auto. Die Krankheit treibt mich vor sich her, oder die Angst, genauer gesagt. Sie ist so stark, daß ich nicht einmal in der Lage bin, mit dem Menschen zusammenzusein, der mir im Leben am nächsten steht. Einer Frau, die wirklich absolut ehrlich ist und zeigt, daß sie mich liebt.

Er nahm das Telefon und wählte ihre Nummer.

»Was war denn los?« fragte sie.

»Ich weiß es nicht, aber ich möchte mich entschuldigen. Ich habe es nicht böse gemeint.«

»Das weiß ich. Kommst du zurück?«

»Nein, ich schlafe bei mir.«

Er wußte nicht, warum er so antwortete. Sie sagte nichts mehr.

»Ich melde mich morgen«, fuhr er fort und versuchte, aufmunternd zu klingen.

»Nun, wir werden sehen«, sagte sie müde und legte den Hörer auf.

Er schaltete sein Telefon aus und blieb im Dunkeln sitzen. Dann verließ er den Wagen und ging den Hügel hinunter zur Alleegata. Er stellte sich vor, daß der Tod so aussah. Ein einsamer nächtlicher Wanderer. Sonst nichts.

Er schlief unruhig und stand schon um sechs Uhr auf. Elena war sicher bereits wach. Er sollte sie anrufen, aber er konnte sich nicht dazu aufraffen. Nachdem er sich gezwungen hatte, ordentlich zu frühstücken, verließ er die Wohnung und holte den Wagen. Es wehte ein böiger Wind, und er fror. Er fuhr von Borås aus nach Süden. Als er nach Kinna kam, bog er von der Hauptstraße ab und fuhr ins Zentrum.

Vor dem Haus, in dem er aufgewachsen war, hielt er an. Er wußte, daß es jetzt von einer Keramikerin bewohnt wurde, die ihr Atelier in der ehemaligen Garage und Werkstatt seines Vaters eingerichtet hatte. Das Haus machte im Morgenlicht einen verlassenen Eindruck. Die Äste des Baums, an dem Stefan und seine Schwestern eine Schaukel gehabt hatten, schwankten im Wind.

Plötzlich war ihm, als könne er seinen Vater durch die Tür herauskommen sehen. Direkt auf ihn zu. Aber jetzt trug er nicht seinen gewohnten Anzug und den grauen Mantel, sondern die Uniform aus Elsa Berggrens Kleiderschrank.

Er fuhr wieder auf die Hauptstraße und hielt erst in Varberg wieder an. In einem Lokal gegenüber vom Bahnhof trank er Kaffee und suchte im Telefonbuch die Nummer von Anna Jacobi. Die Adresse lag in einem Villenviertel gleich südlich der Stadt. Vielleicht sollte er zuerst anrufen. Aber dann konnte Anna Jacobi, oder wer auch immer sich meldete, sagen, der alte Anwalt wolle oder könne keinen Besuch empfangen. Nachdem er sich ein paarmal verfahren hatte, fand er die Adresse.

Das Haus sah aus, als sei es um die Jahrhundertwende gebaut worden, und unterschied sich von den modernen Villen in der Umgebung. Stefan öffnete das Gartentor und ging über einen Kiesweg zur Haustür, die unter einem Verandadach lag. Er zögerte, bevor er auf den Klingelknopf drückte. Was tue ich, dachte er. Was soll Jacobi mir eigentlich sagen können? Er ist der Freund meines Vaters gewesen. Zumindest hat es den Anschein gehabt. Was mein Vater eigentlich von Juden gehalten hat, kann ich nur ahnen – oder vielleicht vor allem fürchten. Aber sie gehörten beide zu der kleinen Gruppe wohlhabender Menschen, die damals in Kinna lebten. Für meinen Vater muß es am wichtigsten gewesen sein, dort Frieden zu halten. Was er im Innersten über Jacobi dachte, werde ich nie erfahren.

Er entschied sich dafür, von der Stiftung »Schwedens Wohl« auszugehen, die der Grund dafür gewesen war, daß der Vater ein Testament gemacht hatte. Danach hatte er schon einmal gefragt. Jetzt kam er damit zurück. Wenn es notwendig sein sollte, würde er sagen, daß es mit dem Tod Herbert Molins zu tun hätte. Ich habe schon Olausson in seinem Büro gegenübergesessen und ihm geradewegs ins Gesicht gelogen. Nichts kann dadurch schlimmer werden, daß ich noch einmal die Unwahrheit sage. Er klingelte.

Beim zweiten Klingeln wurde die Tür von einer Frau in den Vierzigern geöffnet. Sie sah ihn durch starke Brillengläser an, die ihre Pupillen vergrößerten. Er stellte sich vor und erklärte sein Anliegen.

»Mein Vater empfängt keinen Besuch«, antwortete sie. »Er ist alt und krank und möchte seine Ruhe haben.«

Stefan hörte aus dem Innern des Hauses klassische Musik.

»Mein Vater hört jeden Morgen Bach, falls Sie sich wundern. Heute hat er mich gebeten, das dritte Brandenburgische Konzert aufzulegen. Er sagt, die Musik von Bach sei das einzige, was ihn noch am Leben halte.«

»Ich habe ein wichtiges Anliegen.«

»Mein Vater hat schon vor langer Zeit alles hinter sich gelassen, was mit Arbeit zu tun hat.«

»Mein Anliegen ist persönlicher Natur. Er hat vor Jahren das Testament meines Vaters aufgesetzt. Ich habe damals bei der Testamentseröffnung mit ihm darüber gesprochen. Jetzt ist im Zusammenhang mit einem schwierigen Rechtsfall die Frage einer Schenkung erneut aufgetaucht. Aber ich will nicht verhehlen, daß die Beantwortung meiner Frage für mich persönlich von großer Bedeutung ist.«

Sie schüttelte den Kopf. »Ich bezweifle nicht, daß Ihr Anliegen wichtig ist. Dennoch lautet die Antwort: Nein.«

»Ich verspreche, nicht mehr als ein paar Minuten zu bleiben.«

»Die Antwort ist immer noch nein. Es tut mir leid.«

Sie trat einen Schritt zurück, um die Tür zu schließen.

»Ihr Vater ist alt, er wird bald sterben. Ich bin noch jung, aber vielleicht werde ich auch bald sterben. Ich habe Krebs. Es würde es für mich leichter machen, wenn ich meine Fragen hätte stellen können.«

Anna Jacobi betrachtete ihn durch die dicken Brillengläser. Sie benutzte ein starkes Parfum, das Stefan in der Nase kitzelte.

»Ich nehme an, bei einer tödlichen Krankheit lügt man nicht?«

»Wenn Sie wollen, können Sie die Telefonnummer meiner Ärztin in Borås bekommen.«

»Ich werde Vater fragen. Aber falls er ablehnt, muß ich Sie bitten zu gehen.«

Stefan versprach es, und sie schloß die Tür. Die Musik drang durch die Wände. Er wartete. Er glaubte allmählich, daß sie die Tür für immer geschlossen hatte, als sie zurückkam.

»Nicht länger als eine Viertelstunde«, sagte sie. »Ich schaue auf die Uhr.«

Sie führte ihn auf eine der Schmalseiten des Hauses. Die Musik war immer noch zu hören, aber jetzt leiser. Sie öffnete die Tür zu einem großen Raum mit kahlen Wänden, in dessen Mitte ein Krankenhausbett stand.

»Sprechen Sie in sein linkes Ohr«, sagte sie, »auf dem rechten hört er nicht mehr.«

Sie schloß die Tür hinter ihm. Stefan meinte, eine gewisse Müdigkeit oder Irritation über den hinfälligen Vater gespürt zu haben. Er erinnerte Stefan an Emil Wetterstedt. Noch ein dünner Vogel, der auf den Tod wartete.

Jacobi wandte den Kopf und sah ihn an. Er machte mit einer Hand ein Zeichen, daß Stefan sich auf einen Stuhl neben dem Bett setzen sollte.

»Die Musik ist gleich zu Ende«, sagte er. »Wenn Sie entschuldigen wollen. Ich bin entschieden der Ansicht, daß es ein Verbrechen ist, Musik von Johann Sebastian Bach dadurch zu unterbrechen, daß man ein Gespräch beginnt.«

Stefan saß schweigend auf dem Stuhl und wartete. Jacobi hatte die Musik mittels einer Fernbedienung wieder lauter gestellt, und die Töne erfüllten den Raum. Der alte Mann lag mit geschlossenen Augen da und lauschte.

Als die Musik geendet hatte, drückte er mit einem zitternden Finger auf die Fernbedienung, die er sich auf den Bauch gelegt hatte.

»Ich werde bald sterben«, sagte Jacobi. »Ich finde, es ist eine große Gnade gewesen, in einer Zeit nach Bach zu leben. In meiner persönlichen Zeitrechnung teile ich die Geschichte in die Welt vor und nach Bach ein. Ein Autor, dessen Namen ich vergessen habe, hat darüber Gedichte geschrieben. Jetzt ist mir die große Freude vergönnt, meine letzte Zeit in Gesellschaft von Bachs Musik zu verbringen.«

Er legte den Kopf in den Kissen zurecht. »Aber jetzt ist die Musik zu Ende, und wir können uns unterhalten. Was wollten Sie?«

»Ich heiße Stefan Lindman.«

»Das hat mir meine Tochter schon erzählt«, sagte Jacobi ungeduldig. »Ich erinnere mich an Ihren Vater. Ich habe sein Testament aufgesetzt. Darüber wollten Sie doch mit mir sprechen. Aber wie kommen Sie darauf, daß ich mich an den Inhalt eines einzelnen Testaments erinnern könnte? Ich habe sicher Tausende aufgesetzt, in den siebenundvierzig Jahren, die ich als Anwalt praktiziert habe.«

»Es war eine Schenkung an eine Stiftung, die ›Schwedens Wohl‹ hieß.«

»Vielleicht erinnere ich mich, vielleicht nicht.«

»Es hat sich gezeigt, daß diese Stiftung Teil einer nationalsozialistischen Organisation hier in Schweden ist.«

Jacobi trommelte ungeduldig mit den Fingern auf die Decke. »Der Nationalsozialismus ist mit Hitler gestorben.«

»Dennoch scheint es so zu sein, daß immer noch viele Schweden diese Organisation unterstützen. Und es schließen sich ihr auch jüngere Menschen an.«

Jacobi betrachtete ihn mit festem Blick. »Die Leute sammeln Briefmarken oder Streichholzetiketten. Ich halte es nicht für unwahrscheinlich, daß es auch Menschen gibt, die angeschimmelte politische Ideale sammeln. Menschen haben ihr Leben von jeher mit Sinnlosigkeiten vergeudet. Für unsere Zeit gilt, daß die Menschen abstürzen, während sie auf all diese nichtssagenden und menschenverachtenden Fernsehserien starren, die kein Ende nehmen.«

»Mein Vater hat eine Schenkung für diese Organisation vorgenommen. Sie haben ihn gekannt. Ist er ein Nazi gewesen?«

»Ich habe Ihren Vater als national und patriotisch gesinnt kennengelernt, sonst nichts.«

»Und meine Mutter?«

»Mit ihr habe ich sehr wenig Kontakt gehabt. Lebt sie noch?«

»Sie ist tot.«

Jacobi räusperte sich ungeduldig. »Warum sind Sie eigentlich hergekommen?«

»Um Sie zu fragen, ob mein Vater Nazi gewesen ist.«

»Warum sollte ich darauf antworten können?«

»Es gibt nicht mehr so viele, die darauf eine Antwort geben könnten. Ich kenne niemanden sonst.«

»Ich habe Ihnen schon geantwortet. Aber ich möchte natürlich wissen, weshalb Sie herkommen und mich mit Ihrer Frage stören.«

»Ich habe seinen Namen in einem Mitgliederverzeichnis entdeckt. Ich habe nicht gewußt, daß er Nazi gewesen ist.«

»Was für ein Mitgliederverzeichnis?«

»Ich bin mir nicht sicher. Aber es waren über tausend Namen darin. Viele Mitglieder sind bereits gestorben, doch sie bezahlen weiter ihre Beiträge. Durch Legate oder Schenkungen, oder durch ihre Familien.«

»Die Vereinigung oder Organisation muß doch einen Namen haben. Wie nannte sie sich? ›Schwedens Wohl‹?«

»Es scheint eine Form von Stiftung zu sein, die gleichzeitig als Unterorganisation fungiert. Aber wozu, weiß ich nicht.«

»Und wo haben Sie das in Erfahrung gebracht?«

»Das muß vorläufig mein Geheimnis bleiben.«

»Aber der Name Ihres Vaters war dabei?«

»Ja.«

Jacobi fuhr sich mit der Zunge über die Lippen. Stefan deutete es als den Versuch eines Lächelns. »In den dreißiger und vierziger Jahren war Schweden ein in höchstem Grade nazifiziertes Land, nicht zuletzt unter Juristen. Nicht nur der große Meister Bach ist Deutscher gewesen. In Schweden sind die Ideale, seien es die literarischen, musikalischen oder politischen, immer aus Deutschland gekommen. Außer nach dem Zweiten Weltkrieg. Da hat sich das Blatt gewendet, und die Ideale kamen mehr und mehr aus den USA. Aber daß Hitler das Land in die totale Katastrophe getrieben hat, bedeutete nicht, daß die Ideen vom weißen Übermenschen, der Haß auf die Juden, aufhörten zu existieren. Dies alles lebte in der Generation weiter, die davon schon in ihrer Jugend geprägt wurde. Vielleicht ist Ihr Vater einer von diesen gewesen. Vielleicht auch Ihre Mutter. Es kann auch niemand sicher sein, daß diese Ideale nicht eines Tages eine Renaissance erleben.«

Jacobi verstummte. Atemlos von der langen Rede. Die Tür hinter ihm öffnete sich, und Anna Jacobi trat ein. Sie reichte ihrem Vater ein Glas Wasser. »Die Zeit ist um«, sagte sie.

Stefan erhob sich.

»Haben Sie die Antwort erhalten, die Sie gesucht haben?« fragte Jacobi.

»Ich versuche zu verstehen«, erwiderte Stefan.

»Meine Tochter sagte, Sie seien krank?«

»Ich habe Krebs.«

»Unheilbar?«

Jacobi hatte seine Frage mit unerwarteter Heiterkeit gestellt, als würde er sich darüber freuen, daß der Tod nicht nur eine Sache alter Männer war, die ihre letzten Tage damit verbrachten, Bach zu hören.

»Ich hoffe, nicht.«

»Selbstverständlich. Aber der Tod ist der Schatten, dem wir nicht entkommen. Eines Tages verwandelt er sich in ein wildes Tier, das wir uns nicht länger vom Leibe halten können.«

»Ich hoffe, daß ich geheilt werde.«

»Falls nicht, schlage ich Bach vor. Die einzige Medizin, die etwas taugt. Man erhält Trost, ein bißchen Linderung der Schmerzen, ein gewisses Maß an Mut.«

»Ich werde daran denken. Vielen Dank, daß Sie sich die Zeit genommen haben.«

Jacobi antwortete nicht. Er hatte die Augen geschlossen.

Stefan und Anna Jacobi verließen den Raum.

»Ich glaube, er hat Schmerzen«, sagte die Tochter, als sie an der Haustür standen. »Aber er möchte keine schmerzstillenden Medikamente. Er sagt, er könne der Musik nicht lauschen, wenn er nicht klar im Kopf sei.«

»An welcher Krankheit leidet er?«

»Am Altern und an der Verzweiflung. Sonst an nichts.«

Stefan reichte ihr die Hand und verabschiedete sich.

»Ich hoffe, es wird gut«, sagte sie. »Daß Sie geheilt werden.«

Stefan kehrte zu seinem Wagen zurück. Er duckte sich gegen den starken Wind. Was tue ich hier, dachte er. Ich besuche sterbende alte Männer und versuche eine Antwort darauf zu finden, warum mein Vater Nazi gewesen ist. Ich kann mit meinen Schwestern Kontakt aufnehmen und sie fragen, was sie wissen, oder sehen, wie sie reagieren, wenn ich davon erzähle. Aber davon abgesehen, was kann ich mit den Antworten anfangen, die ich erhalte? Er setzte sich in den Wagen und blickte auf die Straße. Eine Frau kämpfte mit einem Kinderwagen gegen den Sturm an. Er folgte ihr mit den Blicken, bis sie aus seinem Gesichtsfeld verschwunden war. Dies hier ist alles, was ich habe, dachte er. Ein einsamer Augenblick in meinem Auto, das auf einer Straße in einem Villenviertel am Stadtrand von Varberg steht. Ich werde nie hierher zurückkehren. Ich werde bald vergessen haben, wie die Straße hieß und wie die Häuser aussahen.

Er holte das Handy hervor, um Elena anzurufen. Er sah, daß ein Gespräch für ihn gekommen war. Er gab die Nummer seiner Mailbox ein und lauschte. Giuseppe hatte angerufen. Er wählte seine Nummer.

Giuseppe meldete sich. »Wo bist du?« fragte er.

Im Zuge der Mobiltelefoniererei ist das zu einer neuen Grußformel geworden, dachte Stefan. Man fragt, wo sich jemand in der Welt befindet. Man weiß, wen man anruft, aber nie, wo sich derjenige gerade befindet.

»In Varberg.«

»Und wie geht es dir?«

»Ziemlich gut.«

»Ich wollte dich nur anrufen und dir die neuesten Informationen zukommen lassen. Hast du Zeit?«

»Mehr als genug.«

Giuseppe lachte. »Das hat man nie. Wir sind bei den Waffen, die benutzt wurden, ein gutes Stück weitergekommen. In Herbert Molins Fall ist ja ein ganzes Arsenal verwendet worden.

Schrotflinte, Tränengasgranaten, möglicherweise auch noch andere. Irgendwo müssen sie gestohlen worden sein. Wir haben verschiedene registrierte Waffendiebstähle untersucht, aber es ist immer noch unklar, woher die Waffen stammen. Es gibt verschiedene Möglichkeiten. Immerhin wissen wir jetzt, daß bei Abraham Andersson eine andere Waffe benutzt worden ist. Das haben die Techniker feststellen können. Und damit stehen wir plötzlich vor einer Alternative, auf die wir nicht vorbereitet sind.«

»Daß es sich um zwei verschiedene Täter handelt?«

»Genau.«

»Es kann doch trotzdem ein und derselbe gewesen sein.«

»Kann schon, aber wir dürfen nicht von der anderen Möglichkeit absehen. Ich will dir noch mehr erzählen. Gestern haben wir eine Anzeige aus Säter bekommen. Der Besitzer war eine Woche verreist und ist erst gestern zurückgekommen. Bei ihm ist eingebrochen worden, und eine der Waffen fehlt. Er hat Anzeige erstattet, und wir sind darauf gestoßen, als wir mit unserer Computersuche begonnen haben. Es kann die Waffe gewesen sein, mit der Abraham Andersson ermordet worden ist. Das Kaliber stimmt, aber von dem Dieb fehlt jede Spur.«

»Und wie wurde der Einbruch ausgeführt? Die Vorgehensweise sagt immer etwas über den Einbrecher aus.«

»Eine hübsch ordentlich aufgebrochene Haustür. Beim Waffenschrank dasselbe. Kein Amateur.«

»Also jemand, der sich zu einem bestimmten Zweck Waffen beschafft.«

»Ja, das in etwa denke ich auch.«

Stefan versuchte, sich die Landkarte vorzustellen. »Irre ich mich, wenn ich sage, daß Säter in Dalarna liegt?«

»Von Avesta und Hedemora geht die Straße über Säter nach Borlänge und dann geradeaus weiter nach Härjedalen.«

»Jemand kommt aus dem Süden, beschafft sich unterwegs eine Waffe und fährt weiter bis zu Abraham Anderssons Haus.«

»So kann es gewesen sein. Aber uns fehlt ein Motiv. Und der Mord an Andersson beginnt mich ganz besonders zu beunruhigen, wenn sich zeigen sollte, daß es ein anderer Täter gewesen ist. Dann kann man sich wirklich fragen, was eigentlich los ist. Stehen wir am Anfang von etwas, was noch lange nicht zu Ende ist?«

»Glaubst du, daß es zu weiteren Gewalttaten kommen könnte?«

Giuseppe lachte auf. »Gewalttaten. Polizisten reden schon eine komische Sprache. Manchmal glaube ich, daß die Ganoven deswegen einen Vorsprung haben. Die sprechen eine deutliche Sprache. Nicht wie wir, die wir uns immer mit Umschreibungen abquälen.«

»Du meinst also, daß die Gefahr besteht, daß weitere Morde verübt werden?«

»Das Problem ist, daß wir es nicht wissen können, und wenn die Mordwaffe nicht dieselbe ist, dann wächst die Wahrscheinlichkeit, daß es sich um verschiedene Täter handelt. Fährst du übrigens, oder stehst du?«

»Ich stehe.«

»Dann erzähle ich dir noch ein bißchen davon, worüber wir uns den Kopf zerbrechen. Das Wichtigste ist natürlich der Hund. Wer hat ihn geholt und in Molins Zwinger gebracht? Und warum? Wir wissen nichts, außer daß er von Anderssons Haus aus mit dem Wagen fortgeschafft wurde. Für die wichtigste Frage, warum das geschehen ist, haben wir noch keine plausible Erklärung.«

»Man kann sich natürlich vorstellen, daß es sich um einen makabren Scherz handelt.«

»Natürlich kann man das. Aber die Leute hier oben in der Wildnis haben für das, was du makabre Scherze nennst, nicht besonders viel übrig. Die Aufregung ist groß. Wir merken es, wenn wir von Tür zu Tür gehen und mit den Leuten sprechen. Die Menschen wollen wirklich helfen.«

»Es ist eigenartig, daß niemand etwas beobachtet hat.«

»Wir haben eine Reihe vager Auskünfte über dieses oder jenes Auto erhalten, das jemand gesehen haben will. Aber nichts Konkretes. Nichts, was uns eine Richtung gibt.«

»Und Elsa Berggren?«

»Rundström hat sie nach Östersund geholt. Er hat einen

ganzen Tag mit ihr geredet, aber sie bleibt bei ihrer bisherigen Aussage. Dieselben widerwärtigen Ansichten, aber gleichzeitig sehr entschieden. Sie weiß nicht, wer Herbert Molin getötet haben kann. Abraham Andersson hat sie nur ein einziges Mal, ganz kurz, getroffen, als sie einen ihrer Besuche bei Herbert Molin gemacht hat und er zufällig vorbeigekommen ist. Wir haben sogar eine Hausdurchsuchung gemacht, um zu sehen, ob sie Waffen besitzt, aber wir haben nichts gefunden. Ich glaube, sie würde es uns sagen, wenn sie sich Sorgen machte, daß auch ihr jemand zu Leibe rücken könnte.«

Es schnarrte im Hörer. Stefan rief ein paarmal »Hallo«, bevor Giuseppe wieder da war. »Ich glaube allmählich, daß sich die Sache hinzieht. Und ich mache mir Sorgen.«

»Habt ihr irgendeinen Zusammenhang zwischen Andersson und Molin gefunden?« fragte Stefan.

»Wir suchen und graben, aber Anderssons Frau zufolge hat er Herbert Molin lediglich einmal, ganz nebenbei, als Nachbarn erwähnt. Es gibt keinen besonderen Grund zu der Annahme, daß das nicht stimmt. Weiter sind wir bisher nicht gekommen.«

»Und das Tagebuch?«

»Woran denkst du?«

»An diese Reise nach Schottland. Die Person, die ›M‹ genannt wird.«

»Es fällt mir schwer zu verstehen, warum das wichtig sein sollte.«

»Ich frage ja nur.«

Giuseppe nieste plötzlich kräftig in den Hörer. Stefan hielt das Handy weit vom Ohr weg, als könnten ihn die Bakterien über die Funkwellen erreichen.

»Eine normale Herbsterkältung. Das ist jetzt die Zeit.«

Stefan holte tief Luft und erzählte von seinem Besuch in Kalmar und Öland. Er sagte nichts von seinem Einbruch, unterstrich aber Emil Wetterstedts nationalsozialistische Überzeugungen.

Als er geendet hatte, war es so lange still im Hörer, daß er schon glaubte, ihr Gespräch sei unterbrochen worden.

»Ich werde Rundström vorschlagen, daß wir das Reichskriminalamt einschalten«, sagte Giuseppe. »Sie haben dort eine Abteilung, die auf Terroristen und Nazigruppen spezialisiert ist. Ich kann mir zwar nur schwer vorstellen, daß hinter dem, was hier passiert ist, irgendwelche Möchtegern-Nazis stecken, aber sicher kann man natürlich nicht sein.«

Stefan antwortete, daß er das für einen klugen Schritt halte. Dann beendeten sie das Gespräch. Stefan merkte, daß er hungrig war. Er fuhr ins Zentrum von Varberg und aß in einem Mittagsrestaurant. Als er wieder zu seinem Wagen kam, war die Vordertür aufgebrochen. Instinktiv fühlte er in der Jackentasche, aber das Handy war da, wo es hingehörte. Doch sein Autoradio war fort. Außerdem war die Zentralverriegelung im Eimer. Er fluchte und setzte sich wütend hinters Steuer. Eigentlich müßte er jetzt zum Polizeipräsidium fahren und den Einbruch anzeigen. Daß der Dieb nicht gefaßt werden würde und die Polizei der Angelegenheit, wenn es hochkam, ein zerstreutes bürokratisches Interesse widmen würde, war ihm bewußt. Die Arbeitsbelastung der Polizei war überall gleich, wohin man auch kam. Außerdem erinnerte er sich daran, daß die Selbstbeteiligung so hoch war, daß er sich gleich ein neues Radio kaufen konnte. Blieb noch die Reparatur der Zentralverriegelung. Aber er hatte einen guten Freund, der der Polizei bei Autoreparaturen zuweilen privat unter die Arme griff. Er schrieb den Gedanken ab, Anzeige zu erstatten. Die Zeiten, in denen man wegen eines aufgebrochenen Autos noch mit einer Ermittlung rechnen konnte, waren unwiderruflich vorbei.

Er verließ die Stadt und kehrte nach Borås zurück. Der kräftige Wind rüttelte am Wagen. Die Landschaft war öde und grau. Der Herbst immer trister, der Winter immer näher, dachte er. Auch der neunzehnte November rückte immer näher. Er wünschte sich, die Zeit einfach überspringen zu können. Daß es der Tag nach dem Beginn seiner Strahlenbehandlung wäre.

Als er die Stadtgrenze von Borås passierte, klingelte sein Handy. Er zögerte, das Gespräch anzunehmen. Es war bestimmt Elena. Andererseits konnte er sie nicht länger warten lassen. Eines Tages würde sie genug davon haben, daß er sich dauernd entzog. Immer seine eigenen Bedürfnisse voranstellte. Er fuhr an den Straßenrand und meldete sich.

Es war Veronica Molin. »Ich hoffe, ich störe nicht«, sagte sie. »Wo sind Sie?«

»In Borås, und Sie stören nicht.«

»Haben Sie einen Moment Zeit?«

»Ich habe Zeit. Wo sind Sie?«

»In Sveg.«

»Und warten auf die Beerdigung?«

Ihre Antwort kam zögernd. »Nicht nur. Ich habe Ihre Telefonnummer von Giuseppe Larsson bekommen, Ihrem Kollegen, der angeblich den Mord an meinem Vater aufklärt.«

Sie hatte nicht versucht, ihre Verachtung zu verbergen. Das machte ihn wütend.

»Giuseppe Larsson ist einer der fähigsten Polizisten, die mir je begegnet sind.«

»Das sollte keine Beleidigung sein.«

»Was wollen Sie?«

»Daß Sie herkommen.«

Ihre Antwort war schnell und bestimmt gewesen.

»Warum?«

»Ich glaube, ich weiß, was passiert ist, aber ich möchte es nicht am Telefon sagen.«

»Dann sollten Sie mit Giuseppe Larsson sprechen. Ich habe mit der Ermittlung nichts zu tun.«

»Gerade im Moment kenne ich niemanden außer Ihnen, der mir helfen könnte. Ich bezahle das Flugticket und übernehme alle Kosten. Ich möchte, daß Sie kommen. Und zwar so schnell wie möglich.«

Stefan überlegte, bevor er antwortete. »Wissen Sie, wer Ihren Vater getötet hat?«

»Ich glaube es zu wissen.«

»Und Abraham Andersson?«

»Das muß jemand anders gewesen sein. Es gibt noch einen weiteren Grund, weshalb ich möchte, daß Sie herkommen. Ich habe Angst.«

»Wovor?«

»Auch darüber möchte ich nicht am Telefon reden. Ich

möchte, daß Sie kommen. In zwei Stunden rufe ich Sie wieder an.«

Das Gespräch wurde unterbrochen. Stefan fuhr nach Hause und ging hinauf in die Wohnung. Noch immer rief er Elena nicht an. Er grübelte über Veronica Molins Worte nach. Warum wollte sie nicht mit Giuseppe sprechen? Wovor hatte sie Angst?

Er wartete.

Zwei Stunden später klingelte sein Handy.

23

Um 10.25 Uhr am folgenden Tag landete Stefan auf dem Flugplatz von Östersund. Als Veronica Molin ihn zum zweitenmal angerufen hatte, war er fest entschlossen, abzulehnen. Er hatte nicht vor, erneut nach Härjedalen zu fahren. Er konnte ihr nicht helfen. Außerdem wollte er ihr klar und deutlich sagen, daß es ihre Pflicht war, mit der Polizei zu sprechen. Wenn nicht mit Giuseppe Larsson, dann mit jemand anderem. Vielleicht mit Rundström.

Aber als sie angerufen hatte, war alles völlig anders. Ohne Umschweife hatte sie gefragt, ob er kommen werde oder nicht, und er hatte »ja« gesagt. Als er dann anfangen wollte, seine Fragen zu stellen, antwortete sie ausweichend und sagte wieder, daß sie am Telefon darüber nicht sprechen könne.

Nachdem sie verabredet hatten, sich am nächsten Tag in Sveg zu treffen, beendete er das Gespräch. Er hatte sie gebeten, ein Zimmer für ihn zu reservieren, und gesagt, daß er gern die Nummer drei hätte, wie beim letztenmal.

Dann war er ans Fenster getreten und hatte auf die Straße hinuntergesehen. Er hatte sich wieder gefragt, was ihn eigentlich getrieben hatte. Die Angst, die ihm im Nacken saß? Die Krankheit, die er sich um jeden Preis vom Leib zu halten suchte? Oder war es Elena, der er nicht begegnen wollte? Er wußte es nicht. Der Tag, an dem er erfahren hatte, daß er an Krebs erkrankt war, hatte alles verändert.

Außerdem war da die ganze Zeit der Gedanke an seinen Vater. Ich jage nicht Herbert Molins Vergangenheit, sagte er sich. Ich versuche meine eigene Vergangenheit aufzuspüren. Die Wahrheit über etwas, was ich nicht kannte, bevor ich in Emil Wetterstedts Wohnung in Kalmar eingebrochen bin.

Er war vom Fenster zurückgetreten und hatte Landvetters Flugplatz angerufen, die Flugzeiten erfragt und einen Flug gebucht. Dann hatte er Elena angerufen, die schweigsam und abwartend war. Um Viertel nach sieben war er bei ihr zu Hause gewesen, und in dieser Nacht war er geblieben, bis er in seine Wohnung zurückmußte, um ein paar Kleider in einen Koffer zu werfen und dann die vierzig Kilometer nach Landvetter zu fahren.

Sie hatten sich in der Nacht geliebt, aber es war gewesen, als wäre er gar nicht anwesend. Er war sich nicht sicher, ob sie etwas gemerkt hatte. Gesagt hatte sie nichts. Sie hatte auch nicht gefragt, warum er so plötzlich nach Härjedalen zurückkehren mußte. Als sie sich in ihrem Flur verabschiedeten, spürte er, wie sie versuchte, ihn mit ihrer Liebe zu umfangen. Er bemühte sich, seine Unruhe zu verbergen, aber als er durch die menschenleere Stadt zur Alleegata zurückfuhr, war er selbst keineswegs überzeugt, daß es ihm gelungen war. Er hatte etwas Fremdes in sich gespürt, eine Art schleichenden Nebel, der sich näherte und ihn zu ersticken drohte. Es war die Panik davor, daß er auf dem besten Weg war, Elena zu verlieren. Daß er sie zwang, ihn um ihrer selbst willen zu verlassen.

Als er auf dem Flugplatz in Frösön aus der Maschine stieg, spürte er die Kälte. Der Boden unter seinen Füßen war gefroren. Er mietete einen Wagen. Veronica Molin würde die Kosten übernehmen. Er hatte sich entschieden, direkt nach Sveg zu fahren, überlegte es sich aber anders, als er auf die Brücke fuhr, die von Frösön nach Östersund führte. Es war unsinnig, Giuseppe nicht darüber zu informieren, daß er zurückgekommen war. Er fragte sich nur, welchen Grund er angeben sollte. Veronica Molin hatte ihn heimlich angerufen. Doch das war kein Grund für ihn, es Giuseppe gegenüber zu verbergen. Er hatte schon genug Probleme. Auch ohne sich ein weiteres zu schaffen.

Er überquerte die Brücke, parkte beim Glesbygdsverket und blieb im Wagen sitzen. Was sollte er Giuseppe sagen? Es konnte nie die ganze Wahrheit sein. Aber vielleicht auch nicht der direkte Gegensatz. Eine absolute Lüge. Auch wenn er in letzter Zeit beim Lügen recht geschickt gewesen war.

Er konnte eine Halbwahrheit präsentieren. Sagen, daß er es in Borås nicht ausgehalten habe. Es vorgezogen habe, nicht eher wieder in der Stadt zu sein, bis er seine Strahlenbehandlung beginnen würde. Ein Mensch, der Krebs hatte, konnte es sich erlauben, unstet und wechselhaft zu sein.

Er ging in die Anmeldung des Polizeipräsidiums und fragte nach Giuseppe. Das Mädchen, das ihn von seinem letzten Besuch her wiedererkannte, lächelte und sagte, Giuseppe sei in einer Besprechung, doch sie würde bald zu Ende sein. Stefan setzte sich an einen Tisch und blätterte die Lokalzeitungen durch. Die Mordermittlungen füllten die erste Seite. Am Tag zuvor hatte Rundström eine Pressekonferenz abgehalten. Es ging in erster Linie um die Waffen und um einen weiteren Aufruf, daß sich Menschen, die irgendwelche Beobachtungen gemacht hatten, melden sollten. Nichts darüber, was der Polizei bereits an Informationen vorlag. Nichts von einem bestimmten Autotyp oder von Verdächtigen, die sich in der Gegend bewegt hatten. Die Artikel deuteten an, daß die Polizei auf der Stelle trat. Daß man in einem Vakuum herumtappte.

Um halb zwölf kam ein unrasierter Giuseppe in die Anmeldung. Er sah erschöpft und besorgt aus. »Ich müßte natürlich sagen, daß ich erstaunt bin, dich zu sehen. Aber im Moment erstaunt mich uberhaupt nichts.«

Er schien auf eine Weise resigniert zu sein, die Stefan bisher nicht an ihm bemerkt hatte. Sie gingen in sein Büro und schlossen die Tür. Stefan sagte, wie er es sich vorgenommen hatte, daß seine Unruhe ihn zurückgetrieben habe.

Giuseppe betrachtete ihn aufmerksam. »Gehst du manchmal zum Bowling?« fragte er.

Stefan sah ihn fragend an. »Ob ich zum Bowling gehe?«

»Ich mache das immer, wenn ich Sorgen habe. Auch über mir bricht manchmal die Welt zusammen. Da ist Bowling nicht zu verachten. Am besten zusammen mit ein paar Freunden. Die Kegel könnten Feinde sein, oder all die ungelösten Probleme, mit denen man sich herumschlägt.«

»Ich glaube, ich war noch nie beim Bowling.«

»Es war nur ein gutgemeinter Vorschlag.«

»Und wie geht es?«

»Ich habe gesehen, daß du die Lokalzeitungen gelesen hast, als ich herauskam. Wir hatten gerade eine Besprechung unserer Gruppe. Die Arbeit geht voran. Die Routineuntersuchungen werden abgehakt. Alle arbeiten hart und sorgfältig. Dennoch ist es völlig richtig, was Rundström den Journalisten gesagt hat. Wir stecken fest.«

»Und, sind es verschiedene Täter?«

»Vermutlich. Das meiste spricht dafür.«

Stefan überlegte. »Das muß nicht bedeuten, daß den Verbrechen verschiedene Motive zugrunde liegen.«

Giuseppe nickte. »Das denken wir auch. Außerdem wäre da noch die Sache mit dem Hund. Ich glaube nicht, daß es ein makabrer Scherz gewesen ist. Sondern eine bewußte Handlung von jemandem, der uns etwas erzählen möchte.«

»Was könnte das sein?«

»Das weiß ich nicht. Aber allein die Erkenntnis, daß jemand versucht, uns eine Botschaft zu senden, schafft eine Art konstruktiver Unordnung. Wir sind gezwungen zu begreifen, daß es keine einfachen Antworten gibt. Wenn wir das denn je geglaubt haben.«

Giuseppe verstummte. Stefan wartete auf eine Fortsetzung. Draußen im Flur lachte jemand. Dann wurde es wieder still.

»Hinter beiden Morden ist eine Wut zu spüren«, sagte Giuseppe. »In Herbert Molins Fall eine besinnungslose Raserei. Jemand schleift ihn in einem blutigen Tango umher, peitscht ihn zu Tode und läßt ihn im Wald liegen. In Abraham Anderssons Fall genauso. Aber hier ist die Wut gedämpfter. Beherrschter. Keine toten Hunde, kein blutiger Tanz. Dagegen eine eiskalte Hinrichtung. Ich frage mich, ob zwei Gewalttaten von so unterschiedlichem Temperament in ein und demselben Gehirn, in ein und demselben Menschen Platz haben. Wir können davon ausgehen, daß der Mord an Molin genau geplant worden ist. Dafür spricht nicht zuletzt der Zeltplatz, den du gefunden hast. Mit Andersson verhält es sich anders. Aber ich kann mir immer noch nicht richtig vorstellen, worin der Unterschied besteht.«

»Und worauf läßt das schließen?«

Giuseppe zuckte mit den Schultern. »Ich weiß es nicht.«

Stefan überlegte. Es war offensichtlich, daß Giuseppe seine Meinung hören wollte.

»Wenn die beiden Morde zusammenhängen. Wenn es trotz allem derselbe Täter war. Dann muß man sich also vorstellen, daß etwas geschehen ist, was es notwendig erscheinen ließ, auch Abraham Andersson zu töten.«

»So sehe ich es auch. Die Kollegen in der Gruppe sind anderer Meinung. Aber vielleicht kann ich mich auch nur nicht klar genug ausdrücken. Das wahrscheinlichste bleibt wohl weiterhin, daß es zwei verschiedene Täter sind.«

»Es ist merkwürdig, daß niemand etwas beobachtet hat.«

»Ich glaube, in all meinen Jahren als Polizist habe ich noch nie an so viele Türen geklopft, noch nie so viele Papiere hinausgeschickt, in denen wir um Hilfe bitten, ohne daß ein einziger Hinweis eingegangen wäre. Im Normalfall ist immer jemand dabei, der hinter seiner Gardine hervorgelugt und etwas gesehen hat, was von den üblichen Verhaltensweisen in der Gegend abgewichen ist.«

»Es sagt selbstverständlich auch etwas aus, wenn man überhaupt keine Antworten bekommt. Es scheint sich um Menschen zu handeln, die äußerst bewußt agieren. Auch wenn ein Plan zunichte gemacht wird, sind sie in der Lage, schnell und kaltblütig einen Ausweg zu finden.«

»Jetzt sagst du ›sie‹?«

»Ich schwanke zwischen dem einsamen Täter und einer Form von Verschwörung, in die mehr als eine Person verwikkelt ist.«

Es klopfte. Ein junger Mann in Lederjacke und dunklen Strähnen im hellen Haar öffnete die Tür, bevor Giuseppe antworten konnte. Er nickte Stefan zu und ließ ein paar Papiere auf den Schreibtisch fallen. »Das neueste von der Türklinkenputzfront.«

»Aha.«

»Eine verwirrte Alte in Glöte meinte, der Täter würde in Visby wohnen.«

»Warum das?«

»Da liegt die Lottozentrale. Die Alte ist der Ansicht, das schwedische Volk sei vom Spielteufel befallen. Jetzt führe die eine Hälfte der Bevölkerung herum und beraube und ermorde die andere, um Geld für Tippscheine zu bekommen.«

Die Tür wurde geschlossen.

»Er ist neu hier«, sagte Giuseppe. »Neu und ein bißchen zu selbstsicher. Färbt sich die Haare. Er ist ein Polizeianwärter, der sehr lustbetont markiert, wie jung er selbst und wie alt wir anderen sind. Aber mit der Zeit wird er wohl gut werden.«

Giuseppe stand auf. »Ich rede gern mit dir«, sagte er. »Du hörst zu. Du stellst die Fragen, die ich hören muß. Ich würde mich gern noch weiter mit dir unterhalten, aber ich habe mit unseren Technikern eine Besprechung angesetzt, die nicht warten kann.«

Giuseppe begleitete ihn hinaus in die Anmeldung. »Wie lange bleibst du?«

»Keine Ahnung.«

»Das gleiche Hotel in Sveg?«

»Gibt es ein anderes?«

»Gute Frage, weiß ich nicht. Eine Pension vielleicht. Ich lasse von mir hören.«

Stefan fiel plötzlich ein, daß er Giuseppe etwas fragen wollte, was er beinahe vergessen hätte. »Ist Molins Leiche schon zur Beerdigung freigegeben?«

»Ich kann es herausfinden, wenn du es wissen willst.«

»Nur eine Frage, sonst nichts.«

Auf dem Weg nach Sveg dachte Stefan darüber nach, was Guiseppe über das Bowlen gesagt hatte. Irgendwo unterwegs, ein Stück nördlich von Överberg, hielt er an und stieg aus. Die Luft war vollkommen still, kühl, der Boden unter seinen Füßen hart. Ich bemitleide mich, dachte er. Ich vergrabe mich in einer Düsterkeit, die alles andere als gut für mich ist. Im Normalfall bin ich ein heiterer Mensch, nicht der, als der ich im Moment auftrete. Giuseppe hat vollkommen recht, wenn er von Bowling redet. Ich brauche keine Kugel auf eine Anzahl Kegel zu werfen, aber ich muß das, was er mir zu sagen versucht, ernst nehmen. Einerseits rede ich mir ein, daß ich diese Krankheit überstehen werde. Andererseits tue ich alles dafür, in der Rolle eines zum Tode Verurteilten ohne Hoffnung aufzugehen.

Als er in Sveg eintraf, bereute er die Reise. Er spürte den Impuls, gar nicht erst vor dem Hotel zu halten, sondern nach Östersund zurückzukehren und so schnell wie möglich nach Borås und zu Elena zurückzufliegen.

Dann parkte er und ging hinein. Das Mädchen in der Rezeption schien sich zu freuen, ihn zu sehen. »Ich dachte mir schon, daß Sie sich nicht so einfach von uns losreißen können«, sagte sie mit einem Lachen.

Stefan lachte zurück. Viel zu laut und grell. Sogar mein Lachen ist gelogen, dachte er resigniert.

»Sie bekommen dasselbe Zimmer«, sagte das Mädchen, »Nummer drei. Es ist eine Nachricht von Frau Molin für Sie da.«

»Ist sie im Haus?«

»Nein, aber sie wollte gegen vier Uhr zurück sein.«

Er ging hinauf in sein Zimmer. Es kam ihm vor, als sei er nie fort gewesen. Er ging ins Badezimmer, machte den Mund auf und streckte die Zunge heraus. Kein Mensch stirbt an Zungenkrebs, dachte er. Alles wird gut werden. Ich kriege meine Strahlenbehandlung, dann werde ich wieder gesund. Alles wird gut. Einmal wird mir diese ganze Zeit wie ein Zwischenspiel in meinem Leben vorkommen. Wie ein Alptraum, aber kaum mehr als das.

Er nahm sein Adressenverzeichnis und suchte die Nummer seiner Schwester heraus, die in Helsinki wohnte. Er hörte ihre Stimme auf einem Anrufbeantworter. Er hinterließ eine Nachricht mit seiner Handynummer. Die Nummer seiner zweiten Schwester, die verheiratet war und in Frankreich lebte, hatte er nicht bei sich, und es war ihm zuviel, jetzt die Auskunft anzurufen. Er hatte nie gelernt, ihren neuen Nachnamen zu buchstabieren.

Er betrachtete das Bett. Wenn ich mich hinlege, werde ich sterben, dachte er. Er zog sein Hemd aus, schob einen Tisch zur Seite und begann, Liegestütze zu machen. Bei fünfundzwanzig dachte er, er würde nicht mehr schaffen. Aber er zwang sich, bis vierzig weiterzumachen. Dann setzte er sich auf den Fußboden und fühlte seinen Puls. Einhundertsiebzig. Viel zu hoch. Er beschloß, mehr Sport zu treiben. Jeden Tag, egal, wie das Wetter war, gleichgültig, wie es ihm ging. Er durchsuchte seine Tasche. Die Joggingschuhe hatte er vergessen. Dann zog er sich Hemd und Jacke an und ging hinaus. Er suchte Svegs einziges Sportgeschäft, das ein äußerst begrenztes Sortiment an Trainingsschuhen aufwies. Er fand ein Paar, das ihm paßte, und ging anschließend in die Pizzeria und aß. Ein Radio lief. Plötzlich hörte er Giuseppes Stimme. Er appellierte im Lokalsender erneut an die Allgemeinheit, sich zu melden, wenn jemand irgendwelche Beobachtungen gemacht hatte. Die stekken wirklich fest, dachte Stefan. Sie treten auf der Stelle im Schlamm, in dem nicht die geringste Spur zu erkennen ist.

Er fragte sich plötzlich, ob die Morde an Herbert Molin und Abraham Andersson unaufgeklärt bleiben würden.

Nach dem Essen machte er einen Spaziergang. Diesmal in nördlicher Richtung, an einem Freilichtmuseum mit alten Häusern vorbei. Danach kam das Krankenhaus. Er ging schnell, um sich anzustrengen. In sich hörte er plötzlich Musik. Es dauerte eine Weile, bis er verstand, daß es die Musik war, die er bei Jacobi gehört hatte. Johann Sebastian Bach. Er ging, so weit er konnte, und drehte erst um, als er Sveg hinter sich gelassen hatte.

Nachdem er geduscht hatte, ging er in die Rezeption hinunter. Veronica Molin wartete schon auf ihn. Wieder dachte er, daß sie eine bemerkenswert schöne Frau war.

»Vielen Dank, daß Sie gekommen sind«, sagte sie.

»Die Alternative wäre gewesen, Bowling zu spielen.«

Sie sah ihn verblüfft an, dann platzte sie heraus. »Ich bin froh, daß Sie nicht Golf gesagt haben. Ich habe noch nie mit Männern gekonnt, die Golf spielen.«

»Ich habe noch nie einen Golfschläger in der Hand gehalten.«

Sie blickte sich in der Rezeption um. Ein paar Testfahrer kamen herein und verkündeten lautstark, daß es an der Zeit sei, Bier zu trinken.

»Im allgemeinen lade ich Männer nicht in mein Hotelzimmer ein«, sagte sie, »aber dort können wir in Ruhe reden.«

Ihr Zimmer lag im Erdgeschoß am Ende des Flurs. Das Zimmer war anders als Stefans. Es war größer. Er fragte sich flüchtig, wie sich ein Mensch vorkam, der es gewohnt war, überall auf der Welt in Luxussuiten zu leben, wenn er sich in Sveg mit der Einfachheit eines Hotelzimmers abfinden mußte. Ihm fiel wieder ein, daß sie gesagt hatte, sie habe die Nachricht vom Tod ihres Vaters beim Anblick des Kölner Doms erhalten. Durch das Fenster dieses Zimmers konnte sie den Fluß und die bewaldeten Hügel sehen, die sich blau südlich des Flusses erstreckten. Vielleicht ist dies hier genauso schön, dachte er. Auf seine Weise ebenso gewaltig wie der Kölner Dom.

Es gab zwei Sessel im Zimmer. Sie hatte die Nachttischlampe eingeschaltet und den Schirm zur Seite gedreht, so daß das Zimmer im Halbdunkel lag. Er spürte den Duft ihres Parfums. Ihm fuhr der Gedanke durch den Kopf, wie sie wohl reagieren würde, wenn er sagte, daß es im Moment sein größter Wunsch sei, ihr die Kleider auszuziehen und sie zu lieben. Würde sie erstaunt sein? Wahrscheinlich würde sie ihn bitten, sich zum Teufel zu scheren.

»Sie haben mich gebeten zu kommen«, sagte er. »Jetzt würde ich gern wissen, was Sie zu erzählen haben. Doch Sie müssen sich darüber im klaren sein, daß dieses Gespräch eigentlich nicht stattfinden dürfte. Giuseppe Larsson sollte hier sitzen, oder einer seiner Kollegen. Nicht ich. In der Ermittlung, wer Ihren Vater und Abraham Andersson ermordet hat, existiere ich nicht.«

»Ich weiß, aber ich möchte trotzdem mit Ihnen sprechen.«

Stefan bemerkte ihre Unruhe. Er wartete. »Ich habe zu verstehen versucht«, begann sie, »wer konnte einen Grund gehabt haben, meinen Vater zu ermorden? Zuerst war alles lediglich unbegreiflich. Es kam mir so vor, als habe jemand ohne Veranlassung seine Hand erhoben und sie mit voller Kraft auf meinen Kopf niederfahren lassen. Es gab einfach kein Motiv. Ich war wie gelähmt, was ich normalerweise nicht bin. Bei meiner Arbeit werde ich jeden Tag mit Krisen konfrontiert, die sich zu geschäftlichen Katastrophen entwickeln können, wenn ich nicht völlig kalt bleibe und nichts außer Tatsachen und rationalen Beschlüssen meine Handlungen bestimmt. Aber das ist vorbeigegangen. Ich begann wieder zu denken, und vor allem begann ich, mich zu erinnern.«

Sie sah ihn an.

»Ich habe dieses Tagebuch gelesen«, fuhr sie fort. »Was da stand, war wie ein Schock für mich.«

»Sie haben also nichts über seine Vergangenheit gewußt?«

»Nichts. Das habe ich Ihnen doch schon gesagt.«

»Haben Sie mit Ihrem Bruder gesprochen?«

»Er hat auch nichts davon gewußt.«

Ihre Stimme klang eigenartig tonlos. Stefan bekam plötzlich ein vages Gefühl von Unsicherheit. Er schärfte seine Aufmerksamkeit, beugte sich im Stuhl vor, so daß er ihr Gesicht deutlicher erkennen konnte.

»Es war unbegreiflich für mich zu entdecken, daß mein Vater Nazi gewesen ist. Nicht nur mit Worten, sondern in allerhöchstem Grad in Taten. Freiwilliger Soldat auf Hitlers Seite. Ich habe mich geschämt. Ich habe ihn gehaßt. Hauptsächlich, weil er nichts davon gesagt hat.«

Stefan fragte sich, ob er sich seines eigenen Vaters schämte. Aber soweit war er noch nicht gekommen. Er dachte, daß die Situation, in der er sich befand, merkwürdig war. Die Frau ihm gegenüber und er selbst hatten die gleiche Entdeckung über ihre Väter machen müssen.

»Aber trotzdem habe ich in diesem Tagebuch erkannt, daß es vielleicht eine Erklärung dafür gibt, weshalb er getötet worden ist.«

Sie verstummte. Ein Lastwagen donnerte auf der Straße vorbei. Stefan wartete gespannt.

»An wieviel von dem, was da stand, können Sie sich erinnern?« fragte sie.

»Ziemlich viel. Natürlich keine Details oder Daten.«

»Er beschreibt eine Reise nach Schottland.«

Stefan nickte, er erinnerte sich. Die langen Spaziergänge mit »M«.

»Es ist lange her. Ich bin damals noch nicht sehr alt gewesen, aber mein Vater ist nach Schottland gefahren, um eine Frau zu treffen. Ich glaube, sie hieß Monica, aber ich bin mir nicht sicher. Er hat sie in Borås getroffen. Sie war auch bei der Polizei, aber sie war sehr viel jünger. Es hat eine Art Austausch zwischen Schweden und Schottland gegeben. Sie haben sich ineinander verliebt. Meine Mutter wußte nichts davon. Auf jeden Fall damals nicht. Er ist hingefahren, um sie zu treffen, und er hat sie betrogen.«

»Wie meinen Sie das?«

Sie schüttelte unwillig den Kopf. »Ich erzähle in meinem eigenen Tempo. Sie müssen verstehen, daß es für mich auch so schon schwer genug ist. Er hat sie um Geld betrogen. Was er zu ihr gesagt hat, weiß ich natürlich nicht, aber er hat sich große Summen von ihr geliehen. Und er hat es nie zurückgezahlt. Mein Vater hatte eine Schwäche. Er hat gespielt. In erster Linie hat er auf Pferde gesetzt, aber auch Karten gespielt. Er hat verloren, und so ist ihr Geld verschwunden. Sie sah ein, daß sie betrogen worden war. Sie wollte das Geld zurückhaben, aber sie hatte sich keine Empfangsbestätigung geben lassen. Er weigerte sich. Eines Tages ist sie nach Borås gekommen, deswegen weiß ich das alles. Sie stand eines Abends in der Tür. Ich weiß noch, daß es Winter war. Mutter war zu Hause, Vater und ich. Wo mein Bruder gewesen ist, kann ich nicht sagen. Aber sie stand da in der Tür, und obwohl er versuchte, sie daran zu hindern, verschaffte sie sich Zutritt und sagte meiner Mutter alles. Die Frau schrie meinen Vater an, sie würde ihn töten, wenn sie das Geld nicht zurückbekommen würde. Ich hatte genügend Englisch gelernt, um zu verstehen, was sie sagte. Meine Mutter brach zusammen, und mein Vater war vor Wut vollkommen weiß, vielleicht auch aus Angst. Sie versprach, ihn zu töten, auch wenn sie noch solange darauf warten müßte. Ich erinnere mich genau an ihre Worte.«

Veronica Molin verstummte. Stefan überlegte. »Sie glauben also, daß sie es gewesen ist, die nach all den Jahren zurückgekommen ist und sich an ihm gerächt hat?«

»So muß es gewesen sein.«

Stefan schüttelte den Kopf. Die Geschichte war viel zu unwahrscheinlich. Im Tagebuch hatte Herbert Molin die Reise nach Schottland auf eine Weise beschrieben, die überhaupt nicht zu dem paßte, was er jetzt hörte.

»Sie müssen das natürlich der Polizei erzählen. Man wird es untersuchen, aber es fällt mir schwer, mir vorzustellen, daß es wirklich diese Frau gewesen sein sollte, die ihn getötet hat.«

»Warum sollte das unmöglich sein?«

»Es klingt ganz einfach nicht wahrscheinlich.«

»Sind nicht die meisten Gewaltverbrechen unwahrscheinlich?«

Auf dem Flur ging jemand vorbei. Sie warteten, bis es wieder still war.

»Ich möchte Sie bitten, mir eine Frage zu beantworten«, sagte Stefan. »Warum wollen Sie das hier nicht Giuseppe erzählen?«

»Selbstverständlich will und werde ich dies den Polizisten erzählen, die den Mord an meinem Vater aufklären. Aber ich wollte Sie um Rat bitten.«

»Warum ausgerechnet mich?«

»Weil ich Vertrauen zu Ihnen habe.«

»Und in welcher Beziehung soll ich Ihnen raten?«

»Wie man verhindern kann, daß die Wahrheit über meinen Vater herauskommt. Daß er Nazi gewesen ist.«

»Wenn es nichts mit dem Mord zu tun hat, gibt es keinen Grund für die Polizei oder den Staatsanwalt, es publik zu machen.«

»Ich fürchte mich vor Journalisten. Sie sind schon einmal hinter mir her gewesen. Ich will das nicht ein zweites Mal erleben. Ich war in eine komplizierte Fusion zweier Banken in Singapur und England verwickelt. Dabei ist etwas schiefgegangen. Die Journalisten haben mich gejagt, weil sie wußten, daß ich eine derjenigen war, die über das Geschehen am besten informiert waren.«

»Ich glaube nicht, daß Sie sich Sorgen machen müssen. Aber gleichzeitig muß ich sagen, daß ich nicht mit Ihnen übereinstimme.«

»Worin?«

»Daß man die Wahrheit über Ihren Vater nicht publik machen soll. Der alte Nationalsozialismus ist tot, aber er wächst und gedeiht in neuen Formen. Wenn man die richtigen Steine umdreht, kommen sie aus ihren Löchern. Die Rassisten, die Übermenschen. Alle, die sich auf dem Müllhaufen der Geschichte inspirieren lassen.«

»Kann ich verhindern, daß das Tagebuch veröffentlicht wird?«

»Vermutlich, aber es kann andere geben, die sich dazu entschließen, in dieser Sache zu graben.«

»Wer denn?«

»Vielleicht ich selbst.«

Sie lehnte sich im Sessel zurück. Ihr Gesicht verschwand im Schatten.

Stefan bereute seine Worte. »Ich werde nicht darin graben. Ich bin Polizeibeamter und kein Journalist. Sie brauchen sich keine Sorgen zu machen.«

Sie erhob sich. »Sie haben meinetwegen eine lange Reise unternommen«, sagte sie. »Sie war natürlich unnötig. Ich hätte Sie am Telefon fragen können. Aber ich habe ausnahmsweise etwas von meiner gewohnten Geistesgegenwart verloren. Meine Position ist hochsensibel. Meine Auftraggeber könnten sich von mir abwenden, wenn es Gerüchte um mich geben würde. Immerhin ist es mein Vater, der dort draußen tot im Wald gelegen hat. Ich glaube, daß die Frau, die in seinem Tagebuch ›M‹ genannt wird, dahintersteckt. Wer den anderen Mann getötet hat, weiß ich nicht.«

Stefan nickte zum Telefon hin. »Ich schlage vor, Sie rufen Giuseppe Larsson an.«

Er stand auf.

»Wann fahren Sie?« fragte sie.

»Morgen.«

»Können wir nicht zusammen zu Abend essen? Das ist das mindeste, was ich für Sie tun kann.«

»Ich hoffe nur, es gibt eine neue Speisekarte.«

»Halb acht?«

»Das paßt mir ausgezeichnet.«

Während des Essens war sie schweigsam und in sich gekehrt. Stefan merkte, daß er verstimmt war. Teils darüber, daß sie ihn aus übertriebener Angst dazu verleitet hatte, diese vollkommen unnötige Reise zu unternehmen, teils darüber, daß er nicht umhin konnte, sie weiterhin attraktiv zu finden.

Sie trennten sich ohne viele Worte in der Rezeption. Veronica Molin versprach, ihm Geld für seine Auslagen zu überweisen, und verschwand in ihr Zimmer.

Stefan holte seine Jacke und ging hinaus. Er hatte gefragt, ob sie Giuseppe angerufen habe. Sie hatte gesagt, sie habe ihn nicht erreicht, wolle es aber noch einmal versuchen.

Auf seinem Spaziergang durch die verlassene Ortschaft dachte er noch einmal darüber nach, was sie gesagt hatte. Die Geschichte von der Frau in Schottland war vielleicht wahr. Doch er weigerte sich zu glauben, daß sie nach so vielen Jahren zurückgekehrt sein sollte, um sich zu rächen. Es widersprach jeder Vernunft.

Ohne es zu merken, war er zu der alten Eisenbahnbrücke gekommen. Er dachte, daß er umkehren und zum Hotel zurückgehen sollte. Aber etwas trieb ihn weiter. Er ging über die Brücke und bog auf den Weg ein, der zu Elsa Berggrens Haus führte. Zwei Fenster im Untergeschoß waren erleuchtet. Er wollte gerade weitergehen, als er einen Schatten zu erkennen glaubte, der eilig hinter einem der Giebel verschwand. Er runzelte die Stirn, stand unbeweglich und versuchte, ins Dunkel zu sehen. Dann öffnete er das Gartentor und näherte sich vorsichtig dem Haus. Er blieb stehen und lauschte. Alles war still. Er stellte sich an die Hauswand und schaute um die Ecke. Nichts. Natürlich hatte er sich etwas eingebildet. Er schlich sich zur Rückseite des Hauses. Auch dort war niemand.

Er hörte die Schritte hinter sich nicht. Etwas traf ihn im Genick. Er brach zusammen. Dann merkte er, wie sich zwei Hände um seinen Hals schlossen und zudrückten.

Mehr nicht. Nur Dunkelheit.

Teil 3

DIE KELLERASSELN

November 1999

24

Stefan schlug die Augen auf. Er wußte sofort, wo er sich befand. Er setzte sich vorsichtig auf, holte einmal tief Luft und blickte sich im Dunkeln um. Nichts. Auch keine Geräusche. Er strich sich mit der Hand über den Nacken. Sie wurde blutig. Außerdem tat es weh, wenn er schluckte. Aber er lebte. Wie lange er bewußtlos gewesen war, konnte er nicht sagen. Er kam hoch und griff nach dem Fallrohr am Hausgiebel. Jetzt konnte er wieder klar denken, trotz der Schmerzen im Hinterkopf und in der Kehle. Er hatte also doch richtig gesehen. Jemand hatte sich im Schatten auf der Rückseite des Hauses bewegt. Jemand, der ihn entdeckt und versucht hatte, ihn zu töten.

Aber etwas mußte passiert sein. Warum lebte er noch? Derjenige, der ihm die Hände um den Hals gedrückt hatte, war gestört worden und hatte von seinem Würgegriff abgelassen. Es gab noch eine andere Möglichkeit. Dem Angreifer war nicht daran gelegen, ihn zu töten, sondern nur daran, ihn aufzuhalten. Er ließ das Fallrohr los, lauschte in die Dunkelheit hinein. Immer noch nichts.

Schwaches Licht sickerte neben ihm durch ein Fenster. Etwas ist in diesem Haus geschehen, dachte er. Auf die gleiche Art und Weise, auf die etwas in Herbert Molins Haus geschehen ist und später in Abraham Anderssons. Ich stehe hier bei meinem dritten Haus. Er überlegte, was er tun sollte. Die Entscheidung fiel ihm leicht. Er holte sein Handy hervor und gab Giuseppe Larssons Nummer ein. Seine Hand zitterte. Zweimal tippte er eine falsche Zahl.

Es war ein Mädchen, das sich meldete. »Papas Telefon.«

»Ich möchte Giuseppe sprechen.«

»Du lieber Himmel, der schläft schon lange. Weißt du, wieviel Uhr es ist?«

»Ich muß aber mit ihm reden.«

»Wie heißt du?«

»Stefan.«

»Bist du der Mann aus Borås?«

»Ja. Du mußt ihn wecken. Es ist wichtig.«

»Ich gebe ihm das Telefon.«

Während er wartete, machte Stefan ein paar Schritte vom Haus fort und blieb im Schatten eines Baums stehen. Dann hörte er Giuseppes Stimme und erklärte kurz, was geschehen war.

»Bist du verletzt?« fragte Giuseppe.

»Im Nacken blute ich, und wenn ich schlucke, tut es weh, aber ansonsten ist alles in Ordnung.«

»Ich werde versuchen, Erik Johansson zu erreichen. Wo bist du genau?«

»Im Schatten eines Baums hinter dem Haus. Es kann etwas mit Elsa Berggren geschehen sein.«

»Du hast also jemanden überrascht, der dabei war, abzuhauen? Habe ich dich richtig verstanden?«

»Ich nehme an, daß es so war.«

Giuseppe überlegte. »Ich bleibe hier am Telefon. Du klingelst und wartest, bis sie öffnet. Wenn sie sich nicht zeigt, hältst du dich zurück, bis Erik kommt.«

Stefan ging auf die Vorderseite des Hauses und drückte auf den Klingelknopf. Die Außenbeleuchtung war an. Die ganze Zeit behielt er das Telefon am Ohr.

»Was ist los?« fragte Giuseppe.

»Ich habe geklingelt. Zweimal. Keine Reaktion.«

»Klingle noch mal. Klopf an die Tür.«

Stefan probierte den Türgriff. Die Tür war verschlossen. Er schlug an die Tür. Jedesmal, wenn seine Faust auf die Tür traf, schoß ihm ein Schmerz in den Nacken. Dann hörte er Schritte.

»Jetzt kommt sie.«

»Du kannst nicht wissen, ob sie es ist. Sei vorsichtig.«

Stefan trat ein paar Schritte von der Tür zurück. Elsa Berggren schloß auf. Sie war angekleidet. Stefan sah an ihrem Gesicht, daß sie Angst hatte.

»Sie ist es«, sagte Stefan ins Telefon.

»Frag sie, ob etwas passiert ist.«

Stefan fragte.

»Ja«, sagte sie, »ich bin überfallen worden. Ich habe gerade Erik Johansson angerufen. Er sagte, er würde kommen.«

Stefan berichtete Giuseppe.

»Aber sie ist nicht verletzt?«

»Zumindest sehe ich keine Verletzung.«

»Wer hat sie überfallen?«

»Wer hat Sie überfallen?«

»Er hat eine Mütze getragen. Als ich daran gezogen habe, konnte ich sein Gesicht sehen. Ich habe ihn noch nie zuvor gesehen.«

Stefan gab die Mitteilung weiter.

»Das klingt sehr eigenartig. Ein maskierter Mann? Was sagt dir das?«

Stefan sah ihr direkt in die Augen, als er antwortete. »Ich glaube, daß sie die Wahrheit sagt. Auch wenn die Wahrheit seltsam erscheint.«

»Dann wartest du dort mit ihr, bis Erik kommt. Ich ziehe mich an und komme runter. Bitte Erik, mich anzurufen, sobald er da ist. Alles klar? Ende.«

Stefan trat einen Schritt zur Seite, als er durch die Tür ging. Sein Schwindelgefühl zwang ihn dazu, sich zu setzen. Da entdeckte sie seine blutige Hand. Er erzählte, was passiert war.

Sie verschwand in der Küche und kehrte mit einem nassen Handtuch zurück. »Drehen Sie sich um«, sagte sie. »Ich kann Blut ertragen.«

Sie drückte das Handtuch vorsichtig gegen seinen Nacken.

»Jetzt ist es gut«, sagte er und stand vorsichtig auf.

Irgendwo schlug eine Uhr die Viertelstunde. Sie gingen ins Wohnzimmer. Ein Stuhl war umgestürzt, eine Glasschale zersplittert. Sie setzte an zu erzählen, was passiert war, aber er bat sie, zu warten.

»Erik Johansson muß hören, was Sie zu sagen haben, nicht ich.«

Erik Johansson kam, als die unsichtbare Uhr die halbe Stunde schlug.

»Was ist passiert?« fragte er. Dann wandte er sich an Stefan. »Ich wußte nicht einmal, daß du noch hier bist.«

»Ich bin zurückgekommen, aber das gehört nicht hierher. Diese Geschichte beginnt nicht mit mir, sie fängt in diesem Haus an.«

»Vielleicht«, erwiderte Erik Johansson. »Aber der Einfachheit halber kannst du vielleicht erklären, was du mit dieser Geschichte zu tun hast.«

»Ich habe einen Abendspaziergang gemacht und geglaubt, jemanden zu sehen, der sich auf dem Grundstück bewegt hat. Ich bin hingegangen, um nachzusehen, und bin niedergeschlagen worden. Außerdem fast erwürgt.«

Erik Johansson beugte sich über ihn. »Du hast Druckstellen am Hals. Bist du sicher, daß du keinen Arzt brauchst?«

»Ja.«

Erik Johansson setzte sich vorsichtig auf einen Stuhl, als fürchte er, er könne zerbrechen.

»Das wievielte Mal ist es?« fragte er. »Ich meine, daß du hier vor Elsas Haus spazierengehst? Das zweitemal, das dritte?«

»Ist das wichtig?«

Stefan erkannte, daß Erik Johanssons Langsamkeit ihn irritierte.

»Was weiß ich, was wichtig ist. Ich werde mir jetzt anhören, was Frau Berggren zu sagen hat.«

Elsa Berggren hatte sich auf den äußersten Rand des Sofas gesetzt. Ihre Stimme war anders. Es war nicht mehr zu übersehen, daß sie Angst hatte. Aber Stefan merkte, daß sie sich Mühe gab.

»Ich war auf dem Weg aus der Küche, um ins Bett zu gehen, als es klopfte. Ich fand das komisch, weil ich selten oder nie Besuch bekomme. Deshalb habe ich, als ich aufmachte, die Sicherheitskette nicht ausgehakt. Aber er warf sich gegen die Tür, so daß sie ausgerissen wurde. Er sagte mir, ich solle mich still verhalten. Ich konnte sein Gesicht nicht erkennen, weil er maskiert war. Eine über den Kopf gezogene Mütze mit Löchern für die Augen. Er schob mich ins Wohnzimmer, drohte mir mit einer Axt und fragte, wer Abraham Andersson getötet hätte. Ich versuchte, ganz ruhig zu antworten. Ich saß hier auf dem Sofa. Dann merkte ich, daß er nervös wurde. Plötzlich hob er die Axt. Da bin ich auf ihn losgegangen. Dabei ist der Stuhl umgefallen. Ich riß ihm die Mütze vom Kopf, und da ist er rausgelaufen. Ich hatte gerade angerufen, als es an der Tür klopfte. Ich schaute durchs Fenster und sah, daß Sie es waren«, endete sie, an Stefan gewandt.

»Hat er Schwedisch gesprochen?« fragte Stefan.

»Ich stelle hier die Fragen«, knurrte Erik Johansson. »Ich dachte, Rundström hätte dir das klargemacht. Aber antworten Sie trotzdem. Hat er Schwedisch gesprochen?«

»Gebrochenes Englisch.«

»War es ein Schwede, der so getan hat, als wäre er Ausländer?«

Sie überlegte, bevor sie antwortete. »Nein«, sagte sie, »kein Schwede. Ich glaube, er kann Italiener gewesen sein. Auf jeden Fall Südeuropäer.«

»Können Sie sein Aussehen beschreiben? Wie alt war er?«

»Es ging alles so schnell. Aber es war ein älterer Mann. Mit grauen, etwas schütteren Haaren und braunen Augen.«

»Und Sie haben ihn noch nie zuvor gesehen?«

Ihre Angst verwandelte sich allmählich in Wut. »Mit dieser Sorte Mensch verkehre ich nicht. Das sollten Sie doch wissen.«

»Das weiß ich auch, aber ich muß doch fragen. Ich muß fragen, wie groß er ist. Ob er schlank ist oder dick. Wie war er gekleidet? Wie sahen seine Hände aus?«

»Dunkle Jacke, dunkle Hose, an die Schuhe habe ich nicht gedacht. Keine Ringe an den Fingern.«

Sie stand auf und ging zur Tür. »Ich glaube, er war ungefähr so groß. Weder dick noch mager.«

Sie zeigte mit der Hand an die Wand.

»Eins achtzig«, sagte Erik Johansson und wandte sich an Stefan. »Was meinst du?«

»Ich habe nur einen Schatten gesehen, der sich bewegte.«

Elsa Berggren setzte sich wieder.

»Er hat Sie bedroht«, sagte Erik Johansson. »In welcher Form?«

»Er hat Fragen nach Abraham Andersson gestellt.«

»Was für Fragen?«

»Eigentlich nur eine einzige. Wer Abraham Andersson getötet hätte.«

»Hat er nach nichts anderem gefragt? Nicht nach Herbert Molin?«

»Nein.«

»Und was hat er genau gesagt?«

»Who killed Mister Andersson.«

»Sie haben gesagt, er hätte Sie bedroht?«

»Er hat gesagt, daß er die Wahrheit wissen wolle, sonst würde es mir schlecht ergehen. Wer tötete Andersson? Ich habe geantwortet, daß ich es nicht weiß.«

Erik Johansson schüttelte den Kopf und sah Stefan an. »Was sagst du zu all dem?«

»Man kann natürlich überlegen, warum er nicht nach dem Motiv gefragt hat. *Warum* ist Abraham Andersson getötet worden?«

»Aber es ist, wie ich es sage. Er hat nur gefragt, wer es getan hat. Ich hatte von Anfang an das Gefühl, er würde annehmen, ich wüßte es. Dann verstand ich, daß er eigentlich etwas anderes meinte, und da bekam ich es mit der Angst zu tun. Er glaubte, ich hätte ihn getötet.«

Stefan spürte, wie der Schwindel in Wellen kam und ging. Er versuchte sich zu konzentrieren. Ihm war klar, daß das, was Elsa Berggren von dem Überfall berichtete, ganz entscheidend war. Wichtig war nicht, was der Mann gefragt hatte. Wichtig war, wonach er *nicht* gefragt hatte. Es gab nur eine Erklärung: daß er die Antwort schon wußte. Stefan brach der Schweiß aus. Der Schattenmann, der ihn gewürgt hatte, um ihn zu töten oder nur bewußtlos zu machen, konnte die Hauptperson in dem Drama sein, das mit dem Tod Herbert Molins begonnen hatte.

Erik Johanssons Handy klingelte. Es war Giuseppe. Stefan hörte, daß Erik Johansson sich Sorgen machte, Giuseppe könnte zu schnell fahren.

»Er ist schon durch Brunflo durch«, sagte er, als das Gespräch zu Ende war. »Wir sollen hier warten. In der Zwischenzeit schreibe ich auf, was Sie gesagt haben. Wir müssen anfangen, nach diesem Mann zu suchen.«

Stefan erhob sich. »Ich gehe nach draußen. Ich brauche frische Luft.«

Als er vor dem Haus stand, wurde ihm klar, daß er angefangen hatte, etwas in seiner Erinnerung zu suchen. Etwas, das mit dem, was Elsa Berggren erzählt hatte, zusammenhing. Er ging noch einmal auf die Rückseite des Hauses, vermied es aber, so nahe heranzugehen, daß er eventuell vorhandene Fußspuren zerstörte. Er versuchte das Gesicht vor sich zu sehen, das sie beschrieben hatte. Er wußte, daß er den Mann nie gesehen hatte. Dennoch war ihm, als kenne er ihn. Er schlug sich gegen die Stirn, um die Erinnerung zu finden. Sie hatte mit Giuseppe zu tun.

Ihr Abendessen im Hotel. Sie hatten gegessen und waren anschließend sitzen geblieben. Die Kellnerin war zwischen Küche und Speisesaal hin und her gegangen. Es war an jenem Abend noch ein Gast im Speisesaal. Ein älterer Mann, der allein an einem Tisch saß. Stefan hatte sich sein Gesicht nicht eingeprägt. Es war etwas anderes an ihm. Nach einer Weile kam er darauf, was es war. Der Mann hatte kein einziges Wort gesprochen, obwohl er bei verschiedenen Gelegenheiten die Kellnerin zu sich gewinkt hatte. Der Mann saß bereits im Speisesaal, als zuerst er selbst und später Giuseppe hereingekommen waren und sich setzten. Und er war noch dagewesen, als sie den Speisesaal verließen.

Er strengte seinen Kopf an. Giuseppe hatte dagesessen und etwas auf die Rückseite der Rechnung gekritzelt, die er zusammengeknüllt und, als sie gingen, in den Aschenbecher gelegt hatte.

Es hatte etwas mit diesem Papier zu tun. Was es war, wußte er nicht mehr. Aber der Mann, der an jenem Abend dort saß, hatte geschwiegen. Und auf eine unbestimmbare Art und Weise erinnerte er an die undeutliche Personenbeschreibung, die Elsa Berggren gegeben hatte.

Er ging zurück ins Haus. Es war zwanzig nach eins. Elsa Berggren saß noch auf dem Sofa. Sie war sehr blaß.

»Er kocht Kaffee«, sagte sie.

Stefan ging in die Küche hinaus.

»Ohne Kaffee kann ich nicht denken«, sagte Erik Johansson. »Willst du auch? Ehrlich gesagt, siehst du grauenhaft aus. Ich frage mich, ob du nicht doch auf jeden Fall zum Arzt gehen solltest.«

»Ich will zuerst mit Giuseppe sprechen.«

Erik Johansson füllte Kaffeepulver ein. Er zählte langsam bis fünfzehn. »Tut mir leid, daß ich vorhin ein bißchen barsch geworden bin«, sagte er. »Aber wir Polizisten hier in Härjedalen fühlen uns manchmal ein bißchen an den Rand gedrängt. Das gilt auch für Giuseppe. Nur daß du es weißt.«

»Ja, ich verstehe.«

»Nein, das tust du nicht, aber trotzdem.«

Er reichte Stefan eine Tasse. Stefan fuhr fort, in seiner Erinnerung nach dem zu suchen, was mit Giuseppes Papier zu tun hatte.

Doch erst gegen fünf Uhr morgens hatte er Gelegenheit, Giuseppe danach zu fragen, was an jenem Abend im Speisesaal geschehen war. Giuseppe war um zehn Minuten vor zwei zu Elsa Berggrens Haus gekommen. Nachdem er die Situation überblickt hatte, nahm er Erik Johansson und Stefan mit zur Polizeistation. Ein hinzugerufener Polizist sollte währenddessen Elsa Berggrens Haus im Auge behalten. Die Personenbeschreibung war zu ungenau, um eine Fahndung herauszugeben. Dafür würde am Vormittag Verstärkung aus Östersund eintreffen. Sie würden noch einmal von vorn anfangen, Klinken zu putzen.

»Jemand muß etwas gesehen haben«, meinte Giuseppe. »Der Mann kann kaum ohne Auto gekommen sein. So viele englischsprechende Südeuropäer kann es zu dieser Jahreszeit in Sveg nicht geben. Es kommt vor, daß Leute aus Madrid oder Mailand auftauchen, um Elche zu jagen. Italiener, die noch dazu eifrige Pilzsammler sind. Aber gerade im Moment ist weder Elch- noch Pilzsaison. Jemand muß ihn gesehen haben. Oder einen Wagen. Oder irgend etwas anderes.«

Um halb sechs fuhr Erik Johansson los, um Elsa Berggrens Garten abzusperren.

Giuseppe war müde und gereizt. »Das hätte er sofort tun sollen. Wie kann man polizeiliche Ermittlungen durchführen, wenn man die Routine nicht befolgt.«

Giuseppe setzte sich auf einen Stuhl und legte die Füße auf den Schreibtisch.

»Erinnerst du dich an unser Abendessen im Hotel?« fragte Stefan.

»Sehr gut.«

»Es hat ein älterer Mann im Speisesaal gesessen. Kannst du dich erinnern?«

»Vage. Hat er nicht an der Tür zur Küche gesessen?«

»Auf der linken Seite.«

Giuseppe betrachtete ihn mit müden Augen. »Warum denkst du an ihn?«

»Er hat nichts gesagt. Das könnte darauf hindeuten, daß er nicht verraten wollte, daß er Ausländer ist.«

»Warum zum Teufel hätte er das tun sollen?«

»Weil wir Polizisten sind. Wir haben das Wort mehrfach während des Abendessens benutzt. Das Wort Polizei ist in vielen Sprachen zu verstehen. Außerdem glaube ich, daß er der Personenbeschreibung ähnelt, die Elsa Berggren uns gegeben hat.«

Giuseppe schüttelte den Kopf. »Das ist zu weit hergeholt und konstruiert.«

»Vermutlich, aber trotzdem. Du hast dagesessen und etwas auf ein Papier gekritzelt, nachdem wir gegessen haben.«

»Das war die Rechnung. Ich habe am nächsten Morgen danach gefragt, aber sie war nicht mehr da. Die Kellnerin hat gesagt, sie hätte sie nicht gesehen.«

»Und genau darum geht es. Wo ist sie geblieben?«

Giuseppe hörte auf, mit dem Stuhl zu schaukeln. »Meinst du, dieser Mann hat die Rechnung genommen, nachdem wir gegangen sind?«

»Ich meine gar nichts. Ich denke laut. Die Frage ist, was du geschrieben hast.«

Giuseppe dachte nach, während er sprach. »Namen, glaube

ich. Ja, jetzt bin ich sicher. Wir haben doch dagesessen und über die drei geredet. Herbert Molin, Abraham Andersson und Elsa Berggren. Wir haben versucht, einen Zusammenhang zwischen ihnen herzustellen.«

Giuseppe setzte sich mit einem Ruck auf. »Ich habe die Namen aufgeschrieben und zwischen ihnen Pfeile gezogen. Es wurde ein Dreieck. Außerdem habe ich ein Hakenkreuz neben Abraham Andersson gemalt.«

»Sonst nichts?«

»An mehr erinnere ich mich nicht.«

»Ich kann mich natürlich irren«, sagte Stefan, »aber als du die Rechnung zusammengeknüllt hast, meine ich, hinter dem Hakenkreuz ein großes Fragezeichen gesehen zu haben.«

»Das kann stimmen.«

Giuseppe stand auf und lehnte sich an die Wand. »Ich höre«, sagte er. »Ich beginne, deinen Gedankengang zu verstehen.«

»Der Mann sitzt im Speisesaal im Hotel. Er bekommt mit, daß wir Polizisten sein können. Als wir aufstehen und gehen, nimmt er die Rechnung, die du zusammengeknüllt in den Aschenbecher gelegt hast. Jetzt tritt eine Anzahl unterschiedlicher Voraussetzungen ein. Wenn er die Rechnung nimmt, tut er es, weil er interessiert ist. Und interessiert ist er nur, wenn er auf irgendeine Weise in die Sache verwickelt ist.«

Giuseppe hob die Hand. »Auf welche Weise?«

»Das führt uns zu der zweiten Voraussetzung. Wenn es derselbe Mann ist, der Elsa Berggren heute nacht besucht hat und der versucht hat, mich umzubringen, dann müssen wir zumindest eine wichtige Frage stellen.«

»Welche?«

»Die Frage nach seiner Frage. ›Wer hat Abraham Andersson getötet?‹«

Giuseppe schüttelte irritiert den Kopf. »Jetzt kann ich dir nicht mehr folgen.«

»Ich meine, daß uns diese Frage zu einer weiteren Frage führt. Der wichtigsten, die er *nicht* gestellt hat.«

Giuseppe verstand. Er schien auszuatmen. »Wer Herbert Molin ermordet hat?«

»Genau. Soll ich weitermachen?«

Giuseppe nickte.

»Man kann verschiedene Schlußfolgerungen ziehen. Die wahrscheinlichste ist die, daß er nicht nach Herbert Molin gefragt hat, weil er die Antwort bereits kannte. Das bedeutet mit ziemlicher Sicherheit, daß er selbst Herbert Molin getötet hat.«

Giuseppe hob beide Hände. »Jetzt gehst du zu schnell vor. Wir Jämtländer brauchen ein bißchen länger. Wir werden also nach zwei Tätern suchen, so weit sind wir schon gekommen. Die Frage ist, ob wir auch nach zwei verschiedenen Motiven suchen sollen.«

»Das ist nicht ausgeschlossen.«

»Es fällt mir schwer zu glauben, daß das stimmen kann. Wir befinden uns an einem Ort, an dem Gewaltverbrechen dieser Art sehr selten sind. Und jetzt haben wir gleich zwei davon. Ohne daß es sich um denselben Täter handeln soll. Du mußt doch einsehen, daß meine ganze Erfahrung dagegen aufbegehrt.«

»Einmal ist immer das erste Mal. Ich glaube, es ist an der Zeit, neue Gedanken zu formulieren.«

»Dann denk sie laut.«

»Jemand taucht hier in den Wäldern auf und bringt Herbert Molin um. Es ist gut geplant. Ein paar Tage später stirbt Abraham Andersson. Er wird von einer ganz anderen Person getötet. Aus irgendeinem uns unbekannten Grund will derjenige, der Molin getötet hat, wissen, was passiert ist. Er hat am See gezeltet. Er ist abgefahren, nachdem er Molins toten Körper an den Waldrand geschleppt hat, aber er kommt zurück. Er muß erfahren, was mit Abraham Andersson geschehen ist. Was das Motiv dafür war, daß er ermordet wurde. In einem Aschenbecher findet er einen Zettel, den ein Polizist weggeworfen hat. Was sieht er darauf? Nicht zwei Namen, sondern drei.«

»Elsa Berggren?«

Stefan nickte. »Er denkt sich, daß sie die Antwort weiß, und er bedrängt sie. Sie stürzt sich auf ihn, als er sie bedroht. Auf seiner Flucht laufe ich ihm durch Zufall in den Weg. Den Rest kennst du.«

Giuseppe öffnete ein Fenster und ließ es angelehnt. »Und wer ist dieser Mann?«

»Ich weiß es nicht. Aber es läßt sich eine weitere Vermutung anstellen, die uns möglicherweise direkt die Antwort darauf geben kann, ob ich recht habe.«

Giuseppe wartete schweigend auf die Fortsetzung.

»Wir glauben zu wissen, daß der Mörder am See gezeltet hat. Nachdem er Herbert Molin getötet hat, macht er sich davon. Aber er kommt zurück. Er wird sein Zelt wohl kaum wieder am gleichen Ort aufgeschlagen haben. Die Frage ist also, wo er wohnt.«

Giuseppe sah ihn ungläubig an. »Sollte er im Hotel gewohnt haben?«

»Es könnte sich auf jeden Fall lohnen, das einmal zu untersuchen.«

Giuseppe schaute auf die Uhr. »Wann servieren sie da Frühstück?«

»Zwischen sechs und halb sieben.«

»Dann sind sie schon dabei. Komm, wir fahren hin.«

Ein paar Minuten später betraten sie die Rezeption. Das Mädchen hinter der Theke sah sie verwundert an. »Zwei Frühaufsteher, die Frühstück haben möchten?«

»Das hat Zeit«, sagte Giuseppe. »Wer hat in der letzten Woche im Hotel gewohnt? Notieren Sie sich die Namen Ihrer Gäste auf losen Zetteln oder in einem Gästebuch?«

Das Mädchen wurde unruhig. »Ist etwas passiert?«

»Wir machen nur eine Routineuntersuchung«, sagte Stefan, »nichts Schlimmes. Haben hier in den letzten Wochen irgendwelche Ausländer gewohnt?«

Sie dachte nach. »In der vorigen Woche hatten wir für zwei Nächte vier Finnen hier. Mittwoch und Donnerstag.«

»Sonst niemand?«

»Nein.«

Giuseppe überlegte. »Er kann woanders gewohnt haben«, sagte er. »Es gibt mehrere Übernachtungsmöglichkeiten.«

Er wandte sich an das Mädchen.

»Als wir neulich hier gegessen haben, hat ein weiterer Gast

im Speisesaal gesessen. Was für eine Sprache hat er gesprochen?«

»Englisch, aber er war Argentinier.«

»Woher wissen Sie das?«

»Er hat mit Kreditkarte bezahlt und mir seinen Paß gezeigt.«

Sie erhob sich und verschwand in einem Raum hinter der Rezeption. Dann kehrte sie mit einem Visastreifen in der Hand zurück. Sie lasen den Namen. Fernando Hereira.

Giuseppe grunzte zufrieden. »Da haben wir ihn«, sagte er. »Wenn er es denn ist.«

»Ist er noch öfter hiergewesen?« fragte Stefan.

»Nein.«

»Wissen Sie, was für einen Wagen er fuhr?«

»Nein.«

»Hat er gesagt, woher er kam oder wohin er wollte?«

»Nein. Er war wortkarg, aber freundlich.«

»Können Sie sein Aussehen beschreiben?«

Das Mädchen überlegte. Stefan sah, daß sie sich anstrengte. »Ich habe ein so schlechtes Gedächtnis für Gesichter.«

»Aber irgend etwas müssen Sie gesehen haben. Ähnelte er einem von uns?«

»Nein.«

»Wie alt ist er gewesen?«

»Vielleicht sechzig.«

»Das Haar?«

»Grau.«

»Die Augen?«

»Kann ich nicht sagen.«

»War er dick oder dünn?«

»Ich erinnere mich nicht, aber ich glaube nicht, daß er dick war.«

»Wie war er gekleidet?«

»Ein blaues Hemd, glaube ich. Vielleicht eine Sportjacke.«

»Fällt Ihnen sonst noch etwas ein?«

»Nein.«

Giuseppe schüttelte den Kopf und setzte sich mit dem Visastreifen in der Hand auf eines der braunen Sofas in der Rezeption. Stefan folgte ihm. Es war jetzt halb sieben am Morgen des zwölften November. In sieben Tagen würde sich Stefan im Krankenhaus in Borås einfinden. Giuseppe gähnte und rieb sich die Augen. Keiner von ihnen sagte etwas.

Da ging die Tür zum Flur auf, an dem die Hotelzimmer lagen.

Stefan sah auf und begegnete dem Blick von Veronica Molin.

25

Aaron Silberstein sah die Morgendämmerung kommen. Für einen kurzen Augenblick kam es ihm so vor, als sei er wieder in Argentinien. Es war dieses Licht, das er oft erlebt hatte, wenn sich die Sonne über den Horizont erhoben und ihre Strahlen über die Ebenen westlich von Buenos Aires gesandt hatte. Aber nach ein paar Minuten verschwand das Gefühl.

Jetzt befand er sich in der schwedischen Gebirgsregion nahe der Grenze zu Norwegen. Gleich nach dem mißglückten Besuch bei Elsa Berggren war er zu Frostengrens Haus zurückgekehrt. Der Mann, den er hinter dem Haus entdeckt hatte und den er niederschlagen und mit einem Würgegriff außer Gefecht setzen mußte, war einer der beiden Polizisten, die er an jenem Abend im Speisesaal des Hotels gesehen hatte. Er konnte nicht verstehen, was der Mann dort in der Nacht getan hatte. Wurde Elsa Berggrens Haus doch bewacht? Er hatte sorgfältig Ausschau gehalten, bevor er an die Tür geklopft hatte und eingedrungen war.

Er zwang sich, die Möglichkeit in Erwägung zu ziehen, die ihm eigentlich unerträglich war. Hatte er zu fest zugedrückt? Konnte es sein, daß der Mann tot war?

Er war in hohem Tempo durch die Nacht gefahren. Nicht weil er fürchtete, verfolgt zu werden, sondern weil er das Verlangen nach Alkohol nicht mehr beherrschen konnte. Er hatte in Sveg Wein und Cognac gekauft, als habe er geahnt, daß ein Zusammenbruch bevorstand. Jetzt sah er ein, daß er nicht länger ohne Alkohol auskam. Die einzige Hemmschwelle, die er sich noch hatte auferlegen können, war, keine der Flaschen zu öffnen, bevor er angekommen war.

Es war drei Uhr geworden, als er das schwierige letzte Wegstück zu Frostengrens Haus hinauffuhr. Er war von kompakter Dunkelheit umgeben, als er sich zur Tür tastete. Gleich nach dem Eintreten öffnete er eine der Weinflaschen und leerte sie zur Hälfte in zwei langen Zügen.

Langsam war seine Ruhe zurückgekehrt. Er hatte sich an den Tisch vor dem Fenster gesetzt und weitergetrunken. Vollkommen unbeweglich, ohne einen Gedanken im Kopf. Dann hatte er das Telefon herangezogen und Marias Nummer gewählt. Es rauschte und schnarrte in der Leitung, aber ihre Stimme war trotzdem ganz nah. Es war, als fühlte er ihren Atem durch den Hörer.

»Wo bist du?« fragte sie.

»Ich bin immer noch hier.«

»Was siehst du durchs Fenster?«

»Dunkelheit.«

»Ist es, wie ich glaube?«

»Was glaubst du denn?«

»Daß du nicht zurückkommen wirst.«

Die Frage machte ihn unruhig. Er trank noch mehr Wein, bevor er antwortete. »Warum sollte ich nicht zurückkommen?«

»Ich weiß es nicht. Du allein weißt, was du tust und warum du nicht hier bist. Aber du lügst mich an, Aaron, du sagst nicht die Wahrheit.«

»Warum sollte ich lügen?«

»Du hast diese Reise nicht unternommen, um dir Möbel anzusehen. Es geht um etwas anderes. Um was, weiß ich nicht. Vielleicht hast du eine Frau getroffen. Du allein weißt es. Und Gott.«

Sie hatte also nicht begriffen, was er ihr bei ihrem letzten Gespräch gesagt hatte. Daß er einen Menschen getötet hatte.

»Ich habe keine andere getroffen. Ich komme bald zu dir zurück.«

»Wann?«

»Bald.«

»Ich weiß immer noch nicht, wo du bist.«

»Hoch oben in den Bergen. Es ist kalt.«

»Hast du wieder angefangen zu trinken?«

»Nicht viel. Nur um zu schlafen.«

Das Gespräch wurde unterbrochen. Als Aaron die Nummer

erneut wählte, kam er nicht durch. Er versuchte es noch ein paarmal. Ohne Erfolg.

Dann hatte er dagesessen und auf die Morgendämmerung gewartet. Die Entscheidung stand bevor, das war ihm klar. Elsa Berggren hatte sein Gesicht gesehen, als sie ihm die Mütze vom Kopf gerissen hatte. Er war vollkommen überrascht gewesen und in Panik geflohen. Er hätte bleiben sollen, sich die Mütze wieder überziehen, sie zwingen, ihm die Antwort zu geben, von der er wußte, daß sie ihr bekannt war. Statt dessen war er geflohen und über den Polizeibeamten gestolpert.

Obwohl er sich mit Alkohol vollaufen ließ, war er während des langen Wartens auf die Dämmerung noch in der Lage zu denken. Er erlebte immer einen Augenblick großer Klarheit, bevor der Rausch ihn überwältigte. Er hatte gelernt, wieviel er trinken konnte und wie schnell, um möglichst lange die Kontrolle über sein Denken zu behalten. Er mußte jetzt klar denken. Die Entscheidung stand bevor.

Nichts war so geworden, wie er es sich gedacht hatte. Allen Plänen, aller Sorgfalt zum Trotz. Und alles war Abraham Anderssons Fehler. Richtiger gesagt: Der Fehler bestand darin, daß ihn jemand getötet hatte. Es konnte niemand anders gewesen sein als Elsa Berggren. Die Frage war nur, warum. Was waren das für Kräfte, die er freigesetzt hatte, als er Herbert Molin getötet hatte.

Er fuhr fort zu trinken und seinen Rausch zu kontrollieren. Womit er sich am wenigsten abfinden konnte, war, daß eine siebzigjährige Frau den Mord an Abraham Andersson begangen haben sollte. Hatte sie wenigstens einen Mittäter gehabt? Und wenn es so war, wer war derjenige? Wenn die Polizisten annahmen, daß sie den Mord begangen hatte, warum wurde sie dann nicht verhaftet? Er fand keine Antworten und begann noch einmal von vorn. Elsa Berggren hatte gesagt, sie wisse nicht, wer Abraham Andersson ermordet habe. Aber er hatte die ganze Zeit gedacht, daß sie nicht ehrlich war. Als sie vom Mord an Herbert Molin gehört hatte, war sie in die Nacht hinausgegangen, hatte sich in ihr Auto gesetzt, war zu Abraham Anderssons Haus gefahren und hatte ihn getötet. War es Rache? Glaubte sie, daß Andersson Molin getötet hatte? Was für

Verbindungen, die er nicht erklären konnte, bestanden zwischen diesen Menschen? Verbindungen, die auch für die Polizei von Bedeutung sein mußten. Er hatte immer noch den zusammengeknüllten Zettel, auf dem die drei Namen standen.

Die Rache war ein Bumerang, der auf dem Weg zurück war und ihn bald am Kopf treffen würde. Es ging um Schuld. Wegen Herbert Molin empfand er nichts. Es war nötig gewesen. Etwas, was er seinem Vater schuldig gewesen war. Aber Abraham Andersson wäre nicht gestorben, wenn er Molin nicht totgepeitscht hätte. Die Frage war, ob er es jetzt als notwendig ansehen mußte, Abraham Anderssons Tod zu rächen.

Seine Gedanken wanderten in dieser Nacht in seinem Kopf hin und her. Dann und wann ging er hinaus und blickte zum sternklaren Himmel auf. Es war kalt. Er fror. Er wickelte sich in eine Wolldecke, während er wartete. Worauf er wartete, wußte er nicht. Daß etwas vorübergehen würde. Sein Gesicht war jetzt bekannt. Elsa Berggren hatte es gesehen. Die Polizei würde verschiedene Einzelheiten zusammenfügen, und sie würden sich fragen, wo er war. Durch die Kreditkarte würden sie seinen Namen erfahren. Das war der einzige Schwachpunkt in seiner Planung gewesen. Daß er plötzlich ohne Bargeld dagestanden hatte. Die Polizisten würden anfangen, nach ihm zu suchen. Sie würden davon ausgehen, daß er auch Abraham Andersson getötet hatte, und jetzt, wo er vielleicht aus Versehen noch einen Polizisten umgebracht hatte, würden sie alles daransetzen, ihn zu fassen. Immer wieder kehrten seine Gedanken zu der Situation zurück. Hatte er zu fest zugedrückt? Hatte er den Polizisten erwürgt? Als er losgelassen und sich dann von der Stelle entfernt hatte, war er sicher gewesen, daß der Mann nur bewußtlos war. Aber jetzt war er nicht mehr sicher. Er mußte fort. So schnell er konnte, und so weit wie möglich. Aber er wußte, daß er es nicht tun würde. Nicht, bevor er Klarheit darüber hatte, was mit Abraham Andersson geschehen war. Er konnte nicht nach Buenos Aires zurückkehren, wenn er auf seine Fragen keine Antwort bekommen hatte.

Die Dämmerung brach an. Er war müde, nickte dann und wann ein, als er dort saß und über die Berge blickte. Aber er konnte nicht bleiben. Er mußte fort von hier, sonst würden sie ihn finden. Er trat hinaus ins Freie und pißte. Langsam wurde es heller. Dieses schwache, graue Dämmerlicht, das er aus Argentinien kannte. Wenn es nur nicht so kalt wäre. Er kehrte wieder ins Haus zurück.

Er sammelte seine Sachen zusammen. Die Weinflaschen, die Konservendosen, das trockene Brot. Um das Auto kümmerte er sich nicht. Das sollte stehenbleiben. Vielleicht würde es noch am gleichen Tag jemand finden, vielleicht würde er einen Vorsprung bekommen. Kurz nach neun verließ er das Haus und ging geradewegs den Berg hinauf. Schon nach einigen hundert Metern blieb er stehen und warf einen Teil des Gepäcks fort. Dann ging er weiter. Immer bergauf. Er war betrunken. Er stolperte oft und fiel und zerkratzte sich das Gesicht auf dem steinigen Untergrund. Aber er ging weiter, bis er das Haus, das er verlassen hatte, nicht mehr sah.

Gegen zwölf Uhr konnte er nicht mehr.

Im Schutz eines großen Felsblocks hämmerte er die Zeltstöcke ein, zog die Schuhe aus, breitete den Schlafsack aus und legte sich mit einer Weinflasche in der Hand ins Zelt. Das Licht, das durch den Zeltstoff hereindrang, ließ ihn an einen Sonnenuntergang denken.

Er dachte an Maria, während er langsam die Flasche leerte. Dachte, daß er erst jetzt begann einzusehen, wieviel sie ihm wirklich bedeutete.

Dann zog er den Schlafsack zu und schlief ein. Als er erwachte, wußte er, daß er jetzt einen Entschluß fassen mußte.

*

Um neun Uhr sollten sich die Polizeibeamten in Erik Johanssons Büro zu einer Besprechung versammeln. Vorher waren die Techniker schon in Elsa Berggrens Haus gewesen, und ein Spürhund hatte nach Spuren des Mannes gesucht, der Stefan und sie überfallen hatte. Stefan hatte ein paar Stunden im Hotel geschlafen.

Um kurz nach neun rief Giuseppe an und weckte ihn, um zu sagen, daß er an der Sitzung teilnehmen sollte. »Du bist in diese Mordermittlung verwickelt, ob du es willst oder nicht. Ich habe mit Rundström geredet. Er findet auch, daß du dabeisein solltest. Natürlich nicht offiziell. Aber wir können uns in der gegenwärtigen Lage nicht stur an die Regeln halten.«

»Irgendwelche Spuren?«

»Der Hund hat uns direkt zur Brücke geführt. Dort muß der Mann seinen Wagen abgestellt haben. Die Techniker gehen davon aus, daß sie gute Reifenabdrücke bekommen werden. Dann müssen wir sehen, ob sie mit irgendwelchen von den anderen übereinstimmen. Wir haben sowohl welche von Molins als auch von Anderssons Vorplatz.«

»Hast du überhaupt geschlafen?«

»Es gibt zu viel zu tun. Ich habe vier Männer aus Östersund kommen lassen, dazu ein paar von Eriks Leuten, die dienstfrei hatten. Wir müssen eine Menge Nachbarn befragen. Jemand muß ganz einfach etwas gesehen haben. Einen dunkelhäutigen Typen, der gebrochen Englisch spricht. Man kann nicht leben, ohne mit Menschen zu reden. Man tankt, man ißt, man kauft ein. Irgend jemand muß ihn gesehen haben. Irgendwann einmal wird er etwas gesagt haben.«

Stefan versprach zu kommen. Er stand auf und betastete seinen schmerzenden Nacken. Bevor er ins Bett gegangen war, hatte er geduscht. Während er sich anzog, dachte er an die Begegnung mit Veronica Molin vor ein paar Stunden. Sie hatten zusammen gefrühstückt. Stefan hatte erzählt, was im Laufe der Nacht passiert war. Sie hatte aufmerksam zugehört, ohne Fragen zu stellen. Dann war ihm plötzlich übel geworden, und er hatte sich entschuldigt. Sie hatten verabredet, sich später am Tag zu treffen, wenn es ihm besserginge. Er hatte sich hingelegt und war sofort eingeschlafen.

Als er von Giuseppes Anruf geweckt wurde, war seine Übelkeit vergangen. Er stellte sich vor den Spiegel im Badezimmer und betrachtete sein Gesicht. Ein Gefühl von Unwirklichkeit befiel ihn mit Macht. Es gelang ihm nicht, sich dagegen zu wehren. Er begann zu weinen, schleuderte ein Handtuch gegen den Spiegel und verließ das Badezimmer. Ich sterbe, dachte er verzweifelt. Ich habe Krebs. Er ist unheilbar. Ich sterbe, noch bevor ich vierzig werde.

In seiner Jacke, die er auf den Fußboden geworfen hatte, klingelte das Handy. Es war Elena. Er hörte ein Stimmengewirr im Hintergrund.

»Wo bist du?« fragte sie.

»In meinem Zimmer. Und du?«

»In der Schule. Ich hatte das Gefühl, ich müßte dich anrufen.«

»Hier ist alles in Ordnung. Du fehlst mir.«

»Du weißt ja, wo ich bin. Wann kommst du nach Hause?«

»Am neunzehnten soll ich im Krankenhaus sein. Ich komme auf jeden Fall irgendwann vorher.«

»Ich habe heute nacht geträumt, daß wir nach England gefahren sind. Können wir das nicht machen? Ich wollte schon immer mal nach London.«

»Müssen wir das jetzt entscheiden?«

»Ich erzähle dir nur einen Traum. Ich finde, wir brauchen etwas, worauf wir uns freuen können.«

»Natürlich können wir nach London fahren. Wenn ich lange genug lebe.«

»Was meinst du damit?«

»Nichts, ich bin nur müde. Ich muß jetzt zu einer Sitzung.«

»Ich dachte, du bist krankgeschrieben.«

»Sie haben mich gebeten, dabeizusein.«

»Gestern hat etwas über diese Morde in der *Borås Tidning* gestanden. Es war ein Bild von Herbert Melin dabei.«

»Molin. Herbert Molin.«

»Ich muß jetzt Schluß machen. Ruf mich heute abend an.«

Stefan versprach, sich zu melden. Er legte das Handy auf den Tisch. Was würde ich ohne Elena sein, dachte er. Nichts.

Als sie sich versammelten, überraschte Rundström Stefan damit, daß er ihm freundlich die Hand gab. Erik Johansson zog ein Paar schmutzige Gummistiefel aus. Ein Hundeführer aus Östersund fragte gereizt, ob irgend jemand, der »Anders« hieß, sich gemeldet hätte. Giuseppe klopfte mit einem Bleistift auf den Tisch und begann. Er gab eine kurze, aber genaue Zusammenfassung der nächtlichen Ereignisse.

»Elsa Berggren hat darum gebeten, daß wir erst heute abend eingehender mit ihr sprechen«, endete er, »was nur verständlich ist. Außerdem gibt es eine Menge anderer Dinge, die genauso eilig sind.«

»Wir haben Fußspuren«, sagte Erik Johansson. »Sowohl aus Elsas Haus als auch aus dem Garten. Wer es auch gewesen ist, der sie besucht und Lindman niedergeschlagen hat, er ist unvorsichtig gewesen. Bei Herbert Molin und Abraham Andersson haben wir ebenfalls Fußspuren gefunden. Das erste, was die Techniker jetzt zu klären haben, wird sein, ob es da Übereinstimmungen gibt. Dort und bei den Reifenabdrücken.«

Giuseppe nickte. »Der Hund hat eine Spur aufgenommen, die zur Brücke führte. Und was ist dann passiert? Irgendwelche Funde?«

Der Hundeführer antwortete. Er war ein Mann in mittleren Jahren, und über seine linke Wange lief eine Narbe. »Nein.«

»Da ist ein Parkplatz«, schob Erik Johansson ein. »Eigentlich ist es nur eine Aufschüttung am Straßenrand, aber da enden die Spuren. Wir können also davon ausgehen, daß sein Wagen dort gestanden hat. Außerdem ist er bei Dunkelheit da schwer zu sehen. Die Straßenlampen stehen gerade an der Stelle ein bißchen ungünstig. Im Sommer kommt es ziemlich häufig vor, daß Pärchen dort anhalten und knutschen.«

Die Männer, die um den Tisch versammelt saßen, brachen in Gelächter aus.

»Zuweilen kommt es da natürlich auch zu bedeutend delikateren Situationen«, fügte er hinzu. »Früher hat sich derlei auf abgelegenen Waldwegen abgespielt und den Amtsgerichten in der Gegend einen Haufen Vaterschaftsklagen beschert.«

»Auf jeden Fall muß jemand diesen Mann gesehen haben«, sagte Giuseppe. »Auf der Kreditkartenquittung stand Fernando Hereira.«

»Ich habe gerade mit Östersund gesprochen«, sagte Rundström, der bis dahin still gewesen war und Giuseppe die Führung der Sitzung überlassen hatte. »Sie haben den Namen durch alle Register laufen lassen und einen Fernando Hereira in Västerås gefunden. Er wurde vor ein paar Jahren wegen Steuerhinterziehung angeklagt. Aber er ist jetzt über siebzig, und wir können wohl davon ausgehen, daß das nicht unser Mann ist.«

»Ich kann zwar kein Spanisch«, sagte Giuseppe, »aber Fernando Hereira hört sich für mich nach einem ganz gewöhnlichen Namen an.«

»Wie meiner«, meinte Erik Johansson. »Jeder zweite Arsch heißt Erik, zumindest in meiner Generation und hier oben in Norrland.«

»Wir wissen noch nicht, ob es sein richtiger Name ist«, fuhr Giuseppe fort.

»Wir werden über Interpol nach ihm fahnden lassen«, erwiderte Rundström, »wir müssen nur erst die Fingerabdrücke haben.«

Plötzlich klingelten mehrere Mobiltelefone gleichzeitig. Giuseppe stand auf und schlug vor, zehn Minuten Pause zu machen. Gleichzeitig machte er Stefan ein Zeichen, mit hinaus in den Flur zu kommen. Sie setzten sich in die Anmeldung des Bürgerhauses.

Giuseppe betrachtete den ausgestopften Bären. »Ich habe einmal einen Bären gesehen«, sagte er nachdenklich. »Irgendwo bei Krokom. Ich hatte mit ein paar Schwarzbrennern zu tun und war auf dem Rückweg nach Östersund. Ich erinnere mich noch, daß ich im Wagen saß und an meinen Vater dachte. Ich habe lange geglaubt, es wäre dieser Italiener gewesen, aber als ich zwölf war, erzählte mir meine Mutter, daß es ein Kerl aus Ånge gewesen ist, der sich einfach aus dem Staub gemacht hat, als sie schwanger wurde. Und plötzlich stand da dieser Bär am Straßenrand. Ich machte eine Vollbremsung und dachte, verdammt, das kann doch nicht wahr sein, steht da ein Bär. Es ist nur ein Schatten. Oder ein Stein. Aber es war tatsächlich ein Bär. Ein weibliches Tier. Der Pelz war vollkommen glatt. Ich habe ihn eine Minute oder so gesehen. Länger nicht. Dann verschwand er. Ich weiß noch, daß ich gedacht habe, so etwas gibt es nicht. Und wenn, dann nur ein einziges Mal im Leben. Wie ein Vierer beim Poker. Das ist Erik mal passiert, vor ungefähr fünfundzwanzig Jahren. Alle anderen hatten ein Scheißblatt, und es lag nur ein Fünfer im Pott. Keiner hatte irgendwas, und alle warfen ab.«

Giuseppe streckte sich und gähnte. Dann wurde er wieder ernst. »Ich habe noch mal über unser Gespräch nachgedacht«, sagte er. »Darüber, daß wir vielleicht anders denken und zwei verschiedene Täter suchen sollten. Ich gebe gern zu, daß es mir schwerfällt, mich an den Gedanken zu gewöhnen. Er kommt mir zu unwahrscheinlich vor. Zu großstadtmäßig, wenn du weißt, was ich meine. Hier draußen in der Wildnis laufen die Dinge für gewöhnlich auf eine andere Art und Weise ab. Ein bißchen einfacher. Gleichzeitig sehe ich ein, daß vieles dafür spricht, daß du recht hast. Ich habe das vor der Sitzung schon bei Rundström angesprochen.«

»Und was hat er gesagt?«

»Rundström ist ein Pragmatiker, der nie an irgend etwas glaubt. Nie spekuliert. Sich nie um etwas anderes kümmert als um Fakten. Aber man darf ihn nicht unterschätzen. Er hat einen guten Blick. Sowohl für die Stolpersteine als auch für die Möglichkeiten.«

Er verstummte, während ein paar Kinder auf dem Weg zur Bibliothek vorübergingen.

»Ich habe versucht, im Kopf eine Karte zu zeichnen«, fuhr er dann fort. »Ein Mann, der gebrochen Englisch spricht, taucht hier auf und tötet Herbert Molin. Von der Geschichte, die seine Tochter uns erzählt hat, daß er bei irgendeiner Frau in England Schulden gehabt haben soll, halte ich gar nichts. Es kann dagegen sehr gut sein, daß sich hinter der Tat ein Motiv verbirgt, das weit zurück in der Vergangenheit liegt. Im Zweiten Weltkrieg. Besonders wenn man dieses gräßliche Tagebuch liest. Die Brutalität und die Raserei deuten auf einen Racheakt hin. Soweit kann es stimmen, was du sagst. Damit jagen wir einen Täter, der das, was er sich vorgenommen hat, eigentlich abgeschlossen haben sollte. Aber er bleibt da. Und an dem Punkt komme ich nicht mehr mit. Er sollte doch zusehen, so schnell wie möglich zu verduften.«

»Habt ihr irgendeinen Zusammenhang mit Abraham Andersson gefunden?«

»Nichts. Die Kollegen in Helsingborg haben mit seiner Frau gesprochen. Abraham hätte ihr immer alles erzählt, behauptet sie. Und bei keiner Gelegenheit hätte er den Namen Herbert Molins erwähnt. Es lagen Welten zwischen diesen beiden Alten. Einer hat klassische Musik gespielt und außerdem zur Entspannung Schlager geschrieben, der andere war ein pensionierter Polizeibeamter. Ich glaube, wir begreifen die Zusammenhänge erst, wenn wir den Kerl geschnappt haben, der dich niedergeschlagen hat. Was macht übrigens dein Nacken?«

»Gut, danke.«

Giuseppe stand auf. »Abraham Andersson hat ein Lied geschrieben, das heißt: ›Traust du mir, so trau ich dir‹. Erik ist darauf gekommen. Dieses Pseudonym, ›Siv Nilsson‹. Er hatte eine Platte mit irgendeiner Tanzkapelle zu Hause, ›Fabians‹, glaube ich. Alles ziemlich sonderbar. Einen Tag hat Andersson Mozart gespielt und am nächsten Schlager. Obwohl Erik meinte, daß das Stück ziemlich mies wäre. Vielleicht ist es wie im richtigen Leben. Den einen Tag Mozart und den nächsten Tag schlechte Schlager.«

Sie kehrten ins Sitzungszimmer zurück, in dem die anderen schon warteten. Aber ihre Sitzung wurde nicht fortgesetzt.

Rundströms Handy klingelte. Er lauschte und hob die Hand. »Sie haben oben in Funäsdalen einen Mietwagen gefunden«, sagte er, als das Gespräch vorüber war.

Sie traten vor die Karte, die an der Wand hing. Rundström zeigte auf den Ort. »Hier. Es ist ein Sommerhausgebiet. Der Wagen war verlassen.«

»Und wer hat ihn gefunden?« fragte Giuseppe.

»Ein Mann namens Bertil Elmberg. Er hat eine Hütte in der Gegend und wollte nur mal nach dem Rechten gucken. Da bemerkte er, daß jemand dort gefahren war, und das fand er zu dieser Jahreszeit merkwürdig. Und dann hat er den Wagen gefunden. Er glaubt, daß in die Hütte, die dem Wagen am nächsten liegt, eingebrochen worden ist.«

»Hat er jemanden gesehen?«

»Nein. Er hat auch nicht gewagt, dazubleiben. Er hat wohl an Molin und Andersson gedacht. Aber es ist ihm etwas anderes aufgefallen. Der Wagen ist in Östersund gemietet worden. An der hinteren Scheibe klebte ein Aufkleber. Außerdem hat er gesehen, daß auf dem Rücksitz eine Zeitung lag. Eine ausländische Zeitung.«

»Los, fahren wir«, sagte Giuseppe und begann, seine Jacke anzuziehen.

Rundström nickte Stefan zu. »Am besten kommst du mit. Du hast ihn trotz allem fast gesehen. Wenn er es denn ist.«

Giuseppe bat Stefan zu fahren, weil er noch eine ganze Menge telefonieren müsse. »Scheiß doch aufs Tempolimit«, sagte er, »solange du uns auf der Straße hältst.«

Stefan hörte auf Giuseppes Stimme. Ein Hubschrauber war unterwegs, und Hunde. Kurz bevor sie nach Linsell kamen, rief Rundström an. Eine Verkäuferin in einem Geschäft in Sveg hatte einem Polizisten erzählt, daß sie am Tag zuvor eine Strickmütze verkauft habe.

»Aber das Mädchen erinnert sich nicht an den Mann, der sie gekauft hat. Oder ob er etwas gesagt hat«, seufzte Giuseppe. »Sie erinnert sich übrigens nicht einmal daran, ob es ein Mann oder eine Frau gewesen ist. Nur daß sie diese Scheißmütze verkauft hat. Manchmal haben die Leute ihre Augen am Arsch.«

Nördlich von Funäsdalen stand ein Mann und wartete. Er stellte sich als Elmberg vor. Sie warteten auf Rundström und einen weiteren Wagen. Dann fuhren sie weiter und bogen nach kurzer Zeit von der Hauptstraße ab.

Der Wagen war ein roter Toyota. Keiner der Polizisten konnten Spanisch, Portugiesisch oder Italienisch unterscheiden. Stefan glaubte, die Zeitung, die *El Pais* hieß, sei aus Italien. Aber dann schaute er auf den Preis und erkannte, daß PTAS auf Pesetas und folglich auf Spanien schließen ließ. Sie gingen den Weg zu Fuß weiter. Das Gebirge türmte sich vor ihnen auf. Direkt am Steilhang stand ein einsames Haus. Ein Blockhaus. Vielleicht ein alter Viehstall, der umgebaut worden war. Rundström und Giuseppe beratschlagten und kamen zu der Ansicht, daß niemand im Haus sei. Beide waren jedoch bewaffnet und näherten sich der Tür sehr vorsichtig. Rundström rief eine Warnung. Niemand antwortete. Er rief noch einmal. Die Worte verloren sich in einem entfernten Echo. Giuseppe riß die Tür auf. Dann gingen sie hinein. Nach einer guten Minute kam Giuseppe wieder heraus und sagte, das Haus sei leer, aber es sei jemand dort gewesen. Jetzt würden sie auf den Hubschrauber mit den Hunden warten. Die Techniker, die mit Elsa Berggrens Haus beschäftigt waren, hatten ihre Arbeit unterbrochen und waren ebenfalls unterwegs.

Der Hubschrauber kam aus Nordosten. Er landete auf einer flachen Stelle nördlich des Blockhauses. Hundeführer und Hunde wurden abgesetzt. Dann hob der Hubschrauber wieder ab.

Die Hundeführer ließen die Hunde einen Augenblick an einem benutzten Glas schnuppern, das Giuseppe aus dem Haus geholt hatte. Dann machten sie sich auf den Weg direkt nach Norden, hinauf ins Gebirge.

26

Um kurz vor fünf brach Giuseppe die Suche ab. Zunächst war von Westen Nebel herangerollt, dann hatte die einbrechende Dunkelheit das Ihre getan.

Um ein Uhr hatten sie den Aufstieg ins Gebirge angetreten. Gleichzeitig waren alle Zufahrtswege unter Bewachung gestellt worden. Die Hunde hatten häufig die Spur verloren, sie aber immer wiedergefunden. Anfangs hatten sie geradewegs nach Norden gezogen, um dann an einem Bergkamm in westlicher Richtung abzubiegen und sich dann erneut Richtung Norden zu wenden. Sie befanden sich auf einer Hochebene, als Giuseppe in Absprache mit Rundström die Suche abbrach. Sie hatten zunächst eine Kette gebildet und sich anschließend über den Bergkamm verteilt. Zunächst war das Terrain gut begehbar, die Steigung war mäßig. Stefan merkte dennoch, daß er untrainiert war, aber er hatte nicht aufgeben wollen. Auf jeden Fall nicht als erster.

Da war etwas mit dieser Wanderung ins Gebirge hinauf. Zunächst eine vage, fast ungreifbare Ahnung, dann ein Erinnerungsbild, das sich langsam löste und immer deutlicher wurde.

Er war schon einmal im Gebirge gewesen. Die Erinnerung hatte er verdrängt. Er war sieben oder acht Jahre alt.

Es war gegen Ende des Sommers. Ein paar Wochen bevor die Schule wieder angefangen hatte. Seine Mutter war verreist. Ihre Schwester, die in Kristianstad wohnte, war plötzlich Witwe geworden, und seine Mutter war zu ihr gefahren, um ihr zu helfen. Eines Tages hatte sein Vater gesagt, daß sie den Wagen packen und eine improvisierte Ferienreise machen würden. Sie würden nach Norden fahren, zelten und billig leben. An die Autofahrt selbst hatte Stefan nur vage Erinnerungen. Mit einer seiner Schwestern saß er auf dem Rücksitz mit dem Gepäck zusammengepfercht, das der Vater aus irgendeinem Grund nicht aufs Dach binden wollte. Außerdem kämpfte er die ganze Zeit gegen die Reisekrankheit. Sein Vater war nicht begeistert davon, anhalten zu müssen, weil sich eines der Kinder übergeben mußte. Ob Stefan und seine Schwestern es geschafft hatten oder nicht, wußte er nicht mehr. Dieser Teil seines Erinnerungsbildes war verschwunden.

Er war letzter Mann in der Kette. Dreißig Meter vor sich sah er Erik Johansson, der dann und wann über Funk angerufen wurde und Fragen beantwortete. Mit jedem Schritt wurde Stefans Erinnerung deutlicher.

Wenn er damals acht gewesen war, waren neunundzwanzig Jahre vergangen. 1970, August 1970. Auf dem Weg zum Fjäll hinauf übernachteten sie zusammengepreßt im Zelt, und Stefan mußte über die anderen hinwegklettern, um hinauszukommen und zu pinkeln. Am nächsten Tag kamen sie an einem Ort an, dessen Name Stefan plötzlich wieder einfiel. Vemdalsskalet. Sie schlugen auf der Rückseite einer alten Blockhütte ihr Zelt auf, ein Stück vom Berghotel entfernt.

Er war darüber verwundert, daß er diese Reise hatte verdrängen können. Er war schon einmal in dieser Gegend gewesen. Warum hatte er sich nie daran erinnern wollen? Was war damals passiert?

Es gab eine Frau in seiner Erinnerung. Sie war gekommen, als sie gerade das Zelt aufbauten. Der Vater hatte die Frau auf der anderen Straßenseite entdeckt und war ihr entgegengegangen. Stefan und seine Schwestern hatten schweigend dagestanden und gesehen, wie sie sich die Hände gegeben und miteinander gesprochen hatten. Außer Hörweite. Stefan erinnerte sich, daß er gefragt hatte, ob eine seiner Schwestern wisse, wer die Frau sei. Aber sie hatten ihm nur zugezischt, er solle still sein. Es war ein Teil der Erinnerung, über den er lächeln konnte. Seine frühe Kindheit war davon geprägt, daß seine beiden Schwestern ihm ständig etwas zuzischten. Ihm befahlen, still zu sein. Sie hatten nie zugehört und ihn mit einer Verachtung angesehen, die er als Zeichen dafür verstanden hatte, daß er nie Teil ihrer Spiele oder Gemeinschaft werden könnte. Daß er immer zu klein sein, immer hinterherhinken würde.

Was war danach geschehen? Der Vater kam in Begleitung der Frau zurück. Sie war älter als er. Sie hatte graue Strähnen im Haar und trug schwarz-weiße Kellnerinnenkleidung. Sie ähnelte jemand, dachte er jetzt, und im gleichen Augenblick wurde ihm klar, daß es Elsa Berggren war. Auch wenn sie es nicht gewesen war. Er konnte sich an ein Lächeln erinnern, aber auch an etwas Hartes, Abweisendes. Sie standen vor dem Zelt. Sie war nicht überrascht, daß sie gekommen waren. Also hatte sie gewußt, daß sie kommen würden. Stefan erinnerte sich an eine vage Besorgnis, daß der Vater nicht mit ihnen nach Kinna zurückkehren, seine Mutter nicht aus Kristianstad zurückkommen würde. Der Rest der Begegnung mit der unbekannten Frau war plötzlich vollkommen klar. Der Vater hatte gesagt, sie hieße Vera und käme aus Deutschland. Dann hatten sie ihr die Hand gegeben. Zuerst die Schwestern und anschließend er selbst.

Stefan war stehengeblieben. Links von ihm fluchte Erik Johansson, als er über einen Stein stolperte. Der Hubschrauber flog dröhnend in niedriger Höhe heran und zog einen weiten Bogen über das Tal unter ihnen.

Damals waren sie auch im Gebirge gewandert. Keine langen Wanderungen. Sie hatten sich nie weit vom Berghotel entfernt.

Er ging weiter. Es war noch eine Tür zu öffnen, dachte er.

An einem ungewöhnlich warmen Augustabend oben im Gebirge war etwas passiert. Wo die Schwestern gewesen waren, wußte er nicht mehr. Doch die Frau, die Vera hieß, und sein Vater saßen vor der Blockhütte auf ein paar Zeltstühlen. Sie lachten. Stefan mochte es nicht und ging auf die Rückseite des Hauses. Dort war eine Tür, die er geöffnet hatte. Er wußte nicht, ob es verboten war, aber er war in Veras Haus hineingegangen. Zwei enge Zimmer mit niedriger Decke. Auf einer Kredenz ein paar Fotos. Er hatte sich angestrengt, um die Bilder deutlich zu erkennen. Ein Hochzeitsfoto. Vera mit ihrem Mann, der eine Uniform trug.

Jetzt erinnerte er sich vollkommen klar und deutlich. Der Mann in deutscher Uniform. Vera im weißen Kleid, lächelnd, einen Blumenkranz im Haar, vielleicht auch eine Brautkrone. Und neben dem Hochzeitsfoto ein zweites Foto im Rahmen, hinter Glas. Ein Bild von Hitler. Im gleichen Augenblick wurde die Tür auf der Vorderseite des Hauses geöffnet. Vera und sein Vater standen dort. Empört sagte sie etwas auf Deutsch. Oder in gebrochenem Deutsch-Schwedisch. Er erinnerte sich nicht genau. Aber sein Vater riß ihn von der Kredenz fort und gab ihm eine Ohrfeige.

Da hatte es geendet. Die Erinnerung war in dem Moment erloschen, in dem ihn die Ohrfeige getroffen hatte. An die Rückreise nach Kinna hatte er nicht die geringste Erinnerung. Nicht einmal an die Enge im Auto oder an die Angst vor der Reisekrankheit. Nichts. Ein Foto von Hitler. Eine Ohrfeige. Und dann nichts mehr.

Stefan schüttelte langsam den Kopf. Vor dreißig Jahren hatte sein Vater seine Kinder mitgenommen, um eine deutsche Frau zu besuchen, die in einem Berghotel arbeitete. Dicht unter der Oberfläche, wie auf einem doppelt belichteten Foto, war die ganze Hitlerzeit präsent. Genau wie Wetterstedt gesagt hatte: Nichts war vollkommen vergangen. Es hatte nur neue Formen angenommen, einen neuen Ausdruck. Aber der Traum von der Überlegenheit der weißen Rasse war immer noch lebendig. Sein Vater hatte eine Frau namens Vera besucht und seinem Sohn eine Ohrfeige gegeben, als er etwas gesehen hatte, was er nicht hatte sehen sollen.

War da noch mehr gewesen? Stefan suchte in seiner Erinnerung, aber sein Vater hatte den Vorfall nie kommentiert. Es gab nur dieses Dunkel nach der Ohrfeige, nichts sonst.

Er ging wieder weiter. Der Hubschrauber drehte noch eine Runde und verschwand nach Süden. Stefan ließ den Blick übers Fjäll wandern. Doch alles, was er sah, waren zwei Fotos auf einer Kredenz in einem Zimmer mit niedriger Decke.

Kurz darauf kam der Nebel, und sie kehrten um. Gegen sechs waren sie wieder bei der Hütte. Der Hubschrauber flog eine letzte Runde, nachdem er zwei der Hundeführer an Bord genommen hatte, und verschwand dann in nordöstlicher Richtung, nach Östersund. Der Pilot hatte Körbe mit belegten Broten und Kaffee mitgebracht. Rundström schien ununterbrochen in sein Funkgerät zu sprechen, wenn er nicht telefonierte. Stefan hielt sich ein wenig abseits. Giuseppe hörte einem der Techniker zu, die das Haus untersucht hatten, und machte sich Notizen.

Dann goß er sich eine Tasse Kaffee ein und kam zu Stefan herüber. »Ein paar Dinge wissen wir wenigstens«, sagte er.

Er stellte die Kaffeetasse vorsichtig auf einen Stein und blätterte in seinem Block. »Der Besitzer heißt Knut Frostengren und wohnt in Stockholm. Er ist den Sommer über hier, außerdem um Weihnachten und Neujahr und im März eine Woche zum Skilaufen. Die übrige Zeit steht das Haus leer. Er hat es anscheinend von einem Verwandten geerbt. Es ist also jemand eingebrochen und hat hier sein Hauptquartier aufgeschlagen. Dann ist er verschwunden. Er weiß, daß Elsa Berggren sein Gesicht gesehen hat. Er muß auch davon ausgehen, daß wir eins und eins zusammengezählt und erkannt haben, daß er derjenige ist, der meine Rechnung an sich genommen hat. Er verfügt über eine Kaltblütigkeit, die wir nicht unterschätzen sollten. Er weiß, daß wir nach ihm suchen werden, besonders nachdem er dich und Elsa Berggren angegriffen hat.«

»Wohin er wohl will?«

Giuseppe überlegte, bevor er antwortete. »Ich würde die Frage anders stellen. Warum ist er noch da?«

»Etwas ist noch unerledigt.«

»Die Frage ist nur: Was?«

»Er will wissen, wer Abraham Andersson ermordet hat. Darüber haben wir schon gesprochen.«

Giuseppe schüttelte den Kopf. »Nicht nur, er will noch mehr. Er will denjenigen, der Abraham Andersson ermordet hat, töten.«

Giuseppe hatte recht. Es gab keine andere Erklärung. Dennoch blieb für Stefan eine Frage offen. »Warum ist das für ihn so wichtig?«

»Wenn wir das wissen, dann wissen wir auch, worum es hier eigentlich geht.«

Sie standen schweigend da und blickten in den Nebel.

»Er versteckt sich«, sagte Giuseppe. »Er ist clever, unser Mann aus Buenos Aires.«

Stefan sah Giuseppe verwundert an. »Woher weißt du, daß er aus Buenos Aires kommt?«

Giuseppe zog ein Stück Papier aus der Tasche. Eine zerrissene Zeitungsseite. Das Kreuzworträtsel aus *Aftonbladet*. Etwas war an den Rand gekritzelt. Zahlen, die durchgestrichen, aber zunächst hart durchgedrückt worden waren. »Vierundfünfzig elf«, sagte Giuseppe. »Vierundfünfzig ist Argentinien, und elf ist Buenos Aires. Die Zeitung ist vom 12. Juni, als Frostengren hier war. Er hebt die Zeitungen für das Kaminfeuer auf. Die Zahlen hat jemand anders geschrieben. Es muß Fernando Hereira gewesen sein. Im Wagen war eine spanische Zeitung, nicht aus Argentinien, aber die Sprache ist dieselbe. Ich glaube, es dürfte schwerfallen, argentinische Tageszeitungen in Schweden zu bekommen. Aber spanische Zeitungen zu kaufen ist kein Problem.«

»Hast du keine Telefonnummer in Buenos Aires?«

»Nein.«

Stefan dachte nach. »Er hat also hier oben im Fjäll gesessen und mit Argentinien telefoniert. Kann man nicht feststellen, wohin das Gespräch gegangen ist?«

»Wir sind dabei, es zu untersuchen, aber Frostengren hat ein vollkommen offenes Telefon. Man wählt direkt, ohne Vermittlung. Wenn Fernando Hereira ein Handy benutzt hätte, könnten wir eine Überprüfung der Mobilfunknetze vornehmen.«

Giuseppe bückte sich nach seiner Kaffeetasse. »Manchmal vergesse ich, daß wir nicht einen, sondern vielleicht zwei kaltblütige Mörder jagen«, fuhr er fort. »Zwei Männer, die große Brutalität gezeigt haben. Wir fangen an zu ahnen, wer Fernando Hereira sein kann und wie er sich verhält. Aber der andere, der Abraham Andersson getötet hat, wer ist das?«

Die Frage blieb unbeantwortet im Nebel stehen. Giuseppe ließ Stefan allein, um mit Rundström und dem letzten Hundeführer zu sprechen. Stefan sah den Schäferhund an. Er war erschöpft. Er lag da und preßte den Hals gegen die feuchte Erde. Stefan fragte sich, ob ein Polizeihund möglicherweise verzagt sein konnte, weil es ihm nicht gelungen war, seinen Auftrag zu erfüllen.

Eine halbe Stunde später fuhren Giuseppe und Stefan nach Sveg zurück. Rundström wollte mit dem Hundeführer und drei weiteren Polizisten in Funäsdalen bleiben. Sie fuhren schweigend durch die Wälder. Diesmal fuhr Giuseppe. Stefan sah, daß er sehr müde war.

Ein paar Kilometer vor Sveg bremste er plötzlich und fuhr an den Straßenrand. »Ich komme damit nicht weiter. Wer hat Abraham Andersson getötet? Es ist, als ob wir immer noch an der Oberfläche kratzen. Wir ahnen nicht einmal, worum sich die ganze Sache eigentlich dreht. Ein Argentinier verschwindet ins Fjäll hinauf, obwohl er eigentlich so schnell wie möglich abhauen sollte. Er flieht nicht hinauf ins Gebirge, er hält sich fern, um zurückzukommen.«

»Es gibt eine Möglichkeit, die wir noch nicht bedacht haben«, sagte Stefan, »und zwar die, daß der Mann, den wir Fernando Hereira nennen, etwas weiß, was wir nicht wissen.«

Giuseppe schüttelte zweifelnd den Kopf. »Dann hätte er sich keine Mütze über das Gesicht gezogen und wäre Elsa Berggren nicht mit seinen Fragen zu Leibe gerückt.«

Sie sahen einander an.

»Denken wir das gleiche?« fragte Giuseppe.

»Vielleicht«, antwortete Stefan. »Vielleicht weiß Fernando Hereira, oder meint zu wissen, daß es Elsa Berggren war, die Abraham Andersson getötet hat. Und nun will er sie dazu bringen, es zu gestehen.«

Giuseppe trommelte mit den Fingern aufs Lenkrad. »Es kann doch sein, daß Elsa Berggren nicht die Wahrheit sagt. Sie behauptet, der Mann, der in ihr Haus eingedrungen ist, habe sie gefragt, wer Abraham Andersson getötet hat. Aber woher wissen wir, daß sie nicht lügt. Er kann etwas ganz anderes gesagt haben.«

»Zum Beispiel: Ich weiß, daß Sie Abraham Andersson getötet haben?«

Giuseppe ließ den Motor wieder an. »Wir werden das Fjäll weiter überwachen, und was Elsa Berggren angeht, werden wir nicht klein beigeben.«

Sie fuhren weiter. Die Landschaft verschwand jenseits des Scheinwerferlichts. Als sie am Hotel vorfuhren, klingelte Giuseppes Handy.

»Das war Rundström«, sagte er, als das Gespräch beendet war. »Der Wagen ist tatsächlich am 5. November in Östersund gemietet worden. Von Fernando Hereira. Einem Argentinier.«

Sie stiegen aus.

»Jetzt geht die Jagd los«, sagte Giuseppe. »Fernando Hereira hat sich mit seinem Führerschein ausgewiesen. Der kann natürlich gefälscht sein, aber wir sollten der Einfachheit halber annehmen, daß er tatsächlich echt ist. Die Frage ist, ob wir ihm jetzt nicht näher sind, als wir es oben im Fjäll waren, wo wir ihn gesucht haben.«

Stefan fühlte sich müde.

Giuseppe stellte seine Tasche in die Rezeption. »Ich melde mich«, sagte er, bevor er sich umdrehte. »Bleibst du?«

»Ja. Noch ein, zwei Tage.«

Giuseppe legte eine Hand auf Stefans Schulter. »Ich muß zugeben, es ist lange her, daß ich jemanden hatte, mit dem ich so gut reden konnte wie mit dir. Aber nun sag mal ehrlich: Wenn du an meiner Stelle wärst, was hättest du anders gemacht?«

»Nichts.«

Giuseppe lachte laut. »Du bist zu nett. Ich kann Kritik vertragen. Und du?«

Er wartete nicht auf die Antwort, sondern ging zu seinem Wagen zurück. Stefan dachte über Giuseppes Frage nach, als er den Zimmerschlüssel holte. In der Rezeption saß ein anderes Mädchen. Stefan hatte sie noch nicht gesehen. Er ging auf sein Zimmer und legte sich aufs Bett. Er dachte, daß er Elena anrufen sollte. Aber zuerst mußte er sich eine Weile ausruhen.

Als er erwachte, wußte er, daß er geträumt hatte. Es war ein chaotischer Traum gewesen, von dem nur die Angst zurückgeblieben war. Er schaute auf die Uhr. Viertel nach neun. Wenn er noch etwas zu essen haben wollte, mußte er sich beeilen. Außerdem hatte er eine Verabredung mit Veronica Molin.

Sie wartete im Speisesaal auf ihn. »Ich habe vorsichtig an Ihre Tür geklopft«, sagte sie. »Sie haben nicht geantwortet, und ich nahm an, Sie würden schlafen.«

»Ich hatte eine anstrengende Nacht und einen sehr langen Tag. Haben Sie schon gegessen?«

»Ich muß zu bestimmten Zeiten etwas essen. Besonders, wenn das Essen so ist wie hier.«

Die Bedienung, die an den Tisch kam, war ebenfalls neu. Sie wirkte unsicher. Stefan hatte plötzlich das Gefühl, daß Veronica Molin sich über irgend etwas beschwert hatte.

Er bestellte, wie schon so viele Male zuvor, Beefsteak. Veronica Molin trank Wasser. Er selbst wollte Wein.

Sie betrachtete ihn mit einem Lächeln. »Ich habe noch nie einen Polizisten kennengelernt. Jedenfalls nicht so nah.«

»Und? Wie kommen Sie sich jetzt vor?«

»Ich glaube, irgendwo tief in uns haben wir alle Angst vor Polizisten.«

Sie zündete sich eine Zigarette an. »Mein Bruder ist auf dem Weg hierher aus der Karibik«, fuhr sie fort. »Er arbeitet auf einem Kreuzfahrtschiff. Aber das habe ich vielleicht schon erzählt? Er ist Steward. Wenn er nicht irgendwo auf See herumkreuzt, wohnt er in Florida. Ich habe ihn einmal besucht, als ich in Miami war, um eine Verhandlung abzuschließen. Es dauerte nicht einmal eine Stunde, da haben wir uns schon gestritten. Ich weiß nicht mehr, worüber.«

»Wann ist die Beerdigung?«

»Am Dienstag um elf. Werden Sie kommen?«

»Ich weiß es nicht.«

Stefans Essen wurde gebracht.

»Wie können Sie so lange bleiben?« fragte er. »Ich hatte das Gefühl, es sei schwer für Sie gewesen, überhaupt zu kommen. Und jetzt bleiben Sie immer länger.«

»Bis Mittwoch, länger nicht. Dann fahre ich wieder.«

»Und wohin?«

»Zuerst nach London, dann nach Madrid.«

»Ich bin nur ein einfacher Polizeibeamter. Aber ich muß zugeben, daß ich neugierig bin, womit Sie sich eigentlich beschäftigen.«

»Auf Englisch nennt man es einen ›Dealmaker‹. Oder ›Broker‹. Auf Schwedisch heißt es Makler und bezeichnet jemanden, der verschiedene Interessenten miteinander in Verbindung bringt und dafür sorgt, daß zwischen ihnen ein Vertrag geschlossen wird, daß es zu einem Geschäftsabschluß kommt.«

»Darf man fragen, was man mit einer solchen Arbeit verdient?«

»Vermutlich mehr als Sie.«

»Das tun fast alle.«

Sie drehte ein Weinglas um und schob es ihm über das Tischtuch zu. »Ich habe es mir anders überlegt.«

Stefan goß ihr Wein ein. Sie stießen an. Er fand, daß sie ihn jetzt auf eine andere Weise ansah. Nicht so abwartend wie zuvor.

»Ich habe heute Elsa Berggren besucht«, sagte sie. »Ich sehe jetzt ein, daß ich ungelegen kam. Sie erzählte, was in der Nacht passiert ist. Und sie erzählte auch von Ihnen. Haben Sie ihn gefaßt?«

»Noch nicht. Außerdem bin nicht ich es, der hier jemanden faßt. Ich gehöre nicht zu der Ermittlung.«

»Aber die Polizei geht davon aus, daß der Mann, der Sie überfallen hat, derjenige ist, der meinen Vater getötet hat?«

»Ja.«

»Ich habe vorhin versucht, Giuseppe Larsson anzurufen. Trotz allem habe ich doch ein gewisses Recht darauf zu erfahren, was vor sich geht. Wer ist dieser Mann?«

»Wir glauben, daß er Fernando Hereira heißt und Argentinier ist.«

»Ich glaube kaum, daß mein Vater jemanden aus Argentinien gekannt hat. Und was sollte das Motiv gewesen sein?«

»Etwas, was während des Zweiten Weltkriegs geschehen ist.«

Sie zündete sich eine weitere Zigarette an. Stefan blickte auf ihre Hände und wünschte, er könnte sie berühren.

»Die Polizei glaubt also nicht an meine Theorie? An die Frau in England?«

»Das eine schließt das andere nicht aus. Sie müssen auf breiter Front und ohne vorgefaßte Meinungen ermitteln. Das ist eine unserer Grundregeln.«

»Ich sollte nicht rauchen, während Sie essen.«

»Das macht nichts. Ich habe schon Krebs.«

Sie sah ihn fragend an. »Habe ich richtig gehört?«

»Es war nur ein Scherz. Ich bin vollkommen gesund.«

Am liebsten hätte er den Tisch verlassen, wäre in sein Zimmer hinaufgegangen und hätte Elena angerufen. Aber jetzt ritt ihn etwas anderes.

»Das war ein seltsamer Scherz.«

»Ich wollte nur sehen, wie Sie reagieren.«

Sie legte den Kopf schief und blinzelte. »Sitzen Sie hier und versuchen mich anzumachen?«

Er leerte sein Weinglas. »Tun das nicht alle Männer? Es muß Ihnen doch bewußt sein, daß Sie sehr schön sind.«

Sie schüttelte den Kopf, ohne etwas zu sagen. Zog das Glas fort, als Stefan ihr Wein nachschenken wollte.

Er füllte sein eigenes bis zum Rand. »Worüber haben Sie mit Elsa Berggren gesprochen?«

»Sie war müde. Ich wollte wohl in erster Linie die Frau treffen, die meinen Vater gekannt und die ihm das Haus beschafft hat, in dem er gestorben ist. Wir haben nicht besonders viel geredet.«

»Ich frage mich, was die beiden für ein Verhältnis hatten. Abgesehen davon, daß sie beide nationalsozialistisch gedacht haben.«

»Sie bedauerte, daß mein Vater tot ist. Ich saß dort nur eine kurze Weile. Ich mochte sie nicht.«

Stefan bestellte Kaffee und einen Cognac und bat um die Rechnung.

»Was glauben Sie, wo sich Fernando Hereira im Augenblick aufhält?«

»Vielleicht oben im Fjäll. Aber er ist noch hier in der Gegend.«

»Warum?«

»Ich glaube, er will wissen, wer Abraham Andersson getötet hat.«

»Ich habe immer noch nicht verstanden, was der Mann mit meinem Vater gemeinsam hatte.«

»Das wissen auch wir nicht. Aber früher oder später wird

es sich klären. Wir werden beide Täter ergreifen, und wir werden das Motiv finden.«

»Das will ich hoffen.«

Stefan goß den Cognac hinunter und trank einen Schluck Kaffee hinterher. Nachdem er die Rechnung unterschrieben hatte, standen sie auf und gingen hinaus in die Rezeption.

»Darf ich Ihnen noch ein Glas Cognac anbieten?« fragte sie. »In meinem Zimmer? Aber erwarten Sie nicht mehr von mir ...«

»Ich habe schon lange aufgehört, noch irgend etwas zu erwarten.«

»Das klingt, als wären Sie nicht wirklich aufrichtig.«

Sie gingen den Flur entlang. Sie schloß die Tür auf. Stefan stellte sich so dicht wie möglich neben sie, ohne sie zu berühren.

Auf ihrem Schreibtisch stand ein Laptop mit leuchtendem Bildschirm.

»Darin habe ich mein ganzes Leben«, sagte sie. »Ich stecke ihn in den Telefonanschluß und erreiche die ganze Welt. Während ich auf die Beerdigung warte, kann ich hier weiterarbeiten.«

Sie goß ihm etwas aus einer Cognacflasche ein, die auf dem Tisch stand, nahm aber selbst nichts, sondern schlenzte die Schuhe von den Füßen und setzte sich aufs Bett. Stefan merkte, daß er angetrunken war. Er wollte sie anfassen. Sie ausziehen.

Seine Gedanken wurden durch das Klingeln des Handys in seiner Tasche unterbrochen. Sicher war es Elena.

Er meldete sich nicht. »Nur ein Kumpel«, sagte er. »Nichts, was nicht warten könnte.«

»Haben Sie keine Familie?«

Er schüttelte den Kopf.

»Nicht einmal eine Freundin?«

»Es ist vorbei.«

Er stellte das Glas ab und streckte die Hand aus.

Sie sah sie lange an, bevor sie sie ergriff. »Du kannst hier schlafen«, sagte sie, »aber erwarte nicht mehr, als daß ich neben dir liege.«

»Ich habe schon gesagt, daß ich nichts erwarte.«

Er setzte sich neben sie aufs Bett.

»Es ist lange her, daß ich einen Menschen getroffen habe, der so viel erwartet wie du.«

Sie stand auf. »Unterschätze nicht meine Fähigkeiten, Menschen zu durchschauen. Du kannst machen, was du willst«, sagte sie. »Geh in dein Zimmer und komm dann zurück, um hier zu schlafen. Sonst nichts.«

Nachdem Stefan geduscht und sich in das größte Badehandtuch eingewickelt hatte, klingelte erneut sein Handy.

Es war Elena. »Warum rufst du nicht an?«

»Ich bin eingeschlafen. Mir geht es nicht gut.«

»Komm nach Hause. Ich warte auf dich.«

»In ein paar Tagen. Jetzt muß ich weiterschlafen. Wenn wir noch länger reden, werde ich wieder wach.«

»Du fehlst mir.«

»Du fehlst mir auch.«

Das Gespräch war vorbei.

Ich habe gelogen, dachte er. Und vor gar nicht langer Zeit habe ich Elena verleugnet.

Aber am schlimmsten ist, daß es mir im Moment nicht das geringste ausmacht.

27

Als Stefan am Morgen erwachte, war Veronica Molin fort. Der Bildschirm ihres Notebooks war erleuchtet, und er entdeckte eine Nachricht für sich.

Bin ausgegangen. Sei weg, wenn ich zurückkomme. Ich mag Männer, die nicht schnarchen. Du bist einer von ihnen.

In sein Badehandtuch gewickelt, verließ Stefan den Raum. Auf der Treppe zum Obergeschoß traf er das Zimmermädchen. Sie lächelte und sagte »Guten Morgen«. Als er in sein Zimmer kam, kroch er ins Bett. Ich bin betrunken gewesen, dachte er. Ich habe mit Elena gesprochen, aber ich erinnere mich nicht daran, was ich gesagt habe. Nur, daß ich gelogen habe. Er setzte sich im Bett auf und streckte sich nach seinem Handy. Er hatte eine Mitteilung. Elena hatte angerufen. Es versetzte ihm einen Stoß in die Magengrube. Er legte sich hin und zog die Decke über das Gesicht. Wie früher, als er ein Junge war. Um sich unsichtbar zu machen. Ob Giuseppe wohl das gleiche tat? Und Veronica Molin? Die im Bett gelegen hatte, als er am Abend gekommen war, jedoch mit Entschiedenheit alle Annäherungsversuche zurückgewiesen hatte. Ihm nur den Arm gestreichelt und gesagt hatte, daß sie schlafen sollten. Er war heftig erregt gewesen, hatte aber Verstand genug besessen, sie in Ruhe zu lassen.

Er hatte Elena noch nie belogen. Jetzt hatte er es getan, und er war sich nicht sicher, ob es ihm etwas ausmachte.

Er entschloß sich, bis neun Uhr im Bett zu bleiben. Dann würde er sie anrufen. Bis dahin würde er mit der Decke über dem Kopf daliegen und so tun, als existiere er nicht.

Es wurde neun. Sie meldete sich sofort.

»Ich habe geschlafen«, sagte er. »Ich habe mein Handy nicht gehört. Ich habe die ganze Nacht tief und fest geschlafen. Zum erstenmal seit langem.«

»Irgend etwas hat mir angst gemacht. Es war etwas, was ich geträumt habe. Ich weiß nicht mehr, was es gewesen ist.«

»Es ist alles in Ordnung, aber ich bin unruhig. Die Tage vergehen schnell. Bald ist schon der neunzehnte.«

»Es wird schon gutgehen.«

»Ich habe Krebs, Elena. Wenn man Krebs hat, muß man immer damit rechnen, daß man sterben kann.«

»Das hat die Ärztin aber nicht gesagt.«

»Das kann sie doch nicht wissen. Es kann niemand wissen.«

»Wann kommst du nach Hause?«

»Bald. Ich gehe am Dienstag auf Molins Beerdigung. Ich nehme an, daß ich dann Mittwoch nach Hause fahre. Ich sage dir Bescheid, wann ich komme.«

»Rufst du mich heute abend an?«

»Ja, ich melde mich.«

Während des Gesprächs war ihm der Schweiß ausgebrochen. Es gefiel ihm nicht, daß es so leicht war, zu lügen. Er stand auf. Sein schlechtes Gewissen würde er nicht loswerden, wenn er zwischen den Laken liegenbliebe. Er zog sich an und ging frühstücken. Jetzt war wieder das vertraute Mädchen in der Rezeption. Er fühlte sich sofort ruhiger.

»Wir wollen heute in Ihrem Zimmer den Fernseher austauschen«, sagte sie. »Wann paßt es Ihnen?«

»Jederzeit. Giuseppe Larsson? Ist der hier?«

»Ich glaube nicht, daß er heute nacht in seinem Zimmer gewesen ist. Der Schlüssel ist noch hier. Haben Sie schon jemanden festgenommen?«

»Nein.«

Er machte ein paar Schritte auf den Speisesaal zu, wandte sich aber noch einmal um. »Und Veronica Molin? Ist sie noch da?«

»Als ich um sechs kam, ist sie gerade gegangen.«

Stefan wußte, daß er noch etwas fragen wollte, aber es fiel ihm nicht mehr ein.

Sein Kater bereitete ihm Übelkeit. Er trank ein Glas Milch und setzte sich mit einer Tasse Kaffee an den Tisch. Sein Handy klingelte.

Es war Giuseppe. »Schon wach?«

»Einigermaßen. Ich trinke Kaffee. Und du?«

»Ich habe ein paar Stunden in Eriks Büro geschlafen.«

»Ist etwas passiert?«

»Es passiert ständig etwas. Oben in Funäsdalen ist es immer noch neblig. Rundström zufolge steht alles still. Sobald sich der Nebel gelichtet hat, fangen sie wieder an, mit den Hunden zu suchen. Was machst du gerade? Abgesehen davon, daß du Kaffee trinkst?«

»Nichts.«

»Dann komme ich vorbei. Ich dachte, du könntest bei einem Besuch dabeisein.«

Zehn Minuten später kam Giuseppe in den Speisesaal gestürmt. Unrasiert und hohläugig, aber voller Energie. Er trank eine Tasse Kaffee und setzte sich Stefan gegenüber. In der Hand hielt er eine Plastiktüte, die er auf den Tisch legte. »Erinnerst du dich an den Namen Hanna Tunberg?« fragte er.

Stefan dachte nach und schüttelte dann den Kopf.

»Das ist die Frau, die Herbert Molin gefunden hat. Seine Putzfrau. Die alle vierzehn Tage kam.«

»Ja, jetzt fällt es mir wieder ein. Es hat in den Papieren gestanden, die ich in deinem Büro gelesen habe.«

Giuseppe legte die Stirn in Falten. »Es kommt mir wie eine Ewigkeit vor, daß du in meinem Büro gewesen bist«, sagte er, »und dabei ist es erst zwei Wochen her.«

Er schüttelte den Kopf, als habe er gerade eine große Entdeckung über die Zeit und ihren Verlauf gemacht.

»Ich weiß noch, daß etwas mit ihrem Mann gewesen ist«, sagte Stefan.

»Er hat einen Schock erlitten, als er Molins Leiche am Waldrand entdeckte. Wir haben ein paar ausführliche Gespräche mit ihr geführt, und dabei hat sich gezeigt, daß sie Molin eigentlich überhaupt nicht kannte, obwohl sie dort saubergemacht hat. Sie behauptete, er habe sie nie allein gelassen. Bewachte sie. Außerdem ließ er sie das Gästezimmer nicht putzen. Und da war die Puppe. Sie fand ihn eingebildet und unangenehm. Aber bezahlt hat er gut.«

Giuseppe stellte die Tasse ab. »Sie hat heute früh angerufen und gesagt, daß sie sich beruhigt und noch einmal nachgedacht habe. Sie glaubt, daß sie noch etwas zu erzählen hat. Ich fahre jetzt zu ihr. Ich dachte, du hättest vielleicht Lust mitzukommen.«

»Gern.«

Giuseppe öffnete die Plastiktüte und nahm eine Fotografie heraus, die sich in einem Rahmen hinter Glas befand. Das Foto zeigte eine Frau um die Sechzig. »Weißt du, wer das hier ist?«

»Nein.«

»Katrin Andersson. Abraham Anderssons Frau.«

»Warum hast du sie bei dir?«

»Weil Hanna Tunberg mich darum gebeten hat. Sie möchte sehen, wie Abrahams Frau aussieht. Warum, weiß ich nicht. Aber ich habe heute morgen einen Kollegen nach Dunkärret geschickt, um das Foto zu holen.«

Giuseppe trank seinen Kaffee aus und stand auf. »Hanna Tunberg wohnt in Ytterberg. Das ist ganz in der Nähe.«

Das Haus war alt und gepflegt. Es lag schön, mit der Aussicht über die bewaldeten Höhen. Ein Hund bellte, als sie anhielten. Auf dem Hofplatz vor dem Haus stand eine Frau neben einem rostigen Traktor und erwartete sie.

»Hanna Tunberg«, sagte Giuseppe. »Als ich sie zuletzt gesehen habe, hatte sie dieselben Kleider an. Sie gehört zu einem Menschentyp, den es bald nicht mehr gibt.«

»Und was sind das für Leute?«

»Menschen, die sich ihre Sonntagskleider anziehen, wenn sie die Polizei erwarten. Wollen wir wetten, daß sie Zimtschnekken gebacken hat?«

Er lächelte und stieg aus.

Giuseppe stellte Stefan Hanna Tunberg vor. Er hatte Schwierigkeiten, ihr Alter zu bestimmen. Vielleicht war sie sechzig, vielleicht auch nur gut fünfzig.

»Ich habe Kaffee gedeckt«, sagte sie. »Mein Mann ist draußen.«

»Doch nicht etwa, weil wir kommen«, sagte Giuseppe.

»Er ist ein bißchen eigen. Das mit Polizisten, das mag er nicht so. Obwohl er ein anständiger Kerl ist.«

»Ganz bestimmt«, sagte Giuseppe. »Wollen wir reingehen?«

Im Innern des Hauses roch es nach Zigarettenqualm, Hund und Preiselbeeren. Im Wohnzimmer hingen Elchschaufeln, Wandteppiche und ein paar Bilder mit Waldmotiven. Hanna Tunberg schob eine Strickarbeit zur Seite, steckte sich eine Zigarette an, machte einen Lungenzug und hustete. Es schepperte in ihren Lungen. Stefan sah, daß ihre Fingerspitzen gelb waren. Sie hatte Kaffee geholt und eingegossen. Mitten auf dem Tisch stand eine Schale mit Zimtschnecken.

»Jetzt unterhalten wir uns mal ganz in Ruhe«, sagte Giuseppe. »Sie haben gesagt, Sie hätten nachgedacht und wollten noch etwas erzählen.«

»Ich weiß natürlich nicht, ob es wichtig ist oder nicht.«

»Das kann man vorher nie wissen. Wir hören.«

»Es ist wegen dieser Frau, die immer Herbert Molin besucht hat.«

»Sie meinen Elsa Berggren?«

»Es ist ein paarmal vorgekommen, daß sie da war, wenn ich zum Saubermachen hinkam. Sie ist dann immer gegangen. Ich fand, sie war komisch.«

»Inwiefern komisch?«

»Unhöflich. Ich mag es nicht, wenn Leute sich wichtig tun. Herbert Molin ist genauso gewesen.«

»Hat sie etwas gesagt? Weshalb meinen Sie, daß sie unhöflich war?«

»Es war nur ein Gefühl, das ich hatte. Daß Sie auf mich heruntergesehen hat.«

»Weil Sie saubergemacht haben?«

»Ja.«

Giuseppe nickte. »Die Zimtschnecken sind lecker«, sagte er. »Erzählen Sie weiter.«

Hanna Tunberg nahm einen neuen Zug und merkte nicht, daß Asche auf ihren Rock fiel. »Es war im letzten Frühjahr«, fuhr sie fort. »Irgendwann Ende April. Ich bin zu Molins Haus gekommen, um sauberzumachen. Aber er war nicht da. Ich fand das eigenartig, weil wir die Zeit abgesprochen hatten.«

Giuseppe hob die Hand und unterbrach sie. »Hatten Sie jedesmal, wenn Sie kamen, die Zeit verabredet?«

»Immer. Er wollte es wissen.«

Giuseppe nickte ihr zu, weiterzusprechen.

»Er war nicht da. Ich wußte nicht, was ich tun sollte. Ich war sicher, daß ich mich nicht im Tag oder in der Zeit geirrt hatte. Ich habe es immer aufgeschrieben, wenn wir uns verabredet hatten.«

»Und was war dann?«

»Ich wartete, aber er kam nicht. Ich stellte mich auf einen Tretschlitten, so daß ich durch ein Fenster schauen konnte. Ich dachte, er sei vielleicht krank. Aber das Haus war leer. Da fiel mir Abraham Andersson ein. Ich wußte, daß sie Kontakt hatten.«

Giuseppes Hand ging wieder in die Höhe. »Woher wußten Sie das?«

»Herbert Molin hatte es einmal gesagt. Ich kenne hier niemanden außer Elsa, hat er gesagt, und Abraham.«

»Und was passierte?«

»Ich dachte, daß ich dorthin fahren sollte. Ich wußte ja, wo er wohnte. Mein Mann hatte ihm einmal einen Bogen gemacht. Er ist jemand, der alles kann, mein Mann. Ich bin also dahin gefahren und habe geklopft. Es dauerte ziemlich lange, bis Abraham aufmachte.«

Sie hatte die Zigarette ausgedrückt und sofort eine neue angezündet. Stefan wurde von dem ganzen Rauch übel.

»Es war am Nachmittag«, fuhr sie fort. »Vielleicht drei Uhr. Er war noch nicht angezogen.«

»War er nackt?« fragte Giuseppe verwundert.

»Ich habe gesagt, er war nicht angezogen. Nicht daß er nackt gewesen ist. Wäre er nackt gewesen, hätte ich das gesagt. Soll ich erzählen, oder wollen Sie mich die ganze Zeit unterbrechen?«

»Ich nehme noch eine Zimtschnecke und halte den Mund«, sagte Giuseppe. »Also, machen Sie weiter.«

»Er hatte Hosen an, aber kein Hemd, und er war barfuß. Ich fragte, ob er wüßte, wo Herbert wäre. Er wußte es nicht. Dann machte er die Tür zu. Er wollte mich nicht reinlassen. Ich begriff natürlich, warum.«

»War er nicht allein?«

»Genau.«

»Woher konnten Sie das wissen? Haben Sie jemanden gesehen?«

»Nein, da nicht. Ich hatte es trotzdem begriffen. Ich ging zum Wagen zurück. Ich hatte ein Stück von der Einfahrt entfernt geparkt. Gerade als ich fahren wollte, sah ich, daß ein Auto hinter der Garage stand. Ich hatte sofort das Gefühl, daß es nicht Abrahams Auto war.«

»Warum?«

»Ich weiß es nicht, aber manchmal hat man Eingebungen. Geht Ihnen das nicht auch so?«

»Und was taten Sie dann?«

»Ich wollte gerade den Motor anlassen und fahren, als ich im Rückspiegel sah, wie jemand aus dem Haus kam. Es war eine Frau. Aber als sie bemerkte, daß ich noch da war, ging sie wieder hinein.«

Giuseppe ergriff die Plastiktüte mit dem Foto von Katrin Andersson. Er reichte es ihr. Sie ließ Asche auf das Bild fallen.

»Nein«, sagte sie, »das war sie nicht. Es war weit weg, und sich an jemanden zu erinnern, den man in einem Rückspiegel gesehen hat, ist auch nicht leicht, aber das war sie nicht.«

»Und wer könnte es Ihrer Meinung nach gewesen sein?«

Sie zögerte mit der Antwort. Giuseppe wiederholte seine Frage.

»Elsa Berggren. Aber ich kann es nicht mit Sicherheit sagen.«

»Warum nicht?«

»Es ging alles so schnell.«

»Sie hatten sie früher schon gesehen, und trotzdem konnten Sie sie nicht mit Sicherheit erkennen?«

»Ich sage es so, wie es ist. Es ging so schnell. Ich habe sie nur ein paar Sekunden gesehen. Sie kam raus, bemerkte den Wagen, fuhr zusammen und floh wieder ins Haus.«

»Sie wollte also nicht, daß jemand sie sah?«

Hanna Tunberg blickte ihn verwundert an. »Ist das so merkwürdig, wenn sie aus einem Haus kommt, in dem ein halbnackter Mann ist, mit dem sie nicht verheiratet ist?«

»Die Erinnerung funktioniert wie eine Kamera«, sagte Giuseppe. »Man sieht etwas, und das Bild bleibt im Innern des

Kopfes zurück. Um sich an etwas erinnern zu können, muß man es nicht lange gesehen haben.«

»Aber manche Fotos sind unscharf, oder?«

»Warum erzählen Sie es erst jetzt?«

»Es ist mir erst heute eingefallen. Mein Gedächtnis ist nicht mehr so gut. Aber ich dachte, daß es vielleicht wichtig sein könnte. Wenn es Elsa Berggren gewesen ist, dann hatte sie sowohl etwas mit Herbert als auch mit Abraham zu tun. Und wenn sie es nicht gewesen ist, war die Frau jedenfalls nicht seine Ehefrau.«

»Sie sind sich nicht sicher, daß es Elsa Berggren gewesen ist, aber Sie sind sich sicher, daß es nicht Katrin Andersson war?«

»Ja.«

Hanna Tunberg bekam einen weiteren Hustenanfall. Mit einer irritierten Bewegung drückte sie die Zigarette im Aschenbecher aus.

Dann rang sie schwer nach Atem, erhob sich halb vom Stuhl und stürzte vornüber auf den Tisch. Die Kaffeekanne fiel um. Giuseppe sprang auf, während Hanna Tunberg auf den Fußboden sackte.

Er drehte sie auf den Rücken. »Sie atmet nicht«, sagte Giuseppe. »Ruf einen Krankenwagen.«

Giuseppe gab ihr Mund-zu-Mund-Beatmung, während Stefan sein Handy herausholte.

Später sollte er sich an den Vorfall wie in Zeitlupe erinnern. Giuseppe, der versuchte, der Frau, die auf dem Boden lag, Leben einzuhauchen. Das dünne Rauchband, das von der Zigarette im Aschenbecher zur Decke aufstieg.

Es dauerte eine halbe Stunde, bis der Krankenwagen eintraf. Da hatte Giuseppe schon aufgegeben. Hanna Tunberg war tot. Er ging hinaus in die Küche und wusch sich den Mund. Stefan dachte, daß er schon oft tote Menschen gesehen hatte. Nach Verkehrsunfällen; Menschen, die Selbstmord begangen hatten oder ermordet worden waren. Aber es war ihm, als begriffe er erst jetzt, wie nah der Tod eigentlich überall war. Einen Augenblick zuvor hatte sie noch eine Zigarette in der Hand gehalten und eine Frage mit »Ja« beantwortet, im nächsten war sie tot.

Giuseppe ging hinaus auf den Hof und begrüßte die Leute im Krankenwagen.

»Es war eine Sache von Sekunden«, sagte er zu den Männern, die untersuchten, ob Hanna Tunberg wirklich tot war.

»Wir sollen eigentlich keine verstorbenen Personen im Krankenwagen befördern, aber wir können sie ja schlecht hier liegenlassen.«

»Zwei Polizisten sind Zeugen, daß sie eines natürlichen Todes gestorben ist. Ich werde dafür sorgen, daß ein Bericht angefertigt wird.«

Der Krankenwagen verschwand. Giuseppe sah Stefan an und schüttelte den Kopf. »Es ist nicht zu fassen, wie schnell es gehen kann. Obwohl man sich anderseits kaum einen besseren Tod wünschen kann.«

»Vorausgesetzt, er kommt nicht zu früh.«

Sie traten auf den Hof hinaus. Der Hund bellte. Es hatte begonnen zu regnen.

»Was hat sie gesagt? Daß ihr Mann rausgegangen ist?«

Stefan blickte sich um. Es stand kein Wagen auf dem Hof. Die Garagentüren waren offen. Die Garage war leer.

»Er ist wohl nur eine Runde gefahren.«

»Wir warten am besten. Wir können ja solange ins Haus gehen.«

Sie saßen schweigend da. Der Hund bellte. Dann verstummte auch er.

»Was tust du, wenn du eine Todesnachricht überbringen mußt?« fragte Giuseppe.

»Ich habe noch nie eine überbringen müssen. Ich bin dabeigewesen, aber es waren immer andere, die den eigentlichen Auftrag hatten.«

»Ein einziges Mal habe ich ernsthaft erwogen, meinen Beruf aufzugeben«, sagte Giuseppe. »Vor sieben Jahren. Zwei Schwestern, vier und fünf Jahre alt, hatten an einem Teich gespielt. Der Vater hatte sie ein paar Minuten allein gelassen. Wie es eigentlich passiert ist, haben wir nie richtig aufklären können. Aber sie sind beide ertrunken. Ich mußte, zusammen mit einem Pastor, zu der Mutter nach Hause fahren und ihr erzählen, was passiert war. Der Vater hatte einen Zusammenbruch erlitten. Er war mit den Kindern zum Spielen gegangen, damit die Mutter in Ruhe eine Geburtstagsfeier für die Fünfjährige vorbereiten konnte. Da hat nicht viel gefehlt, und ich hätte aufgegeben. Es ist sonst nie passiert. Weder vorher noch nachher.«

Das Schweigen wanderte zwischen ihnen hin und her. Stefan schaute auf den Teppich, auf dem Hanna Tunberg gestorben war. Das Strickzeug lag mit gespreizten Stricknadeln auf einem Tisch neben dem Stuhl. Giuseppes Handy klingelte. Beide fuhren zusammen. Giuseppe meldete sich. Der Regen schlug plötzlich gegen die Fenster. Giuseppes beendete das Gespräch, ohne viel gesagt zu haben.

»Es war der Krankenwagen. Sie haben Hannas Mann getroffen. Er ist mit ihnen gefahren. Wir brauchen hier nicht mehr zu warten.«

Keiner von ihnen bewegte sich.

»Wir werden es nie wissen«, sagte Giuseppe. »Eine Zeugin tritt auf und ist bereit, über die Grenze zu gehen und eine Aussage zu machen. Jetzt bleibt nur die Frage: Hat sie die Wahrheit gesagt?«

»Warum sollte sie es nicht getan haben?«

Giuseppe stand am Fenster und sah in den Regen hinaus. »Ich weiß nichts über Borås, außer daß es eine Stadt ist. Sveg hingegen ist eine sehr kleine Ortschaft mit ein paar tausend Einwohnern. In ganz Härjedalen leben weniger Menschen als in einem Vorort von Stockholm. Das bedeutet, daß es schwerer ist, Geheimnisse zu haben.«

Giuseppe kam vom Fenster zurück und setzte sich auf den Stuhl, auf dem Hanna Tunberg ihre letzte Zigarette geraucht hatte. Er stand schnell wieder auf und blieb stehen. »Ich hätte es sagen sollen, bevor wir hierhergekommen sind. Ich glaube, es war einfach so, daß ich vergessen hatte, daß du nicht von hier bist. Es ist wie mit Engeln und ihrem Glorienschein. Alle haben kleine Ringe von Gerüchten um sich. Hanna Tunberg war da keine Ausnahme.«

»Ich verstehe nicht richtig, was du meinst.«

Giuseppe starrte düster auf den Teppich. »Man soll nicht schlecht von den Toten reden. Was ist falsch daran, neugierig zu sein? Das sind die meisten. Polizeiarbeit baut auf Tatsachen und Neugier auf.«

»Sie ist also eine Klatschtante gewesen.«

»Das hat Erik mir erzählt. Und er weiß immer, wovon er redet. Das hatte ich die ganze Zeit über im Kopf, als sie erzählte. Hätte sie fünf Minuten länger gelebt, hätte ich sie fragen können. Jetzt geht es nicht mehr.«

Giuseppe kehrte ans Fenster zurück. »Wir könnten ein Experiment machen«, fuhr er fort. »Wir stellen einen Wagen an die Stelle, an der sie angeblich geparkt hat. Dann bitten wir jemanden, in den Rückspiegel zu sehen, und einen zweiten, aus Abraham Anderssons Haus herauszukommen, bis drei zu zählen und wieder hineinzugehen. Eins kann ich dir schon jetzt versprechen: Entweder sieht man ganz deutlich, wer dort vor der Tür steht, oder man sieht gar nichts.«

»Sie hat also gelogen?«

»Ja und nein. Sie hat nicht direkt gelogen. Ich vermute, daß sie entweder eine Frau hinter Abraham Anderssons Rücken gesehen hat, als er die Tür öffnete, oder daß sie heimlich durch ein Fenster geguckt hat. Aber was von beidem zutrifft, werden wir nie erfahren.«

»Der Inhalt war demnach richtig?«

»Ich denke schon. Sie wollte etwas sagen, was ihrer Meinung nach wichtig sein konnte, obwohl sie nicht erzählen wollte, wie sie es erfahren hat.«

Giuseppe seufzte. »Ich glaube, ich bekomme eine Erkältung. Mir tut der Hals weh. In ein paar Stunden habe ich Kopfschmerzen. Fahren wir?«

»Nur eine Frage«, sagte Stefan, »genauer gesagt, zwei. Was bedeutet es, wenn Hanna Tunberg wirklich Elsa Berggren gesehen hat? Und wenn sie es nicht war, wer war es dann? Und was bedeutet das für uns?«

»Das sind schon drei Fragen«, erwiderte Giuseppe. »Und alle sind wichtig. Aber wir können auf keine von ihnen antworten. Jedenfalls noch nicht.«

Sie eilten durch den Regen zum Wagen. Der Hund hatte sich

in seine Hütte zurückgezogen und beobachtete stumm ihre Abfahrt. Es war der zweite finstere Hund, den Stefan in kurzer Zeit gesehen hatte. Er fragte sich, was der Hund von dem, was geschehen war, begriffen haben mochte.

Kurz bevor sie auf die Hauptstraße einbogen, bremste Giuseppe und hielt an. »Ich muß Rundström anrufen. Aber ich vermute, daß sich der Nebel noch nicht gelichtet hat. Außerdem habe ich heute morgen im Radio gehört, daß es Sturm geben soll.«

Er wählte die Nummer. Stefan versuchte an Elena zu denken, aber er sah Hanna Tunberg vor sich, wie sie nach Luft rang und mit einem zischenden Laut vornübergefallen war.

Rundström hatte sich gemeldet. Giuseppe erzählte von Hanna Tunbergs Tod. Dann stellte er Fragen. Über den Nebel. Den Hund. Den Mann im Gebirge.

Das Gespräch war kurz. Giuseppe legte das Handy hin und betastete seinen Hals. »Bei jeder Erkältung denkt man, sie ist tödlich. Es ist nicht einmal eine Stunde vergangen, seit Hanna Tunberg vor unseren Augen gestorben ist. Und trotzdem mache ich mir Sorgen wegen meiner Erkältung.«

»Warum sollte man sich um einen Menschen Sorgen machen, der bereits gestorben ist?«

Giuseppe sah ihn an. »Ich denke nicht an sie«, sagte er. »Ich denke an meinen eigenen Tod. Den einzigen, der für mich wirklich von Interesse ist.«

Stefan hämmerte mit der Faust gegen das Wagendach. Woher der Ausbruch gekommen war, wußte er nicht. »Du sitzt da und jammerst über deine Erkältung, während ich vielleicht bald sterbe.«

Er riß die Wagentür auf und lief in den Regen hinaus.

Giuseppe öffnete seine Tür. »Tut mir leid. Das war gedankenlos.«

Stefan verzog das Gesicht. »Ist das nicht völlig egal? Krebs oder Erkältung?«

Er setzte sich wieder in den Wagen und starrte durch die nasse Windschutzscheibe. Die Bäume bewegten sich träge. Er hatte Tränen in den Augen. Der Schleier war in seinen Augen, nicht auf der Windschutzscheibe.

Sie fuhren zurück nach Sveg. Stefan lehnte den Kopf an die Seitenscheibe. Versuchte die Bäume zu zählen. Gab es auf. Fing wieder von vorn an. Da war Elena. Und Veronica. Wo er sich selbst befand, wußte er nicht.

Um halb eins hielten sie vor dem Hotel. Giuseppe sagte, er habe Hunger. Der Regen trommelte aufs Wagendach. Sie hasteten mit über die Köpfe gezogenen Jacken in die Rezeption.

Das Mädchen in der Rezeption stand auf. »Sie sollen Erik Johansson anrufen«, sagte sie. »Er hat versucht, Sie zu erreichen. Es eilt.«

Giuseppe nahm sein Handy aus der Tasche und fluchte. Es war ausgeschaltet. Er schaltete es ein und setzte sich auf ein Sofa. Stefan blätterte in einer Broschüre, die auf dem Tresen lag. »Alte Sennenwirtschaft in Härjedalen«. Immer noch hatte er das Bild der sterbenden Hanna Tunberg vor Augen. Das Mädchen in der Rezeption suchte in einer Mappe nach einem Papier. Giuseppe telefonierte mit Erik Johansson.

Stefan dachte, daß er in erster Linie Lust hatte zu onanieren. Als einzige Möglichkeit, die vergangene Nacht und den Betrug an Elena zu beschließen.

Giuseppe stand auf.

Stefan merkte sofort, daß ihn das Telefonat beunruhigt hatte. »Ist etwas passiert?«

Das Mädchen an der Rezeption betrachtete sie neugierig.

Stefan entdeckte plötzlich, daß der Computer, an dem sie arbeitete, das gleiche Modell war, das Veronica Molin in ihrem Zimmer hatte.

Giuseppe zog Stefan mit in den leeren Speisesaal. »Vielleicht hat der Mann im Gebirge einen Weg durch den Nebel gefunden, der nicht überwacht worden ist. Dann muß er irgendwo an der Straße einen anderen Wagen gestohlen haben.«

Stefan verstand nicht.

»Erik ist gerade zu Hause gewesen, um zu essen«, fuhr Giuseppe fort, »und hat entdeckt, daß bei ihm eingebrochen worden ist. Es fehlen eine Pistole und ein Gewehr. Einschließlich Munition und Zielfernrohr. Es muß heute passiert sein. Früh am Morgen.«

Giuseppe befingerte erneut seinen Hals. »Natürlich kann es auch jemand anders gewesen sein. Aber der Mann aus Argentinien hält sich immer noch hier in der Gegend auf. Er bedroht Elsa Berggren. Er will etwas, ohne daß wir verstehen, was. Ein solcher Mann sieht vielleicht plötzlich ein, daß er wieder eine Waffe braucht. Wenn er klug ist, hat er die anderen verschwinden lassen. Und wer besitzt Waffen? Ein Polizist.«

»Dann muß er gewußt haben, daß Erik Johansson Erik Johansson heißt und Polizist ist. Und wo er wohnt. Wie hat er das herausfinden können? Und wann?«

»Ich weiß es nicht. Aber ich glaube, es ist an der Zeit zurückzugehen. Irgendwo haben wir etwas gesehen, was wir nicht begriffen haben.«

Giuseppe biß sich auf die Lippe. »Wir haben angefangen, nach einem Täter zu suchen, der uns glauben machen wollte, daß es sich eigentlich um zwei Täter handelt. Jetzt frage ich mich, ob es nicht trotz allem ein und dieselbe Person ist, die ihren Schatten losgelassen hat, um uns in eine falsche Richtung zu locken.«

28

Um Viertel nach zwei hatten sie sich in Erik Johanssons Büro versammelt. Stefan wollte eigentlich nicht mitgehen, aber Giuseppe hatte darauf bestanden. Erik Johansson war müde und verärgert, als er sich auf seinen Stuhl fallen ließ. Doch vor allen Dingen war er besorgt. Stefan hatte sich hinter den anderen an die Wand gesetzt. Das Regenwetter war abgezogen. Die tiefstehende Sonne leuchtete durchs offene Fenster. Erik Johansson hatte den Lautsprecher des Telefons eingeschaltet, so daß Rundströms Stimme trotz der schlechten Verbindung gut zu hören war. Der Nebel über dem Gebirge im nordwestlichen Härjedalen war nicht abgezogen.

»Wir treten hier auf der Stelle«, rief er aus dem Lautsprecher.

»Und die Straßensperren?« fragte Erik Johansson.

»Die stehen noch. Ein norwegischer Promillefahrer ist vor Schreck in den Straßengraben gefahren, als er die Polizisten gesehen hat. Er hatte übrigens ein Zebrafell im Wagen.«

»Warum?«

»Woher soll ich das wissen? Ich hätte noch verstanden, wenn es ein Bärenfell gewesen wäre. Aber ich habe nicht gewußt, daß es in Härjedalen Zebras gibt.«

Die Verbindung wurde unterbrochen und war dann wieder da.

»Ich hab eine Frage wegen des Waffendiebstahls«, rief Rundström. »Ich weiß, was für Waffentypen und wie viele, aber die Munition?«

»Zwei Magazine für die Pistole und zwölf Schuß für das Mausergewehr.«

»Das gefällt mir überhaupt nicht«, sagte Rundström. »Habt ihr keine Spuren?«

Seine Stimme kam und ging in Wellen.

»Das Haus stand leer«, sagte Erik Johansson. »Meine Frau ist in Järvsö zu Besuch bei unserer Tochter. Ich habe keine Nachbarn. Der Waffenschrank ist aufgebrochen worden.«

»Keine Fingerabdrücke? Keine Fußspuren? Keiner, der einen Wagen gesehen hat?«

»Nein, nichts.«

»Der Wetterdienst behauptet, daß sich der Nebel lichten wird, aber bald geht die Sonne unter. Wir überlegen, was wir weiter tun sollen. Wenn es unser Mann gewesen ist, der die Waffen gestohlen hat, ist es kaum sinnvoll, hierzubleiben. Dann ist er ja rausgekommen.«

Guiseppe beugte sich zum Telefon hin. »Hier ist Giuseppe. Ich finde, es ist zu früh, sich zurückzuziehen. Es muß schließlich nicht er gewesen sein, der bei Erik eingebrochen ist. Ich habe eine Frage. Wissen wir etwas darüber, was dieser Hereira an Nahrungsmitteln bei sich hat?«

»Frostmann hat behauptet, er hätte nichts Besonderes in der Speisekammer gehabt. Konserven oder so. Aber sicher war er sich nicht. Die Kühltruhe soll voll sein. Es hätte sich gelohnt, sie anzulassen, bei all den Beeren und dem Elchfleisch, das er von guten Freunden bekommen hat.«

»Einen Elchbraten kannst du kaum auf einem Campingkocher zubereiten. Früher oder später muß er in bewohntes Gebiet herunterkommen, um sich Nahrung zu beschaffen.«

»Wir haben die Gebirgshütten abgeklappert. In einer davon, sie heißt Högvreten, wohnt ein einsamer Alter. Er heißt Hudin. Wir haben ein paar Leute zur Bewachung dagelassen. Sie sagen, der Alte wäre fünfundneunzig und nicht besonders ängstlich. Ansonsten gibt es nur Wochenendhütten. Man kann nicht gerade sagen, daß es hier übervölkert ist.«

»Noch etwas?«

»Im Moment nicht.«

»Dann erst mal vielen Dank.«

Rundströms Stimme verschwand in einem Rauschen. Erik Johansson schaltete das Telefon aus.

»Frostengren«, sagte einer der Polizeibeamten. »Hieß er nicht so? Doch nicht Frostmann.«

»Rundström hat es nicht so mit Namen«, antwortete Giuseppe leicht genervt. »Jetzt laßt uns mit der Besprechung beginnen. Jemand hier, der Stefan Lindman noch nicht getroffen hat? Ein Kollege aus Borås, der mit Herbert Molin zusammengearbeitet hat.«

Stefan kannte alle Gesichter. Er fragte sich plötzlich, was sie sagen würden, wenn er aufstehen und erzählen würde, daß er in ein paar Tagen eine Strahlenbehandlung beginnen sollte. Aber natürlich sagte er nichts.

Es mußte ein Wust von Details und Berichten sortiert werden. Giuseppe trieb sie an. Sie durften sich nicht mit unnötigen Kleinigkeiten aufhalten. Gleichzeitig mußte er entscheiden, was wichtig war und was warten konnte. Stefan versuchte zuzuhören, merkte aber, daß sich sein Kopf mit Bildern von Frauen füllte. Hanna Tunberg, die aus dem Stuhl hochgekommen und dann vornüber auf den Tisch gestürzt war. Veronica Molins Hand und ihr im Schlaf unbeweglicher Rücken. Und Elena. Vor allem Elena. Er schämte sich dafür, daß er sie vor Veronica Molin verleugnet hatte.

Er schob die Gedanken fort und versuchte sich darauf zu konzentrieren, was am Tisch gesagt wurde.

Sie sprachen über die Waffen, die bei der Ermordung Herbert Molins benutzt worden waren. Irgendwoher mußten sie gekommen sein. Weil sie annehmen konnten, daß Hereira aus dem Ausland nach Schweden eingereist war, mußten sie auch davon ausgehen, daß er sich die Waffen in Schweden beschafft hatte. Giuseppe hatte eine Liste mit den Waffendiebstählen der letzten Monate vor sich. Er ging sie durch und legte sie zur Seite. Keine schwedische Grenzkontrolle besaß irgendeine Information darüber, ob ein Mann namens Fernando Hereira aus Argentinien die Grenze überquert hatte.

»Nun liegt es bei Interpol«, sagte Giuseppe. »Nach dem, was ich von früher her weiß, kann es schwierig sein, mit südamerikanischen Ländern zu tun zu haben. Vor ein paar Jahren ist ein Mädchen aus Järpen in Rio de Janeiro verschwunden. Es war die reinste Hölle, irgendwelche Informationen von der brasilianischen Polizei zu erhalten. Gott sei Dank ist sie von selbst wiedergekommen. Sie hatte sich in einen Indianer verliebt und eine Zeitlang irgendwo im Amazonasgebiet gelebt. Aber die

Verliebtheit ging vorüber. Jetzt ist sie Grundschullehrerin und mit einem Mann verheiratet, der im Reisebüro in Östersund arbeitet. Angeblich hat sie das Haus voller Papageien.«

Eine gewisse Heiterkeit breitete sich im Raum aus. Giuseppe hob die Hand. »Wir können nur hoffen, daß ein geeigneter Fernando Hereira auftaucht.«

Neue Papiere wurden zur Seite gelegt. Es gab eine vorläufige Skizze von Abraham Anderssons Leben, die bei weitem noch nicht vollständig war. Bisher hatten sie nichts gefunden, was ihn mit Herbert Molin verbunden hätte. Nach Hanna Tunbergs Aussage mußten sie so schnell wie möglich mehr Leute darauf ansetzen, in Anderssons Vergangenheit zu graben. Darin waren sich alle einig.

Stefan sah, wie Giuseppe mit seiner Ungeduld kämpfte. Er weiß, daß er in dem Moment ein schlechter Polizist wird, in dem er seine Ruhe verliert, dachte Stefan. Sie hielten sich eine Weile bei Hanna Tunberg auf.

Erik Johansson erzählte, daß sie eine Mitbegründerin von Svegs Curlingclub gewesen sei, der inzwischen sogar auf internationaler Ebene erfolgreich war. »Sie waren oben im Park am Bahnhof zugange. Ich weiß noch, wie sie, wenn es im Herbst kalt genug geworden war, mit dem Wasserschlauch dagestanden und gespritzt hat, damit es ordentliches Eis gab.«

»Und jetzt ist sie tot«, sagte Giuseppe. »Ich kann euch versichern, daß es ein gräßliches Erlebnis war.«

»Woran lag es?« fragte einer der Polizisten, der bisher geschwiegen hatte.

Stefan erinnerte sich, daß er aus Hede kam.

Giuseppe zuckte mit den Schultern. »Schlaganfall. Vielleicht ein Blutgerinnsel im Gehirn. Oder das Herz. Sie war Kettenraucherin. Das letzte, was sie vor ihrem Tod getan hat, war, daß sie uns etwas über Elsa Berggren erzählt hat. Sie glaubte, sie einmal im Frühjahr in Abraham Anderssons Haus gesehen zu haben. Hanna Tunberg war ehrlich genug, darauf hinzuweisen, daß sie sich nicht sicher war. Aber wenn sie recht gehabt hat, bedeutet das zumindest zwei Dinge. Erstens hat es eine Verbindung zwischen Andersson und Molin gegeben, und zweitens ist diese Verbindung eine Frau gewesen. Außerdem sollten wir bedenken, daß Elsa Berggren bisher verneint hat, Abraham Andersson mehr als flüchtig gekannt zu haben.«

Giuseppe griff nach einer Mappe und suchte ein Papier. »Katrin Andersson, Abrahams Witwe, hat bei einer Vernehmung durch die Polizei in Helsingborg gesagt, daß sie den Namen Elsa Berggren nie gehört hat. Sie behauptet, ein gutes Namengedächtnis zu haben, und ihr Mann habe nie, ich zitiere, ›irgendwelche Geheimnisse vor mir gehabt‹.«

Giuseppe schlug die Mappe mit einem Knall zu. »Vielleicht wird sich zeigen, daß diese Behauptung ein wenig relativiert werden muß. Den Spruch hat man ja schon oft gehört.«

»Wir sollten auf jeden Fall vorsichtig vorgehen«, sagte Erik Johansson. »Hanna hat bestimmt viele gute Seiten gehabt. Aber sie stand auch in dem Ruf, neugierig zu sein. Solche Leute wissen manchmal nicht genau, wie sie zwischen Wahrem und Erfundenem unterscheiden sollen.«

»Was meinst du damit?« unterbrach Giuseppe ihn gereizt. »Sollen wir ihre Aussage ernst nehmen oder nicht?«

»Wir sollten vielleicht nicht zu sicher sein, daß es Elsa Berggren gewesen ist, die sie vor Abraham Anderssons Haustür gesehen haben will.«

»Wenn es denn überhaupt so gewesen ist«, sagte Giuseppe. »Ich glaube eher, daß sie durch ein Fenster geguckt hat.«

»Dann hätte der Hund gebellt.«

Giuseppe zog ungeduldig eine andere Mappe heran. Er suchte nach etwas, ohne es zu finden. »Irgendwo habe ich doch gelesen, daß Abraham Andersson nach dem Mord an Molin gesagt hat, er würde den Hund manchmal mit ins Haus nehmen. Es kann doch eine solche Gelegenheit gewesen sein. Obwohl ich zugebe, daß viele Wachhunde bellen, wenn sie im Haus sind und auf dem Hof etwas hören.«

»Als ich dort war, hat er als Wachhund nicht gerade den wachsamsten Eindruck gemacht«, sagte Stefan. »Es war auch eher ein Jagdhund.«

Erik Johansson zweifelte immer noch. »Gibt es etwas, was die beiden miteinander verbindet? Daß Elsa und Molin Nazis waren, wissen wir jetzt. Wenn wir dem, was bisher ans Tageslicht gekommen ist, glauben können, war das ihre Gemeinsamkeit. Zwei Idioten, aber ungefährlich. Ist Andersson auch Nazi gewesen?«

»Er war Mitglied in der Zentrumspartei«, erwiderte Giuseppe sarkastisch. »Vorübergehend hat er sogar in Helsingborg im Gemeinderat gesessen. Obwohl er seine kommunalen Ämter nach einem Streit über die finanziellen Zuschüsse für das Sinfonieorchester niederlegte, hat er die Zentrumspartei nicht verlassen. Wir können nicht nur mit Sicherheit davon ausgehen, daß Abraham Andersson ein Mann gewesen ist, der keinerlei Verbindung zu der widerwärtigen politischen Bewegung hatte, die wir Neonazismus nennen, wir können im Gegenteil davon ausgehen, daß er sich eindeutig davon distanziert hat. Man kann sich fragen, was er wohl gedacht hätte, wenn er erkannt hätte, daß sein Nachbar ein ehemaliges Mitglied der Waffen-SS war.«

»Vielleicht hat er es gewußt«, hörte Stefan sich sagen.

Giuseppe sah ihn an. Es war still im Raum. »Noch mal.«

»Ich meine nur, daß man dieses Argument ja auch umdrehen kann. Wenn Abraham Andersson entdeckt haben sollte, daß sein Nachbar Herbert Molin und vielleicht auch Elsa Berggren Nazis waren, dann eröffnet das die Möglichkeit auf ein tatsächlich existierendes Verbindungsglied.«

»Und was sollte das gewesen sein?«

»Ich weiß es nicht. Aber Molin hat sich im Wald versteckt. Er wollte um jeden Preis, daß seine Vergangenheit weiterhin ein gut gehütetes Geheimnis blieb.«

»Meinst du, daß Andersson gedroht haben könnte, ihn zu entlarven?«

»Man kann sich sogar Erpressung vorstellen. Herbert Molin hat alles getan, um sich zu verstecken, seine Vergangenheit zu verbergen. Er hat vor etwas Angst gehabt. Vermutlich vor einer Person, aber vielleicht auch vor mehreren. Wenn nun Abraham Andersson sein Geheimnis erkannt haben sollte, drohte vielleicht sein gesamtes Dasein einzustürzen. Elsa Berggren hatte ihm das Haus beschafft. Nun entstand plötzlich eine Situation, in der er wieder ihre Hilfe brauchte.«

Giuseppe schüttelte zweifelnd den Kopf. »Aber paßt das zusammen? Wäre Abraham Andersson vor Herbert Molin getötet worden, könnte ich es verstehen. Aber nicht nachdem Molin schon tot war.«

»Vielleicht ist Andersson die Person gewesen, die dem Mörder geholfen hat, Molin zu finden, und dann ist irgend etwas schiefgegangen. Es gibt noch eine weitere Möglichkeit. Elsa Berggren hat Abraham auf irgendeine Weise verantwortlich gehalten für das, was mit Molin geschehen ist, und sie hat sich gerächt.«

Erik Johansson protestierte. »Das kann nicht stimmen. Wie sollte Elsa, eine Frau über Siebzig, Abraham Andersson in den Wald hinausgezogen, ihn an einen Baum gebunden und erschossen haben? Das kann nicht sein. Waffen besitzt sie auch nicht.«

»Waffen lassen sich bekanntlich stehlen«, sagte Giuseppe kalt.

»Ich kann mir Elsa nicht als Mörderin vorstellen.«

»Das kann keiner von uns. Aber wir wissen alle, daß die äußerlich friedlichsten Menschen grobe Gewaltverbrechen begehen können.«

Erik Johansson schwieg.

»Was Stefan sagt, ist natürlich bedenkenswert«, fuhr Giuseppe fort. »Aber wir sollten nicht so viel spekulieren. Statt dessen sollten wir mehr Fakten sammeln. Wir müssen zum Beispiel herausfinden, was man im Rückspiegel eines Wagens sehen kann, der an der Stelle geparkt ist, die Hanna Tunberg angegeben hat. Es ist selbstverständlich, daß wir uns auf Elsa Berggren konzentrieren, ohne alles andere fallenzulassen. Jeder in diesem Raum wird mir zustimmen, daß es lange dauern kann, das, was hier in den Wäldern passiert ist, aufzuklären. Aber das bedeutet nicht, daß es länger als notwendig dauern muß. Wenn wir Glück haben, gelingt es uns, diesen Mann, der oben im Fjäll war, zu fassen und zu erfahren, daß er nicht nur Molin, sondern auch Andersson getötet hat.«

Bevor sie ihre Besprechung beendeten, riefen sie noch einmal Rundström an.

Der Nebel war immer noch so dicht wie zuvor.

Es wurde vier Uhr. Die Polizisten verschwanden in verschiedene Richtungen. Nur Giuseppe und Stefan blieben im Büro sitzen. Die Sonne war untergegangen.

Giuseppe gähnte. Plötzlich lachte er schallend los. »Du hast bei deinen Streifzügen durch Sveg nicht zufällig eine Bowlingbahn gesehen? Das ist genau das, was wir jetzt nötig hätten.«

»Ich habe nicht mal ein Kino gefunden.«

Giuseppe zeigte zum Fenster. »Im Folkets Hus zeigen sie Filme. Im Moment läuft ›Fucking Åmål‹. Der ist gut. Meine Tochter hat mich gezwungen, ihn mir anzusehen.«

Giuseppe setzte sich hinter den Schreibtisch. »Daß Erik außer sich ist, kann ich verstehen. Es ist nicht gut, wenn einem Polizisten seine Waffen gestohlen werden. Ich vermute außerdem, daß Erik vergessen hat, die Haustür abzuschließen. Das ist hier auf dem Land ziemlich normal. Oder vielleicht hat er ein Fenster aufgelassen. Er ist ziemlich schweigsam in bezug auf die Frage, wie der Dieb ins Haus gekommen ist.«

»Hat er nicht etwas von einem zerschlagenen Fenster gesagt?«

»Schlimmstenfalls kann er es selbst kaputtgemacht haben. Es ist auch nicht sicher, daß der Waffenkauf ordnungsgemäß vonstatten gegangen ist. Außerdem gibt es hierzulande viele Waffen, die nicht so aufbewahrt werden, wie es das Gesetz verlangt. Vor allem Jagdwaffen.«

Stefan öffnete ein Mineralwasser, das auf dem Tisch stand. Merkte, daß Giuseppes Blick ihm folgte. »Und, wie geht es dir?«

»Ich weiß es nicht. Ich nehme an, daß ich bedeutend mehr Angst habe, als ich mir eingestehe.« Er stellte die Flasche auf den Tisch. »Ich möchte lieber nicht darüber reden. Mich interessiert mehr, wie es hier weitergeht.«

»Ich denke, ich werde den Abend hier im Büro verbringen. Noch einmal ein paar Unterlagen durchgehen. Ich finde übrigens, daß unsere Diskussion heute eine Reihe neuer Ansatzmöglichkeiten eröffnet hat. Elsa Berggren bereitet mir Kummer. Ich kann sie nicht einordnen. Wenn Hanna Tunberg wirklich gesehen hat, was sie zu sehen behauptete, was bedeutet das? Erik hat schon recht damit, nach hinten auszutreten. Es ist schwer vorstellbar, daß eine Frau um die Siebzig einen Mann in den Wald zerrt, ihn an einen Baum fesselt und hinrichtet.«

»Wir hatten einmal einen alten Kriminalbeamten in Borås, er hieß Fredlund«, sagte Stefan. »Er war ungehobelt, aufbrausend und langsam, aber ein glänzender Ermittler. Einmal, als er ungewöhnlich guter Laune war, hat er etwas gesagt, was ich nie vergesse. Man bewegt sich mit einer Lampe in der Hand. Damit man sieht, wohin man seine Füße setzt, richtet man sie direkt vor sich. Doch dann und wann sollte man auch zur Seite leuchten, damit man weiß, wohin man seine Füße *nicht* setzt.«

»Was passiert, wenn du diese Deutung auf unsere Situation anwendest? Ich habe heute viel zuviel geredet. Ich muß zuhören.«

»Kann es ein Bindeglied zwischen dem Mann im Fjäll und Elsa Berggren geben? Es muß schließlich nicht stimmen, was sie gesagt hat. Daß sie überfallen wurde. Mir fällt gerade ein, daß es meine Gegenwart gewesen sein kann, die das Ganze ausgelöst hat. Das ist die erste Frage: Besteht zwischen Hereira und ihr eine Verbindung? Die zweite Frage führt in eine andere Richtung: Existiert in diesem Zusammenhang eine weitere Person? Irgend jemand in den Wäldern, den wir noch nicht identifiziert haben?«

»Jemand, der Elsa Berggrens und Herbert Molins Auffassungen teilt? Denkst du an eine Art neonazistisches Netzwerk?«

»Wir wissen doch, daß es so was gibt.«

»Hereira kommt also her und tanzt mit Herbert Molin Tango. Das löst eine Reihe von Ereignissen aus. Unter anderem, daß Elsa Berggren zu der Ansicht gelangt, Abraham Andersson müsse sterben. Daraufhin zieht sie eine geeignete Person aus ihrem braunen Netzwerk hinzu, die das Ganze erledigt. Stellst du es dir ungefähr so vor?«

»Es kommt mir selbst ziemlich unwahrscheinlich vor.«

»So unwahrscheinlich nun auch wieder nicht«, sagte Giuseppe. »Ich werde es im Kopf behalten, wenn ich mich heute abend durch die Aktenordner quäle.«

Stefan ging zurück zum Hotel. In Veronica Molins Zimmer war es dunkel. Das Mädchen in der Rezeption saß über seinen neuen Computer gebeugt. »Wie lange bleiben Sie?« fragte sie.

»Bis Mittwoch. Geht das?«

»Es wird erst gegen Ende der Woche voll.«

»Testfahrer?«

»Eine Gruppe Orientierungsläufer aus Lettland ist auf dem Weg hierher, um ein Trainingslager einzurichten.«

Stefan nahm den Schlüssel. »Gibt es in Sveg eine Bowlingbahn?«

»Nein«, sagte sie verwundert.

»Ich hab nur so gefragt.«

Als er in sein Zimmer kam, legte er sich aufs Bett. Irgend etwas war mit Hanna Tunberg, dachte er. Etwas mit ihrem Tod. Er begann sich zu erinnern. Die Bilder in seinem Kopf waren unscharf und ließen sich nur schwer greifen. Er brauchte einige Zeit, um sie zu deuten und in einen Zusammenhang zu bringen.

Er war fünf oder sechs Jahre alt. Wo sich seine Schwestern oder die Mutter aufhielten, wußte er nicht. Er war mit seinem Vater allein zu Hause. In seiner Erinnerung war es Abend. Er spielte mit einem Auto auf dem Fußboden. Im Wohnzimmer. Hinter dem roten Sofa. Das Auto war aus Holz. Es war gelb und blau mit einem roten Ralleystreifen. Seine Augen konzentrierten sich auf die unsichtbare Straße, die er für den Wagen auf den Teppich gezeichnet hatte. Sein Gehör registrierte das Rascheln von Zeitungspapier. Ein freundliches Geräusch, jedoch nicht völlig ungefährlich. Es konnte vorkommen, daß sein Vater etwas las, was ihn aufregte. Dann wurde die Zeitung in Stücke gerissen. »Diese verdammten Sozialisten«, sagte sein Vater. Und dann ging die Zeitung kaputt. Es war wie mit den Blättern an einem Baum. Sie konnten wie Zeitungspapier rascheln. Dann kam ein Sturm, und der Baum ging kaputt. Oder die Zeitung. Er fuhr mit dem Auto eine

Straße entlang, die sich an einer steilen Bergwand entlangschlängelte. Es konnte schlecht ausgehen. Er wußte, daß sein Vater in dem dunkelgrünen Sessel am offenen Kamin saß. Nach einer Weile würde er die Zeitung sinken lassen und fragen, was Stefan machte. Nicht freundlich, nicht einmal interessiert. Nur eine Frage, um zu kontrollieren, ob alles seine Richtigkeit hatte.

Aber plötzlich hörte das Rascheln auf. Es war ein Stöhnen zu hören und ein Plumps. Der Wagen blieb stehen. Ein Hinterreifen war geplatzt. Er war gezwungen, ganz vorsichtig vom Fahrersitz herauszukriechen, damit das Auto nicht in die Schlucht stürzte.

Vorsichtig stand Stefan auf und guckte über die Sofakante. Sein Vater war gefallen und lag auf dem Fußboden. Die Zeitung hielt er noch in der Hand. Er stöhnte. Vorsichtig trat Stefan näher. Um nicht ganz wehrlos zu sein, nahm er das Auto mit. Er ließ es nicht los. Wenn es nötig würde, könnte er damit fliehen. Sein Vater sah ihn mit angsterfüllten Augen an. Seine Lippen waren blau. Sie bewegten sich, formten Wörter: »Ich will nicht so sterben. Ich will aufrecht sterben wie ein Mann.« Die Erinnerung verblaßte. Er befand sich nicht mehr in dem Bild, er stand außerhalb. Was war danach geschehen? Er erinnerte sich an seine Angst. Das Auto in seiner Hand. Die blauen Lippen seines Vaters. Dann war seine Mutter durch die Tür gekommen. Die Schwestern waren sicher auch dabeigewesen, aber an sie erinnerte er sich nicht. Es waren nur er selbst, sein Vater und seine Mutter gewesen. Und ein Auto mit roten Ralleystreifen. Jetzt konnte er sich an die Marke erinnern. »Brio«. Ein Spielzeugauto von Brio. Sie machten bessere Spielzeugeisenbahnen als Autos. Aber weil er das Auto von seinem Vater bekommen hatte, liebte er es. Es war wichtig, was er von seinem Vater bekam. Am liebsten hätte er einen Zug bekommen, aber das Auto hatte rote Ralleystreifen, und jetzt hing es am Rande einer Schlucht.

Seine Mutter hatte ihn weggerissen. Aufgeschrien. Dann war alles nur noch undeutlich. Ein Krankenwagen. Sein Vater in einem Krankenbett. Die Lippen weniger blau. Ein paar Worte, die jemand mehrfach wiederholt haben mußte, sonst würde er sich nicht an sie erinnern. »Ein leichter Schlaganfall. Sehr leicht.«

Woran er sich jetzt deutlich erinnerte, waren die Worte, die sein Vater zu ihm gesagt hatte. »Ich will nicht so sterben. Ich will aufrecht sterben wie ein Mann.«

Wie ein Soldat in Hitlers Wehrmacht, dachte Stefan. Marschierend für ein Viertes Reich, das nicht auf die gleiche Weise zerschlagen werden könnte wie das Dritte.

Er nahm seine Jacke und verließ das Zimmer. Irgendwo zwischen all den Erinnerungen hatte er eine Weile geschlafen. Es war schon neun Uhr. Er ging hinaus. Wollte auf einmal nicht im Hotel essen. Unten an der Brücke, neben einer Tankstelle, gab es einen Wurststand. Mit zwei Bedienungsluken. Er aß Kartoffelmus, zwei nur halb durchgebratene Würstchen und hörte den Kommentaren zweier Teenager über einen Wagen zu, der davor geparkt war. Während er sich fragte, was Giuseppe gerade tat, ging er weiter. Ob er immer noch über seinen Aktenordnern saß? Und Elena? Das Handy hatte er im Hotel gelassen.

Er ging durch die kaum beleuchtete Ortschaft. Die Kirche und die verstreuten Geschäfte, leere Lokale, die darauf warteten, daß jemand sie aufsuchte. Als er zum Hotel zurückkam, blieb er vor dem Eingang stehen. Er konnte sehen, daß sich das Mädchen an der Rezeption gerade fertig machte, um nach Hause zu gehen. Er ging zurück auf die Straße, zur Vorderseite des Hotels. In Veronica Molins Zimmer brannte Licht. Die Gardinen waren vorgezogen, aber in der Mitte war ein Spalt geblieben. Er glitt ins Dunkel. Das Mädchen aus der Rezeption verschwand die Straße hinunter. Er fragte sich, warum sie damals geweint hatte. Ein Wagen fuhr vorüber. Dann stellte er sich vorsichtig auf die Zehenspitzen, um durch den Spalt hineinsehen zu können.

Sie war in etwas Dunkelblaues gekleidet, vielleicht einen Seidenpyjama. Sie saß mit dem Rücken zu ihm vor ihrem Laptop. Er konnte nicht sehen, was sie tat. Er wollte gerade gehen, als sie plötzlich aufstand und aus seinem Blickfeld verschwand. Er duckte sich. Dann schaute er vorsichtig wieder über das Fensterblech. Der Bildschirm war erleuchtet. Ein Zeichen war zu sehen, vielleicht ein Muster. Zuerst war er nicht sicher, was es war.

Dann erkannte er es.

Auf dem Bildschirm leuchtete ein Hakenkreuz.

29

Ihm war, als habe er einen kräftigen elektrischen Schlag erhalten. Beinahe hätte es ihn umgeworfen. Im gleichen Moment bog ein Wagen um die Ecke des Hotels. Stefan entfernte sich und ging auf den Hof des Nachbarhauses, in dem das Büro der Lokalzeitung lag. Nur eine Woche zuvor hatte er eine Kleiderschranktür geöffnet und auf eine SS-Uniform gestarrt. Dann hatte er entdeckt, daß sein eigener Vater unter der Oberfläche der Anständigkeit Nazi gewesen war und noch nach seinem Tod Blutgeld bezahlte, um eine vielleicht ungefährliche, aber in ihrem Vorsatz dennoch mörderische Organisation am Leben zu erhalten. Und jetzt Veronica Molins Monitor mit einem Hakenkreuz. Sein erster Gedanke war, zu ihrem Hotelzimmer zu gehen und sie zur Rede zu stellen. Zur Rede wofür? Vor allem dafür, daß sie gelogen hatte. Sie hatte nicht nur gewußt, daß ihr Vater überzeugter Nazi war, sie war selbst Nazi.

Er zwang sich zur Ruhe. Wieder Polizist zu werden. Klar zu denken. Analytisch. Was Fakten waren und was nicht. Und da im Dunkeln, hinter den unbeleuchteten Redaktionsräumen der Zeitung *Härjedalens*, schien es ihm, als ob der gesamte Verlauf der Ereignisse, all das, was damit begonnen hatte, daß er in der Krankenhauscafeteria in Borås gesessen und zufällig in einer Zeitung gelesen hatte, daß Herbert Molin ermordet worden war, sich nun endlich zu einem logischen Ganzen formte. Herbert Molin hatte sich im Alter damit beschäftigt, zu puzzeln. Er hatte mit einer Puppe getanzt und von einem wahnwitzigen Vierten Reich geträumt. Jetzt schien das Puzzle, in dem Herbert Molin selbst ein entscheidendes Teil war, endlich vollendet. Das letzte Stück am Platz. Das Motiv sichtbar. Die Gedanken rasten durch seinen Kopf, als sei plötzlich eine Reihe von Sielen geöffnet worden und er müsse das Wasser nun in aller Eile auf verschiedene Kanäle verteilen. Er war gezwungen, sich dagegenzustemmen, um nicht den Boden unter den Füßen zu verlieren und mitgerissen zu werden.

Er fuhr zusammen. Vor seinen Füßen bewegte sich etwas. Eine Katze. Sie verschwand blitzschnell durch den Lichtkegel der Straßenlaterne.

Was sehe ich, dachte er. Ein Muster, vollkommen klar. Möglicherweise sogar mehr als ein Muster. Eventuell eine Form von Verschwörung.

Er ging weiter, weil er besser denken konnte, wenn er in Bewegung war. Er lenkte die Schritte zur Eisenbahnbrücke hinüber. Das Amtsgericht auf der Linken. Alle Fenster dunkel. Auf der Straße begegnete er drei summenden Damen. Sie lachten, sagten »Hej«, als er vorüberging, und summten einen Abbasong. »Some of us are crying«. Er erkannte die Melodie. Dann waren sie verschwunden, und er bog ab und folgte den Eisenbahngleisen zur Brücke hinunter. Die Schienen, die nur von Torfzügen und im Sommer von der Inlandbahn benutzt wurden, lagen wie Risse im Holzbohlenbelag der Brücke. Jenseits des Flusses, auf Elsa Berggrens Seite, bellte ein Hund.

Er blieb mitten auf der Brücke stehen. Es war jetzt sternklar. Kälter. Er hob einen Stein auf und ließ ihn ins Wasser fallen.

Er sollte unmittelbar mit Giuseppe reden. Aber vielleicht doch noch nicht sofort. Er mußte nachdenken. Er hatte einen Vorsprung, und den wollte er ausnutzen. Veronica Molin wußte nicht, daß sie durch den Gardinenspalt beobachtet worden war. Die Frage war, ob er seinen Vorsprung nutzen konnte.

Es fiel ihm schwer, sich seines Zornes zu erwehren. Sie hatte ihn getäuscht. Ihm glatt ins Gesicht gelogen. Sie hatte sogar ihr Bett mit ihm geteilt, wenn auch nur zum Schlafen. Und vielleicht war das Absicht gewesen. Ihn zu demütigen.

Er drehte um und ging zum Hotel zurück. Es war nur eins zu tun. Mit ihr zu reden. In der Rezeption saßen zwei Männer und spielten Karten. Sie nickten ihm zu und konzentrierten sich sogleich wieder auf das Spiel. Stefan blieb vor Veronicas Tür stehen und klopfte. Der Impuls, ihre Tür einzutreten, kehrte zurück, aber er klopfte. Sie öffnete sofort. Über ihre Schulter konnte er sehen, daß der Monitor dunkel war.

»Ich wollte mich gerade hinlegen«, sagte sie.

»Noch nicht. Wir müssen erst reden.«

Sie ließ ihn herein. »Heute abend möchte ich alleine schlafen. Nur daß du es weißt.«

»Deswegen bin ich nicht gekommen. Aber ich frage mich natürlich, warum du wolltest, daß ich hier schlafe, ohne dich berühren zu dürfen.«

»Du wolltest das. Aber ich gebe zu, daß auch ich mich manchmal einsam fühle.«

Sie war auf die Bettkante gesunken und hatte, genau wie am Abend zuvor, die Beine unter sich gezogen. Sie war begehrenswert. Sein verletzter Stolz verstärkte das Gefühl nur noch.

Er setzte sich auf den knarrenden Stuhl.

»Was willst du denn? Ist etwas passiert? Der Mann auf dem Fjäll? Habt ihr ihn gefaßt?«

»Ich weiß es nicht. Deswegen bin ich nicht hergekommen. Es geht um eine Lüge.«

»Wessen Lüge?«

»Deine.«

Sie kniff die Augen zusammen. »Ich verstehe nicht, was du meinst. Und ich werde leicht ungeduldig, wenn Menschen nicht direkt zur Sache kommen.«

»Dann komme ich direkt zur Sache. Vor einer Weile hast du hier gesessen und an deinem Laptop gearbeitet, und ein Hakenkreuz füllte den Bildschirm.«

Sie brauchte einen Augenblick, bevor sie verstand. Dann warf sie einen Blick zum Fenster und auf die Gardine.

»Richtig«, sagte er. »Ich habe hereingeschaut. Das kann man mir vorwerfen, daß ich heimlich hereingeschaut habe. Aber ich hatte nicht die Erwartung, dich nackt zu sehen. Es war lediglich ein Impuls. Und da entdeckte ich das Hakenkreuz.«

Er sah, daß sie immer noch ganz ruhig war.

»Das ist vollkommen richtig. Vor einer Weile erschien ein Hakenkreuz auf meinem Bildschirm. Es war schwarz auf rotem Grund. Aber die Lüge?«

»Du bist wie dein Vater. Dabei hast du das Gegenteil behauptet. Als du seine Vergangenheit verbergen wolltest, hast du eigentlich dich selbst beschützen wollen.«

»Was meinst du?«

»Daß du auch Nazi bist.«

»Ach, das glaubst du?«

Sie stand vom Bett auf, zündete sich eine Zigarette an und blieb stehen. »Du bist nicht nur dumm«, sagte sie, »du bist auch noch eingebildet. Ich dachte, du wärst ein etwas anderer Polizist, aber das bist du nicht. Du bist nur ein unbedeutender kleiner Scheißer.«

»Es bringt dir nichts, mich zu beleidigen. Du könntest mich sogar anspucken, ohne daß ich die Kontrolle verlieren würde.«

Sie setzte sich wieder aufs Bett. »Eigentlich ist es ganz gut, daß du gelauert hast«, sagte sie »Dann können wir das hier gleich klären.«

»Ich höre?«

Sie drückte die halbgerauchte Zigarette aus. »Was weißt du von Computern? Über das Internet?«

»Nicht besonders viel. Ich weiß natürlich, daß da vieles vor sich geht, was gestoppt werden sollte. Vor allem die ganze Kinderpornographie. Du hast erzählt, daß du mit der ganzen Welt Kontakt hältst, wo du dich auch befindest. Im Computer hab ich mein ganzes Leben, hast du gesagt.«

Sie setzte sich an den Laptop und bedeutete ihm, seinen Stuhl näher heranzuziehen. »Ich werde dich mit auf eine Reise nehmen«, sagte sie. »Ins Cyberspace. Den Ausdruck wirst du ja schon mal gehört haben.«

Sie drückte auf eine Taste. Der Computer ließ ein schwaches Pfeifen hören. Der Bildschirm leuchtete auf. Sie drückte weiter auf die Tasten. Verschiedene Bild- und Testfelder flimmerten vorüber, bis sich der Bildschirm rot färbte. Das schwarze Hakenkreuz trat langsam hervor.

»Genau wie in der Wirklichkeit, gibt es in diesem weltumspannenden Netz eine Unterwelt. Dort kannst du alles nur Mögliche finden.«

Sie gab über die Tasten ein paar Befehle ein. Das Hakenkreuz verschwand. Statt dessen starrte Stefan auf ein paar halbnackte asiatische kleine Mädchen. Sie klickte das Bild fort, und es wurde von Bildern des Petersdoms in Rom ersetzt. »Hier gibt es alles«, sagte sie. »Ein wunderbares Werkzeug. Man kann Informationen suchen, wo man sich auch aufhält. Gerade jetzt, in diesem Augenblick, befindet sich Sveg mitten in der Welt. Aber es gibt also eine Unterwelt. Unendliche Mengen von Informationen darüber, wo man Waffen kaufen kann, Drogen, pornographische Bilder von kleinen Kindern. Wirklich alles.«

Sie gab neue Befehle ein. Das Hakenkreuz kehrte zurück. »Auch das hier. Viele nazistische Organisationen, darunter mehrere schwedische, veröffentlichen ihre Ansichten auf meinem Bildschirm. Ich habe hier gesessen und versucht, etwas zu verstehen. Ich war dabei, nach den Menschen zu suchen, die sich heutzutage als Nazis organisieren. Wie viele sind es? Wie heißen ihre Organisationen? Wie denken sie?«

Sie gab einen neuen Befehl ein. Ein Bild von Hitler. Ihre Finger tanzten über die Tasten. Jetzt war sie plötzlich selbst im Bild. ›Veronica Molin. Maklerin‹.

Sie schaltete den Computer ab. Der Bildschirm erlosch. »Ich möchte, daß du jetzt gehst«, sagte sie. »Du hast dich entschieden, eine Schlußfolgerung aus einem Bild zu ziehen, das du entdeckt hast, als du heimlich durch mein Fenster geschaut hast. Du bist vielleicht immer noch dumm genug zu glauben, daß ich hier gesessen und das Hakenkreuz verherrlicht habe. Ob du ein Idiot bist, entscheidest du selbst. Jetzt möchte ich, daß du gehst. Wir haben einander nichts mehr zu sagen.«

Stefan wußte nicht, was er antworten sollte. Sie war empört. Überzeugend. »Wenn die Situation umgekehrt gewesen wäre«, sagte er, »wie hättest du dann reagiert?«

»Ich hätte dich gefragt. Nicht sofort behauptet, daß du lügst.«

Sie stand plötzlich auf und öffnete die Tür. »Ich kann dich nicht daran hindern, zur Beerdigung meines Vaters zu kommen«, sagte sie. »Aber ich brauche dort nicht mit dir zu reden oder dir die Hand zu geben.«

Sie schob Stefan in den Korridor und knallte die Tür zu. Er kehrte zur Rezeption zurück. Die Kartenspieler von vorhin waren verschwunden. Dann ging er zu seinem Zimmer hinauf und fragte sich, warum er so reagiert hatte.

Die Rettung kam in Form eines Telefonsignals in seiner Jackentasche.

Es war Giuseppe. »Ich hoffe, du hast nicht geschlafen?«

»Eher das Gegenteil.«

»Hellwach?«

»So wach, wie es überhaupt geht.«

Dann fand er, daß er genausogut erzählen konnte, was geschehen war.

Giuseppe lachte, als er ans Ende gekommen war. »Es ist gefährlich, in die Schlafzimmer von Frauen zu gucken«, sagte er. »Man weiß nie, was man zu sehen bekommt.«

»Ich hab mich wie ein Idiot benommen.«

»Das tun wir doch alle mal. Vielleicht nicht gleichzeitig, aber jeder benimmt sich irgendwann daneben.«

»Wußtest du, daß man alle nazistischen Organisationen der Welt im Internet finden kann?«

»Wahrscheinlich nicht alle. Was für ein Wort hat sie benutzt? Unterwelt? Sicher gibt es auch da unterschiedliche Räume, und ich vermute, daß die richtig gefährlichen Organisationen sich nicht mit ihren Namen und Adressen im Internet präsentieren.«

»Du meinst also, daß man immer nur an der Oberfläche kratzen kann?«

»Ja, ungefähr so.«

Stefan mußte plötzlich heftig niesen. Einmal. Zweimal.

»Ich hoffe, es war nicht ich, der dich angesteckt hat.«

»Was macht dein Hals?«

»Leichtes Fieber. Die linke Seite ist etwas geschwollen. Menschen, die so viel Elend ansehen müssen wie wir, werden oft zu Hypochondern.«

»Mir reicht die Wirklichkeit vollauf.«

»Ich weiß. Jetzt war ich es, der sich dumm benommen hat.«

»Warum hast du angerufen?«

»Eigentlich nur, weil ich mit jemandem reden wollte.«

»Bist du noch in Eriks Büro?«

»Hier gibt es Kaffee.«

»Ich komme.«

Als er auf der Vorderseite des Hotels vorüberging, warf er einen Blick zu Veronica Molins Fenster hinüber. Es war immer noch erleuchtet, aber der Spalt in der Gardine war verschwunden.

Giuseppe wartete vor dem Bürgerhaus auf ihn. Er hatte ein Zigarillo in der Hand.

»Rauchst du?«

»Nur wenn ich sehr müde bin und mich wachhalten muß.«

Er brach die Spitze des Zigarillos ab und zerdrückte die Glut mit dem Fuß. Sie gingen hinein. Der ausgestopfte Bär bewachte sie. Das Haus war verlassen.

»Erik Johansson hat angerufen«, sagte Giuseppe. »Er ist ein sehr ehrlicher Mann. Er sagte, er sei so niedergeschlagen über den Waffendiebstahl, daß er heute abend nicht mehr arbeiten könne. Er würde ein paar Schnäpse trinken und eine Schlaftablette nehmen, um schlafen zu können. Vielleicht nicht gerade eine gelungene Kombination, aber ich finde, er tut gut daran.«

»Irgendwelche Neuigkeiten vom Fjäll?«

Sie waren ins Büro gekommen. Es standen zwei Thermoskannen mit der Aufschrift ›Härjedalens Kommun‹ auf dem Tisch. Stefan schüttelte den Kopf, als Giuseppe ihm eine Tasse reichte. Auf einer zerrissenen Papiertüte lagen ein paar zerbrochene Hefeteilchen.

»Rundström hat ein paarmal angerufen. Außerdem haben sie aus der Einsatzleitung in Östersund von sich hören lassen. Einer der Hubschrauber, die wir immer mieten, ist kaputtgegangen. Morgen kommt ein neuer aus Sundsvall.«

»Das Wetter?«

»Im Moment ist da oben kein Nebel. Sie haben das Hauptquartier nach Funäsdalen verlegt. Die Straßensperren haben nichts ergeben, außer diesem norwegischen Promillefahrer. Anscheinend ist seine Großmutter Missionarin in Afrika gewesen und hat das Zebrafell mit zurückgebracht. Es läßt sich fast alles erklären. Rundström macht sich Sorgen. Wenn sich zeigen sollte, daß sie morgen im Fjäll suchen können und nichts finden, kann das nur eins bedeuten. Daß er den Ring, den sie um ihn geschlossen hatten, durchbrochen hat, und vielleicht auch bei Erik Johansson eingebrochen ist.«

»Möglicherweise ist er überhaupt nicht aufs Fjäll hinaufgegangen.«

»Du vergißt, daß der Hund eine Spur aufgenommen hat.«

»Er kann umgekehrt sein. Außerdem denke ich, daß es für einen Mann, der wahrscheinlich aus Südamerika kommt, auf einem schwedischen Fjäll im Herbst zu kalt ist.«

Giuseppe hatte sich vor die Karte gestellt, die an die Wand gepinnt war. Mit dem Finger zeichnete er langsam einen Kreis um Funäsdalen. »Die Frage ist, warum er die Gegend nicht längst verlassen hat«, sagte er. »Darauf komme ich immer wieder zurück. Unter allen Fragen, die in dieser Ermittlung herumschwirren, ist das eine der wichtigsten. Davon bin ich überzeugt. Die einzige Erklärung, die ich mir denken kann, ist die, daß er nicht fertig ist. Er hat noch etwas zu erledigen, und der Gedanke bereitet mir mehr und mehr Kummer. Er riskiert es, gefaßt zu werden, aber er bleibt. Vielleicht hat er sich auch mit einem neuen Satz Waffen ausgestattet. Was mich vorhin zu einer Frage geführt hat, die wir uns bisher nicht gestellt haben.«

»Wohin die Waffen verschwunden sind, die er bei Herbert Molin benutzt hat?«

Giuseppe verließ die Karte. »Wir haben uns gefragt, woher er sie bekommen hat. Aber nicht, wohin sie anschließend verschwunden sind. Die Tatsache, daß er sie wahrscheinlich entsorgt hat, stiftet Verwirrung in meinem Kopf. Wie sieht es in deinem aus?«

Stefan überlegte, bevor er antwortete. »Er verschwindet. Etwas ist beendet. Er wirft die Waffe fort oder vergräbt sie. Dann passiert etwas. Er kommt zurück und braucht neue Waffen.«

»Genauso denke ich auch. Aber ich bekomme keine Ordnung in das Ganze. Wir fragen uns, ob er zurückgekommen ist, um Abraham Andersson zu beseitigen. Da hat er offensichtlich eine Waffe zur Verfügung gehabt. Es wirkt äußerst merkwürdig, daß er noch einmal von hier verschwunden sein soll. Wenn er es gewesen ist, der bei Erik Johansson war, hätte er zweimal Waffen verschwinden lassen müssen. Das kann nicht stimmen. Wir wissen, daß dieser Mann gründlich geplant hat. All diese fortgeworfenen Waffen deuten auf etwas anderes hin. Hat er es auf Elsa Berggren abgesehen? Er fragt sie, wer Abraham Andersson getötet hat. Soweit wir wissen, hat er keine Antwort bekommen, obwohl er darauf bestanden hat. Dann schlägt er dich nieder und verschwindet.«

»Was ist, wenn wir dieselbe Frage stellen wie er?«

»Genau damit habe ich mich heute abend herumgeschlagen.«

Giuseppe machte mit dem Arm eine ausladende Geste zu all den Aktenordnern im Zimmer. »Diese Frage hat mich begleitet, als ich die wichtigsten Teile des Materials durchgegangen bin. Ich habe mich sogar gefragt, ob er Elsa Berggren besucht hat, um eine Nebenspur zu legen. Weil er selbst es gewesen ist, der Abraham Andersson getötet hat. Aber warum ist er dann noch da? Worauf wartet er? Daß etwas passiert? Oder hat er es auf jemand anderen abgesehen? Auf wen?«

»Es fehlt ein Teil«, sagte Stefan langsam. »Ein Mensch. Die Frage ist nur, ob es ein Täter ist oder ein neues Opfer.«

Sie schwiegen. Stefan fiel es schwer, sich zu konzentrieren. Er wollte Giuseppe helfen. Aber er dachte die ganze Zeit an Veronica Molin. Außerdem mußte er Elena anrufen. Er sah auf die Uhr. Schon elf. Da schlief sie. Es war nicht zu ändern. Er nahm das Handy aus der Tasche.

»Ich muß zu Hause anrufen«, sagte er und verließ das Zimmer.

Er stellte sich neben den ausgestopften Bären und dachte, daß der ihn vielleicht beschützen könnte.

Sie war noch nicht eingeschlafen. »Ich weiß, daß du krank bist. Aber ich frage mich trotzdem, ob du wirklich das Recht hast, mich so zu behandeln.«

»Ich habe gearbeitet.«

»Du arbeitest nicht. Du bist krank.«

»Ich sitze und rede mit Giuseppe.«

»Und dann hast du keine Zeit, mich anzurufen?«

»Ich hab nicht gemerkt, daß es schon so spät ist.«

Im Hörer wurde es still.

»Wir müssen miteinander reden«, sagte sie. »Aber nicht jetzt, später.«

»Du fehlst mir. Ich weiß nicht genau, warum ich hier bin. Vielleicht habe ich solche Angst vor dem Tag, an dem ich ins Krankenhaus soll, daß ich mich nicht einmal traue, zu Hause zu sein. Im Moment weiß ich überhaupt nichts. Aber du fehlst mir.«

»Und du hast da oben keine andere Frau getroffen?«

Ihm wurde angst. Heftig. Augenblicklich.

»Wer sollte das denn sein?«

»Das weiß ich doch nicht. Eine Jüngere.«

»Natürlich nicht.«

Er hörte, daß sie niedergeschlagen war. Das erhöhte sein Schuldgefühl. »Ich stehe hier neben einem ausgestopften Bären«, sagte er. »Er läßt grüßen.«

Sie antwortete nicht.

»Bist du noch da?«

»Ich bin noch da, aber ich muß jetzt schlafen. Ruf mich morgen an. Ich hoffe, daß du selber schlafen kannst.«

Stefan ging zurück ins Büro. Giuseppe saß über einen aufgeschlagenen Aktenordner gebeugt. Stefan goß sich eine Tasse lauwarmen Kaffee ein.

Giuseppe schob den Ordner zur Seite. Seine Haare standen zu Berge, die Augen waren blutunterlaufen. »Elsa Berggren«, sagte er. »Morgen werde ich ein weiteres Gespräch mit ihr führen. Ich werde Erik mitnehmen. Aber ich denke, daß ich die Fragen stellen werde. Erik ist zu nett. Ich glaube sogar, daß er ein bißchen Angst vor ihr hat.«

»Und was hoffst du zu erreichen?«

»Klarheit. Sie verschweigt uns etwas.«

Giuseppe stand auf und streckte sich. »Bowling«, sagte er. »Ich werde Erik bitten, mit dem Gemeinderat zu sprechen, ob es nicht möglich ist, hier eine kleine Bowlingbahn zu bauen. Nur für zugereiste Polizisten.«

Dann wurde er wieder ernst. »Was würdest du Elsa Berggren fragen? Du kennst die Ermittlung ja bald genauso gut wie ich.«

Stefan saß fast eine Minute schweigend da, bevor er antwortete. »Ich würde versuchen herauszufinden, ob sie gewußt hat, daß Erik Waffen zu Hause hatte.«

»Das ist ein guter Gedanke«, erwiderte Giuseppe. »Wir werden uns bemühen, die Alte an verschiedenen Stellen ins Bild einzufügen. Irgendwo paßt sie am Ende vielleicht hinein.«

Das Telefon auf dem Tisch klingelte. Giuseppe nahm den Hörer ab. Er lauschte, setzte sich und zog einen Notizblock heran. Stefan reichte ihm einen Bleistift, der auf den Fußboden gerollt war. Giuseppe nickte in den Hörer, schaute auf die Uhr. »Wir sind schon unterwegs«, sagte er und legte wieder auf.

Stefan konnte an seinem Gesicht sehen, daß etwas Ernstes geschehen war.

»Das war Rundström. Vor zwanzig Minuten ist ein Wagen in hohem Tempo durch eine Straßensperre gefahren. Die Polizisten sind nur mit knapper Not unverletzt davongekommen.«

Er ging zur Karte und markierte die Stelle mit dem Finger. Es war eine Straßenkreuzung südöstlich von Funäsdalen. Stefan schätzte den Abstand zwischen Frostengrens Haus und der Straßenkreuzung auf zwanzig Kilometer.

»Ein dunkelblauer Personenwagen. Möglicherweise ein Golf«, fuhr Giuseppe fort. »Es saß ein Mann am Steuer. Sein Aussehen kann mit der Beschreibung, die wir von früher haben, übereinstimmen. Die Polizisten konnten nicht besonders viel erkennen. Aber das kann bedeuten, daß unser Mann die Absperrungen durchbrochen hat und sich auf dem Weg hierher befindet.«

Giuseppe blickte wieder auf die Uhr. »Wenn er richtig schnell fährt, ist er in zwei Stunden hier.«

Stefan schaute auf die Karte und deutete auf eine Abzweigung. »Er kann hier einbiegen.«

»Alle Sperren oben in Funäsdalen werden verlegt. Sie werden hinter ihm eine Mauer errichten. Nur hier gibt es keine Bewachung.«

Er griff zum Telefonhörer. »Hoffe nur, daß Erik noch nicht eingeschlafen ist.«

Stefan wartete, während Giuseppe mit Erik Johansson über die Straßensperre sprach, die errichtet werden mußte.

Giuseppe legte den Hörer auf und schüttelte den Kopf. »Erik ist gut«, sagte er. »Er hatte gerade seine Schlaftablette genommen, aber er wird sich die Finger in den Hals stecken und sie wieder ausspucken. Ich glaube, er will diesen Kerl wirklich kriegen. Nicht nur, weil es vielleicht Hereira war, der seine Waffen gestohlen hat.«

»Das paßt nicht zusammen«, wandte Stefan ein. »Je mehr ich daran denke, desto unmöglicher wird es. Sollte er zuerst bei Erik Johansson eingebrochen und dann wieder aufs Fjäll zurückgekehrt sein?«

»Nichts paßt zusammen. Aber wir können kaum damit anfangen zu denken, daß noch eine dritte Person hierin verwickelt ist.«

Giuseppe unterbrach sich selbst. »So ist es vielleicht gewesen«, fuhr er fort. »Aber was bedeutet es?«

»Ich weiß es nicht.«

»Wer es auch ist, der sich in diesem Wagen befindet, es kann der sein, der die Waffen hat. Und plötzlich anfängt, sie zu benutzen. Wir legen einen Teppich aus. Fängt er an zu schießen, halten wir uns in gehörigem Abstand.«

Dann wurde er wieder ernst. »Du bist Polizist«, sagte er. »Gerade jetzt haben wir einen großen Mangel an Kollegen. Kommst du mit?«

»Ja.«

»Erik nimmt eine Waffe für dich mit.«

»Ich dachte, die wären bei dem Einbruch verschwunden.«

Giuseppe schnitt eine Grimasse. »Er hat eine Extrapistole, die er wohl nicht richtig angemeldet hat. Sie liegt irgendwo im Keller. Plus seine Dienstwaffe.«

Das Telefon klingelte von neuem.

Es war wieder Rundström. Giuseppe hörte zu, ohne etwas zu sagen.

»Der Wagen ist gestohlen worden«, sagte er, als das Gespräch vorüber war. »Es ist tatsächlich ein Golf. Gestohlen bei einer Tankstelle mitten in Funäsdalen. Ein LKW-Fahrer hat den Diebstahl beobachtet. Rundström zufolge war es einer von denen, mit denen Erik Karten spielt.«

Jetzt hatte er es eilig. Er schob ein paar Aktenordner zur

Seite, die auf seiner Jacke lagen. »Erik mobilisiert die zwei Polizisten hier in Sveg. Man kann nicht gerade sagen, daß wir eine imponierende Streitmacht darstellen. Aber einen Golf zu stoppen sollte uns wohl gelingen.«

Eine Dreiviertelstunde später hatten sie drei Kilometer nordwestlich von Sveg die Sperre errichtet. Sie warteten schweigend. Der Wald rauschte. Giuseppe sprach leise mit Erik Johansson. Die anderen Polizisten waren als Schatten am Straßenrand zu erkennen. Die Scheinwerfer der Polizeiautos durchschnitten die Dunkelheit.

30

Der Wagen, auf den sie warteten, kam nie. Statt dessen passierten fünf andere Fahrzeuge die Straßensperre. Erik Johansson kannte zwei der Fahrer. Die drei anderen waren Fremde. Zwei Frauen, die westlich von Sveg wohnten und beim Pflegedienst beschäftigt waren, und ein junger Mann mit Ledermütze, der Verwandte in Hede besucht hatte und sich nun auf dem Weg nach Süden befand. Alle mußten die Kofferraumklappen öffnen, bevor sie weiterfahren durften.

Die Temperatur war wieder gestiegen, und es fiel nasser Schnee, der sofort wieder schmolz. Weil es windstill war, hörte man alle Geräusche sehr deutlich. Jemand furzte. Eine Hand stieß gegen eine Wagentür.

Auf der Motorhaube eines der Polizeiwagen falteten sie eine Karte auseinander, die sofort naß wurde, und leuchteten mit Taschenlampen darauf. Hatten sie einen Fehler gemacht? Gab es noch einen anderen Fluchtweg? Aber sie entdeckten keine Lücke. Die Sperren waren an den richtigen Punkten errichtet worden. Giuseppe fungierte als eine Art Telefonzentrale, die den Kontakt mit den verschiedenen Gruppen von Polizisten, die sich in dieser Nacht in den Wäldern befanden, aufrechterhielt.

Stefan stand die ganze Zeit daneben. Er hatte von Erik Johansson eine Pistole bekommen. Ein Fabrikat, das er noch nicht kannte. Der Schnee fiel auf seinen Kopf. Er dachte an Veronica Molin, an Elena und vor allem an den neunzehnten November. Er wußte in dieser Nacht nicht, ob die Dunkelheit und der Wald seine Unruhe verstärkten oder verminderten.

Einen kurzen Augenblick lang dachte er, daß alles in ein paar Sekunden vorbei sein konnte. Er hatte eine geladene Waffe in der Tasche, die er sich an die Stirn halten und abdrücken konnte, und dann würde es für ihn keine Strahlenbehandlung mehr geben.

Niemand konnte sich vorstellen, wohin der Golf verschwunden war. Stefan merkte, daß Giuseppe von Mal zu Mal gereizter wurde, wenn er mit jemandem sprach.

Da klingelte plötzlich Erik Johanssons Handy. »Was sagst du?« rief er.

Er machte ein Zeichen, daß die nasse Karte wieder auseinandergefaltet werden sollte. Gleichzeitig horchte er ins Telefon. Er stieß mit dem Finger so fest auf die Karte, daß es ein Loch gab. Er wiederholte einen Namen, »Löten«, und beendete dann das Gespräch.

»Es hat eine Schießerei gegeben«, sagte er. »Vor einer Weile. Hier bei dem See. Löten. Drei Kilometer von der Abfahrt zur Straße nach Hårdabyn. Ich habe mit einem Mann namens Rune Wallén gesprochen. Er wohnt da in der Nähe. Er besitzt einen Lastwagen und einen Bagger. Er hat gesagt, er sei davon aufgewacht, daß etwas knallte. Seine Frau hatte es auch gehört. Da ist er nach draußen gegangen, und es hat wieder geknallt. Er hat bis zu zehn Schüsse gezählt. Er ist Jäger und weiß, wie es klingt, wenn Waffen abgefeuert werden.«

Erik Johansson sah auf die Uhr und rechnete nach. »Er hat eine Viertelstunde gebraucht, um meine Handynummer ausfindig zu machen. Wir gehören zur gleichen Jagdgesellschaft, und er wußte, daß er die Nummer irgendwo hat. Dann hat er vielleicht fünf Minuten mit seiner Frau diskutiert, was sie tun sollten. Er nahm natürlich an, daß er mich wecken würde, wenn er jetzt anrief. Das bedeutet, daß die Schießerei höchstens fünfundzwanzig Minuten her ist.«

»Dann müssen wir uns umgruppieren«, sagte Giuseppe. »Die Sperre hier bleibt bestehen. Aber ein paar von uns und ein paar von denen weiter im Norden müssen sich auf die Stelle zubewegen. Jetzt wissen wir, daß Waffen im Umlauf sind. Große Vorsicht. Keine Eingriffe.«

»Sollten wir nicht eine landesweite Fahndung rausgeben?« fragte Erik Johansson.

»Darauf kannst du Gift nehmen«, sagte Giuseppe. »Regle du das. Ruf Östersund an. Und übernimm die Sperre hier.«

Giuseppe sah Stefan an. Der nickte.

»Wir zwei fahren nach Löten. Ich rufe Rundström von unterwegs aus an.«

»Seid vorsichtig«, sagte Erik Johansson.

Giuseppe schien nicht zu hören. Er stand reglos da. Der Strahl einer Taschenlampe huschte über sein Gesicht.

»Was ist hier eigentlich los«, sagte er. »Was geht hier eigentlich vor?«

Stefan fuhr. Giuseppe sprach mit Rundström. Beschrieb, was passiert war, welche Entscheidungen er getroffen hatte. Dann legte er das Handy ab.

»Wenn uns ein Wagen entgegenkommt«, sagte er, »bleiben wir nicht stehen. Wir versuchen nur zu erkennen, was es für eine Marke ist und was er für ein Kennzeichen hat.«

Sie brauchten fünfunddreißig Minuten bis zu der Stelle, die Rune Wallén angegeben hatte. Es kamen ihnen keine Wagen entgegen. Stefan fuhr langsam und bremste, als Giuseppe es ihm zurief. Er hob die Hand und deutete auf einen dunkelblauen Golf, der halb in den Graben gefahren war.

»Wir setzen ein Stück zurück«, sagte Giuseppe. »Mach das Licht aus.«

Es hatte jetzt aufgehört zu schneien. Alles war still. Giuseppe und Stefan waren geduckt vom Wagen fortgelaufen. Sie befanden sich jeder auf einer Seite der Straße. Beide hielten ihre Waffen in der Hand. Sie horchten weiter und versuchten ins Dunkel zu sehen. Wie lange sie warteten, konnte Stefan nachher nicht mehr sagen. Doch schließlich hörten sie das entfernte Geräusch eines herannahenden Autos. Scheinwerfer durchschnitten die Dunkelheit, und der Polizeiwagen kam zum Stillstand. Giuseppe hatte seine Taschenlampe angemacht. Es war Rundström, der sich dort hinter dem blauen Golf befand. Zusammen mit einem anderen Polizisten, der, wie Stefan sich zu erinnern meinte, Lennart Backman hieß. Ihm fiel plötzlich ein Fußballspieler ein, den er einmal sehr bewundert hatte und dessen Name ebenfalls Lennart Backman war. Aber bei welchem Verein hatte er gespielt? Hammarby oder AIK?

»Habt ihr etwas gesehen?« rief Rundström.

Seine Stimme hallte durch den Wald.

»Der Wagen scheint verlassen zu sein«, antwortete Giuseppe. »Aber wir haben gewartet, bis ihr kommt.«

»Wer ist bei dir?«

»Lindman.«

»Du und ich gehen vor«, rief Rundström. »Die beiden andern bleiben zurück.«

Stefan hielt sich mit seiner Waffe bereit. Gleichzeitig leuchtete er Giuseppe, der auf den Golf zuging. Rundström näherte sich von der anderen Seite.

»Hier ist nichts«, rief Giuseppe. »Fahr den Wagen ran, damit wir besseres Licht bekommen.«

Stefan fuhr den Wagen vor und richtete die Scheinwerfer auf den Golf.

Rune Wallén hatte sich nicht geirrt. Der dunkelblaue Wagen zeigte Spuren einer Schießerei. In der Windschutzscheibe waren drei Löcher, der linke Vorderreifen war zerschossen, auch die Motorhaube war durchlöchert.

»Die Schüsse sind direkt von vorn gekommen«, sagte Rundström. »Möglicherweise ein bißchen von der Seite.«

Sie leuchteten in den Wagen.

»Kann Blut sein«, sagte Giuseppe und zeigte auf die Sitze.

Die Tür auf der Fahrerseite stand offen. Sie leuchteten auf den Boden. Aber dort konnten sie keine Blutspuren entdecken.

Giuseppe richtete seine Taschenlampe auf den Wald. »Ich verstehe nicht, was hier vorgeht«, sagte er. »Ich begreife gar nichts.«

Sie bildeten eine Kette. Die Lichtstrahlen der Taschenlampen huschten über Bäume und Sträucher. Aber da war niemand. Sie gingen ungefähr hundert Meter in den Wald. Dann sagte Giuseppe, daß sie umkehren sollten. Von fern näherten sich Sirenen. Sie kamen aus östlicher Richtung.

»Der Hund ist auf dem Weg«, sagte Rundström, als sie wieder auf dem Asphalt standen.

Die Schlüssel steckten noch im Zündschloß. Giuseppe öffnete den Kofferraum. Darin lagen ein paar Konservendosen und ein Schlafsack. Sie sahen einander an.

»Dunkelblauer Schlafsack«, sagte Rundström. »Marke ›Alpin‹.«

Er suchte im Telefonverzeichnis seines Handys und wählte eine Nummer. »Hier Kriminalinspektor Rundström«, sagte er. »Es tut mir leid, daß ich Sie wecken muß. Gab es einen Schlafsack in Ihrer Hütte? Welche Farbe hatte er?«

Er nickte, »dunkelblau«. Die Farbe stimmte.

»Und was war es für eine Marke?«

Er hörte zu.

»Können Sie sich erinnern, ob Sie Dosen ›Bullens Bierwurst‹ in der Speisekammer hatten?«

Frostengren schien ausführlich zu antworten.

»Das war alles, was ich wissen wollte«, beendete Rundström das Gespräch. »Vielen Dank für Ihre Hilfe.«

»Das ist jetzt klar«, sagte er. »Obwohl er aus dem Schlaf gerissen wurde, erinnerte sich Frostengren daran, daß sein Schlafsack nicht ›Alpin‹ hieß. Aber das braucht nichts zu bedeuten. Hereira hat vermutlich seine eigenen Sachen gehabt. Dagegen stimmen die Konserven.«

Alle erkannten, was das bedeutete. Fernando Hereira hatte sich aus der Einkesselung auf dem Fjäll befreit.

Der Polizeiwagen erschien mit hohem Tempo, schaltete die Sirenen aus und bremste. Einer der Spurensicherer, den Stefan schon zuvor getroffen hatte, stieg aus. Rundström erklärte ihm in aller Eile, was geschehen war.

»In ein paar Stunden wird es hell«, sagte Giuseppe. »Wir müssen ein paar Ordnungspolizisten herbekommen. Auch wenn es hier dünn besiedelt ist, gibt es auf dieser Straße doch einen gewissen Verkehr.«

Stefan half dabei, die Absperrbänder anzubringen, die der Spurensicherer mitgebracht hatte. Sie stellten ihre Autos so hin, daß die Scheinwerfer nicht nur den Golf im Straßengraben, sondern auch die Straße und den Waldrand beleuchteten. Giuseppe und Rundström gingen zur Seite, um den Techniker seine Arbeit machen zu lassen. Sie winkten Stefan zu sich.

»Was machen wir jetzt?« fragte Giuseppe. »Wenn wir ganz ehrlich sind, begreift keiner von uns, was passiert ist.«

»Fakten sind Fakten«, sagte Rundström ungeduldig. »Der Mann, den wir auf dem Fjäll gejagt haben, hat sich befreit. Er hat ein Auto gestohlen. Dann hat ihm jemand eine Überraschung bereitet. Jemand, der direkt auf die Straße herausgetreten ist und eine Reihe von Schüssen abgegeben hat. Der geschossen hat, um zu töten, weil er direkt auf die Windschutzscheibe gezielt hat. Ich nehme an, wir können davon ausgehen, daß es nicht er selbst gewesen ist, der ausgestiegen ist und auf den Wagen geschossen hat. Hereira muß ein fast unbegreifliches Glück gehabt haben. Wenn er denn nicht dort im Wald liegt. Es kann Blut da sein, ohne daß wir es gesehen haben. Hat es hier übrigens geschneit? Wir hatten ein paar Millimeter oben in Funäsdalen.«

»Schneeregen, ungefähr eine Stunde. Mehr nicht.«

»Der Hundeführer ist bald da«, sagte Rundström. »Er ist mit dem eigenen Wagen gefahren und hat sinnigerweise einen Platten bekommen. Aber ich glaube, Hereira hat es geschafft. Der Fleck auf dem Sitz deutet nicht auf eine schwere Schußverletzung hin. Wenn es überhaupt Blut ist.«

Er ging zum Techniker hinüber und fragte.

»Kann Blut sein«, sagte er, als er zurückkam. »Aber ebensogut Schokolade.«

»Haben wir irgendein Zeitschema?« fragte Giuseppe, hauptsächlich an sich selbst gerichtet.

»Du hast mich drei Minuten nach vier angerufen«, sagte Rundström.

»Also hat sich das Drama hier zwischen drei Uhr dreißig und drei Uhr fünfundvierzig abgespielt.«

Plötzlich war es, als ob alle auf einmal denselben Gedanken hatten.

»Die Autos«, sagte Giuseppe langsam. »Unmittelbar bevor Rune Wallén angerufen und von dem Schußwechsel berichtet hat, sind zwei Autos durch unsere Sperre gekommen.«

Alle drei begriffen, was das bedeutete. Der Mann der geschossen hatte, konnte die Straßensperre passiert haben. Giuseppe sah Stefan an. »Wie war das? Die beiden letzten Wagen, die vorbeifuhren?«

»Zuerst eine Frau in einem grünen Saab. Erik kannte sie.«

Giuseppe nickte. »Nach der Frau kam noch ein Wagen. Der ziemlich schnell fuhr. Was war das? Ein Ford?«

»Ein roter Ford Escort«, sagte Stefan.

»Ein junger Mann mit Ledermütze auf dem Weg nach Süden, nachdem er Verwandte in Hede besucht hatte. Die Zeit kann stimmen. Zuerst schießt er auf dieses Auto, und dann fährt er in aller Ruhe durch unsere Straßensperre.«

»Habt ihr euch nicht den Führerschein zeigen lassen?«

Giuseppe schüttelte resigniert den Kopf.

»Das Kennzeichen wißt ihr aber?«

Giuseppe rief Erik Johansson an und erklärte die Situation. Er wartete, hörte zu und steckte das Handy wieder in die Tasche. »ABB 303«, sagte er. »Aber Erik ist sich nicht sicher, was die Zahlen angeht. Sein Notizbuch ist naß geworden. Die Seiten waren zusammengeklebt. Ziemlich schwaches Bild.«

»Wir lassen sofort nach diesem Wagen fahnden«, sagte Rundström. »Roter Ford Escort. ABB 303, oder ähnlich. Wer der Besitzer ist, kriegen wir auf der Stelle raus. Mit Erik können wir nachher schimpfen.«

»Laßt uns versuchen zu verstehen, was passiert ist«, meinte Giuseppe. »Es wimmelt nur so von Fragen. Nur, damit uns nichts Entscheidendes durch die Lappen geht. Wie konnte jemand wissen, daß Fernando Hereira gerade hier, und gerade in dieser Nacht, in einem dunkelblauen Golf vorbeikommen würde? Wer hat sich mitten auf die Straße gestellt und versucht, ihn umzubringen?«

Giuseppe und Rundström wandten sich wieder ihren Handys zu. Stefan griff nach seinem eigenen, wußte aber nicht, wen er anrufen sollte. Der Wagen mit Hundeführer, zwei weiteren Polizisten und dem Schäferhund Dolly traf ein. Der Hund nahm sofort eine Spur auf. Die Polizisten verschwanden im Wald.

Rundström bekam plötzlich einen Wutanfall. »Die KFZ-Meldestelle hat ein Computerproblem«, sagte er. »Warum muß immer alles schiefgehen?«

»Absturz oder Störung?«

Giuseppe redete gleichzeitig mit Rundström und jemandem in der Einsatzzentrale in Östersund.

»Sie sind dabei, über Nacht neue Daten einzugeben. Sie

nehmen an, daß sie in etwa einer Stunde wieder klarsein werden.«

Der Techniker kam vorbei, nachdem er an seinem Wagen gewesen war und seine Schuhe gegen Gummistiefel ausgetauscht hatte.

»Hast du etwas gefunden?« fragte Giuseppe.

»Alles mögliche. Ich rufe euch, wenn ich glaube, daß es wichtig ist.«

Es wurde sechs Uhr. Immer noch dunkel. Die Polizisten und der Hund kamen aus dem Wald zurück.

»Sie hat die Spur verloren«, sagte der Hundeführer. »Außerdem ist sie müde. Man kann sie nicht unentwegt antreiben. Wir müssen mehr Hunde herholen.«

Rundström sprach unablässig in sein Handy.

Giuseppe hatte die Karte wieder ausgebreitet. »Er hat keine allzu große Wahl. Er kann auf zwei Schotterpisten stoßen, der Rest ist Wildnis. Er muß einen der beiden Wege nehmen.«

Giuseppe faltete die Karte schlampig zusammen und warf sie ins Auto. Rundström regte sich am Telefon über jemanden auf, der »den Ernst der Lage nicht begriff«.

Giuseppe zog Stefan mit sich hinüber auf die andere Straßenseite. »Du kannst doch denken«, sagte Giuseppe. »Außerdem brauchst du für die ganze Sache hier keine Verantwortung zu übernehmen. Du kannst uns helfen, indem du uns sagst, welche Schlußfolgerungen du ziehen würdest.«

»Die wichtigste Frage hast du schon formuliert«, sagte Stefan. »Wie konnte jemand wissen, daß Hereira gerade heute hier vorbeikommen würde.«

Giuseppe sah ihn lange an, bevor er etwas sagte. Sie standen im Scheinwerferlicht eines der Polizeiautos. »Gibt es mehr als eine Antwort?« fragte Giuseppe.

»Kaum.«

»Derjenige, der geschossen hat, hatte also Kontakt mit Hereira?«

»Das ist die einzige Möglichkeit, die ich erkennen kann. Entweder direkt mit Hereira oder mit einer dritten Person, die ein Zwischenglied war.«

»Und dann hat er sich mit der festen Absicht, ihn umzubringen, an die Straße gestellt?«

»Ich habe keine andere Erklärung, sofern es nicht eine undichte Stelle bei der Polizei gibt. Jemand, der Bescheid gesagt hat, wo wir Sperren errichtet haben, und warum.«

»Das klingt nicht sehr wahrscheinlich.«

Stefan mußte plötzlich an das Gefühl vom Abend zuvor denken. Daß ihm jemand folgte, ihn beobachtete. Aber er sagte nichts.

»Eins ist auf jeden Fall sicher«, fuhr Giuseppe fort. »Wir müssen Hereira finden. Und wir müssen den Mann identifizieren, der den roten Ford gefahren hat. Hast du sein Gesicht gesehen?«

»Die Ledermütze hat es verdeckt.«

»Erik erinnert sich auch nicht daran, wie er ausgesehen hat. Ebensowenig an seine Sprache. Ob er Dialekt gesprochen hat. Aber es ist nicht sicher, daß Erik es gemerkt hätte. Er hat zwar seine Schlaftablette ausgekotzt, aber ich glaube nicht, daß er heute nacht wirklich klar im Kopf ist.«

Stefan wurde plötzlich von einem Schwindel befallen. Er kam aus dem Nichts. Stefan mußte sich an Giuseppe festhalten, um nicht umzufallen.

»Ist dir nicht gut?«

»Ich weiß nicht. Mir dreht sich alles.«

»Du mußt zurück nach Sveg. Ich sehe zu, daß dich jemand fährt. Offenbar ist Erik nicht der einzige, der heute nacht nicht in Form ist.«

Stefan merkte, daß Giuseppe aufrichtig besorgt war.

»Wirst du ohnmächtig?«

Stefan schüttelte den Kopf. Er wollte nicht zugeben, wie er sich fühlte. Daß er jeden Augenblick umfallen konnte.

Giuseppe fuhr ihn selbst zurück nach Sveg. Sie saßen schweigend nebeneinander. Die Morgendämmerung hatte eingesetzt. Der Schneefall hatte aufgehört, aber die Wolkendecke hing noch über ihren Köpfen. Stefan hatte abwesend registriert, daß die Sonne ungefähr um Viertel vor acht aufgegangen war.

Giuseppe fuhr vor dem Hotel vor. »Wie fühlst du dich?«

»Wie du. Eine schlaflose Nacht. Wenn ich mich nur ein bißchen ausruhen kann, wird es mir wieder bessergehen.«

»Glaubst du nicht, es wäre am besten, nach Borås zurückzufahren?«

»Noch nicht. Ich bleibe bis Mittwoch, wie ich es beschlossen habe. Außerdem bin ich neugierig, ob das Kennzeichen mit einem Besitzer verbunden worden ist.«

Giuseppe rief Rundström an.

»Die Computer funktionieren immer noch nicht. Haben die keine Papierausdrucke? Machen die keine Backups?«

Stefan öffnete die Wagentür, stieg aus und stellte sich vorsichtig auf die Füße. Die Angst nagte in ihm. Warum sage ich es nicht, dachte er. Warum sage ich Giuseppe nicht, daß ich so große Angst habe, daß ich zittere?

»Ruh dich jetzt aus. Ich melde mich.«

Giuseppe verschwand mit seinem Wagen.

Das Mädchen in der Rezeption saß am Computer. »Sie sind aber früh dran«, sagte sie fröhlich.

»Oder das Gegenteil«, erwiderte er abweisend, nahm seinen Schlüssel und ging auf sein Zimmer. Er setzte sich auf die Bettkante und rief Elena an. Sie war schon in der Schule. Er erzählte ihr, was passiert war. Daß er die ganze Nacht aufgewesen und daß ihm schwindelig war. Sie fragte, wann er zurückkäme. Er wurde lauter, konnte die Irritation nicht zurückhalten und sagte nur, daß er jetzt schlafen müsse, dann würde er sich entscheiden.

Als er wach wurde, war es halb zwei. Er blieb im Bett liegen und schaute zur Decke auf.

Er hatte wieder von seinem Vater geträumt. Sie waren in einem Zweierkanu gepaddelt. Irgendwo vor ihnen war ein Wasserfall. Er hatte versucht, seinem Vater zu sagen, daß sie umdrehen mußten, bevor die Strömung so stark wurde, daß sie in den Wasserfall hineingezogen wurden. Aber der Vater hatte nicht reagiert. Als Stefan sich umwandte, hatte nicht sein Vater dagesessen, sondern Rechtsanwalt Jacobi. Er war vollkommen nackt, sein Brustkorb von Seegras bedeckt. Dann hatte sich der Traum im Nichts verloren.

Er stand auf. Ihm war nicht mehr schwindelig. Er merkte, daß er hungrig war. Dennoch war seine Neugierde stärker. Er wählte Giuseppes Nummer. Besetzt. Er nahm eine Dusche und versuchte es noch einmal. Immer noch besetzt. Er zog sich an und sah, daß er keine saubere Unterwäsche mehr hatte. Rief noch einmal an. Jetzt antwortete Giuseppe mit einem Brüllen.

»Hier ist Stefan.«

»Ich dachte, es wäre ein Journalist aus Östersund. Er ist schon den ganzen Morgen hinter mir her. Erik glaubt, daß Rune Wallén ihm einen Tip gegeben hat. Wegen der Schießerei. Falls das stimmt, wird er Ärger bekommen. Der Polizeipräsident muckt auch schon auf. Er will wissen, was hier eigentlich abläuft. Aber wer will das nicht?«

»Und wie geht es?«

»Wir haben das Kennzeichen. ABB 003. Erik hatte sich bei einer Zahl geirrt.«

»Und wer ist der Besitzer?«

»Ein Mann namens Anders Harner. Seine Adresse ist eine Postbox in Albufeira im südlichen Portugal. Einer der Polizisten aus Hede hat genau gewußt, wo es liegt. Er ist dort offenbar in Urlaub gewesen. Aber das Problem ist ein ganz anderes. Anders Harner ist siebenundsiebzig Jahre alt. Und es ist kein alter Mann gewesen, der in diesem Auto gesessen hat. So schlecht kann keiner von uns sehen.«

»Vielleicht war es sein Sohn? Oder ein Verwandter?«

»Oder ein Autodieb. Wir untersuchen das gerade. Offensichtlich ist in dieser Ermittlung absolut nichts einfach.«

»Warum nicht eher sagen, daß es gut geplant war. Habt ihr irgendwelche Spuren von Fernando Hereira?«

»Wir hatten drei Hunde draußen. Schließlich ist auch dieser Hubschrauber aus Sundsvall gekommen. Bisher ist das Resultat gleich Null. Keine Spur. Was ausgesprochen merkwürdig ist. Wie geht es dir übrigens? Hast du geschlafen?«

»Der Schwindel ist fort.«

»Ich habe ein richtig schlechtes Gewissen bekommen. Ich weiß nicht, wie viele Regeln ich gebrochen habe, indem ich dich in diese Sache hineingezogen habe. Doch vor allem hätte ich nicht vergessen dürfen, daß du krank bist.«

»Ich wollte ja selbst mit.«

»Die Spurensicherung glaubt übrigens, daß es Eriks Waffe gewesen ist, die heute nacht benutzt wurde. Es ist zumindest eine Möglichkeit.«

Stefan ging in den Speisesaal und aß. Hinterher fühlte er sich besser. Aber er war immer noch müde. Er kehrte in sein Zimmer zurück. An der Decke war ein Fleck, der einem Gesicht glich. Rechtsanwalt Jacobis Gesicht, dachte er. Ob er noch lebt?

Es klopfte an der Tür. Er öffnete. Veronica Molin stand im Flur. »Störe ich?«

»Überhaupt nicht.«

»Ich bin gekommen, um mich zu entschuldigen. Ich habe gestern abend etwas heftig reagiert.«

»Es ist mein Fehler gewesen. Ich habe mich dumm benommen.«

Er wollte sie hereinlassen, aber seine schmutzige Kleidung lag im Weg. Außerdem roch es muffig.

»Hier ist nicht aufgeräumt«, sagte er.

Sie lächelte. »Bei mir aber.«

Sie sah auf die Uhr. »Ich werde in genau vier Stunden meinen Bruder in Öresund vom Flugplatz abholen. Eine Weile können wir uns noch unterhalten.«

Er nahm seine Jacke und ging mit Veronica die Treppe hinunter. Er ging hinter ihr und mußte sich beherrschen, nicht die Hand auszustrecken und ihren Körper zu berühren.

Ihr Laptop war abgeschaltet.

»Ich habe mit Giuseppe Larsson gesprochen«, sagte sie. »Es war nicht leicht, aus ihm rauszukriegen, was heute nacht passiert ist. Durch ihn bin ich darauf gekommen, daß du vielleicht im Hotel bist.«

»Was hat er erzählt?«

»Von einer Schießerei. Und daß der Mann, den ihr jagt, nicht gefaßt worden ist.«

»Die Frage ist, nach wie vielen die Polizei eigentlich sucht. Nach einer oder zwei Personen? Vielleicht sogar nach dreien?«

»Warum werde ich nicht informiert?«

»Die Polizei möchte am liebsten in Ruhe arbeiten. Ungestört durch Journalisten. Durch Angehörige. Besonders wenn man nicht recht weiß, was passiert ist. Vor allem nicht, warum etwas passiert ist.«

»Ich bin immer noch nicht gewillt zu akzeptieren, daß mein Vater sterben mußte, weil er Nazi gewesen ist. Aufgrund von etwas, was er vielleicht in seiner Zeit als deutscher Soldat getan hat. Der Krieg ist vor über fünfzig Jahren zu Ende gegangen. Ich glaube, daß sein Tod trotz allem mit dieser Frau in Schottland zu tun hat.«

Stefan entschloß sich plötzlich, ihr zu erzählen, was er in Wetterstedts Wohnung in Kalmar entdeckt hatte. Warum, wußte er nicht. Vielleicht weil sie dieses Geheimnis gemeinsam hatten. Ihrer beider Väter waren Nazis gewesen. Er erzählte davon, ohne zu verraten, wie er es erfahren hatte. Daß er einen Einbruch begangen und die Informationen durch einen Zufall erhalten hatte. Er erzählte von dem Netzwerk und von der Stiftung, die sich »Schwedens Wohl« nannte. Von all den Lebenden und Toten, die Beiträge an die Organisation entrichteten.

»Ich weiß immer noch zu wenig«, endete er. »Vielleicht ist diese Organisation nur ein kleiner Teil von etwas Großem? Ich bin nicht so naiv zu glauben, es könnte eine weltumspannende neonazistische Verschwörung existieren. Aber mir ist klargeworden, daß die nazistischen Ideen noch leben. Wenn das hier vorüber ist, werde ich in Borås mit meinem Chef sprechen. Es sollte Aufgabe der Sicherheitspolizei sein, dies alles einmal ernsthaft zu untersuchen.«

Sie hörte ihm aufmerksam zu und saß einen Moment schweigend da, bevor sie antwortete. »Darin tust du recht«, sagte sie schließlich. »Ich würde das gleiche tun.«

»Es geht darum, den Wahnsinn zu bekämpfen«, sagte er. »Selbst wenn diese Menschen nur herumlaufen und einem hoffnungslosen Traum anhängen, treiben sie den Wahnsinn in der Welt voran.«

Sie schaute auf die Uhr.

»Ich weiß, daß du deinen Bruder abholen mußt«, sagte Stefan. »Beantworte mir nur eine Frage. Warum hast du mich hier schlafen lassen?«

Sie legte die Hand auf ihren Laptop. »Ich habe gesagt, daß er mein ganzes Leben enthält. Aber ganz stimmt das natürlich auch nicht.«

Stefan starrte auf ihre Hand und auf den Laptop. Er hörte, was sie sagte. Ein Bild setzte sich in seinem Kopf fest.

Sie nahm die Hand fort, und das Bild verschwand.

»Ich gehe jetzt. Wann ist morgen die Beerdigung?«

»Um elf.«

Er drehte sich um und ging zur Tür. Gerade als er sie öffnen wollte, spürte er ihre Hand an seinem Arm.

»Du mußt deinen Bruder abholen«, sagte er.

Das Handy in seiner Jackentasche klingelte.

»Willst du nicht rangehen?«

Er zog das Handy heraus. Es war Giuseppe.

»Wo bist du?«

»Im Hotel.«

»Es ist etwas sehr Sonderbares passiert.«

»Was?«

»Elsa Berggren hat Erik angerufen. Sie will ein Geständnis ablegen. Sie behauptet, Abraham Andersson getötet zu haben.«

Es war fünf vor halb drei.

Montag, der 15. November.

31

Um sechs Uhr rief Giuseppe an und bat Stefan, in Erik Johanssons Büro zu kommen. Es war windig und kalt, als Stefan das Hotel verließ. Bei der Kirche blieb er plötzlich stehen und drehte sich um. Ein Wagen verschwand den Fjällväg hinunter. Kurz darauf noch einer. Er meinte, neben dem Haus gegenüber von der Schule einen Schatten erkennen zu können. Aber er war sich nicht sicher. Er ging weiter zum Bürgerhaus. Giuseppe stand schon vor dem Eingang und erwartete ihn. Sie gingen ins Büro. Stefan registrierte, daß zwei zusätzliche Stühle dort standen. Einer für Elsa Berggren, dachte er, der andere für ihren Anwalt.

»Sie sind jetzt auf dem Weg nach Östersund«, sagte Giuseppe. »Sie ist vorläufig festgenommen. Morgen wird Haftbefehl erlassen. Erik ist mitgefahren.«

»Was hat sie gesagt?«

Giuseppe deutete auf ein Tonbandgerät, das auf dem Tisch stand. »Ein Tonband vom Verhör ist auf dem Weg nach Östersund«, sagte er. »Aber ich hatte zwei Tonbandgeräte. Ich dachte, du könntest dir die Kopie anhören. Du bleibst alleine hier. Niemand wird dich stören. Ich selbst muß etwas essen und mich eine Weile ausruhen.«

»Wenn du willst, kannst du in mein Hotelzimmer gehen.«

»Hier draußen gibt es ein Sofa. Das reicht mir.«

»Ich brauche das Band nicht zu hören. Du kannst es mir doch erzählen.«

Giuseppe hatte sich auf Erik Johanssons Stuhl gesetzt. Er rieb sich die Stirn, als sei sie von einem plötzlichen Juckreiz befallen. »Ich möchte lieber, daß du es dir anhörst.«

»Hat sie gestanden?«

»Ja.«

»Das Motiv?«

»Ich möchte, daß du es dir anhörst und mir dann erzählst, was du davon hältst.«

»Hast du Zweifel?«

»Ich weiß nicht, ob ich Zweifel habe. Deshalb möchte ich deine Meinung hören.«

Giuseppe erhob sich müde vom Stuhl. »Immer noch keine Spur von Hereira«, sagte er. »Den roten Ford haben wir auch nicht gefunden. Oder den Mann, der geschossen hat. Aber das machen wir nachher. Ich bin in zwei Stunden zurück.«

Giuseppe zog sich die Jacke an. »Da hat sie gesessen«, sagte er und zeigte auf den Stuhl. »Ihr Anwalt, Hermansson, auf dem. Sie hat ihn heute vormittag angerufen. Als wir sie holten, war er schon hier.«

Giuseppe ging und machte die Tür hinter sich zu. Stefan schaltete das Tonbandgerät ein. Es schnarrte von einem Mikrofon, das verschoben wurde. Dann hörte er Giuseppes Stimme.

GL: Also fangen wir dieses Verhör an und halten wir fest, daß es der 15. November 1999 ist. Es ist fünfzehn Uhr sieben. Das Verhör wird auf der Polizeistation in Sveg von Kriminalinspektor Giuseppe Larsson geführt. Zeuge des Verhörs ist Kommissar Erik Johansson. Das Verhör wird mit Elsa Berggren geführt, und zwar auf ihren eigenen Wunsch. Anwalt Sven Hermansson vertritt Elsa Berggren. Das sollte es wohl sein. Dann fangen wir an. Könnten Sie bitte Ihren Namen nennen und Ihre Personenangaben machen?

EB: Ich heiße Elsa Maria Berggren und bin am 10. Mai 1925 in Tranås geboren.

GL: Könnten Sie bitte etwas lauter sprechen?

EB: Ich heiße Elsa Maria Berggren und bin am 10. Mai 1925 in Tranås geboren.

GL: Danke. Jetzt bitte die ganze Personennummer.

EB: 250510-0221

GL: Danke. *(Es knackte wieder im Mikrofon. Jemand hustete. Eine Tür wurde geschlossen.)* Also dann, wenn Sie ein bißchen näher ans Mikrofon kommen wollen … Würden Sie bitte erzählen, was passiert ist?

EB: Ich will gestehen, daß ich es war, die Abraham Andersson getötet hat.

GL: Sie gestehen also, ihn vorsätzlich getötet zu haben?

EB: Ja.

GL: Das bedeutet demnach, daß es sich um Mord handelt?

EB: Ja.

GL: Haben Sie sich mit Ihrem Anwalt beraten, bevor Sie diese Aussage hier machen?

EB: Da gibt es nichts zu beraten. Ich gestehe, daß ich ihn vorsätzlich getötet habe. Heißt es so?

GL: So pflegt man zu sagen, ja.

EB: Dann gestehe ich, daß ich Abraham Andersson vorsätzlich ermordet habe.

GL: Sie gestehen also, einen Mord begangen zu haben.

EB: Wie oft soll ich das noch wiederholen?

GL: Und warum haben Sie ihn getötet?

EB: Er hat gedroht zu enthüllen, daß der Mann, der kurz zuvor in der Nachbarschaft ermordet worden war, Herbert Molin, Nationalsozialist gewesen ist. Das wollte ich nicht. Er hat auch gedroht, zu verraten, daß ich überzeugte Nationalsozialistin bin. Außerdem war er ein Erpresser.

GL: Hat er Sie erpreßt?

EB: Nein. Zuerst nur Herbert Molin. Er hat jeden Monat Geld von ihm gefordert.

GL: Und wie lange ist das so gegangen?

EB: Es begann ein oder zwei Jahre nachdem Herbert hierhergezogen war. Insgesamt vielleicht acht oder neun Jahre.

GL: Handelte es sich um viel Geld?

EB: Das weiß ich nicht. Für Herbert ist es wohl viel Geld gewesen.

GL: Wann haben Sie beschlossen, Andersson zu töten?

EB: Ich erinnere mich nicht mehr an das Datum. Aber als Herbert tot war, hat Andersson Kontakt zu mir aufgenommen und gefordert, daß ich ihn weiterbezahlen soll. Sonst würde er mich auch entlarven.

GL: Was ist genau geschehen?

EB: Er kam zu mir, ohne vorher anzurufen, und war sehr

unverschämt. Wollte Geld haben. Und da habe ich mich wohl entschlossen.

GL: Entschlossen zu was?

EB: Warum muß ich alles wiederholen?

GL: Sie haben sich also entschlossen, ihn zu töten?

EB: Ja.

GL: Und was passierte dann?

EB: Ich hab ihn ein paar Tage später getötet. Kann ich ein Glas Wasser haben?

GL: Natürlich ... *(Das Mikrofon knackte. Jemand stand auf. Dann kehrte die Stimme zurück. Stefan konnte alles vor sich sehen. Erik, der dem Tisch, auf dem ein paar Gläser und eine geöffnete Flasche Ramlösa standen, sicher am nächsten saß, gab ihr zu trinken.)* Sie haben ihn also getötet.

EB: Ja, deswegen sitze ich ja hier und lege ein Geständnis ab.

GL: Können Sie erzählen, wie es abgelaufen ist?

EB: Ich bin am Abend zu ihm nach Hause gefahren. Ich hatte meine Schrotflinte mitgenommen. Ich drohte, ihn zu töten, wenn er nicht aufhören würde, mich zu erpressen. Aber er glaubte nicht, daß ich es ernst meinte. Da zwang ich ihn hinaus in den Wald, unmittelbar neben dem Haus, und erschoß ihn.

GL: Sie erschossen ihn?

EB: Ich schoß ihm mitten ins Herz.

GL: Sie benutzten also eine Schrotflinte?

EB: Ja, aber Herrgott ... Was sollte ich denn sonst verwendet haben? Ein Maschinengewehr? Ich habe schon gesagt, daß ich ein Gewehr bei mir hatte.

GL: War es eine Waffe, die Sie bei sich zu Hause hatten? Haben Sie eine Lizenz dafür?

EB: Ich habe keine Lizenz. Ich habe die Waffe vor ein paar Jahren in Norwegen gekauft und illegal mit nach Schweden gebracht.

GL: Und wo ist die Waffe jetzt?

EB: Auf dem Grund des Ljusnan.

GL: Sie haben die Waffe demnach, unmittelbar nachdem Sie Abraham Andersson erschossen hatten, fortgeworfen?

EB: Vorher kann ich es ja schlecht getan haben.

GL: Nein, vermutlich nicht. Aber ich muß Sie bitten, klar

und deutlich auf die Fragen zu antworten und keine unnötigen Kommentare abzugeben.

(Hier mischte sich eine Männerstimme ein. Stefan sagte sich, daß es Sven Hermansson sein mußte. Zu seiner Verwunderung sprach der Anwalt mit einem breiten, sehr schwer verständlichen småländischen Dialekt. Soviel verstand Stefan jedoch, daß Hermansson nicht der Meinung war, seine Klientin habe in unpassender Weise geantwortet. Was Giuseppe erwiderte, konnte Stefan nicht verstehen, weil das Mikrofon aufs neue verschoben wurde.)

GL: Könnten Sie jetzt sagen, wo Sie die Waffe ins Wasser geworfen haben?

EB: Von der Brücke hier in Sveg.

GL: Von welcher Brücke?

EB: Der alten.

GL: Auf welcher Seite?

EB: Auf der Seite, die der Stadt zugewandt ist. Ich stand mitten auf der Brücke.

GL: Haben Sie die Waffe geworfen oder ins Wasser hinunterfallen lassen?

EB: Ich weiß nicht, worin der Unterschied zwischen dem einen und dem anderen liegt. Ich nehme an, am richtigsten wäre zu sagen, daß ich sie in den Fluß fallen ließ.

GL: Lassen Sie mich einen Moment auf etwas anderes zu sprechen kommen. Vor ein paar Tagen wurden Sie in Ihrem Haus von einem maskierten Mann angegriffen, der wissen wollte, wer Abraham Andersson getötet hätte. Gibt es etwas in dem, was Sie damals gesagt haben, das Sie jetzt ändern möchten?

EB: Nein.

GL: Und es ist nicht so, daß Sie die Geschichte neulich erfunden haben, um uns in in die Irre zu führen?

EB: Es ist genauso gewesen, wie ich es beschrieben habe. Außerdem wurde doch dieser bleiche Polizist aus Borås, wie heißt er noch gleich, Lindgren … vor meinem Haus angegriffen.

GL: Lindman. Haben Sie eine vernünftige Erklärung für das, was passiert ist? Warum der Mann, der Sie angegriffen hat, wissen wollte, wer Abraham Andersson getötet hat?

EB: Vielleicht fühlte er eine Art Schuld?

GL: Wofür?

EB: Daß der Mord an Herbert etwas mit dem Mord an Abraham Andersson zu tun hatte.

GL: Er hatte also recht?

EB: Ja, aber was wußte er schon? Wer ist er?

GL: Haben Sie sich vielleicht da entschlossen, ein Geständnis abzulegen?

EB: Natürlich hat das hineingespielt.

GL: Dann lassen wir das zunächst beiseite. Kehren wir einen Moment zu dem zurück, was auf Abraham Anderssons Hof passiert ist. Sie haben gesagt, daß Sie – ich zitiere Sie hier, ich habe mitgeschrieben, was Sie gesagt haben, ›zwang ihn hinaus in den Wald, unmittelbar neben dem Haus, und erschoß ihn‹, stimmt das?«

EB: Ja.

GL: Könnten Sie etwas ausführlicher beschreiben, was geschehen ist?

EB: Ich drückte ihm das Gewehr in den Rücken und sagte, er solle gehen. Im Wald sind wir stehengeblieben. Ich stellte mich vor ihn und fragte ein letztes Mal, ob ihm klarwäre, daß ich es ernst meinte. Er hat nur gelacht. Da habe ich geschossen.

(Es wurde still. Das Band lief. Jemand, vielleicht der Anwalt, hustete. Stefan verstand. Etwas stimmte hier nicht. Es war dunkel gewesen im Wald. Wie hatte sie etwas sehen können? Außerdem war Abraham Andersson an einen Baum gebunden, als er starb. Die Polizei war auf jeden Fall davon ausgegangen, daß er noch gelebt hatte, als er dort festgezurrt worden war. Stefan ahnte, daß Giuseppe begann, sich zu fragen, ob Elsa Berggrens Geständnis der Wahrheit entsprach und wie er jetzt weiter vorgehen sollte. Er suchte vermutlich in seiner Erinnerung nach dem, was in den Zeitungen gestanden hatte, und dem, was nur der Polizei bekannt war.)

GL: Sie haben ihn also direkt von vorne erschossen.

EB: Ja.

GL: Können Sie ungefähr sagen, aus welcher Entfernung?

EB: Vielleicht drei Meter.

GL: Und er hat sich nicht bewegt? Versuchte nicht zu fliehen?

EB: Er glaubte wohl nicht, daß ich schießen würde.

GL: Können Sie sich erinnern, wie spät es war, als dies geschah?

EB: Es war gegen Mitternacht.

GL: Das bedeutet, daß es dunkel war.

EB: Ich hatte eine starke Taschenlampe bei mir, die er tragen mußte, als wir in den Wald gingen.

(Wieder eine Pause. Elsa Berggren hatte die erste Frage beantwortet, die Giuseppe beunruhigt hatte.)

GL: Und was geschah, nachdem Sie ihn erschossen hatten?

EB: Ich sah nach, ob er tot war. Er war es.

GL: Und was taten Sie dann?

EB: Ich band ihn an einen Baum, der danebenstand. Ich hatte eine Wäscheleine bei mir.

GL: Sie banden ihn also an einen Baum, nachdem Sie ihn erschossen hatten?

EB: Ja.

GL: Warum machten Sie das?

EB: Ich hatte ja noch keine Ahnung, daß ich gestehen würde. Ich wollte versuchen, es nach etwas anderem aussehen zu lassen.

GL: Nach etwas anderem als was?

EB: Einem Mord, den eine Frau begangen hat. Vielleicht mehr wie eine Hinrichtung.

(Die zweite Frage beantwortet, dachte Stefan. Aber Giuseppe glaubt ihr nicht ganz.)

EB: Ich muß auf die Toilette.

GL: Dann machen wir hier eine Pause. Es ist fünfzehn Uhr zweiunddreißig. Erik zeigt Ihnen, wo es ist.

Das Tonband wurde wieder eingeschaltet, das Verhör ging weiter. Giuseppe kehrte zum Ausgangspunkt zurück, wiederholte alle Fragen, blieb aber bei immer mehr Details stehen. Ein klassisches Verhör, dachte Stefan. Giuseppe ist müde. Er hat mehrere Tage fast ohne Unterbrechung gearbeitet, aber er kontrolliert, was sie sagt. Schritt für Schritt.

Das Band blieb stehen. Giuseppe hatte den Schlußpunkt gesetzt. Siebzehn Uhr zwei. Das letzte, was er auf dem Band sagte, war die einzige Schlußfolgerung, die er ziehen konnte.

GL: Ich denke, wir können hier einen Schlußpunkt machen. Sie haben gestanden, Elsa Berggren, am dritten November kurz nach Mitternacht Abraham Andersson vorsätzlich und nach einem vorgefaßten Plan vor seinem Haus in Dunkärret erschossen zu haben. Sie haben erklärt, wie es vor sich ging. Ihr Motiv war, daß Sie und Herbert Molin erpreßt wurden. Sie haben außerdem erklärt, daß Sie die Waffe, die Sie benutzt haben, von der alten Eisenbahnbrücke in den Ljusnan geworfen haben. Ist das richtig?

EB: Ja.

GL: Wollen Sie an dem, was Sie gesagt haben, noch etwas ändern?

EB: Nein.

GL: Möchten Sie sich äußern, Herr Anwalt?

SH: Nein.

GL: Dann werden Sie, Elsa Berggren, jetzt vorläufig festgenommen und ins Polizeipräsidium nach Östersund gebracht. Dort wird der Staatsanwalt den Haftbefehl erlassen. All dies kann Anwalt Hermansson Ihnen erklären. Wollen Sie noch etwas hinzufügen?

EB: Nein.

GL: Und Sie haben es so erzählt, wie es gewesen ist?

EB: Ja.

GL: Dann beende ich hiermit das Verhör.

Stefan stand auf und streckte den Rücken. Es war stickig im Raum. Er öffnete das Fenster einen Spaltbreit und trank die halbvolle Ramlösaflasche aus, die auf dem Tisch stand. Dachte über das nach, was er gehört hatte. Er hatte das Bedürfnis, sich zu bewegen. Giuseppe schlief irgendwo. Er schrieb einen Zettel und legte ihn auf den Tisch. *Kurzer Spaziergang. Zwischen den Brücken hin und her. Stefan.*

Er ging schnell, weil er fror. Der Fußweg am Fluß entlang war beleuchtet. Wieder hatte Stefan das Gefühl, daß ihm jemand folgte. Er blieb stehen und drehte sich um. Niemand. Ich bilde mir etwas ein, dachte er. Da ist niemand. Er ging weiter auf die Brücke zu, von der Elsa Berggren, wie sie ausgesagt hatte, die Waffe in den Fluß hatte fallen lassen. Nicht geworfen, sondern fallen gelassen. Sagte sie die Wahrheit? Davon mußte er ausgehen. Niemand bekannte sich zu einem Mord, den er nicht begangen hatte, wenn es nicht ganz besondere Gründe gab, einen Schuldigen zu schützen. Und dann handelt es sich meistens um einen Minderjährigen, dachte er. Es kommt vor, daß Eltern die Schuld ihrer Kinder auf sich nehmen wollen. Aber sonst? Er erreichte die Brücke. Versuchte, sich das Gewehr da unten im Wasser vorzustellen, und ging zurück. Eine Frage hat Giuseppe vergessen, dachte er. Warum hat sie gerade diesen Tag für ihr Geständnis gewählt? Warum nicht gestern? Warum nicht morgen? Ist es einfach so, daß ihr Beschluß an diesem Tag gereift ist? Oder gibt es noch einen anderen Grund?

Er kam wieder zum Bürgerhaus und ging auf die Rückseite des Gebäudes. Das Fenster stand immer noch einen Spaltbreit auf. Giuseppe war jetzt zurückgekommen. Er sprach am Telefon. Mit Rundström, konnte Stefan hören. Die Bibliothek war immer noch geöffnet. Er ging in den Lesesaal und schaute nach, ob *Borås Tidning* da war. Sie hatten die Zeitung nicht. Er kehrte zum Polizeibüro zurück. Giuseppe sprach immer noch mit Rundström. Stefan blieb in der Tür stehen. Betrachtete das Fenster. Hielt den Atem an. Er hatte draußen im Dunkeln gestanden und alles hören können, was Giuseppe am Telefon gesagt hatte. Er ging zum Fenster, schloß es und verließ den Raum. Als er wieder auf der Rückseite des Hauses stand, konnte er nichts mehr von dem verstehen, was hinter dem Fenster gesprochen wurde. Er ging zurück ins Büro. Giuseppe beendete gerade sein Gespräch mit Rundström. Stefan öffnete das Fenster.

Giuseppe sah ihn fragend an. »Was machst du da eigentlich?«

»Ich habe entdeckt, daß man alles hören kann, was hier drinnen gesprochen wird. Sehr klar und deutlich. Wenn das Fenster nur angelehnt ist und man selbst sich draußen befindet.

Wenn es dunkel ist, kann man direkt davor stehen, ohne gesehen zu werden.«

»Ja, und?«

»Nur ein Gefühl. Eine Möglichkeit.«

»Daß jemand unsere Gespräche belauschen könnte?«

»Es ist bestimmt nur Einbildung.«

Giuseppe schloß das Fenster. »Sicherheitshalber«, sagte er und lächelte. »Was hältst du von ihrem Geständnis?«

»Hat es in den Zeitungen gestanden, daß er an einen Baum gebunden war?«

»Ja. Aber nicht, daß der Täter eine Wäscheleine genommen hatte. Außerdem habe ich mit einem Kollegen von der Spurensicherung gesprochen, der den Tatort untersucht hat. Er hat bestätigt, daß es sehr wohl so gewesen sein kann, wie sie behauptet hat.«

»Dann war sie es also?«

»Fakten sind Fakten. Aber du hast sicher bemerkt, daß ich meine Zweifel habe.«

»Wenn sie es nicht gewesen ist. Wenn sie den Täter schützt. Warum tut sie es?«

Giuseppe schüttelte den Kopf. »Wir müssen davon ausgehen, daß dieser Mord aufgeklärt ist. Eine Frau hat die Tat gestanden. Falls wir morgen das Gewehr im Fluß finden, können wir bald sagen, ob die tödlichen Schüsse aus ebendieser Waffe abgegeben wurden.«

Giuseppe saß da und rollte eines seiner abgebrochenen Zigarillos zwischen den Fingern. »In den letzten Tagen ist es ein Krieg an vielen Fronten gewesen. Ich hoffe, daß wir jetzt an einem der Frontabschnitte Ruhe haben.«

»Warum, glaubst du, hat sie sich gerade heute entschlossen, ihr Geständnis abzulegen?«

»Ich weiß es nicht. Vielleicht hätte ich die Frage stellen sollen. Ich nehme an, daß sie ganz einfach einen Beschluß gefaßt hat. Vielleicht hatte sie sogar so viel Respekt vor uns, daß sie eingesehen hat, daß wir sie früher oder später überführen würden.«

»Hätten wir das getan?«

Giuseppe verzog das Gesicht. »Man weiß nie. Manchmal

soll es ja vorkommen, daß sogar schwedische Polizisten einen Verbrecher fassen.«

Es klopfte an der halboffenen Tür. Ein junger Mann mit einem Pizzakarton kam in den Raum. Giuseppe bezahlte die Rechnung und steckte sie in die Tasche. Der Junge verschwand.

»Diesmal knülle ich sie nicht zusammen und lege sie in einen Aschenbecher. Glaubst du immer noch, daß es Hereira gewesen ist, der damals im Speisesaal gesessen und die Rechnung an sich genommen hat?«

»Vielleicht.«

Giuseppe öffnete den Karton. »Das ist das Kontinentalste an Sveg«, sagte er. »Hier gibt es eine Pizzeria. Nicht daß sie normalerweise ins Haus liefern. Aber wenn man Kontakte hat, geht es schon. Willst du ein Stück? Ich hatte noch keine Zeit, etwas zu essen. Ich bin eingeschlafen.«

Giuseppe zerteilte die Pizza mit einem Lineal. »Polizisten werden leicht übergewichtig«, sagte er. »Streß und schlampige Eßgewohnheiten. Dagegen begehen wir nicht besonders häufig Selbstmord. In der Hinsicht sind Ärzte schlimmer. Dafür weisen wir eine bedeutend höhere Sterblichkeit an Herzkrankheiten auf. Was vielleicht gar nicht so verwunderlich ist.«

»Ich habe Krebs«, sagte Stefan. »Ich kann vielleicht eine Ausnahme werden.«

Giuseppe saß mit einem Stück Pizza in der Hand da. »Bowling«, sagte er. »Da kannst du Gift drauf nehmen. Das macht dich gesund.«

Stefan konnte nicht anders als lachen.

»Wenn ich nur das Wort Bowling erwähne, fängst du an zu lachen. Ich glaube nicht, daß es zu deinem Gesicht paßt, ernst zu sein.«

»Wie hat sie mich genannt? Dieser bleiche Polizist aus Borås?«

»Das war das einzig Lustige, was sie gesagt hat. Wenn ich ganz ehrlich sein soll, ist Elsa Berggren ein entsetzlicher Mensch. Ich bin froh, daß sie nicht meine Mutter ist.«

Sie aßen schweigend. Giuseppe stellte den Pizzakarton mit

den Resten auf den Papierkorb. »Wir bekommen die eine oder andere Information herein«, sagte er, während er sich den Mund abwischte. »Das Problem ist nur, daß es die falschen sind. Interpol in Buenos Aires hat uns zum Beispiel eine eigenartige Mitteilung geschickt, die besagt, daß es einen Fernando Hereira gibt, der wegen eines so legendären Verbrechens wie Falschmünzerei lebenslänglich im Gefängnis sitzt. Sie fragen, ob er es ist. Was soll man auf so etwas antworten? Daß wir ihre Mitteilung, wenn der Mann sich nachweislich geklont hätte, ernst nehmen würden?«

»Ist das wirklich wahr?«

»Leider. Aber wenn wir Geduld haben, bekommen wir vielleicht noch etwas Besseres von ihnen. Man kann ja nie wissen.«

»Und der rote Ford?«

»Verschwunden. Ebenso der Fahrer. Wir haben den Besitzer immer noch nicht ausfindig gemacht. Harner. Er scheint von Schweden nach Portugal gezogen zu sein. Was man mit einer gewissen Skepsis betrachten muß, weil er als Besitzer eines Wagens in Schweden registriert ist. Jetzt hat das Reichskrim die Sache in die Hand genommen. Es lauft eine landesweite Fahndung nach dem Wagen. Früher oder später passiert etwas. Rundström ist hartnäckig.«

Stefan versuchte, im Kopf zusammenzufassen. Seine Rolle in dieser Ermittlung, wenn er denn überhaupt eine hatte, war die, Fragen zu stellen, die für Giuseppe nützlich sein konnten. »Ich nehme an, du möchtest, daß die Massenmedien so schnell wie möglich die Nachricht herausbringen, daß wir einen Täter für den Mord an Abraham Andersson haben?«

Giuseppe sah ihn erstaunt an. »Warum sollte ich das wollen? Wenn es stimmt, was wir uns gedacht haben, kann das bedeuten, daß Hereira verschwindet. Falls seine Rückkehr hierher in die Wälder mit dem Mord an Andersson zu tun hatte. Vergiß nicht, daß er Elsa Berggren bedrängt hat. Ich glaube wohl, daß sie in dieser Hinsicht die Wahrheit gesagt hat. Wir müssen natürlich tiefer graben. Aber das erste, was morgen passiert, wenn es hell wird, ist, daß wir versuchen, die Waffe zu finden.«

»Es könnte auch jemand anders Abraham Andersson getötet haben. Mit einer Waffe, die entweder der Mörder oder Elsa Berggren in den Fluß geworfen hat. Oder fallen gelassen, wie sie sagt.«

»Du meinst, daß sie ihr Geständnis abgelegt hat, um unseren Schutz zu bekommen?«

»Ich weiß nicht, was ich meine. Ich stelle nur ein paar neue Fragen.«

Dann sprach er etwas an, was ihm schon hier und da durch den Kopf gegangen war. »Warum gibt es keinen Staatsanwalt?« fragte er. »Ich habe jedenfalls keinen Namen gehört.«

»Lövander«, sagte Giuseppe. »Albert Lövander. In seiner Jugend ist er angeblich ein guter Stabhochspringer gewesen. Knapp unterhalb der absoluten Spitze. Jetzt widmet er sich hauptsächlich seinen Enkeln. Natürlich gibt es einen Staatsanwalt. Wir führen unsere Arbeit schließlich nicht in einem rechtsfreien Raum durch. Aber Lövander und Rundström sind wie zwei eingespielte alte Arbeitspferde. Sie reden jeden Morgen und jeden Abend miteinander. Ansonsten hält sich Lövander aus unserer Arbeit heraus.«

»Er muß euch doch Direktiven gegeben haben.«

»Nur, daß wir so weitermachen sollen wie bisher.«

Es war Viertel nach neun geworden. Giuseppe rief zu Hause an.

Stefan ging nach draußen und betrachtete den ausgestopften Bären. Dann rief er Elena an.

»Wo bist du?«

»Bei dem Bären.«

»Ich habe heute in der Schule auf eine große Schwedenkarte geguckt. Ich wollte sehen, wo du bist.«

»Wir haben ein Geständnis erhalten. Einer der Morde kann als geklärt betrachtet werden. Es war eine Frau.«

»Die was getan hat?«

»Einen Mann getötet, der sie erpreßt hat. Sie hat ihn erschossen.«

»Den, der an einen Baum gebunden war?«

»Ja.«

»Keine Frau würde so etwas tun.«

»Warum nicht?«

»Frauen verteidigen sich. Sie greifen nicht an.«

»Ganz so einfach ist es wohl doch nicht.«

»Und wie ist es dann?«

Er versuchte gar nicht erst, eine Erklärung zu geben.

»Wann kommst du?«

»Das hab ich doch schon gesagt.«

»Hast du über unsere Reise nach London nachgedacht?«

Stefan hatte es vollkommen vergessen. »Nein«, sagte er, »aber ich werde es tun. Und ich finde, es ist eine sehr gute Idee.«

»Was machst du gerade?«

»Rede mit Giuseppe.«

»Hat er keine Familie?«

»Warum fragst du? Er telefoniert gerade mit seiner Frau.«

»Kannst du auf eine Frage ehrlich antworten?«

»Warum sollte ich nicht?«

»Weiß er überhaupt, daß ich existiere?«

»Ich glaube schon.«

»Glaubst?«

»Ich habe vermutlich deinen Namen genannt. Oder er hat gehört, daß ich mit dir telefoniert habe.«

»Ich bin jedenfalls dankbar, daß du anrufst. Aber warte bis morgen, bevor du dich wieder meldest. Ich muß heute früh ins Bett gehen.«

Stefan kehrte zurück ins Büro. Giuseppe hatte sein Gespräch beendet und machte sich mit einer auseinandergebogenen Büroklammer die Fingernägel sauber.

»Das Fenster war einen Spaltbreit geöffnet«, sagte Giuseppe. »Ich habe mal darüber nachgedacht, was du gesagt hast. Es ist natürlich ein bestechender Gedanke, daß jemand draußen im Dunkeln gestanden und zugehört haben kann. Ich versuche mich zu erinnern, wann es offen und wann es geschlossen war. Aber es ist unmöglich.«

»Vielleicht sollten wir uns lieber fragen, welche Informationen nur in diesem Raum weitergegeben worden sind, und nirgendwo sonst.«

Giuseppe schaute auf seine Hände. »Der Beschluß über die

Straßensperren ist hier gefaßt worden«, sagte er nach einer Weile. »Wir haben über einen Mann gesprochen, der auf dem Weg von Funäsdalen in südöstlicher Richtung unterwegs war.«

»Denkst du an den roten Ford? Den Mann, der geschossen hat?«

»Ich denke eher daran, daß wir die Möglichkeit diskutiert haben, ob es bei uns eine undichte Stelle gibt. Diese undichte Stelle würde demnach in einem angelehnten Fenster bestehen.«

Stefan zögerte. »Ich hatte in den letzten Tagen bei verschiedenen Gelegenheiten das Gefühl, daß mir jemand gefolgt ist. Das Gefühl eines Schattens hinter mir. Geräusche auf dem Bürgersteig. Aber ich bin mir nicht sicher.«

Giuseppe sagte nichts. Statt dessen stand er auf und ging zur Tür. »Geh zur Wand«, sagte er. »Rede weiter mit mir. Wenn ich das Licht ausmache, siehst du durchs Fenster hinaus.«

Stefan tat, wie ihm gesagt wurde. Giuseppe begann, irgend etwas über Johannisbeeren zu reden. Warum schwarze so viel besser waren als rote. Stefan war beim Fenster angelangt. Giuseppe machte das Licht aus. Stefan versuchte das Dunkel draußen mit dem Blick zu durchdringen. Aber alles war schwarz.

Giuseppe machte das Licht wieder an und kehrte an den Schreibtisch zurück. »Hast du etwas gesehen?«

»Nein.«

»Das bedeutet noch lange nicht, daß niemand dort gewesen ist. Oder daß dort nicht früher jemand gestanden hat. Aber wir können sehr wenig dagegen tun.«

Er schob zwei kleine Plastikbeutel zur Seite, die auf einem Aktenordner lagen. Einer davon fiel auf den Fußboden. »Der Techniker hat die Beutel vergessen«, sagte Giuseppe. »Es ist Papier und Abfall, den er auf der Straße, ein Stück von dem blauen Golf entfernt, gefunden hat.«

Stefan beugte sich nach dem Beutel auf dem Fußboden. Darin konnte er eine Benzinquittung sehen. Shell. Sie war schmutzig, kaum lesbar. Giuseppe folgte seinem Blick. Stefan hielt den Beutel näher an die Augen. Jetzt konnte er die Schrift entziffern. Die Benzinquittung stammte von einer Tankstelle in Söderköping.

Er legte den Beutel langsam auf den Tisch und sah Giuseppe an. Die Gedanken in seinem Kopf rotierten. »Elsa Berggren hat Abraham Andersson nicht getötet«, sagte er langsam. »Das hier ist eine Nummer größer, Giuseppe. Elsa Berggren hat ihn nicht getötet. Und es kann sehr wohl jemand draußen im Dunkeln gewesen sein, der gehört hat, worüber wir in diesem Zimmer gesprochen haben.«

32

Es begann wieder zu schneien. Giuseppe trat ans Fenster und schaute aufs Thermometer. Ein Grad unter Null. Er setzte sich wieder und sah Stefan an. Später sollte sich Stefan an diesen Augenblick erinnern. Ein klares und deutliches Bild davon, wie sich plötzlich etwas zusammenfügte. Die Bestandteile waren der Schnee, der zu fallen begonnen hatte, Giuseppe mit seinen blutunterlaufenen Augen und die Sache, die in Kalmar geschehen war. Die Entdeckung, die er gemacht hatte, als er in Wetterstedts Wohnung eingebrochen war. Er erinnerte sich, daß er nur ein paar Stunden zuvor Veronica Molin davon erzählt hatte. Jetzt war es Giuseppe, der ihm mit großer Aufmerksamkeit zuhörte. War er überrascht? Stefan konnte seinem Gesichtsausdruck nichts entnehmen. Er suchte nach einem Gesamtbild. Die verschmutzte Benzinquittung einer Shelltankstelle in Söderköping erschien ihm als Schlüssel, der endlich zu allen Schlössern passen würde. Doch um überhaupt Schlußfolgerungen ziehen zu können, mußte er die ganze Geschichte erzählen. Nicht nur Teile davon.

Was war es denn, was er verstanden hatte, als er den Plastikbeutel hochhob, der vom überfüllten Schreibtisch auf den Fußboden gefallen war? Vor allem, daß etwas detonierte. Lautlos. Eine Mauer wurde durchbrochen. Das bisher begrenzte Geschehen nahm plötzlich eine andere Dimension an. Die ganze Ermittlung hatte einen lokal begrenzten Charakter gehabt. Sie hatten die Lösung in Härjedalen gesucht. Jetzt stürzten die künstlichen Wände ein. Wie ein Projektil durchschlug die Benzinquittung ihr Gedankengebäude, und endlich war es möglich, klar zu sehen.

Jemand tankt in Söderköping einen roten Ford Escort auf, der einem Mann namens Harner mit einer Postfachadresse in Portugal gehört. Anschließend fährt dieser Jemand den Wagen durch Schweden, hält an einer Landstraße westlich von Sveg und schießt auf ein Auto, das vom Fjäll herunterkommt. Obwohl sie die schmutzige Quittung glattstrichen, konnten sie das Datum nicht erkennen. Nur die Uhrzeit. Zwanzig Uhr zwölf. Aber das Datum würden sie schnell in Erfahrung bringen.

Jemand fährt von Kalmar nach Härjedalen. Unterwegs tankt er in Söderköping. Dann geht die Reise weiter. Er versucht, den Mann zu töten, der mit großer Wahrscheinlichkeit hinter dem Mord an Herbert Molin steckt. Weder Stefan noch Giuseppe waren Polizisten, die an Zufälle glaubten. Irgendwo in dem nazistischen Morast jenes Untergrunds, in dem sich Wetterstedt und die Stiftung namens »Schwedens Wohl« befanden, hatte Stefans Besuch Unruhe ausgelöst. Sie konnten nicht mit Sicherheit wissen, daß er es war, der in Wetterstedts Wohnung eingebrochen war. Oder doch? Stefan erinnerte sich wieder an die Haustür, die zuschlug, als er die Wohnung verlassen hatte. Das Gefühl, daß ihn jemand beobachtete, wie er es auch in den letzten Tagen gehabt hatte.

»Zwei unsichtbare Schatten ergeben möglicherweise einen sichtbaren«, sagte er zu Giuseppe. »Vielleicht ist es einfach so, daß der Schatten, der mich dort überwacht hat, derselbe ist, der mir hier auf den Fersen bleibt.«

Die Schlußfolgerung, auf die Stefan hinauswollte, war, daß sie richtiger dachten, als sie eigentlich zu hoffen wagten. Alles drehte sich um den Untergrund, in dem alte Nazis auf etwas Neues trafen, das den alten Wahnsinn mit dem neuen vereinte. Jemand war in diese Schattenwelt eingebrochen und hatte Herbert Molin getötet. Es war ein Beben durch die Nazis gegangen. Die Kellerasseln begannen hervorzukriechen, wie Giuseppe es hinterher ausdrückte. Wer war der eigentliche Feind dieser Nazis? War es der Mann, der Herbert Molin getötet hatte? Konnte das bedeuten, daß Abraham Andersson über weit mehr Bescheid gewußt hatte als über Herbert Molins und Elsa Berggrens Vergangenheit und ihre Ansichten? Daß er die Organisation gekannt hatte? Gedroht hatte, sie oder vielleicht etwas noch Größeres zu entlarven? Das konnten sie nicht wissen. Aber in Söderköping war ein Ford Escort von einem Mann aufgetankt und nach Härjedalen gefahren worden, der es darauf abgesehen hatte, jemanden zu töten. Und Elsa Berggren hatte sich plötzlich entschlossen, die Schuld für einen Mord auf sich zu nehmen, den sie nicht begangen hatte. Da begann das Muster langsam deutlicher zu werden. Schlußfolgerungen wurden möglich. Es gab eine Organisation, die auch Stefans Vater noch lange nach seinem Tod finanziell unterstützt hatte. Herbert Molin hatte ihr angehört. Ebenso Elsa Berggren. Aber nicht Abraham Andersson. Doch irgendwie hatte er von ihrer Existenz Wind bekommen. Nach außen hin ein freundlicher Mann, der in Helsingborgs Sinfonieorchester Geige spielte, Mitglied der Zentrumspartei war und unter dem Pseudonym Siv Nilsson harmlose Schlager komponierte. Doch unter dieser Oberfläche ein Mann, der mehr als einen Ausgang aus seinem Bau gehabt hatte. Der Erpressung betrieben, gedroht, Forderungen gestellt hatte. Der vielleicht auch im Innersten darüber empört gewesen war, daß sein Nachbar ein unverbesserlicher alter Nazi war.

Nach einer halben Stunde war Stefan mit seinen Überlegungen zu Ende gekommen. »Der Bau«, sagte er. »Abraham Anderssons Bau. Was verbarg sich darin? Wieviel hat er gewußt? Was es auch war, es war zuviel.«

Vor dem Fenster wurde der Schneefall dichter. Giuseppe hatte die Schreibtischlampe so ausgerichtet, daß sie in die Dunkelheit hinausleuchtete. »Er hat die ganze letzte Woche in der Luft gelegen«, sagte er, »der Schnee. Und jetzt fällt er ordentlich. Vielleicht schmilzt er wieder, aber er kann auch liegenbleiben. Die Winter hier oben sind unberechenbar. Und immer lang.«

Sie tranken Kaffee. Das Bürgerhaus war verlassen. Die Bibliothek hatte geschlossen.

»Ich glaube, es wird Zeit für mich, nach Östersund zurückzukehren«, sagte Giuseppe. »All das, was du mir erzählt hast, überzeugt mich noch mehr davon, daß wir die Sicherheitspolizei einschalten müssen.«

»Und die Informationen, die du von mir bekommen hast?« fragte Stefan vorsichtig.

»Es besteht immer die Möglichkeit, daß man sie anonym erhalten hat«, erwiderte Giuseppe. »Ich denke nicht daran, dir einen Strick daraus zu drehen, daß du die Wohnungstür dieses Nazis aufgebrochen hast.«

Es wurde Viertel nach zehn. Sie betrachteten die Situation, in der sie sich befanden, aus unterschiedlichen Blickwinkeln. Schoben die Teile vor und zurück. Erst vor ein paar Stunden hatte Elsa Berggren eine Hauptrolle gespielt. Nun war sie zumindest vorübergehend hinter die Kulissen verbannt. Ganz vorn auf der Bühne standen Fernando Hereira und der Mann, der in Söderköping einen Ford Escort aufgetankt und damit nach Norden gefahren war.

Die Eingangstür des Bürgerhauses schlug mit einem Knall zu. Erik Johansson kam mit Schnee im schütteren Haar hereingestapft. »Ich wäre beinahe von der Straße abgekommen«, sagte er und klopfte sich die Jacke ab. »Bin ins Rutschen gekommen. Fast wäre es schiefgegangen.«

»Du fährst zu schnell.«

»Wahrscheinlich.«

»Was ist in Östersund passiert?«

»Lövander erläßt morgen den Haftbefehl. Er ist ins Polizeipräsidium hinuntergekommen und hat sich das Tonband angehört. Er hat mich im Auto angerufen.«

»Hat sie noch mehr gesagt?«

»Sie hat den ganzen Weg bis Östersund geschwiegen.«

Giuseppe hatte den Schreibtischstuhl frei gemacht. Erik Johansson setzte sich und gähnte. Giuseppe erzählte von der Benzinquittung und den Überlegungen, die Stefan und er angestellt hatten. Er bastelte mit Mühe eine Geschichte zusammen, wie Stefan von der Stiftung »Schwedens Wohl« erfahren haben wollte. Erik Johansson hörte zunächst zerstreut, dann immer konzentrierter zu.

»Ich bin der gleichen Ansicht«, sagte er, als Giuseppe geendet hatte. »Das Ganze ist bemerkenswert. Ich denke auch, daß wir die Sicherheitspolizei informieren müssen. Wenn es sich um eine Organisation handelt, die sich nationalsozialistisch nennt und Leute ermordet, muß Stockholm die Sache sofort übernehmen. Es ist ja in Schweden in dieser Richtung zuletzt einiges passiert. Inzwischen können wir weitermachen und den roten Escort jagen.«

»Hat das nicht schon Stockholm übernommen?«

Erik öffnete seine Aktentasche und nahm ein paar Faxe heraus. »Sie haben Anders Harner ausfindig gemacht. Er sagt, der Escort gehöre ihm, stehe aber in einer Garage in Stockholm. Bei jemandem, der Mattias Sundelin heißt. Ich habe hier eine Telefonnummer.«

Erik Johansson wählte die Nummer und schaltete den Lautsprecher ein. Das Klingeln hallte. Eine Frauenstimme meldete sich.

»Ich möchte mit Mattias Sundelin sprechen.«

»Mit wem spreche ich denn?«

»Ich heiße Erik Johansson und bin Polizist in Sveg.«

»Wo liegt das denn?«

»In Härjedalen, aber das tut hier nichts zur Sache. Ist Herr Sundelin da?«

»Einen Augenblick.«

Sie warteten.

»Mattias«, hörte man eine breite Männerstimme.

»Ich bin Erik Johansson und rufe von der Polizei in Sveg an. Es geht um einen roten Ford Escort mit dem polizeilichen Kennzeichen ABB-003. Besitzer ist ein Mann namens Anders Harner. Er behauptet, der Wagen stünde in Ihrer Garage. Ist das richtig?«

»Natürlich ist das richtig.«

»Sie haben den Wagen also bei sich?«

»Nicht hier zu Hause. In einer Garage in der Stadt. Ich vermiete Garagenplätze.«

»Aber Sie wissen, daß sich der Wagen im Moment dort befindet?«

»Ich kann nicht alle Autos im Auge behalten, die bei mir abgestellt sind. Es sind neunzig Plätze. Worum geht es denn?«

»Wir fahnden nach dem Wagen. Wo liegt Ihre Garage?«

»Auf Kungsholmen. Ich kann morgen früh nachschauen.«

»Nein«, sagte Erik Johansson, »wir müssen es jetzt wissen.«

»Warum ist es denn so eilig?«

»Das muß ich Ihnen nicht erzählen. Sie sollen hinfahren und nachschauen, ob der Wagen da ist.«

»Jetzt?«

»Ja, jetzt.«

»Ich habe Wein getrunken. Ich kann jetzt nicht fahren.«

»Gibt es jemand anderen, der die Sache untersuchen kann? Sonst müssen Sie ein Taxi nehmen.«

»Sie könnten einen Mann namens Pelle Niklasson anrufen und mit ihm reden. Ich gebe Ihnen seine Nummer.«

Erik Johansson schrieb, dankte und legte auf. Dann rief er die neue Nummer an. Der Mann, der abnahm, meldete sich als Pelle Niklasson. Erik wiederholte die Fragen nach dem roten Escort.

»Ich kann mich nicht erinnern, ob ich ihn heute gesehen habe. Wir haben neunzig Autos hier. Alles Langzeitparker.«

»Wir brauchen die Bestätigung, daß er jetzt dort ist.«

»Sie rufen hier in Vällingby an. Ist es Ihr Ernst, daß ich um diese Zeit zur Garage fahren soll?«

»Wenn nicht, kommt ein Polizeiwagen und holt Sie.«

»Was ist denn passiert?«

Erik Johansson seufzte. »Die Fragen stelle ich. Wie lange dauert es, in die Stadt zu fahren und zu untersuchen, ob der Wagen da ist?«

»Vierzig Minuten. Hat das nicht bis morgen Zeit?«

»Nein. Schreiben Sie sich unsere Telefonnummer auf und rufen Sie an, sobald Sie es wissen.«

Der Schnee vor dem Fenster fiel weiter. Sie warteten. Nach siebenunddreißig Minuten rief Pelle Niklasson zurück.

»Erik Johansson hier.«

»Woher wußten Sie das?«

»Was?«

»Daß der Wagen fort ist?«

Giuseppe und Stefan fuhren hoch und beugten sich über den Lautsprecher.

»Er ist also gestohlen?«

»Ich weiß es nicht. Es sollte nicht möglich sein, hier ein Auto zu stehlen.«

»Können Sie das näher erklären?«

»Das hier ist eine Garage, die sich viel Geld dafür bezahlen läßt, Sicherheit zu bieten. Das bedeutet, daß kein Wagen von hier fortgefahren werden kann, ohne daß wir kontrollieren, wer ihn abholt.«

»Es gibt also ein Register?«

»Im Computer. Aber damit komme ich nicht zurecht. Darum kümmern sich die anderen Jungs. Ich habe hauptsächlich mit der Pflege zu tun.«

»Mattias Sundelin?«

»Das ist der Chef. Der tut gar nichts.«

Pelle Niklassons Unzufriedenheit war kaum verhohlen.

»Von wem reden Sie dann?«

»Von den anderen Jungs. Wir sind hier fünf Angestellte, außer der Putzfrau und dem Chef. Einer von ihnen muß wissen, wann der Wagen verschwunden ist. Aber jetzt kriege ich keinen von denen zu fassen.«

Stefan hob die Hand. »Bitte ihn, ihre Personaldaten durchzufaxen.«

»Haben Sie ihre Personaldaten?«

»Die liegen hier irgendwo.«

Er suchte und kam wieder ans Telefon. »Ich habe Kopien ihrer Führerscheine gefunden.«

»Haben Sie ein Faxgerät da?«

»Ja. Damit werde ich wohl zurechtkommen. Aber ich kann nichts schicken, bevor ich nicht von Sundelin die Erlaubnis habe.«

»Er weiß, worum es hier geht. Wir haben keine Zeit, zu warten«, sagte Erik Johansson ungerührt und gab ihm ihre Faxnummer.

Das schwarze Faxgerät stand im Korridor vor dem Büro. Erik Johansson kontrollierte, ob das Gerät empfangsbereit war. Dann warteten sie.

Das Faxgerät begann zu knarren. Die Papiere kamen heraus. Vier Führerscheinkopien. Der Text war kaum lesbar, die Gesichter schwarze Schatten. Der Apparat schaltete sich wieder ab. Sie kehrten ins Büro zurück. Auf dem Fensterblech hatte sich Schnee gesammelt. Die Fotokopien wanderten zwischen ihnen hin und her. Erik Johansson schrieb die vier Namen auf. *Klas Herrström, Simon Lukac, Magnus Holmström, Werner Mäkinen.* Er sprach die Namen laut, einen nach dem andern.

Stefan verstand den vierten Namen nicht. Er hatte beim dritten aufgemerkt. Er bekam die Fotokopie in die Hand und hielt den Atem an. Das Bild bestand hauptsächlich aus Konturen ohne Gesichtszüge. Dennoch war er sich sicher. »Ich glaube, wir haben ihn«, sagte er langsam.

»Wen?«

»Magnus Holmström. Ich habe ihn auf Öland getroffen, als ich Emil Wetterstedt besucht habe.«

Giuseppe hatte den Besuch bei Wetterstedt nur kurz erwähnt, als er Erik Johansson von dem, was Stefan erzählt hatte, berichtete. Aber er erinnerte sich trotzdem.

»Bist du sicher?«

Stefan stand auf und hielt die Fotokopie dicht unter die Lampe. »Das ist er. Ich bin sicher.«

»Du meinst, das ist der Mann, der versucht hat, die Person im blauen Golf zu erschießen?«

»Ich sage nur, daß ich Magnus Holmström auf Öland getroffen habe und daß er ein überzeugter Nazi ist.«

Es wurde still im Zimmer.

»Wir schalten Stockholm ein«, sagte Giuseppe. »Die sollen zu dieser Garage fahren und zusehen, daß sie ein ordentliches Bild von diesem Kerl kriegen.«

Das Telefon klingelte. Es war Pelle Niklasson, der wissen wollte, ob die Faxe durchgekommen waren.

»Ja, vielen Dank, sie sind da«, antwortete Erik Johansson. »Einer der Angestellten heißt also Magnus Holmström?«

»Maggan.«

»Maggan?«

»So wird er genannt.«

»Haben Sie seine Anschrift?«

»Ich glaube nicht. Er ist ziemlich neu hier.«

»Aber Sie müssen doch wissen, wo Ihre Angestellten wohnen.«

»Ich kann nachsehen. Das ist nicht mein Gebiet.«

Es dauerte fast fünf Minuten, bevor er wieder ans Telefon

kam. »Er hat die Adresse seiner Mutter in Bandhagen angegeben. Skeppstavägen 7a, c/o Holmström. Aber es steht keine Telefonnummer dabei.«

»Wie heißt seine Mutter mit Vornamen?«

»Das weiß ich nicht. Kann ich jetzt nach Hause fahren? Meine Frau war schon ziemlich sauer, daß ich losmußte.«

»Rufen Sie sie an und sagen Sie ihr, daß es noch dauert. Als nächstes wird Sie gleich ein Polizist aus Stockholm anrufen.«

»Können Sie mir vielleicht sagen, was eigentlich los ist?«

»Sie sagten, daß Magnus Holmström neu ist?«

»Er arbeitet seit ein paar Monaten hier. Hat er was angestellt?«

»Was haben Sie denn für einen Eindruck von ihm?«

»Was meinen Sie damit? Eindruck?«

»Erledigt er seine Arbeit, hat er besondere Gewohnheiten, ist er auf irgendeine Weise extrem? Wann hat er zuletzt gearbeitet?«

»Er ist ziemlich schüchtern. Redet nicht viel. Ich weiß nicht richtig, was ich von ihm halten soll. Er hat seit vorigem Montag frei.«

»Aha. Warten Sie jetzt bitte dort, bis Sie jemand von der Polizei aus Stockholm anruft.«

Als Erik Johansson den Hörer auflegte, hatte Giuseppe schon das Polizeipräsidium in Stockholm angerufen. Stefan war damit beschäftigt, die Telefonnummer ausfindig zu machen, aber unter der angegebenen Adresse gab es der Auskunft zufolge niemanden, der Holmström hieß. Danach suchte er nach einem Mobiltelefon, das auf den Namen Magnus Holmström und unter dessen Personennummer angemeldet war. Auch dies ohne Resultat.

Nach zwanzig Minuten verstummten die Telefone gleichzeitig. Erik Johansson setzte Kaffee auf. Es schneite weiter, aber die Flocken fielen jetzt weniger dicht. Stefan sah aus dem Fenster. Der Boden war weiß. Giuseppe war auf die Toilette gegangen. Es dauerte fünfzehn Minuten, bis er zurückkam.

»Mein Bauch macht das alles nicht mit«, sagte er finster. »Er ist völlig verstopft. Ich bin seit vorgestern nicht ordentlich auf der Toilette gewesen.«

Sie tranken Kaffee und warteten. Kurz nach eins meldete sich ein diensttuender Polizeioberer aus Stockholm und berichtete, daß sie Magnus Holmström nicht angetroffen hatten, als sie zu der Wohnung seiner Mutter in Bandhagen gefahren waren und geklingelt hatten. Die Mutter, die Margot hieß, hatte erzählt, daß sie ihren Sohn seit mehreren Monaten nicht gesehen hatte. Er kam dann und wann, wenn sie bei der Arbeit war, und holte die Post ab. Wo er wohnte, wußte sie nicht. Die Suche würde im Laufe der Nacht fortgesetzt werden.

Giuseppe rief Staatsanwalt Lövander in Östersund an. Erik Johansson setzte sich an seinen Computer und fing an zu schreiben. Stefan dachte plötzlich an Veronica Molin und ihren Laptop, in dem sich ihr ganzes Leben befand. Er fragte sich, ob ihr Bruder und sie bei diesem Wetter noch nach Sveg gefahren oder ob sie die Nacht in Östersund geblieben waren. Giuseppe beendete das Gespräch mit dem Staatsanwalt.

»Jetzt läuft die Kiste«, sagte er. »Lövander hat begriffen, was da im Gange ist. Nun geht noch eine weitere landesweite Fahndung raus. Nicht nur nach einem roten Ford Escort, sondern auch nach einer Person, die Magnus Holmström heißt, vermutlich bewaffnet ist und als gefährlich eingestuft werden muß.«

»Man sollte seine Mutter fragen, ob sie seine politischen Ansichten kennt«, sagte Stefan. »Was für Post er so bekommt. Vielleicht hat er einen Computer in ihrer Wohnung, in dem er E-Mails empfängt.«

»Er muß irgendwo wohnen«, meinte Giuseppe. »Es ist zwar seltsam, daß er sich seine Post an die Adresse seiner Mutter schicken läßt, aber wahrscheinlich ist das unter Jugendlichen normal, die von Kumpel zu Kumpel, von Bude zu Bude ziehen. Er hat wahrscheinlich eine Hotmail-Adresse.«

»Alles läßt darauf schließen, daß er die Öffentlichkeit scheut«, schob Erik Johansson ein. »Weiß einer von euch, wie man hier auf den Bildschirm größere Buchstaben kriegt?«

Giuseppe zeigte es ihm.

»Man sollte ihn vielleicht auf Öland suchen«, sagte Stefan. »Trotz allem habe ich ihn da getroffen. Und der Wagen ist in Söderköping aufgetankt worden.«

Giuseppe schlug sich ärgerlich mit der Handfläche gegen die Stirn. »Ich bin einfach zu müde«, brüllte er. »Daran hätte ich von Anfang an denken müssen.«

Er riß ein Telefon an sich und wählte erneut. Es dauerte unendlich lange, bis er schließlich den Kollegen in Stockholm am Apparat hatte, mit dem er zuvor gesprochen hatte. Während er wartete, bekam er von Stefan die Wegbeschreibung zu Wetterstedts Haus auf Öland.

Es war halb zwei, als Giuseppe den Hörer auflegte. Erik Johansson schrieb immer noch. Draußen schneite es nicht mehr.

Giuseppe sah auf das Thermometer. »Minus drei Grad. Dann bleibt er liegen. Zumindest bis morgen.«

Er blickte Stefan an. »Ich habe das Gefühl, daß heute nacht nicht mehr viel passieren wird. Jetzt beginnt das große Treiben. Morgen früh wird ein Taucher an der Brücke nach der Waffe suchen. Bis dahin können wir, glaube ich, nichts Besseres tun, als zu schlafen. Ich übernachte bei Erik. Noch eine Nacht im Hotel würde mir heute den Rest geben.«

Erik Johansson schaltete den Computer aus. »Auf jeden Fall sind wir einen großen Schritt weitergekommen«, sagte er. »Jetzt suchen wir schon zwei Personen. Eine kennen wir sogar mit Namen. Das muß als Fortschritt bezeichnet werden.«

»Drei«, sagte Giuseppe. »Eigentlich suchen wir wohl drei Personen.«

Keiner widersprach ihm.

Stefan zog seine Jacke an und verließ das Bürgerhaus. Der Schnee unter seinen Füßen war weich, er dämpfte alle Geräusche. Immer noch segelten einzelne Schneeflocken auf den Boden. Unterwegs blieb er ein paarmal stehen und wandte sich um. Aber es war kein Schatten zu sehen. Die Ortschaft schlief. Veronica Molins Fenster war dunkel. Er fragte sich erneut, ob ihr Bruder und sie in Östersund übernachteten. Die Beerdigung sollte am nächsten Tag um elf Uhr stattfinden. Sie hatten Zeit genug, nach Sveg zurückzukehren, wenn sie es vorgezogen hatten, in Östersund zu bleiben. Er schloß die Eingangstür des Hotels auf. Obwohl es schon so spät war, saßen die beiden Männer vom vorigen Abend wieder da und spielten Karten. Sie nickten ihm zu, als er vorüberging. Jetzt konnte er Elena nicht mehr anrufen. Sie schlief. Während er an Magnus Holmström dachte, zog er sich aus, duschte und ging ins Bett. »Schüchtern«, hatte Pelle Niklasson gesagt. Den Eindruck konnte er sicherlich erwecken, wenn er sich Mühe gab, aber Stefan hatte etwas anderes gesehen. Einen vollkommen eiskalten, gefährlichen jungen Mann. Er hegte keinerlei Zweifel, daß Magnus Holmström versucht hatte, Fernando Hereira zu töten. Die Frage war nur, ob er auch Abraham Andersson getötet hatte. Warum Elsa Berggren die Schuld dafür auf sich genommen hatte, war immer noch unklar. Es konnte natürlich sein, daß sie schuldig war, aber Stefan weigerte sich, an diese Möglichkeit zu glauben. Es war durchaus möglich, daß Magnus Holmström ihr erzählt hatte, was nicht in den Zeitungen stand. Unter anderem das mit der Wäscheleine.

Das Muster, dachte Stefan. Jetzt ist es deutlicher. Nicht vollständig, und viele Teile fehlen noch, aber trotzdem ist eine Art Tiefenschärfe entstanden. Er machte das Licht aus, dachte an die bevorstehende Beerdigung. Danach würde Veronica Molin in eine Welt zurückkehren, von der er nichts wußte.

Ein Telefonklingeln zog ihn an die Oberfläche zurück. Völlig verschlafen tastete er nach seinem Handy, das in der Jackentasche lag.

Es war Giuseppe. »Hab ich dich geweckt?«

»Ja.«

»Ich hab auch gezögert, ob ich anrufen sollte, aber ich dachte, du würdest es wissen wollen.«

»Was ist denn passiert?«

»Herbert Molins Haus steht in Flammen. Erik und ich sind auf dem Weg dahin. Der Alarm kam vor einer Viertelstunde. Ein Schneepflug ist vorbeigefahren, und der Fahrer hat den Feuerschein im Wald gesehen.«

Stefan rieb sich die Augen.

»Bist du noch da?« fragte Giuseppe.

»Ja.«

»Zumindest brauchen wir uns keine Sorgen zu machen, daß jemand zu Schaden kommt. Es ist ein zerschossenes und unbewohntes Haus, das da abbrennt.«

Der Empfang wurde schlechter, Giuseppes Stimme verschwand. Das Gespräch wurde unterbrochen. Dann rief er noch einmal an. »Ich wollte nur, daß du es weißt.«

»Meinst du, der Brand bedeutet etwas?«

»Das einzige, was ich mir denken kann, ist, daß jemand Herbert Molins Tagebuch gekannt hat und nicht wußte, daß du es schon gefunden hast.«

»Du glaubst also, daß es Brandstiftung war?«

»Ich glaube gar nichts. Das Haus war schon zum größten Teil zerstört. Der Brand kann natürliche Ursachen gehabt haben. Laut Erik haben sie hier in Sveg einen guten Feuerwehrhauptmann. Olof Lundin. Es soll noch nie vorgekommen sein, daß er eine Brandursache nicht feststellen konnte. Ich lasse wieder von mir hören.«

Stefan legte das Handy auf den Tisch. Das Licht, das durch das Fenster hereinfiel, wurde vom Schnee reflektiert. Er dachte daran, was Giuseppe gesagt hatte. Seine Gedanken wanderten. Er legte sich zurecht, um wieder einzuschlafen.

Es kam ihm vor, als befände er sich bereits bei der Anhöhe, die zum Krankenhaus hinaufführte. Er ging gerade an der Bäckäng-Schule vorüber. Es regnete. Oder vielleicht war es Schneeregen. Er hatte die falschen Schuhe angezogen, sich angezogen für das, was ihn erwartete. Die schwarzen Schuhe, die er im Jahr zuvor gekauft und fast nie getragen hatte. Er hätte Stiefel anziehen sollen. Zumindest die braunen Schuhe mit den dicken Gummisohlen. Die Nässe drang schon ein.

Er konnte nicht einschlafen. Es war zu hell im Zimmer. Er stand auf und ließ das Rollo herunter, um das Licht über dem Hoteleingang auszusperren. Da sah er etwas, was ihn erstarren ließ.

Unten auf dem Vorplatz stand ein Mann. Ein Schatten, nur schwach beleuchtet. Jemand, der zu seinem Fenster hinaufsah. Stefan hatte ein weißes Unterhemd an. War es zu sehen, obwohl es im Zimmer dunkel war? Der Schatten bewegte sich nicht. Stefan hielt den Atem an. Plötzlich hob der Mann langsam die Arme über den Kopf, als würde jemand eine Waffe auf ihn richten. Es sah aus wie eine Geste der Unterwerfung.

Dann wandte er sich abrupt um und verschwand.

Hatte Stefan geträumt? Aber die Spuren des Mannes waren klar zu erkennen.

Stefan warf sich in seine Kleider, riß die Schlüssel an sich und stürzte aus dem Zimmer. Die Rezeption war verlassen, die Kartenspieler waren verschwunden. Nur das Kartenspiel lag über den Tisch verstreut. Stefan lief hinaus in die Dunkelheit. In einiger Entfernung hörte er das Motorgeräusch eines Wagens, der davonfuhr. Er stand vollkommen still und sah sich um. Dann ging er zu der Stelle, an der der Mann gestanden hatte. Die Fußspuren im Schnee waren ganz deutlich. Er war auf dem gleichen Weg verschwunden, auf dem er gekommen war. Hinauf zu dem Teil des Hotelvorplatzes, der sich zur Straße hin erstreckte, wo das Möbelgeschäft lag.

Stefan betrachtete die Fußspuren. Sie bildeten ein Muster. Dann erkannte er, daß er die gleiche Anordnung schon einmal gesehen hatte.

Hier hatte ein Mann gestanden und zu seinem Fenster aufgesehen, und er hatte im knisternden Neuschnee die Grundschritte des Tangos angedeutet.

Als Stefan die gleichen Fußspuren zum erstenmal gesehen hatte, waren sie mit Blut gezeichnet.

33

Er dachte, daß er Giuseppe anrufen sollte. Das wäre das einzig Vernünftige. Aber etwas hielt ihn zurück. Es war immer noch unwirklich. Die Spuren im Schnee. Der Mann, der unter seinem Fenster gestanden und die Arme langsam in einer Geste der Unterwerfung erhoben hatte.

Er fühlte nach, ob er das Handy in der Tasche hatte. Dann folgte er den Spuren. Unmittelbar vor dem Hotelvorplatz wurden sie von Hundespuren gekreuzt. Der Hund war auf die Straße gelaufen, nachdem er einen gelben Fleck hinterlassen hatte. Es gab nur wenige nächtliche Wanderer in Sveg. Stefan brauchte nur der einen Spur zu folgen, die gut erkennbar und geradlinig nach Norden führte. Am Möbelgeschäft vorbei, hinauf zum Bahnhof. Er sah sich um. Kein Mensch, kein Schatten, der sich bewegte. Nur die Spuren im Schnee. Bei der Neuen Konditorei war der Mann stehengeblieben und hatte sich umgedreht. Dann war er über die Straße weiter nach Norden gegangen und anschließend nach links zu dem leeren und unbeleuchteten Bahnhofsgebäude abgebogen. Stefan ließ einen Wagen vorüberfahren. Dann ging er weiter.

Beim Bahnhofsgebäude blieb er stehen und zögerte. Die Spuren gingen weiter, an der Giebelwand vorbei, hinaus zu den Gleisen und dem Bahnsteig. Wenn es stimmte, was er vermutete, verfolgte er den Mann, der Herbert Molin getötet hatte. Nicht nur getötet, sondern gefoltert. Der ihn zu Tode gepeitscht und in einem blutigen Tango umhergeschleift hatte. Zum erstenmal wurde ihm ernsthaft bewußt, daß der Mann ein Irrer sein konnte. Was sie die ganze Zeit als rationales, kaltblütiges und wohlgeplantes Element zu deuten versucht hatten, konnte auch das Gegenteil sein. Der reine Wahnsinn. Er kehrte um, ging zurück, bis er sich unter einer Straßenlaterne befand, und wählte Giuseppes Nummer. Sie war besetzt. Sie werden jetzt bei dem brennenden Haus sein, dachte er. Giuseppe telefoniert und erzählt jemandem von dem Brand. Vielleicht Rundström. Er wartete und behielt dabei das Bahnhofsgebäude im Auge. Dann wählte er die Nummer noch einmal. Nach ein paar Minuten versuchte er es zum drittenmal. Eine Frauenstimme teilte ihm mit, daß es zum gegenwärtigen Zeitpunkt nicht möglich sei, die gewünschte Nummer zu erreichen, und bat, es später noch einmal zu versuchen. Er steckte das Handy in die Tasche und versuchte, einen Beschluß zu fassen. Dann folgte er der Straße, die in südlicher Richtung führte, zum Fjällväg hinunter. Als er ein langes Lagergebäude passiert hatte, bog er ab und befand sich zwischen den Eisenbahngleisen. In der Entfernung konnte er das Bahnhofsgebäude erkennen. Er ging weiter durch die Schatten auf der anderen Seite des Eisenbahngeländes. Dann näherte er sich dem Gebäude vorsichtig von der entgegengesetzten Seite. Ein Güterwaggon stand auf einem Abstellgleis. Stefan ging um den Waggon herum. Er war immer noch nicht nahe genug herangekommen, um erkennen zu können, wohin die Spuren führten. Er stellte sich ans Ende des Güterwaggons und schaute vorsichtig nach vorn.

Der Schnee dämpfte alle Geräusche. Er hörte den Mann nicht, der von hinten herankam und ihm einen kräftigen Schlag in den Nacken versetzte.

Als Stefan im Schnee zusammensank, war er bewußtlos.

Als er die Augen wieder aufschlug, herrschte um ihn kompakte Dunkelheit. Es hämmerte im Nacken. Er wußte sofort, was geschehen war. Der Güterwaggon. Er hatte um die Ecke geguckt, um das Bahnhofslicht zu sehen. Dann ein Blitz. Er befand sich nicht mehr im Freien. Er saß auf einem Stuhl. Er konnte die Arme nicht bewegen, auch die Beine nicht. Er war an einen Stuhl gefesselt und hatte eine Binde vor den Augen.

Angst überfiel ihn.

Er war von dem Mann, dessen Spuren im Schnee er gefolgt war, gefangen und fortgebracht worden. Er hatte etwas getan, was er nicht hätte tun dürfen. Er hatte sich allein auf den Weg gemacht. Ohne Kollegen, ohne Unterstützung. Er fühlte sein Herz hämmern. Als er den Kopf drehte, schoß ihm der Schmerz in den Nacken. Er horchte ins Dunkel hinaus und fragte sich, wie lange er bewußtlos gewesen war.

Er fuhr zusammen. Unmittelbar neben ihm atmete jemand.

Wo befand er sich? Es war ein Geruch im Raum, den er erkannte, ohne ihn identifizieren zu können.

In diesem Raum war er schon einmal gewesen.

Aber wo lag er?

Vor seiner Augenbinde veränderte sich das Licht. Er konnte immer noch nichts sehen, aber im Zimmer war Licht gemacht worden. Er hielt den Atem an und hörte ein paar gedämpfte Schritte. Ein Teppich, dachte er. Außerdem vibriert der Fußboden. Ein altes Haus mit Holzfußboden. Ich bin schon einmal hiergewesen. Das weiß ich genau.

Dann begann ein Mann in gebrochenem Englisch zu sprechen. Die Stimme befand sich auf seiner linken Seite. Es war eine rauhe Stimme. Die Worte kamen langsam, und der Akzent war sehr deutlich.

»Es tut mir leid, daß ich gezwungen war, Sie niederzuschlagen. Aber diese Begegnung ist notwendig.«

Stefan antwortete nicht. Jedes Wort, das er sagte, konnte gefährlich sein, wenn der Mann neben ihm wahnsinnig war. Vorläufig war Schweigen sein einziger Schutz.

»Ich weiß, daß Sie Polizist sind«, fuhr die Stimme fort. »Woher ich das weiß, ist egal.«

Der Mann verstummte, als wollte er Stefan die Möglichkeit geben, etwas zu sagen. Er wartete.

»Ich bin müde«, sagte die Stimme. »Die Reise ist viel zu lang gewesen. Ich möchte nach Hause fahren, aber ich muß Antworten auf ein paar Fragen erhalten. Außerdem gibt es noch einen Menschen, mit dem ich sprechen will. Antworten Sie nur auf die Frage: Wer bin ich?«

Stefan versuchte, das, was er hörte, zu deuten. Nicht die Worte, sondern das, was sich hinter ihnen verbarg. Der Mann machte einen vollkommen gelassenen Eindruck. Nicht unruhig, nicht erregt.

»Ich hätte gern eine Antwort«, wiederholte die Stimme. »Es wird Ihnen nichts passieren, aber ich darf Sie mein Gesicht nicht sehen lassen. Wer bin ich?«

Stefan sah ein, daß er antworten mußte. Die Frage war sehr entschieden gestellt worden.

»Ich habe Sie aus meinem Hotelfenster unten im Schnee gesehen. Sie haben die Arme erhoben und im Schnee die gleichen Spuren hinterlassen wie in Herbert Molins Haus.«

»Ich habe ihn getötet. Es war notwendig. Ich hatte mir in all den Jahren vorgestellt, daß ich zögern würde, aber ich habe nicht gezögert. Vielleicht werde ich auf meinem Totenbett bereuen. Ich weiß es nicht.«

Stefan merkte, daß er durchgeschwitzt war. Der Mann will reden, dachte er. Ich brauche Zeit, um zu verstehen, wo ich bin, was ich tun kann. Er dachte an das, was die Stimme gesagt hatte. All die Jahre. Da konnte er ansetzen. Ein paar einfache Rückfragen stellen.

»Ich verstehe, daß es etwas mit dem Krieg zu tun haben muß«, sagte er. »Ereignisse, die weit zurückreichen in der Zeit.«

»Herbert Molin hat meinen Vater getötet.«

Die Worte kamen ganz ruhig. Langsam. Eins nach dem anderen. *Herbert Molin hat meinen Vater getötet.* Stefan zweifelte nicht, daß Fernando Hereira, oder wie sein wirklicher Name auch sein mochte, die Wahrheit sagte.

»Was geschah damals?«

»In Hitlers grauenhaftem Krieg sind Millionen von Menschen gestorben. Dennoch steht jeder Tote für sich, hat jedes Grauen sein eigenes Gesicht.«

Stefan wartete. Er versuchte, das Wichtigste aus dem, was der Mann bisher gesagt hatte, herauszuschälen. In all den Jahren. Das war der Krieg. Jetzt wußte er, daß Fernando Hereira seinen Vater gerächt hatte. Er hatte außerdem von einer Reise gesprochen, die *viel zu lang gewesen* war. Und vielleicht das Wichtigste von allem: *Außerdem gibt es noch einen Menschen, mit dem ich sprechen will.* Noch jemand außer mir, dachte Stefan. Wer?

»Sie haben Josef Lehmann gehängt«, sagte die Stimme plötzlich. »Irgendwann im Herbst 1945. Das war richtig. Er hat im Verlauf des grauenhaften Terrors, den er in verschiedenen Konzentrationslagern ausgeübt hat, viele Menschen getötet. Aber sie hätten auch seinen Bruder, Waldemar Lehmann, aufhängen sollen. Er war noch schlimmer. Zwei Brüder. Zwei Ungeheuer, die ihrem Herrn dadurch dienten, daß sie Menschen zum Schreien brachten. Einer von ihnen wurde mit einem Strick um den Hals bestraft. Der andere verschwand, und er kann, falls die Götter unbegreiflich nachlässig gewesen sind, immer noch leben. Ich habe manchmal geglaubt, ihn auf der Straße zu sehen, weiß aber nicht, wie er aussieht. Es gibt keine Fotos von ihm. Er war vorsichtiger als sein Bruder Josef. Das rettete ihn. Außerdem brachte es ihm größere Befriedigung, andere die widerlichen Taten ausführen zu lassen. Er hat Menschen beigebracht, sich wie Ungeheuer zu verhalten. Er hat die Handlanger des Todes ausgebildet.«

Es kam wie ein Schluchzen, oder Seufzen. Der Mann bewegte sich wieder. Es knarrte. Stefan hatte das Geräusch schon einmal gehört. Ein Stuhl, oder vielleicht ein Sofa, das auf die gleiche Art und Weise knarrte. Aber er hatte nicht selbst darauf gesessen.

Er fuhr zusammen. Jetzt wußte er es.

Er hatte schon einmal auf genau dem Stuhl gesessen, auf dem er jetzt festgebunden war.

»Ich will nach Hause fahren«, sagte die Stimme. »Zu dem, was mir von meinem Leben noch bleibt. Aber zuerst muß ich wissen, wer Abraham Andersson getötet hat. Ob ich Schuld daran habe, daß das geschah. Ich kann es nicht ungeschehen machen, aber ich kann für den Rest meines Lebens eine Kerze vor der Heiligen Jungfrau brennen lassen und um Vergebung bitten.«

»Sie fuhren in einem blauen Golf«, sagte Stefan. »Plötzlich ist jemand auf die Straße getreten und hat geschossen. Sie sind entkommen. Ob Sie unverletzt sind, kann ich nicht sagen. Aber derjenige, der auf Sie geschossen hat, kann auch derjenige gewesen sein, der Abraham Andersson getötet hat.«

»Sie wissen viel«, sagte die Stimme, »aber Sie sind Polizist. Sie müssen es wissen. Sie müssen alles tun, um mich zu fangen. Auch wenn es jetzt umgekehrt gewesen ist und ich Sie gefangen habe. Ich bin unverletzt. Sie haben recht, ich hatte Glück. Ich kam aus dem Wagen, ohne getroffen zu werden. Ich versteckte mich für den Rest der Nacht im Wald, bevor ich es wagte, weiterzufahren.«

»Sie müssen einen Wagen gehabt haben.«

»Ich werde für das Auto bezahlen, das zerschossen wurde. Wenn ich nach Hause komme, werde ich Geld dafür schikken.«

»Ich meine hinterher. Sie müssen noch einen Wagen gehabt haben.«

»Den habe ich bei einem Haus am Waldrand gefunden. Ob ihn jemand vermißt, weiß ich nicht. Das Haus schien verlassen zu sein.«

Stefan hörte eine schwache Andeutung von Ungeduld in der Stimme des Mannes. Er sah ein, daß er noch vorsichtiger sein mußte mit dem, was er sagte. Er hörte das Klirren einer Flasche. Ein Schraubverschluß wurde aufgedreht. Ein paar Schlucke, aber kein Glas, dachte Stefan. Er trinkt direkt aus der Flasche. Ein schwacher Geruch nach Alkohol breitete sich im Raum aus.

Danach erzählte der Mann, was damals, vor vierundfünfzig Jahren, geschehen war. Eine kurze Geschichte. Klar, deutlich und absolut grauenhaft.

»Waldemar Lehmann war ein Meister. Ein Meister darin, Menschen zu quälen. Eines Tages trat Herbert Molin in sein Leben. Einzelheiten weiß ich nicht. Es dauerte auch, bis ich Höllner traf, bevor mir klar wurde, wer meinen Vater getötet hatte. Aber was ich danach in Erfahrung bringen konnte, war genug dafür, daß es notwendig und gerecht war, Herbert Molin zu töten.«

Die Flasche klirrte wieder. Der Geruch von Alkohol. Weitere Schlucke. Der Mann, der hier sitzt, ist dabei, sich zu betrinken, dachte Stefan. Wird er die Kontrolle darüber verlieren, was er tut?

Seine Angst nahm zu. Ihm war, als bekomme er Fieber.

»Mein Vater war Tanzlehrer. Ein friedfertiger Mann, der es liebte, Menschen das Tanzen beizubringen. Besonders den jungen und schüchternen. Eines Tages kam Herbert Molin als Schüler zu ihm. Offenbar hatte er eine Woche Urlaub, die er in Berlin verbrachte. Wer ihn zu meinem Vater geschickt hat, haben wir nie erfahren. Aber er wurde der Schüler meines Vaters, und er wollte vor allem Tango lernen. Jedesmal, wenn er Urlaub hatte, kam er nach Berlin zurück. Wie oft das war, weiß ich nicht. Aber ich erinnere mich an diesen jungen Soldaten, den ich mehrmals gesehen habe. Ich sehe sein Gesicht noch vor mir, und ich erkannte ihn in Herbert Molin, als ich ihn endlich fand.«

Der Mann stand auf. Wieder dieses Knarren. Plötzlich erkannte Stefan das Geräusch. Aber es war aus dem Haus auf Öland, wo Emil Wetterstedt sich aufgehalten hatte. Ich werde langsam wahnsinnig, dachte Stefan verzweifelt. Ich erkenne ein Geräusch von Öland, aber ich befinde mich in Härjedalen.

Die Stimme kehrte zurück, jetzt kam sie von rechts. Der Mann hatte sich in einen anderen Stuhl gesetzt, der nicht knarrte. In Stefans Kopf zeichnete sich eine weitere Erinnerung ab. Er kannte auch den Stuhl, der nicht knarrte. In was für einem Raum befand er sich? Er mußte darauf kommen.

»Ich war damals zwölf Jahre alt. Mein Vater hielt seine Tanzstunden zu Hause ab. Als der Krieg 1939 begann, verlor mein Vater seine Tanzschule. Eines Tages war plötzlich ein Judenstern an die Tür gemalt. Er sprach nie darüber. Niemand sprach darüber. Wir sahen unsere Freunde verschwinden, aber mein Vater blieb. Irgendwo im Hintergrund befand sich mein Onkel, der Hermann Göring massierte. Das verlieh unserer Familie einen unsichtbaren Schutz, niemand durfte uns etwas antun. Bis Herbert Molin kam und der Schüler meines Vaters wurde.«

Dem Mann versagte die Stimme. Stefan suchte fieberhaft nach einer Antwort auf die Frage, wo er sich befand. Das mußte er als erstes wissen, dann erst konnte er überlegen, wie er sich befreien sollte. Der Mann, der ihn hier festhielt, war vielleicht unberechenbar. Er hatte Herbert Molin getötet, ihn gequält. Er hatte genauso gehandelt wie die Menschen, von denen er redete.

Der Mann sprach weiter. »Ich schaute öfter einmal in das Zimmer, in dem mein Vater Tanzunterricht gab. Eines Tages begegneten sich unsere Blicke, und der junge Soldat lächelte. Ich erinnere mich noch immer daran. Ich mochte ihn. Ein junger Mann in Uniform, der lächelte. Weil er nie etwas sagte, glaubte ich natürlich, er sei Deutscher. Ich konnte nicht ahnen, daß er aus Schweden kam. Was nachher geschah, kann ich nicht sagen, aber er wurde einer von Waldemar Lehmanns Handlangern. Irgendwie mußte Lehmann erfahren haben, daß Herbert Molin bei einem dieser verhaßten Juden, die noch immer in Berlin lebten und dreist genug waren, sich wie gewöhnliche, freie, gleichwertige Menschen zu verhalten, Tanzstunden nahm. Wie es ihm gelang, Herbert Molin zu bekehren, entzieht sich ebenfalls meiner Kenntnis, aber Waldemar Lehmann war einer der begabtesten Handlanger des Teufels. Es gelang ihm, Herbert Molin in ein Ungeheuer zu verwandeln. Eines Nachmittags kam er zu seiner Tanzstunde. Ich pflegte im Flur zu sitzen und auf das zu lauschen, was dort drinnen geschah, wo mein Vater die Möbel an die Wände gerückt hatte, um seine Stunden geben zu können. Der Raum hatte dunkle Vorhänge und einen glattgeschliffenen Parkettboden. Ich hörte die freundliche Stimme meines Vaters, wie er die Takte zählte und ›linker Fuß‹ und ›rechter Fuß‹ sagte, und daß der Rücken stets gerade sein sollte. Plötzlich verstummte das Grammophon. Es wurde vollkommen still. Ich glaubte zuerst, sie hätten eine Pause gemacht. Dann ging die Tür auf, und Herbert Molin verließ in großer Hast die Wohnung. Ich sah seine Füße, seine Tanzschuhe, als er verschwand. Normalerweise kam mein Vater heraus, wischte sich den Schweiß von der Stirn und lächelte mir zu. Aber diesmal blieb es vollkommen still. Ich schaute ins Zimmer. Mein Vater war tot. Herbert Molin hatte ihn mit Vaters eigenem Gürtel erdrosselt.«

Und dann die Fortsetzung, die Stefan als einen langgezogenen Schrei empfand.

»Er hatte ihn mit seinem eigenen Gürtel erdrosselt und ihm eine zerbrochene Schallplatte in den Mund gesteckt. Das Etikett war blutig, aber es war ein Tango, soviel konnte ich sehen. Ich habe mein ganzes Leben nach dem Mann gesucht, der meinem Vater das angetan hat. Erst als ich durch einen merkwürdigen Zufall mit Höllner zusammentraf, erfuhr ich, wer der Mörder war. Daß es ein Schwede war, der meinen Vater getötet hatte. Ein Mensch, der nicht einmal gezwungen gewesen war,

Hitler zu dienen, geschweige denn seinen vollkommen sinnlosen, unbegreiflichen Haß an den Juden auszulassen. An dem Mann, der versucht hatte, ihm dabei zu helfen, seine Schüchternheit zu überwinden und tanzen zu lernen. Ich weiß nicht, was Lehmann mit Herbert Molin gemacht hat. Was er ihm eingepeitscht hat. Womit er gedroht hat. Wie er von dem endgültigen nazistischen Wahnsinn befallen wurde. Aber das ist auch bedeutungslos. Er ist an jenem Tag in unsere Wohnung gekommen. Nicht um zu tanzen, sondern um meinen Vater zu töten. Es war ein Mord, so brutal, so entsetzlich, daß es sich eigentlich gar nicht beschreiben läßt. Da lag mein Vater mit seinem eigenen Gürtel um den Hals, und es war nicht nur er, der tot war, es waren auch seine Frau, meine Mutter, meine Geschwister und ich. Wir alle starben da mit diesem Gürtel um den Hals. Wir lebten weiter. Meine Mutter nur noch wenige Monate, bis es ihr gelungen war, für meine Geschwister und mich die Ausreise zu erwirken. Das war der letzte Dienst, den mein Onkel Göring abringen konnte. Als wir endlich in die Schweiz gekommen waren, nahm sie sich das Leben, und heute bin nur noch ich übrig. Keines meiner Geschwister ist älter als dreißig geworden. Mein Bruder hat sich zu Tode getrunken, meine Schwester hat sich das Leben genommen, und ich landete in Südamerika. Ich habe nach diesem Mann gesucht, diesem Soldaten, der meinen Vater getötet hat. Ich fand es unvorstellbar, daß er das Recht haben sollte zu leben, während mein Vater tot war. Schließlich fand ich ihn. Einen alten Mann, der sich im Wald versteckt hatte. Ich tötete ihn. Gab ihm seine letzte Tanzstunde. Ich war schon auf dem Weg zurück nach Hause, als jemand Molins Nachbarn tötete, und ich frage mich, ob ich die Schuld dafür trage.«

Stefan wartete auf eine Fortsetzung. Er dachte an den Namen, den Fernando Hereira genannt hatte. Höllner. Es mußte etwas Entscheidendes passiert sein, als sie sich trafen.

»Wer war Höllner?«

»Der Mann, der mir die Botschaft brachte, auf die ich mein ganzes Leben lang gewartet hatte. Ein Mann, der eines Abends in Buenos Aires zufällig im selben Restaurant saß. Als ich entdeckte, daß er ein deutscher Immigrant war, fürchtete ich zunächst, er sei einer von all diesen Nazis, die sich in Argentinien versteckten. Dann wurde mir klar, daß er war wie ich. Ein Mann, der sich immer von Hitler distanziert hatte.«

Fernando Hereira verstummte wieder. Stefan wartete.

»Wenn ich zurückdenke, kommt mir alles so einfach vor«, fuhr er fort. »Höllner kam genau wie ich aus Berlin, und sein Vater war Mitte der dreißiger Jahre von meinem Onkel massiert worden. Mein Onkel war ein Mann, der sich für Hermann Göring unersetzlich gemacht hatte; der litt aufgrund seines Morphiummißbrauchs unter ständigen Schmerzen und konnte keinen anderen Masseur ertragen. Das war der eine Ausgangspunkt. Der zweite war der Mann, der Waldemar Lehmann hieß. Ein Mann, der in verschiedenen Konzentrationslagern Menschen gequält und ermordet hatte. Sein Bruder war genauso gewesen. Er wurde im Herbst 1945 hingerichtet, aber Waldemar wurde nie gefaßt, obwohl viele ihn suchten. Er stand weit oben auf der Liste von Kriegsverbrechern, an deren Spitze Bormann geführt wurde. Eichmann konnte man fassen, nicht aber Waldemar Lehmann. Einer von denen, die nach ihm suchten, war ein englischer Major namens Stuckford. Warum er es tat, weiß ich nicht, aber er hielt sich 1945 in Deutschland auf und muß Ungeheuerliches gesehen haben, als die Konzentrationslager befreit wurden. Er war auch dabei, als Josef Lehmann gehängt wurde. Bei seinen Nachforschungen hatte dieser Major Stuckford Hinweise darauf erhalten, daß ein schwedischer Soldat gegen Ende des Krieges zu einem von Waldemar Lehmanns Schergen geworden war und daß er einen brutalen Mord an seinem Tanzlehrer begangen hatte. Einen Mord, zu dem ihn Waldemar Lehmann gedrängt hatte.«

Fernando Hereira verstummte, als müsse er Kraft sammeln, um seine Erzählung zu Ende führen zu können.

»Irgendwann, lange nach Kriegsende, trafen sich Höllner und Stuckford bei einer Konferenz, bei der es um die Jagd auf Kriegsverbrecher ging. Sie waren beide erbitterte Nazigegner und unterhielten sich über den verschwundenen Waldemar Lehmann. Im Laufe des Gesprächs erfuhr Höllner von dem brutalen Mord an einem Tanzlehrer in Berlin, und er erfuhr auch den Namen dessen, der den Mord begangen hatte. Ein Schwede namens Mattson-Herzén. Ein anderer Nazi hatte ihn während eines der vielen Verhöre, die Stuckford nach Kriegsende durchgeführt hatte, verraten, um sich selbst zu entlasten. All dies hat Höllner mir erzählt, und er konnte auch erzählen, daß Stuckford dann und wann nach Buenos Aires kam.«

Stefan hörte, wie Fernando Hereira nach der Flasche griff. Aber er stellte sie wieder hin, ohne einen weiteren Schluck genommen zu haben.

»Als Stuckford das nächstemal nach Buenos Aires kam, traf ich ihn in seinem Hotel. Ich sagte ihm, daß ich der Sohn des ermordeten Tanzlehrers sei. Ungefähr ein Jahr nach unserem Zusammentreffen erhielt ich einen Brief aus England. Darin berichtete Stuckford, der Soldat, der einmal Mattson-Herzén geheißen habe und der meinen Vater ermordete, habe nach dem Krieg seinen Namen geändert, heiße inzwischen Molin und lebe noch. Ich werde diesen Brief nie vergessen. Jetzt wußte ich, wer meinen Vater getötet hatte. Ein Mann, der freundlich lächelte, wenn er zu seinen Tanzstunden kam. Stuckford konnte mir dann mit seinen Kontakten behilflich sein und den Mann bis hier in die Wälder verfolgen.«

Er verstummte. Es gibt keine Fortsetzung, dachte Stefan. Das ist auch nicht nötig. Jetzt habe ich die Geschichte gehört. Vor mir sitzt ein Mann, den ich nicht sehen kann. Er hat seinen Vater gerächt. Wir hatten recht, als wir glaubten, daß die Hintergründe dieses Mordes weit zurückreichen. Bis zu einem Krieg, der vor so vielen Jahren endete.

Stefan dachte auch, daß Fernando Hereira ihm ein Puzzle fertiggestellt hatte. Es lag eine Ironie darin, daß Herbert Molin sein Alter damit verbracht hatte, ebenfalls Puzzles zu legen. Stets in Gesellschaft seiner Furcht.

»Haben Sie verstanden, was ich erzählt habe?«

»Ja.«

»Haben Sie Fragen?«

»Nicht darüber. Aber ich würde gern wissen, warum Sie den Hund geholt haben?«

Der Mann verstand die Frage nicht.

Stefan formulierte sie anders. »Sie haben Molins Hund getötet. Als Abraham Andersson tot war, haben Sie seinen Hund geholt.«

»Ich wollte zeigen, daß etwas nicht so war, wie Sie glaubten. Daß nicht ich es gewesen bin, der den anderen Mann getötet hat.«

»Warum sollten wir das annehmen, wenn Sie den Hund holten?«

Die Antwort erfolgte einfach und überzeugend. »Ich war betrunken, als ich mich dazu entschloß. Eigentlich verstehe ich immer noch nicht, wieso mich niemand entdeckt hat. Ich holte den Hund fort, um Unordnung zu schaffen. Unordnung in Ihren Gedanken. Ich weiß immer noch nicht, ob es mir gelungen ist.«

»Wir fingen an, neue Fragen zu stellen.«

»Dann habe ich erreicht, was ich wollte.«

»Als Sie kamen, haben Sie da in einem Zelt unten am See gewohnt?«

»Ja.«

Stefan merkte, daß die Ungeduld verschwunden war. Hereira war jetzt vollkommen ruhig. Stefan hörte auch kein Flaschenklirren mehr. Hereira erhob sich. Der Fußboden vibrierte. Er befand sich hinter dem Stuhl, auf dem Stefan saß. Die Angst, die für einen Augenblick nachgelassen hatte, nahm wieder zu. Stefan erinnerte sich daran, wie sich die Hände des Mannes um seinen Hals geschlossen hatten. Jetzt war er gefesselt. Wenn der Mann ihn erwürgen wollte, könnte er keinen Widerstand leisten.

Die Stimme kehrte von links wieder. Der Stuhl knarrte. Stefan suchte weiter in seiner Erinnerung nach dem Raum.

»Ich hatte geglaubt, es würde sterben«, sagte die Stimme. »All das Entsetzliche, das damals geschehen ist. Aber die Gedanken, die in Hitlers krankem Gehirn geboren wurden, sind immer noch lebendig. Sie haben andere Namen, aber es sind die gleichen Gedanken. Die gleiche grauenhafte Betrachtungsweise, der zufolge ganze Völker ausgelöscht werden können, wenn es als notwendig erachtet wird. Über diese ganze neue Technik, die Computer, die internationalen Netzwerke, sind alle diese Gruppen eng miteinander verbunden. Heutzutage findet sich alles in den Computern.«

Stefan hörte zu. Er dachte, daß er fast die gleiche Formulierung aus Veronica Molins Mund gehört hatte. *Alles ist in den Computern.*

»Sie zerstören immer noch Leben«, sagte die Stimme. »Sie werden nicht aufhören, ihren Haß gegen Menschen zu nähren, die eine andere Hautfarbe, andere Sitten, andere Götter haben.«

Stefan verstand plötzlich, daß Hereiras Ruhe trügerisch war. Er befand sich dicht an der Grenze eines Zusammenbruchs, der bedeuten konnte, daß er wieder zur Gewalt Zuflucht nehmen würde. Er hat Herbert Molin getötet, dachte Stefan wieder. Er hat versucht, mich zu erwürgen. Er hat mich niedergeschlagen. Und nun sitze ich gefesselt auf einem Stuhl. Wenn ich nicht von hinten überfallen werde, bin ich stärker als er. Ich bin siebenunddreißig, und er ist fast siebzig. Er kann mich nicht losmachen, weil ich ihn dann überwältigen würde. Er weiß, daß er einen Polizisten angegriffen hat, was das Schlimmste ist, das man tun kann. Ob man sich nun in Schweden befindet oder in Argentinien.

Stefan erkannte jetzt vollkommen klar, daß der Mann ihn töten könnte. Er hatte gerade erzählt, was geschehen war, er hatte ein Geständnis abgelegt, und was blieb jetzt? Die Flucht, nichts anderes. Und die Frage, was er mit einem Polizisten machen sollte, den er in seiner Gewalt hatte.

Ich habe sein Gesicht nicht gesehen, dachte Stefan. Solange ich das nicht getan habe, kann er mich hier zurücklassen und verschwinden. Ich muß zusehen, daß er mir die Binde nicht abnimmt.

»Wer war der Mann, der auf der Straße gestanden hat und mich töten wollte?«

Der Mann schien plötzlich wieder ungeduldig zu werden.

»Ein junger Nazi. Er heißt Magnus Holmström.«

»Ist er Schwede?«

»Ja.«

»Ich dachte, dieses Land sei ein anständiges Land. Ohne Nazis. Abgesehen von den alten. Denen, die zu Hitlers Generation gehören und noch nicht gestorben sind. Die sich immer noch in ihren Löchern verstecken.«

»Es gibt eine neue Generation. Es sind nicht viele, aber es gibt sie.«

»Ich spreche nicht von jungen Männern mit kahlrasierten Schädeln. Ich rede von denen, die in Blut träumen. Die Völkermord planen. Die eine Welt mit weißem Herrenmenschentum vor sich sehen.«

»Magnus Holmström ist einer davon.«

»Ist er gefaßt worden?«

»Noch nicht.«

Schweigen. Die Flasche klirrte wieder.

»War sie es, die ihn gebeten hat zu kommen?«

Welche ›sie‹, dachte Stefan. Dann sah er ein, daß es nur eine Möglichkeit gab. Elsa Berggren.

»Das wissen wir nicht.«

»Wer hätte es sonst sein können?«

»Auch das wissen wir nicht.«

»Aber es muß ein Motiv gegeben haben.«

Vorsicht, dachte Stefan. Nicht zu viel sagen, nicht zu wenig, vor allem das Richtige. Aber was ist das? Er will wissen, ob er Schuld an der Sache trägt, was er natürlich tut. Als er Herbert Molin getötet hat, war es, als habe er einen Stein umgewälzt. Die Kellerasseln sind in verschiedene Richtungen verschwunden. Jetzt wollen sie wieder unter den Stein zurück. Sie wollen, daß jemand den Stein wieder so hinlegt, wie er gelegen hat, bevor hier in den Wäldern die große Unruhe ausgebrochen ist.

Es gab immer noch vieles, was er nicht verstand. Es war, als fehle immer noch ein Glied. Als werde alles von einem unsichtbaren Moment zusammengehalten, das er nicht zu entdecken vermochte. Er nicht, Giuseppe nicht, niemand.

Er dachte an Herbert Molins Haus, das draußen im Wald in Flammen stand. Die Frage zu stellen schien ihm ungefährlich zu sein.

»Haben Sie Herbert Molins Haus in Brand gesteckt?«

»Mir war klar, daß die Polizei dort hinfahren würde. Aber Sie vielleicht nicht. Ich wußte es nicht. Es war eine Möglichkeit, und ich hatte recht. Sie sind im Hotel geblieben.«

»Warum ich? Warum nicht einer von den anderen Polizisten?«

Der Mann antwortete nicht. Stefan dachte, daß er sich geirrt hatte. Daß er trotz allem eine gefährliche Grenze überschritten hatte. Er wartete. Die ganze Zeit suchte er fieberhaft in seinem Kopf nach einer Möglichkeit zu entkommen, die Situation zu verändern, den Raum zu verlassen, in dem er gefesselt saß. Um das zu schaffen, mußte er als erstes wissen, wo er sich befand.

Wieder klirrte die Flasche. Dann stand der Mann auf. Stefan horchte. Plötzlich konnte er die Vibrationen der Schritte auf dem Fußboden nicht mehr wahrnehmen. Es war still. Hatte der Mann den Raum verlassen? Stefan strengte alle seine Sinne an, aber der Mann schien verschwunden.

Eine Uhr begann zu schlagen. Im gleichen Augenblick wußte Stefan, wo er sich befand. Er war in Elsa Berggrens Haus. Es war ihre Uhr. Er hatte sie zum erstenmal gehört, als er sie allein besuchte. Er hatte auch auf den speziellen Klang gehört, als er mit Giuseppe dort gewesen war.

Im selben Augenblick wurde die Binde von Stefans Gesicht gerissen. Es ging so schnell, daß er überhaupt nicht reagieren konnte. Er war wirklich in Elsa Berggrens Wohnzimmer. Auf genau dem Stuhl, auf dem er gesessen hatte, als er sie zum erstenmal besucht hatte. Der Mann stand hinter ihm. Stefan drehte vorsichtig den Kopf.

Fernando Hereira war sehr blaß. Er war unrasiert und hatte dunkle Schatten unter den Augen. Seine Haare waren grau und ungekämmt. Er war mager. Die Kleidung, schwarze Hosen und eine blaue Jacke, war verschmutzt. Die Jacke hatte einen Riß am Kragen. An den Füßen trug er Joggingschuhe. Das war also der Mann, der in einem Zelt unten am See gewohnt hatte. Der Herbert Molin mit großer Brutalität getötet und ihn dann in einem blutigen Tango herumgeschleppt hatte. Und es war der Mann, der Stefan zweimal angegriffen hatte. Der ihn einmal fast erwürgt und ihm beim zweitenmal, vor einer Stunde erst, einen kräftigen Schlag in den Nacken versetzt hatte.

Die Uhr hatte zur halben Stunde geschlagen. Halb sechs

am Morgen. Stefan war länger ohnmächtig gewesen, als er geglaubt hatte. Auf dem Tisch vor dem Mann stand eine Cognacflasche, kein Glas.

Der Mann nahm einen Schluck. Dann sah er Stefan an. »Welche Strafe werde ich erhalten?«

»Das kann ich nicht beantworten. Das entscheidet ein Gericht.«

Fernando Hereira schüttelte resigniert den Kopf. »Niemand wird verstehen. Werden in Ihrem Land Menschen zum Tode verurteilt?«

»Nein.«

Fernando Hereira nahm einen weiteren Schluck aus der Flasche. Mit unsicherer Hand stellte er sie zurück auf den Tisch. Er ist betrunken, dachte Stefan, seine Bewegungen werden unkontrolliert.

»Es gibt eine Person, mit der ich sprechen möchte«, fuhr Fernando Hereira fort. »Ich will Herbert Molins Tochter erklären, warum ich ihren Vater getötet habe. Stuckford hat in seinem Brief von einer Tochter geschrieben. Hat er noch mehr Kinder? Ich will mit der Tochter sprechen. Sie muß jetzt hier sein, wo ihr Vater getötet worden ist.«

»Herbert Molin wird heute beerdigt.«

Fernando Hereira zuckte zusammen. »Heute?«

»Sein Sohn ist gekommen. Die Beerdigung findet heute um elf statt.«

Es wurde still. Fernando Hereira starrte auf seine Hände. »Ich will nur mit ihr sprechen«, sagte er schließlich. »Sie kann es dann anderen erklären, wenn sie will. Ich möchte ihr erzählen, warum ich es getan habe.«

Stefan sah ein, daß er jetzt vielleicht die Möglichkeit gefunden hatte, nach der er suchte. »Veronica Molin wußte nichts davon, daß ihr Vater Nazi war. Sie ist sehr empört, jetzt, wo sie es erfahren hat. Ich glaube, sie wird verstehen, wenn Sie ihr das gleiche erzählen, was Sie mir erzählt haben.«

»Alles, was ich sage, ist die Wahrheit.« Er nahm noch einen Schluck aus der Flasche. »Wenn ich Sie gehen lasse und Sie bitte, mit Veronica Molin Kontakt aufzunehmen, bekomme ich dann die Zeit, die ich brauche, bevor ich gefaßt werde?«

»Woher soll ich wissen, daß Sie Veronica Molin nicht dasselbe antun wie ihrem Vater?«

»Das können Sie nicht wissen. Doch warum sollte ich ihr etwas tun? Sie hat meinen Vater nicht getötet.«

»Aber mich haben Sie überfallen.«

»Das war notwendig, tut mir aber natürlich leid.«

»Und wie haben Sie sich das Ganze gedacht?«

»Ich lassen Sie gehen und bleibe selbst hier. Es ist bald sechs Uhr. Sie sprechen mit Veronica Molin, erzählen, wo ich bin. Wenn sie mich verlassen hat, können Sie und die anderen Polizisten kommen und mich holen. Mir ist klar, daß ich nie wieder nach Hause zurückkehren werde. Ich bleibe hier und sterbe in einem Gefängnis.«

Fernando Hereira verlor sich in seinen Gedanken. Sprach er die Wahrheit oder nicht? Stefan wußte, daß er es nicht als selbstverständlich ansehen konnte.

»Ich kann nicht zulassen, daß Veronica Molin Sie alleine besucht«, sagte Stefan.

»Warum nicht?«

»Sie haben schon gezeigt, daß Sie nicht zögern, Gewalt anzuwenden. Ihr Verlangen ist unrealistisch.«

»Ich muß sie aber allein treffen. Ich werde sie nicht berühren.«

Fernando Hereira schlug plötzlich mit der Faust auf den Tisch.

Stefan fühlte seine Angst wieder wachsen. »Was geschieht, wenn ich mich nicht auf Ihre Forderung einlasse?«

Hereira sah ihn lange an, bevor er antwortete. »Ich bin ein friedlicher Mensch. Dennoch habe ich gegen Mitmenschen Gewalt ausgeübt. Ich weiß nicht, was geschieht. Vielleicht töte ich Sie, vielleicht auch nicht.«

Stefan wußte, daß er Fernando Hereiras Begehren nicht nachkommen konnte. Gleichzeitig sah er ein, daß das Ganze einen höchst unsicheren Ausgang hatte, wenn er Hereira keine akzeptable Lösung präsentierte. »Ich gebe Ihnen die Zeit, die Sie brauchen«, sagte er. »Und Sie können am Telefon mit ihr sprechen.«

Stefan sah, wie es in Hereiras Augen aufblitzte.

»Ich tue schon zuviel«, fuhr Stefan fort. »Ich gebe Ihnen Zeit, und Sie können mit ihr am Telefon sprechen. Sie sehen bestimmt ein, daß ich das als Polizeibeamter nicht machen dürfte.«

»Kann ich Ihnen vertrauen?«

»Sie haben kaum eine Wahl.«

Hereira zögerte. Dann stand er auf und riß den Klebestreifen ab, der Stefan an den Stuhl gefesselt hielt. »Wir müssen einander vertrauen«, sagte er. »Eine andere Möglichkeit gibt es nicht.«

Stefan fühlte sich schwindelig, als er auf die Tür zuging. Seine Beine waren steif, und der Nacken schmerzte.

»Ich warte darauf, daß sie anruft«, sagte Hereira. »Wir reden vielleicht eine Stunde miteinander. Dann können Sie Ihren Kollegen sagen, wo ich bin.«

Bevor er das Haus verließ, schrieb Stefan Elsa Berggrens Telefonnummer auf einen Zettel. Dann ging er über die Brükke. Er blieb an der Stelle stehen, an der in einigen Stunden ein Taucher nach dem Gewehr suchen sollte, das möglicherweise auf dem Grund des Flusses lag. Obwohl er müde war, versuchte er, klar zu denken. Fernando Hereira hatte einen Mord begangen. Aber es hatte fast flehentlich geklungen, aufrichtig, als er Stefan versichert hatte, daß er mit Herbert Molins Tochter nur sprechen wollte. Sie sollte verstehen, wenn er sie um Vergebung bat. Stefan fragte sich erneut, ob Veronica Molin und ihr Bruder die Nacht in Östersund verbracht hatten. Dann würde er bei den verschiedenen Hotels herumtelefonieren müssen, um sie zu suchen.

Als er ins Hotel zurückkehrte, war es halb sieben. Er klopfte an Veronica Molins Tür. Sie öffnete so schnell, daß er fast zurückschrak. Sie war schon angezogen. Im Hintergrund erkannte er den erleuchteten Bildschirm ihres Laptops.

»Obwohl es so früh ist, muß ich mit Ihnen sprechen. Ich dachte, Ihr Bruder und Sie wären in Östersund geblieben, weil es schneit.«

»Mein Bruder ist überhaupt nicht gekommen.«

»Warum nicht?«

»Er hat es sich anders überlegt. Er rief an. Er will nicht auf die Beerdigung gehen. Ich bin spät in der Nacht zurückgekommen. Was ist denn so dringend?«

Stefan begann zur Rezeption zurückzugehen. Sie folgte ihm. Als sie sich gesetzt hatten, erzählte er ohne Umschweife, was in der Nacht geschehen war, daß der Mörder ihres Vaters, Fernando Hereira, in Elsa Berggrens Haus saß und auf ihren Anruf und vielleicht auf ihre Vergebung wartete.

»Er wollte Sie treffen«, schloß Stefan. »Aber das konnte ich natürlich nicht zulassen.«

»Ich habe keine Angst«, sagte sie nach einer Weile, »aber ich wäre natürlich nie hingegangen. Weiß jemand außer Ihnen von der Sache?«

»Niemand.«

»Nicht einmal Ihre Kollegen?«

»Niemand.«

Sie saß schweigend da und sah ihn an. »Ich werde mit ihm sprechen, aber ich möchte allein sein, wenn ich ihn anrufe. Wenn das Gespräch beendet ist, klopfe ich an Ihre Tür.«

Stefan gab ihr den Zettel mit der Telefonnummer. Dann verließ er sie und ging hinauf in sein Zimmer. Als er die Tür öffnete, dachte er, daß sie vielleicht schon mit Hereira sprach. Stefan sah auf seine Uhr. In zwanzig Minuten würde er Giuseppe anrufen und ihm mitteilen, wo Hereira sich befand.

Auf der Toilette war kein Klopapier mehr. Er ging wieder zurück zur Rezeption.

Da sah er sie durchs Fenster. Veronica Molin. Draußen auf der Straße. Sie war in großer Eile.

Er blieb wie angewurzelt stehen. Versuchte zu begreifen. Die Gedanken in seinem Kopf überschlugen sich. Er bezweifelte nicht, daß Veronica Molin auf dem Weg zu Fernando Hereira war. Er hätte es wissen müssen. Der Zusammenhang, der eigentlich in direktem Gegensatz zu dem stand, was er zuvor geglaubt hatte.

Da war etwas mit ihrem Computer, dachte er. Etwas, was sie gesagt hat. Vielleicht etwas, was ich gedacht habe, ohne mir richtig klarzumachen, was der Gedanke bedeutete. Die Unruhe wuchs zu einer Woge, die sich plötzlich vor ihm auftürmte.

Er wandte sich an das Mädchen aus der Rezeption, das auf dem Weg die Treppe hinunter in den Speisesaal war. »Veronica Molins Schlüssel«, sagte er. »Geben Sie ihn mir.«

Sie blickte ihn verständnislos an. »Sie ist gerade rausgegangen.«

»Deswegen brauche ich den Schlüssel.«

»Den kann ich Ihnen nicht geben.«

Stefan schlug mit der Faust auf den Tresen. »Ich bin Polizist«, schrie er. »Geben Sie mir den Schlüssel!«

Sie nahm den Schlüssel vom Wandbrett. Er riß ihn an sich, lief durch den Korridor zu Veronica Molins Zimmer und schloß auf. Sie hatte den Laptop nicht ausgeschaltet. Der Bildschirm flimmerte. Er starrte mit Entsetzen darauf.

Plötzlich sah er es klar vor sich.

Wie alles zusammenhing.

Erkannte seinen katastrophalen Irrtum.

34

Es war ein paar Minuten nach sieben. Es war noch dunkel. Stefan lief. Ein paarmal glitt er im Schnee aus und wäre fast gestürzt. Was jetzt vollkommen einsichtig war, vollkommen einfach und deutlich, hätte er längst einsehen sollen. Aber er war zu träge gewesen. Oder die Angst vor dem, was ihn in einigen Tagen im Krankenhaus erwartete, war zu groß gewesen. Ich hätte verstehen müssen, als Veronica Molin anrief und mich bat zurückzukommen, dachte er. Warum bin ich nicht mißtrauisch geworden? All die Fragen, die schon damals selbstverständlich waren, stelle ich erst jetzt.

Er gelangte zur Brücke. Es war immer noch dunkel. Kein Giuseppe, kein Taucher. Wie lange würde Herbert Molins Haus brennen? Er griff nach seinem Handy und wählte Giuseppes Nummer. Noch immer dieselbe Frauenstimme, die ihn bat, es später zu versuchen. Beinah hätte er das Telefon dem Gewehr hinterhergeworfen, das vor ein paar Tagen auf dem Grund des Flusses versenkt worden war.

Dann sah er, daß ihm ein Mann entgegenkam. Im Licht einer Straßenlaterne erkannte er ihn. An einem der ersten Tage in Sveg hatte er in der Küche des Mannes Kaffee getrunken. In seiner Erinnerung suchte er nach dem Namen. Es war der, der in seinem ganzen Leben keine längere Reise als bis nach Hede unternommen hatte. Dann kam er darauf. Björn Wigren. Der Mann hatte Stefan ebenfalls wiedererkannt.

»Sind Sie noch hier?« fragte er verwundert. »Ich dachte, Sie wären längst abgereist. Elsa hat keinen Mord begangen, das kann ich mir nicht vorstellen.«

Stefan fragte sich, woher Björn Wigren wissen konnte, daß sie festgenommen und nach Östersund gebracht worden war. Aber die Frage spielte im Moment keine Rolle. Hingegen konnte ihm Björn Wigren vielleicht helfen.

»Wir können uns später über Elsa Berggren unterhalten«, sagte er. »Jetzt brauche ich Ihre Hilfe.«

Stefan suchte in seinen Taschen nach Papier und Bleistift, ohne etwas zu finden. »Haben Sie etwas zu schreiben?«

»Nein, aber ich kann nach Hause gehen und was holen, wenn es wichtig ist. Worum geht es denn?«

Seine Neugier ist schrecklich, dachte Stefan und sah sich um. Sie standen am Brückenende. »Kommen Sie mit, hier entlang.«

Sie gingen zu der Stelle, an der die Straße und die Brücke aufeinanderstießen. Dort war eine Schneewehe, und der Schnee war völlig unberührt. Stefan ging in die Hocke und schrieb mit dem Finger in den Schnee. *Elsas Haus. Veronica. Gefährlich. Stefan.*

Dann erhob er sich wieder. »Können Sie lesen, was da steht?«

Björn Wigren las laut. »Was bedeutet das?« fragte er.

»Das bedeutet, daß Sie hierbleiben und warten sollen, bis ein paar Polizisten und ein Taucher kommen. Der Polizist ist wahrscheinlich Giuseppe Larsson. Es kann auch Rundström sein. Oder Erik Johansson, den kennen Sie ja. Sie sollen Ihnen dies hier zeigen. Haben Sie verstanden?«

»Was bedeutet das?«

»Nichts, was Sie im Moment etwas angeht, aber für die Polizisten ist es wichtig. Sie bleiben hier, bis die kommen.«

Stefan strengte sich an, seiner Stimme Autorität zu verleihen. »Sie bleiben hier«, wiederholte er. »Haben Sie verstanden?«

»Ja, aber ich bin schließlich neugierig. Hat es was mit Elsa zu tun?«

»Das erfahren Sie noch früh genug. Wichtig ist jetzt nur, daß Sie begreifen, wie entscheidend das hier ist. Sie erweisen der Polizei einen großen Dienst.«

»Ich bleibe hier. Ich war nur auf meinem Morgenspaziergang.«

Stefan ließ Björn Wigren stehen und ging weiter über die Brücke, während er versuchte, den Polizeinotruf zu wählen. Immer noch die Frauenstimme. Er fluchte und steckte das Handy in die Tasche. Jetzt konnte er nicht länger warten. Er bog nach links ab und blieb vor Elsa Berggrens Haus stehen. Versuchte, vollkommen ruhig zu sein. Es gibt nur eine Möglichkeit, sagte er sich; ich muß so überzeugend wie möglich auftreten. Den Eindruck erwecken, von nichts etwas zu wissen. Veronica Molin muß mich weiter für den Idioten halten, als den sie mich bisher aus guten Gründen schon betrachtet hat.

Er dachte an die Nacht, in der er neben ihr geschlafen hatte. Wahrscheinlich war sie aufgestanden, als er schlief, und hatte sein Zimmer im Obergeschoß durchsucht. Das war der Grund dafür gewesen, ihn in ihr Bett zu lassen. Nicht einmal das hatte er durchschaut. Er war eitel und eingebildet gewesen. Außerdem hatte er Elena hintergangen. Veronica hatte sich seine Schwäche zunutze gemacht.

Er sah keinen Grund, ihr gerade das vorzuwerfen.

Er ging durch die Gartenpforte. Alles war sehr still. Ein schwacher Lichtstreifen war am dunklen Himmel über den bewaldeten Höhenzügen im Osten sichtbar geworden. Er klingelte. Fernando Hereira schaute vorsichtig hinter der Gardine an der Scheibe der Haustür hervor. Stefan empfand unmittelbar Erleichterung darüber, daß ihm nichts geschehen war. Als er in Veronica Molins Zimmer gestanden hatte, war er immer noch besorgt gewesen, ihr könnte etwas passieren. Doch als er gesehen hatte, was auf ihrem Bildschirm flimmerte, hatte sich alles verändert, ins Gegenteil verkehrt. Von dem Augenblick an war es Fernando Hereira, um den er sich Sorgen machte. Es machte keinen Unterschied, daß das, was gerade stattfand, eine Begegnung zwischen einer Frau und dem Mann war, der ihren Vater getötet hatte. Fernando Hereira hatte das gleiche Recht wie alle, sich für seine Taten vor einem Gericht verantworten zu können.

Fernando Hereira öffnete die Tür. Seine Augen glänzten. »Sie kommen zu früh«, sagte er ungeduldig.

»Ich kann warten.«

Die Tür zum Wohnzimmer war angelehnt. Stefan konnte sie da drinnen nicht sehen. Einen kurzen Moment erwog er, Fernando Hereira schon jetzt die Wahrheit zu sagen. Aber er entschloß sich zu warten. Er konnte hinter der Tür stehen und lauschen. Er hatte eingesehen, daß Veronica Molin zu allem fähig war. Er mußte ihr Treffen so weit wie möglich in die Länge ziehen, bis Giuseppe und die anderen Polizisten hier wären.

Er nickte zur Toilette hin. »Ich komme gleich«, sagte er. »Wie geht es?«

»Es ist, wie ich gehofft habe«, sagte Hereira mit müder Stimme. »Sie hört zu. Es hat den Anschein, als ob sie verstünde. Doch ob sie mir vergeben wird, kann ich nicht sagen.«

Er kehrte auf nicht ganz sicheren Beinen ins Wohnzimmer zurück. Stefan schloß sich auf der Toilette ein. Noch stand ihm das Schlimmste bevor. Veronica Molins Blick zu begegnen und sie glauben zu lassen, daß er nicht mehr wußte als vor einer guten halben Stunde. Gleichzeitig dachte er, daß sie ihn kaum im Verdacht haben würde, plötzlich etwas zu begreifen, was er bisher nicht begriffen hatte.

Er wählte Giuseppes Nummer. Als er von neuem die Frauenstimme hörte, geriet er fast in Panik. Er betätigte die Spülung und verließ die Toilette. Ging zur Haustür und hustete, während er das Schloß öffnete. Dann wandte er sich dem Wohnzimmer zu.

Veronica Molin saß auf dem Stuhl, auf dem er selbst gefesselt gesessen hatte. Sie sah ihn an. Er nickte aufmunternd. »Ich kann da draußen warten«, sagte er auf Englisch, »wenn Sie noch nicht fertig sind.«

»Ich möchte, daß Sie bleiben«, antwortete sie.

Fernando Hereira nickte. Auch ihm machte es nichts aus, wenn sich Stefan im Raum befand.

Er wählte wie zufällig den Stuhl, der der Tür am nächsten stand. Von seinem Platz aus hatte er auch die Fenster hinter den Rücken der beiden im Blick.

Veronica Molin betrachtete ihn abschätzig. Er bemerkte jetzt, wie sie die ganze Zeit versuchte, direkt durch ihn hindurchzusehen. Er entschloß sich, ihrem Blick standzuhalten, und wiederholte sein stummes Mantra: *Ich weiß nichts. Ich weiß nichts.*

Die Flasche stand noch auf dem Tisch. Stefan sah, daß Hereira sie zur Hälfte geleert hatte. Aber jetzt hatte er sie zur

Seite geschoben und zugeschraubt. Er begann zu sprechen. Über den Mann namens Höllner, den er in einem Restaurant in Buenos Aires getroffen und der ihm durch einen Zufall die Erklärung dafür gegeben hatte, wer seinen Vater getötet hatte. Fernando Hereira erzählte sehr umständlich. Er ließ keine Einzelheit aus, wann und wo er Höllner begegnet war und wie sie schließlich erkannt hatten, daß ihm Höllner, fast wie von einer höheren Macht geschickt, die Informationen geben konnte, die ihm noch fehlten. Stefan dachte, daß es das Beste war, was geschehen konnte, wenn Hereira seine Geschichte in die Länge zog. Er brauchte Giuseppe hier. Er konnte die Situation nicht allein bewältigen.

Dann fuhr er zusammen.

Weder Fernando Hereira noch Veronica Molin schienen etwas gesehen zu haben. Draußen vor dem Fenster, hinter Veronica Molin, hatte er ein Gesicht erkannt. Das Gesicht Björn Wigrens. Jetzt kam es wieder. Stefan sah ihn aus den Augenwinkeln. Die Neugier des Mannes kannte keine Grenzen. Er hatte also die Brücke verlassen und es nicht vermocht, seine Neugier zu zähmen.

Das Gesicht tauchte von neuem auf. Björn Wigren schien nicht gemerkt zu haben, daß Stefan ihn entdeckt hatte. Was sieht er, dachte Stefan. Drei Menschen in einem Zimmer, die ein konzentriertes, aber nicht besonders erregtes Gespräch führen. Auf dem Tisch steht eine Flasche Cognac, die er vielleicht vom Fenster aus erkennt. Aber was könnte an dieser Situation gefährlich sein? Nichts. Er fragt sich wahrscheinlich, wer der Mann ist. Und vielleicht hat er Veronica Molin damals nicht gesehen, als sie ihren Besuch bei Elsa Berggren gemacht hat. Er muß glauben, daß dieser Polizeibeamte aus dem Süden, auf den er während seines Morgenspaziergangs gestoßen ist, verrückt ist. Er wird sich auch fragen, warum sie sich in Elsa Berggrens Haus aufhalten, wenn sie selbst nicht da ist, und wie sie hineingekommen sind.

Stefan konnte seine Wut nur mit größter Mühe kontrollieren. Er bezweifelte, daß Giuseppe oder irgend jemand sonst die Nachricht im Schnee bemerken würde. Es war kein Björn Wigren da, der auf sie wartete. Es war nichts da.

Das Gesicht verschwand wieder. Stefan betete im stillen, daß Björn Wigren trotz allem zur Schneewehe zurückkehren würde. Dann brauchte es noch nicht zu spät zu sein. Aber das Gesicht tauchte erneut auf. Jetzt hatte er das Fenster gewechselt, befand sich hinter Fernando Hereira. Es bestand die Gefahr, daß Veronica Molin ihn entdeckte, wenn sie den Kopf drehte.

Ein Handy klingelte. Stefan glaubte, es wäre seins, aber der Signalton war anders. Veronica Molin griff nach ihrer Handtasche, die sie neben ihren Stuhl gestellt hatte, nahm ein Mobiltelefon heraus und meldete sich. Wer es auch sein mag, der da anruft, dachte Stefan, er verschafft mir mehr Zeit. Und Zeit ist das, was ich am nötigsten brauche. Björn Wigrens Gesicht war verschwunden und kam nicht zurück.

Stefan begann wieder zu hoffen, daß er zur Brücke zurückgegangen war.

Veronica Molin lauschte ins Telefon, ohne etwas zu sagen. Dann schaltete sie es ab und legte es wieder in die Tasche.

Als sie die Hand wieder herausnahm, hielt sie eine Pistole darin.

Sie stand langsam auf und trat ein paar Schritte zur Seite. Von dort hatte sie sowohl Stefan als auch Fernando Hereira im Schußfeld. Stefan hielt den Atem an. Hereira schien zunächst nicht zu verstehen, was sie in der Hand hatte. Als er erkannte, daß es eine Waffe war, wollte er aufstehen, setzte sich aber wieder, als sie die Pistole hob.

Dann sah sie Stefan an. »Das war dumm«, sagte sie. »Von Ihnen und von mir.«

Sie hielt die Waffe jetzt auf Stefan gerichtet. Sie hielt sie mit beiden Händen, und ihre Hände waren ruhig.

»Es war das Mädchen aus der Rezeption im Hotel. Sie hat angerufen, um mir zu sagen, daß Sie den Schlüssel genommen haben und in mein Zimmer gegangen sind. Und ich weiß, daß ich meinen Laptop nicht ausgeschaltet habe.«

»Ich weiß nicht, wovon Sie reden.«

Stefan erkannte die Sinnlosigkeit, sich aus der Geschichte herausreden zu wollen, aber er mußte Zeit gewinnen. Aus den Augenwinkeln schaute er wieder zum Fenster hinüber. Björn

Wigren war verschwunden. Er konnte nur hoffen. Diesmal bemerkte sie seinen Blick. Ohne die Waffe zu senken, ging sie zum nächsten Fenster.

Draußen schien niemand zu sein. »Sie sind nicht allein gekommen?« fragte sie.

»Wen hätte ich mitbringen sollen?«

Sie blieb am Fenster stehen. Stefan dachte, daß das Gesicht, das er zuvor so schön gefunden hatte, nun eingefallen und häßlich wirkte.

»Es hat überhaupt keinen Zweck zu lügen«, fuhr sie fort und verließ das Fenster. »Besonders wenn man die Kunst nicht beherrscht.«

Fernando Hereira starrte auf die Waffe in ihrer Hand. »Ich verstehe nicht«, sagte er. »Was ist hier los?«

»Nichts, außer daß Veronica Molin nicht die ist, für die sie sich ausgibt. Vielleicht widmet sie einen Teil ihres Lebens ihrem Beruf als Finanzmaklerin, aber einen anderen Teil widmet sie der Förderung der nationalsozialistischen Ideen in der Welt.«

Fernando Hereira sah ihn fragend an. »Nationalsozialismus«, sagte er. »Ist sie Nazi?«

»Sie ist die Tochter ihres Vaters.«

»Vielleicht ist es am besten, wenn ich das diesem Mann, der meinen Vater getötet hat, selbst erkläre«, unterbrach ihn Veronica Molin.

Sie sprach langsam und deutlich, in fehlerfreiem Englisch. Ein Mensch, der nicht daran zweifelte, im Recht zu sein. Was sie sagte, war für Stefan ebenso erschreckend wie deutlich. Herbert Molin war für seine Tochter ein Held gewesen. Ein Mensch, zu dem sie immer aufgesehen und in dessen Fußstapfen zu treten sie nie gezögert hatte. Aber sie war ihrem Vater gegenüber nicht unkritisch. Er hatte politische Ideale vertreten, deren Formen veraltet waren. Sie gehörte einer neuen Zeit an, die ihre Ideale vom absoluten Recht des Stärkeren, ihre Vorstellungen von Übermenschen und Untermenschen der Wirklichkeit anpaßten, in der sie sich befanden. Sie beschrieb die nackte und uneingeschränkte Macht. Das Recht der starken Minderheit, über die Schwachen und Armen zu herrschen.

Sie benutzte Worte wie ›untauglich‹, ›Untermenschen‹, ›die Horden der Armen‹, ›Abschaum‹, ›Bodensatz‹, und sie beschrieb eine Welt, in der für die Menschen in den armen Ländern der Untergang vorgezeichnet war. Sie schrieb den gesamten afrikanischen Kontinent ab. Mit einigen wenigen Ausnahmen. Ländern, in denen noch starke Diktatoren herrschten. Afrika war ein Kontinent, der sich selbst überlassen werden sollte, um zu verbluten. Der keine Unterstützung bekommen, sondern im Gegenteil isoliert werden und von sich aus sterben sollte. Ihr Weltbild war von der Überzeugung bestimmt, daß die neue Zeit der elektronischen Netzwerke Menschen wie ihr die Überlegenheit und die Instrumente in die Hand gaben, die sie benötigten, um ihre Herrschaft über die Welt zu konsolidieren.

Stefan hörte zu und dachte, daß sie wahnsinnig sein mußte. Sie glaubte allen Ernstes an das, was sie sagte. Sie sprach aus tiefster Überzeugung und verstand nicht die Absurdität ihrer Haltung. Ein wahnwitziger Traum, der niemals in Erfüllung gehen konnte.

»Sie haben meinen Vater getötet«, endete sie. »Sie haben ihn getötet, und deswegen werde ich Sie töten. Ich habe verstanden, daß Sie nicht von hier verschwunden sind, weil Sie wissen wollten, was Abraham Andersson zugestoßen ist. Er war ein unbedeutender Mensch, dem es irgendwie gelungen war, etwas über die Vergangenheit meines Vaters herauszufinden. Deswegen mußte er sterben.«

»Haben Sie ihn getötet?«

Fernando Hereira hatte begriffen. Stefan sah einen Mann vor sich, der sich von einem lebenslangen Alptraum befreit hatte, nur um sogleich in einen neuen geschleudert zu werden.

»Es gibt ein internationales Netzwerk«, sagte Veronica Molin, »zu dem die schwedische Stiftung ›Schwedens Wohl‹ gehört. Ich bin eine der Führerinnen. Eine unsichtbare Person im Hintergrund. Aber ich bin auch Mitglied in der kleinen Gruppe von Menschen, die das nationalsozialistische Netzwerk auf globaler Ebene leiten. Abraham Andersson hinzurichten, um uns zu versichern, daß er sein Wissen nie enthüllen könnte, bedeutete für uns keine Schwierigkeit. Es gibt viele, die bereit sind, einen erteilten Befehl sofort zu befolgen. Ohne zu fragen und ohne zu zögern.«

»Wie ist er darauf gekommen, daß Ihr Vater Nazi war?«

»Eigentlich begann es mit Elsa. Ein unglücklicher Zufall. Elsa hat eine Schwester, die viele Jahre lang im Sinfonieorchester in Helsingborg spielte. Sie erwähnte Abraham Andersson gegenüber, daß Elsa in Sveg wohnte und Nationalsozialistin sei, als er beschloß, hierherzuziehen. Er spionierte sie aus, und dann auch meinen Vater. Als er begann, meinen Vater zu erpressen, unterschrieb er sein eigenes Todesurteil.«

»Magnus Holmström«, sagte Stefan. »Hieß er so, der Mann, dem Sie den Befehl gaben, Abraham Andersson zu töten? Haben Sie oder er das Schrotgewehr in den Fluß geworfen, als Abraham Andersson tot war? Und waren Sie es, die Elsa Berggren dazu zwang, die Schuld auf sich zu nehmen? Haben Sie auch sie bedroht? Haben Sie auch ihr gedroht, sie umzubringen?«

»Sie wissen eine ganze Menge«, meinte sie. »Aber das hilft Ihnen nichts.«

»Was haben Sie eigentlich vor?«

»Sie zu töten«, sagte sie kalt. »Aber zuerst werde ich den Mann ausmerzen, der meinen Vater getötet hat.«

›Ausmerzen‹, sie ist wirklich wahnsinnig, dachte Stefan. Vollkommen wahnsinnig. Wenn Giuseppe nicht einträfe, mußte er versuchen, an ihre Waffe zu kommen. Von Fernando Hereiras Seite konnte er keine Hilfe erwarten. Er hatte inzwischen zu viel getrunken. Er konnte auch nicht davon ausgehen, sie zur Abkehr von ihrem Vorhaben überreden zu können. Ihm war jetzt vollkommen klar, daß er eine Wahnsinnige vor sich hatte. Sie würde nicht zögern zu schießen, wenn er sie angriffe.

Zeit, dachte er, ich brauche Zeit.

»Sie werden nie davonkommen«, sagte er.

»Natürlich werde ich das«, erwiderte sie. »Niemand weiß, daß wir hier sind. Ich erschieße diesen Mann, der meinen Vater getötet hat, und Sie. Anschließend arrangiere ich das Ganze so, daß es aussieht, als hätten Sie ihn erschossen und hinterher Selbstmord begangen. Niemand wird es für besonders seltsam halten, wenn ein Polizist mit einem Krebsleiden Selbstmord begeht. Besonders nicht, nachdem er einen anderen Menschen erschossen hat. Die Waffe kann nicht zu mir zurückverfolgt werden. Ich gehe von hier zur Kirche, wo in ein paar Stunden mein Vater beerdigt wird. Niemand wird auch nur auf den Gedanken kommen, daß eine Tochter, die ihren Vater beerdigt, die Stunden davor noch schnell dazu nutzt, zwei Menschen zu töten. Ich werde dort am Sarg stehen. Die trauernde Tochter. Und ich werde Freude darüber empfinden, daß mein Vater gerächt worden ist, bevor er beerdigt wird.«

Stefan hörte plötzlich ein schwaches Geräusch hinter sich. Er wußte sofort, was es war. Die Haustür wurde geöffnet. Er wandte vorsichtig den Kopf und sah, wie Giuseppe den Flur betrat. Ihre Blicke trafen sich. Giuseppe bewegte sich lautlos. Er hatte eine Waffe in der Hand. Innerhalb weniger Sekunden hatte sich die Situation verändert.

Ich muß ihn verstehen lassen, was hier abläuft, dachte Stefan. »Sie sind also der Meinung, daß Sie uns nacheinander erschießen können«, sagte er. »Mit der Pistole, die Sie in der Hand halten. Und Sie glauben, Sie werden davonkommen?«

Sie erstarrte. Plötzlich war sie wachsam. »Warum sprechen Sie so laut?«

»Ich spreche genau wie vorher.«

Sie schüttelte den Kopf und bewegte sich zur Seite, so daß sie in den Flur hinausblicken konnte. Giuseppe war nicht zu sehen. Er wird hinter der Tür sein, dachte Stefan, und es kann ihm nicht entgangen sein, was ich gesagt habe.

Veronica Molin stand reglos da und horchte. Wie ein Tier in der Nacht, das sein Gehör aufs äußerste anstrengt, dachte Stefan.

Dann ging alles sehr schnell. Sie bewegte sich wieder. Diesmal zur Tür hin. Stefan wußte, daß sie nicht zögern würde zu schießen. Sie war zu weit von ihm entfernt, als daß er sich ihr entgegenwerfen könnte, bevor sie sich umgedreht und einen Schuß auf ihn abgegeben hätte. Aus so kurzer Entfernung würde sie ihn auch kaum verfehlen. Gerade als sie die Tür erreichte, griff er nach der Lampe, die auf dem Tisch neben dem

Stuhl stand, und warf sie mit aller Kraft in eines der Fenster. Die Scheibe zerbarst. Im selben Augenblick warf er sich nach vorn. Auf Fernando Hereira zu. Das Sofa und er stürzten um. Als er auf dem Fußboden neben Hereira landete, nahm er noch wahr, daß sie sich umdrehte. Sie hielt die Waffe immer noch im Anschlag. Sie schoß. Stefan schloß die Augen und konnte noch denken, daß er sterben würde, bevor der Schuß ihm mit einem gewaltigen Knall entgegenkam. Fernando Hereira zuckte zusammen. Seine Stirn war blutig. Dann knallte es wieder. Als Stefan begriff, daß er auch diesmal nicht getroffen war, blickte er auf und sah, daß Giuseppe auf dem Fußboden zusammengebrochen war. Veronica Molin war verschwunden. Die Haustür stand weit offen. Fernando Hereira stöhnte. Doch er hatte nur einen Streifschuß an der Schläfe abbekommen. Stefan sprang auf, stolperte über das umgestürzte Sofa und ging zu Giuseppe, der auf dem Rücken lag und die Hände an eine Stelle zwischen dem Hals und der rechten Schulter preßte. Stefan kniete sich neben ihn.

»Ich glaube, es ist nicht so schlimm«, sagte Giuseppe. Sein Gesicht war weiß vom Schmerz und vom Schock.

Stefan stand auf, holte ein Handtuch aus der Toilette und drückte es an die blutende Schulter.

»Ruf an. Sie sollen Unterstützung schicken«, sagte Giuseppe. »Und such sie.«

Stefan wählte an Elsa Berggrens Telefon den Polizeinotruf. Er hörte sich ins Telefon schreien. Währenddessen erhob sich Fernando Hereira vom Fußboden und sank in einen Sessel. Der Telefonwachhabende bei der Polizei in Östersund versprach, augenblicklich Maßnahmen einzuleiten.

»Ich komme schon klar«, sagte Giuseppe noch einmal. »Warte nicht, sieh zu, daß du hinterherkommst. Such sie. Ist die Frau verrückt?«

»Total verrückt. Sie ist Nazi, genau wie ihr Vater. Vielleicht sogar noch fanatischer.«

»Das erklärt alles«, sagte Giuseppe. »Obwohl ich im Augenblick nicht genau weiß, was.«

»Rede nicht. Beweg dich nicht.«

»Am besten wartest du, bis du Verstärkung bekommst«,

sagte Giuseppe. »Ich habe falsch gedacht. Bleib hier. Sie ist zu gefährlich. Du kannst nicht allein hinter ihr her.«

Aber Stefan hatte bereits Giuseppes Waffe ergriffen. Er hatte nicht vor, zu warten. Sie hatte auf ihn geschossen. Versucht, ihn zu töten. Es machte ihn rasend. Sie hatte ihn nicht nur getäuscht, sondern auch versucht, Fernando Hereira, Giuseppe und ihn selbst zu töten. Wenn alles ein bißchen anders verlaufen wäre, könnten jetzt drei tote Menschen auf dem Fußboden in Elsa Berggrens Haus liegen, statt zweier verletzter und einem, der überhaupt nicht getroffen worden war.

Stefan kam aus dem Haus. Björn Wigren stand am Gartentor. Als er Stefan sah, lief er davon, aber Stefan brüllte hinter ihm her, stehenzubleiben.

Björn Wigrens Kiefer bewegten sich unruhig. Die Augen starrten. Ich sollte ihm eine langen, dachte Stefan. Seine Neugier hätte uns beinah alle das Leben gekostet.

»Wohin ist sie gelaufen«, brüllte er. »In welche Richtung?«

Björn Wigren deutete auf den Weg, der am Fluß entlang zu der neuen Brücke führte.

»Bleiben Sie hier stehen«, sagte Stefan. »Und bewegen Sie sich nicht von der Stelle. Polizisten und Krankenwagen sind unterwegs. Sagen Sie ihnen, daß es hier ist.«

Björn Wigren nickte. Er stellte keine Fragen.

Stefan begann zu laufen. Der Weg war verlassen. Aus dem Fenster eines Hauses am Weg starrte ein Gesicht. Er versuchte, Veronica Molins Fußspuren zu entdecken, aber es waren einfach zu viele Fuß- und Wagenspuren im Schnee. Er blieb stehen und entsicherte die Waffe. Dann lief er weiter. Das Dämmerlicht war noch schwach. Schwere Wolken hingen am Himmel. Als er an die Brücke kam, hielt er inne. Nirgendwo konnte er Veronica Molin entdecken. Er versuchte, ruhig zu denken. Sie hatte keinen Wagen. Es war etwas geschehen, was sie nicht geplant hatte. Sie war auf der Flucht und gezwungen zu improvisieren. Wahrscheinlich versuchte sie, sich ein Auto zu beschaffen. Sie wird es kaum wagen, zum Hotel zurückzukehren. Sie weiß, daß ich gesehen habe, was auf ihrem Laptop ist. Auch wenn auf dem Bildschirm nur das Hakenkreuz und darunter ein Brief gewesen ist, in dem Veronica Molin über die Unvergänglichkeit der alten nationalsozialistischen Ideale redet. Sie weiß, daß es keine Rolle mehr spielt, was sich im Computer verbirgt. Sie hat versucht, drei Menschen zu erschießen. Sie hat nur die Wahl, zu fliehen oder aufzugeben. Und sie hat nicht aufgegeben.

Er lief über die Brücke. Auf der anderen Brückenseite lagen zwei Tankstellen. Alles wirkte ruhig. Ein paar Autofahrer tankten. Stefan blieb stehen und sah sich um. Wenn jemand versucht hätte, mit gezogener Waffe ein Auto an sich zu bringen, wäre es hier nicht so ruhig. Er versuchte sich vorzustellen, wie sie dachte. Sie brauchte unbedingt einen Wagen.

Aber plötzlich begann ein Warnsignal in ihm zu schrillen. Dachte er falsch? Hinter dem ruhigen und kühlen Äußeren hatte er in einen verwirrten, fanatischen Menschen geblickt. Vielleicht reagierte sie ganz anders, als er glaubte. Sein Blick fiel auf die Kirche, die links von ihm lag. Was hatte sie gesagt? *Mein Vater wurde gerächt, bevor er beerdigt wird.* Er starrte weiter auf die Kirche.

Konnte es möglich sein? Er hatte nichts zu verlieren. Von fern hörte er Sirenen. Stefan lief zur Kirche hinauf. Das Hauptportal war nur angelehnt. Vorsichtig schob er die Tür auf. Sie knarrte leise. Er öffnete sie gerade so weit, daß er sich hindurchzwängen konnte, und stellte sich schnell an die Wand des Vorraums. Die Sirenen hörte er nicht mehr. Die Kirchenwände waren dick. Behutsam öffnete er eine der Türen, die ins Innere führten. Ganz vorn im Mittelgang vor dem Altar stand ein Sarg. Herbert Molins Sarg. Stefan ging in die Hocke und hielt Giuseppes Waffe mit beiden Händen. Es war niemand da. Er schlich hinein und suchte hinter der letzten Bankreihe Deckung. Alles war still. Er sah vorsichtig über die Rückenlehne der Bank. Veronica Molin war nirgendwo zu sehen. Er dachte, daß er sich geirrt hatte, daß er die Kirche ebensogut verlassen konnte, als er vom Chor her ein schwaches Geräusch vernahm. Es war aus der Sakristei hinter dem Altarbild gekommen. Er horchte. Es kam kein weiteres Geräusch. Er sah ein, daß er sich vermutlich geirrt hatte. Dennoch wollte er die Kirche nicht verlassen, ohne sich versichert zu haben, daß sie leer war. Langsam ging er den Mittelgang hinunter. Immer noch geduckt, mit der Waffe im Anschlag. Als er sich direkt neben dem Sarg befand, blieb er erneut stehen und horchte. Er schaute zum Altarbild auf. Die Jesusgestalt schwebte, im Vordergrund kniete ein römischer Soldat. In der Sakristei war es still. Er ging am Altarring entlang und horchte wieder. Immer noch kein Laut. Dann hob er die Waffe und trat ein. Er entdeckte sie zu spät. Sie stand neben einem hohen Schrank an der Wand neben der Tür. Unbeweglich, die Waffe auf ihn gerichtet.

»Laß die Pistole fallen«, sagte sie.

Sie sprach leise, fast zischend. Er beugte sich langsam nieder und legte Giuseppes Pistole auf den Steinfußboden.

»Nicht einmal in der Kirche läßt du mich in Frieden«, sagte sie. »Nicht einmal an dem Tag, an dem mein Vater beerdigt wird. Du solltest an deinen eigenen Vater denken. Ich bin ihm nie begegnet, aber nach dem, was ich gehört habe, war er ein guter Mann. Seinen Idealen treu. Nur schade, daß es ihm nicht gelungen ist, sie an dich weiterzugeben.«

»Hat Emil Wetterstedt dir das erzählt?«

»Vielleicht. Aber das spielt wohl kaum eine Rolle.«

»Und was hast du jetzt vor?«

»Ich werde dich töten.«

Zum zweiten Mal an diesem Morgen sprach sie diese Drohung aus. Doch diesmal war es, als vermöchte er nicht einmal mehr Angst zu haben. Es blieb nur die Hoffnung, daß es ihm gelingen würde, sie zum Aufgeben zu überreden, oder daß eine Situation entstand, in der er sie entwaffnen könnte.

Dann sah er ein, daß es noch eine dritte Möglichkeit gab. Er stand immer noch dicht neben der Türöffnung. Wenn ihre Aufmerksamkeit einen Moment nachließe, würde er sich zurückwerfen und wieder ins Kircheninnere verschwinden. Dort könnte er sich zwischen den Bänken verstecken und möglicherweise nach draußen gelangen.

»Woher wußtest du, daß ich hier bin?«

Sie sprach wieder mit sehr leiser Stimme. Stefan bemerkte, daß sie die Pistole nicht mehr so fest hielt. Die Waffe zeigte schräg nach unten auf seine Beine, nicht mehr auf die Brust. Sie klappt gleich zusammen, dachte er.

Vorsichtig verlagerte er sein Körpergewicht auf das rechte Bein. »Warum gibst du nicht auf?« fragte er.

Sie antwortete nicht, schüttelte nur den Kopf. Dann kam der Augenblick, auf den er gewartet hatte. Die Hand mit der Waffe sank, und sie drehte den Kopf, um durch eines der Fenster zu sehen. Er warf sich zurück, drehte sich um und lief den Mittelgang hinunter. Jeden Moment erwartete er von hinten den Schuß, der ihn töten würde.

Plötzlich stolperte er und stürzte der Länge nach hin. Er hatte eine Teppichkante übersehen. Im Fallen schlug er mit der Schulter an eine der Bänke. Da kam der Schuß. Er schlug neben ihm in die Bank ein. Es folgte ein zweiter. Das Echo war wie ein Donner. Dann Stille. Er hörte das Geräusch eines fallenden Körpers hinter sich. Als er sich umsah, entdeckte er sie. Sie lag schräg vor dem Sarg ihres Vaters. Das Herz hämmerte wild in seiner Brust. Was war geschehen? Hatte sie sich erschossen?

Dann hörte er Erik Johanssons aufgeregte und schrille Stimme von der Empore. »Liegen Sie still! Bewegen Sie sich nicht! Veronica Molin, können Sie mich hören? Bleiben Sie liegen!«

»Sie bewegt sich nicht«, rief Stefan.

»Bist du getroffen?«

»Nein.«

Erik Johansson rief erneut. Seine Stimme hallte im Kirchenraum wider. »Veronica Molin, bleiben Sie liegen! Halten Sie die Arme ausgestreckt!«

Sie bewegte sich noch immer nicht. Es krachte an der Treppe, die zur Empore hinaufführte. Erik Johansson trat in den Mittelgang. Stefan stand langsam auf. Sie näherten sich vorsichtig dem reglosen Körper.

Stefan hob die Hand. »Sie ist tot. Du hast sie ins Auge getroffen.«

Erik Johansson schluckte und schüttelte den Kopf. »Ich habe auf ihre Beine geschossen. So schlecht ziele ich nicht.«

Sie traten zu dem Körper. Stefan hatte recht. Der Schuß hatte sie ins linke Auge getroffen. Unmittelbar neben ihr, an der Unterkante der gemauerten Steinsäule, die den Taufstein trug, war deutlich das Einschlagloch einer Kugel zu sehen.

»Ein Querschläger«, sagte Stefan. »Du hast vorbeigeschossen, aber die Kugel ist abgeprallt und hat sie getötet.«

Erik Johansson schüttelte verständnislos den Kopf. Stefan ahnte, daß Erik Johansson noch nie in seinem Leben einen Schuß auf einen Menschen abgegeben hatte. Jetzt hatte er es getan, und die Person, die er ins Bein treffen wollte, war tot.

»Es ist nicht zu ändern«, sagte Stefan. »Es ist einfach so. Aber jetzt ist es vorbei. Jetzt ist alles vorbei.«

Die Kirchentüren wurden geöffnet. Ein entgeisterter Küster starrte sie an. Stefan klopfte Erik Johansson auf die Schulter, bevor er zu dem Mann trat, um ihm zu erklären, was geschehen war.

Als Stefan eine halbe Stunde später Elsa Berggrens Haus betrat, begegnete er Rundström. Giuseppe war auf dem Weg ins Krankenhaus in Östersund, aber Fernando Hereira war nicht mehr da. Als die Sanitäter Giuseppe forttrugen, hatte dieser gesagt, der Mann dort sei verschwunden, ohne daß er es gemerkt habe.

»Den kriegen wir«, sagte Rundström.

»Da bin ich nicht so sicher«, antwortete Stefan skeptisch. »Wir wissen nicht, wie er heißt. Er kann mehrere Pässe haben. Bisher ist er sehr geschickt darin gewesen, sich nicht schnappen zu lassen.«

»War er nicht verletzt?«

»Nur eine Schramme an der Stirn.«

In diesem Moment trat ein Mann im Overall ein. Er hielt ein schlammbedecktes Gewehr in der Hand und legte es auf den Tisch. »Ich habe es sofort gefunden, als ich reingegangen bin. Hat es in der Kirche eine Schießerei gegeben?«

Rundström winkte ab. »Ich erkläre es später«, sagte er.

Er betrachtete das Gewehr. »Ich frage mich, ob der Staatsanwalt Elsa Berggren für ihre Lügen zur Verantwortung ziehen kann«, sagte er nachdenklich. »Auch wenn es nun dieser Magnus Holmström gewesen ist, der Abraham Andersson getötet und das Gewehr in den Fluß geworfen hat. Brandstifter ist er offensichtlich auch. Molins Haus ist an mehreren Stellen gleichzeitig angezündet worden.«

»Fernando Hereira hat gesagt, er habe den Brand gelegt. Um die Polizei abzulenken.«

»Es ist vieles passiert, was ich nicht begreife«, sagte Rundström. »Giuseppe ist auf dem Weg ins Krankenhaus, und Erik befindet sich in der Kirche, in der er Veronica Molin erschossen hat. Also bist du, Stefan Lindman, Polizist aus Borås, der einzige, der mir erklären kann, was heute morgen in meinem Polizeidistrikt vorgefallen ist.«

Den Rest des Tages verbrachte Stefan in Erik Johanssons Büro. Weil sie immer wieder unterbrochen wurden, zog sich das Gespräch mit Rundström über viele Stunden hin. Um Viertel vor zwei am Nachmittag nahm Rundström ein Telefongespräch entgegen, in dem ihm mitgeteilt wurde, daß Magnus Holmström in Arboga in dem gesuchten Ford Escort gefaßt worden war. Kurz nach fünf erklärte er, daß er nun alles erfahren habe, was er wissen müsse. Er begleitete Stefan zum Hotel zurück. Sie trennten sich in der Rezeption.

»Wann fährst du?«

»Morgen. Ich fliege.«

»Ich werde zusehen, daß dich jemand zum Flugplatz fährt.«

Stefan streckte ihm die Hand hin.

»Es ist alles sehr sonderbar gewesen«, sagte Rundström, »aber irgendwie ahne ich, daß wir das meiste von dem, was geschehen ist, verstehen werden. Nicht alles. Das tut man nie. Es gibt immer Lücken. Aber das meiste. Genug, um mehrere Täter zu verurteilen.«

»Etwas sagt mir, daß Fernando Hereira nicht so leicht zu fassen sein wird«, meinte Stefan.

»Er hat übrigens französische Zigaretten geraucht«, sagte Rundström. »Falls du dich an diese Tabakreste erinnern kannst, die du am See gefunden und Giuseppe gegeben hast.«

Stefan nickte. Er erinnerte sich. »Ich bin deiner Meinung«, sagte er dann. »Es gibt immer Lücken. Zum Beispiel eine Person namens ›M‹ in Schottland.«

Rundström sagte nichts und ging. Stefan dachte, daß er wohl Herbert Molins Tagebuch noch nicht gelesen hatte.

Das Mädchen in der Rezeption war blaß. »Habe ich was falsch gemacht?« fragte sie.

»Ja. Aber nun ist es vorbei. Morgen reise ich ab. Dann lasse ich Sie wieder mit Ihren Werksfahrern und Orientierungsläufern allein.«

Er aß im Hotel zu Abend, dann rief er Elena an und sagte ihr, wann er nach Hause käme. Gerade als er ins Bett gehen wollte, rief Rundström an und teilte ihm mit, daß es Giuseppe den Umständen entsprechend gutginge. Die Verletzung war ernst, aber nicht lebensbedrohlich. Erik Johansson ging es entschieden schlechter. Er hatte einen Zusammenbruch erlitten. Rundströms letzte Nachricht war, daß die Sicherheitspolizei jetzt eingeschaltet war.

»Es wird in den Massenmedien explodieren«, sagte er. »Wir haben einen sehr großen Stein umgewälzt. Die Kellerasseln sausen in alle Richtungen. Es gibt schon heute Anzeichen dafür, daß dieses nazistische Netzwerk einen Umfang hat, den sich niemand vorstellen konnte. Sei dankbar, daß du nicht die Journalisten auf den Hals bekommst.«

Stefan blieb noch lange wach. Er fragte sich, wie die Beerdigung verlaufen war. Aber vor allem gingen ihm Erinnerungsbilder durch den Kopf, die von seinem Vater handelten.

Ich werde ihn nie verstehen, dachte er. Und ich werde ihm nie verzeihen. Auch wenn er tot und begraben ist. Er hat mir und meinen Schwestern nie sein wahres Gesicht gezeigt. Wir hatten einen Vater, der das Böse verherrlicht hat.

Am Morgen des folgenden Tages wurde Stefan zum Flugplatz auf Frösö gefahren. Kurz vor elf setzte seine Maschine in Landvetter auf. Elena holte ihn ab, und es machte ihn froh, sie zu sehen.

Zwei Tage später, am neunzehnten November, fiel Schneeregen über Borås, als Stefan den Hügel zum Krankenhaus hinaufging. Er war vollkommen ruhig und fühlte, daß er dem, was ihm bevorstand, gewachsen war. Als erstes trank er in der Cafeteria eine Tasse Kaffee. Neben ihm auf einem Stuhl lagen ein paar zerlesene Abendzeitungen vom Vortag. Die ersten Seiten waren voll von den Neuigkeiten über die Ereignisse in Härjedalen und über die schwedische Sektion eines weltumspannenden Netzes von nationalsozialistischen Organisationen. Der Chef der Sicherheitspolizei hatte sich geäußert: »Eine schokkierende Entdeckung. Eine Organisation, die viel tiefer reicht und viel gefährlicher ist als die neonazistischen, von Skinheads dominierten Kleingruppen, die wir bisher mit dem faschistoiden Bösen verbunden haben.«

Stefan legte die Zeitungen weg. Es war zehn Minuten nach acht.

Er stand auf und ging zu der Abteilung, in der er erwartet wurde.

Er fragte sich, wohin Fernando Hereira verschwunden war. Man hatte ihn immer noch nicht gefaßt.

Stefan wünschte vor allem, daß es ihm gelingen würde, nach Buenos Aires zurückzukehren, damit er weiter in Ruhe seine französischen Zigaretten rauchen konnte. Den Mord an Herbert Molin hatte er schon lange gesühnt.

Epilog

INVERNESS

April 2000

Am Sonntag, den 9. April, holte Stefan Elena früh am Morgen ab. Auf dem Weg von der Alleegata nach Norrby ertappte er sich dabei, daß er vor sich hin summte. Er konnte sich nicht erinnern, wann das zuletzt der Fall gewesen war. Ihm war auch nicht gleich bewußt, was er da summte. Eine Melodie, die von weit her kam, dachte er, während er durch die noch schlafende Stadt fuhr. Dann fiel ihm ein, daß es ein Stück war, das sein Vater manchmal auf dem Banjo gespielt hatte. ›Beale Street Blues‹. Stefan fiel sogar wieder ein, daß sein Vater erzählt hatte, die Straße gäbe es auch in Wirklichkeit, vielleicht in mehreren nordamerikanischen Städten, ganz bestimmt aber in Memphis.

Ich erinnere mich an die Musik meines Vaters, dachte Stefan. Aber sein Gesicht, seine wahnwitzigen Ansichten, das alles versinkt schon wieder im Dunkel. Er ist aus der Schattenwelt zurückgekehrt, um zu erzählen, wer er eigentlich war. Jetzt habe ich ihn wieder fortgestoßen. Die einzige Erinnerung, die ich jetzt und in Zukunft an ihn bewahren will, ist die Musik, die sich in meinem Kopf festgesetzt hat. Und darin kann ich vielleicht auch einen Zug finden, der mich mit ihm versöhnt. Für die Nazis waren die Afrikaner mit ihrer Musik, ihren Traditionen, ihrer Art zu leben etwas Barbarisches. Afrikaner waren nichts anderes als Menschen auf einem niedrigeren Niveau. Auch wenn der schwarze amerikanische Leichtathlet Jesse Owens der Größte bei der Berliner Olympiade 1936 war, weigerte sich Hitler, ihm die Hand zu geben. Aber mein Vater liebte die schwarze Musik, den Blues. Er verheimlichte das auch nicht. Vielleicht finde ich da den Riß in seiner Mauer, daß er sich nicht nur dem Bösen und der Menschenverachtung verschrieben hatte. Ich werde nie wissen, ob ich recht habe. Aber ich kann wenigstens selbst entscheiden, was ich glauben will.

Elena wartete schon vor der Haustür auf ihn. Auf dem Weg nach Landvetter sprachen sie darüber, wer von beiden sich am meisten auf die Reise freute. Elena, die fast nie aus Borås herauskam, oder Stefan, der nach seinem letzten Gespräch mit der Ärztin ernsthaft zu hoffen begann, daß er seinen Krebs durch die erste Strahlenbehandlung und die nachfolgende Operation besiegt hatte. Die Frage nach der Vorfreude auf die Reise fand keine Antwort, es war nur ein Spiel.

Sie flogen um 07.35 mit British Airways nach London Gatwick. Elena, die Flugangst hatte, hielt krampfhaft seine Hand fest, als die Maschine von der Startbahn abhob und nördlich von Kungsbacka über dem Meer in die Wolken stieg. Als sie die Wolkendecke durchstießen, empfand Stefan ein plötzliches Gefühl von Freiheit. Sechs Monate lang hatte er mit einer bohrenden Furcht gelebt, die ihn selten oder nie verlassen hatte. Jetzt war sie verschwunden. Es war natürlich nicht sicher, daß er jetzt gesund war und es bleiben würde, seine Ärztin hatte ihm gesagt, daß er fünf Jahre lang Kontrollen einhalten müßte. Doch sie hatte ihm geraten, möglichst wieder ein normales Leben zu führen, nicht ständig nach Symptomen zu suchen und damit der Furcht, die er so lange mit sich herumgetragen hatte, neue Nahrung zu geben. Und als er jetzt im Flugzeug saß, war ihm, als habe er den Absprung tatsächlich gewagt, fort von dieser Furcht, zurück zu etwas, was er so lange entbehrt hatte.

Elena sah ihn an. »Was denkst du?«

»Was ich ein halbes Jahr lang nicht zu denken gewagt habe.«

Sie drückte wortlos seine Hand. Einen kurzen Moment meinte er, in Tränen ausbrechen zu müssen. Doch es gelang ihm, sich zu beherrschen.

Sie landeten in Gatwick und trennten sich wie verabredet, nachdem sie durch die Paßkontrolle gegangen waren. Elena wollte zwei Tage in London bei einem entfernten Verwandten aus Krakau verbringen, der in einem von Londons vielen Vororten einen Kolonialwarenladen betrieb. Stefan wollte zum Terminal für Inlandflüge, um die Reise fortzusetzen.

»Ich begreife noch immer nicht, warum du dahin mußt«, sagte Elena.

»Ich bin trotz allem Polizist. Ich will ein Geschehen bis zum Ende verfolgen.«

»Aber ist der Täter nicht gefaßt? Zumindest einer von ihnen? Und die Frau ist tot. Ihr wißt doch, wie alles abgelaufen ist. Was gibt es da noch zu klären?«

»Es gibt immer Lücken. Vielleicht ist es nichts als Neugier. Etwas, was nur indirekt mit meiner Arbeit als Kriminalbeamter zu tun hat.«

Sie betrachtete ihn mit einem forschenden Blick. »In den Zeitungen stand, ein Beamter sei angeschossen worden und ein zweiter einer tödlichen Drohung ausgesetzt gewesen. Ich frage mich, wann du mir erzählst, daß du dieser andere Beamte warst. Wie lange muß ich darauf noch warten?«

Stefan antwortete nichts, hob nur die Arme.

»Du weißt im Grunde gar nicht, warum du diese Reise machen mußt«, fuhr Elena fort. »Habe ich recht? Oder gibt es etwas, was du mir nicht erzählen willst? Warum kannst du nicht einfach sagen, wie es ist?«

»Ich bin dabei, es zu lernen. Aber es ist so, wie ich sage. Eine letzte Tür, die ich öffnen möchte, um zu sehen, was sich dahinter verbirgt.«

Er sah ihr nach, bis sie zwischen den Menschen, die dem Ausgang zustrebten, verschwunden war. Dann ging er zum Inland-Terminal. Die Melodie vom Morgen war plötzlich wieder in seinem Kopf. Seine Maschine startete pünktlich um 10.25, und aus dem knisternden Lautsprecher erfuhr Stefan, daß die Flugdauer knapp zwei Stunden betragen würde. Er schloß die Augen und wachte erst auf, als die Räder der Maschine mit einem Ruck auf der Landebahn des Flugplatzes von Inverness in Schottland aufsetzten. Als er auf das altertümliche Flugplatzgebäude zuging, spürte er die leichte, klare Luft, wie er sie aus Härjedalen in Erinnerung hatte. Sveg war von bewaldeten Höhen umschlossen wie von einem wogenden, dunklen Ring. Die Landschaft hier war anders. Im Norden scharf konturierte hohe Berge, ansonsten Heide und Ackerland, der Himmel tief und nah. Er holte den Schlüssel seines Mietwagens und spürte eine vage Nervosität, weil er sich an den Linksverkehr gewöhnen mußte, und machte sich auf den Weg nach Inverness. Die

Straße war schmal. Es irritierte ihn, daß die Schaltung ausgeleiert war, und er überlegte, ob er umkehren und einen besseren Wagen verlangen sollte. Doch er ließ es bleiben. Er wollte nicht weit fahren, nur nach Inverness und zurück, und vielleicht würde er noch den einen oder anderen Ausflug machen.

Das Hotel *Old Blend*, das sein Reisebüro für ihn gebucht hatte, lag im Stadtzentrum. Er brauchte lange, um es zu finden. Dabei hatte er zweimal im Kreisverkehr Chaos ausgelöst und andere Fahrer zu heftigen Bremsmanövern gezwungen. Er atmete tief durch, als er endlich den Wagen vor dem Hotel geparkt hatte, einem zweigeschossigen Haus aus dunkelrotem Backstein. Wieder einmal würde er im Verlauf seiner Suche nach den Umständen, die zu Herbert Molins Ermordung geführt hatten, im Hotel wohnen, dachte er, aber es würde zum letztenmal sein. Jetzt wußte er, was geschehen war, und er hatte auch den Mann getroffen, der Molin getötet hatte. Wo der Mann, der vielleicht Fernando Hereira hieß, sich befand, wußte er nicht. Ein paar Tage zuvor hatte Giuseppe aus Östersund angerufen und mitgeteilt, daß weder die Suche der schwedischen Polizei noch die Fahnung durch Interpol etwas ergeben habe. Er befand sich wohl unter einem anderen Namen, seinem wirklichen, schon irgendwo in Südamerika, und Giuseppe bezweifelte, daß sie ihn je finden würden. Und sollten sie ihn aufspüren, würden die schwedischen Behörden kaum mit seiner Auslieferung rechnen können. Giuseppe versprach, Stefan über die weitere Entwicklung auf dem laufenden zu halten. Dann hatte er sich nach Stefans Gesundheitszustand erkundigt und war erfreut über das Ergebnis der jüngsten Kontrolluntersuchung.

»Was habe ich dir gesagt?« lachte Giuseppe. »Du warst drauf und dran, vor Düsterkeit umzukommen. Ich habe noch nie in meinem Leben einen so niedergeschlagenen Menschen gesehen wie dich.«

»Du hast vielleicht auch noch nicht so viele getroffen, denen ein Todesurteil um den Hals hing. *Im* Hals, um genau zu sein. Anderseits hast du einen Schuß in die Schulter abgekriegt.«

Giuseppe wurde ernst. »Ich frage mich manchmal, ob sie

geschossen hat, um mich zu töten. Ich sehe noch ihren Blick vor mir. Ich möchte eher glauben, daß sie mich nur verletzen wollte. Aber ich muß wohl einsehen, daß es anders war.«

»Und wie geht es dir jetzt?«

»Die Schulter ist immer noch ein wenig steif. Aber es wird besser.«

»Und Erik Johansson?«

»Ich habe gehört, daß er vorzeitig in Pension gehen will. Diese Geschichte hat ihn schwer mitgenommen. Ich habe ihn vor ein paar Tagen getroffen. Er ist abgemagert.«

Giuseppe seufzte. »Es hätte trotz allem viel schlimmer kommen können.«

»Ich werde Elena einmal mitnehmen zum Bowling. Und ich werde alle Kegel abräumen und dabei an dich denken.«

»Als Herbert Molin ermordet wurde, wußten wir nicht, was uns erwartete«, sagte Giuseppe. »Jetzt wissen wir, daß wir etwas sehr Großes aufgedeckt haben. Nicht nur ein Netzwerk von Nazi-Organisationen, sondern, schlimmer noch, die Tatsache, daß der Faschismus weiterlebt, wenn auch in anderen Formen.«

Zum Abschluß des Gesprächs wechselten sie noch ein paar Worte über Magnus Holmström. Der Prozeß gegen ihn sollte in der nächsten Woche beginnen. Holmström hatte sich entschieden zu schweigen. Aber die Beweise gegen ihn reichten aus, um ihn zu einer langen Haftstrafe zu verurteilen.

Es war vorbei. Doch es gab noch immer ein loses Ende, das Stefan untersuchen wollte. Davon hatte er Giuseppe nichts gesagt. Dieses lose Ende befand sich hier in Inverness. Auch wenn Veronica Molins Versuch mißlungen war, eine Erklärung für den Mord an ihrem Vater zusammenzulügen, ihr einziges, allerdings schwaches Manöver in jenen dramatischen Herbsttagen, so verbarg sich doch ein Mensch hinter dem Buchstaben ›M‹ in Herbert Molins Tagebuch. Eine Kriminalassistentin namens Evelyn, die schon lange bei der Polizei in Borås war, hatte Stefan geholfen. Zusammen hatten sie Protokolle und Namenlisten von einem Besuch britischer Polizisten in Borås im November 1971 ausgegraben. Sie hatten an einer der

Wände des Archivraums sogar ein Foto von jenem Besuch gefunden. Das Bild war vor dem Polizeipräsidium aufgenommen worden. Olausson war mit auf dem Bild, und neben ihm standen vier britische Polizeibeamte, zwei von ihnen Frauen, und eine von beiden, die ältere, hieß Margaret Simmons. Stefan fragte sich zuweilen, wieviel Veronica Molin eigentlich über den Besuch ihres Vaters in Schottland gewußt hatte. Sie hatte einen anderen Namen als Margaret benutzt, als sie versuchte, sie in die Irre zu führen. Sie hatte gesagt, die Frau hieße Monica.

Herbert Molin war nicht mit auf dem Bild. Aber irgendwo im Hintergrund war er gewesen. Damals, im November 1971, war er der Frau namens Margaret begegnet, und im Jahr danach hatte er sie in Schottland besucht und im Tagebuch darüber geschrieben. Sie hatten im nördlich von Inverness an der Küste gelegenen Dornoch lange Spaziergänge gemacht. Vielleicht würde Stefan hinfahren, um sich die Stadt anzusehen. Aber Margaret Simmons war nach ihrer Pensionierung 1980 fortgezogen. Evelyn hatte ihm geholfen, dies alles in Erfahrung zu bringen, ohne zu fragen, warum. Eines Tages Anfang Februar, ungefähr zur gleichen Zeit, als er anfing zu glauben, daß er die Krankheit überleben würde und seiner Arbeit wieder nachgehen könnte, hatte sie ihn angerufen und ihm triumphierend eine Adresse und eine Telefonnummer in Inverness gegeben.

Jetzt war er hier. Und bisher hatte er noch keinen Plan gemacht. Sollte er sie anrufen oder zu der Adresse gehen und einfach anklopfen? Margaret Simmons war achtzig Jahre alt. Sie konnte krank oder schwach sein und keine Lust haben, ihn zu empfangen.

Er betrat die Rezeption und wurde von einem freundlichen Mann empfangen, der ihn mit kräftiger Stimme willkommen hieß. Sein Zimmer hatte die Nummer 12 und lag ganz oben, kein Fahrstuhl, nur knarrende Treppen. Er ging lautlos über weiche Teppiche, von irgendwo war ein Fernseher zu hören. Er stellte seine Tasche ab und trat ans Fenster. Unter ihm brauste der Verkehr, und wenn er den Blick hob, sah er das Meer, die

Berge und den Himmel. Aus der Minibar nahm er zwei Fläschchen Whisky und leerte sie am Fenster stehend. Sein Gefühl von Freiheit war noch stärker als vorher. Ich bin auf dem Weg zurück, dachte er. Ich habe überlebt. Wenn ich alt bin, werde ich an diese Zeit denken als an etwas, was mein Leben verändert, aber nicht beendet hat.

Es wurde Abend. Er hatte sich entschlossen, erst am nächsten Tag Kontakt zu Margaret Simmons aufzunehmen. Ein leichter Nieselregen fiel über der Stadt. Er ging hinaus, hinunter zum Hafen, lief ziellos an den Kais entlang. Plötzlich spürte er, wie ungeduldig er war. Er wollte wieder anfangen zu arbeiten. Er hatte nichts verloren außer Zeit. Aber was war eigentlich Zeit? Unruhige Atemzüge, Morgen, die zu Abenden und neuen Tagen wurden? Die chaotischen Wochen in Härjedalen, als sie zunächst nach einem Mörder suchten, dann nach zweien, kamen ihm unwirklich vor, wenn er daran zurückdachte. Und dann die Zeit nach dem 19. November, an dem er um Punkt 08.15 ins Behandlungszimmer seiner Ärztin eingetreten war; und ein paar Tage später der Beginn der Strahlenbehandlung. Wie dachte er jetzt darüber? Wie würde er es beschreiben, wenn er einen Brief an sich selbst verfassen müßte? Damals hatte die Zeit stillgestanden. Er hatte gelebt, als sei sein Körper ein Gefängnis. Erst als er Mitte Januar aus der Sache heraus war, den Bestrahlungen und der Operation, war sein Gefühl für Zeit zurückgekehrt, für Zeit als etwas, was sich bewegte, vorüberging, ohne zurückzukommen. Er aß in einem Restaurant nicht weit vom Hotel.

Als die Speisekarte gebracht wurde, rief Elena an. »Wie ist es in Schottland?«

»Gut. Aber es ist gar nicht so einfach, links zu fahren.«

»Hier regnet es.«

»Hier auch.«

»Was tust du gerade?«

»Ich will gerade essen.«

»Was ist mit deinem Auftrag?«

»Heute tue ich nichts. Aber morgen.«

»Komm aber, wie du es versprochen hast.«

»Warum sollte ich das nicht tun?«

»Als du krank geworden bist, hast du dich von mir entfernt. Ich möchte nicht, daß das noch einmal passiert.«

»Ich komme wie versprochen.«

»Heute habe ich ein polnisches Abendessen mit Verwandten, die ich noch nie gesehen habe.«

»Ich wünschte, ich könnte dabeisein.«

Sie lachte schallend. »Du lügst aber schlecht. Grüß Schottland.«

Nach dem Abendessen setzte er seinen Spaziergang fort. Die Kais, der Hafen, die Hauptgeschäftsstraßen. Er fragte sich, wohin er eigentlich unterwegs war.

In der Nacht schlief er tief.

Am nächsten Morgen stand er früh auf. Der Nieselregen fiel immer noch über Inverness. Nach dem Frühstück rief er die Telefonnummer an, die Evelyn ihm gegeben hatte.

Ein Mann meldete sich. »Simmons.«

»Mein Name ist Stefan Lindman. Ich möchte Margaret Simmons sprechen.«

»Worum geht es denn?«

»Ich komme aus Schweden. Sie hat Anfang der siebziger Jahre Schweden besucht. Ich bin ihr nie begegnet. Aber ein Kollege von mir, auch Polizist, hat von ihr gesprochen.«

»Meine Mutter ist nicht zu Hause. Von wo rufen Sie an?«

»Inverness.«

»Sie besucht heute Culloden.«

»Wo liegt das?«

»Culloden ist ein Schlachtfeld nicht weit von Inverness. Dort fand die letzte Schlacht auf britischem Boden statt. 1745. Haben Sie in Schweden keinen Geschichtsunterricht?«

»Jedenfalls nicht besonders viel über Schottland.«

»Die Schlacht war in einer halben Stunde vorbei. Die Schotten verbluteten, die Engländer massakrierten alle, deren sie habhaft werden konnten. Meine Mutter besucht das Schlachtfeld drei- oder viermal im Jahr und geht dort spazieren. Zuerst macht sie eine Runde durchs Museum. Manchmal werden dort Filme gezeigt. Sie behauptet, sie liebe es, die Stimmen der Toten aus der Erde zu hören. Sie bereitet sich auf ihren eigenen Tod vor, sagt sie.«

»Und wann kommt sie zurück?«

»Heute abend. Aber dann geht sie gleich ins Bett. Wie lange bleibt ein schwedischer Polizist in Inverness?«

»Bis morgen nachmittag.«

»Rufen Sie morgen vormittag an. Wie war ihr Name, Steven?«

»Stefan.«

Stefan beschloß, nicht bis zum nächsten Tag zu warten. Er ging zur Rezeption hinunter und bat um eine Wegbeschreibung nach Culloden.

Der Mann nickte zustimmend. »Ein guter Tag für einen Besuch. Das gleiche Wetter heute wie damals am Tag der Schlacht. Nebel, Feuchtigkeit, kein allzu starker Wind.«

Stefan fuhr aus Inverness hinaus. Diesmal ging es leichter im Kreisverkehr. Er bog von der Hauptstraße ab und folgte den Hinweisschildern. Auf dem Parkplatz standen zwei Busse und ein paar Personenwagen. Stefan blickte über die Heide. Einige hundert Meter voneinander entfernt standen Stangen mit roten und gelben Wimpeln. Er nahm an, daß sie die Position der Heere markierten. In der Ferne sah er das Meer und dahinter die Berge. Er dachte, daß die Heerführer ihren Soldaten einen schönen Platz zum Sterben ausgesucht hatten.

Er löste eine Eintrittskarte für das Museum. Ein paar Schulklassen wuselten herum und schauten sich die als Soldaten und Krieger ausstaffierten Puppen an, die zu wüsten Schlachtszenen arrangiert waren. Er suchte mit den Blicken nach Margaret Simmons. Das Foto, das er von ihr gesehen hatte, war fast dreißig Jahre alt. Dennoch war er sicher, daß er sie erkennen würde. Aber im Museum konnte er sie nicht finden. Er ging hinaus in den böigen Wind, um sie auf dem Schlachtfeld zu suchen. Die Heide war menschenleer. Nur die roten und gelben Wimpel knatterten an ihren Stangen. Er ging zurück. Die Kinder waren auf dem Weg in einen Hörsaal. Er folgte ihnen. Gerade als er eintrat, wurde das Licht gelöscht, und die Leinwand leuchtete auf. Er tastete sich vorwärts zu einem Platz in der ersten Reihe und setzte sich. Der Film mit seinen drastischen Geräuscheffekten dauerte dreißig Minuten. Als das Licht wieder anging, blieb er sitzen. Die Kinder drängten zum Ausgang, und als sie zu viel Lärm machten, wurden sie von ihren Lehrern energisch zur Ordnung gerufen.

Stefan blickte sich um. Sie saß ganz hinten. Er erkannte sie sofort. Sie trug einen schwarzen Regenmantel. Als sie aufstand, stützte sie sich auf ihren Regenschirm und achtete genau darauf, wohin sie ihre Füße setzte. Stefan wartete. Sie warf einen Blick in seine Richtung. Er wartete, bis sie den Saal verlassen hatte, und folgte ihr dann. Die Kinder waren plötzlich verschwunden. Eine Frau saß allein an einer Glastheke, an der man Souvenirs und Postkarten kaufen konnte, und strickte. Aus dem Café nebenan waren ein Radio und das Klirren von Porzellan zu hören.

Stefan folgte Margaret Simmons. Sie war auf dem Weg hinunter zu der Mauer, die das Schlachtfeld umgab. Obwohl es regnete, hatte sie ihren Schirm nicht aufgespannt, dafür war es zu böig. Er wartete, bis sie das Tor geöffnet und durch die Mauer gegangen war. Dann folgte er ihr und fragte sich gleichzeitig, wie so viele Kinder einfach spurlos verschwinden konnten. Sie ging auf einem der Pfade, die sich über das Schlachtfeld schlängelten. Er folgte ihr langsam und sagte sich, daß er vollkommen richtig gehandelt hatte. Er wollte wissen, warum Herbert Molin in seinem Tagebuch über sie geschrieben hatte. Sie war die große Ausnahme gewesen, dachte er. Da war der Bericht darüber, wie er über die Grenze nach Norwegen gelangt war, Eis aß und Mädchen in Oslo anschaute, und anschließend die schrecklichen Jahre als Soldat bei der Waffen-SS. Die Jahre, die ihn zu einem erbärmlichen Handlanger Waldemar Lehmanns deformiert hatten. Und dann also die Reise nach Schottland. Wenn er sich recht erinnerte, war das der längste zusammenhängende Abschnitt im ganzen Tagebuch, länger als die Briefe, die er aus dem Krieg nach Hause geschickt hatte. Bald hätte er sie eingeholt, um vielleicht die letzten Informationen über Herbert Molin zu erhalten.

Rechts und links des Pfads standen in unregelmäßigen Abständen Grabsteine, aber nicht für einzelne Krieger, sondern für die verschiedenen schottischen Clans, deren Mitglieder von den Engländern niedergemacht worden waren. Margaret Simmons ging auf einem Schlachtfeld umher. Herbert Molin lebte auch ein paar Jahre auf dem Schlachtfeld. Aber er fiel nicht, weder von Kanonen noch von Gewehrfeuer getroffen. Er wurde von jemandem ermordet, der ihn auf einem abgelegenen Hof in Härjedalen aufgespürt hatte.

Margaret Simmons blieb stehen und beugte sich zu einem der Grabsteine hinunter. Stefan hielt inne. Sie warf einen Blick zu ihm hinüber und ging weiter. Er folgte ihr weit hinaus auf das Schlachtfeld, ein schwedischer Polizeibeamter, der noch keine Vierzig war, dreißig Meter hinter einer schottischen Frau, die ebenfalls Polizistin gewesen war und jetzt ihre Zeit damit verbrachte, sich auf den Tod vorzubereiten.

Sie gelangten in die Mitte des Schlachtfelds zwischen die roten und gelben Wimpel. Da blieb sie stehen und drehte sich zu ihm um. Sie wandte den Blick nicht ab, sie wartete. Er sah, daß sie stark geschminkt war, klein und mager. Ungeduldig stieß sie die Spitze ihres Regenschirms auf den Boden. »Verfolgen Sie mich? Wer sind Sie?«

»Ich heiße Stefan Lindman und komme aus Schweden. Ich bin Polizist, genau wie Sie es einmal waren.«

Sie strich sich die Haare aus dem Gesicht. »Sie müssen mit meinem Sohn gesprochen haben. Er ist der einzige, der weiß, daß ich hier bin.«

»Er war sehr freundlich.«

»Was wollen Sie von mir?«

»Sie haben einmal eine Stadt namens Borås in Schweden besucht. Es ist keine große Stadt, zwei Kirchen, zwei Plätze, ein schmutziger Fluß. Sie waren vor achtundzwanzig Jahren dort, im Herbst 1971. Sie trafen damals einen Polizeibeamten namens Herbert Molin. Im Jahr darauf besuchte er Sie in Dornoch.«

Sie betrachtete ihn schweigend. »Ich möchte gern meinen Weg fortsetzen«, sagte sie schließlich. »Ich will mich an den Gedanken gewöhnen, daß ich tot sein werde.«

Sie wandte sich zum Gehen. Stefan schloß neben ihr auf.

»Die andere Seite«, sagte sie. »Auf meiner Linken möchte ich niemanden haben.«

Er wechselte die Seite.

»Ist Herbert tot?« fragte sie plötzlich.

»Ja, er ist tot.«

Sie nickte. »So ist es, wenn man alt wird. Die Menschen glauben, die einzigen Neuigkeiten, die man sich wünsche, seien Todesnachrichten. Die Leute können sich wie Idioten gebärden, ohne es zu merken.«

»Herbert Molin ist ermordet worden.«

Sie zuckte zusammen und hielt inne. Stefan glaubte einen Moment lang, sie würde zusammenbrechen.

Doch dann ging sie weiter. »Und was ist passiert?«

»Seine Vergangenheit hat ihn eingeholt. Er wurde von einem Mann getötet, der etwas rächen wollte, was Molin während des Krieges getan hat.«

»Ist der Täter gefaßt worden?«

»Nein.«

»Warum nicht?«

»Er ist entkommen. Wir wissen nicht einmal, wie er heißt. Er hat einen argentinischen Paß auf den Namen Hereira und wohnt vermutlich in Buenos Aires. Aber wir gehen davon aus, daß sein wirklicher Name ganz anders lautet.«

»Was hatte Herbert getan?«

»Er hatte einen jüdischen Tanzlehrer in Berlin getötet.«

Sie war wieder stehengeblieben. Ihr Blick schweifte über das Schlachtfeld. »Es war eine sehr eigentümliche Schlacht, die hier geschlagen wurde. Genaugenommen war es keine Schlacht. Das ganze war im Nu vorüber. Auf dieser Seite standen wir, die Schotten, auf der anderen Seite die Engländer. Sie schossen mit ihren Kanonen. Die Schotten starben in Scharen. Als sie schließlich gegen die Engländer stürmten, war es schon zu spät. In weniger als einer halben Stunde lagen Tausende von Toten und Verwundeten hier. Sie liegen hier noch immer.«

Sie ging weiter.

»Herbert Molin hat ein Tagebuch hinterlassen«, sagte Stefan. »Das meiste darin handelt vom Krieg. Er war Nazi und kämpfte als Freiwilliger auf der Seite Hitlers. Aber das wissen Sie vielleicht längst?«

Sie antwortete nicht. Die Schirmspitze stieß hart auf den Boden.

»Ich fand das Tagebuch in einen Regenmantel eingewickelt an dem Ort, wo er ermordet wurde. Ein Tagebuch, einige Fotos und Briefe. Das einzige, was er im Tagebuch ausführlich beschrieben hat, ist die Reise nach Dornoch, die er im Frühjahr 1972 gemacht hat. Da steht, er habe lange Spaziergänge mit ›M‹ gemacht.«

Sie blickte ihn erstaunt an. »Hat er meinen Namen nicht ausgeschrieben?«

»Da steht nur ›M‹. Sonst nichts.«

»Und was hat er geschrieben?«

»Daß Sie lange Spaziergänge gemacht haben.«

»Und sonst?«

»Nichts.«

Sie ging wortlos weiter. Stefan wartete. Dann blieb sie wieder stehen. »An dieser Stelle ist einer meiner Verwandten gefallen«, sagte sie. »Ich entstamme dem Clan MacLeod, auch wenn ich seit meiner Heirat den Namen Simmons trage. Ich kann natürlich nicht sagen, ob Angus MacLeod genau an dieser Stelle starb. Aber ich habe beschlossen, daß es hier war. Genau hier. Nirgendwo sonst.«

»Ich habe mich natürlich gefragt«, sagte Stefan, »was damals war.«

Sie sah ihn verwundert an. »Er hatte sich in mich verliebt. Was natürlich eine große Dummheit war. Was hätte es sonst sein sollen? Männer sind Jäger, ob sie sich vornehmen, ein Tier zur Strecke zu bringen oder eine Frau. Er sah nicht einmal gut aus. Dicklich. Und ich war doch verheiratet. Ich hätte fast einen Schock bekommen, als er plötzlich anrief und sagte, er sei in Schottland. Das war das einzige Mal in meinem Leben, daß ich meinen Mann belogen habe. Ich sagte ihm, daß ich Überstunden machte, wenn ich Herbert traf. Und Herbert versuchte, mich dazu zu überreden, mit ihm nach Schweden zu kommen.«

Sie hatten das eine Ende des Schlachtfelds erreicht. Sie kehrte um und folgte einem Weg, der sich neben einer niedrigen Steinmauer dahinschlängelte.

Erst als sie wieder zu ihrem Ausgangspunkt, dem Tor in der Mauer, zurückgekommen waren, sah sie Stefan wieder an.

»Ich pflege um diese Zeit Tee zu trinken. Dann gehe ich wieder hinaus. Leisten Sie mir Gesellschaft?«

»Gern.«

»Herbert trank immer nur Kaffee. Allein so etwas. Wie hätte ich mit einem Mann leben können, der Tee verachtete?«

Sie gingen in die Cafeteria. An einem Tisch saßen ein paar jüngere Männer in Kilts und unterhielten sich gedämpft.

Margaret wählte einen Tisch am Fenster, von wo ihr Blick über das Schlachtfeld ging, bis nach Inverness und zum Meer. »Ich mochte ihn nicht«, sagte sie plötzlich mit fester Stimme. »Er klammerte sich an mich, obwohl ich ihm von Anfang an sagte, daß seine Reise sinnlos war. Ich hatte schon einen Mann. Und mit dem hatte ich genug Maleschen, weil er viel zuviel trank. Aber er war der Vater meines Sohnes, und das war mir das Wichtigste. Ich sagte Herbert, er solle sich zusammenreißen und nach Schweden zurückfahren. Ich dachte, er hätte das akzeptiert und wäre abgefahren, doch dann rief er wieder bei der Polizeiwache an. Weil ich fürchtete, daß er es fertigbrächte, bei mir zu Hause aufzutauchen, sagte ich zu, mich wieder mit ihm zu treffen. Und da erzählte er.«

»Daß er Nazi sei?«

»*Gewesen* sei. Ihm war schon klar, daß ich die Brutalität Hitlers während des Luftkriegs hier in Großbritannien kennengelernt hatte. Er behauptete, er bereue alles.«

»Haben Sie ihm geglaubt?«

»Ich weiß nicht. Ich wollte nur, daß er wieder verschwindet.«

»Aber Sie haben weiter Spaziergänge mit ihm gemacht?«

»Er begann mich als Beichtmutter zu benutzen. Er beteuerte, es sei alles eine jugendliche Verirrung gewesen. Ich weiß noch, daß ich manchmal fürchtete, er würde vor mir auf die Knie fallen, während wir spazierengingen. Eigentlich war das alles entsetzlich. Er wollte, daß ich ihm verzeihen sollte. Als wäre ich ein Pfarrer oder ein Sprachrohr all derer, die in der Hitlerzeit gelitten haben.«

»Und was sagten Sie zu ihm?«

»Daß ich ihm zuhören könnte. Aber daß sein Gewissen mich nichts anginge.«

Die Männer im Kilt standen auf und verließen die Cafeteria. Der Regen war jetzt stärker geworden, das Wasser klatschte an die Scheibe.

Sie sah ihn an. »Aber das stimmte also nicht?«

»Was?«

»Daß er es bereute?«

»Ich bin davon überzeugt, daß er bis zu seinem Tod Nazi war. Er hatte Angst, er war entsetzt über das, was in Deutschland geschehen war. Aber seinem Glauben hat er wohl nie abgeschworen. Er hat ihn sogar seiner Tochter weitergegeben. Die auch tot ist.«

»Was war mit ihr?«

»Sie kam bei einer Schießerei mit der Polizei ums Leben. Es fehlte nicht viel, und sie hätte mich getötet.«

»Ich bin eine alte Frau«, sagte sie. »Ich habe Zeit. Oder keine Zeit. Aber diese Geschichte will ich von Anfang an hören. Zum erstenmal beginnt Herbert Molin mich zu interessieren.«

Als Stefan schon in der Maschine zurück nach London saß, wo Elena auf ihn wartete, dachte er, daß er selbst erst da, in der Museumscafeteria von Culloden, als er Margaret Simmons die Geschichte erzählte, wirklich begriff, was in jenen Herbstwochen in Härjedalen geschehen war. Jetzt sah er alles neu, die blutigen Tangoschritte, die Spuren des Zelts am schwarzen Wasser. Vor allem sah er sich selbst, den, der er damals gewesen war, einen ruhelosen Menschen, der sich wie ein zuckender Schatten am Rande einer seltsamen Mordermittlung bewegte. Als er Margaret jetzt die Geschichte erzählte, kam es ihm so vor, als sei er selbst ein Stein im Spiel geworden, er war es und er war es doch nicht, jener andere, mit dem er nichts mehr zu tun haben mochte.

Als er schließlich geendet hatte, saßen sie lange schweigend und schauten durchs Fenster auf den langsam nachlassenden Regen. Sie stellte keine Fragen zu dem, was er erzählt hatte, saß nur da und strich mit einem ihrer mageren Finger über ihre Nase. Es waren nicht viele Besucher in Culloden an diesem Tag. Die Mädchen hinter der Theke in der Cafeteria saßen gelangweilt da und lasen Illustrierte oder Reisebroschüren.

»Der Regen hat aufgehört«, sagte sie. »Es ist Zeit für meinen zweiten Spaziergang zwischen den Toten. Ich möchte gern, daß Sie mich begleiten.«

Der Wind hatte von Nord auf Ost gedreht. Sie wählte diesmal einen anderen Weg, als wolle sie das gesamte Schlachtfeld mit ihrem Spaziergang abdecken. »Bei Ausbruch des Krieges war ich zwanzig Jahre alt«, sagte sie. »Ich wohnte damals in London. Ich erinnere mich noch an den schrecklichen Herbst 1940, wenn Fliegeralarm war und man wußte, daß in dieser Nacht wieder Menschen sterben würden, aber man wußte nicht, ob man selbst darunter sein würde. Ich erinnere mich, daß ich dachte, das Böse sei losgelassen. Es waren keine Flugzeuge da oben im Dunkeln, es waren Teufel mit Schwänzen und Krallen an den Füßen, die mit den Bomben kamen und sie auf uns fallen ließen. Dann, weit später, als ich schon Polizistin war, sah ich ein, daß es eigentlich keine bösen Menschen gibt, Menschen, deren Seele böse ist, wenn Sie wissen, was ich meine. Sondern daß die Umstände dieses Böse hervorrufen.«

»Ich frage mich, was Herbert Molin von sich selbst dachte.«

»Ob er fand, daß er ein böser Mensch war?«

»Ja.«

Sie überlegte, bevor sie antwortete. Sie waren hinter einem hohen Steindenkmal am Rande des Schlachtfelds stehengeblieben, weil sie ihren Schuh zubinden mußte. Er wollte ihr helfen, aber sie schüttelte den Kopf. »Herbert betrachtete sich als ein Opfer«, sagte sie. »Auf jeden Fall zu dem Zeitpunkt, als er bei mir seine Beichte ablegte. Aber jetzt ist mir klar, daß er nicht ehrlich war. Damals war ich nicht in der Lage, ihn zu durchschauen. Ich hatte nur Angst, er könnte so liebeskrank werden, daß er sich vor mein Fenster stellte und heulte.«

»Aber das hat er nicht getan?«

»Gott sei Dank nicht.«

»Was sagte er, als Sie sich trennten?«

»›Auf Wiedersehen.‹ Sonst nichts. Vielleicht versuchte er, mich zu küssen. Ich weiß es nicht mehr. Ich war nur froh, daß er tatsächlich verschwand.«

»Und danach haben Sie nie wieder von ihm gehört?«

»Nie. Bis heute. Wo Sie kommen und diese sonderbare Geschichte erzählen.«

Sie waren zum zweitenmal ans Ende des Schlachtfeldes gelangt und machten kehrt.

»Ich habe nie geglaubt, daß der Nationalsozialismus mit Hitler starb«, sagte sie. »Menschen mit bösen und menschenverachtenden, rassistischen Ansichten gibt es heute in gleichem Maße. Aber sie haben andere Namen, andere Methoden. Heutzutage werden keine Kriege mehr von Heeren auf Schlachtfeldern ausgetragen. Der Haß auf die, die man verachtet, kommt heute anders zum Ausdruck. Von unten, kann man sagen. Dieses Land, oder Europa, ist im Begriff, von innen heraus zerrissen zu werden durch seine Verachtung von Schwäche, die Überfälle auf Flüchtlinge, den Rassismus. Ich sehe es überall. Und ich frage mich, ob wir wirklich fähig sind, entschieden genug Widerstand zu leisten.«

Stefan öffnete das Tor. Aber sie kam nicht mit hinaus. »Ich bleibe noch eine Weile. Ich bin noch nicht richtig fertig mit den Toten. Ihre Geschichte war sehr sonderbar. Aber eine Frage, die ich mir stelle, ist noch nicht beantwortet.«

»Welche?«

»Warum sind Sie eigentlich hergekommen?«

»Neugier. Ich wollte wissen, wer sich hinter dem Buchstaben ›M‹ im Tagebuch verbarg. Ich wollte wissen, warum er die Reise nach Schottland gemacht hat.«

»Sonst nichts?«

»Nein. Nur das.«

Sie strich sich die Haare aus dem Gesicht und lächelte. »Viel Glück«, sagte sie.

»Wobei?«

»Vielleicht finden Sie ihn einmal. Aaron Silberstein, den Mann, der Herbert getötet hat.«

»Er hat Ihnen also erzählt, was in Berlin geschehen war?«

»Er erzählte von seiner Angst. Sein Tanzlehrer hieß Lucas Silberstein und hatte einen Sohn namens Aaron. Herbert fürchtete die Rache und glaubte immer, daß sie gerade von ihm kommen würde. Er erinnerte sich an diesen Jungen, den kleinen Aaron. Ich glaube, Herbert träumte nachts von ihm. Ich habe das bestimmte Gefühl, daß er es war, dem es schließlich gelang, Herbert aufzuspüren und ihn zu töten.«

»Aaron Silberstein?«

»Ich habe ein gutes Gedächtnis. Das war der Name, den er genannt hat. Und jetzt nehmen wir Abschied voneinander. Ich gehe zurück zu meinen Toten. Und Sie gehen zurück zu den Lebenden.«

Sie trat einen Schritt vor und streichelte ihm die Wange. Dann kehrte sie mit energischen Schritten aufs Schlachtfeld zurück. Er sah ihr nach, bis sie verschwunden war. Mit ihr verschwanden auch die Gedanken an das, was im Herbst zuvor geschehen war. Irgendwo in den Archiven der Polizei in Östersund befand sich das Tagebuch, das in einem Regenmantel gelegen hatte, zusammen mit den Bildern und den Briefen. Jetzt hatte er Margaret Simmons getroffen. Sie hatte ihm nicht nur von Herbert Molins Reise nach Schottland erzählt. Sie hatte ihm auch den Namen des Mannes gegeben, der sich Fernando Hereira genannt hatte.

Er ging ins Museum und kaufte eine Ansichtskarte. Dann setzte er sich auf eine Bank und schrieb an Giuseppe.

Giuseppe,

hier in Schottland regnet es. Aber es ist sehr schön. Der Mann, der Herbert Molin getötet hat, heißt Aaron Silberstein.

Grüße, Stefan

Er verließ Culloden und fuhr zurück nach Inverness. Der Mann an der Rezeption versprach ihm, die Ansichtskarte in die Post zu geben.

Die restliche Zeit in Inverness war Warten. Er nahm seinen langen Spaziergang wieder auf, aß im selben Restaurant zu Abend wie am Vortag und telefonierte lange mit Elena. Er hatte Sehnsucht nach ihr, und jetzt fiel es ihm auch nicht mehr schwer, ihr das zu sagen.

Tags darauf flog er zurück nach London. Von Gatwick nahm er ein Taxi zu ihrem Hotel. Sie verbrachten noch drei Tage in London, bevor sie nach Borås zurückkehrten.

Am Montag, den 17. April, begann Stefan wieder zu arbeiten. Als erstes besuchte er den Archivraum, in dem das Foto des britischen Polizeibesuchs von 1971 an der Wand hing. Er nahm das Bild herunter und legte es in eine Kiste, in der andere Fotos von Kollegenbesuchen in Borås lagen.

Er schob die Kiste wieder an ihren Platz, ganz hinten in einer Ecke.

Dann atmete er tief durch.

Und ging zu der Arbeit, die ihm so lange gefehlt hatte.

Nachwort

Dies ist ein Roman. Das bedeutet, daß ich Ereignisse, Menschen und Milieus nicht exakt so beschreibe, wie sie sind oder gewesen sind. Ich nehme mir Freiheiten, verlege Straßenkreuzungen, streiche Häuser neu, und vor allem konstruiere ich fiktive Handlungsverläufe, wo es erforderlich ist. Und das ist es. Das gleiche gilt für die in diesem Buch geschilderten Menschen. Ich glaube kaum, daß es in Östersund einen Kriminalbeamten mit dem Vornamen Giuseppe gibt. Um nur ein Beispiel anzuführen. Das bedeutet ebenso, daß niemand sich bloßgestellt oder direkt abgebildet fühlen kann. Ähnlichkeiten mit lebenden Vorbildern sind jedoch niemals ganz zu vermeiden. Sollte sich jemand wiedererkennen, so handelt es sich um reinen Zufall.

Aber die Sonne geht Anfang November in Härjedalen ungefähr um Viertel vor acht auf. Inmitten aller Fiktion kann man also ziemlich viele eindeutige Wahrheiten finden.

Was natürlich auch die entscheidende Absicht gewesen ist.

Göteborg, im September 2000
Henning Mankell

Inhalt

Prolog
Deutschland
Dezember 1945
5

Teil 1
Härjedalen
Oktober–November 1999
17

Teil 2
Der Mann aus Buenos Aires
Oktober–November 1999
149

Teil 3
Die Kellerasseln
November 1999
317

Epilog
Inverness
April 2000
483

Nachwort
505

Die Kurt-Wallander-Romane von Henning Mankell
im Paul Zsolnay Verlag

»Brillante literarische Krimis«
Der Spiegel

Mörder ohne Gesicht
(Original: Mördare utan ansikte, 1991)
Paul Zsolnay Verlag 2001

Auf einem abgelegenen Hof bei Ystad wird ein altes Paar überfallen und grausam ermordet. »Ausländer, Ausländer!« sind die letzten Worte der sterbenden Frau. Als die Öffentlichkeit davon erfährt, wird Schonen von einer Welle ausländerfeindlicher Gewalt überrollt.

Hunde von Riga
(Original: *Hundarna i Riga*, 1992)
Paul Zsolnay Verlag 2000

Ein grausamer Mordfall führt Wallander nach Riga, in ein Land im Umbruch. Dort kommt er einem teuflischen Komplott auf die Spur und lernt Baiba Liepa kennen, seit langem die erste Frau, für die er eine tiefe Liebe empfindet.

Die weiße Löwin
(Original: *Den vita lejoninnan*, 1993)
Paul Zsolnay Verlag 2002

Ein schwedischer Immobilienmakler wird ermordet, und ein einsam gelegenes Haus fliegt gewaltsam in die Luft. Und dann müssen die Kriminalbeamten noch einen grausigen Fund machen: »Was ist nur los?« dachte Wallander. »Ein schwarzer Finger. Der Finger eines schwarzen Menschen. Abgehackt. Mitten in Schonen.«

Der Mann, der lächelte
(Original: *Mannen som log*, 1994)
Paul Zsolnay Verlag 2001

Der Anwalt Sten Torstensson bittet Wallander um Hilfe: Sein Vater ist nachts mit dem Auto tödlich verunglückt, doch er glaubt nicht an einen Unfall. Niemals wäre sein Vater bei Nebel zu schnell gefahren, und außerdem hatte er in letzter Zeit oft erregt und beunruhigt gewirkt. Zwei Wochen später ist Sten Torstensson ebenfalls tot …

Die falsche Fährte
(Original: *Villospår*, 1995)
Paul Zsolnay Verlag 1999

Wallander steht vor einem Rätsel. Der zunächst unbegreifliche Selbstmord eines jungen Mädchens erweist sich als Beginn einer dramatischen Jagd nach einem fanatischen Serienmörder, der in der Maske des Indianers auftritt.

Die fünfte Frau
(Original: *Den femte kvinnan*, 1996)
Paul Zsolnay Verlag 1998

Ein alter Mann wird tot aufgefunden, aufgespießt in einer Pfahlgrube, einen anderen findet man halbverhungert, beinahe nackt an einen Baum gebunden und erwürgt. Und es kommt zu weiteren grausamen Morden. Wer verfolgt harmlose Bürger mit so brutaler Gewalt? Da macht Wallander eine verstörende Entdeckung: Alle Opfer waren selbst rücksichtslose, brutale Männer, die Frauen körperlich und seelisch mißhandelten.

Mittsommermord
(Original: *Steget efter*, 1997)
Paul Zsolnay Verlag 2000

Diesmal gerät der sympathische Kommissar in ernste Bedrängnis: Er ist nicht gesund, verliert häufig die Beherrschung und fürchtet, den Ermittlungen nicht gewachsen zu sein: Drei Menschen sind spurlos verschwunden und Svedberg, Wallanders geschätzten Kollegen, findet man tot mit zerschossenem Gesicht.

Die Brandmauer
(Original: *Brandvägg*, 1998)
Paul Zsolnay Verlag 2001

Zwei junge Mädchen erschlagen einen Taxifahrer und vor einem Bankautomaten wird ein Mann tot aufgefunden. Gibt es eine Verbindung zwischen den beiden Ereignissen? In Wallanders achtem Fall geht es nicht nur darum, ein Computerverbrechen aufzudecken, sondern auch, die Brandmauern, die Menschen um ihr Innerstes aufrichten, zu durchbrechen.

Wallanders erster Fall
(Original: *Pyramiden*, 1999)
Paul Zsolnay Verlag 2002

Ein Band über Wallanders erste Jahre als junger Polizist. Als Polizeianwärter noch grün hinter den Ohren fehlt es ihm zwar an Erfahrung, aber zum Glück nicht an angeborenem kriminalistischen Spürsinn …